THE NEW YORKER STORIES

Ann Beattie

纽约客故事集

[美] 安·比蒂 —— 著
周玮 —— 译

北京联合出版公司
Beijing United Publishing Co.,Ltd.

图书在版编目（CIP）数据

纽约客故事集 /（美）安·比蒂著；周玮译. —— 北京：北京联合出版公司，2025.1（2025.3重印）. ——（九读·经典文学）. —— ISBN 978-7-5596-8034-1

Ⅰ. I712.45

中国国家版本馆CIP数据核字第2024ME1406号

THE NEW YORKER STORIES
by Ann Beattie
Copyright © 2010 Ann Beattie
This edition published by arrangement with Janklow & Nesbit Associates through Bardon-Chinese Media Agency
All rights reserved including the right of reproduction in whole or in part in any form
Simplified Chinese translation copyright © 2025 Shanghai GoRead Culture Communication Co., Ltd.

北京市版权局著作权合同登记号 图字：01-2024-4677号

纽约客故事集

作　　者：[美]安·比蒂
译　　者：周　玮
出 品 人：赵红仕
策划机构：九　读
责任编辑：孙志文
特约编辑：刘苑莹
装帧设计：凌　瑛

北京联合出版公司出版
（北京市西城区德外大街83号楼9层　100088）
北京联合天畅文化传播公司发行
上海盛通时代印刷有限公司印刷　新华书店经销
字数530千字　889毫米×1240毫米　1/32　23印张
2025年1月第1版　2025年3月第3次印刷
ISBN 978-7-5596-8034-1
定价：100.00元

版权所有，侵权必究
未经书面许可，不得以任何方式转载、复制、翻印本书部分或全部内容。
本书若有质量问题，请与本公司图书销售中心联系调换。
电话：13052578932

目录 contents

1970s

柏拉图之恋	001
异想天开	012
狼的梦	034
侏儒之家	052
蛇的鞋子	065
佛蒙特	076
下坡路	101
旺达家	110
科罗拉多	131
草坪聚会	157
秘密和惊喜	176
周　末	191
星期二晚上	211
换　挡	221
遥远的音乐	236
一辆老式雷鸟	250
灰姑娘华尔兹	270
着火的房子	294
等　待	313
格林尼治时间	327

I

重　力	340
奔跑的梦	347
漂　浮	359
私房话	366
如同玻璃	377
欲　望	383
移动的水	396
康尼岛	405
电　视	414
高　处	422
一　天	427
夏夜的天堂	435
时　代	444
在白色的夜	453
避暑的人	458
两面神	475
骨　架	481
你会找到我的地方	487
玛丽的家	508
霍拉肖的把戏	522

1990s—2000s

第二个问题　　　　　　541

扎　拉　　　　　　　　559

世上的女人　　　　　　568

洛杉矶最后的古怪一日　596

查找和替换　　　　　　627

兔子洞是更可信的解释　644

压顶石　　　　　　　　675

安心诱鸟　　　　　　　702

柏拉图之恋

埃伦得知自己将被聘为高中音乐老师的那一刻，笃定地认为这可不代表她得和其他同事打扮得一样。她要把头发整齐地别在耳后，而不是像个女中学生那样披散着。她之前面试时见到的一些老师，看起来都是她想尽量躲开的那类人——购物中心里的郊区居民。休闲随意——时尚杂志会这么形容。至少，在她还读时尚杂志的那个年代，那些杂志会这么描写那类人。那时她住在切维蔡斯，披着长发，和高中毕业照上一样。她母亲过去常说："你的漂亮脸蛋全被头发遮住了。"她的毕业照还摆在父母家中，旁边是一张她的周岁生日照。

埃伦现在是什么形象不重要。学生们背地里笑话她，他们背地里笑话所有的老师。学生不喜欢我，埃伦想，她也不愿意去学校。她强迫自己去，因为她需要这份工作。她努力工作，为的是能离开她的律师丈夫，离开那所即将还清贷款的房子。她在乔治城大学[1]苦苦坚持，

---

[1] 乔治城大学（Georgetown University），美国华盛顿特区著名的私立研究型大学。（译者注，下同）

读了两年夜校。她晚饭后也不洗碗,总盼着吵上一架。她丈夫把碗碟放进洗碗机,没有发火,到她准备出门时也没有。她只好自己发起战争。她告诉他:还有一种更好的人生。"就是在高中教书?"他问。不过他最终还是帮她找了住处——一所更旧的房子,在佛罗里达大道的一条背街上。木地板满是毛刺,必须铺上地毯,墙也要重贴壁纸,但她从未去贴。丈夫没给她找什么麻烦,这反倒显得她自己可笑。因为丈夫,她才说出"教高中是更好的人生"这种话,但她也发觉这句话的愚蠢。她离家以后开始大量阅读报纸杂志,思想激进的报刊越来越多。她离开丈夫几个月后,跟他在原来的家共进晚餐。就餐时,她陈述了几个重要的观点,并未给出观点来源。他听得很用心,跷起二郎腿,认真地点头——是他跟客户在一起时的做派。那晚仅有一刻她觉得丈夫要吵架,她说起自己和一个男人同住——一个学生,比她小十二岁。他脸上掠过一丝奇怪的表情。回想起来,她意识到丈夫当时一定很困惑。她马上告诉他这是柏拉图式的关系。

埃伦跟他说的是真话。那个男人,萨姆,在乔治·华盛顿大学读大三。他本来和埃伦的姐姐、姐夫同住,但两个男人之间有些摩擦。想必她姐姐早料到会如此。她姐夫擅长运动,从前是个橄榄球迷,睡觉时不穿睡衣,穿一件"红皮队"[1]的T恤。他们家的壁炉台上还放着一个有比利·基尔默[2]签名的橄榄球。萨姆并不柔弱,但别人能马上

---

[1] 红皮队(Washington Redskins),即华盛顿红皮队,是美国职业橄榄球大联盟历史上的老牌劲旅之一。

[2] 比利·基尔默(Billy Kilmer, 1939—),在美国职业橄榄球大联盟中担任四分位,曾效力旧金山49人队、新奥尔良圣徒队和华盛顿红皮队。

察觉到他性格一贯温和。他有棕色长发和棕色眼睛——外貌并不独特,是安静让他与众不同。姐姐说明情况后,埃伦邀请他搬过来,他可以帮她分担一点房租。另外,她有点害怕夜里独自一人,但并不想让丈夫知道这一点。

萨姆是九月份搬进来的,她几乎有点同情姐夫。萨姆并不可恶,只是古怪。不管愿不愿意,她都无法不注意他。他太安静了,她总能感觉到他的存在。他从不出门,她便觉得应当请他喝杯咖啡或吃顿晚饭,虽然他每每谢绝。他也有些怪癖。她丈夫一直都有些怪癖,他经常在晚上擦公文包的铜把手,擦得光亮无比,然后得意地打开、合上,过后再擦一会儿,把指纹擦掉。可他又会把脏衣服扔在沙发上,沙发盖布是他自己挑的法国白色麻纱。

萨姆的古怪不太一样。有一次,他夜里起来查看某种噪声的来源,埃伦躺在自己的房间,突然意识到他摸黑走遍整栋房子,一盏灯也没开。只不过是老鼠,他终于在她房门外宣告,语气那样平淡,她听到这坏消息甚至没有心烦。他在自己的房间里放了几箱啤酒,买的比喝的多——大多数人很长时间都喝不下这么多啤酒。他真要喝的时候,会从箱子里取出一瓶放进冰箱,等它变凉再喝。如果他还要喝,会再去拿一瓶放进冰箱,等一个小时再喝。有天晚上,萨姆问她要不要喝点,出于礼貌,她说好。他进了房间,拿出一瓶放进冰箱。"一会儿就凉了。"他平静地说。然后他坐在她对面的一把椅子上,喝着啤酒读杂志。她觉得自己有义务在客厅里待到啤酒冷却。

一天晚上,她丈夫来了,跟她谈离婚的事,或者只是这么一说。萨姆也在,还请他喝啤酒。"一会儿就凉了。"他说着把啤酒放进冰箱。萨姆没有离开客厅,他沉默的在场让她丈夫一筹莫展。他表现得好像他们是客人，而他才是房子的主人。他并不专制，其实他通常一言不发，除非有人跟他说话。他比他们自在多了，那晚他似乎是有意提供烟酒，让他俩放轻松。她丈夫听说萨姆计划将来做律师，似乎对他产生了兴趣。她喜欢萨姆，因为她确信他的行为方式比起她丈夫的来说尚能容忍。那个晚上还算愉快。萨姆从他房间里拿来腰果下酒，他们谈论政治。她和丈夫告诉萨姆他们要离婚了，萨姆点点头。离婚手续结束前，她丈夫叫她一起再吃顿晚饭，也请了萨姆。萨姆来了。他们度过了愉快的一晚。

因为萨姆，这个家里的事情变得顺利。圣诞节的时候，他们成了好朋友。有时她回想起刚结婚的日子，还记得她当时觉得多么幻灭。她丈夫晚上把袜子扔在卧室地上，早上又把睡衣撂在浴室地上。萨姆有时也这样，她打扫他房间时，发现地板上的衣服扔得到处都是——多半是袜子和衬衫。她注意到他睡觉不穿睡衣。她想，年纪大了，就不大会为小事烦恼。

埃伦为萨姆打扫房间，因为她知道他在备考法学院，天天刻苦学习，没时间讲究。她本不打算再一次跟在男人后头收拾，但这一回有所不同。萨姆非常感激她打扫房间。她第一次打扫的时候，他隔天买了花送她，后来又谢了她好几次，说她不必如此。没错——她知道她不必如此。但是每次他一感谢，她就更加积极。过了一阵子，除了扫地，她还给他的房间打蜡，用稳洁牌玻璃清洁剂清洁窗户，捡地板上吸尘器没吸走的灰团。萨姆即使很忙，也会为她做些贴心的事。埃伦生日那天，他送给她一件蓝色浴袍，这是个惊喜。她情绪低落的时候，他鼓励她，说每个学生都会喜欢她这么漂亮的一个老师。他说她漂亮，她很受用。她开始把头发的颜色染浅一点。

他帮她组织学校的节目。他辨音力很好，似乎也很关注音乐。学校要举办圣诞音乐会，邀请学生父母出席。他建议在《哈利路亚合唱》之后唱邓斯塔布[1]的《致圣玛利亚》。圣诞节目大获成功。萨姆也去了，坐在第三排正中，大声鼓掌。他相信她什么都能做好。音乐会过后，报纸上登了一张她指挥合唱团的照片，她穿一条萨姆说特别适合她的长裙。萨姆剪下那张照片，插在自己的镜子边上。每次她擦镜子的时候，都会小心地取下照片，再插回原处。

渐渐地，萨姆在冰箱里一次放上六瓶啤酒，而不是一瓶。周末晚上，两人一起熬夜聊天。萨姆穿着她送的睡衣；埃伦穿着他送的蓝浴袍。他告诉她应该把头发披下来，脸旁边有些头发更好看。她不认可，说自己年龄太大。"你有多大？"他问。她说她三十二了。她后来去做了新发型。她给萨姆买了件保暖的毛背心，他打开纸盒时笑了，说颜色也太艳了。不，她不松口——他穿亮一点的颜色好看，反正主导色是海军蓝。这件毛背心他穿了好久，她不得不提醒他，衣服需要拿去干洗了。有天早上，她把自己的衣服送去干洗，也捎上了那件毛背心。

后来，他俩几乎每天都聊到很晚。她早起时感觉睡眠不足，用一根手指按摩眼睛下方浮肿的黑圈。她问他学习进展如何，担心他课业上不够用功。他说一切都好。"我得分遥遥领先呢。"他说。但是她知道有些事不对劲。她主动提出请他的教授来吃晚饭——那个会帮他写推荐信的教授——但是萨姆拒绝了。一点也不麻烦，她告诉他。不，

---

[1] 邓斯塔布（John Dunstable，约1385—1453），英国作曲家，通晓天文学及数学，其作品发展了和声音乐。

他说他不想强人所难。她又说一遍她愿意，他说算了吧，他对法学院没兴趣了。那天他们熬夜熬得更晚。第二天她指挥少年合唱团，还没唱几句《不会成真的梦》[1]，她就打起了哈欠。全班都笑了，而她因为没睡好，跟他们动了气。那天晚上她告诉萨姆，自己差点发火，真是难为情，他安慰她说没关系。他俩喝了几瓶啤酒，她想要萨姆去他房间里再拿一个六瓶装，可是他没有动。"我不大开心。"萨姆对她说。她说他学习太用功了，他摆手表示没有。那么也许是教科书有问题，或者他的老师们没能将热情传达给学生。他摇摇头。他说自己已经几个星期没有读一本书了。埃伦苦恼起来。难道他不想做律师了吗？他不想帮助别人了吗？萨姆提醒她说，她订阅的大部分报刊都指出这个国家已经一团糟，没人能改善。讲得没错，他说，没用的，最重要的是知道什么时候应该放弃。

那一晚，埃伦烦躁不安，只睡了一会儿。早上出门，她看到他的房门关着。他甚至不再费力做出自己还去上学的假象。她得做点什么帮他，他应该继续读书，为什么现在放弃？埃伦那天很难集中精神，学生们做的每件事都让她心烦，甚至学生跟往常一样要求唱流行歌曲也让她烦。但她还是尽量克制，跟他们喊叫是不对的。她让少年合唱团的一个学生替她弹钢琴，那个女生叫艾莉森，平时在上钢琴课。她自己坐在凳子上，目光掠过那一片模糊的面孔，毫无热情地加入《斯旺尼河》[2]

---

[1] 《不会成真的梦》(*The Impossible Dream*) 是百老汇音乐剧《梦幻骑士》(*Man of La Mancha*, 1965) 中最受欢迎的歌曲，这部音乐剧改编自电视剧《我，堂吉诃德》。

[2] 《斯旺尼河》(*Swanee River*) 又名《故乡的亲人》(*Old Folks at Home*)，由斯蒂芬·福斯特 (Stephen Foster, 1826—1864) 创作，他是19世纪美国最重要的作曲家。

的合唱。教书变得毫无意义了。让她丈夫给老房子的浅色地毯吸尘吧，让别人来教这些学生吧。她知道《斯旺尼河》是首无足轻重的可笑歌曲，她和学生一样迫切盼望三点钟赶紧到来。铃声终于响起，她马上走人。她去一家熟食店买糕点，选了樱桃馅饼和巧克力手指泡芙。她计划晚上吃一顿美餐，然后和萨姆讨论他的问题，她要坚决一点，一定要让他重新在乎学业。可是她回到家里，发现萨姆不在。一直等到十点他才回来，埃伦已经吃过了。他进门时，她松了一口气。

"我在你丈夫那儿。"他说。

开玩笑吗？

"不是。你上课时他来电话，想问你什么文件的事。然后我们说起法学院，他听我说决定不上了，很失望，叫我到家里去。"

他被说动了继续考法学院吗？

"没有。不过你丈夫真好，他主动提出帮我写推荐信。"

"那就接受啊！"她说。

"不了，不值得这么麻烦。这么多年的学习都没有意义，跟一些废物竞争，有什么意思？"

还有什么更好的事可以做呢？

"周游全国。"

"周游全国？"她重复着。

"买辆摩托车，一路开到西海岸，那儿暖和。我讨厌这么冷。"

没什么可说的了。她觉得自己像一位母亲，儿子刚刚告诉她，他想做服装设计。他就不能做点正经事吗？不能当个建筑师吗？可她不能跟他说这些。如果他真要去西部，最起码买辆汽车不行吗？萨姆告诉她必须是一辆摩托车，这样一路往西，可以感觉到车把手渐渐变暖。她去厨房拿糕点,走回客厅时把恒温器调高了两度。他俩喝了咖啡,吃了巧克力手指泡芙和小馅饼,算是庆祝。让他去做自己决定的事吧。她说周末会陪他去买摩托车。

他是星期一离开的。他就这么走了。他把所有东西都留在自己房间里。几天以后,埃伦意识到应该现实一点,把他的东西收到阁楼上去,用那间房做书房。但她还是继续打扫那间房,只不过不是每天。有时她觉得孤单,就走进去,看着书架上他所有的书。还有的时候,她夜里突然来了精神,把房间彻底清洁一遍,好像准备迎接他的归来。一天晚上,她做完清洁,在冰箱里放了几瓶啤酒,这样等她上完课回来,啤酒就够凉了。她不再发脾气,但是组织的节目再也没了创意。艾莉森的钢琴演奏带领少年合唱团在这个世界穿行,悲哀而又疲惫,度过冬天,进入春天。

一天晚上,她丈夫(现在是前夫了)打来电话。他在寻找他母亲放置珠宝的保险箱。那里面有不少古董:几颗钻石和一些美玉。他母亲年事已高,他不想打搅她,或是让她想到死亡。他难为情地告诉埃伦自己找不到使用说明书了,她说她找找看,然后给他打电话。他又问能不能过来跟她一起找,她说没问题。那晚他过来了,她请他喝啤酒。他们一起查看她的文件,一无所获。"那张纸肯定在什么地方。"他说,语气里满是职业化的自信。"肯定在什么地方。"她了无希望地指着几个房间;不在浴室、厨房或客厅里,肯定也不在萨姆的房间里。他问萨姆怎么样,她说最近没有他的消息。她每天都盼望着有他的只言片语,可是没有。她没跟他讲这些,只是说没消息。她喝了几瓶啤酒,她每天晚上都这么喝。他们一起坐在客厅里喝啤酒。她问他要不要吃点东西,然后去做了三明治。他说该走了,这样她早上才能按时起床。她示意他这里不止一个房间。他留下了,睡在她床上。

早上,埃伦给学校打电话,说她感冒了。"大家都生病了,"接线员告诉她,"变天的关系。"她和丈夫开车出去,在一家考究的餐馆吃午饭。午饭后两人去了丈夫家,继续找说明书,没有找到。他给她做了晚饭,她在他那儿过夜。第二天早上,他开车上班,顺便捎她去学校。

课后,少年合唱团的一个女孩来找她,害羞地说她也会弹钢琴。她什么时候可以给合唱团弹钢琴伴奏呢?艾莉森弹得很好,女孩飞快地加上这句话。她不想让艾莉森中断,不过她什么时候也能试试就好了。她擅长读谱,也会弹一些古典作品,吉尔伯特与沙利文[1],还有很多流行歌曲。她提到其中一些。埃伦注视着女孩离开,女孩脸色绯红,因为跟老师说话而紧张,也因为获准下节课演奏钢琴而自豪。她是个高个子女孩,棕色头发剪得太短了;她的眼镜镜片是菱形的,更像是她母亲戴的款式。埃伦想着萨姆是不是有女朋友了。如果那个女孩有棕色的长发,那她坐在摩托车上时,长发会被风吹乱吗?萨姆要是知道她如何安抚那位新钢琴师,如何假装对那个女孩的才华深感兴趣,谢谢她主动申请——他一定会以她为荣。第二天下午,她又想起萨姆。他要是知道棕色头发的女孩也决定弹《斯旺尼河》,一定会觉

---

[1] 吉尔伯特与沙利文(Gilbert & Sullivan),指英国维多利亚时代幽默剧作家威廉·S.吉尔伯特(William S. Gilbert)与英国作曲家阿瑟·沙利文(Arthur Sullivan)。他们在1871年到1896年长达25年的合作中,共同创作了14部喜剧歌剧,有《皮纳福号军舰》(*H.M.S. Pinafore*)和《彭赞斯的海盗》(*The Pirates of Penzance*)。

得好笑。

她丈夫下班后到她家里来了，他们吃了晚饭。她收到萨姆的明信片，拿给他看——一张圣莫尼卡高速公路的图片，路上大塞车。背后写道："红色汽车和黄色汽车之间的那个小点就是我，时速110。爱你的，萨姆。"汽车之间并没有什么小点，汽车本身也不过是图上的小点，但埃伦还是看了看，笑了笑。

下一个星期，萨姆又寄来一张明信片——一个脸色阴沉的印第安人。这是萨姆寄给她丈夫的，感谢她丈夫在自己走前跟他聊了聊。他的结束语是一个提议："来西部吧，这里温暖又美丽。你不试试怎么知道？祝太平，萨姆。"

那个星期晚些时候，他们正在去买菜的路上，一对骑着摩托车的男女不知从哪里冒出来，在他们车前突然转向，开得飞快。

"狗娘养的疯子！"她丈夫骂了声，踩下刹车。

摩托车上的女孩回头看，也许是要确定他们真的安全了。女孩在微笑。其实女孩离得太远，埃伦看不清她的表情，但她依然确信看到了一个微笑。

"狗娘养的疯子。"她丈夫又说。埃伦闭上眼，忆起和萨姆在摩托车店里看车。

"我要那种不费力气就能开到一百时速的。"萨姆跟推销员说。

"这些都能轻松开到一百时速。"推销员说着，冲他们微笑。

"那就这辆吧。"萨姆说着轻叩身边一辆摩托的把手。

他是用现金付大部分车款的。她很久没收过他的房租了，所以他有大笔现金。他开了支票补足余款。推销员数着钞票，很吃惊。

"有飘带吗？"萨姆问。

"飘带？"

"是这么叫的吧？小孩系在自行车上的那种？"

推销员笑了："我们这儿没有。你可能得去自行车店里看看。"

"我应该会去的，"萨姆说，"我得跟上潮流。"

埃伦看着丈夫。我为什么对他如此冷漠？她问自己。她很生气。她本应该问问萨姆，为什么她有时对丈夫有这种感觉。他一定会在深夜交谈的时候，耐心地、全面地解释给她听。明信片上一直没写寄信人地址。等有一天他发来地址，她可以问他。她可以跟他讲讲新来的那个女生，她本可以弹一首自己喜欢的曲子，可最后还是选了《斯旺尼河》。坐在车上，她闭着眼，笑了。在他们前方——现在是数英里[1]之外了——摩托车上的那个女孩也笑了。

1974年4月8日[2]

1　1英里约等于1609米。

2　小说末尾的日期指小说首次发表于印刷版《纽约客》上的时间，后续亦同。

异想天开

塞拉斯害怕吸尘器。它站在那里，从卧室门口望出去，冲着吸尘器咆哮。有小孩子在旁边的时候，它也会咆哮。这狗害怕小孩，而他们又因为它咆哮而害怕它。它的咆哮总是惹来麻烦；没人认为它有权咆哮。这狗还害怕很多歌曲。"新失落城漫游者"[1]的一首《乌鸦告诉我的小故事》让它颈毛直竖，鲍勃·迪伦的《绝对是第四街》让它龇牙咧嘴、垂下尾巴。它安静的时候，有时也龇牙。要是让狗遂了心意，所有的小孩子都会消失，而很多音乐家的曲子将成绝响。要是让狗遂了心意，它会在黑暗的巷子里咬住迪伦的腿。也许他们可以出趟门——迈克尔和狗——去录音室或音乐厅，只要是迪伦演出的地方都行，然后等他出来，塞拉斯就能扑上去咬他。就是这一类的想法（他的工头称之为"异想天开"）让迈克尔丢了工作。

他之前在康涅狄格州阿什福德的一家家具厂上班。有时车床正在翻

---

[1] 新失落城漫游者（New Lost City Rambler），1958年美国民谣复兴运动中成立于纽约的一支乐队。

搅、碾磨，他就大笑起来。每个人都知道他在笑，可是没人对此做什么。休息的时候，他在工厂后面的停车场抽大麻。快要交班时，他常常得把神经质的大笑硬憋回去。有天晚上，工头给他讲了一个《小傻瓜》这本书里的笑话，太好笑了，迈克尔差点笑翻在地。自那以后，在那儿做工的几个人顺路经过，也给他讲笑话，每一次他都笑得几乎反胃。无论是谁跟他讲话都能逗得他眉开眼笑，要是他们说个笑话，哪怕只是说出"好玩的笑话"这几个字，他马上就笑开了。他每天都抽很多大麻，抽到受不了为止。他戴一个发网——自从有个女人的长发被卷进机器，头被拖到离刀刃只有零点几英寸[1]的位置以后，每个人都得戴发网。有一半时间他下班后忘了摘下发网，早上醒来发现还戴着。他觉得这挺滑稽；他可能是某个人的老婆，发网下有粉红色卷发夹，嘴角叼着一根烟。

　　他已经做了某个人的丈夫，但是和老婆分居了。他也离开了他的女儿，但是女儿和他老婆长得太像，他会把她们想成一个人。到后来，他偶尔犯糊涂，跟老婆说话时模仿儿语，却跟四岁半的女儿抱怨人生。老婆给他祖母写信提到他这种表现，老太太寄来一百美元，叫他"买一个心理医生"，说得好像心理医生是一堆衬衫。他拿这钱给女儿买了一只粉红色的塑料兔子，兔子托着一块肥皂，漂浮在浴池里。它有蓝色的眉毛，蓝色的鼻子，还有一副惊讶的表情——大概是因为它的肚子成了一块肥皂。他给她买了这只兔子，他并不小气，还用剩下的钱给他老婆买了芳提娜干酪[2]，给自己买了大麻。他们的家庭聚会很愉快——女儿和兔子鼻子对鼻子，老婆吃着干酪，他抽着大

1　一英寸等于2.54厘米。

2　芳提娜干酪（Fontina Cheese）是一种意大利干酪。

麻。老婆说是他抽烟害死了她的红脉豹纹竹芋。"你怎么能一直吸这种能害死植物的东西?"她总是问。实际上他很高兴看到那棵竹芋死掉。一棵诡异的植物,叶脉看起来好像流着血。不过植物不是被吸烟害死的,而是被他的朋友卡洛斯应他的请求用咒语克死的。六天之内它就死了,叶子尖端先变成褐色,白天几乎也不展开,很快掉落了,在花盆边缘耷拉着,最后完全变成褐色。

植物死了,老婆走了,好在迈克尔还有他的狗和祖母,他总能指望从祖母那里得到鼓励的话语、邮购的美味,还有钱。现在只有他和狗待在一起了,他大部分时间都花在塞拉斯身上,比从前任何时候都更尽心照顾它。他给塞拉斯吃奶味磨牙发泡圈,这样能清洁牙齿。他对塞拉斯总是心怀善意,可是一不留神又抽起了大麻,听着《乌鸦告诉我的小故事》,而塞拉斯听着这首歌,龇出干净的白牙。

迈克尔住的房子是他朋友普鲁登丝和理查德的,他们去了马尼拉。迈克尔一点房租也不用付——只需要付暖气费和电费。他从来不开灯,所以没多少电费。他抽大麻的晚上就把暖气调低到五十五华氏度[1],他是一步步来的——先抽一个小时烟,把暖气从七十度调到六十五度;再抽一个小时,然后调到五十五度。他发现普鲁登丝对针灸感兴趣,她的一本书里有幅图片,上面是一个男人因痛苦而扭曲的脸,背上有一根长而尖的细针。不对,这是他想象出来的吧,迈克尔并不看那些四处散放的书。他细细翻看普鲁登丝和理查德的五斗橱抽屉。理查德穿三十二码的居可衣牌紧身短裤,普鲁登丝有一条束发用的蓝色小发带。迈克尔甚至还开封了冰箱里的一些食物。鱼,他想解冻以后再吃,

---

[1] 55华氏度约等于12.8摄氏度。

可是后来忘了。午饭,他通常吃两罐金宝素食蔬菜汤;晚饭,吃四条碧根果仁棒。要是他一觉醒来能赶上吃早饭,就抽点大麻。

一天晚上,电话响了。塞拉斯同往常一样先跑过去,可是它没法接。可怜的老塞拉斯。迈克尔把它放到门外,然后再接电话。他注意到雷叫唤着过来了,雷是一条雌性德国牧羊犬,名字是隔壁邻居家的小孩起的。塞拉斯想骑到雷身上去。

"理查德吗?"电话里的那个声音问。

"是呀。你好。"迈克尔说。

"是理查德吗?"

"是的。"

"听起来不像你呀,理查德。"

"你听起来也怪怪的。有什么事?"

"什么?理查德,你今晚听起来真的很糟。"

"你心情不好还是怎么的?"迈克尔反击。

"好吧,我可能会感到惊讶,我们几个月没联系了,我打电话来,你却嘟嘟囔囔的。"

"是线路问题。"

"理查德,听起来真的不像是你。"

"我是理查德他妈,忘了说了。"

"你干吗这么冲?理查德,你没事吧?"

"我当然没事了。"

"好吧,太诡异了。我打电话来是想知道普鲁登丝对加利福尼亚有什么打算。"

"她打算去。"迈克尔说。

015

"你开玩笑的吧！"

"不是。"

"呃，我猜我打得不是时候。明天我再打给你好吗？"

"好。"迈克尔说，"再见。"

普鲁登丝留下精确的指示，教迈克尔照顾她的植物。到现在为止迈克尔已经记得相当熟了，但有的时候他只是在上面泼点水。有些植物要保持湿度适中，有些要很湿润，有些要每隔两天浇水——这到底有什么关系？有几棵已经死了，但是有几棵长了新叶。迈克尔有时觉得内疚。他守在植物旁边，心想，要是把一棵应该湿度适中的植物浇了个透湿该怎么办。除了给植物浇水，他也试着做些别的事，他们会感激他的。他给普鲁登丝的大铁煎锅擦了些油，再放到炉子上去。有一回塞拉斯在外面沾了满身牛粪，回来在地毯上打滚，迈克尔非常仔细地清理了地毯。也是在那一天，他发现橱柜里有粉笔，就在地板上画了跳房子的方格，还跳了一会儿。有时他往塞拉斯身上喷点普鲁登丝的 Réplique[1] 香水，想故意惹恼塞拉斯。塞拉斯是那种有同性恋靠近它就会生气的狗。迈克尔觉得这条狗像是个流落异乡的人，他意识到他和这条狗落入很多俗套的场景——狗蜷曲在男人身边，男人坐在壁炉旁；狗从男人手里吃东西，吃完以后舔手。一开始，普鲁登丝曾犹豫是否该让这条大狗待在房子里，不过塞拉斯当时充分利用了另一个固定桥段，蜷伏在她脚边，在地毯上轻弹尾巴，从而赢得了她的心。

1　Réplique 是经典香水品牌拉斐尔（Raphael）的一款香水。

"理查德在哪儿?"萨姆问。

"理查德和普鲁登丝去马尼拉了。"

"马尼拉?那你是谁?"

"我丢了工作,现在帮他们照看房子。"

"丢了工作——"

"是的。我无所谓,谁想一辈子对着一台机器,提心吊胆地怕被它弄伤呢?"

"你原来在哪里工作?"

"工厂。"

萨姆没有别的话可说了。他是打电话来的那个人,想知道迈克尔在电话里为什么要假冒理查德,不过他似乎对迈克尔有点好感,明白那是个玩笑。

"我们那天在电话里聊得真够好笑的,"他说,"至少我很高兴听到她现在不在加利福尼亚。"

"那地方不赖。"迈克尔说。

"她在加利福尼亚有一个丈夫。她和理查德在一起更好。"

"明白了。"

"你在这儿做点什么?"萨姆问,"就是看看有没有贼吗?"

"给花浇水这一类的事。"

"你上次在电话里真的骗到我了。"

"是呀,没多少人打电话来。"

"你那儿有酒吗?"萨姆问。

"我把他们的酒都喝光了。"

"想出去喝杯啤酒吗?"萨姆问。

"那好啊。"

他们去了一个迈克尔知道的酒吧,叫"快乐杰克家"。一个古怪的地方,自动点唱机上正在放《热浪》,还有塔米·温妮特[1]的《不可救药》。

"我可不介意在塔米·温妮特的甜蜜怀抱里过一晚上,即使她是个红脖子[2]。"萨姆说。

酒吧女招待把他们的空啤酒杯放到托盘上,然后走开。

"她腿很粗。"迈克尔说。

"不过她的胳膊好看,柔软,"萨姆说,"像塔米·温妮特。"

他们聊天的时候,塔米·温妮特正在唱关于爱情和酒吧的歌。

"你是做什么的?"迈克尔问萨姆。

"我是卖鞋的。"

"听上去不太好玩。"

"你没问我玩什么。你问的是我的工作。"

"那你玩些什么?"迈克尔问。

"听塔米·温妮特的唱片。"萨姆说。

"你老想着塔米·温妮特啊。"

"我跟一个长得像塔米·温妮特的女孩谈过恋爱。"萨姆说,"她穿一件好看的低胸衬衣,有白色的褶边,还有黑色高跟鞋。"

---

[1] 塔米·温妮特(Tammy Wynette,1942—1998),美国乡村音乐歌手和词作者,有"乡村音乐第一夫人"之称。

[2] 红脖子(redneck),原指因为长时期从事农活,导致颈部皮肤被慢性晒伤,以致肤色发红的南部白人农民,后来影射一些思想保守、迷信顽固、受过很少教育的乡镇基层人,因为认知水平低、见识不多而眼界狭窄、保守反智,不愿接受新事物和进步思想。

迈克尔用手擦了擦嘴。

"她胳膊上有细细的汗毛。你知道我的意思吧,不是汗毛很多的那种。"萨姆说。

"不好意思,我离开一下。"迈克尔说。

在卫生间里,迈克尔希望那个"快乐杰克"别在酒吧什么地方喝醉了,他喝醉了就喜欢到卫生间去跟人打架。有一回一个顾客的脸被"快乐杰克"狠揍了一拳,那以后他的合伙人总是跟顾客解释说他疯了。今天,卫生间里除了洗手池旁的一个老家伙,没有别人,可是那人没在洗手,而是站在那儿盯着镜子看,然后深深地叹了一口气。

迈克尔回到他们那桌。"我们回去吧?"

"他们有塔米·温妮特的唱片吗?"

"不知道。也许有吧。"迈克尔说。

"那好。"萨姆说。

"你为什么会想卖鞋呢?"迈克尔在车里问他。

"你没病吧?"萨姆说,"我并不想卖鞋。"

迈克尔给他老婆打电话——这是一个错误。玛丽·安妮在日托所很不开心,那孩子想退学在家看电视。既然迈克尔什么事都不做,他老婆说,那她去上班时,他也许可以守在家里,遂了玛丽·安妮的心愿。因为很明显,她的不适应是迈克尔离开她们母女造成的,他明明知道那孩子最爱他。

"你只是想让我搬回去,"迈克尔说,"你还在喜欢我。"

"我一点也不喜欢你。我从来没想联系你,但是既然你打来电话,就得听我说。"

019

"我打电话来只是问好,然后你就这么开始了。"

"那好,迈克尔,你为什么打电话?"

"我觉得孤单。"

"明白了,你抛妻弃女,然后因为孤单,就打电话来。"

"塞拉斯跑掉了。"

"我自然希望它能回来,因为它对你非常重要。"

"是的。"迈克尔说,"我真的很爱那只狗。"

"那玛丽·安妮呢?"

"我不知道。我也想关心她,可是我对你刚才说的话都没什么感觉。"

"你是参加了敏感性训练团体[1],还是怎么回事?"

"没有。"

"那好,你挂电话前能考虑一下这个情况,给点建议吗?如果我把她放在日托所,她就闹,我只好撂下工作去接她。"

"我要是有辆车,就可以去接她。"

"这不太实际,是不是?你没有车。"

"要不是你爸给了你一辆,你也不会有。"

"这有点跑题了。"

"我就是有车也不会开。我和机器打够交道了。"

"迈克尔,我今晚真的不想再跟你说话了。"

"你能做的一件事是给她吃钙片。那是天然的镇静剂。"

---

[1] 敏感性训练团体(sensitivity group)是一种人际关系训练,目的是使受训人提高自己对他人言行及处境的敏感度。

"好吧,多谢你的建议。希望没太让你受累。"

"你很爱讽刺我。当我听到的都是讽刺时,你怎么指望我善解人意?"

"我真的没指望。"

"你说话真冲。"

"你是抽大麻抽飘了吗,迈克尔?"

"没,我只是孤单,只是在这儿坐着。"

"你住哪儿?"

"住在一栋房子里。"

"你怎么住得起?你祖母的吗?"

"我不想说我怎么住的。能换个话题吗?"

"我们还是不说了,行吗,迈克尔?"

"没问题,"迈克尔说,"晚安,宝贝。"

萨姆和卡洛斯来看迈克尔。卡洛斯的父亲在桥港市[1]开了一家塑料工厂。卡洛斯十五秒就能卷好一根大麻烟,这在迈克尔看来是令人敬佩的。不过卡洛斯有时也很烦人,现在他就在跟迈克尔说,迈克尔可以在他父亲的工厂谋份差事。

"别再说工厂了,卡洛斯。"迈克尔说,"要是每个人都停止工作,机器也会停止的。"

"我看不出有什么问题,"卡洛斯说,"你操作机器几个小时,然后拿钱走人。"

---

[1] 桥港市(Bridgeport)是康涅狄格州最大的城市。

"我要是问我祖母要钱,她会寄来的。"

"可是她会一直寄钱吗?"萨姆问。

"你以为我会问她要吗?"

"我打赌你不会介意在南方某地干活,那儿有长得像塔米·温妮特的女人。"

"北方,南方——有什么不一样?"

"你说'有什么不一样'是什么意思?南方的女人一定长得像塔米·温妮特,北方的女人就像磨坊老鼠。"

卡洛斯的大麻总是非常有劲,迈克尔喜欢这一点。卡洛斯声称他给大麻下了咒,让它劲道更强。

"你怎么不给你爸的机器下咒?"迈克尔说。

"为什么?"卡洛斯问。

"你怎么不把所有的机器都变成塔米·温妮特?"萨姆问,"这样每个人早上醒来,都会看到一百个塔米·温妮特。"

萨姆意识到他抽得太多了。下一步,他现在想,就是戒烟。

"你做什么的?"卡洛斯问萨姆。

"我卖鞋。"萨姆注意到他回答得很清醒,"那之前我在安条克主修数学。"

"给那个工厂下个咒吧,卡洛斯。"迈克尔说。

卡洛斯叹了口气。每个人都抽着他给的大麻,却不理会他在说什么,然后他们总想叫他给东西下咒。

"要是我给你下个咒会怎么样?"卡洛斯问。

"我已经被诅咒了。"迈克尔说,"我祖母写信来就是这么说的——说我是家人的福气,自己却倒霉背运。"

"把我变成乔治·琼斯[1]吧。"萨姆说。

卡洛斯一边卷大麻烟,一边盯着他们看。他不是在给他们下咒,但是正在考虑这么做。他坚信自己对他教父的肠癌负有责任,但他并不是真的巫师。他希望自己的诅咒可靠、完美,就像一台机器。

迈克尔的祖母送了他一份礼物——五磅[2]碧根果仁。包裹里还有一个小册子,上面写着"尽显南方优良品质"。这是他一天半以来吃的第一种东西,所以吃了很多。他觉得一口气吃了太多,就抽了点大麻平复情绪。接着他又吃了一些碧根果仁,听阿尔比诺尼[3]的音乐。他从搁在沙发下面的一袋大麻里捡出一颗种子,把它埋在普鲁登丝的一个花盆里。他得记着让卡洛斯对种子说几句话。卡洛斯说他不能祈福,这只不过是谦虚。他在大麻里摸索,又找出一颗种子,把它栽入另一个花盆。它们永远也不会生长,他悲哀地想。阿尔比诺尼总是让他情绪低落,他关了唱片机,可是没有音乐也让人沮丧。他想再找一张唱片,却很难决定听什么。他再次点上烟斗。最后,他终于决定了——不是决定听哪张唱片,而是决定吃什么东西。碧根果仁饼干。他没有碧根果仁饼干,不过只要沿着马路走到商店就能买到。他数了数零钱:八十美分,加上在普鲁登丝的内衣抽屉里发现的二十五美分硬币。有这些钱,他能买五块碧根果仁饼干。可以吃到碧根果仁饼

---

[1] 乔治·琼斯(George Jones,1931—2013),美国乡村音乐家。

[2] 1磅约为0.454千克。

[3] 托马索·乔瓦尼·阿尔比诺尼(Tomaso Giovanni Albinoni,1671—1751),意大利巴洛克时期的作曲家。

干，这念头让他感觉好多了。他放松下来，点上烟斗。因为他所有的衣服都脏了，他穿起了理查德留下的衣服。今天他穿着一件对他来说太紧的黑衬衫，前胸有一只镶嵌着莱茵石的孔雀。他看着自己闪闪发亮的前胸，打起了瞌睡。醒来的时候，他决定去找塞拉斯。他没有脱掉衬衫，在腋下喷了香体剂，然后拿着烟斗走出去。大错特错。假如警察叫他停车，向他问话，发现他带着这个……他又走回家，把烟斗搁在桌上再出门。他想到塞拉斯丢了，非常难过。他也知道穿着一件孔雀图案的衬衫在城里边哭边找狗不大明智，但是无法克制自己。他看到一个老妇人在遛狗。

"你好，小狗。"他说，停下来抚摸它。

"它是雌性。"老妇人说。老妇人化了不可思议的浓妆：她的眼圈是蓝色的——眼睛下方是明艳的蓝色，上方也是。

"你好，小姑娘。"他边说边抚摸小狗。"它十三岁了。"老妇人说，"兽医说它活不到十四岁。"

迈克尔想到了塞拉斯，它四岁。

"他说得对，我知道。"老妇人说。

迈克尔拐个弯走回家，看到塞拉斯就在前院。塞拉斯冲上来，在他身边上蹿下跳，不停吠叫，转着圈跑。"你去哪儿了？"迈克尔问狗。塞拉斯以叫作答。"你好呀，塞拉斯。你到底去哪儿了？"迈克尔问。塞拉斯在地上扭动身体，喘着气。迈克尔蹲下去拍它，塞拉斯冲上来，用爪子抓镶嵌着莱茵石的衬衫，线被抓破了，莱茵石散落在草坪上。

到了屋里，塞拉斯嗅着地毯，在房间里跑出跑进。"你这条老狗。"迈克尔说。他给塞拉斯喂了一颗碧根果仁。塞拉斯喘着气在他脚下蜷起身体。迈克尔从沙发下面拖出那袋大麻，在烟斗里塞了一大团。"塞拉斯老伙计。"迈克尔说着点上烟斗。他越抽越高兴,在快乐达到巅峰的时候睡着了。他一直睡到被塞拉斯的叫声唤醒。门口有人。他老婆站在那儿。

"你好,埃尔莎。"他说。在塞拉斯的叫声中,她不可能听见他说话。迈克尔把叫个不停的狗带到卧室,关上门。他走回大门,埃尔莎已经进了屋,把门带上了。

"你好,埃尔莎。"他说。

"你好。我是来找你的。"

"你什么意思?"

"我能进屋吗?这是你的房子吗?不可能是你的房子。你从哪儿搞来这么多家具?"

"有两个朋友出国了,我住在这儿。"

"你闯进别人的家?"

"我在帮我的朋友看房子。"

"你怎么了?你看起来糟透了。"

"我不太干净。我忘了洗澡。"

"我不是这个意思。我是说你的脸。出什么事了?"

"你是怎么找到我的?"

"卡洛斯。"

"卡洛斯不会说的。"

"他说了,迈克尔。不过咱们回家再吵吧。我来找你是想叫你回家,你得分担对玛丽·安妮的责任。"

"我不想回家。"

"这我不管。你要是不回家,我们就搬到这儿来。"

"塞拉斯会咬死你的。"

"我知道那条狗不喜欢我,但它肯定不会咬死我。"

"我需要帮这些人看房子。"

"你可以过来查看。"

"我不想跟你回去。"

"你看起来身体不好,迈克尔。你生病了吗?"

"我不跟你走,埃尔莎。"

"好吧,那我们还会回来。"

"你要我回去干吗?"

"帮我照顾孩子。她快把我弄疯了。带上狗走吧。"

迈克尔把狗带出卧室。他拿了那袋大麻和烟斗,还有剩下的碧根果仁,跟着埃尔莎走到门口。

"碧根果仁?"埃尔莎问。

"我祖母寄给我的。"

"可真够好的。你气色不对,迈克尔。你有工作吗?"

"没有,我没有工作。"

"你知道卡洛斯能帮你找一份工作。"

"我不要去任何工厂干活了。"

"我不是让你马上去上班。我只是想让你白天在家照看玛丽·安妮。"

"我不想跟她待在一起。"

"那么,你可以假装愿意,她是你女儿。"

"我知道,但我对此无感。"

"我意识到了。"

"也许她不是我的。"迈克尔说。

"你开还是我开?"埃尔莎问。

埃尔莎开车。她打开收音机。

"如果你不爱我,为什么想让我回去?"迈克尔问。

"你为什么老在说爱?我跟你解释过了,我没办法再一个人照顾小孩了。"

"你要我回去是因为你爱我。玛丽·安妮对你来说不是什么问题。"

"我不管你怎么想,只要你人在就行。"

"你知道我还可以再次走掉。"

"你七年中只不过出走了两次。"

"下一次,我不会再跟卡洛斯联系。"

"卡洛斯是想帮忙。"

"卡洛斯真坏。他到处给东西下咒。"

"他可是你的朋友,不是我的。"

"那他为什么告密?"

"是我问他你在哪儿。"

"我差点就要搞到一个酒吧女招待了。"迈克尔说。

"我不知道我怎么才能爱你。"埃尔莎说。

"我们去哪儿,爸爸?"

"去浇花。"

"花在哪儿?"

"离这儿不远。"

"妈妈在哪儿?"

"在理发。她跟你说过了。"

"她为什么要理发?"

"我搞不懂她。我不明白你妈妈。"

埃尔莎跟一个朋友去做头发了。现在迈克尔有车可开。他厌倦了和玛丽·安妮白天关在家里看电视,所以打算去普鲁登丝和理查德家,虽然他昨天才去浇过水。塞拉斯在后座,和他们一起去。迈克尔从后视镜里钟爱地看着它。

"我们去哪儿?"

"我们刚上路。尽量享受一下吧。"

玛丽·安妮一定听到埃尔莎跟他说不要用车了,她看起来不是很享受。

"现在几点了?"玛丽·安妮问。

"三点。"

"是学校放学的时候。"

"那又怎么样?"迈克尔问。

他不该跟她发脾气,她只是想找点话说。既然所有的谈话都只不过是一堆废话,他就不应该阻止她。他伸手拍拍她的膝盖,她并没有如他所愿地微笑。她有点像她妈妈。

"你也要理个发吗?"她问。

"爸爸不用理发,因为他没打算找工作。"

玛丽·安妮向窗外望去。

"你的曾祖母给爸爸寄的钱足够他生活了,爸爸不想工作。"

"妈妈有工作。"玛丽·安妮说。他老婆是一个图书装订学徒。

"你也不一定要理发。"他说。

"我想理。"

他又伸手拍她的膝盖。"你不想留长发吗,像爸爸这样?"

"想。"

"那你刚才说你想理发。"

玛丽·安妮向窗外望去。

"你隔着窗户能看到那些花吗?"迈克尔说着把车停在房前。

他打开门,看到理查德在里面,吃了一惊。

"理查德!你怎么回来了?"

"我坐飞机坐得恶心,不想说话,老兄。坐吧,这是谁?"

"你和普鲁登丝玩得好吗?"

"普鲁登丝还在马尼拉。她不愿意回来。你知道吧,我在马尼拉待够了。但是我不知道坐飞机回来是否值得。这趟飞机实在糟透了。这是谁?"

"是我女儿,玛丽·安妮。我现在回我老婆那儿了。我一直过来浇花的。"

"天哪,我难受死了。"理查德说,"你知道我为什么下飞机后半天了还觉得恶心吗?"

"我想浇花。"玛丽·安妮说。

"去吧,甜心。"理查德说,"天哪——那些该死的花。马尼拉就是个丛林,你知道吗?那就是她想要的。她想待在丛林里。我不明白,我难受得没法思考。"

"我能帮你干点什么?"

"还有咖啡吗?"

"我都喝光了,我把你所有的酒也喝光了。"

"没关系。"理查德说,"普鲁登丝估计的情况更糟糕。她想你会把家具卖了,或是把房子烧了。她疯了,待在那个雨林里。"

"他的女朋友在马尼拉。"迈克尔对女儿说,"那地方很远。"

玛丽·安妮走开去闻一片喜林芋的叶子。

迈克尔正在看一部肥皂剧。一个女人正对另一个女人哭诉,说她切除胆囊的时候,汤姆是她的大夫,而那个爱着汤姆的护士,四处散布流言,然后……

玛丽·安妮和一个朋友正在把一茶壶水倒进小塑料杯里。她们优雅地小口抿着。

"爸爸,"玛丽·安妮说,"你能给我们做真的茶吗?"

"你妈妈会生我气的。"

"她不在。"

"你会告诉她的。"

"不,我们不会的。"

"那好。如果你们保证不会真的喝茶,我就做。"

迈克尔进了厨房。女孩们高兴地尖叫着,电视里的女人神经质地哭泣着。"斯坦医生一退休,汤姆就是外科主任的候选人,可是丽塔说他……"

电话响了。"喂?"迈克尔问。

"哎,"卡洛斯说,"还在生气?"

"你好,卡洛斯。"迈克尔说。

"还生我气?"卡洛斯问。

"没有。"

"你最近在干什么?"

"什么也没干。"

"我猜也是。对工作有兴趣吗?"

"没有。"

"你是说你只想天天坐在那儿?"

"这会儿我正在办茶话会。"

"行啊,"卡洛斯说,"想出来喝杯啤酒吗?我下班以后可以过来。"

"我无所谓。"迈克尔说。

"你听起来很不开心。"

"你为什么不下个咒让事情好转呢?"迈克尔说,"水开了。也许一会儿见。"

"你不是真的在喝茶吧,嗯?"

"是真的。"迈克尔说,"再见。"

他把水拿进客厅,倒进玛丽·安妮的茶壶。

"别烫到自己,"他说,"不然咱们都完蛋了。"

"茶包在哪儿,爸爸?"

"哦,对。"他从厨房里拿了一个茶包,放进壶里。"你们年纪小,应该运用想象力。"他说,"不过这儿有一个。"

"我们还要一些茶点,爸爸。"

"那你就不会吃晚饭了。"

"会的,我会吃。"

他去厨房拿了一袋 M&M 巧克力豆。"别吃太多啊。"他说。

"我一定得离开这地方,"电视上的女人在说,"你知道我现在得走了,因为汤姆依赖丽塔。"

玛丽·安妮小心地给两个小杯子倒满茶。

"我们能喝吗,能不能,爸爸?"

"我猜可以吧。只要喝了不难受。"

迈克尔看着女儿和朋友享受着这个茶话会。他走进浴室,把烟斗从窗台上取下来,关上门,打开窗,点燃烟斗。他坐在浴室的地上,交叉两腿,听电视里的女人哭。他注意到玛丽·安妮的兔子,它抬起眉毛惊讶地看着他。这真够可笑的,茶话会在进行,背景是一个女人尖叫的声音,而他坐在浴室里抽大麻。"我还能干什么?"他低声对兔子说。他嫉妒那只兔子——它把肥皂握在胸前的样子。当他听到埃尔莎进屋,他走出浴室,来到门厅,用双臂绕住她,心里想着那只兔子和肥皂。米克·贾格尔[1]对他唱着:"我们曾经紧握的梦想都化为轻烟……"

"埃尔莎,"他说,"你有什么梦想?"

"你的毒品贩子死掉。"她说。

"他不会的。他才二十岁。"

"也许卡洛斯会给他下咒。卡洛斯杀死了他的教父,你知道。"

"严肃点。再说一个真正的梦想。"迈克尔说。

"我说过了。"

迈克尔松开她,走进客厅。他朝窗外望去,看到卡洛斯的车停在小路上。他走出门,坐进卡洛斯的车。他呆呆地盯着大街。

---

[1] 米克·贾格尔(Mick Jagger,1943—)是滚石乐队的主唱。

"不想打招呼是吧。"卡洛斯说。

迈克尔摇摇头。

"见鬼,"卡洛斯说,"我不知道我干吗总是主动来找你。"

迈克尔的情绪有传染性。卡洛斯愤怒地发动汽车,轰鸣而去,他诅咒了草坪边上的一棵黄杨。

1974 年 10 月 21 日

狼的梦

辛西娅十七岁时嫁给了尤厄尔·W.G.彼得森，那两个首字母代表"威廉·戈登"；他家里人叫他威廉，她父母叫他W.G.（好让他明白他们觉得首字母很做作），辛西娅叫他皮特，他部队的那些哥们儿就这么叫他。如今辛西娅和尤厄尔·W.G.彼得森已经离婚九年了，他过去的称呼也成了有关他的记忆中一件平淡的小事。她不恨他。除了名字，她几乎不大记得他。圣诞节时，他给她寄卡片，署名"皮特"，但只是在离婚后的几年如此，后来就不寄了。她第二任丈夫叫林肯·迪万，她二十八岁时嫁给他的。她二十九岁半的时候，两人离婚了。没有圣诞卡。现在她要和查理·派恩赫斯特结婚了。她家里人讨厌查理——也可能只是反感第三桩婚姻——但她烦恼的是查理的名字跟皮特和林肯这两个名字在脑子里混作一团。尤厄尔·W.G.彼得森，林肯·迪万，查理·派恩赫斯特，她想来想去，好像需要记住这些名字似的。高中的英语老师曾让她背诵那些毫无道理的诗歌，她完全没法记住诗歌的下一句是什么。她整个高中阶段拿的都是 D[1]，毕业以后又不喜欢自己的工作，所以皮特向她求婚的时候她很高兴，即使嫁给他意味着远离亲友搬到部队驻地。她喜欢那地方。她父母说过她对什么都不会满意，所以后来她对驻地生活毫无怨言让他们惊讶不已。她认识了那里所有的妻子，大家成立了一个减肥俱乐部，她轻了二十磅，体重减到和刚上高中时一样。她还为当地电台工作，录制故事和诗歌——她一直不知道为什么要录制那些——后来发现如果只是阅读而不需要思考的话，她对文学并不反感。皮特有空时总和哥们儿厮混，他俩其实没有多少时间相处。他责怪她减肥是为了吸引"一个卡其布[2]情郎"。"有了一个你还不够吗？"他问。可是在一起时，他也并不想爱抚她，他总在另一间空卧室里举杠铃。辛西娅喜欢有两间卧室，整栋房子她都喜欢。那是一栋联排木板房，楼下缺了百叶窗，但是里面的空间比她父母的房子还大。他们搬进去的时候，所有的随军妻子说的话都一样——那间卧室不会空太久。但是它一直空着，只放了杠铃和皮特安在天花板上的健身吊架。在驻地的生活还是很愉快的，有时她挺怀念。

和林肯生活时，辛西娅住在俄亥俄州哥伦布市的一所公寓里。"这倒挺好，你住得离我们有半个美国那么远，"她爸爸写信说，"因为你妈妈肯定不想见那个黑人，他声称自己的父亲是什么切罗皮族印第安人[3]。"她从未见过林肯的父母，所以自己也不太清楚印第安人的问

---

1 美国教育体制最常用的 A、B、C、D、F 分值系统，A 是最高分，F 是不及格。

2 卡其布指做军装的土黄色布料。

3 切罗皮族印第安人，原文为"Cherappy Indian"，是辛西娅父亲将切罗基族印第安人（Cherokee Indian）的名称记错了。

题。林肯的一个一直想做她情人的朋友,跟她说林肯·迪万甚至不是真名——这个名字是他编的,他在二十一岁的时候合法更改了名字。"就像相信圣诞老人,"这个朋友说,"世上本没有林肯·迪万。"

查理跟皮特和林肯都不一样。那两个人对她都不怎么关心,查理却很体贴。这些年来,她第一次结婚时减掉的二十磅又回来了,在此基础上还添了二十五磅。她想在嫁给查理前恢复身材,不过他现在就想结婚。"你现在这样就行,"查理说,"成衣也可以改尺寸。"查理是个裁缝。他不算真正的裁缝,但他哥哥有个成衣店,有时他周末过去改改衣服,赚点外快。有一次他俩都喝得微醺,辛西娅和查理起誓,每人告诉对方一个深藏不露的秘密。辛西娅告诉查理,她在嫁给皮特之前有过一次流产。查理颇为吃惊。"估计你因为这个才变得这么胖,"他说,"给动物去势以后它们也这样。"她不明白他在说什么,也不想问。她自己差点都把这事忘了。查理的秘密是他知道怎么操作一台缝纫机。他觉得那是"女人的活计"。辛西娅心想这有点离谱:她告诉他如此重要的经历,他只是说自己会操作一台缝纫机。

"我们不住什么公寓,"查理说,"我们要一栋房子。"还有,"你不用爬楼梯,我们要找一栋错层式[1]的。"还有,"也不会是那种日益衰败的街区,我们的街区会越来越好。"还有,"你用不着减肥。现在就嫁给我不好吗?我们买栋房子,一起开始新生活。"

可是她不愿意。她要先减掉二十磅,再攒一笔钱,买件漂亮的婚纱。她已经开始化妆、留长发,美容院的老板就是这么建议的,这样

---

[1] 一种楼层交错的房屋风格。通常有两段短楼梯,一段向上通往卧室层,一段向下通往地下室。

婚礼那天她就会有垂到双肩的长卷发。她一直在读新娘杂志,觉得长卷发最美。查理很讨厌那种杂志,认为是杂志唆使她减掉二十磅——杂志要为他的等待负责。

她开始做噩梦。一个常做的噩梦是她和查理站在圣坛前,她穿着一件美丽的长裙,可是裙子还不够长,所有人都能看到她站在一台磅秤上。磅秤显示的数值是多少?她从梦中惊醒,凝视着一片黑暗,然后下床,走进厨房。

这个夜晚,她一边拿薯片去蘸切达奶酪沙司,一边重读母亲的来信:"你不是个坏女孩,所以我不明白你为什么会结三次婚。你父亲不把黑人那次包括在内,但是我会,所以是三次。结婚次数太多了,辛西娅。你是个好孩子,现在也该知道是时候回家安顿下来,和我们一起过。我们愿意照顾你,连你父亲也是。我们要警告你,别再犯下可怕的错误。"没有问候,没有署名。信可能是母亲睡不着觉的时候匆匆写就的。辛西娅需要写封回信,但她觉得写什么都无法说服母亲。要是父母能相信她,认为她和查理交往是个正确的决定,她就会带他回家见父母了。可是她父母喜欢健谈的,或是能把他们逗笑的人(用她父亲的话说就是"打破沉闷"),而查理并不健谈。查理非常严肃,而且他四十岁了还从未结过婚,她父母会想要知道原因。总之她没法取悦他们,他们讨厌离过婚的人,却又对单身汉心生疑虑。因此她从不跟查理提见父母的事,到最后是查理自己提出来的。辛西娅编了一些理由,却被查理看穿。他觉得这都是因为他向她坦白了自己会缝纫,而她并不以他为荣——这才是她推迟婚期,又不愿把他介绍给父母的真正原因。"不,"她说,"不,查理。不,不,不。"她说了太多次"不",自己都相信了。"那就定下婚礼的日子吧,"他跟她说,

"你总得说个时间。"她答应下次见面的时候确定日子，可是脑子一片混乱——因为母亲写的那封短信，因为她整晚失眠，还因为她夜里吃东西，刚减掉的体重又回来了，这让她情绪低迷。

既然睡不着觉，只剩下几片薯片，不如吃光拉倒，她决定像那一晚她和查理说秘密那样来跟自己坦白。她自问为什么结婚，部分原因是她不喜欢自己的工作。她是个打字员——是打字工作者[1]，其他女孩总拿这个词来纠正她。而且她已经三十二岁了，再不快点结婚，可能就找不到什么人了。她和查理会有一栋房子，她能拥有一座花园。还有就是，假如生了孩子，她就不用工作了，不过他们还没有讨论过这事。如果她想要小孩，现在年龄已经有点偏大。算了，再问下去毫无意义。她头疼，吃得又太多，感觉有点不适。不管心里怎么想，她知道自己还是会嫁给查理。

辛西娅和查理将于二月十日成婚。她跟查理就是这么说的，因为她想不出日子，又必须确定一个；她也是这么跟老板格里尔先生说的，问他那段时间自己能不能请一周假。

"我们想在二月十号结婚，还有，要是可以的话，我想在之后那一周请假。"

"让我看看日历。"

"你说什么？"

---

[1] 打字工作者，原文为"typist"，破折号前的"打字员"原文为"typer"，在英语中这两个词意思相同，可以互换，但在这里被刻意区别开来，言下之意是"typist"要比"typer"听起来更高级一点。

"请坐吧,放松点,辛西娅。你那星期可以请假,如果不是——"

"格里尔先生,我可以改婚礼日子。"

"我没说需要改。请坐,让我——"

"谢谢。我站着好了。"

"辛西娅,这么说吧,那一周请假没问题。"

"谢谢。"

"你要是喜欢站着,不如和我去街边吃个热狗?"他对辛西娅说。

她吃了一惊。和老板共进午餐!她能感到脸颊在发烫。她脑海中闪过一个疯狂的念头:辛西娅·格里尔。这名字马上就跟彼得森、迪万,还有派恩赫斯特混在一起了。

在热狗摊旁,他们肩并肩站着,吃着热狗和炸薯条。

"我知道这不关我的事,"格里尔先生对她说,"不过你看起来不像个兴高采烈的准新娘。我是说,你倒是挺兴奋的,但是……"

辛西娅继续吃。

"没事吧?"他问,"我说和我无关是表示礼貌。"

"嗯,没关系。是的,我非常高兴。我婚后会回来上班的,如果这是你关心的问题。"

格里尔先生瞪着她。她说错什么话了。

"我还不确定是否要蜜月旅行。我们打算买栋房子。"

"哦?在看房子了?"

"还没,我们会去看看。"

"跟你聊天真不容易。"格里尔先生说。

"我知道。我脑子比较迟钝。打字时我出很多错。"

跟他说打字真是个错误。不过他没有接这个话茬。

"二月份休假挺好的。"他愉快地说。

"我选二月是因为我在节食,到那会儿我体重就减轻了。"

"是吗?我老婆也总是节食。她现在有个新食谱,每周吃十四个西柚。"

"那是西柚食谱。"

格里尔先生笑了起来。

"我说什么可笑的了吗?"

她看到格里尔先生有些尴尬。让他尴尬可是个错误。

"我睡不足八小时,脑子就不好使,何况我现在差得远呢。还有,我在节食,总是觉得饿。"

"你还饿吗?要不再来一个热狗?"

"那好啊。"她说。

他又要了一个热狗。她吃热狗的时候,他接着说下去。

"有时候我觉得最好别管什么减肥,"他说,"如果那么多人都是胖子,肯定有些原因。"

"可是我会越来越胖的。"

"那又怎么样?"他说,"真的变胖又怎么样?你未婚夫喜欢苗条女人吗?"

"他不管我减不减肥。他可能也不会在乎。"

"那你就找对人了。放开肚子吃吧。"

等她吃完那个热狗,他又给她买了一个。

"满世界都是吃的,可她一个星期吃十四个西柚。"

"你为什么不跟她说别再节食了,格里尔先生?"

"她不听我的。她读那些杂志,我也没办法。"

"查理也讨厌那些杂志。男人为什么讨厌杂志?"

"不是所有杂志我都讨厌。《新闻周刊》[1]我就不讨厌。"

她告诉查理,老板带她去吃午饭了。一开始他觉得挺好的,后来却显得失望。也许他是因为自己的老板没带他吃午饭而失望。

"你们聊什么了?"查理问。

"聊我。他说我可以长胖——没有关系。"

"他还说什么了?"

"他说到他老婆的西柚食谱。"

"你话不多呀。没什么事吧?"

"他说不要跟你结婚。"

"他什么意思?"

"他说回家吃吧,多吃点,使劲吃,但就是不要结婚。有个女同事说,她结婚前他也跟她说了一堆同样的话。"

"这家伙想干吗?他没有权力这么说。"

"那个女同事也离婚了。"

"你想跟我说什么?"查理说。

"没什么。我只是在跟你说午饭的事,是你问起的。"

"算了,我不明白是怎么回事,我想知道你到底什么意思。"

辛西娅觉得自己也不明白。她开始犯困,想马上就能躺下。她的第二任丈夫林肯觉得她什么也理解不了。他在衬衫里面戴了一串印第

---

[1]《新闻周刊》(Newsweek)是一份在纽约出版、在美国和加拿大发行的新闻周刊,它在美国是仅次于《时代》的第二大周刊。

安串珠项链。婚礼那天晚上睡觉前,他把串珠摘下来,举在她面前摇晃,问:"这是什么?"他对她说,你的脑子里面就是这样。她意识到自己受了侮辱。可是他又为什么娶她?她无法理解林肯。现在,就像查理一样,她也无法理解格里尔先生的意思。"记忆,"她听到她的英语老师在说,"每个人都能记忆。"辛西娅开始回忆往事:我嫁过皮特和林肯,我又要嫁给查理。今天我跟格里尔先生吃了午饭。格里尔太太吃西柚。

"哎,你在笑什么?"查理问,"是你和格里尔之间的私人玩笑还是什么?"

辛西娅在报纸上读到一则广告。"请致电危机中心,"广告词这样写,"我们在意。"她觉得危机中心这个主意不错,但是她没有遭遇危机,只是睡不着觉。不过这主意真的不错。要是我现在有危机,我该怎么办?她心想。她得回复母亲的便条。今天又寄来一张便条,她母亲现在想见查理了:"上帝为证,我多想让你明白,可是我也许没说清楚——我们真的很欢迎你回家,你不必做你正在做的这件蠢事。你父亲觉得,你如果在一任丈夫和下一任之间从来不花时间思考,就永远也不会找到真正的幸福。我知道爱情会让人犯傻,可是你父亲让我告诉你,他觉得你并不真爱这个人,连爱情的理由都没有就结婚,实在滑稽,没什么比这更糟了。你可能不想听这些,那我就长话短说,如果你想一个人回来,我们再高兴不过。如果你想带这个新的男人一起,我们也会去车站迎接。在你真的结婚之前,至少让我们看看这个男人。你父亲说他当初要是见了林肯,后面的事就不会发生。"

辛西娅拿出一张纸。她没有在信头写下母亲的名字，而是写："如果你还在那个高中，我想让你知道我很高兴能离开那里，离开你。我已经忘了所有你让我们背诵的毫无意义的诗歌。你诚挚的，辛西娅·奈特。"她在另一张纸上写道："你还在爱我吗？你还想见到我吗？"她拿出第三张纸，在上面画了两条平行的竖线，在两条竖线下端用一根横线将其相连——那是皮特的健身吊架。"猿人男。"她用印刷体写。她把第一封信装进信封，收件人写她的高中老师。第二封写给林肯。另一封给皮特，由他父母转交。她不知道林肯的地址，又把那张纸撕了，扔掉，然后她哭了起来。为什么哭？一起工作的一个女孩说是因为他们活在这个时代。那个女孩为乔治·麦戈文[1]竞选效力，不仅如此，她还给尼克松写过反对信。辛西娅从盒子里又抽出一张纸，给尼克松总统写起信来："我办公室里有些女孩不愿给你写信，因为她们说那会被当成神经病，她们的名字会上黑名单。我才不在乎上黑名单。你就是个神经病。你把物价搞得这么高，我都吃不起牛排了。"辛西娅不知道还要跟总统说点什么。她写："替我告诉你老婆，她长了张石头脸。"她在信封上写下地址，贴上邮票，上床前把这些信放到信箱里。她开始觉得这是尼克松的错——所有的事都怪他，管它是什么意思。她还在哭泣。尼克松，你真该死，她心想。你该死。

这一阵子，她一直没跟查理上床。他来她家的时候，她解开他的衬衫，用手摩挲他的胸膛，上上下下地摩挲，然后解开他的皮带。

---

[1] 乔治·麦戈文（George McGovern，1922—2012），曾任美国众议员、参议员，他在1972年的总统竞选中败给尼克松。

她又写了几封信。一封写给慧俪轻体[1]的琼·尼德齐[2]。"要是你吃个没完，又长胖了该怎么办？"她写道，"那你所有的钱都没了！你不能在公众场合露面，不然大家都会看到！我愿你越来越胖，然后去死。"第二封信（实际上是幅图片）给查理——画了一颗心，把"辛西娅"三个字写在里面。这不对。她又画了一颗心，把"查理"写在里面。最后一封信是给她和皮特结婚那会儿认识的一个女人。"亲爱的桑迪，"她写道，"抱歉这么久都没有写信。我二月十号要结婚了。我想我告诉过你林肯和我已经离婚了。我真希望你能在我身边，鼓励我在婚礼之前好好减肥！愿你全家万事如意。小孩现在一定会走路了吧。我这里一切都好。嗯，先写到这儿吧。爱你的，辛西娅。"

他俩坐上火车，在举行婚礼前去看望她的父母。现在是一月底。查理洒了一些啤酒在夹克上，已经去了两次洗手间清理衣服，虽然她告诉他第一次去时就已经弄干净衣服了。他的夹克口袋里有一条折好的领带。一条红色的领带，白色小狗图案，是辛西娅买给他的。她最近总在给他买礼物，因为她有时成心跟他过不去，事后又想弥补。这段时间她开始吃安眠药，休息充分，神经也不那么紧张了。她最近状态不好就是这个原因——缺乏睡眠。甚至在吃午饭的时候，她也服半

1　慧俪轻体（Weight Watchers）是美国一家知名的健康减肥咨询机构。

2　琼·尼德齐（Jean Nidetch, 1923—2015）是慧俪轻体的创始人。她本是一个嗜吃曲奇饼的超重主妇，后来跟其他几个同需减肥的女友创办了这家机构，以互助班的形式监督个人减肥过程。

颗安眠药,这样她白天会比较镇定。

"亲爱的,你想去餐车吗?我们可以在那儿喝一杯。"查理问她。

辛西娅不想让查理知道自己在吃安眠药,于是她一有机会就把手伸进包里,从药瓶里晃出一整片,趁他不注意就一口把药吞下。这会儿她又昏昏沉沉的了。

"我想过一会儿再去。"她说着给他一个微笑。

他走在过道上,她望着他的背影。那背影可以是任何男人。火车上的某个男人而已。车厢门在他身后关上了。

坐在过道另一侧的一个年轻人捕捉到她的眼神,他留着长发。"看报纸吗?"他说。

他主动给她看报纸。她觉得自己的脸红了。她还是接过报纸,怕冒犯了他。有些人不介意冒犯他这种模样的人,她自以为是地想,可是总该对人有礼貌。

"你们俩到哪儿下?"他问。

"佐治亚州的帕沃。"

"要去佐治亚州吃桃子?"他问。

她盯着他发愣。

"我是开玩笑的,"他说,"我祖父母就在佐治亚州。"

"他们成天吃桃子吗?"她问。

他大笑。她不知道自己的话哪里好笑。

"哈,老天爷,是,他们天天吃。"他讲这句话时拖着浊重的尾音。

她一张张翻着报纸。有一幅关于尼克松总统的漫画:总统靠在一面墙上,正被一个警察搜身,他在坦白各种罪状。

"很棒吧?"男子微笑着说,往走道这一侧凑过来。

"我给尼克松写了一封信,"辛西娅淡淡地说,"我不知道他们会拿我怎样。我信上什么都说了。"

"是吗?哇,你给尼克松写信了?"

"你给他写过吗?"

"哦,当然,我经常写,还发电报呢。不过要看他真的被人堵到墙角,还得等些时候吧。"

辛西娅继续翻看报纸。有整版的唱片广告,都是她从未听说过的人、从来不会去听的歌手。歌手们都长得像这个年轻男子。

"你是音乐家吗?"她问。

"我?哦,有时是吧。我弹电子琴。我会弹古典钢琴。现在弹得不多。"

"没有时间?"她说。

"是的,太多事情分心。"

他从毛衣里掏出一个扁酒壶:"你要是不想走那么远去找你朋友,就跟我喝一杯吧。"

辛西娅接过酒壶,动作很快,以免被人看到。酒壶一到手中,除了喝下两口,她不知道自己还有什么选择。

"你从哪儿来?"他问。

"水牛城。"

"看到彗星了吗?"他问。

"没有,你呢?"

"也没有,"他说,"有时我想根本就没有彗星,可能是妖言惑众。"

"如果尼克松说有彗星,那我们就可以确定其实没有。"她说。

她听到自己说话的声音,觉得陌生。那个男人在笑。他似乎喜欢谈论尼克松。

"没错,"他说,"说得漂亮。总统发布公告说彗星将会出现,那我们就可以放下心来,知道我们不会错过任何东西。"

她听不懂他说的话,就又喝了一口酒,这样就无须做表情。

"我也喝一口。"他说,酒壶又回到他手里。

看样子查理还要在餐车里待上一会儿,这个名字叫彼得的男人便凑过来,坐到她旁边。

"我第一任丈夫叫皮特,"她说,"他参了军。他不知道自己在做什么。"

男人点点头,承认他们的名字存在某种联系。

他点头了,她一定是说对话了。

彼得告诉她,他这一程是去探望祖父,祖父中风了,正在恢复。"他讲不了话。他们认为他会讲的,但不是现在就会。"

"我怕老,怕得要死。"辛西娅说。

"是呀,"彼得说,"不过你还离得远呢。"

"可有的时候我也不在乎发生什么,我压根不在乎。"

他缓缓地点头。"很多时候我们对发生的事情都无能为力。"他说。

他拿起一本他一直在翻看的小书,书名是《了解梦境的意义》。

"你读过这种书吗?"他问。

"没有。写得好吗?"

"你知道它写什么的,对吧?一本解梦书。"

"我做过一个梦,"她说,"梦到我穿着婚纱站在圣坛前,却不是站在地板上,而是站在一台磅秤上。"

他笑出声来，摇了摇头。"这本书里没什么奇怪的东西。都是弗洛伊德那套常见说辞。"

"是什么意思呢？"她问。

"哦——比如梦见牙齿掉落，就意味着阉割。就那一套。"

"那你知道我的梦有什么意思吗？"她问。

"我对自己读到的都半信半疑，"他说着用手指敲敲膝盖。他知道他还没有回答她的问题。"也许磅秤的意思是你在衡量各种可能性。"

"是什么的可能性？"

"你看，你穿着婚纱，对吧？你也许是在衡量这有没有可能。"

"那我该怎么办？"她说。

他笑了。"我也不是先知。我们查查你的星座吧。你是什么座？"

"处女座。"

"处女座，"他说，"那就有点道理了。处女座的人非常仔细。他们对你说到的那种梦会很紧张。"

彼得照着书念："对朋友要慷慨，但是小心不要被人利用。意外所获也许不如你期望的那么有意义。爱过的人会带来麻烦。从长计议。"

他耸耸肩。他把酒壶递给她。

太含糊了。她不是很明白。她看到林肯又在晃串珠了，但这次不是她的问题——是星座运势的问题。内容不够明确。

"那个跟我一起的男人想和我结婚，"她向彼得坦言，"我该怎么办？"

他摇摇头，望着窗外。"别问我。"他说，有点紧张。

"你还有其他书吗?"

"没了,"他说,"就这本。"

他们沉默地坐着。

"你可以去找看手相的,"过了一会儿,他说,"他们会告诉你发生了什么事。"

"看手相的?真的?"

"这个嘛,我也不清楚。如果你信一半……"

"你不相信这些?"

"我嘛,都是看着玩儿,不过我基本上只关心我喜欢的内容,然后忘掉不喜欢的。星座运势说我昨天应该推迟旅行,但我没有。"

"你为什么不相信这些?"辛西娅问。

"哦,我想大部分说法不比我们自己知道的更清楚。"

"那我们用它做个游戏,"她说,"我来问问题,你回答。"

彼得笑了。"好。"他说。他拿起她放在大腿上的手,盯着。他把手翻过去,查看另一面,皱起眉头。

"我该嫁给查理吗?"她低声说。

"我看到……"他开口,"我看到一个男人。我看到一个男人……在餐车里。"

彼得专注地盯着她的手掌,然后用手指轻抚她的手。"也许。"他触到她的指尖时深沉地说。

他被自己的表演逗得捧腹大笑。前排座位的一个女人不知道他在笑什么,往后面瞅了瞅。她看到的是一个嬉皮士一边握着一个胖女人的手,一边拿酒壶喝酒。

"柯勒律治[1],"彼得说,"你知道吧——柯勒律治那个诗人?他呢,他说我们并不是,比如说,先梦到狼再觉得害怕。他说我们是先觉得害怕,所以才会梦到狼。"

辛西娅明白了一些,但很快又糊涂了。都是因为吃了安眠药,喝多了酒。事实上,查理回来的时候,辛西娅靠在彼得的肩头睡着了。查理发火了——或者说像查理这么一个安静的人所谓的发火。查理也喝醉了,所以他比较平和,没有真的大怒。最终他闷闷不乐地坐到走道对面去了。那天很晚的时候,火车减速靠站,就要到佐治亚州了。他只是望着窗外发呆,好像什么也没注意到。彼得帮辛西娅把行李拿下来。火车到站了,查理还是坐着,望着窗外铁轨边上闪烁的几盏灯。辛西娅没有看他一眼,没有想事情会怎么样,她沿着过道出去了。她是最后一个下车的人。火车开走前她是最后一个下车的人,查理还在车上。

她的父母注视着火车开过铁轨,他们像是来自上个世纪的访客,为这样一台机器感到惊奇。当然,他们原本期待会见到查理,但现在只有辛西娅。他们没准备好做出愉快的反应,三个人注视着火车消失,沉默得不大自然。

那天夜里,辛西娅躺在自己小时候睡过的床上,无法入眠。她还是起来了,坐在厨房的饭桌旁边。我到底要想些什么呢?她问自己。她将双手覆在脸上,以便集中精神。厨房很冷,她与其说是饿,不如

---

[1] 塞缪尔·泰勒·柯勒律治(Samuel Taylor Coleridge, 1772—1834),英国诗人、文学评论家。他与朋友威廉·华兹华斯是英国浪漫主义运动的创始人和湖畔诗人的成员。

说是空虚。我不是脑子空虚,她想要冲林肯大喊,是胃里——胃里的什么地方。她闭上双眼,脑海里出现一个画面——是一座高耸的白色山峰。她并不在山上,也根本不在画面中。她睁开眼,看到饭桌光亮的表面。她闭上眼,又看到了白雪覆顶的山峰——高大,雪白,没有一棵树,只是山——冷得让她发颤。

1974 年 11 月 11 日

侏儒之家

"你快乐吗？"麦克唐纳问，"你要是觉得快乐，我就不管你了。"

麦克唐纳坐在一把灰色的小椅子上，椅子的花纹是色调更灰的树叶。他正在和站在一把蓝色椅子上的哥哥说话。麦克唐纳的哥哥高四英尺六点一五英寸[1]，他站在椅子上就能俯视麦克唐纳。麦克唐纳二十八岁。他哥哥詹姆斯三十八岁。他们俩中间还有个兄弟，叫克莱姆，克莱姆在巴拿马死于一种罕见的疾病；还有一个姐姐，叫艾米，艾米飞到巴拿马去陪伴将死的弟弟。一个月之后，在同一家医院，她死于同一种疾病。全家没有一个人参加葬礼。今天，麦克唐纳在母亲的要求下来探望哥哥，看看他是否快乐。詹姆斯当然不快乐，可是站在椅子上让他感觉好了一点，麦克唐纳悄悄塞在他小手里的二十美元也有同样的效果。

"你为什么要住在侏儒之家？"

"因为这儿有一个巨人。"

---

[1] 约137厘米。1英尺约等于30.48厘米，1英寸约等于2.54厘米。

"那这个巨人肯定沮丧得要命。"

"他还挺快乐的。"

"你呢?"

"我和巨人一样快乐。"

"你每天都干些什么?"

"就是花光家里的钱呗。"

"我可不是来这儿责备你的。我是想看看能帮上什么忙。"

"又是她派你来的,对吧?"

"嗯。"

"到午饭点了吧?"

"嗯。"

"你吃了吗?我房里有些糖果棒。"

"谢了。我不饿。"

"这地方让你没胃口?"

"我是有点紧张。你喜欢住这儿吗?"

"我比巨人更喜欢。他轻了二十五磅。可不能让人知道这个——官方数据是十五磅——但我无意中听到医生的话了。他轻了二十五磅。"

"吃得不好吗?"

"是啊。不然他怎么能掉二十五磅?"

"咱们这会儿不谈巨人,你看行吗?我想捎几句话回去让妈放心。"

"你就告诉她我跟她一样快乐。"

"可你知道她并不快乐。"

"她也知道我不快乐呀。她干吗老派你来?"

"她担心你,想叫你回家住。她也想自己来……"

"我知道。但是她看到这些怪人就紧张。"

"我本来想说她最近很少出门。不过她叫我来问你要不要再考虑一下。"

"我不打算回家,麦克唐纳。"

"好吧,那有什么想让家里带给你的?"

"这儿可以养宠物。我想要一只虎皮鹦鹉。"

"一只鸟?真的想要?"

"是啊。要一只绿鹦鹉。"

"我从来没见过绿色的。"

"宠物店可以按你的要求把鸟染成各种颜色。"

"那样对它们有害吗?"

"你是想让我还是鹦鹉高兴?"

"怎么样?"麦克唐纳的妻子问。

"那地方就是个动物园,唉,比动物园还糟。就是它本来的样子——侏儒之家。"

"他开心吗?"

"不知道,我并没有得到确定的回答。他说有一个巨人要饿死了,他比那个巨人开心,还是说他和巨人一样开心,我记不清了。咱们的苦艾酒喝光了吗?"

"喝光了。我忘了去酒行买酒,对不起。"

"没事。我觉得喝一杯也不会有什么效果。"

"也许有呢,我要是记得去买就好了。"

"我还是给我妈打个电话,把这事搞定吧。"

"你口袋里是什么?"

"是糖果棒,詹姆斯给我的。我牺牲了午饭时间去看他,他过意不去。"

"你哥哥其实是个挺好的人。"

"是。他是一个侏儒。"

"你什么意思?"

"我是说我基本上只把他当成一个侏儒。我这一辈子都得照顾他。"

"是你妈一直在照顾他,直到他搬出去住。"

"是啊,现在他好像找到能代替她的人了。听我说这个之前,你也许该喝一杯。"

"快说吧。"

"他有个小情人,他爱上了一个住在侏儒之家的女人,向她介绍我。她三英尺十一英寸[1],站在那儿冲着我的膝盖微笑。"

"能交到朋友多好。"

"不算朋友,是未婚妻。他声称一旦攒够了钱,就娶这个侏儒女人。"

"真的吗?"

"难道没有送外卖的酒行吗?我记得在小区里看到过流动贩酒车。"

他母亲住在纽菲尔德街一栋屋顶高挑的老房子里,那个街区渐渐

---

1 约119厘米。

被波多黎各人接管了。她的电话已经占线近两小时,麦克唐纳担心她可能也已经被波多黎各人接管。他开车到母亲家,敲门。开门的是一个波多黎各女人,埃斯波西托太太。

"我母亲还好吧?"他问。

"是的,她挺好的。"

"我能进来吗?"

"哦,不好意思,请进。"

她站到一边去——却没什么用,因为她实在太胖了,过道里还是没多少地方。埃斯波西托太太穿着一条看起来像热带丛林的裙子,细长的条纹状绿草四处蔓延,裙摆附近是褐色的树墩,胸部周围闪耀着大红色。

"你在跟谁打电话?"他问母亲。

"是卡洛塔[1]在跟她哥哥打电话,问能不能住过去。她丈夫又把她赶出来了。"

埃斯波西托太太听到她提及自己的丈夫,难过地搓着双手。

"说了两个小时?"麦克唐纳觉得她挺可怜,和蔼地问她,"结果怎样?"

"他不愿意。"埃斯波西托太太回答。

"我说她可以住这儿,但是她丈夫听说后大怒,说他不想让她住那么近,中间才隔了两家。"

"我估计他不是这个意思,"麦克唐纳说,"可能只是又喝醉了。"

"他参加了互助戒酒协会,"埃斯波西托太太说,"有两个星期都没喝酒,他每一次聚会都去,结果有天晚上他回到家,跟我说要

---

[1] 卡洛塔是埃斯波西托太太的名字。

我滚。"

麦克唐纳坐了下来，点着头，神经有些紧张。他坐的那把椅子对面有一把儿童椅，是拿来做脚凳用的。那是詹姆斯和母亲一起生活的时候用过的椅子。母亲还留着他用过的东西——一把小小的儿童吊椅，客厅里齐膝高的镜子。

"你见到詹姆斯了吗？"母亲问。

"见了，他说他过得很快乐。"

"我知道他没这么说。要是你也靠不住，我只能自己去了。你知道我见了他以后要哭好几天。"

"他说了他很快乐，还说他觉得是你不快乐。"

"我当然不快乐。他从来不打电话。"

"他喜欢他住的地方。他现在可以跟别人聊天。"

"是侏儒，不是一般人。"母亲说，"他躲起来，不想接触真实的世界。"

"他住家里的时候，除了你没别人可以说话。他现在还有份新的临时工作，给别人寄账单，他更喜欢这差事。"

"就是用邮件把烦恼寄给别人。"母亲说。

"你最近怎么样？"他问母亲。

"正像詹姆斯说的，我不开心。"

"那我能做点什么？"麦克唐纳问。

"明天去看他，叫他回家。"

"他不会走的，他爱上那儿的一个人了。"

"是谁？他说他爱上谁了？不会也是个社会福利工作者吧？"

"某个女人。我见过她，人似乎挺好。"

"她叫什么名字?"

"我记不清了。"

"有多高?"

"比詹姆斯矮一点儿。"

"比詹姆斯还矮?"

"嗯,矮一点点。"

"她图他什么?"

"他说他们在恋爱。"

"我听见了。我是问她图他什么。"

"我不知道,我真的不知道。那瓶里是雪莉酒吗?你能……"

"我去帮你倒。"埃斯波西托太太说。

"哎,谁知道人和人之间到底图的是什么,"他母亲说,"真正的爱情到最后还不是一场空。我爱你父亲,可是我们却生出一个侏儒。"

"你不该责怪自己。"麦克唐纳说。他从埃斯波西托太太手里接过一杯雪莉酒。

"不该?我只好抚养一个侏儒,照顾他三十八年,现在我老了,他却抛下我。这个我该去怪谁?"

"詹姆斯,"麦克唐纳说,"他不是有意跟你对着干的。"

"我该去怪你父亲,"母亲好像没听见他说的,"可是他死了。他的早死我又该责怪谁?上帝?"

母亲不相信上帝。她三十八年来都不相信上帝。

"我只能拥有侏儒。我想要孙子孙女,可是你不愿意生,你怕生出侏儒来。克莱姆已经死了,我的艾米也死了。卡洛塔,你也给我倒杯雪莉酒来。"

五点钟,麦克唐纳打电话给妻子。"亲爱的,"他说,"我被这个会议绊住了,七点钟才能结束。我本该早点给你打电话。"

"没关系。"她说,"你吃饭了吗?"

"没吃。我还在开会。"

"那等你回来我们再吃。"

"我还是买个三明治对付一下吧,好吗?"

"好。我买到鹦鹉了。"

"很好,谢谢。"

"鹦鹉很讨厌。送走它我就谢天谢地了。"

"一只鹦鹉有什么讨厌的?"

"不知道。宠物店的人还给了一个小摩天轮和一个铃铛,上面挂着一串种子。"

"是吗?没要钱?"

"当然了。你以为我会买那种垃圾吗?"

"不知道他为什么白给你。"

"那谁知道。我今天买了杜松子酒和苦艾酒。"

"好,"他说,"那先这样,回头见。"

麦克唐纳解下领带塞进口袋。每周至少一次,他会光顾位于城市另一端的一个老酒吧,同时告诉妻子他会议缠身,然后把领带塞进口袋。每周至少一次,他妻子会说搞不懂他怎么能把领带弄得皱巴巴的。他脱掉皮鞋,换上运动鞋,从办公桌后方的大衣挂钩上取下一件咖啡色灯芯绒的旧夹克。他的秘书还在办公室里,通常她五点前就走了,但是每次他穿成这样吊儿郎当地离开时,她似乎总在那儿等着说晚安。

"你一定好奇我要干什么,对不对?"麦克唐纳对秘书说。

她微笑了。她叫贝蒂,起码有三十出头。麦克唐纳只知道关于她的两件事:她很爱微笑,以及她的名字叫贝蒂。

"想一起去找点乐子吗?"他说。

"你到哪儿去?"

"我知道你好奇。"他说。

贝蒂微笑。

"想来吗?"他说,"想看看底层生活吗?"

"行啊。"她说。

他们上了他的车,是辆红色丰田。他把夹克挂在车厢后部,又把皮鞋搁在后座上。

"我们要去观赏一个日本女人用小雕像打人。"他说。

贝蒂微笑。"我们到底去哪儿?"她问。

"你一定知道生意人基本上都很堕落,"麦克唐纳说,"难道你不是在猜我下班后尽干些诡异的勾当?"

"我没这么想。"

"你多大?"他问。

"三十。"她答。

"你三十岁了,还没变得愤世嫉俗?"

"那你多大?"她问。

"二十八。"麦克唐纳回答。

"等你到了三十岁,你就会时时乐观。"贝蒂说。

"什么让你这么乐观?"他问。

"只是开个玩笑。事实上我要是不吃两种药,就不可能每天早晚对着你微笑。你记得有天我在桌旁睡着了吗?在那之前的一天,我刚做了堕胎手术。"

麦克唐纳感觉胃部不适——他自己也不介意来几种药片,好摆脱这种感觉。贝蒂点了一支烟,烟气也没法让他的胃舒服。不过早在贝蒂说话前,他已经不大舒服一整天了。也许他得了胃癌,也许是他不想再面对詹姆斯。仪表盘杂物盒里放着一罐药膏,是埃斯波西托太太给他母亲的,母亲让他带给詹姆斯。药膏是埃斯波西托太太的一个亲戚在她的要求下寄给她的,由波多黎各的一个医生制作,据说定期用它按摩脚踵,人就能长高。他想到药膏放在杂物盒里,心里不安,就像他妻子对家里有只鹦鹉和小摩天轮感到不安一样。家。妻子。贝蒂。

他们把车停在一家酒吧前面,窗户上的蓝色霓虹灯招牌写着"理想咖啡馆",其上方还有一个更大的霓虹招牌,写着"舒利兹"[1]。

他和贝蒂坐在靠里面的小隔间。他点了一大扎啤酒和双份香炸虾。自动点唱机里,塔米·温妮特正唱着"D-I-V-O-R-C-E"。

"这地方是不是很差劲?"他说,"不过香炸虾好吃极了。"

贝蒂微笑。

"你要是不想笑,就不要笑。"他说。

"那我所有的药片就白吃了。"

"万事终成空。"他说。

"你要是没喝酒,可以吃一片这种药,"贝蒂说,"然后你就不会那么想了。"

---

[1] 舒利兹(Schlitz),美国啤酒品牌,曾是美国最大的啤酒厂商。

"你看这期《时尚先生》了吗?"詹姆斯问。

"没。"麦克唐纳说,"怎么了?"

"等一下。"詹姆斯说。

麦克唐纳等着。一个侏儒走进房间,往他的椅子下面看。麦克唐纳抬起双脚。

"打搅了。"侏儒说。他转动手推车车轮,离开房间。

"他以前在马戏团,"詹姆斯回来了,说,"他现在带我们做运动。"

麦克唐纳读起那本《时尚先生》。在奥克兰希尔顿酒店有一场侏儒大会,《时尚先生》杂志去拍了一些照片。两个男侏儒带领一个欢喜的女侏儒穿过通道。一支侏儒棒球队。一张集体照。一个叫拉里的人(麦克唐纳并没有翻到照片背面去辨认他是哪一个)说:"我生下来以后还没这么快乐过。"麦克唐纳又翻了一页。有一篇写丹尼尔·艾尔斯伯格[1]的文章。

"嚯。"麦克唐纳说。

"《时尚先生》怎么会不知道我们侏儒之家呢?"詹姆斯问,"他们本可以上这儿来的。"

"听我说,"麦克唐纳说,"妈叫我把这个带给你。我不想无礼,但是她叫我保证一定会带到。你知道她很担心你。"

"什么东西?"詹姆斯问。

---

[1] 丹尼尔·艾尔斯伯格(Daniel Ellsberg,1931—2023),美国前军事分析家。他受雇于兰德公司时,曾因公开"五角大楼文件"(美国国防部的一份政治机密报告)而引发全国争议。

麦克唐纳把埃斯波西托太太用英语写了使用说明的那张纸递给他。

"拿回去。"詹姆斯说。

"不行。那我只能告诉她你不要。"

"告诉她好了。"

"不行。她很痛苦。我知道这很离谱，可是为了她，你就留着吧。"

詹姆斯转身把罐子扔出去。明黄色的液体顺着墙流下来。

"也告诉她不要再派你来了。"詹姆斯说。麦克唐纳心想，詹姆斯如果跟他一样高，就会出手揍他，而不只是说话。

"来揍我啊，"麦克唐纳吼道，"站在椅子扶手上打我的脸啊。"

詹姆斯没有回头。麦克唐纳离开的时候，走廊上的一个侏儒对他说："有时讽刺他几句也好。"

麦克唐纳和妻子、母亲，还有埃斯波西托太太站在一群侏儒和一个巨人中间，等待婚礼开始。詹姆斯和新娘将在教堂外的草坪上成婚。他们现在还跟牧师一起待在里面。他母亲已经开始哭泣："但愿我从来没嫁给你父亲。"她借埃斯波西托太太的手绢擦眼泪。埃斯波西托太太又穿了那条丛林裙子。来的路上，她告诉麦克唐纳的妻子，她被丈夫锁在屋外了，只有这一条裙子。"还好这条很漂亮。"他妻子说。埃斯波西托太太羞涩地否认，说并不太好看。

牧师、詹姆斯和新娘走出教堂，来到草坪上。牧师是一个嬉皮士，或是嬉皮士那一类的人，高个，脸很白，细长金发，穿黑色摩托骑士靴。"朋友们，"牧师说，"在这两位新人幸福成婚之际，我们要将这笼中之鸟放出,它象征着婚姻崭新的自由,还有灵魂的飞升。"

牧师手里拿着鸟笼,里面有只鹦鹉。

"麦克唐纳,"他妻子悄悄说,"是那只鹦鹉。宠物是不能放归野外的。"

他母亲对这一切都不以为然。也许她的眼泪有一部分是为反对这桩婚事而流,不完全是因为对他父亲的恨意。

鸟儿被放出来,它摇摇摆摆地飞上一棵树,消失在春天的新叶中。

侏儒们鼓掌欢呼。牧师用双臂环绕自己,转起圈来。几秒钟后,结婚典礼开始,只过了几分钟就结束了。詹姆斯亲吻新娘,侏儒们围绕在他们身边。麦克唐纳想起有次野营,他掉了块好时巧克力在树林里,还没等他系好鞋带,巧克力上就爬满了蚂蚁。他和妻子走上前去,后面跟着母亲和埃斯波西托太太。麦克唐纳看到新娘正灿烂地微笑着——一个任何药片也无法制造的微笑——阳光洒在她头上,发丝闪闪发亮。她看起来很小,容光焕发。她真美,麦克唐纳想跪下去亲吻她,长跪不起。

1975年1月20日

蛇的鞋子

小女孩坐在她叔叔萨姆的两腿中间。她的父母——艾丽斯和理查德,坐在旁边。他们离婚了,艾丽斯又再婚了,她抱着一个十个月大的婴儿。重聚一堂是萨姆的主意。现在,他们坐在一块距池塘不远的平坦大石上。

"看。"小女孩说。

他们扭头看见一条很小的蛇,从岸边两块石头间的裂缝中爬出来。

"没事的。"理查德说。

"是条蛇。"艾丽斯说,"你得小心。千万别碰。"

"抱歉。"理查德说,"一定要小心一切。"

这是小女孩想要听到的话,因为她不喜欢蛇的样子。

"你知道蛇能做什么吗?"萨姆问她。

"做什么?"她说。

"它们能把尾巴塞进嘴里,弯成一个圈。"

"为什么要这样?"她问。

"这样它们可以轻松地滚下山坡。"

"它们为什么不走呢?"

"它们没有脚。看到了吗?"萨姆说。

蛇很安静;它一定觉察到了他们的存在。

"现在跟她讲真话吧。"艾丽斯对萨姆说。

小女孩看着叔叔。

"它们有脚,但是到了夏天,脚就会脱落。"萨姆说,"要是你在林子里看到小小的鞋子,那就是蛇身上的。"

"跟她讲真话。"艾丽斯又说了一遍。

"想象比现实更好。"萨姆对小女孩说。

小女孩拍拍婴儿。她喜欢石头上坐着的每一个人。大家都很高兴,但是几个大人暗自觉得重聚有点怪异。艾丽斯的丈夫去德国照料他生病的父亲了,萨姆得知以后,就给他哥哥理查德打电话。理查德觉得他仨重聚不是个好主意。第二天萨姆又打电话,理查德告诉他不必再问了。但是那天晚上萨姆又打去的时候,理查德说,行吧,管他呢。

他们坐在石头上,看着池塘。晌午时分有个守林人经过,他让小女孩用他的望远镜看树上的乌鸦。她印象深刻,说想要一只乌鸦。

"我有个关于乌鸦的好故事。"萨姆说,"我知道它们的名字是怎么来的。你知道吗,它们从前是麻雀,后来因为惹恼了国王,国王就命令一个仆人杀掉它们。仆人不想杀光所有的麻雀,所以他到野外看着麻雀祈祷:'长大吧,长大吧。'神奇的是它们真的变大了。国王永远没法对乌鸦这样又大又威武的东西下手,所以国王、鸟和仆人都很开心。"

"可是它们为什么叫乌鸦?"小女孩说。

"这个嘛。"萨姆说,"很久很久以前,一个语言历史学家听到这个故事,但是他听错了,以为仆人说的是'乌鸦',而不是'长大'[1]。"

"跟她讲真话。"艾丽斯说。

"这是真的。"萨姆说,"很多词语的意思都被改变了。"

"是真的吗?"小女孩问父亲。

"别问我。"他说。

理查德和艾丽斯当初订婚的时候,萨姆企图让理查德改变心意。他告诉理查德那样他就被套牢了;他说要不是在空军服役期间习惯了严格管制,理查德绝不会考虑二十四岁就结婚。他坚信这是个错误的决定,甚至在订婚晚会上缠着艾丽斯,叫她解除婚约。晚会现场到处是装着心形薄荷糖的心形盒子,糖果用心形图案的彩纸包着,给每个来宾带回家。一开始,艾丽斯觉得很滑稽。"你把我说得像条恶狗。"她对萨姆说。"这事成不了。"萨姆说,"别这么做。"他给她看手中握着的小小的心形糖果。"你看这些该死的东西。"他说。

"那不是我的主意,是你母亲的。"艾丽斯说。她走开了,萨姆看着她离开。她穿着一条黄色流苏镶边的米色裙子,鞋子闪闪发光。她非常漂亮。他希望她不要嫁给哥哥——这个一辈子都被呼来喝去的家伙——先是母亲,然后是空军("你飞上蓝天的时候想想我。"母亲有一次这么给理查德写信。老天!),现在又将被老婆看管。

---

[1] 原文中,长大(grow)和乌鸦(crow)押韵。

那个夏天，理查德和艾丽斯结婚了，他们邀请萨姆共度周末。艾丽斯人挺好，不计前嫌。她对丈夫也没有怨气——他把扶手椅烧了一个洞，还顶着暴风雨去湖里开帆船，主帆破得没法修了。她是一个非常耐心的女人，萨姆喜欢上了她，也喜欢她担忧理查德冒着风雨下湖划船的样子。那以后萨姆每个暑假都跟他们待些日子，每个感恩节都去他们家过。两年前，就在萨姆确信一切完美无缺的时候，理查德说他们在办离婚。第二天早饭后，萨姆和艾丽斯单独待在一起，他问起原因。

"他用坏了所有家具。"她说，"他开起那条船时像个疯子，今年他把船弄沉了三次。我最近在跟别人交往。"

"你跟谁在交往？"

"你不认识。"

"我好奇，艾丽斯。我只是想知道他的名字。"

"汉斯。"

"汉斯。他是个德国人吗？"

"是的。"

"你爱上这个德国人了吗？"

"我不想说这些。你为什么找我说话？怎么不去同情一下你哥？"

"他知道这个德国人吗？"

"他的名字是汉斯。"

"这是一个德国名字。"萨姆说，然后出门去找理查德，安慰他。

理查德蹲在女儿的花园旁边。女儿坐在对面的草地上，跟花儿说话。

"你没去烦艾丽斯吧，嗯？"理查德说。

"理查德，她在跟一个该死的德国人好。"萨姆说。

"那又有什么关系？"

"你说什么？"小女孩问。

这使两人都沉默下来。他们呆呆地看着艳丽的橘色花朵。

"你还爱她吗？"萨姆喝完第二杯酒后问道。

他们在一条木板路上的一个酒吧里。关于德国人的谈话结束以后，理查德叫萨姆出去兜风。他们开了三十四英里来到这家酒吧，两人都没有来过，也不喜欢这里。不过萨姆右边的吧凳上坐着两个金发的易装癖者，他们的对话让他着迷。他想问理查德是否知道他们不是真正的女人，却又不知怎么引入这个话题，转而说起艾丽斯。

"我不知道。"理查德说，"我想你是对的。空军、母亲、婚姻——"

"他们不是真正的女人。"萨姆说。

"什么？"

萨姆以为理查德之前在看他一直留心的那两个人。他弄错了；理查德只是在扫视吧台。

"吧凳上那两个金发的人，是男的。"

理查德研究着他们。"你确定？"他说。

"当然确定了。我住在纽约，你知道的。"

"要不我搬去跟你住。我能去吗？"

"你以前总说宁死也不住在纽约。"

"噢，你是在叫我去死，还是说我可以搬去跟你住？"

"要是你愿意。"萨姆说。他耸耸肩，"你知道我那儿只有一张床。"

"我去过你的公寓,萨姆。"

"我只是提醒你。你好像脑子不太清楚。"

"你说得对。"理查德说,"一个混蛋德国人。"

酒吧女招待取走他们的空杯子,看看他们。

"这位先生的老婆爱上别人了。"萨姆对她说。

"我无意中听到了。"她说。

"你怎么看?"萨姆问她。

"德国男人也许没有美国男人那么可怕。"她说,"要续杯吗?"

理查德搬去跟萨姆一起住,不久就开始把动物往家里带。他带回一条狗、一只挨过冬天的猫和一只蓝色鹦鹉。鹦鹉关在一个很小的笼子里,理查德无法说服宠物店店主换笼子。鸟在公寓里飞来飞去,猫为之疯狂。后来猫终于不见了,萨姆松了一口气。有一天萨姆在厨房里看到一只老鼠,想当然地以为又是理查德的宠物,后来才意识到家里没有它的笼子。理查德回到家,说老鼠不是他的。萨姆找来了灭鼠人,但对方拒绝进屋喷药,因为那条狗冲着他狂吠。萨姆把这事告诉哥哥,想让他为自己的不负责任惭愧。可是理查德又带回一只猫,他说猫能抓老鼠,但还要等些时候——它还是只猫崽。理查德用匙子尖喂它猫粮。

理查德的女儿来看他,所有动物她都喜欢——大狗让她刷毛,猫伏在她腿上睡觉,她跟着鸟从这个房间到那个房间,和鸟说话,还把手放在地上,引它落在手背上。圣诞节时,她送了爸爸一只兔子,是一只肥肥的白兔,一只耳朵是棕色的。萨姆和理查德都不在家的时候,因为没人照看它,让它远离猫狗,所以它就被关在床头柜上的一个笼子里。萨姆说艾丽斯只做过一件坏事,就是让女儿买了这只兔子做圣诞礼物送给理查德。后来兔子发高烧死了。给兔子治病花了萨姆一百六十块钱,理查德没有工作,一分钱也付不了。萨姆有一个欠账本,他在上面记着:"兔子的死——付兽医160美元"。后来理查德真的找到一份工作,他查看欠账本。"你就不能只写数字吗?"他问萨姆,"干吗提醒我兔子的事?"他心情十分沮丧,以致找到新工作的第二天就没能早起上班。"简直没人性。"他对萨姆说,"兔子的死——付兽医160美元——真是恐怖。可怜的兔子。你真他妈混蛋!"他无法自控。

几个星期以后,萨姆和理查德的母亲死了。艾丽斯写信给萨姆,说她非常难过。艾丽斯从没喜欢过他们的母亲,可是那个女人让她着迷。艾丽斯永远忘不了她为订婚晚会买了一百二十五块钱的纸灯笼。过了这么多年,她还是念念不忘。"你觉得开完晚会以后,那些灯笼会去哪儿?"她在吊唁信里写道。那是封奇怪的信,让人觉得艾丽斯不太开心。萨姆甚至原谅了她送兔子的事。他给她写了一封长信,说大家应该重聚一下。他知道郊外有一个汽车旅馆,也许能在那儿待上整个周末。她回信说这听起来是个好主意。唯一让她郁闷的是他的信是秘书打的,在她给萨姆的信里,她几次提到他本来可以手写。萨姆注意到艾丽斯和理查德似乎都语无伦次,也许他们会重归于好。

现在他们住在同一家汽车旅馆的不同房间。艾丽斯和女儿还有小婴儿住一间,理查德和萨姆的房间都在走廊尽头。小女孩和不同的人一起过夜。萨姆买了两磅乳酪软糖,她就说要睡在他那儿。第二夜,艾丽斯的儿子肠绞痛,萨姆从窗内看出去,看到理查德抱着婴儿在游泳池边走来走去。萨姆知道艾丽斯睡着了,因为她入睡以后小女孩就离开妈妈的房间,来这儿找他。

"你想带我去嘉年华吗?"她问。

她穿着一件睡裙,上面有蓝色小熊的图案,它们头朝下朝裙边的方向坠落。

"嘉年华已经结束了。"萨姆说,"你知道现在已经很晚了。"

"没有什么地方还开门的吗?"

"甜甜圈店可能还开着,那里通宵开店。我看你想去那儿吧?"

"我就喜欢甜甜圈。"她说。

她骑着萨姆的肩膀去了甜甜圈店,身上裹着他的雨衣。他一直在想,十年前我绝对无法相信我能做出这样的事。可是现在他相信了——他的肩头有确实的重量,胸前晃荡着两条腿。

第二天下午,他们游完泳,裹着浴巾坐在石头上。远处有两个嬉皮士和一条爱尔兰赛特犬,都戴了花头巾。两人从湖中的岛划船往岸边来。

"我要是有条狗就好了。"小女孩说。

"那只会让你在不得不离开它们的时候难过。"她父亲说。

"我不会离开它们的。"

"你还只是个孩子,被人拽过来拽过去。"她父亲说,"你想过今天会到这儿来吗?"

"有点奇怪。"艾丽斯说。

"这是个好主意。"萨姆说,"我总是对的。"

"你并不总是对的。"小女孩说。

"我什么时候错过?"

"你编故事。"她说。

"你叔叔有想象力。"萨姆更正她的说法。

"再给我讲一个吧。"她对他说。

"我这会儿想不起来。"

"讲那个蛇的鞋子。"

"你知道你叔叔讲蛇是开玩笑的。"艾丽斯说。

"我知道。"她说。然后她对萨姆说:"你会再讲一个吗?"

"我不跟不相信我故事的人讲。"萨姆说。

"讲吧!"她说。

萨姆看着她。她瘦骨伶仃,头发是金棕色,不像她母亲的那样在阳光下闪亮。她不会有她妈妈好看的。他把手轻轻放在她头顶上。

云彩在空中迅速流动,有时流云飘走,他们就能看到月亮,圆满而模糊。乌鸦在树冠上一声不响。一条鱼在石头不远处跃起,有人说:"看。"每个人都扭头——晚了,不过还能看到鱼落水的地方荡开一圈圈涟漪。

"你为什么要嫁给汉斯?"理查德问。

"嫁给你或者他,我都不知道为什么。"艾丽斯说。

"他不在的时候,你跟他说你要去哪儿?"理查德问。

"说去看我姐姐。"

"你姐姐怎么样?"他问。

她笑了。"我猜还好吧。"

"有什么可笑的?"理查德问。

"咱们的对话。"她说。

萨姆扶着侄女从石头上下来。"我们去散步吧。"他对她说,"我有个长长的故事,他们会听烦的。"

小女孩的膝盖骨很突出,萨姆为她感到难过。他把她举到自己肩上坐着,拿手罩住她的膝头,这样就看不到它们了。

"是什么故事?"她说。

"有一次,我写了一本关于你妈妈的书。"萨姆说。

"写了什么?"小女孩问。

"写一个小女孩遇到了各种各样有趣的动物——一只兔子总是给她看他的怀表,兔子非常沮丧,因为他迟到了——"

"我知道那本书。"她说,"不是你写的。"

"是我写的。但是我当时很害羞,不想承认是我写的,所以署了另一个名字。"

"你并不害羞。"小女孩说。

萨姆继续走,碰到低垂的树枝就低头躲闪。

"你看还有蛇吗?"她问。

"就算有,也是无害的。它们不会伤害你。"

"它们会藏在树丛里吗?"

"蛇不会来碰你的。"萨姆说,"我说到哪儿了?"

"你刚才说到《爱丽斯漫游奇境》。"

"你觉得我那本书写得好吗?"萨姆说。

"你真傻气。"她说。

入夜了——外面很凉,他们多希望身上裹了不止两条浴巾。小女孩坐在爸爸两腿中间。一分钟前他看她冷,说该回去了,可是她忍着不打冷战,说不冷。艾丽斯的儿子眯着眼睛睡着了。石头前方的水面上有小团的黑虫聚集。这是他们在这里的最后一晚。

"我们去哪儿?"理查德说。

"海鲜餐馆怎么样?旅店老板说他能帮忙找个保姆。"

理查德摇摇头。

"不去?"艾丽斯失望地说。

"不是,去那儿挺好。"理查德说,"我正在从存在的角度想问题。"

"那是什么意思?"小女孩说。

"那是你爸爸造的一个词。"萨姆说。

"别逗她了。"艾丽斯说。

"我希望能再用那个人的眼镜看东西。"小女孩说。

"这儿。"萨姆说着用双手的拇指和食指弯成两个圈,"从这儿看。"

她凑过去从萨姆的手指间抬头看树。

"清楚多了,是吧?"萨姆说。

"是的。"她说。她喜欢这个游戏。

"让我看看。"理查德说,身子前倾,从他弟弟的指间看出去。

"还有我。"艾丽斯说。她从理查德身前凑过去,从手指圈向外张望。她凑过去的时候,理查德吻了她的后颈。

1975 年 3 月 3 日

佛蒙特[1]

诺尔在我们的客厅里摇着头。我和大卫先后跟他提议来一杯酒，他都拒绝了，可是他已经喝了三杯水。在这样的时候，我还好奇他什么时候会起身上厕所，这未免可笑。可我就是好奇。我情愿看他活动活动。他那么僵硬，我都忘了同情他，忘了他还是个活人。"这不是我想要的。"他在大卫开始表示同情的时候这么说。在这种时候问他到底想要什么真是可笑。我不记得大卫怎么会端来水杯。

诺尔的老婆苏珊告诉他，她在和约翰·斯蒂勒曼约会。我们住在一层，诺尔和苏珊住在二层，约翰住十一层。有点意思，十一层的约翰会把二层的苏珊搞到手。约翰提议他们只需重新组合——苏珊搬到楼上十一层，搬进约翰的老婆刚刚离开的公寓，然后他们只要……约翰的老婆去年秋天切除了乳房，在电梯里她曾告诉苏珊，既然她已经失去了并不想失去的东西，那不如也丢掉她想要丢掉的。她丢掉了约翰——离开时混乱不堪，就像过山车上的爆米花从纸袋里撒了出来。

---

[1] 美国州名，佛蒙特州位于东北部，和加拿大接壤。

她住在纽约某个地方,但约翰不知道是哪里。约翰在一个博物馆任馆长,上个月他的照片登上了报纸。他站在空白的墙壁前,一幅遭窃的油画曾挂在那里。后来他就收到他老婆的单字便条:"好。"他在电梯里把便条拿给大卫看。"便条插在他钱包的背面——我那些高中同学以前都那么放避孕套。"大卫告诉我。

"你们俩知道这事吗?"诺尔问。有难度的问题,我们当然不知道,可是我们会猜。诺尔能掌握这种语义学吗?大卫含糊作答。诺尔茫然地摇摇头,接受了大卫含糊的答案。他还能接受什么?老婆搬到楼上?这会儿,他又喝了一杯水。

大卫拿给诺尔一件运动衣,自然是希望止住他的冷战。诺尔把衣服套在灰色小鱼图案的睡衣上。大卫还给他拿了件雨衣。雨衣口袋里露出一条长长的白围巾,诺尔没精打采地把围巾拨到后面又拨回来。他起身去洗手间。

"她又何必在他穿着睡衣的时候说这事呢?"大卫低声说。

诺尔回来了,望着窗外。"真不明白我为什么不知道。我看得出来你俩知道。"

诺尔走到前门,打开门,晃荡着消失在走廊里。

"他要是再待一会儿,肯定会说'耶稣啊'。"大卫说。

大卫看看表,叹了口气。通常他回屋睡觉的时候,会打开贝丝的房门,蹑手蹑脚地走进去欣赏她的睡相。贝丝是我们的女儿,五岁了。有些晚上,大卫还会在她的拖鞋里留张字条,写上他爱她。但是今晚他情绪不高。我跟着他回到卧室,脱了衣服,上床。大卫悲哀地看看我,然后在我身边躺下,关了灯。我想说点话,又不知该说什么。我能说吗?"我们当中有一个应该和诺尔一起离开。你知道你还穿着袜子吗？你会对我做出苏珊对诺尔做的事，是不是？"

"你看到他那身可怜兮兮的睡衣了吗？"大卫终于低声说了句话。他扯开被子，起身，又走回客厅。我半睡半醒地跟过去。大卫坐进椅子，双臂放在扶手上，脖子靠在椅背上，双脚并拢。"呼……"他发出声音，头垂在胸前。

我回到床上躺下，睡意全无。我想起去年八月大卫和我在公园里的一天，大卫坐在我旁边的秋千上，他穿着网球鞋，脚尖刚蹭着松散的泥土。

"你不想荡秋千吗？"我说。我们刚打完网球，他每一局都赢了我。不管做什么，他总是比我强——精确停车、三维"连城"游戏[1]、舒芙蕾。他的舒芙蕾膨胀起来，弧形的表面就像月亮一样完美。

"我不会荡秋千。"他说。

我试着教他，但是他不知道双腿怎么用力。他按我说的姿势站着，臀部靠在秋千板上，小跳一下，准备开始，可是他不会协调双腿。"蹦一下！"我喊，可是这意义不大，我还不如说："抛接盘子。"我还是难以相信有些事我会做，而他不会。

他从秋千上下来。"你干吗搞得什么事都他妈的像比赛？"他说完掉头而去。

"因为我们总是比赛，而你总是赢！"我大喊。

半小时后他露面了，我还在秋千旁等着。

---

[1] "连城"游戏（tick-tack-toe），二人轮流在九宫格内画"X"和"O"，以先列成一行者得胜，三子一行，横向、竖向和对角均可。

"那次水肺潜水，你也把它当比赛？"他说。

他抓住了我的把柄。去年夏天，我说他总能抢到最美的贝壳，即使它们离我更近。这么说蠢透了，他听了大笑。他把我堵到角落里，笑话我。

我躺在床上想起这事，还是恨他。可是别离开我——我心想——别像诺尔的老婆那样。我把手伸到床边，轻轻捏住他睡衣上一处小小的皱褶。我不知道自己是想拽他的睡衣——来点粗暴的举动——还是想抚平它。我困惑地拿开手，打开灯。大卫翻了个身，用胳膊挡住脸，哼了几声。我盯着他看。再过一秒钟他就会放下胳膊，然后要我解释。那又没法脱身了。我起床穿上拖鞋。

"我去喝口水。"我抱歉地低语。

那个月晚些时候，事情发生了。我坐在地板的垫子上，身前铺着几张报纸，正在给植物换盆。大卫进屋时，我正要把那棵紫绒草放到一个大花盆里。已经是傍晚时分——外面天都黑了。之前大卫跟贝丝出门去了。出门前，贝丝看到室内的泥土，有些迷惑，她在我身边蹲下，问："有蚂蚁吗，妈妈？"我笑了。大卫从来不认同我笑话她。我笑话她——日后，这会成为法庭上他争取抚养权的说辞。如果这一点不奏效，他还会告诉法官我说过的那些话，比如最好的贝壳都被他抢到了。

大卫走进房间，还扣着大衣，系着蓝色的丝绸围巾（是诺尔送的圣诞礼物，他为弄丢了那条白色围巾一再道歉）。他坐在地板上，说决定离开我。他说得理性而平静。我被吓到了，一个念头掠过脑海：他疯了。贝丝也没和他在一起。他杀了她！

不，不，当然不是。是我疯了。贝丝在楼上的小朋友家。进楼的时候他碰到贝丝的朋友和她妈妈，他问贝丝能不能去她们家待几分钟。我不相信：哪个朋友？我真是够傻的，他一说出路易莎的名字，我就放心了。我只感觉到解脱，也许说我毫无感觉更准确。如果她死了，我还能感到痛苦，但是大卫说她没有死，所以我毫无感觉。我伸手抚摸植物的叶片。柔软的叶，尖利的锯齿。我要换盆的这棵植物是诺尔家的一棵大紫绒草剪枝扦插的，他的那棵挂在窗前的一个银质冰桶里（他和苏珊从未用过的一个结婚礼物），是我帮他把植物放进冰桶的。"桶盖你要拿来做什么？"我问。他把盖子顶在头上，在屋里跳舞。

"我从前有个叔叔，喝醉了就顶着一个台灯罩跳舞，"诺尔说，"这是个老笑话了，不过有多少人真的见过一个头顶灯罩跳舞的男人呢？我叔叔每个新年前夜都跳。"

"你到底在笑什么？"大卫说，"你在听我说话吗？"

我点点头，又哭了起来。要很长时间以后我才会明白，大卫让我伤心，而诺尔让我开心。

诺尔同情我。他对我说大卫是个傻瓜；说苏珊走了他过得更好，而大卫走了我也会更好。诺尔几乎每天晚上都打电话来，或者到家里看我。昨天晚上他建议我找个保姆看孩子，这样他就可以带我出去吃晚餐。他想尽办法让我开心。在我家吃饭的时候，他会带来昂贵的好酒，如果在餐厅吃饭，他就主动买一瓶好酒。贝丝喜欢我们在家吃饭，这样她既能见到诺尔，又能拿到诺尔每来必送的玩具。她目前最喜欢的玩具是一条精巧的红色拖轮，后面拖着三条驳船，船身以绳子相连。诺尔弯下腰,身子都快折叠起来了。他在地毯上挪动船只,朝想象中的船员吹哨发令。他不只是送礼物给我和贝丝,还给自己买了一部新车,并假装是为了贝丝和我买的。("座位舒服吧?"他问我。"后面那个大车窗正好可以用来往外招手。"他对贝丝说。)他假装为了我们仨买车,这有点可笑。如果真是这样,他为什么小气到连收音机也不装一个,他明知我爱听音乐。他还是个罗圈腿。我很惭愧,总是注意到诺尔的缺点。他费尽力气逗我们开心。他又改变不了大腿弯曲的角度。我过意不去,决定今晚吃一顿便宜的晚餐就够了。我说想去中餐馆。

在餐馆里,我吃着豉汁蘸虾,喝着喜力啤酒,心想,我从没吃过这么可口的饭菜。侍者送上两个幸运签饼[1],我们打开来看,签语不知所云。诺尔叫侍者结账,账单上来的时候,侍者又赠送了签饼——这次是四个。签语提到了旅行和金钱,我们还是不懂。诺尔说:"胡说八道。"他穿着一件灰色背心和白衬衫,我趁他不注意从桌旁瞄了一眼,他还穿着灰色毛料裤。最近这段时间,眼里能看到一切对我来说非常重要。诺尔只要把驳船拖出我的视野,拖进另一个房间,我就会和贝丝一样飞快地跟过去看是怎么回事。

在收银机旁,我站在诺尔身后,看到外面开始下雨了——雨夹雪。

"你知道怎么看出这是一家中国餐馆吗?"诺尔边推门边说,"就是即使下着雨,猫还是跑到街上去。"

---

[1] 幸运签饼(fortune cookie)是美国的中餐馆特有的一道小食,每个折成三角形的小饼中有一字条,上写预测运气的格言或幽默套语。

我厌恶地摇摇头。

诺尔拉了拉眼角的皮肤。"为这个关于名誉的笑话道歉。"他说。

我们奔向汽车。他扯住我的大衣腰带,抓住我,用一只手臂将我半抱着,和我一起跑过去,我在他身边晃晃悠悠的,咯咯笑着。我们的羊毛大衣有种怪味儿。他帮我开了车门,绕车一圈,再拉开他的车门。他又做到了——让我欢笑。

我们开车回家。

路上拥堵,为了保护新车,诺尔开得很慢很慢。

"你多少岁?"我问。

"三十六。"诺尔说。

"我二十七。"我说。

"那又怎样?"他说,语气愉快。

"我只是不知道你多大。"

"论心理年龄,我和贝丝差不多大。"他说。

我浑身湿透了,只想回家换上干衣服。我看着他在路上一寸寸地挪动,记起那天晚上他跟大卫和我在客厅坐着的时候他脸上的表情。

"一下雨你就心情不好,是不是?"他说。他把雨刷开到最大挡,橡胶擦过玻璃的声音很尖厉。

"我看见自己死在雨中[1]。"我说。

"你看见自己死在雨中?"

---

[1] 此处典出海明威的经典小说《永别了,武器》,女主人公凯瑟琳曾对男主人公亨利说:"我害怕下雨,因为有时我看见自己死在雨中。"(I'm afraid of the rain because sometimes I see me dead in it.)

诺尔不读小说。他读《物有所值》《华尔街日报》《评论杂志》。我很懊恼,《华尔街日报》里一定也有符合情境的反语。

"你在开玩笑吧?"诺尔说,"吃晚饭的时候你还挺高兴的。晚饭还不错,是不是?"

"我让你神经紧张,对吗?"我说。

"没有。你没让我紧张。"

雨水在车轮下飞溅,在车顶上敲击。我们开过一个又一个街区。太安静了,我希望有个电台。车顶上的雨声单调,我大衣的领子湿冷。终于到家了。诺尔停好车,走到车旁给我开门。我下了车。诺尔把我搂过去,紧紧抱着。我还是个小女孩的时候,有一回在旧货店,曾把一个洋娃娃紧紧搂在胸前,等我放下那娃娃时,她的眼睛掉了。并不愉快的记忆。我用双臂环住诺尔,感到冷雨打在手和手腕上。

一个男人跑过人行道,手里抱着条小狗,撑着一把大黑伞。他喊道:"你们车灯没关!"

差不多是一年以后的圣诞节,我们去看诺尔的疯姐姐朱丽叶。和诺尔交往了这么久,我已经被视为家中的一员。朱丽叶每次聚会前都会打电话说:"你也是家里的一分子了,当然不用邀请。"我应当为此感激,可是她每次打电话时都喝醉了,常常哭起来,说她情愿圣诞节和感恩节都不存在。他还有一个姐姐叫珍妮特,人很好,可惜住在科罗拉多。朱丽叶住在新泽西,所以此时我们在新泽西的贝永,正从前门进屋。诺尔拉着贝丝,我端着一个南瓜派。从诺尔的公寓到他姐姐家的一路上,我都在闻南瓜派的香味,但它没什么香味,或者是我又感冒了。我在车上吞了几片可咀嚼的维生素 C,这会儿闻起来像个鲜橙。诺尔的母亲正在客厅里用钩针织东西。还好，至少比大卫的母亲好，她总是大谈特谈安德鲁·怀斯[1]。我满意地回想起最后一次见她的时候，我说："明摆着爱德华·霍珀[2]更好。"

朱丽叶发白的金色长发掖在她粉红的耳朵后面，她脚踩一双从好莱坞的弗雷德里克店订购的细高跟鞋，穿着露出乳沟的裙子。诺尔和我暗自好奇她丈夫会不会来。感恩节那天，我们开始吃晚餐的时候，他露面了，带着一个穿低胸裙子的黑发女人。朱丽叶的胸和那黑发女人的胸隔着饭桌对峙（桌布是诺尔的母亲钩的）。诺尔不喜欢我评判朱丽叶，他的想法更积极。他另有一个姐姐是音乐家，她有丈夫、一条威玛猎犬，还有两只珍稀品种的鸟，鸟笼是她丈夫做的。他们很有钱，会去滑雪，还收养了一个韩裔男孩。有一回他们给我们放那个韩裔男孩学滑雪的录像。嗵！嗵！嗵！——每隔几秒钟，他就在雪地里跌倒一次。

朱丽叶很开通，不仅让我们睡同一间卧室，还把只有一张单人床的那间让给我们。贝丝睡在沙发上。

那一夜我紧挨着诺尔，说："这也太可笑了。"

"她是好意。"他说，"要不我们睡哪儿？"

"她可以把她的双人床让给我们，她睡这儿。毕竟他不回来，诺尔。"

---

[1] 安德鲁·怀斯（Andrew Wyeth，1917—2009），美国当代重要的新写实主义画家，以水彩画和蛋彩画为主，以贴近平民生活的主题画而闻名。

[2] 爱德华·霍珀（Edward Hopper，1882—1967），美国最重要的写实画家之一。作品常以住宅、旅馆和街景为主题，描绘现代人的寂寥和疏离。

"嘘。"

"那样不是更好?"

"你管她呢。"诺尔说,"反正你迷上了我,对吧?"

他贴过来,搂住我的后背。

"我不知道大家都怎么说话。"他说,"我不知道现在有什么流行套话。大家用什么表达'迷上了'?"

"我也不知道。"

"我又说了一个词!'套话'。"

"那又怎么样?你想要什么感觉?"

"我用的词听起来过时了——像老人讲的话。"

"你为什么总是担心变老呢?"

他挨得更近了。"我刚才说你迷上了我,你还没回答呢。这不代表你不喜欢我吧,嗯?"

"不。"

"你惯爱一个词的回答。"

"我惯爱睡觉。"

"'惯爱',你看我用的词,现在肯定有别的说法。"

我坐在车里,等贝丝从上芭蕾舞课的楼里出来。她一直在上课,可是效果一般,她走路的时候还是低头垂肩,脖子前伸。诺尔暗示说这也许可以从心理方面分析。你看,她脖子朝前伸,不仅是表面如此,还有……诺尔认为贝丝是成心这样。父母刚刚离婚,贝丝觉得内疚,认为自己也有部分责任,因此这个结果是她应受的。每个月要花五十美元让贝丝上芭蕾课,以此否定诺尔的理论。但愿芭蕾有用。

我在公园里待了一天，考虑是否该接受诺尔让我搬去同住的提议。那样我们就能有更多钱……反正我俩那么多时间都待在一起……又或者他可以搬来和我同住，如果我房间里的大玻璃窗真那么重要。我总是遇见明理的男人。

"可是我不爱你。"我对诺尔说，"你不想跟一个爱你的人一起生活吗？"

"没有人真正爱过我，以后也没人会。"诺尔说，"我有什么损失呢？"

我在公园里思量我会有什么损失。完全没有。那我为什么不离开公园，给他办公室打电话，说我已经决定了，这计划很明智？

一个脸蛋圆圆的小男孩溜达过来，他穿着一件短夹克，裤子快掉下来了，手里拿着一只黄色的小船。他看起来对周围的一切都开心得要命，我真想拦住他问："我该搬到诺尔家去吗？我为什么这么犹豫？"孩童拥有这种智慧——最好的和最糟的一类思想家都这么认为：华兹华斯，马荷罗基上师[1]的信徒……"去冥想吧，否则将遭我棒喝。"大师对信徒们说。告诉我答案吧，孩子，否则我就拿走你的小船。

我跌坐进一张长椅。下一步，诺尔就会向我求婚。他打算套牢我。也可能更糟，他不想套牢我，只想让我搬进他家，以便省钱。他并不在乎我，因为没有人爱过他，他也不会爱别人。难道真是这样吗？

我找到一个电话亭，站在门口，等里面拿着购物袋的女人出来。

---

1 马荷罗基上师（Guru Maharaj Ji, 1957—　），印度国际演讲者和作家。他的教导包括他所称的"知识"冥想练习，以及基于发现个人资源（如内在力量、选择、感恩和希望）的和平教育。

她嘴里说着什么,我听不懂。她的嘴唇像鱼,涂成艳丽的橘红色。我一点口红也没抹。我穿着一件雨衣,套在睡衣上,脚上是凉鞋和诺尔的袜子。

"诺尔,"电话接通的时候我说,"你说没有人爱过你,是真的吗?"

"耶稣啊,向你承认这一点已经够尴尬的了,"他说,"你还非要问我吗?"

"我必须知道。"

"好吧,我跟你说了所有跟我睡过的女人。"他说,"你怀疑哪一个可能爱过我?"

我毁了他这一天。我挂了电话,头靠在电话机上。"我。"我说,"我爱。"我去掏雨衣口袋。一包舒洁纸巾,两枚一分硬币,还有贝丝放在里面吓唬我的一只粉红色橡皮蜘蛛。没有一角的硬币了。我推开门,一个年轻女人在外面等着。"你有几分钟时间吗?"她问。

"干什么?"

"你有几分钟吗?你对这东西怎么看?"她说。那是一根有萨拉米香肠质地的短棍。她另一只手里拿着写字板和钢笔。

"我没空。"我说着走开了。我又停住脚步,回头。"那到底是什么?"我问。"你有几分钟吗?"她问。

"没有。我只是想知道那是什么东西。"

"是狗的零食。"

她朝我走过来,递出写字板。

"我没时间。"我说,迅速走开了。

有东西砸在我背上。"有空拿这个插屁眼吧!"她骂道。

我跑过一个街区才停下来,倚在公园的墙上歇口气。要是诺尔在

087

场，她就不敢那么干。我的保护神。要是我还有一枚二十五美分的硬币，我就能打电话过去，说："诺尔啊，如果你愿意在我身边，我就跟你一直过下去，那样就没人敢朝我扔狗食了。"

我拨弄着那只塑料蜘蛛，也许贝丝放进去是为了让我开心。有一次，她还在我卧室的墙上画了一个年轻漂亮的比基尼女郎。我误会了，把画上的女郎看成我的反面。而贝丝只是觉得好看而已，她不明白我为何那么郁闷。

"妈妈不高兴是因为你用透明胶把东西贴在墙上，再拿下来的话，透明胶会留一个印。"

诺尔棒极了。我在口袋里摸索，指望能摸出一枚二十五美分的硬币。

诺尔和我去看他在佛蒙特的朋友：查尔斯和索尔。诺尔跟公司请了假。这次度假是为了庆祝我们决定共同生活。在那儿的第三个晚上，我们围坐在壁炉前——诺尔、贝丝和我，查尔斯和索尔，还有他们的女人——拉克和玛格丽特。我们抽着烟，听索尔的立体声音箱。壁炉很大，是索尔自己垒的，用的是他在山边上找到的板岩，还有路边别人扔的砖头。壁炉台面是查尔斯用他在本地一家停业的游乐园里找到的旋转木马的部件做的。一只滴水嘴兽伸出头来，车钥匙挂在怪兽的眉毛上。壁炉台子上有宾恩品牌服装目录、玛格丽特的帽子、大麻烟蒂和大麻烟夹、一个桃子罐头，还有一个香炉，浅紫色的灰堆里插着一小截香。

诺尔以前跟查尔斯一起在城里工作。查尔斯听说佛蒙特有所大房子需要修缮，就把工作辞了。人家告诉他一个月交一百美元就能住，但一二月份不行，那时要租给滑雪者。那些租房的滑雪者很热心，他们不愿看到别人无处栖身，就提议四个人一起住。他们就这么住下了，睡在查尔斯和索尔修好的那间侧室里。现在其他房间都空着，这一阵雨水多，滑雪就泡汤了。

索尔挂上了几幅他镶框的画，是查尔斯修好阁楼楼梯以后，索尔在阁楼里发现的一些老广告。我借着壁炉火光研究起这些画来。黄油女郎伸出一只手献上一块黄油——一个卖弄风情的健美女郎，珍珠白的皮肤，发了霉的下唇。她对面的墙上，一个黑发油亮的男人拿着一只和头发同色的鞋。

"在胡亚雷斯，你迷失在雨中，又是复活节时分。"迪伦唱。

玛格丽特对贝丝说："你想跟我一起洗澡吗？"

贝丝很害羞。我们到这儿的第一个晚上，她看到索尔光着身子从浴室走进卧室，捂住了眼睛。

"我在这儿不一定要洗澡吧，对吗？"她对我说。

"你怎么会这么想？"

"我为什么非得洗澡？"

不过她还是决定跟玛格丽特去了。她追上她，抓住她的羊毛腰带。玛格丽特对着刚点燃的一炷香吹气，在空气中扇了扇。贝丝仿佛着了魔，跟着她走出房间。贝丝在这所房子里已经很自在了，也喜欢这里所有的人，乐意跟其中任何一个四处溜达，虽然她平常会害羞。昨天，索尔给她示范怎么捶打面团，然后再放进烤盘，这样面团会再次膨胀。他让她用手指把黄油抹在面包上，再撒上玉米粉。

索尔在州立大学教书，是个诗人，学校聘他教一门现代小说课。"哦，好吧，"他说，"如果我不是同性恋，还参了军，估计他们会让我煮饭。一般他们都这么干,是不是?"

"别问我。"查尔斯说,"我也是同性恋。"这段对话似乎是个固定节目。

诺尔在欣赏画框。"这地方真是太美了。"他说,"我想在这儿一直住下去。"

"别傻了。"索尔说,"和一群仙女生活吗?"

索尔在看一篇学生作文。他说:"这个学生说:'亨伯特和千百万个美国人一样。'"

"亨伯特?"诺尔问。

"你知道——就是跟尼克松竞选的那个人。"

"得了吧。"诺尔说,"我知道是某本小说里的人物。"

"《洛丽塔》。"拉克说,她吸了一大口大麻,把烟卷递给我。

"你干吗不辞了那份工作?"拉克说,"你又不喜欢。"

"我不能失业,"索尔说,"我是个恶心的同性恋,又是诗人。已经有两次罢课是冲着我来的了。"他吹了两口烟卷,让它从烟夹里滑出来,落在壁炉台上。"还滥用毒品,"他说,"我差不多算完蛋了。"

"你这么想让我很难过,亲爱的。"查尔斯说,把手轻轻放在索尔的肩上。索尔吓了一跳。查尔斯和诺尔笑了。

到吃晚饭的时候了——木莎卡[1]、面包,还有诺尔买的红酒。

"木莎卡是什么?"贝丝问。她的皮肤闪亮,头发干了,玛格丽特梳过的地方有一道一道的印。

"老鼠肉做的。"索尔说。

---

[1] 木莎卡(moussaka)是一道菜品,主料是土豆、番茄、肉末、胡萝卜等。

贝丝看看诺尔,最近她有什么问题都找诺尔。他摇摇头表示否定。贝丝并不笨,她之所以看诺尔,可能是因为她知道这样会让他开心。

贝丝有自己的房间——最小的一间卧室,地板上铺着毛皮地毯,还有一条被子可以盖。晚饭后我和拉克聊天,听到诺尔在给贝丝念书:"《阿朗索·哈根的钓鳟鱼日记》。"不久贝丝就开始咯咯地笑。

我坐在诺尔的大腿上,望着窗外的田野,雪白平阔,还有群山——一片我知道是群山的模糊远景。窗子下方的散热管给玻璃笼上一层雾气。诺尔凑过去用手绢擦玻璃。已经是冬天了。我们本来一周后就要离开佛蒙特,后来住了两周,现在是三周。诺尔的头发长了,贝丝耽误了一个月的课。教育委员会会对我做什么?"你觉得他们会做什么?"诺尔说,"拿着枪来追我们?"

诺尔刚刚向我坦白了另一件恐怖的事,或者说令人羞愧的事,一个他从来没有跟人说起的秘密,我发誓以后决不提起。这件事发生在他十八岁的那年。他母亲有一个朋友,他威胁那个女人说,如果她不跟他上床,就掐死她。她跟他睡了。一完事他就害怕起来,怕她会告诉别人,他又威胁说如果她告诉别人,就掐死她。但他很快意识到,他一走,她就可以说出这件事,接着他会被捕。他烦恼不堪,以致精神崩溃,又跑回去躺到他们睡过的那张床上,抓过被子蒙住头,浑身发抖地大哭。后来那个女人告诉他母亲,诺尔大概在普林斯顿学习太辛苦了,也许该休个假放松一下。第二个故事是关于他在妻子离开以后怎样企图自杀的。真实情况是,他没法把围巾还给大卫,因为围巾打了好多结,被拽坏了。但是他太怯懦,不敢吊死自己,后来吞了一瓶药店买来的安眠药。之后他又害怕了,随即出门拦了一辆出租车。

一对依偎在风中的夫妇跟他说是他们先叫的车。后来他到了医院的候诊室，这对夫妇也在那里。

"那个可怜的丈夫把名片放在担架上，就在我手边。"诺尔说着使劲摇头，胡子都触到了我的脸颊。"他是一个水管工。叫埃利奥特·雷伊。他的妻子叫弗罗拉。"

这是个温暖的下午。"诺尔！"贝丝大喊，穿过湿漉漉的草地向他跑去。她伸着双手，就像一个渔夫捧着打到的鱼。可是她的手里什么也没有——只是手心里有一点血。最后他从她口中知道了缘由：她摔了一跤。他给她缠上绷带。他蹲下来，用胳膊将她围拢，好像一只巨鸟。鹭鸟？老鹰？他会带上我的孩子飞走吗？他们一起朝房子走去，他用手轻轻地把贝丝的头靠在自己的腿上。

我们回到城中。贝丝在从前是诺尔书房的房间里睡着了。我蜷在诺尔的腿上。他刚才又叫我讲了一遍迈克尔的故事。

"你为什么想听？"我问。

诺尔很为迈克尔着迷。迈克尔把家具都推到走廊里去，把小物件从窗户扔到后院，然后在公寓里支起四个彼此相连的大帐篷。还有一个电炉、弗兰高美国牌意大利肉酱面罐头、几瓶上等红酒、天黑以后用的手电……

诺尔敦促我回忆更多细节。帐篷里还有什么？

一块地毯，不过它只是碰巧铺在地板上。不知他为什么没把地毯扔出窗外。还有一个睡袋……

还有什么？

漫画书。我不记得是哪些了。一个柠檬蛋白派。我还记得两天以后那个派有多恶心，糖从蛋白饼上渗了出来。一瓶速可眠[1]。还有一个酒杯、一罐温的果汁……我不记得了。

那时我们在帐篷里做爱。我会过去看他，打开前门，然后爬进去。那年夏天他拆了帐篷，把帐篷扔进汽车，去了缅因州。

"接着说。"诺尔说。

我耸耸肩。这个故事我之前讲过两次了，每次我都停在这儿。

"就这些。"我对诺尔说。

他还是充满期待地等我继续，就像前两次他听故事的时候一样。

有天晚上，我们接到拉克打来的电话。他们附近有所房子要出手——只要三万美元。如果诺尔不会装修，查尔斯和索尔可以帮忙。有十英亩[2]地，一个瀑布。诺尔迫不及待地想搬过去。可是我们怎么赚钱呢，我问他。他说，等一年以后钱用光了再来操心。但是我们还没见过那个地方呢，我指出。可这是个绝妙的新发现呀，他说，我们这周末就去看。诺尔搞得贝丝也激动不已，她想星期一就到佛蒙特上学，再也不要回到纽约。我们下一分钟就去看房好了，然后永远住在那儿。

可是他知道怎么配电线吗？他确定那里可以布线吗？

"你对我一点信心都没有吗？"他说，"大卫一直觉得我是个笨蛋，是不是？"

---

[1] 即司可巴比妥，一种安眠药。

[2] 1英亩约等于4046平方米。

"我只是问问你能不能干这种复杂的活儿。"

我对诺尔缺乏信心令他不悦,他没接话就离开了房间。他大概记起了那个晚上——他知道我也记得——那个晚上他问大卫,能不能来看看落地灯的插座有什么问题。大卫大笑着回到家里。"插头从插座上掉下来了。"他说。

四月初的一个周末,大卫和女朋友帕蒂来佛蒙特看我们。她穿着蓝色牛仔裤,涂了黑色眼影。她二十岁。她脚上的木屐在光光的木地板上磕出响亮的声音。她看起来不太自在。大卫看起来还算自然,只不过他听到贝丝叫他大卫的时候有点吃惊。贝丝跑在诺尔和我的前头,带大卫穿过树林去看瀑布。她跑得太远的时候,我喊她回来,不知为什么心里害怕她会死。要是我看不见她了,她也许会死。我猜我一直想着如果大卫和我又在一起了,那会是在我们将死的女儿的病床边——差不多是那类情景。

帕蒂在树林里走得艰难,木屐从脚上滑落到草丛里。我想给她找双我的运动鞋,可是她穿八号半,我穿七号。又一件让她不自在的事。

大卫夸张地吸了一口气。"这里跟我们以前住的高层反差可真大啊。"他对诺尔说。

成心想让我们难堪吗?

"你以前住高层公寓?"帕蒂问。

他一定才认识她不久。她对他说的每一句话都很在意,饶有兴趣地注视他掰下一根树枝,一折两半。她很难跟上我们。大卫终于注意到她跟不上我们,就拉起了她的手。他们是城里人,连一双山地靴都没有。

"那好像是上辈子的事了。"大卫说。他折下一根小树枝,用拇指轻弹树枝末梢。

"有人说每一次睡眠都是一场死亡;醒来的时候,我们已经是另一个人,面对另一段人生。"帕蒂说。

"现实主义者的卡夫卡。"诺尔说。

诺尔整个冬天都在读书。他读了布劳提根[1],很多本博尔赫斯,从但丁一直读到加西亚·马尔克斯、希尔玛·沃利策[2]和卡夫卡。有时我问他为什么是这种读法。他让我给他开了一个书单——哪个作家在哪个之前,哪些诗是早期的,哪些是晚期的,哪些是著名的。算了,这无所谓。诺尔在佛蒙特更快乐。在佛蒙特意味着他能做自己喜欢的事。一种自由,你知道吧。我又何必拿他寻开心呢?他爱看书,爱在屋外的树林里散步,他买的鸟食多得喂北方所有的鸟都够了。他把给鹿准备的盐砖[3]拿进去的时候拍了一张宝丽来[4]照片,然后一边欣赏盐砖("它们来过了!")一边欣赏照片。屋子里还有宝丽来一次成像的树林、瀑布、几只兔子——他很自豪地把照片挂起来,那种自豪劲儿

---

1 布劳提根(Richard Gary Brautigan,1935—1984),20世纪美国小说家、诗人。生于华盛顿州,自杀于加州的家中。他的成名作是1967年出版的小说《在美国钓鳟鱼》(*Trout Fishing in America*)。

2 希尔玛·沃利策(Hilma Wolitzer,1930—),美国当代小说家,作品有《爱的隧道》(*Tunnel of Love*)、《医生的女儿》(*The Doctor's Daughter*)等。

3 鹿等动物在野外会找盐碱地舔舐盐分,以补充所需。住在林中的人家常在房子门口放置盐砖,吸引鹿来舔食。

4 一家总部位于荷兰的拍立得底片与相机制造公司。

跟贝丝挂她在学校里画的画时一样。"你看，"有天晚上诺尔对我说，"盖茨比跟尼克·卡罗威交谈的时候，他说：'无论如何，这只是个人的事。'——这句话是什么意思？"

"你什么时候读的《盖茨比》[1]？"我问。

"昨天晚上，在浴缸里。"

我们转身往回走，诺尔指出我们周围的树丛里有多得惊人的松鼠。从大卫的表情来看，他觉得诺尔很无聊。

我看着诺尔。他比大卫高，但有点驼背；他比大卫瘦，但驼着背不显瘦。诺尔长手长脚，鼻子尖削。他戴的灰色围巾末端有些磨损了。大卫的围巾是大红色、新买的。可怜的诺尔。大卫打电话说他和帕蒂要来拜访时，诺尔根本不会想到拒绝。他问我他怎么才能争得过大卫。他以为大卫来这里是要把我赢回去。等读了更多文学书以后，他就会意识到那样未免太容易。真实的世界一定更复杂。复杂将永远保护他。大卫打过电话的几小时后，诺尔说（实际是对自己——而不是对我说）大卫会带一个女人来。那当然意味着大卫不会再做任何努力。

我们快吃完晚饭的时候，查尔斯和玛格丽特过来了，带了一个床垫，是我们跟他们借来给大卫和帕蒂睡的。他俩都吸得晕晕乎乎，在地上拖着床垫走，晚来的一场雪染白了床垫。他们吸得太晕，没法抬起床垫。

"黄昏时分。"查尔斯说。他用一个黑色的圆形发夹把头发别在耳

---

[1] 即小说《了不起的盖茨比》(*The Great Gatsby*)，美国现代主义小说家 F. 斯科特·菲茨杰拉德的经典名著。前一段中诺尔提到的语句在小说的第八章。

后。玛格丽特把帽子丢在拉克那里有一段时间了,她一直没有再借一顶。她的头发上有细细的雪。"我们得走了。"查尔斯说,用手掂量着她的头发,"趁女雪人还没融化。"

那天夜深的时候,我坐在厨房餐桌前,转过身对着大卫。"你还好吗?"我低声问。

"好多事情都不是我想象的那样。"他低声说。

我点点头。我们在喝白葡萄酒和切达奶酪汤。汤很烫。碗里热气蒸腾,我把脸转开,怕热气熏得眼睛流泪,让大卫误会。

"其实不是事情,是人。"大卫低声说。酒杯里的一块冰被他用食指摁下去,又浮上来。

"什么人?"

"还是不说了吧,那些人你不认识。"

这句话伤了我,而他知道这会伤人。但是上楼回屋睡觉的时候,我意识到即便如此,这也是个非常明智的做法。

这个晚上,我像很多时候那样,在睡衣下面穿着秋裤睡觉。我爬到诺尔身上取暖,然后躺着不动,用他的话说像个死人,像在荒凉的西部,一个人中枪倒在尘土中。诺尔总拿这个开玩笑。"砰!砰!"我放低身子时,他迷迷糊糊地说,"可怜的家伙死定了。"我躺在他身上取暖。他想从我这儿得到什么?

"你生日想要什么?"我问。

他列了一小串他想要的东西。他低声说:一个书架、一个水族箱、一个做奶昔的搅拌器。

"听上去像个十岁小孩要的东西。"我说。

他沉默了好久；我伤了他的心。

"书架可不是。"他最终来了一句。

我睡着了。躺在他身上入睡对他不太公平。他不忍心叫醒我，只好让我趴在他身上，直到我滑下去。动一动，我对自己说，可是我没动。

"你记得下午的时候，帕蒂和我坐在石头上，等你和大卫还有贝丝回来吗？"

我记得。我们在山顶上，贝丝拉着大卫的手，要带他去看什么东西。大卫不感兴趣，但贝丝不管，还是一路拉着他。我跑着跟上去，贝丝拽他拽得太用力了，我抓住贝丝空出来的胳膊，抓住不放，于是我们仨形成了一条链子。

"我知道我以前见过那情景。"诺尔说，"我刚才想起来在哪儿见过——《第七封印》[1]里面的男主角在暴雨之后醒来，看到死神领着那些人蜿蜒而上，爬到山顶。"

六年前。七年吧。冬天，大卫和我在"村"[2]里，正从一个书店的窗外往里张望。轮胎发出尖厉的声音，我们回头，正好看到一辆汽车，一辆破烂的蓝色汽车把一个女人从街上撞飞到空中。她落到地上的过程太漫长了；她落下来的样子好像飘舞的雪花——大片雪花飘落

---

1 《第七封印》(*The Seventh Seal*)，瑞典导演英格玛·伯格曼1957年执导的影片。

2 格林威治村（Greenwich Village），简称"村"（The Village），纽约市曼哈顿下城西侧的一个街区。在20世纪，格林威治村被誉为艺术家的天堂、波希米亚风格的首都、现代LGBT运动的摇篮，是20世纪60年代"垮掉的一代"和反主流文化的东海岸发源地。

下来，不疾不徐。就在她身体触地的那一刻，大卫把我的脸按在他的大衣上。当时所有的人都在尖叫——好像一个合唱团突然集合起来尖叫——而他的手臂环在我的肩头，紧紧搂住我，让我几乎无法呼吸。他说："要是你出了事……要是你出了事……"

他们离开的时候，天气晴朗、寒冷。我给帕蒂一个纸袋，里面有半瓶红酒、两块三明治，还有一些花生，他们在回去的路上可以吃。可能不该把酒给他们，大卫早饭时已经喝了三杯伏特加和橙汁。他开始跟诺尔讲笑话——酒吧里比主人还机灵的狗、便秘的妓女、会说话的虱子。大卫不喜欢诺尔；诺尔也不知该怎么应对大卫。

现在大卫摇下车窗，告诉我最后一条消息。他说他姐姐这段时间一直住在他家，她给自己做了人流，情况很不好。"现在堕胎合法了，"大卫说，"她为什么这么做？"我问他是多久以前的事，他说是一个月前。他的手在方向盘上轻轻敲打。上个星期，贝丝从大卫的姐姐那里拿到一盒农夫造型的木刻哨子。诺尔打开厨房的窗户，对着鸟食罐旁的几只小鸟轻轻吹响哨子。它们全飞走了。

帕蒂贴近大卫。"这儿有这么多动物，还是冬天呢。"她说，"它们不再冬眠了吗？"

她有点紧张地说着客套话。她想走了。诺尔从我这儿走到帕蒂那边的车窗，告诉她有只鹿曾经走到家门口。贝丝坐在诺尔的肩上。我不想跟大卫说话，就朝贝丝傻傻地招手。贝丝也向我招手。

大卫看着车窗外的我。我穿着旧的蓝色滑雪衫、肥大的牛仔裤，蓝色毛线帽往下拉到眼睛上。我看起来一定像那些木头哨子一样僵硬，它们都是用一整块木头刻出来的。

"再见。"大卫说,"谢谢。"

"是啊。"帕蒂说,"你们真好。"她抓起包。

车道很陡,崎岖不平。大卫小心翼翼地倒车——像是一个人在拉卡住的拉链。我们挥挥手,他们消失了。这倒是容易。

1975 年 4 月 21 日

下坡路

早上七点半遛狗的时候,我坐在路边的湿草地上,正对着河狸塘,斜对着墓地。我身后有根葡萄藤,我从藤上偷摘了几颗葡萄,葡萄很苦。狗抬起一条腿搭在墓碑上,又在路上的死松鼠身上打滚,最后终于来到我身边,舔起我的手腕。谢天谢地,没有一辆通勤的车轧到它。手腕湿湿的很不舒服,我在它背上蹭一蹭手腕,假装是在抚摸。我这样做过几次。"请别离开我。"我对狗说,它扬起头,在我两腿之间的草地上安顿下来。

我母亲给约翰写了这封信:

"噢,约翰,我们很高兴九月份标志着你在法学院最后一年的开始。星期六我丈夫对我说(当时我们在那个土耳其餐厅,就是玛丽亚养病期间,我们带你和她去过的那家,你们俩都很喜欢那地方),现在他要是生气,就可以说'我要告你!',而且是认真的。这么长时间一直都在上坡,从今往后就是下坡了。"

很奇怪,那个星期约翰的一个老友送了我们一个玩具——一个膝盖弯曲的滑雪小人,把它放到一个斜面上,就会滑到底。我想尽一切办法折腾这个玩具,甚至试着把它放在砂纸上,而它依然能滑下去。我把砂纸钉在一块木板上,它能一直往下滑。朋友在瑞士买的玩具,他和妻子正在那里度假——包裹里的便条就是这么写的。约翰是收件人。因为这陌生的笔迹,我打开了包裹里的东西,想着那可能是证据。

我为什么认为约翰不忠?因为这样才符合逻辑。有些日子我连头都不梳,他一定出门去见那些把洁净的头发梳到耳后的女人,他一定对她们充满渴望,还向她们倾诉。他欣赏所有发型齐整的女人,其中会有一个想让他把头发弄乱,这样才符合逻辑。她会邀他回家,这样才符合逻辑。来自一个女人的那种微笑,那种暗示,一定会像一场春雨让蚯蚓拱出泥土那样诱惑他。甚至很难去责怪他;他有律师的逻辑头脑。他记得住事情。他不会忘记梳头,也一定不会用指甲刀来乱剪头发。他如果自己理发,一定理得一丝不苟,用的是合适的剪刀。

"你干了什么?"约翰低声说。我在起居室里剪头发也是不合逻辑的——一团团卷发落在地毯上。"你干了什么?"他双手放在我头上,摸到我的骨头,我的头骨,他看着我的眼睛。"你把头发剪了。"他说。他会是个多好的律师啊。他什么都懂。

狗喜欢火。我给它煮了牛骨头,它厌倦了抓挠和咀嚼的时候,我就点起炉火,往火里扔几个装饰用松果,它们迸发出蓝色和橙色的火星。我用约翰的法国发刷给狗刷毛,直到它的毛在炉火映照下闪闪发光。最初几晚,我点起炉火,给它刷毛,之后把发刷洗洗,这样约翰就不会发现了。医生会跟我说这么做不合情理——约翰说了他会离开一星期的。我是个有逻辑的女人,不再费心洗发刷。

睡前我喝一杯加奶的苏格兰威士忌。火还很旺,我就把枕头拿到壁炉前,四仰八叉地躺在地砖上。我的眼皮变得很热、很湿——我哭很久的时候眼皮就会这样,但我现在不再哭了。毕竟这是第五个晚上了。就像医生说的,人得善于调整。狗厌倦了我过多的关注,选择到书房的写字台下面去睡觉。我得叫它两次——第二次非常坚决——它才回到起居室来睡。而只要我的眼睛刚合上五分钟,它就悄悄地走开,回到写字台下的空隙里去。有一次,约翰认为写字台不够大,于是买了一扇门和两个文件柜,做了张新的。狗喜欢小而狭窄的空间,它闷闷不乐地从屋子这个角落晃到那个角落,没法在任何一处安身。约翰又把旧的写字台拿回来了。一个很善良的人。

像哥伦布的水手一样,我开始恐慌。我已经很长时间没见约翰了。没有他来检查我的状况,我会在屋子里独自游荡,然后永远消失——就在拐过一个角落的时候突然消失,或者滑落,滑落到浴缸的水里,或者随炉火形成的通风气流上升。气流不能把我托起来吗——我不能随着冷空气,向上伸开双臂,合拢双手做成阳伞的样子,上到烟囱里吗?或者坐在约翰的椅子上,我可能会变小——变成一个小点,一粒灰烬。狗会闻来闻去,然后跳进椅子,坐在我身上,闭上眼睛。

为了让自己平静下来,我煮了茶。格雷伯爵,是进口茶。进口的意思是抵达,出口的意思是离开。我从骨子(我的胫骨)里感觉到约翰不会回家了，但也许只是我觉得冷，因为壁炉还没点燃。我小口啜着格雷伯爵茶——结果将是决定性的。

他说他要去哥哥家待一星期。他说照顾了我之后，他也得休养一阵。我对他没有约束力，就连我们的婚姻都是事实婚姻[1]——如果四年零四个月可以让它成为事实婚姻的话。他说他要去哥哥家，但我怎么知道他从哪儿打来电话呢？他又为什么不写信？他不在家，我跟狗说话。我假装我是约翰，假装我有逻辑、让人安心。我告诉狗约翰需要休息，很快就会回来。狗变得焦虑，它闻约翰的衣柜，守着写字台下的空隙。这已经很久了。

独自庆祝我的生日。把电话从座机上拿下来，这样我父母打电话的时候，我就不必"让约翰接电话"了。狗知道今天是个特殊的日子吗？没有牛骨头的日子就不是特殊日子，但我忘了买来庆祝。我走到写字台下的空隙处，悲哀地抚摸它的脖子。

我意识到这是一个女人的男人离开了她的故事。比莉·哈乐黛[2]应该能就此大做文章。

我穿上一条蓝裙子，出门去参加一个工作面试。我订购了半考得[3]

---

1 即普通法婚姻（common-law marriage），是非正式婚姻的一种形态，指无须领取结婚证或参加结婚典礼而以夫妻名义同居的具有法律效力的婚姻。

2 比莉·哈乐黛（Billie Holiday, 1915—1959），美国天后级的爵士女歌手。

3 考得（cord）是林业专属的材积单位，1 考得约为 3.62 立方米。

的木柴，星期六快递员送来的时候，我会有钱的。我花大价钱给狗买了马肉罐头。"你永远不会走，是不是？"我说。狗正在吃肉，把嘴伸进碗里。我晕乎乎地想，狗比猪好多了。养猪只是为了宰杀，而养狗是为了爱。我虽然知道这是真的，但还是犹豫是否该说出我的发现。医生（眼镜滑下鼻梁，下唇紧贴上唇）会说："也许有人爱猪呢？"

我梦到约翰回来了，我们在起居室里跳了一支风情万种的舞。可能是探戈？他领舞的时候将我的身体倾斜，我突然感觉不到他手臂的重量了。我的身体沉重之极，脖子往后越伸越长，直到我的身体几乎伸出房间，毫无痛感地穿过地板，遁入黑暗。

有一次停电了，约翰到厨房去拿蜡烛，我爬到床底下去。我喜欢黑暗，想待在那里面。狗进来在我身旁蜷着，待在床边。约翰很快回来了，他的手罩在白色的蜡烛前。"玛丽亚？"他说，"玛丽亚？"他再次离开房间的时候，我往前蹭了一点，偷看他走过走廊。他走得飞快，蜡烛都灭了。他停下来重新点燃蜡烛，更大声地叫我的名字——声音大得吓到了我。我待在原地，浑身发抖，把他想得和盖世太保一样恐怖。我祈祷不要来电，这样他就不会发现我，哪怕躲起来不回应都比被发现好。我合拢双手，朝手中吹气，因为我想尖叫。来电的时候，他发现了我，他拉住我的手把我拖出来，我用手堵住的尖叫声响了起来。

把热葡萄果冻均匀地倒进一打玻璃杯后，好玩的部分开始了。滴入熔化的蜡来封口。白蜡滴落的时候我在想，如果里面除了果冻还有点什么，它会被闷死的。我没有铺干酪布，而是把一条白色蕾丝衬裤扯平，罩在一个黄色大碗上，透过它把果冻混合物倒下去。

约翰是早上回来的。他在屋里四处走动,查看哪里有问题。我们的衣服还在衣橱里,所有多余的灯都已经关掉。他进了厨房,有些不快,因为我没有去超市采购。他就着葡萄果冻吃了几片面包。面包吃完了,他用勺子从玻璃杯里舀出更多果冻,送进嘴里。

"跟我说话,玛丽亚。别把我拒之门外。"他说,一边舔着上唇上沾着的果冻。他就像个孩子,不过是个会命令我做事和感受事物的孩子。

"摸摸这条胳膊。"他说。摸起来肌肉很紧,是他在哥哥的露营地砍木柴的缘故。

我见过他哥哥一次。约翰和他哥哥是双胞胎,但两人很不一样。他的哥哥总是晒得黝黑——又矮又壮,肩膀很宽。他睡着时就像他砍下的那些木头。约翰和我刚开始恋爱的时候,我们去他哥哥的露营地,三个人睡一个帐篷,因为房子还没盖起来。约翰的哥哥整晚打鼾。"我讨厌这儿。"我低声对约翰说,在他身旁发抖。他试图抚慰我,但是不愿在那里跟我做爱。"我讨厌你哥。"我用正常的音量说,因为他哥哥打鼾的声音很大,他绝不会听见。约翰拿手捂住我的嘴。"嘘。"他说,"请别再说了。"自然,这一次约翰不会邀请我去看他哥。现在我把这一切解释给狗听,它被催眠了。它闭上眼睛,听我低沉的声音。它喜欢我合着句子的节奏用手轻抚他。约翰把果冻推到一边,盯着我:"别再说好几年前的事了。"他说完,阔步走出房间。

木柴送到了。送木柴的人有点瘸,他缺了一个脚趾。我问他了,他告诉我的。他很会伐木——那个脚趾是划独木舟的时候没的。约翰帮他把木柴堆在柴棚里。我偷偷往里张望,看到原有的木柴比我预想的多好多。

那个人离开后,约翰进了屋。他脸色阴沉得可怕。

"你为什么又订了那么多木柴?"约翰说。

"为了保暖。我要保暖。"

晚饭我做了一道炖牛肉,但是喂给狗吃了。它束手无策,热气警告它太烫了不能吃,但味道又很香。它试探地把嘴搭在碗边上,像一个美食家在吸吮鱼子酱里的一颗鱼子。最后它终于吃光了。还有骨头,它飞快地把骨头叼到写字台下的私密空间里。约翰大怒,我给狗做了吃的,却没有给我们做。

"必须停止了。"他对着我的脸低声说,他的手紧紧抓住我的手腕。

我和狗爬到山顶上,看那些通勤的人开车去上班。我坐在一把小帆布椅上——渔夫用的那种——没有坐在泥地上。现在是九月——到处都很泥泞。太阳西沉。大片的白云悬在空中,好像特意在这个山顶上方聚集。而约翰的脸在云中发光——不是幻觉,是真的约翰。他就在山顶上,云在他的头顶翻涌。他对我说我们已经走到了尽头。"圣玛利亚号"叛变[1]!但我只是坐着,等待,直直地瞪着前方。多么奇怪呀,这就是结局。他坐在泥里,叫狗过去。他刚才真的对我说了这

---

[1] "圣玛利亚号"叛变:1492年,哥伦布率三艘船舰("圣玛利亚号"是其中一艘)从西班牙启程,一路西行。途中船员情绪沮丧,暴乱乍起。哥伦布平息叛乱,并最终发现了陆地。此处呼应前文中,女主人公像哥伦布的水手一样开始恐慌。

句话吗？我重复着："我们已经走到了尽头。"

"我知道。"他说。

狗进了屋子。约翰在写字台旁，桌下的空间被占据了，于是狗蜷在角落里。它躺下前并不总是会转圈。习惯是养成的，不管多晚开始。就像家具、植物、死去的人留给我们的猫，它们接纳我们。我们以为是我们接纳它们，其实是它们接纳我们，要求我们的关注。

我要求约翰的关注；他在书桌旁工作，现在他抬起腿在椅子上盘膝而坐，好给狗腾出它舒服的休息区。

"约翰，约翰！"我说，我在屋里跳舞。我摆出造型，向上腾跃。他会成为一个多么出色的律师；他出于礼貌向我表示关注。

"我要放火烧了这个家。"我说。

这太过分了。他摇摇头，拒绝接受我说的话。他抓住我的手腕把我带到床上，把被子紧紧地拉上来。如果我再矮一英尺，如果他手抓着被子不放，我就会被闷死。像葡萄果冻一样。

"早饭会有鸡蛋、火腿、葡萄果冻和吐司吗？"我问。

会有的。现在是他给我们做饭。

我惊讶极了。他把早餐盘端上来的时候，我发现今天是我生日。有金鱼草和玫瑰花。他亲吻我的手，把盘子轻轻地放在我腿上。茶冒着热气。电话铃响了。我获得了那份工作。他的手盖在话筒上。我去找过工作吗？他告诉他们搞错了，然后挂上电话走开，好像在避开什么脏东西。他走出房间，把热茶留给我。茶煮开是为了凉下来。约翰离开是为了再回来。我确信如此，便大声叫喊，他们都来了——约翰和狗——跟我一起安顿下来。我们已经走到了尽头，但我们安全了。我移到床中间，给约翰腾出地方。茶从杯子里泼出来，他伸手稳住茶杯。没有出事——碟子接住了水。他赞许地微笑着。他坐下来，一只手滑过床单，好像一把舵划过平静的水面。

1975 年 8 月 18 日

旺达家

梅的妈妈去找梅的爸爸了,于是她被留在姨妈旺达那里。旺达不是亲姨妈,是梅的妈妈一个开家庭旅店的朋友。旺达称它为家庭旅店,但她很少接收房客。她只有一个房客,已经住了六年。梅之前在她那里待过两次。第一次是她九岁的时候,妈妈出门去找爸爸——雷去西海岸度假了,在拉古纳海滩[1]待了很久。第二次是她妈妈宿醉,必须"休息一下",就让她在旺达家待了两天。第一次时,她妈妈离开了快两个星期,梅看到妈妈回来,高兴得哭了。"你以为拉古纳海滩在哪儿?"她妈妈说,"蹦蹦跳跳就到了?宝贝,到拉古纳海滩简直要穿过整个世界。"

旺达家只有一件事有点意思,那就是她的房客王太太。有一回,王太太给了梅一个小小的八角形盒子,里面装满了淡色纸圈,抛到水里就舒展开来,变成花朵。王太太让她把花扔在她的鱼缸里,鱼缸里的唯一一条鱼是亮橘色塑料做的,被一个沉锤沉在鱼缸中部。王太太

---

[1] 拉古纳海滩(Laguna Beach)在美国加利福尼亚州。

的房间里有很多颜色鲜艳的东西，梅都可以摸。她房门上有一张心形的小纸片，上面印着"王女士"。

旺达在厨房里跟梅说话。"鸡蛋的卡路里含量不高，但是吃鸡蛋的话，胆固醇会要了你的命。"旺达说，"要是你吃德式泡菜，没多少卡路里，但是钠含量太高，对心脏不好。金枪鱼里都是汞——汞对身体有什么作用？谁能只靠鸡肉过活？你知道的不少了，没什么能吃的东西。"

旺达从裤子口袋里掏出一枚发夹，把刘海别起来。她把梅的午饭端到她面前——一碗番茄汤、一块柠檬蛋白派。她在汤碗旁边放了一杯牛奶。

"有人说过了一定年龄，牛奶对身体也不好——还不如喝毒药呢，"她说，"然后你又在别处读到美国人的饮食中牛奶不够。我搞不清楚，梅，你自己决定怎么处理牛奶吧。"

旺达坐下来，点了一支烟，把火柴扔在地上。

"你爸爸真会找最佳时间消失。天热了，男人就发疯。你觉得你爸爸在丹佛干什么，宝贝？"

梅耸耸肩，对着汤吹气。

"你怎么会知道，是吧？"旺达说，"我问了个傻问题。我不习惯身边有小孩。"她弯下身来拿起火柴。她胳膊上部的肉很多，布满小小的突起。

"我结婚时十五岁。"旺达说，"你妈妈结婚时十八岁，比我晚三年。她除了开车在全国四处找你爸，还干了什么？我第二次结婚的时候二十一岁，如果他没死，本来会挺好的。"

旺达走到冰箱那儿，拿出柠檬汽水。她摇晃着瓶子。"晃一晃会

III

弄破它。"她开了个玩笑,倒了一些柠檬汽水和龙舌兰酒在玻璃杯里,然后喝了一大口。

"你觉得我话太多吗?"旺达说,"我听自己讲话,感觉好像不是真的在跟你说话——就好像我是一个老师什么的。"

梅摇摇头。

"嗯,好,你懂礼貌,是个好孩子。等到二十一岁你再结婚。你现在几岁?"

"十二。"梅说。

午饭以后,梅走到门廊,坐在白色的摇椅里。她看看表——表是爸爸送的礼物——在哔哔鸟[1]的两腿之间,一根指针直直向上,另一根直直向下。十二点三十分。再过四个半小时,她和旺达又要吃饭了。在旺达家,她们九点、十二点和五点吃饭。旺达担心梅吃得不够。事实上她总是很饱,从来不惦记着吃东西。旺达几乎吃个不停。她常吃香蕉和"点点蜜"糖果棒,后者搁在她的衬衣口袋里。衬衣是她第二任丈夫的,他溺水死了。梅几天前知道了他的事。晚上旺达总是去卧室帮她掖好被子。旺达称之为掖被子,实际上她只是在屋里走走,然后坐在床尾说话。她讲的故事是关于第二任丈夫弗兰克的。那时他和旺达在度假,夜深了,他们偷偷上到一个渔人码头。旺达听到落水的声音时,正望着远处一条船上的灯火。弗兰克跳进水里了。"我凉快一下!"弗兰克叫着。他们之前一直在喝酒,所以旺达只是站在那儿大笑。后来弗兰克开始游泳,游出了视线,旺达站在码头的末

---

[1] 哔哔鸟(The Road Runner)是美国喜剧卡通系列《乐一通》里的角色,它的搭档是威利狼(Wile E. Coyote)。

端，等着他游回来。最后她开始大叫他的名字，她叫他全名："弗兰克·马歇尔！"她尖声高叫。旺达确信弗兰克根本无意溺死自己。那天晚饭的时候，他们非常开心。餐后他给她买了白兰地，他从未如此，因为餐厅里除了啤酒，其他酒水都太贵了。

梅感到很难过。她记起上次看到爸爸的时候，妈妈把爸爸的胶卷盒盖子打开，往里吐唾沫。他抓住妈妈的胳膊，把她推出房间。"伟大的艺术家！"妈妈号叫着，爸爸脸上的表情很愤怒。他有长而挺直的鼻梁（梅是塌鼻头，像她妈妈），褐色的长发，骑摩托时用橡皮筋把头发绑到耳后。爸爸比妈妈小两岁。他们是在公园相遇的，他给她拍了一张照片。他是个职业摄影师。

梅拿起《国家询问者》[1]，开始读一篇索菲娅·罗兰[2]试图挽救理查德·伯顿的婚姻的文章。照片上，索菲娅牵着卡洛·蓬蒂的手，笑得灿烂。《国家询问者》是旺达订阅的。她为那些瘸腿孩子的故事哭泣，为他们祈祷。她回复那些卖一美元小盆植物的广告。"我总是上钩，"她说，"我知道它们会死。"她回应报上的文章，斥责理查德曾与丽兹分手，丽兹曾嫁给艾迪，又跟一个卖二手车的跑来跑去。她还斥责那些以为找到了癌症治疗方案的医生。

午饭后旺达会睡个午觉，再冲个澡，过后浴室里到处都有浴粉，连镜子上也有。接下来她要喝两小杯加柠檬汽水的龙舌兰酒，然后做

---

[1] 《国家询问者》(*National Enquirer*)是美国的一份小报，以报道八卦和耸人听闻的小道消息为主，通常摆在超市收银处的货架上。

[2] 索菲娅·罗兰（Sophia Loren）及后文的理查德·伯顿（Richard Burton）、卡洛·蓬蒂（Carlo Ponti）、丽兹（Liz）、艾迪（Eddie）和保罗·纽曼（Paul Newman）都是演艺界明星的名字，其中丽兹是伊丽莎白·泰勒（Elizabeth Taylor）的昵称。

晚饭。王太太四点钟准时从图书馆回来。梅读起了旺达的《国家询问者》，翻过一页，保罗·纽曼在满是大冰块的水里游泳。

王太太的大名是玛丽亚，名字工整地写在笔记本上。"想象一下，我的屋檐下住了个学生！"旺达说。旺达和梅的妈妈上过两年制大学，但旺达第一学期之后就辍学了。旺达和梅的妈妈经常谈论王太太，梅从她们那儿知道了王太太曾经嫁给一个中国人，后来离开了他，她还有一个十五岁的儿子。最要命的是，她正在读书，准备做一个社会工作者。"那她应该有机会嫁一个黑人。"梅的妈妈跟旺达说，"我猜那个中国人还不够特别。"

王太太今天回来得早。她沿着人行道走过来，冲梅做了一个和平手势。梅也做了一个和平手势。

"依我看，你妈妈不写信吧。"王太太说。

梅耸耸肩。

"我给儿子写的信，都被我丈夫撕了。"王太太说，"至少她要是写的话，你能收到。"王太太坐在最高一级台阶上，脱下凉鞋。她揉揉脚。"去看电影吗？"她问。

"她总是忘写。"

"提醒她呀，"王太太说，"宝贝，你要是不练习跟女人们坚持自我，那永远也不可能跟男人们坚持自己的主张。"

梅希望王太太是她妈妈。要是她能留住爸爸，叫王太太做妈妈就好了。可是爸爸喜欢的女人全都很瘦，金发，年轻。那是妈妈抱怨的问题之一。"你希望我是串珠绳吗？"妈妈有次冲他大叫。有时梅希望在她父母初次相遇的时刻，她也在场。那是一个公园，妈妈正在骑自行车,爸爸向她挥动手臂,示意她停下,好为她拍张照片。爸爸说妈妈那天非常美丽——那一刻他就决定娶她。

"你是怎么遇见你丈夫的?"梅问王太太。

"我在电梯里遇到他的。"

"你们结婚前谈了很长时间恋爱吗?"

"一年。"

"那很久了。我爸妈只谈了两个星期。"

"时间长短没什么关系。"王太太叹气道。她仔细查看大脚趾上的一个水泡。

"旺达说我不到二十一岁不应该结婚。"

"是不应该。"

"我打赌我永远不会结婚。从来没有人约我出去。"

"会有的。"王太太说,"你也可以约他们。"

"宝贝,"王太太说,"要是我自己不开口,我现在一个约会也不会有。"她又把凉鞋穿上。

旺达打开纱门。"你想跟我们一起吃晚饭吗?"她对王太太说,"我可以多做点鸡肉。"

"好的。你人真好,马歇尔太太。"

"吃白汁煨鸡块。"旺达说,然后关上了门。

厨房里的桌布上撒满了面包渣和烟灰。桌布是塑料的,金色公鸡的图案。中央放着一只大的塑料母鸡(盐瓶)和一枚塑料鸡蛋(胡椒瓶)。龙舌兰酒瓶和盐瓶、胡椒瓶排成一行。

吃晚饭时,梅看着旺达把鸡端上桌。她会把勺子放进盘里吗?她正挥着勺子,看起来好像在指挥。她把勺子搁在桌上。

"女士先请。"旺达说。

王太太接过盘子。她切下一些鸡肉,再把盘子递给梅。

"看看,"旺达说,"你开心,因为你离开了你丈夫;我痛苦,因为我丈夫离开了我。而梅的妈妈出门去找她丈夫,他想周游全国去拍嬉皮士的照片。"

旺达接过一盘鸡。她拿起叉子,插进鸡块。"我告诉过你吗?王太太,我丈夫是淹死的。"

"是的,你说过。"王太太说,"我很难过。"

"一个社会工作者会怎么说?要是有个女人因为丈夫溺亡而悲伤。"

"我真的不知道。"王太太说。

"也许就说一句'振作点'这一类的话。"旺达咬了一口鸡肉。"不好意思,王太太。"她嘴里满满地说,"我希望你能享受这顿饭。"

"很美味。"王太太说,"谢谢你带上我。"

"天啊,"旺达说,"我们都在同一条沉船上。"

"你在想什么?"旺达对躺在床上的梅说,"你话很少。"

"关于哪方面?"

"关于你妈妈去找你爸爸,等等。你在这儿的晚上没哭吧,嗯?"

"没有。"梅说。

旺达晃着杯中的酒。她站起来,走到窗边。

"你好啊,锦紫苏,"旺达说,"我该给你摘心了吗?"她盯着那盆花看,从窗台上拿起杯子,回到床边。

"到十六岁,你就可以拿驾照了,"旺达说,"然后你妈去追你爸的时候,你可以去追他俩。一个像样的旅行车队。"

旺达又点了一根烟。"你的朋友王太太,她的事你知道得多吗?她跟你差不多,也不大讲话。"

"我们就是随便聊聊,"梅说,"她在种一颗鳄梨,让它生根,她要送给我。它会长成一棵树。"

"你们聊鳄梨?我以为她作为社会工作者,能给你好的影响。"

旺达的火柴掉在地上。"我希望你想说什么就说。"她说。

"我妈妈怎么不写信?她走了一星期了。"

旺达耸耸肩。"问点我能回答的。"她说。

接下来那一周过半的时候,来了一封信。"亲爱的梅,"信上说,"这儿热得要命,我正在一个药品杂货店里给你写信,我抽时间出来喝杯可乐。到处都找不到雷,所以感谢上帝吧,你还有我。我猜再这么过一天,我就打道回府,回到你身边。别觉得太糟。毕竟全程是我自己开的车。哈!爱你的,妈妈。"

晚饭后,梅在门廊坐着,又读了一遍信。妈妈的信总是很短。妈妈用印刷体的大字在信纸底部写下"Mama"。

王太太从房子里出来,穿着牛仔裤和黄色雨衣,以防下雨。她说她打算回图书馆学习。她挨着梅,坐在最高一级的台阶上。

"看,"王太太说,"我跟你说她会写信的。如果是我丈夫,他就会把信撕了。"

"你不能给你儿子打电话吗?"梅问。

"他换了电话号码。"

"你不能去他那儿吗?"

"我想可以。到了那儿我就郁闷。满屋子都是黄色杂志,是他爸爸拿回来的。做汉堡包的肉、垃圾,到处都是。"

"你有他的照片吗?"梅问。

王太太拿出钱包,从一个塑料夹中抽出一张照片。一个中国男人坐在船上,身边是一个微笑着的棕发男孩。那个中国男人也在微笑,他的一只眼睛从照片上被戳下来了。

"我丈夫以前会在厨房里跳绳,"王太太说,"我不是跟你说笑。他说那样能使肌肉结实。我一边做早饭,他一边跳绳,喘着气,好像又变回小孩子了。"

梅笑了。

"等着你结婚的时候吧。"王太太说。

旺达打开门,又关上了。她从两天前的那次谈话以后就在回避王太太。王太太去上课了,旺达站在门口,说:"为什么去学校?他们没有答案。为什么我丈夫一顿美餐之后自溺而死?没有答案。这就是为什么我反对女性解放,我不是针对她个人。"

旺达一直在喝酒。她一只手拿着酒瓶,另一只手拿着杯子。

"为什么你把我和妇女解放运动联系在一起,马歇尔太太?"王太太之前问过她。

"你离开了一个相当好的丈夫和儿子,不是吗?"

"我丈夫整夜不回家,我儿子从不在乎我是否在家。"

"他不在乎?男人们是怎么了?他们都变得很奇怪,从政客到快递员都是如此。今天我都不好意思让快递员到家里来。是哪里出了问题?"

旺达的谈话通常以一个问题结束,然后她就走开了。这一点总让梅的爸爸心烦。几乎每一件关于旺达的事情都让他心烦。梅希望自己能多喜欢旺达一点,可是她跟爸爸看法一致。旺达很好,但让人提不起劲来。

这会儿旺达走出来,坐在门廊上。她拿起《国家询问者》。"又一个医生,又一种治疗。"旺达说着,叹了口气。

梅没在听旺达说话,她正看着一辆白色顶篷的黑色凯迪拉克开过来。那辆黑色的凯迪拉克看上去像极了她爸爸的朋友格斯和休格的那辆。副驾驶座上有一个女人。汽车缓缓开近,却又加速了。梅身体前倾,坐在摇椅上张望。那个女人看起来不像休格。梅又坐了回去。

"不切实际的男人,癌症没得治。"旺达说,"不切实际的男人,他们给牛肉末做了手脚,结果肉煮不熟。你今晚看到我把肉放到锅里了,就是做不熟,对吧?"

她们无声地晃着摇椅。几分钟后,那辆车又开过来。车窗摇下来了,音乐放得很响。车在旺达家门前停下,梅的爸爸走了出来。她爸爸穿着短裤,一架照相机在胸前晃悠。

"这他妈的是怎么回事?"旺达大喊,同时梅朝爸爸跑去。

"你他妈的来这儿干吗?"旺达又大喊。

梅的爸爸微笑着,他一只手拿着啤酒罐,没法把梅抱起来,但还是把她拥在怀里。梅的目光越过他的胳膊,看到车里那个女人是休格。

"你带着她哪儿也不能去!"旺达说,"你没有权利把我置于这种境地。"

"啊,旺达,你知道这个世界总是抛弃你。"雷说,"你知道我有权利把你置于这种境地。"

"你喝醉了。"旺达说,"怎么回事?车里那人是谁?"

"旺达，这糟透了。"雷说，"我到了这里，我喝了酒，现在我要把梅带走。"

"爸爸——你是在科罗拉多吗？"梅说，"你是待在那里吗？"

"科罗拉多？我没钱往西边走，甜心。我去了格斯和休格在海边的家，不过格斯走掉了，休格和我一起来接你。"

"她不会跟你走。"旺达说。旺达看起来很凶。

"哦，旺达，你要大干一仗吗？我是不是得抢走她再跑掉？"

他拉上梅就走，旺达还没来得及行动，他们已经在车里了。音乐更响了，车门开着，梅在车里，把休格挤到里面。

"过去一点，休格。"雷说，"锁门！锁门！"

休格挪到方向盘后面。车门砰的一声关上了，窗户被摇上去，等旺达到车跟前的时候，梅的爸爸锁上车门，冲她做了个鬼脸。

"可怜的旺达！"他隔着玻璃叫道，"太糟糕了吧？旺达！"

"让她出来！把她还给我！"旺达大喊。

"旺达，"他说，"我给你这个。"他噘起嘴唇，送上一个飞吻，休格大笑。车子开走了。

"宝贝，"雷把电台音量调小，对梅说，"我不知道我为什么没有早点想到这招。实在抱歉。今天晚上我跟休格说话的时候，我意识到，上帝啊，我完全可以去把她带走，旺达没有任何办法。"

"可是妈妈怎么办？"梅说，"我收到一封信，她要从科罗拉多回来了。她去了丹佛。"

"她不是当真吧？"

"是的。她去找你了。"

"可是我在这儿，"雷说，"我就在这里，跟我的休格和梅在一起。

宝贝,我们自己做了花生酱,我们要吃花生酱和苹果酱,如果你愿意,还可以喝啤酒;我们去踏浪。我们有靴子,你可以穿我那双,晚上我们还可以在海浪里穿行。"

梅看看休格。休格的脸上绽出一个大大的微笑。她的头发是白色的,是染白的。她在笑。

雷给梅一个拥抱。"我想知道发生过的每一件事。"他说。

"我只是、我只是一直在旺达家待着。"

"我猜到你在那里。一开始我猜想你和你妈妈在一起,但是我记得上一次的事,然后我突然想到你肯定在那儿。我跟休格说了,是吧,休格?"

休格点点头。她的头发拂过脸庞,几乎遮住视线。他们前方的交通灯由黄变红。汽车再次加速的时候,梅往后仰,倒在爸爸身上。

休格说希望人们叫她的真名。她的名字是玛莎·乔安娜·利,叫她玛莎也行。雷总是三个名字一起叫,或者就叫她休格。他喜欢逗她。

休格的家有点让人害怕。一方面,海鸟并不总能看出外墙是玻璃做的,有时一只鸟就这么直直地撞上来。另一方面,休格的两只猫在房子里悄无声息地走动,到了晚上它们会跳到梅的床上,或者扭打起来。梅待在这儿三天了。她跟雷和休格每天都游泳,晚上要么玩"斯戈莱堡"(Scrabble)拼字游戏,要么在海滩上散步,要么开车兜风。休格吃素,她做的每样食物都叫"三××"。今晚他们吃了三豆糕,前一天晚上他们吃蘑菇,蘑菇里放了三种青菜馅。他们通常十点吃晚饭,梅在旺达家的时候,这会儿已经上床了。

今晚，雷在弹格斯的齐特琴[1]，听起来像恐怖电影里放的音乐。雷为休格拍了很多照片——在做饭的休格，冲完澡的休格，在睡觉的休格，朝相机挥手的休格，因为被拍得太多而生气的休格。房子里四处钉着这些照片。"要是格斯回来，得小——心啊。"雷弹着齐特琴说。

"要是他真的回来了呢？"休格说。

"听这个，"雷说，"我写了一首歌，是我真正的感受。约翰·列侬也不可能更真诚了。听，休格。"

"叫玛莎。"休格说。

"库尔斯啤酒[2]，"雷唱道，"这里没有。你要去西部才能喝到最好的——库——尔——斯——啤——酒。"

梅和休格大笑。梅拿着一个毛线球，休格把线缠成小球。要生小猫的那只猫正在舔爪子，头靠在休格坐着的枕头上。休格有一盒旧衣服放在橱柜里，她每天都给猫看那个盒子。为了让猫看盒子，她要把住猫的头，让它正对着盒子。猫以前总是在浴室的地毯上生小猫。

"今晚约翰尼的嘉宾是……"雷又在模仿埃德·麦克马洪[3]了。他一整天都在宣布约翰尼·卡森出场，或者谈论约翰尼的嘉宾。"埃德·麦克马洪，"他摇着头说，"在加利福尼亚州伯班克，埃德可能有一个装满酷尔斯啤酒的冰箱，而我只能用舒立滋[4]对付。"雷的手指划

1　齐特琴（zither），欧洲的一种扁形弦乐器。

2　库尔斯啤酒（Coors beer），美国知名啤酒品牌。

3　埃德·麦克马洪（Ed McMahon, 1923—2009），美国喜剧演员、节目主持人，在脱口秀节目《约翰尼·卡森今夜秀》中担任卡森的搭档。

4　舒立滋（Schlitz），美国啤酒品牌，酿造厂建于威斯康星州的密尔沃基，曾是美国最大的啤酒生产商。

过琴弦。"该死的埃德。你这该死的家伙。"雷关上头顶上方的窗户。"是不是有一匹会说人话的马叫埃德?"他在地板上伸展四肢,交叉双腿,把胳膊放在脑后。"你想干点什么?"他说。

"我挺好,"休格说,"你无聊了?"

"是呀。我想让格斯露面,然后搞点小动作。"

"他也许会呢。"休格说。

"老格斯永远也搞不定自己。他去佐治亚州梅肯那么远的地方看他老妈,他会跟他可怜的老妈妈坐在摇椅上聊天,很多很多天以后才能回来呢。"

"雷,你说的一点道理也没有。"

"我是埃德·麦克马洪。"雷说着坐了起来。"我站在那里,手里拿着一个麦克风,环顾周围所有的人,突然他们好像都倒在我身上。救命啊!"雷跳起来,挥动手臂。"我对自己说:'埃德,你在这儿干什么呢,埃德?'"

"我们出去走走吧。"休格说,"你想走走吗?"

"我想看那个该死的约翰尼·卡森节目。你怎么搞的,没有电视?"

休格拍拍最后一个毛线球,把它扔进放织物的筐子。她看了看梅,说:"我们晚饭没有太多东西可以吃。来点吐司抹腰果酱怎么样,或者抹鳄梨酱?"

"行。"梅说。休格对她非常好。如果休格是她妈妈就好了。

"给我也做点。"雷说。他在一堆唱片里翻捡,挑了一张,把它小心地取出来,拇指在唱片中心,另一个手指在边缘。他把唱片放进唱机,缓缓地将指针放低,对准罗德·斯图尔特[1],他嘶哑地唱着《曼陀铃风》。"他唱'不、不'的那个劲儿。"雷说着摇摇头。

在厨房里,梅从烤面包机里拿出一片吐司,然后又拿出另一片,放在她爸爸的盘子上。休格给他俩各倒了一杯越橘汁。

"你就是爱我,对吧,休格?"雷说,咬下一口吐司,"因为跟格斯一起生活就像跟木乃伊一样——对吧?"

休格耸耸肩。她一边抽着小雪茄,一边喝越橘汁。

"我是你的马文花园[2]。"雷说,"我是你该死的停车位。"

休格吐出一口气,看着她对面墙上某个固定的点。

"哦,隐喻。"雷说。他把手握成杯状,好像这样能抓住什么东西。"万事都是相似的。雷就像格斯一样,让休格厌倦了。"

"你到底在说什么,雷?"休格说。

"你的这只猫和另一只一样。"雷说,"所有东西皆为一体。唵,唵[3]。"

休格喝光了果汁。休格和梅都在微笑。梅微笑是为了加入他们,可是她并不明白他们在说什么。

雷开始模仿詹姆斯·泰勒[4]:"所——有——的——人,你们是否听

---

1 罗德·斯图尔特(Rod Stewart, 1945—),英国著名创作歌手,其嗓音风格属于沙哑式摇滚嗓,歌曲登上世界各地的流行榜。

2 马文花园(Marvin Gardens),美国新泽西州的一个街区。

3 唵(Om),印度教和佛教中的一个非常神圣的音节,被认为是宇宙中出现的第一个音,也是婴儿出生后发出的第一个音。

4 詹姆斯·泰勒(James Taylor, 1948—),美国著名创作歌手、吉他演奏家,荣获6次格莱美奖,并于2000年入主摇滚名人堂。

到,她要给我买只反舌鸟……"他唱着。

以前雷为梅的妈妈唱歌,他称之为唱小夜曲。他坐在桌旁,等着吃早饭,唱着歌,合着他用刀敲击桌子的节奏。梅长大以后,每次带朋友来家里,听到雷唱起小夜曲,她都有点难为情。爸爸的精力十分充沛;以前他曾趴在家里的地板上跟朋友格斗。他告诉梅,他以前参加过海军。后来,妈妈告诉她事实并非如此——他连陆军也不是,因为他对太多东西过敏。

"我们去散步吧。"雷说,他用力捶着桌子,连盘子都晃动了。

"穿上外套,梅。"休格说,"我们要出去散步了。"

休格穿上一件古铜色的披风,正面有独角兽图案,背面画着星星。梅的衣服在旺达家,所以她穿了休格的雨衣,腰间系一根红色的摩洛哥皮带。"我们看上去好像在给费里尼[1]试镜。"

雷打开滑动门。小小的露台上撒满沙子。他们下了两级台阶,往海边走去。天上有一轮上弦月,海水深黑。在房子和海水之间有一大片沙滩。雷蹦跳着在海滩上走远了,成为黑暗中模糊的一团。

"你爸爸情绪不好,因为又有一家出版商拒绝了他的摄影集。"休格说。

"哦。"梅说。

"你的雨衣滑下来了?"休格说着拉了拉梅的一边肩膀,"你看着像《圣经》里的某个人物。"

风很大,卷起沙子吹在梅的腿上,她停下脚步拍掉沙子。

---

[1] 费德里科·费里尼(Federico Fellini,1920—1993),意大利艺术电影导演、演员、作家,先后5次获得奥斯卡金像奖。

"雷?"休格叫道,"喂,雷!"

"他在哪儿?"梅问。

"如果他不愿意跟我们一起走,我不知道他为什么叫我们出来。"休格说。

她们现在走到水边了。一道光照在梅的脸上。

"雷!"休格冲着海滩大叫。

"嗷!"雷在她们身后尖叫一声。休格和梅跳了起来,梅尖叫。

"我藏起来了。你们没看到我?"雷说。

"很好笑。"休格说。

雷把梅举到他的肩头,她不喜欢在高处。他吓到她了。

"你的腿和旗杆一样长。"雷对梅说,"你现在有几岁?"

"十二。"

"十二岁了。我跟你妈妈已经结婚十三年了。"

一片岩石出现在他们眼前,这是私家海滩的尽头,再往前就是公共海滩。白天他们常常走到这里,坐在石头上。雷拍照片,休格和梅跳过涌来的海浪,或者只是望着水面。他们总是很快乐。现在,梅坐在雷的肩头,想知道他们还会在海边别墅待多久,妈妈可能已经回来了。如果旺达跟妈妈说了凯迪拉克的事,妈妈会知道那是休格的车,会不会?妈妈以前说过休格和格斯的坏话。"学院里的人。"妈妈如此称呼他们。休格在一所高中教艺术,格斯是一个钢琴老师。在海边别墅,休格教梅在格斯的钢琴上弹音阶,那是一架黑色的大钢琴,占了几乎整个房间,钢琴上放了一张杜宾犬的照片,照片上有一条蓝色丝带,粘在相框边上。格斯以前养狗。后来他在一个月内被三条狗咬了,于是放弃养狗。

"咱们赛跑啊。"雷说着把梅放下。但是她太累了,不想赛跑。雷跑走了,她和休格继续散步。回去的路上,她们沉默地走着。

"休格,"梅说,"你知道我们还要在这儿待多久吗?"

休格放慢脚步。"我也不知道,真的。你担心你妈妈可能回来了吗?"

"她这会儿应该回来了。"

休格的头发在月光下像雪一样白。"到家了就去睡觉吧,我会跟他说。"休格说。

她们到家的时候,灯亮着,所以更容易看到她们走路的地方。休格推开旋转门,在客厅里,梅看到她爸爸站在格斯面前。休格说:"格斯,你好啊。"格斯没有转头。

每个人都看着他。"我累死了,"格斯说,"有啤酒吗?"

"我给你拿。"休格说。她几乎像慢动作一样走向冰箱。

格斯一直在看雷给休格拍的照片,突然他从墙上扯下一张。"在我的墙上?"格斯说,"这是谁干的?谁挂上去的?"

"是雷。"休格说着把一罐啤酒递给他。

"雷。"他摇摇头。他轻轻晃动罐中的啤酒,但没有喝。

"梅,"休格说,"你不如上楼准备睡觉吧?"

"上楼去。"格斯说,脸红红的,看起来疲惫又激动。

梅跑上楼,坐在那里听着。没人说话。后来她听到格斯说:"你打算过夜吗,雷?把这变成一个小小的社交活动?"

"我想待一会儿——"雷开口说。

格斯说了些什么,但是他的声音如此低沉又愤怒,梅听不清楚。

又是沉默。

"格斯——"雷又开口。

"干什么?"格斯吼道,"你要跟我说什么,雷?你跟我他妈的没什么可说的。你现在能离开这儿吗?"

脚步声。梅往下看,看到她爸爸走过楼梯,没有往上看。他没有看见她。他走出房门,离开她了。过了一分钟,她听到摩托车发动的声音,轮胎驶过沙砾路时发出的噪声。梅跑下楼,跑到休格身边,她正在捡格斯从墙上撕下来的照片。

"我打算送你回家,梅。"休格说。

"我也跟你一起去。"格斯说,"要是我让你走,你就会去追雷。"

"太可笑了。"休格说。

"我跟你一起去。"格斯说。

"那就走吧。"休格说。梅第一个出了门。

格斯光着脚。他瞪着休格,走起路来像是喝醉了。他还拿着那罐啤酒。

休格坐进凯迪拉克的驾驶座。钥匙在点火器里插着,她发动汽车,然后把头靠在方向盘上,哭了起来。

"你开车吧,行吗?"格斯说,"要不就坐过去。"格斯下了车,走到车的另一边。"你染了头发之后,我就知道你发疯了。"格斯说,"挪过去一点好吗?"

休格坐到旁边去。梅在后座的角落里坐着。

"看在上帝的分上,别哭了。"格斯说,"我对你做什么了?"

格斯先是慢慢地开,然后开得飞快。收音机在响,声音含混不清。有半个小时,他们沉默无声,除了收音机的声音和休格擤鼻子的声音。

"你爸爸没事。"休格终于开口,"他只是沮丧,你知道吧。"

在后座上,梅点点头,但是休格没有看到。

车子终于慢了下来,梅坐直了,看到他们在她住的街区。车道上没有雷的摩托车。房子里所有的灯都关着。

"空房子。"休格说,"也有可能她睡觉了。你要敲下门吗,梅?"

"你说空房子是什么意思?"格斯说。

"她人在科罗拉多,"休格说,"我以为她可能回来了。"

梅哭了起来。她试图下车,可是她不知道怎么转动门把手。

"算了。"格斯对她说,"算了吧。我们可以回去了,我不相信这回事。"

梅的腿上还有沙子,很痒。她揉着双腿,哭起来。

"你可以把她带回旺达家。"休格说,"那样行吗,梅?"

"旺达?那是谁?"

"她妈妈的朋友,离这儿不远,我给你指路。"

"我跟你说话干吗?"

收音机嗡嗡响。十分钟后,他们到了旺达家。

"我看这儿也没人。"格斯看着漆黑的房子。他向后仰,为梅打开门。梅跑到门口,敲门,没有人应。她用力敲,门厅里有了亮光。"是谁?"旺达喊道。

"梅。"梅说。

"梅!"旺达大喊。她摸索到门边,门开了。梅听到轮胎的声音,格斯把车开走了。她穿着休格的雨衣站在那里,那条红色腰带在前面垂下来。

129

"他们把你怎么了？他们干了什么？"旺达说。她的眼睛因为睡眠而浮肿，她的头发用发卷夹整齐地别成几排。

"你都没有去找我。"梅说。

"我每小时给你妈妈家打一个电话。我打电话给警察局，他们什么都不愿意做——因为他是你爸。我真的在努力找你。看，你妈妈来信了。告诉我你还好吗，你爸简直疯了。有了这一回，他以后再也别想带你走，这我知道。你没事吧，梅？跟我说说。"旺达打开门厅的灯。"你没事吧？你看到他怎么把你带上车的。我能做什么呢？警察跟我说，我做不了什么。你要看你妈妈的信吗？你这穿的是什么？"

梅从旺达手里接过信，转过身去。她打开信封，读起信来："亲爱的梅，这是我开车回家前的最后一封信。我在这儿找了几个你爸爸的朋友，他们让我多待几天，放松一下，所以我还在这儿。一开始我想他可能在衣柜里——准备跳出来，跟我开个玩笑。告诉旺达我轻了五磅，我猜是出汗出掉的。宝贝，我一直在想，回家以后咱们养一条狗，我想你应该有一条狗。有些狗几乎从来不掉毛，有些也许根本不掉。养一条体形中等的狗就挺好——也许是一条小猎犬，或者差不多的一种。我多年前打算给你买条狗，现在我想还是应该这样做。等我回来，咱们第一件事就是去买条狗。爱你的，妈妈。"

这是梅从妈妈那里收到的最长的一封信。她站在旺达家的门厅里，惊讶不已。

1975 年 10 月 6 日

科罗拉多

佩内洛普在罗伯特的公寓里,她坐在地板上,报纸在两腿间摊开。她的靴子放在前方地板上,罗伯特刚修好了其中一只的拉链。这是他第三次修靴子了,这一回他建议她买双新的。"为什么?"她说,"你每次都修得很好。"很多次他们讨论事情都差点吵起来,不过总是及时打住。佩内洛普拒绝争吵,认为这太耗费精力。她之前一直和罗伯特的朋友约翰尼同居,有一天他搬出去了,临走时还拿了她二十美元,即使是那种情形她也不愿吵架。她依然为此怨恨约翰尼。有时罗伯特担心他和佩内洛普虽不吵架,她可能也暗自讨厌他。因此他不强求佩内洛普,谁在乎她买不买新靴子?

佩内洛普几乎每晚都到罗伯特的公寓来。他一年多前认识了她,自此他们就几乎密不可分。有一阵子,罗伯特、佩内洛普、约翰尼,还有另一位朋友西里尔,在距离纽黑文不远的乡间合住一套房子,那时他们都还在读研究生。现在约翰尼走了,其他人住在纽黑文各自的公寓里,也不上学了。佩内洛普正和一个叫丹的男人同居,罗伯特无法理解,因为丹和佩内洛普沟通不畅,她甚至没法叫他帮忙修靴子。

于是她每晚一瘸一拐地走到他这儿来。他也不明白她以前为什么和约翰尼同居，因为约翰尼一直在跟另一个女孩约会，还拿了佩内洛普的钱。而且他总是挑起矛盾，尽管佩内洛普不愿吵架。罗伯特可以理解佩内洛普为什么搬到丹那里，因为她的钱不够付她分摊的那份房租，而丹在纽黑文有一处公寓。可是她为什么一直住下去？有一次他喝醉后问她这回事，她叹了口气，说不想跟他吵，因为他在喝酒。他没打算吵架，只是想知道她的想法。但是她不愿谈论自己，说他喝醉了只是一个方便的借口。他能得到的最接近于解释的说法，是有次她告诉他：重要的是别把精力浪费在毫无目的的尝试上。她年轻的时候曾离家出走，等到她回去的时候，事情只是变得更糟。她考试不及格，从巴德学院辍学，又从安提阿学院和康涅狄格大学退学，现在她明白所有大学都一个样——试来试去毫无意义。她把自己的福特汽车换成了一辆丰田，可是丰田没比福特好多少。

她翻弄着报纸，侧卧在地板上，棕色的长发遮住了脸，他看不到她的脸。他知道她长得美，没必要盯着看，她人在那儿就已经很好了。尽管他不明白她脑子里的想法，却知道她很多实际的信息：她在艾奥瓦长大。她身高将近五英尺九英寸，体重一百二十五磅。她年纪更小、体重更轻的时候，曾在芝加哥做过模特。现在她在纽黑文的一家时装店当店员。她不想再做模特了，因为这和做售货员一样并不容易；做模特的报酬确实更多，但也更累。

"再次谢谢你帮我修靴子。"她边说边卷起裤腿，穿上一只靴子。

"你干吗要走？"罗伯特说，"丹的学生还没有走呢。"

丹是一个画家，他在南部丢掉了一份教职。他搬到纽黑文来，每周给学生做三次家教。

"玛丽埃尔要来接我。"佩内洛普说,"她想让我帮她粉刷浴室。"

"她为什么不能自己刷?一个小时就能全部干完。"

"我也不想帮她干。"佩内洛普叹着气,"我只是帮朋友一个忙。"

"你为什么不留下来,算帮我一个忙?"

"算了。"她说,"别这样。你是我最好的朋友。"

"那好吧。"他说,他知道不管怎样她也不会为此争执。他走到厨房的餐桌旁,拿了她的外套。"要不你等她到了这儿再走?"

"她跟我约在药房。"

"你对你的某些朋友可真好。"他说。

她置之不理。也不是完全置之不理,她走前吻了他。尽管她没说第二天是否见面,但他知道她会回来的。

佩内洛普走后,罗伯特进厨房烧水。他搬进这间公寓后就习惯睡觉前喝一杯茶。从窗子望下去是街灯明亮的小巷,那里有些好玩的东西:圣诞树、大块的机器残件,有一次还有一件消防队员的消防服,整齐地铺在地上——一个消防头盔,还有衣服。他是个艺术家,或者说他辍学以前曾经是个艺术家——有时他发现自己还会在脑海中布置物体和风景,寻找构图。他坐在餐桌旁,喝着茶。他常常想着买一把餐椅,却又告诉自己,很快就会搬走,他可不愿意搬家具。小的时候,父母总是搬来搬去。家具越来越破旧,有一天母亲爆发了,哭着说家具又丑又不值钱,威胁要用斧子把它们砍成碎片。自从离开乡下,罗伯特还没有给自己买过床架或是窗帘、地毯。公寓里有蟑螂,他一想到蟑螂躲在什么地方——可以躲在窗帘背面、地毯下面——就觉得恶心。他倒不介意很多蟑螂在外面爬。

耶鲁大学的名册还搁在餐桌上,他刚到纽黑文的时候就拿了一份，到现在已有几个月了。他考虑修一门建筑学，但还没有选课。他不太确定要做什么。他在一个镶框店里找了份兼职，挣点钱，好付房租。事实是，除了能离佩内洛普更近一点，他没有理由来纽黑文。罗伯特、约翰尼、西里尔和佩内洛普合住一套房子的时候，他跟自己说佩内洛普会离开约翰尼，做他的女朋友，但那从未发生。他为此付出了很多：他们总是比别人睡得更晚，一起聊天——他这辈子从没跟谁说过那么多话。有时他们睡前一起做点吃的，或者在雪中散步。她尝试教他吹竖笛，吹得那么轻，怕吵醒了别人。有一年夏天他们偷了玉米，约翰尼第二天早上问起她，说："要是邻居发现是这个房子里的人偷了玉米怎么办？"罗伯特为佩内洛普开脱，说是自己提议的。"好极了。"约翰尼说，"鲍勃西双胞胎[1]。"罗伯特很伤心，因为约翰尼说得没错——他们之间的关系单纯得就像鲍勃西双胞胎一样。

这星期早些时候，罗伯特曾确信佩内洛普要跟丹分手了。他去他们家参加一个聚会，有些奇怪的客人在场，几乎都是丹的朋友——一些耶鲁的学生；一个药剂师拿着一个装满红胶囊[2]的万宝路香烟盒，四处发放；一个带着六岁儿子的邻家女人。药剂师逗小男孩，给他看装满胶囊的烟盒，说："看，这样的一根烟该怎么点呢？哪一头是滤嘴？"小男孩的母亲没有保护他，于是佩内洛普把他引开，去了卧室，让他倒空丹的小猪存钱罐，点数硬币。玛丽埃尔也在，她的头发编成

---

[1] 鲍勃西双胞胎（Bobbsey twins），美国同名儿童系列小说的主人公。
[2] 红胶囊（reds），又称司可巴比妥，是一种短效巴比妥类衍生药物，具有麻醉、镇静和催眠的作用。

整齐的玉米辫[1]，戴一副深蓝色镜片的眼镜。西里尔到得晚，已经喝得醉醺醺。"迟到总比不到好。"他这话跟罗伯特讲了一遍，跟佩内洛普讲了很多遍。然后罗伯特跟西里尔挤在一个角落，说聚会多么无聊，这时候药剂师正把胶囊放在舌头上，很性感地让胶囊滑过上腭。午夜时分，丹生气了，想把他们都赶出去——先是罗伯特和西里尔，因为他们坐得离他最近。这让佩内洛普很恼火，因为她在这场聚会中只有三个朋友，那些喧闹的、喝醉的、嗑药的，都是丹的朋友。她没跟他吵架，但哭了起来。罗伯特和西里尔最后还是走了，去西里尔家再喝杯啤酒。罗伯特后来又回到丹的公寓，鼓足勇气准备进去，打算坚持让佩内洛普跟他走。他走上两大段楼梯，到了门口。里面很安静，他没有勇气敲门。他走到楼下，出了大门，非常讨厌自己。他在寒冷的夜里走回家，意识到自己有点喝醉了，因为新鲜空气真的让头脑清爽了很多。

罗伯特翻着耶鲁大学名册，心想也许回去上学是条出路。也许他父母写的那些歇斯底里的信都是对的，他的生活是需要某种秩序。也许他在班上会认识别的女孩。他并不想认识别的女孩。搬到纽黑文后，他跟两个女孩约会过，她们让他厌倦，他在她们身上花的钱不值当。

电话铃响了，他很高兴，因为他的情绪快要陷入低谷了。

是佩内洛普，声音听起来很遥远、很沮丧。她离开了玛丽埃尔家，因为玛丽埃尔的男朋友在那里。他一再要大家嗑药，听《鳟鱼面具复制品》[2]，而不是粉刷浴室，所以她离开了。她打算走回家，接着

---

[1] 玉米辫（cornrows），通常编成简单的直线，但也可以采用精致的几何或曲线设计。

[2] 《鳟鱼面具复制品》（*Trout Mask Replica*）是美国二十世纪六七十年代著名的摇滚音乐人牛心上尉（Captain Beefheart，1941—2010）与他的魔术乐队（Magic Band）合作的一张专辑。

又意识到自己不想回去,就考虑给他打个电话,问能不能去他家待会儿。最奇怪的事情发生了。她刚关上电话亭的门,一个小男孩出现了,他敲打着玻璃,将一些大麻烟卷摊开成半圆形。"十块钱。"男孩对她说,"廉价商店。"你能想象吗?罗伯特想象这情景的时候,沉默了很久。佩内洛普打破了沉默,她在哭。

"怎么回事,佩内洛普?"他说,"你当然可以到这儿来。离开电话亭,过来找我。"

她说自己买了大麻,劲儿很足。抽大麻完全是个错误,可是她在电话亭里失魂落魄,不知道该不该打电话,所以抽了一支——抽得飞快,怕有警察开车经过。她抽得实在太快了点。

"你在哪儿?"他说。

"我在公园街附近。"她说。

"什么意思?电话亭在公园街吗?"

"在附近。"她说。

"那好,听我说。你走到麦克亨利的店,我到那儿去接你,好吗?"

"你住得也不近。"她说。

"我可以走快点,我可以叫辆出租。你别着急,慢慢晃过去。要是有凳子就坐会儿,好吗?"

"西里尔在丹家的聚会上告诉我的是真的吗?"她说,"你在暗恋我?"

他皱起眉头,侧过脸看了下电话,好像电话出卖了他。他看到自己的手指因为抓话筒抓得太紧而发白。

"我跟你说,"她说,"我长大的那地方,警车闪红灯。这里的这些绿灯把你一下子照透了。我想这就是我为什么讨厌这个城市——该死的绿灯。"

"有警车来吗?"他说。

"你刚才说话的时候我看到一辆。"她说。

"佩内洛普,你听明白要走到麦克亨利了吗?你行吗?"

"我有点钱。"她说,"我们可以去纽约,吃一顿牛排晚餐。"

"天啊。"他说,"待在电话亭里别动。电话亭在哪儿?"

"我告诉你我要去麦克亨利的,我会的,我会在那里等着。"

"好,那行。我现在挂电话了。记得找个凳子坐,要是没有,就站在吧台旁边。点些喝的。等你喝完我就到了。"

"罗伯特。"她说。

"嗯?"

"你还记得你推着我荡秋千吗?"

他记得。那时他们都还住在乡下。那天她也抽太多大麻了,大家都抽得跟傻瓜似的。西里尔穿着佩内洛普的白色长浴袍跑来跑去,手里拿着一把郁金香。他担心花会枯萎,就去厨房拿了一个花瓶,把花放进去,又接着跑。约翰尼吃了几片速可眠,躺在地上,咯咯地笑,说自己正躺在吊床上。罗伯特觉得只有他和佩内洛普还清醒。她的笑声听起来动人极了,尽管后来他意识到那是狂放不羁的笑声。那天是第一个真正温暖的春日,第一个他们确信冬天已经过去的日子,大家都彼此欢喜。他清楚地记得自己在秋千架那儿推她。

"等等。"他说,"我就要过来了。等我到了我们再说这些好吗?你能走到酒吧吗?"

"我其实没那么晕。"她说,声音突然变了,"我想我是生病了。"

"你说什么?你觉得怎么样?"

"我觉得轻飘飘的,像是要生病了。"

"对了。"他说,"西里尔就住在公园街附近。你把那个电话亭的号码给我,我给西里尔打电话,让他去找你怎么样?我会再打给你,跟你说话,直到他来。你能行吗?电话是多少?"

"我不想告诉你。"

"为什么?"

"我现在没法再说下去。"她说,"我需要新鲜空气。"她挂了电话。

他也需要新鲜空气。他惊慌失措,就像那天她在秋千上说"我要跳了!"的时候,他知道秋千摆得太快,也太高——秋千都飞过一座小山了,山势陡峭,山下是小溪边一片泥泞的河滩。他意识到不能再推了,但他只是站着,等待着,在秋千扇起的微风中发抖。

他飞快地出门。公园街——离这儿不远的某个地方。好,他会找到她的。他知道他找不到。有一辆出租车,他上了车。他摇下车窗,呼吸新鲜空气,希望司机以为他是喝醉了。

"你说要去哪儿来着?"司机问。

"其实我是要找一个人。要是你能开慢点……"

出租车司机沿街中速行驶,在红绿灯处停下。一家人在车前穿过马路:一对年轻的黑人夫妇,父亲的肩头坐着一个小孩。小孩戴着一个猪小弟[1]的面具。

红灯变绿,车子向前开。"该死!"司机说,"我就知道。"

蒸汽从发动机罩下冒出来。有一根水管破了。出租车开上旁边的

---

[1] 猪小弟(Porky Pig),美国华纳兄弟制作的《乐一通》与《梅里小旋律》系列卡通片的角色。

一个车道,停下来。罗伯特把两张一美元的纸币塞进司机手里,跳下车。

"破垃圾!"他听到司机的吼声,还有踢金属的声音。罗伯特回头看,看到司机正在踢散热器的护栅。一大团蒸汽冒出来,司机又踢了车一脚。

他步行向前。他感到自己好像在用慢动作行走,但很快就开始喘气。他走过几个电话亭,都没人。他为自己没帮出租车司机而觉得内疚。他一路走到麦克亨利酒吧,心想从建筑上看,纽黑文真是一个美丽的城市,但马上又意识到自己的想法不合情理。

佩内洛普不在麦克亨利酒吧。"我是个黑仔吗?"罗伯特挤进酒吧的人群时,一个黑人对他说。"我要直接问问你,看着我,告诉我,我不是个黑仔吗?"黑人笑了,带着真正的喜悦,他看上去不像喝醉了。罗伯特对他笑了笑,往酒吧里面走。也许她在洗手间里。他站住,四处环顾,希望她会从洗手间里走出来。时间过去了。"我如果醉了,"那个黑人在罗伯特往前门走的时候说,"可能会给你来段说唱,就好像我是暹罗国王。我不是开玩笑,我要直接问问你:难道我不是个黑仔吗?"

"你当然是了。"他说着挤到一边去。

他出了门,走到一个电话亭里,拨丹的号码。"丹,"他说,"我不想让你紧张,可是佩内洛普今晚有点抽多了,我出来找她,又找不到。"

"是吗?"丹说,"她告诉我她要在玛丽埃尔家过夜。"

"我想她本来是这样打算的。说来话长,她从那儿离开了,状态很差。丹，我很担心她，所以——"

"听我说。"丹说，"我十五分钟后给你打回去行吗？"

"你什么意思？我在公共电话亭。"

"哦，难道那儿没有号码吗？我很快就给你打回去。"

"她身体很糟，一个人在纽黑文街头乱走，丹，你最好过来，然后——"

丹在跟什么人说话，他的手盖住了话筒。

"说实话，"丹说，"我这会儿没法跟你讲。十五分钟以后可以，有个朋友正在我这儿。"

"你说什么？"罗伯特说，"你刚才没听我说话吗？要是你那儿有什么女人，让她去厕所待两分钟，天啊！"

"行不通了，"丹说，"你不能把女人像猫狗一样打发走。"

罗伯特摔了电话，走回麦克亨利酒吧。她还是不在那里。他又走出去，在外面的角落里，刚才酒吧里的那个黑人走上来，想卖点可卡因给他。他谢绝了，说自己没钱。那人点点头，往街的另一头走去。罗伯特注视了他一分钟，才转过头。有那么几秒钟，他对那人的姿态充满兴趣——他往街上走去的样子。他和佩内洛普合住那栋房子的时候，有时也观察她。他为她画了无数张素描，在纸巾和报纸边角上画速写。但是绘画——只要尝试画点正式的东西，他总是不能完工。西里尔说这是因为他害怕拥有她。最初他觉得西里尔的话很可笑，但是现在——疲惫地站在寒冷的街角——他不得不承认他其实一直都有点怕她。今晚他如果找到她，将会做什么呢？为什么她的电话让他如此烦乱——只因为她抽大麻吗？他想着佩内洛普，想着把头靠在她的肩窝——一个温暖的地方。他开始往回走。回去的路很长，他疲惫不堪。他停下脚步,看着一间书店的橱窗,然后走过一间干洗店。他最后一次留意看的是一间咖啡馆。等红灯的时候,他听到鲍勃·迪伦在汽车收音机里唱歌,把时间比作喷气式飞机。

早上她打来电话道歉。前一晚她挂掉他的电话后,清醒了一分钟——时间长到够叫一辆出租车——但是上车后她感觉又不好了,而且没钱付车费。长话短说,她后来跟玛丽埃尔在一起。

"为什么?"罗伯特问。

是这样,她打算告诉司机开到罗伯特家,但是她害怕他生气了。不——并非如此,她知道他不会发火,却没法面对他。她想跟他说话,然而状态太差。

她答应跟他一起吃午饭。他们挂了电话。他去浴室刮胡子。他父亲写的一封问他为什么从研究生院辍学的信,被他用透明胶粘在镜子上,旁边还有些有趣的玩意儿。有一张褪了色的剪报来自约翰尼,以前他们合住时把它挂在冰箱上,故事说的是一个叫作"加州超人"的家伙,穿着超人的衣服,冻死在自己的冰箱里。罗伯特所有的朋友都在家里贴着荒诞不经的故事。西里尔的故事是一家人饿死在高速公路边上,死在自己的车里,最后一顿饭吃的是西瓜。那张剪报别在西里尔的床头。罗伯特意识到这些糟糕的剪报故事代替了以前人人都有的那些乏味的日辉牌荧光漆海报,这让他觉得苍老而迷惘。还有,纽黑文街上渐渐有人冲着他而来——警察,没的说,不是警察才怪——他们在他面前晃动装满大麻的塑料袋,从口袋里拿出一把把刺激性和安定类药物。还有,一天前他母亲寄来一个盒子,是一个布艺防风门挡,上面绣着一只灰白相间的苏格兰犬,背面还有半圈玫瑰花。这东西让他心情糟透了。

他开始刮胡子。猫走进浴室,在他光裸的脚踝上蹭,他移开腿,划破了脸颊。他在伤口上贴了一片卫生纸,坐在浴盆边上。他生猫的气,也为自己情绪低落而生气。毕竟丹现在已经出局,佩内洛普也找到了。他可以得到她,就像从超市买到东西,就像从图书馆拿到一本书。这似乎太容易了,有什么地方不对劲。

他穿上牛仔裤——没有干净内衣,算了——穿上衬衫和夹克,往餐馆走去。佩内洛普在第一个隔间,穿着外套。她面前的桌上有一瓶啤酒。她笑得很窘。看到她,他也笑了。他在她身边坐下,用胳膊环住她的肩头,把她搂过来。

"你真心爱过的第一个女孩是谁?"她问。

这样的问题由她去问吧。他想隔着厚外套摸到她的肩膀,但是摸不到。他试图回忆除了她还爱过谁。"高中时的一个女孩。"他说。

"我打赌那是个悲剧。"她说。

女侍者过来给他们下单。她走开以后,佩内洛普继续道:"通常不都是那样吗?人们的初恋成了墨西哥海滩上的浮尸?"

"她没跟我一起上完高中。她父母硬给她退学,送她进了一家私立学校。就我所知,她的确到了墨西哥,尸体给冲到海滩上了。"

她捂住耳朵,说:"你生我气了。"

"没有。"他说着把她搂过来。"我昨晚是有点不太高兴。你本来想跟我说什么?"

"我是想知道能不能跟你住。"

"当然可以。"他说。

"真的吗?你不会介意?"

"不会。"他说。

她看到他脸上惊讶的表情,笑了。这时女侍者把一个干酪汉堡放在罗伯特面前,把一张煎蛋饼放在佩内洛普面前。佩内洛普狼吞虎咽地吃起来。罗伯特拿起干酪汉堡咬了一口,味道很好。这是他一天多以来吃的第一份食物。他为自己感到难过,就又咬了一口。

"我只是吸了几口那东西,就觉得自己满脑袋云遮雾障。"她说。

"别再想了。"他说,"你现在没事了。"

"不过我还想说件事。"

他点点头。

"我跟西里尔睡了。"她说。

"什么?"他说,"你什么时候跟西里尔睡的?"

"在合住房子的时候。"她说,"还有在他那儿。"

"最近吗?"他说。

"几天前。"

"那你为什么告诉我?"他问。

"西里尔跟丹说了。"她说。

这样就解释了丹的行为。

"你想让我说什么?"他说。

"我不知道。我想说这事。"

他又咬一口汉堡。他不想听她说这些。

"我不知道自己怎么会这样混乱。"她说,"我甚至不知道为什么要告诉你。"

"我也不知道。"他说。

"你嫉妒吗?"

143

"是的。"

"西里尔说你暗恋我。"她说。

"这说得我像个十岁男生。"他说。

"我在考虑去科罗拉多。"她说。

"我不知道该怎么打算。"他说着用手拍桌子。"我没料到你会说跟西里尔乱搞,然后又说去科罗拉多。"他推开盘子,非常愤怒。

"我不该告诉你的。"

"不该告诉我什么?我能怎么办?你指望我说什么?"

"我以为你跟我的感受一样。"她说,"我以为你觉得纽黑文让人窒息。"

他看了她一眼。有时她说的话很有见地,但总是出现在他期望听到别的话的时候。

"我在科罗拉多有几个朋友。"她说,"贝亚和马修。有一次他们过来,住在咱们的房子,你见过的。"

"你想让我搬到科罗拉多去,因为贝亚和马修在那儿?"

"他们有一栋大房子,但还贷款有点麻烦。"

"我又没钱。"

"你父亲不是寄了些钱让你在耶鲁选课吗?你还可以在科罗拉多重新开始画画。你不是个镶画框的,你是一个画家。你就不想辞了那个镶画框的烂差事,离开纽黑文吗?"

"离开纽黑文?"他重复道,想感受一下那是什么情形。"我不知道。"他说,"好像不太现实。"

"很多事我都觉得不对劲。"她说。

"关于西里尔吗?"

"关于过去这五年。"她说。

他找了个借口去了洗手间。那里有面镜子,上方涂写了一句话:"时间只会说,我早告诉过你是这样。"[1] 纽黑文,一个很有文化的城市。他看看洗手间的窗户,盯着那有波纹的白色玻璃。他想着从窗户爬出去。他应付不了她。他走回隔间。

"走吧!"他说,把钱放在桌上。

到了外面,她哭起来。"我可以叫西里尔跟我走,但是我没有。"她说。

他用胳膊搂住她。"你们两个烂人。"他说。

他让她走快点。回到他家的时候,她说起去落基山脉滑雪,脸上又有了微笑。他打开门看到地上有张字条,是丹写的。上面写满了佩内洛普的名字,还有很多脏话。他把字条给她看。两个人什么都没说。他把字条放回桌上,搁在他母亲的一封求他回到研究生院的信旁边。

"我要戒烟。"她说着把她的烟盒递给他。她这句话说得像是一个启示,好像所有的一切,这一整天,都是为了得出这个启示而精心计划的。

二月的一个傍晚,佩内洛普在涂脚指甲油。她说到做到,搬来跟他住了。她甚至没有回丹的公寓去拿衣服。她借罗伯特的衬衫和运动

---

[1] "时间只会说,我早告诉过你是这样。"("Time will say nothing but I told you so.")一句出自英裔美国诗人威斯坦·休·奥登(Wystan Hugh Auden)的诗《如果我能告诉你》(*If I Could Tell You*)。

衫穿,去洗衣店时穿着罗伯特冬天的长大衣,里面是他的睡裤,这样她就可以洗掉唯一一条牛仔裤。她辞了工作,想在去科罗拉多前搞一个告别聚会。

她坐在地板上,脚趾之间塞着小团棉花。她双脚的第二个脚趾有点扭曲,小的时候她把两只鞋穿反了。有天晚上她打开灯,给罗伯特看她的脚,说这让她难为情。那么,她为什么还在涂指甲油呢?

"佩内洛普,"他说,"我对那该死的聚会没有兴趣。我对去科罗拉多也兴趣寥寥。"

今天他跟老板说他下星期就走。老板大笑,说要叫他兄弟过来揍他一顿。和往常一样,他不能确定老板是不是在说笑。他上床睡觉前,试着把一个可乐瓶立在大门后面。

"你说过你想看山的。"佩内洛普说。

"我知道我们要去科罗拉多,"他说,"我不想再提到任何相关话题。"

他坐在她身旁,握住她的手。她的手很瘦,摸起来大概只有八分之一英寸厚。他换了个握法,用手指握住她的关节,这样手感更实在一点。

"我知道科罗拉多一定很棒。"佩内洛普说,"这是几年来我第一次确信有些事能成功。这是我第一次确信有些事值得去做。"

"可为什么是科罗拉多?"他说。

"我们可以去滑雪呀,我们还可以一整天坐在缆车上,俯瞰那一片美丽的白雪。"

他不想强迫她做出明确的回答,或是打击她的热情。他想谈论他们俩。他问她是否确定自己爱他,她说是的,但是她从来不谈他们。

和她交谈很不容易。前一天晚上,他问了几个关于她童年的问题,她说九岁时父亲死了,母亲嫁给一个意大利人,那人用割草机的绳子打她。然后她生气了,因为他让她想起那些往事,他为自己那么问而抱歉。他依然为她真的搬来和他同住而惊讶,也惊讶自己答应了离开纽黑文,和她一起搬去科罗拉多,搬进一对他依稀记得的夫妇家里——丈夫人很好,妻子吸毒上瘾。

"你收到马修和贝亚的信了吗?"他说。

"嗯,是的。今天早上你上班的时候,贝亚打电话了。她说她一定得马上打电话来欢迎我们过去,她激动极了。"

罗伯特记得贝亚有多激动,那是贝亚和他们住在乡下房子的时候。其实那更像是神经质,而不是兴奋。贝亚说她一直在学芭蕾,马修叫她展示一下自己学的。她在房间里跳,一开始面带微笑,后来气喘吁吁。她抱怨说自己不够优雅——她太老了。马修想让她感觉好点,就说她才刚开始学芭蕾,还需要增加力量。贝亚更激动了,说自己没有力量,没有姿态,没有芭蕾舞演员的未来。

"可是有件事我应该告诉你,"佩内洛普说,"贝亚和马修正闹分手。"

"什么?"

"有什么关系?这是个很大的州。我们能找到地方住。我们钱够用。不要总担心钱的问题。"

他正要说他们连去科罗拉多的路上住汽车旅馆的钱都不够。

"等你又开始画画的时候——"

"佩内洛普,你正经一点。"他说,"你以为一个人只要画几幅画,就能拿它们卖钱吗?"

"你对自己毫无信心。"佩内洛普说。

他从研究生院辍学的时候,她对他说过同样的话,那时她自己也已经辍学。不知怎的,她总是那个听起来很理性的人。

"我们不如暂且先忘掉科罗拉多?"他说。

"好。"她说,"我们先忘掉它。"

"哦,要是你下定决心了,我们就去。"他飞快地说。

"要是你这样做只是为了安抚我,你就别去了。"

"我不知道。我不想被困在纽黑文。"

"那你在抱怨什么?"她说。

"我不是在抱怨。我只是失望。"

"别失望。"她说着对他微笑。

罗伯特把额头贴在她的额头上,闭上眼睛。有时和她在一起十分舒服。他听到外面的汽车喇叭在响。他并不期待开车去西部的漫漫长途。

在内布拉斯加,他们开上岔路,在一条狭窄的路上开了很久,路上有很大的坑,罗伯特只好突然转向避开大坑。加热器运行不佳,除霜器根本不转。他用胳膊的一侧把前窗擦干净。到了傍晚时分,他开得精疲力尽。他们在"格斯和安迪"饭馆吃晚饭,安迪给他们端来煎蛋三明治,他的名字用亮片标在衬衣口袋上方。晚上在汽车旅馆,他累得无法入睡。猫在浴室里磨爪子。佩内洛普抱怨头发有静电,她洗完头正在吹干。他看不了电视,因为佩内洛普的吹风机搞得电视画面都是波纹。

"我有点想在艾奥瓦停一下,去看伊莱恩。"她说。伊莱恩是她已婚的姐姐。

她深吸一口大麻，把烟卷递给他。

"你是那个不愿停下来的人。"他说。有吹风机，她听不到他说的话。

"小时候我们假装自己怀孕了。"她说，"我们把枕头拉下来，塞在衣服里面。妈妈总是冲我们大喊，说不要弄乱床铺。"

她关掉吹风机。电视上的画面又回来了。在播新闻，体育节目广播员正在报道篮球比赛。在他身后的大屏幕上，一个篮球运动员正把球投进篮筐。

他们走之前，罗伯特去找西里尔，西里尔好像已经知道佩内洛普跟他同居了。他很和气，但罗伯特觉得跟他说话很艰难。西里尔说他认识的一个女孩要来做晚饭，让他留下吃饭。罗伯特说他必须得走了。

"你去科罗拉多干什么呢？"西里尔问。

"我猜找份什么工作吧。"他说。

西里尔大概点了十次头，点头的幅度越来越小。

"我不知道。"他对西里尔说。

"嗯。"西里尔说。

他们坐着。最后罗伯特告诉自己，他并不想见西里尔的女友，这才打定主意离开。

"那好。"西里尔说，"好好照顾自己。"

"你呢？"他问西里尔，"你打算怎么着？"

"差不多老样子。"西里尔说。

他们站在西里尔家门口。

"感觉我们大家合住那栋房子已经是一百万年前的事情了。"西里尔说。

"是啊。"他说。

"也许新人搬进去的时候,会发现恐龙足迹呢。"西里尔说。

那天晚上在汽车旅店,罗伯特梦到和佩内洛普做爱。太阳光穿透窗帘的时候,他摸了她的肩膀,想着叫醒她。但他只是起床坐在梳妆台前,点了一根大麻。三口就抽完了,他回到床上,又冷又晕。去睡觉时,他笑出声来,或者以为听到了自己的笑声。后来佩内洛普叫他起床,他起不来,直到下午两人才上路。他很疲倦,但凭大麻的后劲还能支撑。那后劲好像完全不会在睡眠中消失。

他们到了贝亚和马修家。到的时候是傍晚,多云寒冷,路两边的积雪堆得很高。罗伯特找他们家的时候迷路了,最终只好停在一个加油站,打电话问路。"看到十字路口的草料仓后右拐。"罗伯特感觉他们不是在真正的科罗拉多。晚上马修坚持要罗伯特坐他们仅有的一把椅子(一把黑色帆布折叠椅),因为他开车一定很累了。罗伯特在椅子上怎么都坐不舒服。他对面的墙上有一张努列耶夫[1]的大照片,房间一角有张小桌子。马修解释说,有一次他们吵架后贝亚大怒,把起居室里其他的家具都卖了。佩内洛普坐在地板上,挨着罗伯特。他们没烟了,马修和贝亚的酒也几乎喝光了。马修在等贝亚开车去城里买;贝亚在等马修让步。他们还住在一起,但是已经申请办理离婚。

---

[1] 努列耶夫(Nureyev,1938—1993),俄裔著名芭蕾舞演员,曾任列宁格勒基洛夫芭蕾舞团独舞演员,后来成为伦敦皇家芭蕾舞团特邀艺术家。

他们住在一起还算友好，但总是等对方行动，彼此试探。谁去把唱片翻面？谁去买苏格兰威士忌？

他们的狗叫零蛋，正躺在地板上听音乐、舔苹果汁。它对立体声音箱毫不在意，但喜欢耳机。它不愿让人把耳机戴在它头上，但要是耳机在地上放着，它就会慢慢爬过去，在一旁安顿下来。佩内洛普说，玛丽安娜·菲斯福尔[1]的一张唱片似乎让零蛋格外开心。贝亚给它喝苹果汁来治便秘。她和马修非常宠爱这条狗，这在日后会是个麻烦。

晚饭贝亚做了斯特罗加诺夫牛肉[2]，他们都坐在地上，拿着碗碟。贝亚说牛肉里放了蜂蜜。贝亚不理马修，他用叉子在饭里画圈，每几分钟就放下盘子，喝威士忌。先前贝亚叫他把酒瓶传给大家，不过大家都说不喝。他们围圈而坐，中央点着一根高高的黑色蜡烛。外面很黑，蜡烛是仅有的光。他们吃完饭时，酒瓶里只有一小口威士忌了，马修醉得够呛。他对贝亚说："我打算圣诞前夜搬出去，就在半夜。你听到圣诞老人的声音时，其实那是我在把零蛋而非魔术袋带走。"

"是玩具袋。"贝亚说。她穿着一件缎子睡袍，坐在地上，衣角披在两腿间，让罗伯特想起拳击手的袍子。

"在我鼻子旁边竖一根手指……"马修说，"不，贝亚，我不会那么做的。我会给你竖那根手指。"马修竖起中指，对贝亚笑。"不过我这么说当然是为了好玩。我既不会给你竖手指，也不会把零蛋给你。"

---

1 玛丽安娜·菲斯福尔（Marianne Faithful，1946— ），英国创作歌手及演员。2009年获颁世界杰出妇女奖终身成就奖，并被法国政府授予艺术与文学勋章。

2 斯特罗加诺夫牛肉（Stroganoff），是一种加了蘑菇和酸奶油的俄式炒牛肉。

"马修,是我在动物看护所把狗要来的。"贝亚说,"你为什么说它是你的狗?"

马修跌跌撞撞地爬到床上去,差点踩到佩内洛普的盘子。他回头叫道:"我可爱的贝亚啊,请你保证我们的客人喝完那瓶威士忌。"

贝亚熄灭蜡烛,他们都上床睡觉了,瓶子里还剩下四分之一英寸深的威士忌。

"他们为什么离婚?"在床上,罗伯特轻轻问佩内洛普。

他们在一张双人床上,床比他记忆中的双人床窄。他们躺在一床棕色和白色相间的被子下。

"我也不是很明白。"她说,"贝亚说他越来越疯狂了。"

"他俩都挺疯狂的。"

"贝亚告诉我,他把两人的部分积蓄送给一个日本女人了,好让她开一个礼品店。那女的跟他的一个同事同居。"

"哦。"他说。

"我们要是还有一根烟就好了。"

"他做的就是这些吗?"他问,"把钱送人?"

"他酒喝得很多。"佩内洛普说。

"她也一样。她直接就着瓶子喝。"晚饭前贝亚把瓶子举到嘴边,动作太快了,液体顺着她的下巴流下来。马修说她恶心。

"我看他比她还邋遢。"佩内洛普说。

"往那边挪点。"他说,"这床肯定比双人床窄。"

"我都被你挤到边上了。"她说。

他伸直膝盖,平躺在床上。太不舒服了,他睡不着,路上开了太多个小时,耳朵还因此嗡嗡地响。

"我们现在到科罗拉多了。"他说,"明天我们应该开车转转,趁大雪覆盖一切之前看看这地方。"

第二天下午他借了一本便笺簿,走到门外,看有什么可以画的。雪中有一块块裸露的地——是黄褐色的草地。贝亚和马修的房子很现代,晒日光浴的平台横在房后,玻璃门横在房前。不知什么原因,房子看起来与周围格格不入,像东方式的。附近没有其他房子。清出的土地很少,草坪狭窄,树林就在附近。天很冷,树林中有风。穿过树林,在房子的前面能看到远处白雪覆顶的群山。空气清新,色彩过于明亮,像马克斯菲尔德·帕里什[1]的画。如果让他来画,没人能相信会有那种色彩。他转而从一些旧篱笆桩开始画,它们已经腐烂了一部分。但他又停住了,还是留给安德鲁·怀斯吧。他掸去薄薄的一层雪,坐在他车子的发动机罩上。他又从口袋里拿出铅笔,在速写本上写:"我们在贝亚和马修家。他们整天坐着。佩内洛普也坐着,似乎在等待。这里是科罗拉多。我想看看这个州的风景,但是贝亚和马修已经看过了,佩内洛普说她在车里一分钟也没法再待了。车子需要新的火花塞。我永远也没法成为一个画家。我不是作家。"

零蛋从他身后晃悠过来,他撕下一张速写本的纸,团成小球,扔到空中。零蛋的眼睛亮了。他们玩起这个纸团——他把纸团扔得很高,零蛋等纸团落地后,就扑上去。最后纸团变得太湿,没法玩了。

---

[1] 马克斯菲尔德·帕里什(Maxfield Parrish, 1870—1966),美国画家,作品以令人炫目的明丽色彩著称,曾为《一千零一夜》等作品作插图。他经常使用的钴蓝色被人称为"帕里什蓝"(Parrish blue)。

零蛋走到一旁，坐下来磨爪子。

房子后面有一个破鸟屋，一根木条上垂下几根线绳，是用牛板油粘住的。线绳在风中飘荡。"帮我推秋千。"他记得佩内洛普说的话。约翰尼躺在草里，自言自语。罗伯特想跟西里尔跳舞，可是西里尔不肯。西里尔比他们抽更多大麻，却显得更理智。"来推我。"她说。她坐在秋千上，他去推。她几乎没什么重量——轻得秋千都不往后坠。秋千推起来速度很快，飞得很高。她在笑——不是因为玩得开心，而是在笑他。但那是他的想法，他已经抽得上头了。她只是在笑而已。幸运的是，她跳下来的瞬间，秋千速度慢下来了。她没从山上滚下来。西里尔看着她被石头划破的胳膊，几乎哭了出来。她身体一侧着地。起初他们以为她胳膊断了。约翰尼在睡觉，他睡过了整个过程。罗伯特把她抬到房子里去，西里尔跟在后面，绕个弯过去踢约翰尼。那就是终局的开端。

他走到车旁，打开门，在烟灰缸里摸索，找那根他们找到贝亚和马修家之前在抽的大麻烟头。他的手指冻木了，很难把烟头摸出来。最终他拿到了，点了烟，边抽边走回有鸟屋的那棵树。他靠在树上。

丹在他们离开纽黑文的前一天给他打电话，说佩内洛普会搞死他。他问丹这话什么意思。"她会把你累死，让你精疲力尽，她会搞死你。"丹说。

他感觉到树木在断裂，于是跳开了。他瞧了瞧，看是否一切正常。树还在那里，线绳从树枝上垂下来。"我要跳了！"那时佩内洛普喊着、笑着。现在他也在笑——不是笑她，而是因为自己在这里，靠着科罗拉多的一棵树，快要被风刮走了。他想说点什么，听听他自己的声音。"被风刮走。"他说。说完话，嘴巴很难回到原位。

过了一会儿,马修出现了。他站在树旁边,他们一起看日落。淡蓝色的天空,镶着一条条橘色的云彩,好像从蓝天后面伸展开来,就像液体渗过一张纸巾,血透过一条绷带。

"好看。"马修说。

"是呀。"他说。他从来没法跟马修交谈。

"你知道我在狗屋里干什么吗?"马修说。

"什么?"他说。他停顿了很长时间才把这个词吐了出来,而不是说出来。

"有一个日本女友。"马修说,大笑。

他不敢冒险和他一起笑。

"我根本就没有日本女友。"马修说,"她跟我的一个同事住在一起,我对她没兴趣。她需要钱做生意。不需要很多,但要一些。我就借给她了。贝亚歪曲事实。"

"你大学在哪儿读的?"他听见自己说。

久久的沉默。罗伯特有点糊涂了,感觉自己应该自问自答。

马修终于说话了:"哈佛。"

"哪一级的?"

"哦。"马修说,"你抽上头了吧?"

他没有上头,但这解释起来太复杂了。他又说:"哪一级?"

"1967。"马修边说边笑,"抽的是你的还是我们的?她把我们的藏起来了。"

"在我车子的仪表板小匣里。"罗伯特做了个手势。

他看着马修向他的汽车走去。溜肩,他的夹克背后写着什么字,印在一只像是巨大的蓝鸽的旁边,就像那只鸟在说话。读不懂。过了一会儿,马修抽着大麻回来了,零蛋跟在他身后。

"她们在里面,说我多么猪猡。"马修呼一口气。

"你怎么对这个日本女人毫无兴趣呢?"

"我有兴趣。"马修说着从他围成杯状的手里吸着烟,"我在这世上一点机会也没有。"

"我猜你要是另有一个,情况就不一样了。"他说。

"另有一个什么?"

"如果你去日本再找一个。"

"算了。"马修说,"别劳神讲话了。"

零蛋嗅嗅空气,走开了。它在车道上躺下,远离他们,闭上眼睛。

"我想来点威士忌给肺降降温。"马修说,"我们没有该死的威士忌了。"

"咱们去买点。"他说。

"好。"马修说。

他们待在原地,看着天色变暗。"太冷了。"马修说。他不断用胳膊拍打胸膛,零蛋一跃而起,兴奋地跳着,几乎撞翻马修。

他们走到马修的车前。罗伯特听到车门关上。他注意到自己在车里了,零蛋在后座。天更黑了,马修发出哼声。烈酒店里,罗伯特摸索出一张十美元的钞票。马修不要。他停了车,摇下窗户。"我不想带着大麻这东西的味道走进去。"他说。他们等着。等着等着,罗伯特糊涂了。他问:"这是哪个州?"

"你在开玩笑?"马修问。马修摇了摇头。"科罗拉多。"他说。

1976 年 3 月 15 日

草坪聚会

　　昨晚我对洛娜说："你想让我给你讲个故事吗？""不想。"她说。洛娜是我的女儿。她十岁了，是个大怀疑家。不过她还是愿意在我屋里晃悠、聊天。"常规干洗洗不干净。"洛娜看到我的仿麂皮夹克上的污渍时说。"真的。"她说，"你得拿到特别的地方去处理。"洛娜不大相信别人的话，她想当然地觉得别人也是如此。

　　根据卧室门后挂着的柯里尔与艾夫斯[1]日历，根据我的手表，也根据我的记忆（如果没有前两样，后者会更加敏锐），洛娜和我在我父母家待了三天了。今天是一年一度的槌球比赛，我们家在康涅狄格州的所有亲戚共聚一堂（甚至包括我妻子那边的一些亲戚）。七月四日[2]，热得要命。我开着电扇，坐在一把舒服的椅子里（椅子是在我的

1　柯里尔与艾夫斯（Currier and Ives）是一家成立于1835年，运营了72年的美国石版画公司。

2　美国独立日。1776年7月4日，美国正式宣布从英国宣告独立，故此独立日是美国的国庆日。

要求下被父亲和女佣搬上楼的），待在我的老卧室窗边。亲戚们已经在草坪上聚成一堆。他们中大多数人在衬衫或短袖上别着小小的美国国旗，或在耳后别一枚。一个爱国的团体。一群喝啤酒（原谅他们：是喜力牌的）和葡萄酒（傲美夏布利）的人。我父亲喜欢这一天胜过他自己的生日。他靠在槌球棒上，吩咐我姐姐伊娃把球柱安放到位。在那里，他可以清楚地看到那些美国国旗。不过他要是已经醉得不能自己把球柱插在地里，可能就没有注意到那些装饰用的美国国旗。

洛娜在过去的一个小时里已经来我房间两次，一次是问我要不要下楼参加她所谓的"聚会"，另一次是说我不参加聚会让大家感觉很糟——一个挥挥手就能打发掉的说法，可是我没有那只手。我也没有右臂。我有左手和左臂，但对我来说没什么价值。我想要的是右手。在医院里，我拒绝了装塑料手臂和手爪的建议。"嗯，那么你有什么设想？"大夫问。"空气。"我对他说。这需要一些解释。"从前我胳膊所在的地方，现在是空气。"我说。他轻轻地点点头，表示"哦，是这样"，然后离开了房间。

我打算在这窗边坐一整天，看槌球比赛。我会喝洛娜拿给我的喜力，小口啜饮，因为我喝了满是泡沫的一大口以后没法擦嘴。我的左手还在，可以擦，可是谁愿意放下啤酒瓶来擦嘴呢？

洛娜的母亲离开了我。我现在只当她是洛娜的母亲，因为她对我明确表示不愿再做我的妻子。她和洛娜搬到另一间公寓。离开我以后她似乎并没有快乐多少，还经常来看我。我们不再提及我是她的丈夫，她是我的妻子这一事实。最近玛丽（她的名字）坐渡轮去看自由女神像。我待在这间屋子的第二天，她突然冲进来，解释说她不会出席槌球比赛，却向我报告她昨天去了纽约，坐渡轮去看自由女神像。

"城里怎么样？"我问。"棒极了。"她让我放心。她去了卡内基熟食店，吃了奶酪蛋糕。她不来看我的时候，就写信。对于我何时离开公寓去我父母家，她的直觉很准。她在信里常会告诉我洛娜的事，尽管不再提洛娜是我的孩子。实际上她有一次发泄怨气的时候，还诡秘地暗示洛娜不是我的孩子——但是又收回了这话。

洛娜深受我父母宠爱。我父母很富有——玛丽常开玩笑说，这个才是她嫁给我的理由。但其实是因为我的魅力，她觉得我棒极了。本来我们一切都很好，要不是我爱上了她妹妹。我做得挺正当：在婚礼前我爱上了她妹妹，就提出将婚礼延期。玛丽喝醉了，哭起来。我为什么这么做？我怎么能这么做？她要离开我，但是她不愿将婚礼延期。我请求她离开，她喝醉了，大哭，不愿走。我们仍按计划结婚。她自此跟妹妹断了往来。我却相反，一有机会就去见她——奇怪，有多少事情是不能再说出口的。帕特里夏（她的名字）跟我一起出差，一起吃午餐和晚餐，开我的车，车翻下公路时是她在开。

我醒来的时候，玛丽站在我的病床旁，她面孔扭曲，俯视着我。"我妹妹自杀了，她想带你一起走的。"她说。

我等着她满怀怜悯地扑进我怀里。

"你这是活该。"她说，然后走出了房间。

我的左臂在打点滴。我看看自己的右臂，想知道是否也连接着什么东西。转头很疼。右臂是自由的——我当时并不知道到底有多自由。我发誓我看到它了，但在我不省人事的时候，右臂就已经被截肢了。后来医生和我详谈了这件事，他说绝没有可能我妻子在病房里的时候，我的胳膊还在，而后来又消失了——在她离开的时候消失了。不，绝不可能。手术是一次性截肢，我看到妻子时是术后恢复阶段。我试着用另一种方式接近真相,不把玛丽包括在内。玛丽来病房前,我不是有意识的吗?我不是看到了胳膊吗?不,我丧失意识了,什么也没看到。确实如此。理疗师、精神病医生和医生带来的牧师都点头,飞快地一致同意。不过很快我就能有假肢了。我说我不想要假肢。就是那时候,我们讨论了空气。

上周三是我生日。我对所有人都没有好脸色。厨师贝茨太太给我烤了胡桃仁巧克力豆曲奇(我的最爱),但是我直到她回家时也没有吃。我母亲送给我一件红色丝绒衬衫,我暗示这不合我意。"哪里不对?"她说。我说:"多了一只袖子。"晚上,我以前的学生班克斯来看我,他不知道这天是我生日。他二十岁,是一个害羞、瘦削、毛发浓密的家伙——一个画家,一个真正的职业艺术家。我非常喜欢他,连我父母家的电话都给了他。他带来最近的作品让我过目,一幅裸女的帆布油画。我们围坐在生日蛋糕旁,我问这个女的是谁,班克斯回答说是一个职业模特。后来在后院散步时,他告诉我他是在公交车站勾搭上她的。他说服了她,给的理由是她不会想一辈子都等公交车。随后他把她带回自己的公寓,为她做了一顿牛排晚餐。那个女人在他家待了两天,离开时班克斯给了她四十美元,但她一分钱也不要。她认为他把她画得很丑,想跟他求一份心安——自己的臀部没有那么肥厚。班克斯告诉她这不是一幅具象派的作品,是印象派。她给班克斯留了电话号码。他打过去,号码不存在。他不明白这是为什么。他回到那个公交车站,最终又找到了她。她叫他走远点,否则就喊警察。

啊,班克斯。啊,青春——假如能回到二十岁,而不是三十二。那会儿上课的时候,班克斯常戴着耳机听随身听的音乐。他钉画框的时候会吃糖果棒。班克斯不是在嚼东西,就是在唱歌。有时他忘乎所以地在课上唱起来——一阵怪异的尖啸,和着某种我们其他人都听不见的曲调。学生们要么嫉妒班克斯的才华,要么讨厌他吃东西、唱歌、在女人那里无往不利。班克斯在洛娜这里讨得大大的欢心。他说她长得像比安卡·贾格尔[1],洛娜激动极了。"你为什么不买一双她那种松糕鞋?"他说,洛娜的眼睛欢喜得皱在一起。他给她讲了一些哥白尼的趣事;她告诉他一些舞毒蛾的习性。他走的时候,吻了她的手。我看到她如此开心,心下安慰。玛丽一直说,我从来都不能让她开心。

我教书的大学有人写信来了,说希望一切安好,我秋天就能回去上课。我失去了右臂,教绘画就有点困难。不过人们仍记得晚年的马蒂斯[2]。有志者……诸如此类的话。我的系主任送过两次花(一次是各色花卉,一次是郁金香),系主任自己也在一张祝福卡上写了话,卡片上有一只看彩虹的小兔子。班克斯是唯一一个真正吸引我回去工作的人。其他人,班克斯跟我说,都"虚头巴脑的"。

现在来了个访客。丹妮尔——约翰的妻子——上来瞧我了。约翰是我哥哥。她给我拿来一罐打开的啤酒,一言不发地把它搁在窗台上。丹妮尔穿着一条白裙子,上面有小海豚,微笑着跃起——跃过那样的前胸,难怪会微笑。

---

1 比安卡·贾格尔(Bianca Jagger,1945—),尼加拉瓜社会和人权倡导者、演员、滚石乐队主唱米克·贾格尔的前妻。

2 亨利·马蒂斯(Henri Matisse,1869—1954)是一位法国画家,野兽派的创始人及主要代表人物,也是一位雕塑家及版画家。晚年时期,马蒂斯在建筑、壁画、纺织、书籍等装饰艺术领域取得巨大成就。

"你今天觉得抑郁还是身体不舒服?"她问。

丹妮尔说的很多话的开头都能把我带入一种廉价的罗曼蒂克的氛围。肯定有人写过一首歌叫《你抑郁吗?》。

"都有。"我说。我总是给丹妮尔直截了当的回答,她是好心。这五年来,她一直对我哥哥很好。约翰一直许诺带她回法国,但是从未成行。

她坐在地毯上,挨着我的椅子。"讨厌的草坪聚会。"她说。丹妮尔是法国人,但她的英语很好。

"拿把椅子,在这儿观赏活动吧。"我说。

"我得回去。"她噘着嘴说,"他们想让你跟我下去。"

香槟酒杯的碰杯声,白色桌布,单瓣的康乃馨,A调。"他们想让你跟我回去。"

"谁叫你来的?"我问。

"约翰。不过我想洛娜也希望你在那儿。"

"洛娜不再喜欢我了。玛丽唆使她反对我。"

"十岁是麻烦的年龄。"丹妮尔说。

"我以为十几岁才是麻烦。"

"我怎么会知道?我没有小孩。"

她喝了一口啤酒,然后把酒瓶放在我手里,而不是放回窗台。

"你的脚真美,圆润。"我说。

她把脚缩回去。"我都不好意思了。"她说。

"我们今天说的尽是陈词滥调。"我叹着气。

"你这是在挖苦我。"她说,"这就是为什么约翰不愿意上来。他说他受够了你的挖苦。"

"我一点挖苦的意思都没有。你的脚很美。你把脚伸过来,我想吻一下。"

"别捉弄我。"丹妮尔说。

"是真的。"我说。

丹妮尔挪开腿,解下一只凉鞋,抬起右脚。我用手握住它,弯下腰,吻着脚趾。

"别这样。"她笑着说,"有人会进来的。"

"不会的。"我说,"不只是约翰受够了我的挖苦。"

我打了一会儿盹。醒来时,我朝窗外望去,看到丹妮尔在下面。她坐在一把红衫木椅上,从我父亲手里接过一杯酒。她的一条腿跷在另一条腿上,美丽的脚垂着。他们都知道我在注视,但都不愿往上看。最终我母亲往上看了,她使劲挥舞手臂——好像一个教练示意防守队员进入赛场。我也挥手。她扭过头,加入了那群人——洛娜、约翰、丹妮尔、我姨妈罗丝、罗丝的女儿伊丽莎白、我父亲,还有些别的人。星期三也是伊丽莎白的生日——十八岁。我父母打电话给她唱了生日歌。贾妮斯·乔普林[1]死的时候她哭了六天。"她是个爱动感情的孩子。"当时罗丝说。后来她忘了自己说的话,又问遍家里人伊丽莎白为什么崩溃。"你为什么对贾妮斯的死这么难过,伊丽莎白?"我说。"不知道。"她说。"她的死让你想结束自己的生命?"我说,"你对她的结局感到很悲伤吗?"罗丝现在跟我说话很敷衍。她给我的祝福卡(人没有到访)上写着:"真难过。"他们都很难过。医生叫他们

---

[1] 贾妮斯·乔普林(Janis Joplin,1943—1970),美国创作歌手,2004年《滚石》音乐杂志将她列为100位最伟大的艺术家排行榜第46位。

忽略我的低落情绪，所以他们都不理我。我也不理他们，反正没发生车祸的时候，我也不是很喜欢他们。我哥哥尤其烦人。我们小时候住同一间卧室，约翰晚上总跟我讲话。我睡着了，他会过来摇晃我的床垫。有天晚上他这样做时被我父亲撞见，父亲揍了他。"不是我的错。"约翰号叫，"他是个该死的势利眼。"后来我们有了各自的卧室。那年我八岁，约翰十岁。

丹妮尔回来了，跟上次比出了很多汗。他们正在下面打第一局比赛。我父亲的哥哥埃德假装是个军乐队指挥，拿着球槌昂首阔步，旋转球槌，用它指着膝盖。

"这次没人叫我来。"丹妮尔说，"你要下来吃晚饭吗？他们在烤牛排。"

"他最小气，他会用傲美干红来配牛排。"我说，"你是在法国长大的，你怎么受得了那东西？"

"我只喝一杯。"她说。

"不要喝。"我说。

她耸耸肩。"你这会儿情绪真差。"她说。

"把小胖脚给我。"我说。

她皱眉。"我是来说正事的。你为什么不下楼吃晚饭？"

"不饿。"

"为了洛娜，下去吧。"

"洛娜才不在乎。"

"也许你对她有点过分了。"

"我对她跟以前一样。"

"那就做得再好一点。"

"把小胖脚给我。"我说。她抬起一只脚,我用左手解开她的凉鞋。皮肤上有鞋带印。我舔她的大脚趾,吻脚趾尖。我顺次吻了所有的脚趾。

现在是晚上了,电话在响。我想着去接电话,后来屋里有别人接了。我站起来,又坐在床上,四处看看。我的老卧室基本上是我去上大学时的样子,不过母亲添置了几件不是我的东西,它们跟周围格格不入。两顶庆祝新年前夜的银色派对帽搁在床头,一张母亲站在一个墨西哥水果摊旁的快照(我从来没去过墨西哥)放在衣柜上,是父亲在他们"第二次蜜月旅行"时拍的。我拉开一个抽屉,取出一沓信,随便抽出一封读起来。是以前的一个女朋友写的,她叫艾莉森,从前疯狂地爱过我。她在信里说她在戒烟,这样我们老了的时候,我就不会讨厌她。我大学毕业的那一年,她跟一个印度人结婚,去了印度。现在她可能在额头中心点了一个小红点。

我试图想起自己曾经爱过艾莉森。我确实记得爱过玛丽的妹妹,帕特里夏。她死了,我没法接受。她不可能成心求死,尽管玛丽那么说。一个成心要死的女人不会买一个大木碗和一袋水果,然后坐进汽车,把车开下公路。但事实是车开始靠边的时候,我看了眼帕特里夏,她正使劲把方向盘往右打。但这也许是我的想象。我记得翻车的时候,我伸出一条胳膊挡在身前。要是帕特里夏还活着,我必然会出席槌球比赛。不过要是她活着,我俩可能会消失几分钟,在谷仓旁边接个吻。

昨晚我对洛娜说,我要给她讲个故事。是一个童话,关于帕特里夏和我,但我们化身为王子和公主。她却说不,她不想听,然后走出

165

去了。那也好。假如故事结局悲伤,那就像是用一个蹩脚的把戏捉弄洛娜;假如故事结局快乐,那会让我自己更抑郁。"接受你的抑郁没什么不对。"医生对我说。他一直督促我去看心理医生。心理医生来了,督促我跟他交谈。他离开以后,牧师进来了,督促我去找他。我退出了。

洛娜第三次来看我。她问我是否听到电话铃响。我听到了。她说,后来是她接的。"你刚开始走路的时候,最喜欢的一件事就是跑去接电话。"我说。我试着跟她示好。"别说我婴儿期的事了。"她说完走掉了。出门时她说:"是你那个那天晚上来过的朋友。他想叫你回电话。他的号码在这里。"她拿着一张纸回来,又离开了。

"我喝醉了。"班克斯在电话里说,"我为你难过。"

"让那些见鬼去吧,班克斯。"我说,觉得自己听起来像《太阳照常升起》[1]里的某个人物。

"忘掉吧,班克斯。"我说,继续享受着充当那个角色。

"你不是也抽多了吧,是吗?"班克斯说。

"没有,班克斯。"我说。

"那好,我想聊聊。我想问你是不是愿意跟我一起去酒吧。我既没有啤酒也没有钱了。"

"谢谢邀请,可是我今天有个重要的约会。洛娜在这儿,我最好待在附近。"

"哦。"班克斯说,"听我说,那我能过来借五美元吗?"

---

[1] 美国诺贝尔文学奖得主欧内斯特·海明威于1926年创作的小说。

"当然。"我说。

"谢谢。"他说。

"没问题,班克斯,当然可以。"我说完挂了电话。

洛娜站在门口。"他要过来吗?"她问。

"是的,他要来借钱。他不适合你,洛娜。"

"你也没有钱。"她说,"爷爷有。"

"我的钱够用了。"我为自己辩护。

"你有多少?"

"我有工资,洛娜,你知道吧。是你妈妈一直告诉你我破产了吗?"

"她不讲你的事。"

"那你为什么问我有多少钱?"

"我想知道。"

"我不打算告诉你。"我说。

"他们叫我来跟你说。"洛娜说,"我是要叫你下楼的。"

"你想让我下楼吗?"我问。

"如果你不想,我也不想。"

"你应该要对爸爸一心一意。"我说。

洛娜叹口气。"我问什么问题你都不回答,你说的话也很可笑。"

"什么?"

"你刚才说的——关于爸爸的。"

"我就是你的爸爸。"我说。

"我知道。"她说。

谈话似乎没有继续的可能了。

"你现在想听那个故事吗?"我问。

"不想。别再跟我讲什么故事了。我十岁了。"

"我三十二岁。"我说。

我父亲的兄弟威廉就要打败伊丽莎白了。他把脚放在球上,他的球撞到她的,把她的球一路送下山坡。他假装击出很远的距离,把手搭在前额,眯着眼朝球的方向看去。威廉的妻子不打槌球,她坐在草地上,皱着眉头,酷似爱德华·霍珀那幅《女士餐桌》里站在收银机后的那个女人。

"怎么样啊?"丹妮尔站在门口问。

"进来。"我说。

"我只是上楼去盥洗室。厨师在楼下的那间里。"

她进来,看着窗外。

"你要我给你拿点什么吗?"她说,"吃的?"

"你对我这么好,只是因为我吻了你的脚丫。"

"你真恐怖。"她说。

"我想对洛娜好一点,可是她只想谈论钱。"

"楼下那些人谈论的也都是钱。"她说。

她走了,回来的时候,头发重新梳过了,嘴唇又现粉彩。

"你觉得威廉的老婆怎么样?"我问。

"我不知道,她不太说话。"丹妮尔坐在地上,下巴搁在膝盖上。"大家都说只讲一两句蠢话的人最讨人喜欢。"

"她说了什么蠢话?"我说。

"她说'天多好啊',然后望着天空。"

"你不该跟这些人厮混,丹妮尔。"我说。

"我得回去了。"她说。

班克斯来了。天黑下来的时候，他坐在我身边。我注视着外面草坪上的丹妮尔。她有条红色的披肩，围在肩头。她看起来疲倦而优雅。整个下午父亲都在喝酒。"赶紧给我下来！"不久前他冲我吼叫，母亲跑过去告诉他我有个学生在这儿，他不再吭声。洛娜上楼给我们端来两碗蜜桃味冰淇淋（罗丝亲手做的），把大碗的给了班克斯。她和班克斯简短地讨论了一下《霍比特人》。班克斯不停为自己还不离开道歉，但又说神经太紧张没法开车。他去盥洗室抽了一根大麻，回来坐下，摇头晃脑。"你讲话有道理。"班克斯说，我听了很高兴，直到意识到自己已经很长时间没讲话了。

"天已经这么黑了，真讨厌。"我说，"下面那个穿黑裙子的女人好像爱德华·霍珀一幅画里的人物。你能认出来的。"

"不。"班克斯摇着头说，"所有事物本质上是不同的。我实在厌倦了仔细观察事物，然后发现它们彼此不同。这首糟糕的自然诗跟那首糟糕的自然诗完全不一样。这就是我的意思。"班克斯说。

"你记得车祸吗？"他说。

"不记得。"我说。

"抱歉。"班克斯说。

"我记得我想到了《朱尔与吉姆》[1]。"

"她把车开下悬崖那段？"班克斯很兴奋。

---

[1] 《朱尔与吉姆》(*Jules and Jim*) 是一部1962年的法国电影，由弗朗索瓦·特吕弗导演根据亨利-皮埃尔·罗谢1953年的半自传体同名小说改编。

"唔。"

"你什么时候想到的?"

"就是车祸发生的时候。"

"哇。"班克斯说,"我想知道在你之前有没有其他人想到这个?"

"说不好。"

班克斯啜着冰杜松子酒。"你觉得我作为一个艺术家怎么样?"他说。

"你非常出色,班克斯。"

有点冷了,一阵微风把窗帘吹向我们。

"我做了个梦,梦见我是一只浣熊。"班克斯说,"我总是试图回头去数尾巴上的环圈,可是我的背太高,数完前两个圈就看不到了。"

班克斯喝干了酒。

"要我再帮你倒一杯吗?"我问。

"真是个讨厌的要求啊。"班克斯说着,递过杯子来。

我接过杯子,下了楼。一本《霍比特人》躺在玫瑰织锦的沙发上。贝茨太太坐在厨房饭桌旁,读着《名人》。

"非常感谢你做那些曲奇。"我说。

"没什么。"她说。她的耳环放在桌上。她的双脚搭在一把椅子上。

"如果他们还要杜松子酒,就跟他们说喝完了。"我说,"我需要这一瓶。"

"好的。"她说,"我想至少还有一瓶呢。"

我把酒瓶夹在腋下拿上楼,手里端着一个装满冰块的杯子。

"你知道。"班克斯说,"他们说要是你能面对现实——要是你能理解它——就能接受它。他们说只要你能理解了,你就能接受。"

"这都是在说什么?"我说。

"你的胳膊。"班克斯说。

"我知道我少一条胳膊。"我说。

"我不是要冒犯你。"班克斯说,喝着酒。

"我知道。"

"要是你想让我冲你大喊几句,尽管开口。也许有用——有助于理解这个事实。"

"我已经明白了,班克斯。"我说。

"你是个了不起的人。"班克斯说,"你听哪一类音乐?"

"你想听点音乐?"

"不。我只是想知道你听什么。"

"勋伯格[1]。"我说。我已经很多年没听过勋伯格了。

"啊。"班克斯说。

他把杯子递给我。我喝了一口,又递回去。

"你知道他们都怎么做汽车——汽车广告——你留意过吗……我话都说不清楚了。"班克斯说。

"继续。"我说。

"他们总是把汽车停在海滩上?"

"是的。"

"我在想画一个东西,用一辆巨大的汽车做背景,一个小小的海

---

[1] 阿诺德·勋伯格(Arnold Schoenberg,1874—1951),奥地利裔美国作曲家、音乐理论家、教师、作家和画家。

滩做前景。"班克斯暗笑。

外面,蜡烛已经点燃。一柱火炬在金属托盘上燃烧(这是我看过的最可笑的东西),树上点起蓝色的灯笼。有人打开收音机,伊丽莎白和某个认不出来是谁的男人,就着《伤心旅店》这首歌跳舞。

"是勋伯格呢。"班克斯说。

"班克斯。"我说,"我希望你能领会我的意思。我喜欢你,你来我也很高兴。你为什么来看我?"

"我想听你夸我的画。"班克斯在玩"教堂和尖塔"的手指游戏[1]。"还有,我就是想聊聊。"

"有什么特别的事情——"

"我觉得你可能想跟我聊天。"

"你为什么不跟我聊呢?"

"我一定要做个大画家。"班克斯说,"我画画,到了晚上就抽大麻或者去酒吧,早上我又画画……我整晚整晚祈祷自己成为大师,直到自己睡着。你肯定以为我疯了。你怎么看我?"

"你让我觉得自己老了。"我说。

杜松子酒瓶搁在班克斯的胯部,杯子套在酒瓶上。

"我能感觉到,"班克斯说,"在我晕得毫无感觉以前。"

"你想听个故事吗?"我说。

"好啊。"

"那个开着我的车的女人——那个公主……"我笑了,但班克斯只是点着头,努力跟上我的话。"我想那个女人一定是准备出去自杀。

---

[1] 儿歌《这是教堂》(*Here's the Church*)搭配的手指动作,用双手模拟出教堂和塔尖的形状。

我们出去买东西。后座装满了精致的老古董那类东西，我们过了一个美妙的下午，吃了冰淇淋，说着她秋天又要开始上学的事——"

"学艺术？"班克斯问。

"语言学专业。"

"好。接着说。"

"我要说的是，在这个王国里一切完美。也不尽然，因为她不是我老婆，她本应该是。不过为了讲故事，我要说的是我们情况很好，那天天气也好——"

"几月？"班克斯说。

"三月。"我说。

"对。"班克斯说。

"我打算让她在商场下车，之前她把自己的车停在那里，然后她继续开车去她的城堡，我回到我的……"

"接着说。"班克斯说。

"然后她要杀死我俩。她的确杀了她自己。"

"我在报上读到了。"班克斯说。

"你怎么想？"我问。

"班克斯的教训。"班克斯说，"就是永不回头。不要去数你尾巴上的环圈。"

丹妮尔走进屋。"我是来拿杜松子酒的，"她说，"厨师说在你这儿。"

"丹妮尔，这是班克斯。"

"你好。"班克斯说。

丹妮尔伸手过来，从班克斯手里拿了瓶子。"你错过了大好时光。"

她说。

"也许一阵大风刮过,把他们都刮走了。"班克斯说。

丹妮尔沉默了一下,大笑起来——那种划破黑暗的笑声。她低下头凑到我脸旁,吻我的面颊,然后摇摇晃晃地转身,走出房间。

"天啊。"班克斯说,"我们就坐在这儿,然后奇怪的事发生了。"

"她吗?"我说。

"是。"

洛娜进来了,她用纸巾托着一些曲奇,非常困倦的样子。她显然是想把它们给班克斯,但是班克斯已经睡过去了,在我旁边的椅子上直直地坐着。"爬上来,"我说,指指我的大腿。洛娜犹豫了一下,还是这么做了。她把曲奇放在地上,没有给我吃。她告诉我她妈妈有一个男朋友。

"他叫什么?"我问。

"斯坦利。"洛娜说。

"也许一阵大风刮来,会把斯坦利刮走。"我说。

"他怎么了?"她看着班克斯说。

"喝醉了。"我说,"楼下谁喝醉了?"

"罗丝。"她说,"还有威廉,嗯,还有丹妮尔。"

"别喝酒。"我说。

"我不会的。"她说,"他早上还会在这儿吗?"

"我估计会。"我说。

班克斯睡觉的姿势非常奇怪。他的双脚合在一起,胳膊软软地垂在身体两侧,下巴前伸。杯子倒了,融化的冰块已经开始侵蚀曲奇。

在草坪聚会上,他们发现了一个电台频道,只放过去的老歌。丹妮尔开始了一段缓慢的、醉醺醺的舞蹈,红披肩落在草地上。我盯着她看,想象她的裙子消失,鞋子被踢掉,美丽的丹妮尔在黄昏跳着赤裸的舞蹈。乐声渐渐平息,丹妮尔仍在舞蹈。

1976年7月5日

秘密和惊喜

科琳娜和兰尼正坐在私人车道旁,鞋子都脱掉了。科琳娜很不高兴,因为兰尼坐在一片草莓地里。"快起来,兰尼!看你干了些什么!"

兰尼是我交情最久的老朋友。我跟兰尼、科琳娜,还有他的第一任妻子露西都是高中同学,露西是我高中时最好的朋友。兰尼那时还不认识科琳娜。很多年以后,他在一次聚会时遇到了她。科琳娜记得兰尼是她的高中同学;兰尼不记得她。过了一年,他跟露西办理离婚手续,然后和科琳娜结婚。两年之后,他们的女儿出生了,我做了教母。兰尼跟我开玩笑说,如果我早些年就把科琳娜介绍给他,他的人生会完全不同。我认识科琳娜是因为她是我男朋友的姐姐。她比我们大几岁。要是我们在聚会上喝醉了酒,她会开车送我们,到家前还给我们买咖啡,这些是她会做的事。有一次,科琳娜在这种情况下送我们回家,她跟我母亲撒了谎,说有流感,我一路上都在车里打喷嚏。

高中时我很丑。我戴着牙套,周围的一切在我眼里都既滑稽又不合时宜:季节、电视名人、最新时尚,连音乐都很可笑。我会弹钢琴,但不知为何我不再弹勃拉姆斯,听也不听了。我只是自己弹一小段音乐，反反复复弹同样的一段——几遍巴赫的两段式创意曲，一支肖邦的小夜曲。我抽烟抽得起劲，整整一个春天我都在暗恋兰尼。有一回我写了小字条向他表白，在学校把字条塞进他衣物柜的缝里。随后我害怕起来，放学时在他的衣物柜旁等着，跟他说了一会儿话，当他打开柜门的时候，我抓了字条就跑。这是十五年前的事了。

我以前住在纽约，但是五年前，我跟丈夫搬到了伍德布里奇这里。我丈夫离开了，所以现在只有我住在房子里。兰尼和科琳娜就坐在我的私人车道旁边。车道亟须修缮，路面要用砂石重铺，路基上有洞需要填补，排水管也裂了。这儿很多东西都要修。我不爱跟房东奥尔布赖特上校讲话。他每个月都会弄丢我给他的租金支票，然后从他住的养老院给我打电话，要我再寄一张。老人八十八岁了。我应该把他想成一个有趣的老家伙，一个健忘的老人。我猜他是故意捣乱，他不想让年轻人租他的房子，或是其他任何人。我们搬进去的时候，我发现衣柜里挂着一些空的洗衣袋，塑料袋上还别着干洗店的旧标签："奥尔布赖特上校，9-8-54。"我盯着标签不动。奥尔布赖特上校在干洗店取回衣服的这一天，我才十一岁。在楼上的一个衣柜里，我发现他的一条领带绕在一盏台灯的底座上。"你还要这些东西吗？"我打电话问他。"扔掉吧，我不在意。"他说，"但是别再问我。"我也不跟他说那些需要修的东西。冬天我关掉一个浴室，因为瓷砖裂了，冷空气透过地板渗进来；卧室里暖气的节气门没法调到六十华氏度以上，我就把起居室的调到七十五华氏度来补足暖气[1]。科琳娜和兰尼觉得很好

---

[1] 60 华氏度相当于 15.56 摄氏度；75 华氏度相当于 23.89 摄氏度。

笑。科琳娜说我不会跟房东吵架，是因为我跟丈夫就他女朋友的事已经吵够了，现在我要享受安宁；兰尼说我就是心太软。其实是奥尔布赖特上校曾在电话里冲我大喊，我害怕他。而且他老了，又可怜，是我让他离开了自己的房子。这个夏天，他的一个朋友曾两次开车把他从养老院接回这栋房子，他在前院的花园里走来走去，拐杖点过一丛丛香豌豆，花坛里的紫菀和杜鹃快被它们缠死了。他用一块白手帕把后院里日晷上的花粉轻轻拂去。

几乎每个周末科琳娜都企图叫我离开伍德布里奇，搬回纽约。我害怕那座城市。我跟丈夫刚结婚时住在西区大道那间公寓里，我总是很害怕。我们隔壁的公寓里有一只鸟，它发出尖叫："不！不！走开！"夜里我总把它当成人的叫声。我睡得迷迷糊糊的，还以为我在自己的公寓里反抗一个入侵者。有一次，洗衣房里有一个热得快要晕倒的女人，她抓住我的胳膊，把我也一起拽倒在地板上。这些事可能发生在任何地方。它们发生在纽约。我不会回去。

"巴尔杜奇[1]！"有时科琳娜低声对我说。她用手臂划过空气，演示那些摆满美食的柜台。我想象着成罐的鳀鱼、一轮盘的布里干酪、大颗的腰果，还有奇特的绿叶菜。但是我又听到门外的声音在低语，谋划着破坏一切，还有夜深时愤怒狂野的音乐，不安又抑郁的人们听的那种音乐。

此时科琳娜正握着兰尼的手。我侧卧着，透过吊床的网眼偷看，他们没看到我。她蹲下去摘一颗草莓；他挠着胯部。我想他们在这儿有点无聊。他们自称几乎每星期都开两个小时车到这里来，是因为惦

---

[1] 巴尔杜奇（Balducci's）是纽约的一家特色美食零售商。

记我是否开心。实际上他们可能认为住在乡下比住在纽约还吓人。"你把你的比格猎犬带到乡下来住，科琳娜。"我有一次对她说，"当一个人能在住的地方活动开四肢，怎么可能会沮丧呢？""可是你就一个人，住在这儿干吗？"她说。

我有很多事可做。我弹巴赫和肖邦，大钢琴是我丈夫存了一年的钱后买给我的。我种菜，用割草机割草。周末兰尼和科琳娜过来的时候，我偷看他们做什么。他现在在挠肩膀。他叫科琳娜过去。我想他是要叫她看看他是否被蚊子咬了个包。

去年，我丈夫出门旅行没有带我，我便开车从康涅狄格州到华盛顿去探望父母。他们还住在我从小长大的房子里。针钩的床单现在已经泛黄，卧室的窗帘还跟从前一样。但是起居室里有一把黑色的大塑料椅，被我父亲坐着；还有一把棕色的大塑料椅，被我母亲坐着。我弟弟罗利是个弱智，跟他们一起住。他的一个叫埃德的朋友也是弱智，每周来看他一次。罗利每周也去看埃德一次。有时我母亲或埃德的母亲会带他们去动物园。罗利喋喋不休，他的话总是比我们预料的更有意义。比如说，他非常喜欢玲玲——那只熊猫。有一次，父亲坚称，当冰淇淋车在小区里转悠的时候，罗利没有模仿"甜蜜使者"[1]按铃的声音。父亲从来就理解不了罗利，母亲因此而嘲笑他。她是个苛刻的女人。这十年来，她让我父亲在家吃减肥餐，但他一点也不胖。

---

[1] 甜蜜使者（Good Humor），始创于1920年代的美国冰淇淋品牌。公司派出身穿白色制服、驾白色汽车的冰淇淋小贩，沿街叫卖，深受儿童欢迎。

我回去看他们的时候，就开车带罗利去海恩斯角[1]，我们一起看河对岸的灯火。他虽然是个弱智，却似乎能被所见情景深深打动。他摇下窗户，让风吹拂他的脸。我放慢车速，几乎停了下来，他把手放在我的手上，像一个情人。他想让我把车停好，让他欣赏灯火。我陪他看了很久。回家的路上，我开车过桥去了阿灵顿，带他去买"吉福德"牌冰淇淋。他吃了一个香蕉圣代，我假装没有看见他用手抓上面的奶油和果仁。之后我用蘸了水的纸巾给他擦手。

有一天我发现他在浴室里，跟黛西——那条狗——在一起，他为它梳毛、捉虱蝇。马桶里有六七只虱蝇。他特别专心，头也不抬。我站在那里，发现他头顶有一点秃，黛西身上夹杂着白毛。我越过他去拿药橱里的阿司匹林。后来我回到浴室，发现罗利和黛西离开了。我冲了马桶，免得父母看了糟心。罗利有时把纸扔进马桶而不是垃圾筐，母亲很火大。有时袜子也在马桶里，还有硬币、糖块。

我住了两周。每周一，他朋友埃德来之前，罗利会离开起居室，直到有人开门。他看到埃德和他妈妈，装作很惊讶的样子。我带他去埃德家的时候，埃德也是这样。起初埃德用一张报纸遮住脸。"噢——你好。"埃德最终开口。他们做朋友几乎有三十年了，互相拜访的流程一直没有改变。我想他们通过故作惊奇，能够提高这种经历的价值。我跟科琳娜约在城里吃午饭时，也会玩类似的游戏。如果我先到座位上，就研究菜单，直到她跳过来；有时我在餐厅外面等，会故意看着人行道作沉思状，直到她开口说话。

结婚第二年，我让罗利来跟我们一起住。但是没成功。我丈夫发

---

[1] 海恩斯角（Hains Point），位于美国首都华盛顿的东波托马克公园南端。

现他的袜子在马桶里；罗利想念我母亲无时不在的唠叨。我带他回家的时候，他似乎并不遗憾。那栋房子里有些东西令人安心：银碗柜里的樟脑味、我祖母的手织地毯、到处弥漫的黛西的味道。

我丈夫上星期来信了："你想念了不起的我吗？"我回信说是的。没有下文。

科琳娜和兰尼总是到伍德布里奇来。我丈夫在这儿的时候，他们每个月来一次，现在他们几乎每周都来。有时我们彼此没什么话说，就谈起过去的岁月。科琳娜开兰尼的玩笑，说他高中时没有注意到她。这种拜访大多无聊乏味，但我还是盼望他们来，因为他们是我的替代家庭。和其他家庭一样，我们也有秘密。有密谋，有怀疑。兰尼经常给我打电话，让我不要告诉别人他打过这个电话，他说我应该马上给科琳娜打电话，约她一起吃午饭，因为她心情很不好。于是我打电话，然后去餐厅，坐在一张桌子旁，假装没有看见她，直到她坐下来。自从女儿去世以后，她衰老了很多。她女儿叫凯伦，三年前死于白血病。凯伦死后，我开始跟科琳娜共进午餐，这样她可以在兰尼不在场的时候说说这些。等到她不需要再倾吐的时候，我丈夫离开了我，科琳娜为了让我振作，又开始跟我共进午餐。有好几年，我们就这样隔着一张餐桌面对彼此。（我知道科琳娜叫兰尼来看我，哪怕周末她自己要工作。他单独来过几次。他给了我几块歌帝梵巧克力。我给他一袋新鲜豌豆。有时他会吻我，但仅限于此。科琳娜认为他跟我之间还有更多，她忍着。）

有一回，科琳娜说如果我们都能活到五十岁（她在一家州立环境保护机构工作，对长寿的期望值不高），应该玩玩大学女生玩的那种真心话大冒险。兰尼问，为什么非得等到五十岁。"那好——你究竟怎么看我？"科琳娜问他。"呃，我爱你。你是我的妻子。"他说。她放弃了，这游戏不会太好玩。

兰尼的第一任妻子，露西，坐火车来看过我两次。我们坐在草地上，回忆往昔：给对方倒梳头发，头发高高隆起；相册里有我俩的合影，刻意要比对方显得更古怪；还有第一次双人约会时我俩抽着烟，吞云吐雾。岁月流逝，我不像以前那么喜欢她了。关于往昔，她记住的那些事虽然不假，可是她惊讶的语气让往昔如同一个谎言。她还绕着圈地打听科琳娜和兰尼的婚姻——过得不开心吗？每次她来看我，都说要坐下一班火车回纽约，可是每次她都喝得大醉，只能第二天再走。她借我的睡衣，喝我的杜松子酒，在我的钢琴上弹奏悲伤的曲调。在我们高中的毕业班年刊上，露西被冠以"最佳舞者"的称号。

我有一个情人，他每周二来。他想来得更勤一点，我不答应。乔纳森二十一岁，我三十三，我知道他终究会离开的。他也是一个音乐家。他早上来，我们肩并肩坐在钢琴旁，边哼边弹巴赫的降B小调前奏曲，尽可能延长我们睡觉前的时间。他喝健怡可乐，而我喝金汤力。他讲那些追求他的女孩子。他说他只想要我。每周四他向我求一次婚，每周五他打电话求我在本周结束前允许他再来一趟。他送给我不当季的梨子，还有一些他本来买不起的东西。他给我看他父母恼人的来信，而我通常能体会他们的用心。我督促他花更多时间练习视奏、音阶和琶音和弦。一个富家女从圣诞节开始追求他，他同意她给他的车买了磁带卡座，他只放摇滚乐。有时我会哭，但都是趁他不在的时候。他已经够麻烦了。他不知道拿自己的人生怎么办，跟自己的父母没法沟通,太多人想从他那儿得到些什么。有一晚他打来电话,问他要是乔装打扮一下,能不能到我家来。"不行。"我说,"你怎么乔装打扮?""剪掉头发,买身西装,再戴个动物面具。"我对他要求很少,但显然这段关系让人力不从心。

科琳娜和兰尼走后,我给丈夫写了第二封信,假装他可能没收到第一封。在这封信里,我详细记述了周末的事,并且同意他很久以前关于科琳娜话太多、兰尼太谦恭的看法。我告诉丈夫烧烤架的把手失灵,烤架无法升降了。我告诉他邻居的狗正在发情,整夜嗥叫,我睡不着。我重读了一遍,把信撕了,因为这些事都乱七八糟地掺在一段话里,读起来会觉得写信的人是个疯子。我试着再写。我用一段话描述科琳娜和兰尼的来访,用另一段告诉他,他妈妈打电话跟我说他妹妹打算主修人类学。最后一段话,我跟他咨询汽车的问题——要不要换一个新的汽化器。我读完信,感觉写得还是很疯狂。这样一封信永远也不会让他回到我身边。我把信扔了,给他写了一张简短风趣的明信片。我出去把明信片放进信箱,一条白色的大狗向我哀叫,跑到我前面。我认得那条狗,是昨晚我从卧室窗户看到的那一条,它当时正盯着我邻居的房子。狗跑过我身边,我叫它,它不回来。我记起邻居有次告诉我,那条狗叫皮埃尔,它不住在伍德布里奇。

我小时候有一次受到父母责罚,因为我用给狗刷毛的梳子刷罗利。其实是他让我这样做的。那天是复活节,他穿一件蓝西装,他拿着狗毛刷走进我的卧室,然后双手双脚着地,要我给他刷刷。我刷了他的背。父亲看到我俩这样,以拳捶门。"老天,你俩都疯了吗?"他说。现在丈夫走了,我应该带罗利来这儿住——但是万一丈夫又回来呢？我记得罗利小步跑过起居室，用拳头砸向空中，唱着："铃——铃，铃——铃，铃——铃。"

我弹斯克里亚宾的升 C 小调练习曲。我弹得很糟，停了手，盯着那些琴键。仿佛是一个开始演奏的提示——一辆车开进了车道。坏了的消音器的声音——毫无疑问，是我情人的车。他早来了一天。我皱皱眉头，心想要是洗过头就好了。以前我丈夫看那辆车开进车道时也会皱眉头。我的情人（那时他还不是）当时十九岁，是来上钢琴课的。他很明显比我更有天赋。很长一段时间我都讨厌他。现在我讨厌他冲动行事，不告即来，打乱我的计划，撞上我样子难看的时候。

"尴尬了，"我对他说，"我正要进城吃午饭。"

"我的车在漏油。"他说着回头看看。

"你为什么过来？"我说。

"一周一次这种安排很可笑。一旦我在你身边出现得更频繁一点，你就会习惯的。"

"我不会让你出现得更频繁的。"

"我有个惊喜给你。"他说，"事实上，是两个。"

"是什么？"

"以后再说。等你回来我再告诉你。我能在这儿等你回来吗？"

他腰间系着一件铁锈红的卫衣，是我买给他的生日礼物。他坐在壁炉前，在砖石上点燃一根火柴。

"好吧。"他说，"一个消息是我要离开三个月，十一月走。"

"你要去哪里？"

"欧洲。你知道我有时参加演出的那支乐队？有个队员得了肝炎，我会代替他弹合成器。乐队代理人在丹麦给我们找到了演出的机会。"

"学校怎么办？"

"学校我待够了。"他说着叹了口气。

他把烟扔进壁炉，站起来，解下卫衣。

我不想去吃午饭了。我也不在意他不打招呼就来了。但是他没有扑过来抱我。

"我要去研究一下漏油的问题。"他说。

后来开车去纽约的路上，我试图猜想第二个惊喜会是什么（带一个女人跟他一起走？），我记起丈夫有次为了给我惊喜，烤了一个六层的生日蛋糕。那是他生平烤的第一个蛋糕。他叠放蛋糕坯和撒糖霜的时候，蛋糕坯还没有完全冷却，结果蛋糕的一边比另一边高很多。他出去买了一个塑料滑雪小人，放在蛋糕上面。滑雪小人举着一枚牙签，牙签上贴着一小张纸，写着"生日快乐"。"我们要去瑞士了！"我拍手欢呼。他知道我一直都想去瑞士。不，他解释说，滑雪小人只是一个巧合。我的反应让两人都不高兴。一年以后，我跟他走在同一条街上，看到他和一个女孩在一起，他牵着她的手。这也是一个巧合。

我就快到纽约了。汽车在哈钦森河公园大道上呼呼地超过我。我丈夫已经走了七个月了。

等科琳娜的时候，我仔细看自己的手——在花园里干活擦伤了，有瘀青。小时候父亲给我拍过一张照片，双手的对焦非常清晰，钢琴键却是一片黑白相间的模糊画面。我那时十二岁，就已经知道我要当一个钢琴演奏家。父亲和我都有这张照片，我们俩可能也都有相同的

185

想法:多遗憾啊,我几乎完全放弃了音乐。我住在纽约的时候只能轻声弹钢琴,怕吵到邻居。乐声停止的那一刻听起来才是顺耳的。有时我一整天都没有练习。父亲把我对钢琴失去兴趣这件事怪到我丈夫头上。我丈夫听了他的话。我们搬到康涅狄格州,在那里我不会受到干扰。我又开始练习,但我知道我已经落后了——或者说如果这次还没有成为钢琴演奏家,那这辈子都不可能了。我叫罗利来跟我们住,我天天陪着他。父亲责怪母亲,因为她曾跟我抱怨罗利是个负担,暗示我照顾他。父亲总能找到借口。我跟他一样,假装婚姻一切正常,唯一的问题是那个女孩的出现。

"我觉得这很伤人,真的。"科琳娜说,"这是拒绝承认我的存在。我跟兰尼结婚好多年了,可是露西给他打电话时碰上我接,她就挂电话。"

"别太在意。"我说,"现在你也该明白了,露西不会跟你客客气气的。"

"兰尼也不高兴。每次她打电话说她要飞到哪里去,兰尼都不开心。他不在乎她去哪里,但是你知道兰尼对飞机的感觉——他对每一个坐飞机的人的感觉。"

这类午餐都是一个样。我在这类午餐场合就像过去对音乐一般自律。我试着让科琳娜平静下来,她却愈发沮丧。她只喜欢昂贵的饭馆,却不怎么吃东西。

科琳娜从沙拉里拣了一颗小番茄吃,然后把沙拉盘推到一边。"你觉得我们应该再要一个小孩吗?我是不是太老了?"

"我不知道。"我说。

"我觉得要小孩最好的方式就是你那种。让他们直接开车过来就行。他现在可能正在你床上犯相思病呢。"

"二十一岁不算是孩子了。"

"我真是嫉妒得要死。"科琳娜说。

"为乔纳森?"

"所有的事。你比我小三岁,看起来却比我小十岁。瞧瞧那边坐着的那些瘦瘦的女人。瞧瞧你和你的音乐。你不需要跟我吃午饭消磨时间。"

科琳娜从头发上取下一枚金色的发夹,又夹回去。"我们差不多每周都来你家,不是为了照看你。"她说,"我们是为了自我恢复。不过兰尼可能是为了他对你的苦苦思念。"

"你在说什么?"

"你没感觉到?你以为那不是真的?"

"没感觉。"我说。

"露西认为如此。她上次打电话时告诉兰尼的。兰尼告诉我,露西说他老在你身边转悠,弄得自己像个傻瓜。兰尼挂了电话,说露西永远没法理解友情的含义。当然,他总是佯称露西完全不靠谱。"

她取下那枚发夹,把头发披下来。

"我也嫉妒她,到处出差旅行,给他寄西海岸落日的明信片。"科琳娜说,"她这次跟一个脏兮兮的皮货商一起跑到丹佛去了。"

我看着我干净的盘子,又看看科琳娜的盘子。她盘里的饭菜好像被一阵大风刮过,或是被一支侏儒军队踏过。我真不该在午饭时喝两杯酒。我告退,去给我的情人打电话。他接电话的时候我十分宽慰,虽然我告诉过他不要接。"进城吧。"我说,"我们可以去中央公园。"

"回家来吧。"他说,"你会赶上堵车高峰的。"

丈夫寄给我一个晶洞。包裹里有张便条,提到他去欧洲前,在新墨西哥的一家餐馆吃饭,桌子旁边就是约翰·埃利希曼[1]。便条上还写了约翰·埃利希曼变得有多胖。丈夫说他打赌我花园里的南瓜还是长得很好。没有回信地址。我站在信箱旁边,哭了。草坪边那条白色的大狗盯着我看。

我的情人挨着我坐在琴凳上,我们都裸着。夜深了,不过我们在壁炉生了火——五根原木,很多热量。之前乔纳森加入的那个乐队的主音吉他手来吃晚饭,我只好做了一顿没有肉的晚餐。乔纳森的朋友很年轻,傻乎乎的——看起来比我情人年轻多了。我不知道乔纳森为什么想让我邀请他。乔纳森在这儿连着待了四天。我让步了,打电话给兰尼,让他们这周末不要过来。后来科琳娜打电话来说她好嫉妒,想到我跟卷发的情人一起在乡间的房子里。

我在弹拉威尔的《高贵而感伤的圆舞曲》。突然我的情人插进来弹《筷子华尔兹》。不可救药,跟他的朋友一样不成熟。我为什么要答应让他在我家一直住到他去丹麦?

"别这样。"我恳求他,"懂事一点。"

他现在弹起了《彩虹之上》,还唱起来了。

---

[1] 约翰·埃利希曼(John Ehrlichman, 1925—1999)是尼克松总统任期时的内政顾问,是导致水门案和随后"水门事件"的关键人物,为此他被判定犯有共谋罪、妨碍司法以及伪证罪,并在监狱服刑一年半。

"停下。"我说。他吻我的喉部。

我丈夫又寄来一封短信,写在艾里西欧酒店的信纸上。他喝醉了酒,跟人打架并受伤了,鼻子血流不止,最后只好让医生烧灼止血。

再过一星期,我情人就要走了。我不敢想象他走后我就要独自一人。现在我已经习惯了身边有人。七岁前,我一直跟罗利共用一间卧室。整个晚上他都问我噪声是哪儿来的。"是怪兽。"我厌恶地说。我让他哭了好多个晚上,最终父母加盖了一间屋子,我得以拥有自己的卧室。

护照照片上,我的情人正在微笑。

兰尼打电话来。他很低落,因为科琳娜想再生一个孩子,而他觉得他们年龄太大了。他暗示我邀请他们这周五而不是这周六来。我解释说他们压根不能来——我情人周一走。

"我不是想打听。"兰尼说,但他一直没说想打听什么。

我拿起丈夫的短信,把它带到盥洗室,又读了一遍。是一场街头斗殴。他描述了他看到的一个教堂的窗户。信封底部有一缕棕色长发。不可能是故意放进去的。

我在卧室独自仰卧,盯着黑暗中的天花板,想起我情人给我的第二个惊喜:满满一罐萤火虫。他在卧室里把它们都放出来了。天花板下方,床上方,小小的闪烁的绿点。我把脸伏在他肩上咯咯地笑:真疯狂呀,满屋子的萤火虫。

"它们只能活一天。"他低声说。

"那是蝴蝶。"我说。

我纠正他时总觉得不自然，好像是在指出我俩的年龄差距。我确定关于萤火虫的事实我是对的，但是早上看到它们还活着的时候还是备感安慰。我发现它们停在窗帘上，挨着窗户的那面。我试图把所有的萤火虫装回罐子里，这样就可以拿到外面放生。我试图回想到底有多少枚小小的亮点。

1976 年 10 月 26 日

周　末

周六早上，莉诺比其他人先起床。她抱着婴儿到起居室，把他放在乔治最喜欢的那张椅子上（椅子少了后腿，有些倾斜），给他盖上毯子。然后她给壁炉生火，前夜的余烬仍有几处红亮，她添了新柴。她在椅子旁边的地板上坐下，察看婴儿，他又睡着了——正好，因为家里要来客人。跟她同居的男人叫乔治，好客而又冲动，不管什么时候，只要老朋友打来电话，他总是力邀他们来过周末。打电话的大多是他以前的学生——他曾是一名英语教授。他们来了以后，情况似乎更糟——他更糟了——他会大量抽烟喝酒、不吃东西，之后胃溃疡就发作了。等到客人离开，周末结束，她不得不做些清淡的饭菜——苹果泥、燕麦粥、布丁。他饮酒的问题不太容易控制了，过去客人一走，马上就能停，近来却只是把威士忌换成葡萄酒，然后一直喝到下个星期——几乎一顿饭一瓶，喝得很多——直到肠胃状况恶化。跟他一起生活很难。有一回，一个以前的学生——一个叫鲁丝的女人，来看他们——她怀疑这是他的情人。乔治带鲁丝去书房看房子装修前的老照片，她无意中听到两人的聊天。乔治对鲁丝说，她，莉诺，跟他在一起,是因为她头脑简单。她大为受伤,又惊又羞,一时头晕眼花。自那以后,不管是什么客人来过周末,她总是觉得不自在。过去她挺享受她和乔治跟客人们一起做的一些事,但自从听到他跟鲁丝讲的话,她觉得他私下跟所有的访客都讲过同样的话。总的来说,乔治对她还不错。但是现在,她确信那就是他不跟她结婚的原因。最近乔治说他们的女儿很聪明(她五岁了,叫玛丽亚),莉诺发现自己再也不能像以前那样满心骄傲,反而暗怀恶意——她觉得玛丽亚是她个人优良基因的证明。她开始期待这孩子十全十美。她知道这样不对,尽量不把自己的焦虑传递给玛丽亚,因为幼儿园的老师已经在说玛丽亚"难以归类"。

最初莉诺爱上乔治也是因为他难以归类,不过搬去跟他同居了一段时间以后,就发现他并不独特,只是某一类型的变种。她得意于自己的观察,暗自怀揣这一发现——这是她对乔治看低自己的沉默的回应。莉诺不明白他怎会觉得她有魅力——一开始他是这样觉得的——因为她不像他喜欢邀请的那些漂亮又善于言辞的年轻女人,她们来过周末时会带着情人或是女友。这些年轻女人都没结婚,假如她们真的带了男人来,那也只是一个情人。她们没结婚,似乎挺快乐的。莉诺也乐意单身——不是因为相信婚姻本身不对,而是因为她知道不该嫁给乔治——要是他认为她头脑简单。起先她想拿听到的话当面对质,要他给一个解释。但他总会为自己开脱的。最多能让他稍显慌乱,之后他只会将此归咎于威士忌。当然,她也可以问为什么总有这么多女人来,为什么他在她和孩子们身上花的时间很少。对此他会回答,更重要的是他们共度的时间的质量,而不是数量。实际上她还没这么问,他就已经说过这话了。他说起事来一再重复,这样她就会当成真理接受。而最终她确实接受了。她不喜欢长时间认真思考，如果有现成的答案——哪怕是他给出的答案——接受答案后继续生活总是更容易。她继续着自己一向在做的事：收拾家、照料孩子和乔治，只要他需要她。她喜欢烘焙糕点和收集艺术明信片。他们这栋房子让她骄傲，买的时候很便宜，乔治还愿意干活儿的时候把房子装修了。她很开心家里来客人，尽管谈不上欣赏他们，更别说是喜欢。

乔治每周一次在一个初级学院[1]教夜校摄影课，此外没有其他工作。两年前他申请终身教职被拒，就离开了大学。她看不出他是否因工作这么少而郁闷，他总是忙着做其他事：早上慢慢品着花草茶，听古典音乐，天晴的下午不管有多冷，都去外面躺着晒太阳。拍照，在树林里散步。必要的时候帮她跑跑腿。有时晚上他会去图书馆，或是去看朋友，他告诉莉诺，这些朋友常常叫她也一起去，但又说她不会喜欢他们的。的确——她不会喜欢他们。近来他深夜下厨。他一直记日记，书信也写得很棒。他的一个姨妈把大部分财产留给他了，一万美元，她在遗嘱里说乔治是唯一一个真正在意她的，愿意抽出时间一次次写信。他姨妈去世前的五年里，他没有探望过她，但是会定期写信。有时候莉诺会发现他留给自己的便条。一次是冰箱门上一张长长的条子，列着送她家人的充满巧思的圣诞礼物，是莉诺不在家时他想到的。上星期，他在盛着炖小牛肉剩菜的砂锅上用透明胶粘上一张字条，写着："很好吃。"他嘴上不表扬，但是希望她知道自己很满意。

几天前的晚上（同一晚，他们接到朱莉和萨拉的电话，说要来做

---

[1] 初级学院（junior college），美国的两年制大学，学生毕业时拿到"副学士"学位，可转至四年制大学继续后两年的学业。

客），莉诺跟他说，希望他能多讲一点话，多跟她说说心事。

"说什么心事？"他说。

"你总是这种态度，"她说，"假装没什么想法。为什么要那么沉默？"

"我不当教授了，"他说，"我不必每分钟都'思考'。"

但是他爱跟年轻女人交谈。他跟她们打电话能说一个小时；她们来访时，他能跟她们在树林里走上大半天。那些年轻女人的情人总是落在后面。他们中途放弃，回到屋里坐下，跟她聊天，帮忙准备晚饭，或跟孩子们玩。年轻女人和乔治回来的时候精神振奋，准备在晚饭时展开新一轮谈话。

几个星期前，其中一个年轻男人对她说："你为什么任其发展？"之前他们稍微聊了会儿天——天气、孩子——然后在厨房里，他坐着剥豌豆，把头搁在桌子上，说话声几不可闻："你为什么任其发展？"他没有抬头，莉诺瞪着他看，以为自己幻听。她很惊讶——惊讶听到这话，也惊讶他之后什么都没说，让她怀疑他是不是真的说了那句话。

"我任什么发展了？"她说。

很长时间的沉默。"不管这是个什么恶心游戏，我不愿意掺和，"他最终开口，"这不关我的事。我明白你也不愿意说。"

"可是那里真的很冷，"她说，"外面冷成那样，能发生什么？"

他摇摇头，跟乔治摇头的样子一样，表示她令人无法理解。但是她不愚蠢，她知道可能发生什么。她刚才说的话没错，方向正确，但她只能说自己的感受，那就是不会发生什么大事，因为他们是在树林里散步，那里甚至连个谷仓都没有。她完全了解他们是在散步。

乔治和那个年轻女人回来后，他做了热苹果汁，往里面滴了点朗姆酒。莉诺心情愉快，因为她确信有些事没有发生；而那个年轻男人相反，因为他和她想的不一样。他坐在饭桌旁，拇指划过一个豌豆荚，仿佛那是一把刀。

这个周末萨拉和朱莉来做客，是周五晚上到的。萨拉是乔治的一个学生，是她发起活动要求校方重新聘用他。她不像个捣乱分子，白皙美丽，脸颊上有雀斑。她说了很多以前的事，让他心烦，扰乱了他同自己和解以后的平静。她说他被解雇是因为他跟所有事情都"有关联"。他们害怕他，因为跟他有关联的事太多了。她跟他说得越多，他记起来的就越多，结果萨拉又要反复讲述同样的事情。被萨拉提醒以后，乔治似乎更需要肯定——需要听到她的声音，听到她抱怨终身教职评委会成员。到了晚上，他们俩都会喝醉。萨拉会有点躁动，同时又在安慰他。莉诺、朱莉和孩子们会上楼睡觉。莉诺猜想她不会是唯一一个还醒着在听动静的人。她感觉朱莉虽外表略显呆滞，实际上却处处留心。前一晚，他们都围坐在壁炉边谈话，萨拉做了个手势，差点打翻了她的酒杯，而朱莉伸手过去扶好杯子，杯子没有倒。乔治和萨拉正说到兴头上，都没有注意。朱莉急忙伸手的那一刻，莉诺与她四目相对。莉诺觉得自己像朱莉。朱莉喜怒不形于色——哪怕是在她很感兴趣，甚至深深在意的时候。莉诺也是这样的人，她能看出这一点。

萨拉和朱莉周五晚上来之前，莉诺问乔治，萨拉是不是他的情人。

"别这么荒唐，"他说，"你以为每个学生都是我的情人？朱莉是我的情人吗？"

她说："我没这么说。"

"好，你要是想荒唐，那就直说，"他说，"你要是这么想了很久的话，确实还挺有道理的，是不是？"

他就是不回答关于萨拉的问题，总把朱莉的名字扯进来。换了别的女人，可能会觉得他的反应过于激烈了——觉得朱莉肯定是他的情人。她不这么想。她也不再怀疑萨拉，因为这是乔治想要的结果，而她也习惯了取悦他。

他比莉诺大二十一岁。上一个生日时他五十五岁。他第一次结婚（那是唯一一次婚姻；她一再提醒自己他们没有结婚，因为总感觉跟结了婚差不多）生的女儿送他一顶爱尔兰羊毛呢帽，这份礼物让他烦恼。他戴上帽子，狠狠往下压。"她想让我变成个可笑的老家伙，"他说，"她想让我戴着这个，像傻瓜似的走来走去。"整个上午他都戴着那顶帽子，一直抱怨，吓到了孩子们。最终为了安抚他，她说："她没有任何目的。"她说得斩钉截铁，语气非常坚定，他听了她的话。但是因为失去了抱怨的理由，他又说："你没有想法，不代表别人也没有。"他是变老了吗？她不愿意去想他老了。他只有胃溃疡，身体还很硬朗，高大英俊，留着浓密的髭须和一撮稀疏的山羊胡子，鬈曲的黑发里很少见到灰白的发丝。他穿着紧身的蓝色牛仔裤，冬天穿黑色高领套头衫，夏天穿旧的白衬衫，卷起袖子。他装作不修边幅，但其实很在意。他细细修面，沿着山羊胡子的两边缓缓往下刮。他从加利福尼亚州的一家商店定购软皮皮鞋。他虽然每天都冲两次澡，但每次长时间散步回来，还是会再冲一次。他看起来总是神采奕奕，很少承认心中的不安。有那么几次，在床上他问："我还是你的梦中人吗?"她说"是"的时候,他总是大笑,好像这是个笑话,他并不在意。她知道他在意。他装作对衣服无所谓,但其实对高领衫、衬衫和鞋子非常挑剔(有几件是意大利丝绸面料的),以至于都不要别的衣服。她注意到来做客的年轻女人也很虚荣。萨拉来时戴了一条很漂亮的丝巾,颜色像贝壳一般洁白。

周六早上,莉诺坐在地上,注视着刚刚点燃的炉火。婴儿蜷缩在乔治椅子上的被窝里,在睡梦中微笑,莉诺想如果他是个大人,该会是多么好的同伴。她起身去厨房撕开一包酵母,用热水化开,加了盐和糖。她用手指搅拌,浑身发抖,因为厨房里太冷了。她准备烤晚饭的面包——有客人来,傍晚总有一顿大餐。但是这一天的其余时间她干什么呢?乔治前一晚跟女孩们说,周六要去树林里散步,但她不太喜欢徒步;而且因为前一晚的争论,乔治会有点烦躁,她不想刺激他。"你不愿质疑任何人。"她哥哥几天前给她写了封信。他多年来一直写信——她和乔治同居的这些年——问她打算何时结束这段关系。她很少回信,因为她知道自己的回答听起来太简单。她有一栋舒适的房子,可以做饭。她总有的忙,她爱她的两个孩子。"说'但是'似乎不大好,"她哥哥写道,"但是……"是真的,她喜欢简单的事。她哥哥是坎布里奇的一名律师,他无法理解这点。

莉诺用手抹了一把脸,跟下楼来的朱莉和萨拉说早安。萨拉不喝橙汁,她看起来很精神,可以开始新的一天了。莉诺给朱莉倒了一杯。乔治在门厅里喊:"准备行动吗?"莉诺惊讶于他这么早就想出门。她走进起居室,看见乔治穿着一件牛仔布的夹克,手插在口袋里。

"早上好，"他对莉诺说，"估计你不想徒步吧？"

莉诺看着他，却没有回答。她站在原地，萨拉绕过她，走到门厅里跟乔治会合，他给她把着门。"咱们走到商店，买几块好时巧克力，给远足提供能量。"乔治对萨拉说。他们走了，莉诺发现朱莉还在厨房里，等水烧开。朱莉说她晚上睡得很差，情愿不跟乔治和萨拉出去。莉诺给她俩泡茶。玛丽亚坐在她旁边的沙发上，小口啜着橙汁。小婴儿喜欢有人陪，玛丽亚却是个孤僻的孩子，宁可只有她和妈妈两个人。她已经放弃了对爸爸的拥有权。这会儿她拿出一个硬纸盒，把她妈妈收藏的明信片都拿出来，在地板上排成整齐的一列。每次她抬头看时，朱莉都紧张地对她微笑；玛丽亚不笑，莉诺也并不敦促她。莉诺去厨房里压面，玛丽亚也跟去。玛丽亚最近刚出完水痘，额头正中还有一道小小的伤疤。近来莉诺发现自己不再看女儿的蓝眼睛，反倒注意起不完美的地方了。

莉诺把面团抻长，放进撒了玉米粉的烤盘，这时她听到雨声。雨水击在车库的房顶上，声音很响。

几分钟后朱莉走进厨房。"他们被这场大雨困住了，"朱莉说，"要是萨拉留下了车钥匙，我本可以去接他们的。"

"开我的车去吧。"莉诺说着用胳膊肘指指门边钉子上挂的钥匙。

"可是我不知道商店在哪儿。"

"昨晚你开到我们家的路上肯定经过了。开出门后右转。就在大路边上。"

朱莉拿了她的紫色运动衫，取过钥匙。"我很快就回来。"她说。

莉诺可以感觉到她情愿逃离这里，而且很高兴下雨了。

在起居室里，莉诺翻着一本杂志，玛丽亚喃喃地重复着"蓝色、蓝色、深蓝色、蓝绿色",每次出现颜色的时候,她都注意到了。莉诺一口一口地抿着茶。她在乔治的唱机里放了一张迈克尔·赫尔利[1]的唱片,很好的雨天音乐。乔治有上百张唱片,过去他的学生喜欢在里面扒来扒去。他非常明智,从不刻意追赶时尚。唱片不是爵士乐就是其他的多元风格:迈克尔·赫尔利、基思·贾勒特[2]、赖兰·库德[3]。

朱莉回来了。"我找不到他们。"她说。她看上去好像在等待惩罚。

莉诺很惊讶。她正要说"你没好好找吧,是不是?"之类的话,却瞥到朱莉的眼神。她看着真年轻,有些担心的样子,甚至还有点古怪。

"好吧,我们试过了。"莉诺说。

朱莉站在壁炉前,背对着莉诺。莉诺知道朱莉认为她脑子糊涂——认为她不明白这意味着什么。

"可能他们穿过树林,没有沿着路边走,"莉诺说,"有这个可能。"

"但是雨下起来了,他们可以到路边拦车啊,不是吗?"

也许她误会了朱莉的想法,也许朱莉到这一刻才意识到可能发生的事。

"也许他们迷路了,"朱莉说,"也许出什么事了。"

"不会有事。"莉诺说。朱莉转过头,莉诺又注意到她眼中的亮

---

[1] 迈克尔·赫尔利(Michael Hurley, 1941—),美国民谣歌手兼作曲家。

[2] 基思·贾勒特(Keith Jarrett, 1945—),美国爵士乐手、钢琴演奏家。

[3] 赖兰·库德(Ryland Cooder, 1947—),美国多乐器演奏家,最出名的是他的滑音吉他作品。

光。"也许他们在树下躲雨,"她说,"也许在乱搞。我怎么会知道?"

莉诺不常用这个词。她平常总是尽量不这么去想,但是她能感觉到朱莉非常难过。

"真的吗?"朱莉说,"你难道不在乎吗,安德森太太?"

莉诺被逗乐了。这是新的变化。所有的学生都叫她丈夫乔治,叫她莉诺;而现在他们中的一个希望有个真正的成年人向她解释这一切。

"我能做什么?"莉诺说。她耸耸肩。

朱莉没有回答。

"我给你倒点茶好吗?"莉诺问。

"好。"朱莉说,"麻烦了。"

乔治和萨拉是下午过半的时候回来的。乔治说他们一时冲动想去大城市转转——他提到的其实是个小镇,但称其为大城市给他提供了一个说风凉话的机会。乔治说,他们坐在一家餐吧里等雨停,后来搭了一辆顺风车回家。"但是我完全清醒。"乔治回来后第一次把头转向萨拉。"你呢?"他满脸微笑。萨拉让他失望了,她看起来有些尴尬。她的目光迅速投向莉诺,又移开去看朱莉。两个女孩注视着对方,于是莉诺只能看着乔治了。她看了看炉火,起身加了一块木柴。

很快大家就发现,他们都被这场雨困住了。玛丽亚给她的纸娃娃脱了衣服,又成心从它的帽子上扯下一根羽毛。然后她把一堆碎片拿给莉诺,快要哭了。婴儿哭了,莉诺把他从沙发上抱起来,之前他在黄色毯子下熟睡。她把他架在双腿之间,双手托着他,身子后仰去看炉火。那是她的火,她有理由照看。

"我的男孩怎么样？"乔治说。婴儿看看他，又看向别处。

因为下雨，天黑得早。四点半，乔治开了一瓶博若莱葡萄酒，把它拿到起居室，用空余的那只手把四个酒杯揽在胸前。朱莉紧张地站起来，拿过杯子，过分客气地大声说感谢。她不看萨拉，把一个酒杯给她。

他们在炉火前围坐成一个半圆，喝酒。朱莉一页页地翻着杂志：《新时代》《国家地理》。萨拉手里拿着一个绘有灰绿色树叶的白色小碟，是从咖啡桌上拿的；碟子上有几枚贝壳、一些橡果壳斗、一两块抛光的石头，她在指间摩挲着这些东西。房子里有几个这样的小碟，都是乔治布置的。贝壳是他和莉诺很久以前在北卡罗来纳州的一个海滩捡到的，那是他们第一次出门旅行。但是橡果壳斗、光洁的绿松石和紫水晶——她知道，把这些放进碟子是因为乔治喜欢客人看到它们的反应；这些装饰是一种意料之中的不落俗套。他还买了几幅镶框的小画。比崇拜他的学生更重要的客人来时，他会特意展示——水果的微型油画，独角兽图案的花毯的局部细节照片。他假意喜爱那些精致优雅的东西，但是真去纽约参观美术馆时，他总是先去看埃尔·格列柯[1]和马克·罗斯科[2]的大幅油画。她永远无法叫他承认他的言行有时很虚伪。有一回，很久以前了，他问莉诺自己是否还是她的梦中人，她说："我们现在合不来了。""别说这些。"他说——既不否认，也不

---

[1] 埃尔·格列柯（El Greco，1541—1614），西班牙画家，其画作以弯曲、瘦长的身形为特色，用色怪诞而变幻无常，融合了拜占庭传统与西方绘画风格。

[2] 马克·罗斯科（Mark Rothko，1903—1970），美国抽象派画家，其代表性作品是以色块为主的画作。

反驳。她能说些话而不被责怪就算好的了，她永远无法叫他继续这样的对话。

晚餐时，桌上点着白色蜡烛，它们在空酒杯里燃烧。他们用他祖母的印着花朵图案的小碟吃饭。莉诺看着窗外，依稀看到黑暗中他们那棵巨大的橡树。雨已经停了。天上有几颗星星，湿树枝上有点点光亮。橡树长得离窗户很近。有一次，她哥哥建议修剪房前的一些灌木和大树，让它们长开一点，屋里就不会那么暗，乔治喜欢听这些话，因为他可以借机大赞自然之美，说他永远不会篡改这种美。"这里每天都像待在坟墓里。"她哥哥说。搬到这儿以后，乔治几乎知道了土地里生长的所有东西的名称：他可以指出六道木、绣线菊和月桂。他订了《国家地理》杂志（虽然她很少见他读）。他终于建立"关联"，他说，乡间生活使他建立关联。他现在正对萨拉这么讲，她放下象牙柄的叉子，听他说话。他起身去换唱片。唱片 B 面泰勒曼[1]的音乐轻柔地响起。

萨拉对莉诺还是很戒备。乔治离开房间后，她匆忙说些客套话。"你们真了不起，"她说，"我希望我父母能像你们一样。"

"乔治听到你这么说一定很高兴。"莉诺说着，把一小截通心粉举到嘴边。

乔治坐回来以后，急于取悦他的萨拉对他说："要是我父亲像你这样就好了。"

---

1 泰勒曼（Telemann, 1681—1767），德国巴洛克时期的作曲家，多种器乐演奏家，其创作力旺盛，作品数量惊人。

"你父亲，"乔治说，"我可不会这么类比。"他愉快地说着，却难掩听到这种对比后的不快。

"我是说，他除了生意，什么都不关心。"女孩结结巴巴地继续。

相比之下，音乐却愈发轻快美好。

莉诺去厨房里拿沙拉，听到乔治说："我绝不能让你们女孩儿走。没有人周六回去的。"

礼貌的反驳，对莉诺厨艺的赞美——说的话真多。莉诺很难专心听他们在说什么，热乎乎的饭菜如此可口。她又倒了些酒，让他们说下去。

"戈达尔[1]，对，我知道——摇拍那一列大鸣喇叭的汽车，动作那么慢。那长长的一列汽车永无止境。"

她听到了乔治说的最后几句话。他的胳膊在饭桌上方慢慢摆动，模仿电影里静止不动的列车。

"那盆花挺好看的。"朱莉对莉诺说。

"是秘鲁常春藤。"莉诺笑着说。此时她应该微笑，她不会主动给这些女孩拔下几片叶子。

泰勒曼那张唱片放完了，萨拉要求放一张鲍勃·迪伦的唱片。白蜡滴在木桌上，乔治等蜡滴微微凝住，再刮掉这些小圆片，用拇指和食指轻轻地弹向萨拉。他解释说（尽管萨拉没有要求听迪伦的哪一张唱片）他还不听电子音乐的时候，只听迪伦。还有《行星浪潮》——"因为太浪漫了。我是挺傻的，不过是真的。"萨拉对他微笑。朱莉对莉诺微笑。朱莉是在表示礼貌，她看到萨拉笑，但并不知道是怎

---

1 戈达尔（Godard，1930—2022），法国和瑞士籍导演，法国新浪潮电影的奠基者之一。

么了。莉诺没有笑。她为了让他们自在，已经做得够多了。现在她累了，音乐，饱胀的胃，还有外面又下起来的雨。甜点是自制香草冰淇淋，乔治做的，里面有小片的黑色香草豆荚。可是他还在喝酒，又开了一瓶。他小口喝着，用勺子轻敲冰淇淋，眼睛看着萨拉。萨拉笑了，让大家都看到她的笑容，然后从她的勺子上吮下一口冰淇淋。朱莉错过眼前越来越多的事情。莉诺注视着朱莉茫然地用手摩挲纸巾。她戴着一条细细的贴颈银项链——右手的第三个手指上戴着一枚细细的银指环——莉诺头一回注意到。

"安娜的事实在是可怕。"乔治说。他在喝最后一口酒，冰淇淋化了，他没有专门看着某个人，虽然安娜是萨拉前一天晚上提起的。当时他俩在屋里没待多久——说到安娜死了，被车撞的，简直不能算是事故。安娜也是他的一个学生。那辆车的司机喝醉了，但不知什么原因没有被告上法庭。（萨拉和乔治以前提过这事，莉诺并未上心。她能做什么？她见过安娜一次，美丽的女孩，孩子一样的小手，头发薄而鬈曲，小心翼翼。长得美的人都小心翼翼。）现在司机精神错乱了，朱莉说，他给安娜的父母打电话，想跟他们谈谈，问问为什么会发生事故。

婴儿哭了。莉诺上楼去给他拿掉一些被子，和他说了几分钟话，他安静下来。她下楼，酒劲儿一定比她意识到的更大，要不然她为什么数起了台阶？

在点着蜡烛的餐厅里，朱莉独自坐在桌旁。女儿又一个人待着了；乔治和萨拉拿了伞，决定去雨中散步。

八点钟。朱莉帮莉诺把碗碟放进洗碗机，说莉诺的房子真美，此后她就很少说话。莉诺累了,也不想找话说。她们坐在起居室里喝酒。

"萨拉是我最好的朋友。"朱莉说。她似乎为此而抱歉。"我回到大学,发现跟这里的生活如此脱节。之前我和丈夫在意大利,突然回到美国。我交不到朋友。但是萨拉不像其他人,她对我很好。"

"你们做朋友多久了?"

"两年了。她真的是我有过的最好的朋友。我们明白事理——我们不必非得谈论那些事。"

"比如她和乔治的关系。"莉诺说。

太直接了。太出乎意料。朱莉没有回答。

"你表现得好像该怪罪你。"莉诺说。

"我觉得很古怪,因为你是这么一位好心的女士。"

一位好心的女士!多么奇特的措辞。她一直在读亨利·詹姆斯[1]吗?莉诺从不知道该如何看待自己,但她肯定认为自己比一位"女士"要复杂多了。

"你为什么是这种表情?"朱莉问,"你是很好心。我认为你对我们一直很好。你放弃了整个周末。"

"我总是放弃我的周末。周末其实是我们唯一的社交时间。从某个角度来看,有事可做也挺好的。"

"可是变成这个样子……"朱莉说,"我猜我觉得奇怪是因为当我自己的婚姻破裂时,我甚至毫无疑心。我是说,我反正做不到你这

---

[1] 亨利·詹姆斯(Henry James,1843—1916),英籍美裔小说家,代表作有《华盛顿广场》《一位女士的画像》等,多次获得诺贝尔文学奖提名。

样，但是我——"

"就我所知，什么事也没有，"莉诺说，"就我所知，你的朋友是在自作多情，而乔治是想让我嫉妒。"她往火堆里添了两块木柴。等这些都烧完了，她要么得走到柴棚去，要么就作罢，上床睡觉。"有什么……大事吗？"她问。

朱莉坐在炉火边的地毯上，用手指绕着头发。"我来这儿的时候还不知道。"她说，"萨拉让我的处境十分尴尬。"

"但是你知道事情到什么程度了吗？"莉诺问，她现在是真的好奇。

"不知道。"朱莉说。

没法知道她是否在说真话。朱莉会跟一位女士说真话吗？也许不会。

"不管怎样，"莉诺耸耸肩说，"我不愿一直想着这些事。"

"我从来没有勇气跟一个男人同居而不结婚，"朱莉说，"我是说，我希望我有勇气，希望我们那时没有结婚，但是我就是没有那种……我的安全感不够。"

"你总得有个地方住。"莉诺说。

朱莉看着她，似乎不相信这是真心话。是吗？莉诺心想。她跟乔治在一起六年了，有时她觉得她已经找到了乔治的游戏规则，连带着也传染了他的感冒和坏情绪。

"我给你看点东西。"莉诺说着起身，朱莉跟上去。莉诺打开乔治书房里的灯，她们穿过书房，走进他由浴室改造成的暗房。在一张桌子下面，在一个盒子后面的另一个盒子里，有一叠照片。莉诺把照片取出来递给朱莉。这些是莉诺去年夏天在他的暗房里发现的照片，它们是误放在外面的,毫无疑问。她是在把他留在卧室里的一些接触印相照片[1]拿进去的时候发现的。照片上是高反差显影的乔治的脸。所有这些照片里的他看起来都非常严肃、悲伤;有些照片里,他的眼睛好像因痛苦而变得狭长。有一张,他的嘴张开着,那是一幅关于痛苦中的人的出色照片,一个要尖叫的人。

"这是什么?"朱莉低声说。

"他的自拍。"莉诺说。她耸耸肩,"所以我留下来。"她说。

朱莉点点头。莉诺点点头,把照片放回去。到这一刻,莉诺才想到这也许是她留下来的理由。实际上这不是唯一的理由,这只是一个非常体面的、令人印象深刻的理由。她第一次看到这些照片时,自己的脸也变得像乔治的一样扭曲。她完全不知道该怎么做。她害怕,也觉得羞耻。最后她把照片放进一个空盒子,又把盒子放在另一个盒子后面。她甚至不想让他再看到那些恐怖的照片。她不知道他是否已经发现了,那些照片被塞到墙边的另一个盒子里。就像乔治说的,人与人之间的沟通可能过于频繁。

后来,萨拉和乔治回来了。还在下雨。原来他们带了一瓶白兰地出去,两个人都湿透了,还醉醺醺的。他用一只手握住萨拉的手指。萨拉看到莉诺,松开他的手。但他突然转身——他们进了门还没打招呼呢——抱起萨拉,转圈,跌跌撞撞地进了起居室。他说:"我恋爱了。"

---

[1] 将曝光并显影后的底片与一张空白的照片纸直接接触,然后透过底片上的影像将光线照射到照片纸上。

朱莉和莉诺沉默地注视他们。

"非礼勿视。"乔治说,他拿空了的白兰地酒瓶指着朱莉。"非礼勿听。"乔治说,他指着莉诺。他把萨拉抱得更紧些。"我非礼勿言。我说的是真的。我恋爱了!"

萨拉从他怀中挣脱,跑出房间,跑上黑暗中的楼梯。

乔治呆呆地看着她的背影,跌坐在地板上,笑了。他打算把这事当成一个笑话让自己下台。朱莉惊恐地看着他,从楼上可以听到萨拉的抽泣声。她的哭声惊醒了婴儿。

"抱歉,我离开一下。"莉诺说。她爬上楼梯,走进儿子的房间,把他抱起来。她轻声细语,用一些谎言来安抚他。他太困了,受惊的时间也不长,几分钟后就又睡着了,她把他放回小床。另一间屋里萨拉的哭声小一些了。她哭得如此凄惨,莉诺差点要加入了,但她没有,只是轻轻拍着儿子。在黑暗中,她站在小床边,最终走出房间,沿着走廊回到卧室。她脱下衣服,钻到冰冷的床上。她集中精神,正常地呼气、吸气。她的门关着,萨拉的门也关着,她几乎听不到她的声音。有人轻轻敲她的门。

"安德森太太,"朱莉低语,"这是你的屋吗?"

"是。"莉诺说。她没有叫她进来。

"我们要走了。我来叫萨拉,然后就走。我不想不打招呼就离开。"

莉诺一时不知道怎么回答。朱莉能说这话实在是非常好心。她几乎要流泪了,所以什么也没说。

"那好,"朱莉为了让自己安心,说,"晚安。我们走了。"

不再有哭声了。有脚步声。很神奇,婴儿没有再被吵醒,玛丽亚一直睡着。她总是睡得很好。莉诺自己的睡眠越来越差了,她知道乔治大半个夜晚、很多个夜晚都在散步。她对此一言不发。如果他认为她头脑简单,那么她简单的智慧对他有什么好处?

风雨中,橡树刮擦着窗户。二楼的房顶下面,尖厉的击打声变得很大。萨拉和朱莉走前也许跟乔治说了什么,反正她没有听到。她听到汽车发动,又熄火了。重新发动——她在祈祷汽车开走——发动机又停了,然后车子才慢慢开出去,在沙砾路上发出嘎吱嘎吱的声音。

床还没有变暖,她浑身发抖。她想方设法地入睡,反而一直清醒。她眯起眼睛,集中心思,却没有闭上眼睛。房子里唯一的声音来自电子钟,在她床边嗡鸣。连午夜都还没到。

她爬起来,没有开灯,走下楼。乔治还在起居室里。火堆只剩下柴灰和一点没烧完的余烬。那里跟床上一样冰冷。

"那个臭婊子,"乔治说,"我早该知道她是个笨丫头。"

"你做过头了,"莉诺说,"只有对我,你才可以做过头。"

"该死的。"他说着捅了捅火堆。几颗火星弹出来。"该死的。"他压着呼吸重复道。

他的套头衫还是湿的,鞋子沾满了泥,被泡坏了。他坐在炉火边,头发贴在头皮上,模样丑陋、衰老、陌生。

她回想起有一次,天还暖和的时候,他们刚认识不久,一起在海滩上散步、捡贝壳。小小的浪花涌上来。太阳在云彩后面,那一刻仿佛有幻觉,云彩静止不动,而太阳在前面快速移动。"来追我。"他说着从她身边跑开。他们之前在静静地说话、捡贝壳。看到他突然跑走,她非常吃惊,使尽全身力气去追,真的追到了。在他要跑进水里的时候,她伸出手抓住他泳裤的松紧带。假如没有追到他,他真的会一直跑进深水,直到她没法跟上吗?乔治转过身,就像跑开的时候那么突然,他抓住她,使劲抱住她,将她高高举起。莉诺抓住他不放,紧紧抱住他。他和萨拉散步回来的时候也试了同样的动作,没有奏效。

"就算她们的车撞到路边,我也不在乎。"他恶毒地说。

"别这么说。"她说。

他们沉默地坐着,聆听雨声。莉诺凑近他,手搭在他的肩头,头靠上去,就好像乔治能保护她,避开那些乔治希望发生的祸事。

1976 年 11 月 15 日

星期二晚上

亨利本应六点钟把孩子送回家，但他们通常要八点或八点半才到家，到家时乔安娜累过头了，进门后第一分钟就说不想上床睡觉。亨利教了她这个表达，"进门后第一分钟"，这话我以前说过一次，现在他护着孩子，拿这话来笑我。"让可怜的孩子上床前拥有一分钟吧，她的确是刚进门。"可怜的孩子，当然，她对亨利着了迷。他允许乔安娜叫他亨利，而不是"爸爸"。现在他带乔安娜去她喜欢的一家法式餐厅吃饭，那里五点半才开门。这意味着她近八点才能到家。如果我不许她吃蜗牛，那我简直是头畜生。而如果我告诉她，她父亲给的抚养费波动很大，法式晚餐却始终如一，这对她也有点残忍。忘掉钱的事吧——亨利一直是个好父亲。他每周二晚上来看她，细心地用卷笔刀帮她削蜡笔，每隔一周的周末带她回去。他对她所做的唯一一件坏事——他自己也承认了——是介绍她认识我们离婚后迅速跟他同居的那个懒洋洋的女人。那个可恶的女人，她教乔安娜唱《我是一个女人》。幸好她没记住多少歌词，可如果她唱着"W—O—M—A—N"在屋里走来走去两星期之久，我知道我一定会疯掉。有时那个懒洋洋的女人在乔安娜的头发上插一枝鲜花——就像玛丽亚·马尔道尔[1]那样，她解释说。孩子倒足够理性，她觉得尴尬。

我认识的男人彼此都友好往来。亨利上星期来家里的时候，他帮丹（丹跟我同居）把一个书架搬上又陡又窄的楼梯，搬到二楼。亨利和丹谈论营养方面的话题——丹当前的兴趣。我哥哥鲍比是我知道的唯一一个在二十六岁对幻觉剂兴趣浓厚的人，他很乐意在亨利面前耍宝——他拿出他那个绿色的溜溜球，里面有两节电池来让它神奇地发光。丹告诉鲍比，如果他打算吸毒，应该在之前和之后用维生素填满肚子。他们仨替我做圣诞大采购。去年他们在城里一家意大利式餐厅吃晚饭。我问丹他们点了什么，他说："哦，我们都吃的通心粉。"

我一直靠"喜乐红"花草茶和西瓜维持生命，企图减肥。丹、亨利和鲍比都很瘦。乔安娜的身材随她父亲，她苗条优雅，五官很有雕塑感，让马里萨·贝伦森[2]也相形见绌。她十岁了。昨天我在洗衣店取衣服，一个女人看到我的背影，误把我当作她的表姐阿迪。

乔安娜在学校上课时讨论了环境问题。她想把我们种的一棵大鳄梨带到学校。我试着耐心跟她解释这棵鳄梨跟环境问题没有一点关系。她说他们也在讨论自然。"能有什么坏处？"丹说。结果他去上班了，让我一个人把那棵高大的鳄梨塞进奥迪车。我还得负责烤曲奇饼，好让乔安娜到学校去分给同学，庆祝她的生日。她告诉我，按照

---

[1] 玛丽亚·马尔道尔（Maria Muldaur, 1942— ），美国民谣歌手，活跃于20世纪60年代美国民谣复兴运动，演出时常在发间插一朵大花。

[2] 马里萨·贝伦森（Marisa Berenson, 1947— ），美国女演员、模特，曾登上 *Vogue* 和《时代》杂志的封面。

惯例要把曲奇饼装进盒子，盒子用生日主题的包装纸包装。我们选了一种黄色小熊站在同心圆里的图案。丹把麦麸撒进巧克力豆曲奇饼的面团。他不许我在心形甜饼干里用红色的食用染料。

我最好的朋友黛安娜总是早上过来，她对我的"喜乐红"花草茶嗤之以鼻。有时她在这里冲澡，因为她喜欢我们的花洒。"你怎么做到不一直待在那儿？"她说。我哥哥对她很温柔，觉得她极有魅力。他问我是否注意到冲完澡后她额头上的细细水珠，就在发际线处。鲍比借钱给她，因为她丈夫给的总是不够用。我知道黛安娜真的想跟他搞婚外情。

丹星期二晚上需要加班，而我前段时间做出决定，每星期要把一个晚上留给自己——一个他们不在的晚上。黛安娜说："我知道你的意思。"鲍比却很生气，不论是那天晚上还是别的晚上，他有两星期没来家里。乔安娜很开心放学后由黛安娜去接，她开着她那辆1966年的福特野马敞篷车。她可以跟黛安娜回家，待到亨利去那儿接她。丹一直在说我们的关系出问题了，尽管并没有。我告诉他周二晚上的决定，他噘起嘴唇，点点头，什么也没说。第一个独自在家的晚上，我读了一本黄色杂志，它搁在家里有些时候了。然后我脱掉所有衣服，在客厅里照镜子，决定开始节食，便省掉了晚饭。我给加州的一个朋友打长途电话，她刚生小孩。我们说到她大腿上蛛网般的细小静脉，我一再跟她保证那些都会消失的。后来我把家里有的维生素每种吃了一片。

第二个星期，我为闲暇时光做了更好的准备。我提前买了全麦面粉和苜蓿蜜，做了四块全麦面包。我又准备一块馅饼皮，把面团放进水槽，在水槽里揉面，这样其实很合理，但我永远不会让别人看到我这么做。然后我读了一本《时尚》。之后我取出那天下午买的瑜伽书，把它放在我的塑料食谱架上，把食谱架放在地上，边看边做动作。馅饼皮被我烤过头了，皮烤焦了。我郁闷起来，喝掉了一瓶杜林标[1]。接下来那个星期，我出门冒险。我去看了一场电影，又给自己买了一杯巧克力奶昔。我坐在药店的柜台旁喝奶昔。我本打算顺便续一个避孕药的处方，又觉得大煞风景。

现在，乔安娜星期二晚上在她爸爸家睡觉。亨利觉得她已经过了睡前读童话的年龄，于是跟她跳起了华尔兹。她穿一条长睡裙，还有一双某个女人留在那儿的高跟鞋。乔安娜说他通常放《蓝色多瑙河》，不过有时他也瞎闹，放《愚蠢的风》或者《永远年轻》，他们行屈膝礼，随着音乐旋转。她跟我暗示想上舞蹈课。上星期她踩着跳跳乐[2]在客厅里四处蹦跳。跳跳乐是丹给她的，他说现在她有舞伴了，这样就不必送她上舞蹈课，省了他的钱。他说她有什么问题都可以问他。他说她可以叫他"丹尼尔先生"。乔安娜开始讨厌他。如果她是丹的孩子，我确定他这会儿还在给她读童话呢。

又一个星期二晚上，我出去买花。我用美国运通[3]卡买了七十块

---

[1] 杜林标（Drambuie），一款金色的40%酒精度的利口酒，由苏格兰威士忌、石楠花蜂蜜、香草和香料制成。

[2] 跳跳乐（Pogo stick），一种上端有把手、下端装有弹簧脚踏的长金属棒，人可以站在脚踏上跳跃。

[3] 美国运通（American Express）是一家总部位于纽约的金融服务公司，最著名的业务是信用卡、签账卡以及旅行支票。

钱的花和一些挂钩。店里的女人帮我把盒子抬到车上。我回到家，在窗框上钉上钉子，再把花盆挂上去。植物还不需要浇水，但是我把塑料水壶举高，看看浇起水来会是什么样。我挤一挤塑料壶，盯着壶里伸出的塑料弯管看。后来我用蛋清给自己做了面膜。

有一只老鼠。我最先在厨房看到的——一只小灰鼠，一路溜达，慢慢地从橱柜下面走到炉子后面。我让丹把炉子后面的小老鼠洞封上。后来在客厅的斗柜下面，我又看到了老鼠。

"是只老鼠，一只小老鼠，"丹说，"由它去吧。"

"大家都知道有一只就会有一窝，"我说，"我们必须除掉它们。"

人道主义者丹看到老鼠又出现了，有点暗自欢喜——他封了它的家，但没造成什么破坏。

"我看是同一只老鼠。"亨利说。

"它们看起来都一样，"我说，"那并不代表——"

"可怜的家伙。"丹说。

"你俩有谁能去放老鼠夹吗？还是得我去？"

"得你去，"丹说，"我受不了，我不愿杀老鼠。"

"我看只有一只老鼠。"亨利说。

我怒视着他们，去厨房里把老鼠夹从玻璃纸包装袋里取出来。我眼泪汪汪地瞪着他们。我不知道怎么安装。丹和亨利让我显得像个冷血杀手。

"也许它会走掉。"丹说。

"别傻了，丹，"我说，"你要是不打算帮忙，至少别坐在那儿跟亨利说笑。"

"我们没说笑。"亨利说。

"你俩还真是好哥们儿。"

"又怎么了?你想让我俩互相讨厌?"亨利说。

"我不知道怎么装老鼠夹,"我说,"我一个人搞不定。"

"可怜的妈妈。"乔安娜说。她在外面的门厅里听我们说话。我几乎跟她起急,叫她不要讽刺人,但我意识到她是认真的,她为我感到难过。有人站在我这边了,我恢复了勇气,走回厨房,搞定老鼠夹。

黛安娜打电话来说,她问过她丈夫能不能每周有一个晚上出门去,这样她就能跟朋友出去玩,或者自己待在家里。他说不行,但是答应跟她一起去上彩色玻璃的工艺课。

一个周二的日子,下雨了。我待在家里胡思乱想,回忆过去。我想起高中最后一年约会的那个男孩,周末他总是带我去乡下,去他某个堂兄弟住的地方。我好奇为什么总是去那儿,因为我们从来没有把车开到房子门口。他会在树林里沿着他们长长的私人车道开到一半,然后开上一条窄窄的小路,有时他们开卡车去伐木时会走这条路。我们在小路边停车,拥抱,亲吻。有时男孩会沿着乡间路慢慢地开车,寻找野兔,那里常能见到兔子——有时甚至一次看到两三只——每次他看到一只,就踩足油门开过去,想把兔子撞死。车里没有收音机。他有一个手提式收音机,只有两个频道(灵魂乐[1]和古典乐),我把它放在腿上。他喜欢把音量开得很大。

---

[1] 灵魂乐(soul music)是20世纪50年代源自美国的一种结合了节奏蓝调和福音音乐的音乐流派。

乔安娜来到我的卧室,说鲍比舅舅来电话了。

"我买了条狗。"他说。

"什么品种?"

"你都不惊奇吗?"

"惊奇。你在哪儿买的?"

"我大学时认识的一个家伙,他要坐牢了,说服我买下这条狗。"

"他为什么坐牢?"

"抢劫。"

"乔安娜,"我说,"我打电话的时候,你别站在那儿盯着我看。"

"他抢了一户人家。"鲍比说。

"什么品种的狗?"我问。

"阿拉斯加雪橇犬和德国牧羊犬的混血。它在发情期。"

"嗯,"我说,"你一直想要条狗的。"

"我总在给你打电话,你从不给我打。"鲍比说。

"我从来没有什么有趣的新闻。"

"你可以打来告诉我你星期二晚上做了什么。"

"没什么好玩的事。"我说。

"你可以去酒吧喝朗姆酒,然后大哭。"鲍比说。他咯咯地笑。

"你大麻抽多了吗?"我问。

"那当然。下班回到家一个半小时了。吃了一块天上牌比萨,抽了一点大麻。"

"你真的有条狗吗?"我问。

"你如果是一条公狗,就不会有丝毫怀疑了。"

"你总是比我聪明得多。跟你讲电话很辛苦,鲍比。"

"我做自己做得很辛苦。"鲍比说。长长的沉默。"我不确定这狗是否喜欢我。"

"带过来。乔安娜肯定会喜欢的。"

"我周二晚上过来。"他说。

"为什么我每周留给自己的一个晚上让你这么感兴趣?"

"随便你做什么吧。"鲍比说,"只要别去抢劫别人。"

我们挂了电话,我跟乔安娜说了这事。

"你刚刚对我大喊。"她说。

"我没有。我叫你在我打电话的时候不要站在那儿盯着我。"

"你提高嗓门了。"她说。

很快又将是星期二晚上。

乔安娜怀疑地问我星期二晚上都做什么。

"你爸爸说我做什么?"我问。

"他说他不知道。"

"他看起来好奇吗?"

"很难讲。"她说。

得到我要的答案以后,我忘了她的问题。

"那你都做些什么?"她说。

"有时候你喜欢在你的帐篷里玩,"我为自己辩解,"嗯,我也想有时候只做我想做的事,乔安娜。"

"那可以呀。"她说。听起来像父母在安慰小孩。

我必须面对这个事实,星期二晚上我没怎么做任何事,每星期一个晚上的独处也没让我少一点烦躁,或是变得更好相处。我把这个告诉丹，说得好像是他的错。

"我想你从来都不想跟亨利离婚。"丹说。

"哦，丹，我确实想。"

"你们俩看起来处得很好。"

"但是我们吵架。我们处不好。"

他看着我。"哦。"他说。他对我好得过分，因为我在夹子夹住一只老鼠时发了脾气。只有老鼠的爪子被夹住了，丹只好用一把螺丝刀把它打死。

"也许你更希望我们俩周二晚上一起做点什么，"他说，"也许我可以改一下我晚上开会的时间。"

"谢谢你，"我说，"也许我应该再坚持一段时间。"

"随你好了，"他说，"我猜时间还太短，不好判断。"

好得过分了。恭敬顺从。他一直说我们的关系变糟了，现在一定已经糟糕到他连吵架都不吵了。他想要怎样？

"也许你想要一个晚上——"我开口。

"见鬼，"他说，"如果需要那么多时间独处，我看我们没有必要住在一起。"

我讨厌争吵。吵完架后我哭了，去了黛安娜家。结果她微妙地暗示我去上彩色玻璃工艺课。我们喝了些雪莉酒，然后我就开车回家了。我可不想碰到她丈夫，他背地里叫我"松鼠"。黛安娜说我打电话过来时，如果是她丈夫接的，他就鼓起腮帮子模仿松鼠，以这样的方式告诉她是我打来电话。

今晚我和丹各坐在乔安娜有顶篷的床的一侧，跟她道晚安。床的顶篷是白色尼龙做的，有星星状的褶皱。等她睡着，丹就可以跟我聊天了。丹关上乔安娜床边的灯，我先他一步走出卧室，摸索着客厅里的灯。我记得亨利当时为了引出离婚的话题，他说，有天早上去上班，他开过一座山，在山顶上看到一棵叶子金黄的大树。他惊讶不已，第一次意识到已经是秋天了。

1977年1月3日

换　挡

　　女人的名字叫纳塔莉，男人的名字叫拉里。他俩青梅竹马。十岁的时候，拉里在滑冰聚会上第一次吻她。她当时正在解冰鞋的鞋带，对这个吻毫无准备。他原本没打算吻她——他是想转过脸去，避开正刮过冰湖的风，随后发现自己的头向她俯下去，亲吻她似乎顺理成章。高中毕业那年，他在毕业班年刊上被冠以"班级小丑"的称号，但纳塔莉并不觉得他有多么滑稽。她觉得他没必要花那么多时间研究化学，她说笑话的时候他从来不笑。她真的不觉得他滑稽。他们在家乡上了同一所大学，但一年之后，拉里去了一所更大、更有名望的大学。纳塔莉坐火车去跟他共度周末，或者他坐火车来看她。他毕业的时候，父母送他一辆车。要是他还在家乡读大学时他们就送他车，很多事情都会容易得多。他们一直等到拉里毕业那天才送给他，并强迫他参加毕业典礼。他认为他父母是了不起的人，纳塔莉某种程度上也喜欢他们，但她讨厌他们精明的时机选择和谨慎的微笑。他们害怕他会娶她。最终他还是娶了她。他大学毕业以后继续读研究生，并提前六个月确定了婚礼日期。婚礼会在第一学期的期末考试之后举行，那样他就可以一心一意地准备化学考试。

她嫁给他的时候，他那辆车已经开了八个月了，闻起来依然像一辆崭新的车。车里从不凌乱，连刮冰器都收在手套箱里，后座上一件运动衫或单只的手套也没有。每周末在洗车房洗了车以后，他还给车吸尘。星期五晚上去便宜饭馆或者一美元电影院的路上，他总是在洗车房停下，纳塔莉会下车，让他给车里整个吸一遍尘。她总是靠在金属的车身上，看着他做清洁。

他不期望她怀孕。她没有怀孕。他期望她把公寓收拾干净，并且当他在这么狭窄的房间里学习时，尽量不要碍事。不过公寓乱糟糟的。他夜里学到很晚，她会打断他，劝他去睡觉。他每周要教一节化学课，她总是告诉他过度准备跟准备不足同样有害。纳塔莉不确定自己是否相信这句话，不过她很喜欢。有时拉里听得进去。

每周二他去教课，她总是先开车送他去学校，再去超市购物。她往往不事先写清单，到了停车场再从包里拿出便笺簿，坐在冷冷的车里写上几条。只要写了几样东西，她就不会在商店里毫无目的地乱逛，买下一些永远不会用到的东西。这之前她买过几口锅、一些食品罐头，都没用过，或者说她本来就不需要。有了购物清单，她感觉好多了。

每周三她会再开车送他去学校，他有两门研究生讨论课，占掉整个下午。之后她有时会开车到郊区，如有需要就在那里买点东西。要不然就去美术馆，离得不远，可是坐公共汽车去不太容易。那里有一件雕塑作品，她很想触摸，但是保安总在附近。她经常去美术馆，去得多了，保安就跟她点头打招呼。她在想有没有可能求他转过头去几秒钟——就那么点时间——她可以趁机摸摸雕塑。当然她永远也不敢问他。她在美术馆里四处晃荡，至少看过两次雕塑以后，就去礼品店买几张明信片。然后她找一把长椅坐下，黑色聚乙烯椅垫，头顶上方是考尔德[1]的一件动态雕塑。她坐在那儿给朋友写几句话（她从不写信），写完后把明信片塞进包里，离开美术馆时寄出去。不过走前她还会在餐厅里喝杯咖啡，在那儿她看到妈妈们和孩子们扭作一团，穿戴别致的女人们说话时脸凑得很近，像情人一样安静。

每周四拉里用车。下课以后，他总是开车去探望父母和他的朋友安迪，安迪在越战中受了伤。大概一个月一次，纳塔莉会陪他一起，但那得是她想去的时候。和安迪相处让她尴尬。她告诉过他不要去越南——告诉过他可以用其他方式证明他爱国。最终，她和拉里有一次去看安迪，在他父母家见到了活动床上的他，之后拉里答应她不用再去了。安迪向她道歉，这让她很尴尬。这个被地雷崩到天上，失去一条腿和双臂所有功能的人，给了她一个嘲讽的微笑，说："你是对的。"她觉得安迪似乎想听听她现在会怎么说，而现在他会听她的话。现在她已无话可说。安迪会自己站起来，用更强壮的右臂支撑身体，抓住床边的栏杆，有时也会握住她的手。他的手臂还很软弱，但是医生说了，假以时日他能完全恢复右臂的功能。当他握住她的手时，她必须克制自己不去捏他的手，因为她发现自己想要把力量挤回给他。她有种不正常的好奇心，想知道被炸到空中——上升，再掉下来——是什么感觉。去看安迪的时候，拉里会为他表演班级小丑的把戏，讲滑稽的笑话，笑得很大声。

---

[1] 亚历山大·考尔德（Alexander Calder，1898—1976），美国雕塑家、画家，首创动态雕塑，其作品用机器或气流驱动，造型不断变化。

有一两次拉里说服安迪坐进轮椅,把轮椅搬上车,带他去酒吧。有一次,很晚了,拉里给她打电话,喝醉了,说他那一夜不回家了——会回父母家睡。"老天,"她说,"你喝醉了还要开车送安迪回家?""他还能遇上什么破事?"他说。

拉里的父母把儿子的不快乐归咎于她。他母亲对她只能和气一会儿,然后就把责怪伪装成一个个问题。"我知道好的营养最有用。"他母亲说,"他学习太辛苦,可能需要维生素,你不觉得吗?"拉里的父亲是那种用业余爱好来回避妻子的人。他的爱好是制作船只模型、修理钟表,还有摄影。他拍下自己制作船模和修理钟表的照片,给这些照片装上卡纸相框,作为圣诞和生日礼物送给纳塔莉和拉里。拉里的母亲对于如何跟儿子维持亲密关系相当焦虑,她也知道纳塔莉不太喜欢她。有一次她在非周末时间来探望,纳塔莉不知如何招待,就带她去了美术馆。她把那尊雕塑指给拉里的母亲看,她扫了一眼就置之不理。纳塔莉讨厌她品味低下。她给拉里买的套头衫也很难看,但他还是会穿,穿上就像学院里的人。整个学院世界都让她恶心。

纳塔莉的叔叔去世了,他把那辆1965年的沃尔沃留给她了,他们马上决定卖掉车,用那笔钱度假旅行。他们在报纸上登了广告,有几个人打来电话。周二拉里去上课了,纳塔莉接到几个电话,她发现自己正在打消他们的兴趣。她告诉一个女人这车开了很多里程,还说车身生锈,其实并没有。另一个人打电话执意要买车,她对他说车已经卖了。等拉里从学校回来,她跟他解释说电话线被她拔了,因为太多人打电话来问,她最终决定不卖。他如果想旅行,可以从储蓄账户里取点钱,但是她不想卖车了。"那辆车不是自动挡,"他说,"你不知道怎么开。"她说她可以学。"上保险还要花钱,"他说,"车很旧了，估计都不太可靠。"她就想把车留下。"我明白，"他说，"可是没道理。要是我们钱多一点，你就能有辆车了。你可以买一辆更新、更好的车。"

第二天她去看车，车停在隔壁一个老太太家的车道上。是拉森太太，她自己不再开车了，跟纳塔莉说可以把第二辆车停在她那里。纳塔莉打开车门，坐到方向盘后面，把手放上去。方向盘上裹着一层薄薄的塑料包装，她轻轻剥掉，还有几片泡沫塑料粘在上面，她一一摘下。包装下的方向盘是暗红色的。她的手指在方向盘上摸了一圈又一圈。是她堂弟伯特把车送过来的——一个年轻的机会主义者，十六岁。他说给他二十美元和一张返程巴士车票，他就可以从一百英里外的家里把车开过来。她甚至没有请他留下吃晚饭，拉里开车送他去了巴士站。她想知道汽车烟灰缸里的烟头是伯特的还是她死去的叔叔的，她甚至不记得她叔叔是否吸烟。他把车留给她了，她很意外。这辆车比拉里的舒服多了，里面有种好闻的味道，有点像春雨之后田野的气息。她在车窗上蹭一蹭脑袋，然后下了车，去拉森太太家看她。前一天晚上，她突然想到那个每晚给老太太送晚报的男孩；他看上去到开车的年龄了，也许他知道怎么换挡。拉森太太同意她的看法，确信他能教她。"当然，凡事都有价钱。"老太太说。

"我知道。我打算付钱的。"纳塔莉说，她听到自己的声音很吃惊，因为这声音听起来也很苍老。

她做了一份清单，把家里的东西都列在上面。有天晚上拉里在体育馆打篮球，遇到一个卖保险的，那人说他们应该把财产列份清单，万一失窃可作参考。"有什么值钱的？"他告诉她时她说。那是他们近一年来第一次争吵——一年中第一次，他们抬高了嗓门。他跟她说，结婚时他祖父母给的家具里有几件古董，体育馆那个人说他们如果不打算每年给家具估价，至少可以拍下照片，把照片放在贵重物品保险箱里。拉里让她拍带通风孔的碗橱（她用来放亚麻织品），乐谱架上镶有螺钿装饰的钢琴（他俩都不会弹），还有带手刻木柄和大理石面的餐桌。他在杂货店给她买了一部傻瓜相机、胶卷和闪光灯。"你为什么不拍？"她说，争吵便开始了。拉里说她不尊重他的事业，她不理解拿到化学硕士学位要付出多少时间来学习。

那天晚上他出门了，去体育馆跟两个朋友打篮球。她在相机顶上装上小闪光灯，放进胶卷，盖上后盖。她先去拍钢琴。她凑过去，距离近到足以清楚地看到镶嵌装饰，但是离得太近，镜头没法把整架钢琴收进去。她决定拍两张照片。接着她拍了带通风孔的碗橱，打开半扇门，露出里面的毛巾和床单。她打开橱门没什么原因，不过她记得《佩里·梅森》[1]的某一集里，侦探给每件东西拍照时都把门敞开。她拍了桌子，先把台灯拿下去。还剩下八张照片。她走到卧室的镜子那里，把相机举在头顶，找好角度，拍了一张她在镜子里的形象。她脱掉长裤，坐在地上向后仰，把相机朝下对准双腿。然后她站起来，弯下腰，镜头向下，拍了自己的脚。她放上一张最心爱的唱片：史蒂维·旺德[2]唱的《一生一次》。她发现自己在揣摩盲人的体验，如果

---

[1] 《佩里·梅森》(Perry Mason)，美国CBS电视台在1957—1966年间播出的一个法庭系列电视剧，主人公佩里·梅森是一个刑事辩护律师。

[2] 史蒂维·旺德（Stevie Wonder, 1950—　），美国盲人歌手、演奏家、音乐制作人和社会活动家，曾获22项格莱美奖。

用手触摸才能感知事物会是怎样的体验。她想到美术馆里的那件雕塑——两条细长的东西缠绕在一起，光滑的灰色石头像海滩的鹅卵石一样闪亮。她又拍了厨房、浴室、卧室和起居室，还剩一张照片。她把左手放在大腿上，手心向上，把相机像小提琴那样支在颈窝，用右手有些费劲地拍了一张。明天她就要上第一次驾驶课了。

他按照事先说定的在中午来到她家。他戴着一条栗红色的长围巾，衬得蓝眼睛格外动人。她以前只在他给老太太送报纸的时候，隔着窗户见过他。他有一点紧张，她希望那只是青少年面对成年人时的不安。纳塔莉需要让他喜欢她。她不擅长学习机械类技能（拉里曾说他本想买一部"真正的"相机，只是他没有时间教她拍照），所以她希望他有耐心。他坐在起居室的脚凳上，依然穿着大衣，戴着围巾，开始为她讲解变速杆是怎么运作的。他的手在空中挥动，那动作让她想起最近在夜间电视节目看的一个科幻电影，外星人向地球人致意。她点着头。"多少——"她开口，但他打断了她，说："等你学会了再定价钱吧。"她很惊讶，心想他是否打算要一大笔钱。如果课程结束后他开出一个价钱，她要付给他吗？出现这种情况是她的问题吗？可是他有张诚实的脸，也许他只是不好意思谈钱。

他开了几个街区，让她看他握住变速杆的手。"能感觉到车怎么走的吗？"他说，"现在换挡。"他换了挡。车子颠簸了一下，发出嗡嗡的声音，然后挂上挡位。她坐在车里，一直前倾身体，结果换挡的时候重重地撞在座位靠背上——本来不必撞得那么狠。纳塔莉几乎是不自觉地想要向他证明他是一个多么好的老师。轮到她开的时候，车子熄火了。"别着急，"他说，"慢慢松开离合器。不要那样抬脚。"她又试了一下。"就是这样。"他说。现在车子挂第三挡,她看了看他。他坐在座位上,看着窗外。预报有雪。这天是星期四。拉里要去看他父母,周五傍晚才回来,但是她还是决定等到下周二再上第二次课。他回来早了就会发现她在上驾驶课,她不愿意让他知道。她问了这个叫迈克尔的男孩,她课后是否会忘掉所有他教的东西。他说:"你会记住的。"

他们开回老太太的车道,车子爬坡的时候熄火了。她换挡有困难。男孩把手按在她的手上,用力往前推。"恐怕你要对这辆车粗鲁一点。"他说。他走后的那个下午,她做意大利面酱汁,把青椒、洋葱和蘑菇剁碎。酱汁烧好以后,她给拉森太太打电话,说会把晚饭带过去。通常她每星期跟老太太吃一次饭。老太太总在自己的饭菜里撒一小撮肉桂粉,说比盐更能提味。她的味觉正在减退,饭菜口味重一些,她才能尝到味。这一次她们吃饭的时候,纳塔莉问老太太,她给送报纸的男孩付多少钱。

"一周一美元。"老太太说。

"是他定的价钱,还是你定的?"

"他定的价钱。他告诉我不会收太多钱,反正他也要走这条街回自己家。"

"他今天教了我很多开车的技术。"纳塔莉说。

"他很英俊吧?"老太太说。

她问拉里:"你爸妈好吗?"

"挺好的,"他说,"不过我几乎所有时间都在陪安迪。快到他的生日了,他很消沉。我们去看了莫斯·艾利森[1]的演出。"

"几乎没有别的人去看安迪,真够糟的。"她说。

"他并不好相处。他怎么想就怎么说,你又不能假装他的遭遇没什么大不了,只能坐在那里点头。"

她记得安迪的房间像个健身房,地板上到处是握力器和哑铃,甚至还有一个荧光粉的呼啦圈。他把呼啦圈套在肘部,抡圆了胳膊让呼啦圈转起来。他做不到。他躺在床上,把呼啦圈搁在脖子后面,握住两边,从枕头上抬起头。他的胳膊还不够强壮,但抬起脖子并不费力,所以他假装脖子是被握住呼啦圈的双臂抬起来的。他父母以为这是他掌握的一项特殊练习。

"你今天做什么了?"拉里问。

"我做了意大利肉酱面。"她说。其实是前一天做的,不过既然他可以对不在她身边时做的事保持神秘("在实验室里"和"在体育馆里"成了他的口头禅),她想自己也并不欠他一个诚实的回答。那天她电影看到一半就走了,然后坐在杂货店的柜台旁喝了一杯咖啡。她买了些烟,不过高中以后她就再也没有抽过烟。她抽了一根有薄荷醇的烟,把烟盒扔进杂货店外面的一个垃圾筒。她感觉嘴里还很清凉。

他问她周末有什么安排。

"没有。"她说。

"那咱们做点你喜欢的事吧。我实验室的活儿比计划的提前完成了一些。"

---

[1] 莫斯·艾利森(Mose Allison,1927—2016),美国钢琴演奏家、歌手、词曲作者,因演奏蓝调和现代爵士乐的独特组合而闻名。

那天晚上他们吃意大利面，计划活动。第二天，他们开车去乡下参观一个木头玩具工厂。在展厅里，他把一只牵线木偶熊摇来晃去，她仔细看一匹小木马，有节奏地用手指按压木马的背部，让它一起一伏地摇摆。他们离开时拿了一份商品订购目录，她知道谁也不会多看目录一眼。去美术馆的路上，他停下去洗车。因为是周末，前面有好几辆车排着队准备进洗车房。他们前面是一辆蓝色的凯迪拉克，那车就像没有司机似的一点一点自动向前开。凯迪拉克开进洗车房，一个矮个子男人跳下来。他踮起脚去够投币箱，准备启动洗车系统。她说不准他有没有一米五。

"瞧那个倒霉蛋。"他说。

矮个子男人洗着他的车。

"要是安迪能多出来走走，"拉里说，"要是他能摆脱那种只有他是个怪物的感觉……我想要是让他跟我们住一周，他会不会感觉好点。"

"你打算让他坐轮椅跟你去实验室吗？"她说，"我不能天天照顾安迪。"

他脸色变了。"我的意思是只待一周。"他说。

"我不干。"她说。她想到男孩和车。她差一点就学会开那辆车了。

"也许等天气暖和了，"纳塔莉说，"我们就可以去公园什么的。"

他什么也没说。矮个子男人正在冲洗车身。轮到他们了，她坐在车里没出来。她觉得拉里无权叫她照顾安迪。水从水管里喷出来，冲刷着汽车。她想到安迪，他在丛林的那个夜晚踩到地雷，被炸上天。她想知道他被炸飞的轨迹是不是弧线，这样落地点就会偏离他之前所在的位置；或者地雷只是把他向上笔直地抛到空中，像一把绽开的伞那样飞上去。从前安迪滑冰技艺高超。他们都嫉妒他能转出长长的大弯，双腿竟能并得那么齐，身体的角度很完美。她从未见过他在冰面上摔倒，一次也没有。在安迪去当兵前，她认识他并跟他一起在帕克湖滑冰，已经有八年了。

之前的一个晚上，晚饭快吃完的时候，拉里问她总统选举打算给尼克松还是麦戈文投票。"麦戈文。"她说。他怎么会不知道？在那一刻，她意识到他俩之间的距离比她想象的还大。她希望选举日那天她能自己开车去投票站——不跟他一起去，也不走路去。她也不打算问老太太是否一起去，因为那样就可以让尼克松少得一票。

在美术馆，她经过那件雕塑时迟疑了一下，但还是没有指给他看。他没有看到。他注视着雕塑一旁的上方，那里有一幅弗朗西斯·培根[1]的画。他只要稍稍转移一下目光，就可以看到那件雕塑，还有站在那里盯着雕塑的她。

再上三次课她就能开车了。前两次课都在下午晚些时候，比第一次课的时间晚，他们停在杂货店，帮老太太拿了报纸，免得他还得步行回来走同一段路。上最后一次课时，等他拿着报纸从杂货店出来，她问他是否愿意喝杯啤酒庆祝一下。

"好啊。"他说。

他们沿街走到一个酒吧，里面挤满了大学生。她不知道拉里是否

---

[1] 弗朗西斯·培根（Francis Bacon，1561—1626），英国哲学家，英国唯物主义和现代实验科学的始祖。

来过这家酒吧。他从来没说他来过。

她和迈克尔聊天,问他为什么没上高中,他说他退学了。他跟哥哥一起住,他哥哥在教他做木匠活,是他一直都感兴趣的。他在纸巾上画了橱柜和书架的图样,是他和哥哥最近一周在两个有钱的姐姐家打制安装的家具。他合着音乐的节拍,用拇指一侧在桌边轻轻敲打。他们俩都从厚重的玻璃马克杯里喝着啤酒。

"拉森太太说你丈夫在上学,"男孩说,"他学什么?"

她抬起头,很惊讶。迈克尔以前从没提到过她丈夫。"化学。"她说。

"我还挺喜欢化学的,"他说,"某些部分。"

"我丈夫不知道你在教我开车。我正打算告诉他我能开手动挡了,想给他一个惊喜。"

"是吗?"男孩说,"他会怎么想?"

"我不知道,"她说,"我不知道他会不会喜欢。"

"为什么?"男孩说。

他的问题让她记起他才十六岁。她刚才说的话绝不会在一个成年人那里引发另一个问题。成年人会点头,或道一声:"我了解。"

她耸耸肩。男孩喝下一大口啤酒。"拉森太太告诉我你结婚了,当时我觉得你丈夫自己不教你挺好笑的。"

他们谈论过她。她不明白拉森太太为什么不告诉她,因为那次一起吃晚饭时,她还对拉森太太说迈克尔是一个超级耐心的老师。拉森太太跟他说过纳塔莉谈到过他吗?

走回汽车的路上,她记起了照片,就回到杂货店去取洗好的照片。她从钱包里拿钱的时候,想起今天是给他付报酬的日子。她四处张望,看到他在店门口翻弄杂志。他个子高,穿一件很旧的黑夹克,那条栗红色长围巾的一端垂在背后。

"你拍的是什么照片?"他们回到车里以后他问。

"家具。我丈夫要家具的照片,以防被盗。"

"为什么?"他说。

"他们说如果你有贵重物品的证明,保险公司赔偿时就不会纠缠。"

"你们有很多贵重物品吗?"他说。

"我丈夫觉得有。"她说。

离私人车道还有一个街区的时候,她说:"我该给你多少钱?"

"四美元。"他说。

"那怎么能够。"她说着转头看他。在她开车的时候,他打开了放照片的信封。他瞪着她的腿的照片。"这是什么?"他说。

她开上车道,关掉引擎。她看着那张照片,不知道该告诉他那是什么。她的双手和心脏感觉很沉重。

"哇。"男孩说。他笑了:"不要紧。对不起,我不再看了。"

他把那沓照片放回信封,把信封丢在他俩之间的位子上。

她试图说点什么来把照片的事变成一个笑话。她想下车跑掉。她又想留下,不给他钱,这样他就能跟她一起坐在车里。她把手伸进包里,取出钱包,拿了四美元。

"你结婚几年了?"他问。

"一年。"她把钱递给他。他说"谢谢你",然后从座位上靠过来,用右臂环住她的肩头,吻了她。她感觉到他的围巾甩过来,扫过他们的脸颊。她吃惊于冷风中他的嘴唇多么温暖。

233

他把头转开,说:"我想你不会介意我这么做。"她摇摇头表示不会。他打开门,下了车。

"我可以开车送你到你哥哥家。"她说。她的声音听起来很空洞。她尴尬极了,但是她不能让他走。

他回到车上。"你可以送我回去,进来喝一杯,"他说,"我哥哥在上班。"

两个小时之后,她回到车上,看到挡风玻璃的雨刷下夹着一张白色的罚单,它在风中飘动。她打开车门,跌进座位,看到他把钱留下了,叠得很整齐,放在他那边的地垫上。她没有把钱拿起来。过了一会儿,她发动汽车。回家的路上,她熄了两次火。开进车道的时候,她对着钱看了很久,然后把它留在那儿了。她没锁车,希望钱会被偷走。如果它消失了,她就能告诉自己她付过他钱了。否则她不知道该怎么应付这种情况。

她进屋的时候,电话响了。"我在体育馆打篮球,"拉里说,"一小时以后到家。"

"我去杂货店了,"她说,"一会儿见。"

她细细看一遍照片。她坐在沙发上,把照片摆开,共十二张,在身旁的靠垫上排成三列。钢琴那张放在脚的照片和镜中自拍照之间。她拿起四张家具的照片放到桌上,又拿起其他几张照片仔细端详。她有点明白为什么拍下这些了,她拍下她身体的部分,不完整的部分,是为了研究。这么做可能是因为她经常想到安迪的身体和他失去的部分——腿,膝盖以下,身体的左侧。她在男孩家喝了两杯加水的波本威士忌,喝酒总是让她消沉。她看着那些照片,情绪非常消沉,就放下照片进了卧室。她脱掉衣服，看着镜子里自己的身体——是完整的，身材不错。赤裸的时候，她本能的反应是去拉窗帘，于是她飞快地转身，走到窗户边拉上窗帘。她回到镜子前，现在屋里更暗了，她的身体看起来更美了。她双手滑过身体两侧，心想自己的皮肤摸起来是不是像雕塑一样。她很肯定雕塑更光滑——她的双手会比她所想的更快地掠过雕塑的曲线——感觉会很冰冷，不知怎么她还能感觉到那种灰色。比起双手在自己的身体上游移，比起她不完美的皮肤，以及暖气过足的房间，她更愿意抚摸雕塑。如果她就是那座雕塑，且能够感知，她会喜欢那种孤独。

这是 1972 年，在费城。

1977 年 2 月 21 日

遥远的音乐

每周五,她总是坐在公园里,等他到来。一点半,他抵达这张公园长椅(如果有人坐了,他就在旁边徘徊一会儿),然后他们就肩并肩坐在一起,低声交谈,像《美人计》[1]里的英格丽·褒曼和加里·格兰特。两个人都相信飞碟和健康食品,都讨厌洗衣店,都会因没在生日和圣诞节给亲友送礼物而觉得内疚,还共同拥有一条狗——一半威玛猎犬、一半德国牧羊犬血统——名叫萨姆。

她二十岁,在一家事务所工作。她很漂亮,因为她花很多时间化妆,就像一个真正上心的主妇用拇指和食指在馅饼皮边缘捏褶子那样。他二十四岁,是个中途退学的研究生(戏剧专业),跟他的朋友格斯·格里利一起写歌。他想当一名流行歌曲作词人,渴望出名。他的母亲有希腊和法国血统,父亲是美国人。这个叫莎伦的女孩不是第一个因为杰克长得帅而爱上他的人。她坐地铁到华盛顿广场,在这张

---

[1] 《美人计》(*Notorious*),1946年美国间谍黑色电影,由阿尔弗雷德·希区柯克导演和制作,并由加里·格兰特、英格丽·褒曼和克劳德·雷恩斯主演。

长椅上等他；他从自己的公寓楼地下室走过来。那天谁负责照顾萨姆（他们每人负责一星期），谁就把它带来。能这么安排是因为她的工作只要从早上八点做到下午一点，而他在家工作。他们先前买下那条狗是因为害怕它活不了。有个男人抱着一个纸箱在西十街朝他们走来，笑着说："姑娘想要一只小猫咪吗？"他们往纸箱里看。"是小狗。"杰克说。"哼，有什么关系啊！"男人说着放下纸箱，脸色发黑，表情扭曲。莎伦和杰克盯着男人，他挑衅地回瞪着。他俩都不太明白形势怎么突然变得凶险起来。她想赶紧离开那里，赶在那个男人给杰克来一拳之前，但她惊讶地看到杰克对男人笑笑，手伸进纸箱去摸狗。他费力地掏出骨瘦如柴、浑身寄生虫的萨姆。萨姆先交给莎伦养，因为她家附近有一家兽医诊所。狗的寄生虫病刚治好，她就把它交给杰克训练。在杰克家，小狗会专心盯着上午有时投在木地板上的平行四边形的光影——它闻一闻，后退几步，然后缓缓挪动到光影的边缘。在她家，小狗着迷的对象是一个朋友搬走时留下的小号。小狗崇敬地望着它。她观察狗有没有适应不良的迹象，琢磨着它是否太小，不该在两个家之间搬来搬去。（她自己是被母亲带大的，但是她和姐姐每个夏天都会飞到西雅图去跟父亲待两个月。）小狗似乎挺开心的。

晚上，在杰克的单间公寓里，他们有时会躺在床脚，注视着雕饰华丽的橡木床头板和安在上面的老式床灯，灯罩上还有一个小标签，写着："来自阿斯特夫人家。四美元。"这盏灯是在弗吉尼亚州的拉克斯维尔发现的，那是他们仅有的一次离开纽约的长途旅行。床上常常放着乐谱，是他正在编写的曲子。她总会看那些打印了歌词的谱子，慢慢读给自己听，细细品味，好像在读诗。

周末时，他们白天和晚上都一起过。他屋里有一个小而深的壁炉。到了九月，他们会在傍晚点燃炉火，尽管还不太冷。有时他们点燃一炷檀香，互相依偎或是并肩坐着听"维瓦尔第"[1]。刚认识他时，她对这类音乐所知甚少，一个月过去，她已经知道不少了。没有哪个领域是她了解很多的，不像他对音乐那样了解那么多——所以真的没有什么是她能教给他的。

"1974年你在哪儿？"杰克问过她一次。

"在上学。在安娜堡[2]。"

"1975年呢？"

"在波士顿。在一家画廊上班。"

"你现在在哪儿？"他说。

她皱起眉头看着他。"在纽约。"她说。

他转身对着她，吻了吻她的胳膊。"我知道，"他说，"干吗这么严肃？"

她知道自己是个严肃的人，她喜欢自己被他逗笑。可是有时她不太明白他的意思。所以她现在笑不是出于共鸣，而是觉得一个微笑能解决所有问题。

卡罗尔，她最亲密的朋友，问她为何不搬去跟他同居。她不想说那是因为他还没有提出，就告诉卡罗尔他住的房间很小，白天他喜欢独处，便于工作。她也不确定如果他真的叫她搬去，她会不会照做。他让她觉得有时他才是那个严肃的人。也许"严肃"这个词并不恰

---

[1] 安东尼奥·维瓦尔第（Antonio Vivaldi，约1678—1741），意大利作曲家、小提琴家。因其创作的小提琴协奏曲《四季》而闻名于世，与巴赫及亨德尔并列为"巴洛克三巨匠"。

[2] 安娜堡（Ann Arbor），美国密歇根州的一个城市。

当，更像是沮丧。他会闹情绪，而且摆脱不了；他会喝着红酒听"比莉·哈乐黛"，摇着头说要是他现在还没有成为出名的词作者，估计永远也成不了。莎伦以前不太熟悉比莉·哈乐黛的歌。杰克会放一首比莉演唱生涯早期录制的歌，再放同一首歌她后来唱的版本。他说更喜欢她嘶哑的声音。有两首歌莎伦尤其难忘。一首是《孤独》，她第一次听到比莉·哈乐黛唱出前几个词"在我的孤独中"时，身体都有了反应，好像有人在她的心上轻轻地画下锐利的一笔。另外一首她常想起的歌是《黑色的星期天》。杰克告诉她那首歌过去曾在电台被禁，因为据说那首歌导致了自杀行为。

那年圣诞节，他给她的礼物是一枚小小的珍珠戒指，是他母亲过去戴的，他母亲戴戒指的时候她还是个小女孩。戒指完全合适，只需轻轻扭动就可以套上手指关节；戴上以后，她觉得指间好像根本没有东西。珍珠是用八枚尖齿固定的。她总是喜欢数数：窗户有几个窗框，长椅背后有几根横条。后来，一月份她过生日，他送了一条有蓝宝石小挂坠的银链，是手链。她十分欢喜，不愿他帮忙别上钩子。

"你喜欢吗？"他说，"我只有这个。"

她看着他，有些吃惊。他母亲是她遇到他的前一年去世的，现在他说这句话，意思是他把母亲留下的最后一点东西送给她了。书架上有一张他母亲的照片——小小的银质相框里的一张黑白照片，上面是一个微笑的年轻女人，头发的颜色只是比肤色略深。他一直保留着照片，因此她猜他崇拜他母亲。有天晚上他纠正了她这种印象，他说他母亲年轻时总想唱歌，可是嗓子不好，唱起来让大家都很尴尬。

他说她是一个沉默的人。最后他说，她这一辈子做的事、说的话都很少。他告诉莎伦,她去世几天后,他和父亲一起收拾遗物,在一个抽屉里发现了一个心形的小木匣,里面有两件首饰——戒指和带蓝宝石的手链。"那么她还是留了些信物。"他父亲盯着小木匣的里面。"是你送她的礼物吗?"他问道。"不。"他父亲惭愧地说。"不是我送的。"他们就站在那里彼此对视,两人都完全明白了。

她说:"那你们最后说了什么打破沉默?"

"是一些毫无意义的话,我肯定。"他说。

她暗自想这也许能说明为什么那天在西十街上,那个卖狗的男人作势要打人,他却没有退缩。杰克习惯了听到坏事——那些让他大吃一惊的事。他学会了冷静应对。晚冬时节,她跟杰克说她爱他,他脸上表情空白的时间太长了一点,随后他缓缓绽开笑容,给了她一个吻。

狗长大了,它很快就养成了训练教给它的习惯,行走时跟在人的脚边。她很高兴他们救了它。她带它去看兽医,问医生为何狗这么瘦。兽医说是因为狗长得很快,最终会胖起来的。她没有告诉杰克她带狗去看兽医的事,因为杰克觉得她对狗过分宠溺。她猜想他会不会有点嫉妒。

他的音乐事业渐渐有了起色。西岸的一支乐队演奏了他和格斯写的一首歌,名声大震,他们在演出曲目里一直留着这首歌。二月份,他接到乐队经纪人的电话,说想要更多歌。他和格斯把自己关在公寓地下室里;她带着萨姆一起去散步。她常去公园,总是碰见那个瘸腿男人。他是一个年轻男人,颇为英俊,拄着两根金属拐杖走路,脖子上有一根带子,系着一部收音机,垂在胸前,声音放得很响。那个男人似乎总是跟她往同一个方向走,她只好笨拙地跟他保持同步,以便交谈。其实她跟他没什么可说的，他也不太健谈，而狗被拐杖弄糊涂了，冲男人小步跳跃着，他们仨好像在玩某种游戏。她有段时间不再去公园，再去的时候，他已不在那里。三月份的一天，公园比往常拥挤，因为那是个过于温暖的、春天般的下午。她和萨姆一起散步，恍惚间经过长椅上一个浓妆的女人，她戴着圆点花纹的包头巾，腿前支着一块手写的牌子，上面写她是悉妮小姐，一位算命师。悉妮小姐身旁坐着一个小男孩，他对她叫道："快开始吧！"她淡淡地笑，摇头说不。她看男孩像是意大利人，但很难看出女人的来处。"悉妮小姐能告诉你关于大火、饥荒和早死的事。"男孩说。他笑了，而她赶紧往前走了，心里觉得奇怪，男孩竟然知道"饥荒"这个词。

大多数周末，她还是单独跟杰克在一起，但他现在谈的大多是写谱时遇到的问题，她理解起来有困难。有一次他大为光火，说她对他的事业毫不关心。他这么说是因为他想搬到洛杉矶去，而她说要留在纽约。莎伦开口的时候就猜到他不管怎样都会去。而他明确表示只有莎伦答应同去他才会走，她哭了，对他的话满怀感激。他以为她哭是因为他冲她喊叫，说她不关心他的事业。他收回了那句话，转而说她很包容，总给出好建议；说她有一副好耳朵，尽管从不用复杂的术语表达看法。她又哭了，一开始不知道为什么哭，后来她明白那是因为他从来没有一次性对她说过这么多温暖的话。实际上，她生命中很少有人不嫌麻烦地对她表示善意，这次她实在有点受不了。她开始怀疑自己变得太神经质了。有一回她夜里醒来，茫然无措，满身是汗，她梦见自己暴露在太阳下，一点力气也没有了。高温令人窒息，她无法动弹。"太阳是好的。"她给他讲这个梦时他说。"想想洛杉矶明媚的阳光。想想在和风丽日下舒展腿脚。"她浑身颤抖，从他身边走开，去厨房倒水。杰克不知道的是，如果他真的出发去了加利福尼亚，她也会跟随。

六月，空气污染变得非常严重，空气里有人行道每天暴晒以后散发的味道，他开始抱怨他们还在纽约而不是加州是她的错。"可是我不喜欢那种生活，"她说，"要是我去了那里，我不会开心。"

"这种紧张焦虑的纽约生活有什么吸引人的？"他说，"你夜里醒来时一身大汗。你甚至都不去华盛顿广场公园散步了。"

"那是因为那个拄拐杖的男人，"她说，"那样的人。我告诉过你只是因为他。"

"那就让我们离开这一切，去别的地方。"

"你觉得加州没有那样的人吗？"她说。

"如果我不去加州，我对它的看法就没有意义。"他把耳机卡在头上。

同一个月，有一天她跟杰克和格斯一起吃奶酪火锅的时候，她发现杰克有妻子。当时他们在格斯的公寓，格斯无意中提到关于迈拉的什么事。"迈拉是谁？"她问。他接着说："不就是杰克的妻子吗，迈拉。"她感觉很不真实——格斯的公寓又是如此奇怪的一个地方，让这一刻显得更不真实。那天晚上，格斯把一盏有问题的台灯插进插座，烧坏了一根保险丝。他又把自己仅剩的另一盏灯插上，那是一盏强光灯。灯光太耀眼了，他只好把带着网罩的灯冲墙放着。他们坐在地上吃饭，三个人的影子投在对面的墙上。她一直在看影子——一种置身事外的感觉，好像在退后欣赏一幅画——就在那时她加入了谈话，听到他们讲一个叫迈拉的人。

"你不知道?"格斯对她说,"那好,我要你们俩都走。我不想你们在我这儿大闹,我受不了。快点——我说真的。你们快走,别在这儿理论。"

在街上,走在杰克旁边,她意识到格斯的爆发非常古怪,简直跟杰克对她隐瞒有妻子的事实一样古怪。

"我看不出跟你说了有什么好处。"杰克说。

他们穿过街道,走过里维埃拉咖啡馆。有一次,她数过里维埃拉正面有多少窗格。

"你考虑过咱俩结婚的事吗?"他说,"我考虑过。我想你要是不愿跟我去加利福尼亚,肯定是不想跟我结婚。"

"你已经结婚了。"她说。她觉得她刚才说了一句很理性的话。"你觉得这样做对吗——"

他走到她前面去了。她加快脚步跟上他。她想在他身后喊一声:"我本来会去的!"她气喘吁吁。

"听我说,"他说,"我和格斯一样,我不想听你大闹。"

"你是说我们连谈一谈都不行?你不觉得我有权听到事实吗?"

"我爱你,我不爱迈拉。"他说。

"她在哪里?"她问。

"在埃尔帕索[1]。"

"如果你不爱她,你们为什么不离婚?"

"你以为每个不爱自己老婆的人都离婚吗?要知道,我不是唯一一个做事不合逻辑的人。你住在这个阴沟里都做噩梦了,却不愿

---

[1] 埃尔帕索(El Paso),美国得克萨斯州西部城市。

离开。"

"那不一样。"她说。他到底在说什么？

"在遇见你之前，我都没有想过离婚。她在埃尔帕索，她走了——句号。"

"你打算离婚吗？"

"你打算跟我结婚吗？"

他们穿过第七大道，走到一半，两人都停下脚步，几乎被一辆"柴克"出租车撞到。他们赶紧走过去，在街对面又停下来。她看着他，觉得惊讶，但又突然确定了什么，就像当时他和他父亲在心形木匣里发现珠宝的感觉一样。她说不，她不打算跟他结婚。

又往后拖了一个月，那期间，她并不知道他写了那首将会开启他事业的歌。他离开纽约几个月后，有天早上她在调频广播听到那首歌，她知道那是他写的歌，虽然他从未提及。她给狗系上皮带，出门，走到第六大道上的唱片店——路线跟她发现他有妻子的那天晚上走的几乎一样。她带着狗进去，表情如此古怪，收银机后的人就破例让她带着狗进去了，因为他那天不想再发生争执。她找到了有那首歌的那支乐队的专辑，翻到背面找到了他的名字，字很小。她盯着歌名看，然后把唱片放回原位，走出去，像在冬日里那样弓着背。

他离开前的那个月，在她听到那首歌之前，有天晚上他俩坐在他公寓的楼顶争吵。他们有一瓶汤姆·柯林斯酒[1]——前一晚一位音乐家带了这瓶酒，把酒留在他家了。她从来没有喝过"汤姆·柯林斯"，

---

1 一种由杜松子酒、柠檬汁、糖和碳酸水制成的柯林斯鸡尾酒。

觉得味道苦得正好。她把戒指和手链还给他,他说如果要他收回,他就把它们抛到栏杆外面。她信了,把首饰放回口袋。杰克说,想必她也同意——在她发现他有妻子之前,两人的关系已经不大理想了。迈拉会弹吉他,她不会;迈拉热爱旅游,她害怕离开纽约。她一边听他说这些,一边数着桩子——黑铁的,箭头似的——是屋顶周围的栏杆。天几乎全黑了,她抬头看有没有星星。她渴望住在乡下,那里总能看到星星。她说想叫他走之前借一辆车,他们就可以开到新泽西的森林里去。两天后的晚上,他开着一辆红色沃尔沃到她家接她,萨姆在后座喘气,他们在城中迂回前进,开到林肯隧道。就在他们准备进隧道的时候,磁带录放机开始放下一首歌,是林戈·斯塔尔[1]在唱《章鱼的花园》。杰克笑了。"在我们进隧道前放这首歌可真见鬼。"隧道里,狗在后座上放平身体。"你想留下萨姆,对吧?"他说。她大惊,因为她甚至从没想过会失去萨姆。"我当然想。"她说,下意识地从他身边挪开一点。他一直没说车是谁的。她毫无理由地认为那辆车一定属于某个女人。

"我喜欢列侬和麦卡特尼那段糖水一样甜的合唱,'啊——',"他说,"他们的幽默感妙极了。"

"那是一首好玩的歌吗?"她说。她从来没有那么想过。

他们到威霍肯了,东大道,她望着窗外在水一方的灯火。他看到她在看,就放慢了车速。

"对你来说这跟星星一样美吗?"他说。

---

[1] 林戈·斯塔尔(Ringo Starr,1940—),英国音乐人、歌手、作曲人及演员,曾为披头士乐队鼓手。

"太美了。"

"都是你的了。"他说着一只手松开方向盘,故作优雅地在空中往下划。

他走以后,她想起这一幕时才觉得这是他那些小小的讽刺之一——他说过的不那么善意的话语。不过那天晚上,她被城市的美景打动,没有计较。后来她努力说服自己,要重新诠释他说过的很多话,当他是恶意的,才比较容易应付他的离开。她需要排除其他记忆:他停下车来吻她,两人下了车,萨姆走在他们中间。

最后几次见他,有一回是晚上莎伦去他家,那里还有五个人——她从来没见过。他的父亲给他运来一些8毫米[1]的家庭影片,还有一台投影仪。那些人都坐在地板上,抽着大麻,交谈,笑那些儿时的录影(杰克的四岁生日晚会;杰克在学校的万圣节游行队伍中;杰克在复活节捡彩蛋)。地板上有一个人说:"喂,让那条大狗移开点。"她怒视着他,厌恶他的态度。就算它的影子偶尔遮住了屏幕又怎样?她愤怒得直想尖叫,直想说这条狗是在这间屋里长大的,它有权四处走动。她在看家庭影片,试图专注于杰克犯的错:掉了一个复活节彩蛋,跑下山坡追蛋,跑得太快,跌进一片虚影,也许是他母亲的臂弯。但她心里想得最多的是:他是一个多么美丽的孩子,一个模样多么开心的小男孩。她没有理由留在那里多愁善感,于是告辞,早早离开了。在外面,她看见了那辆红色的沃尔沃,好像刚刷了新漆,闪闪发亮。她确定那车属于一个穿蓝色纱丽的印度女人,她在屋里,挨着杰克坐。莎伦很高兴自己要走了,之前萨姆还竖起背上的毛,朝屋里

---

[1] 8毫米胶片是一种电影胶片格式,胶片宽度为8毫米。

的一个人咆哮。当时她责备了它,现在在街上,她却开始安抚它,心里暗自欢喜。杰克再也没有求她一起去加利福尼亚,她告诉自己,就算他求她,她也未必会改变心意。泪水从她眼里涌出来,她对自己说,她哭是因为一个出租车司机看到她带着狗,拒绝停车。那天晚上,她最终一个街区一个街区地走回家,这让她比以往更肯定自己爱狗,不爱杰克。

等她收到杰克的第一张明信片时,萨姆的身体开始出问题。她怕它得了犬热病,就带它去看兽医。轮到她时,她告诉医生狗冲着人咆哮,不知道为什么。他安慰她说,狗没有健康问题,他把原因归咎于天气。过了一个月天没那么热了,她又去找兽医。"是血统,"他叹口气说,"杂交得不好。威玛猎狗脾气坏,杂交品种不好。它有一半是德国牧羊犬的血统吧?"

"是。"她说。

"嗯——恐怕那就是问题所在。"

"没有什么药吗?"

"就是血统,"他说,"相信我说的,我以前见过。"

"会怎么样?"她说。

"狗会怎么样是吗?"

"是。"

"这个嘛——好好观察,看看会怎么发展。它没咬过人吧?"

"没有,"她说,"当然没有。"

"嗯——先别说当然没有。小心一点。"

"我带它很小心。"她说,话里有怒气。可是她还不想走,想听医生说点别的。

她一路走回家,想着能做点什么。也许她可以把萨姆放到莫里斯敦她姐姐家。也许萨姆可以多跑跑,保持凉爽,就能平静下来。她不愿去想已经是九月,天气凉快多了,狗却咆哮得更多,而不是更少。它还冲着她雇来帮忙把食品杂货搬上楼的那个男孩咆哮。不过,是那男孩的反应太激烈,才致使萨姆的行为更恶劣。面对凶狗要保持镇定,那个男孩却惊慌失措。

她说服姐姐收留萨姆,她姐夫礼拜天开车来纽约,把他们接到新泽西。萨姆用锁链拴着,锁链系在她姐夫绑在后院两棵树之间的一根绳子上。让她惊讶的是萨姆似乎并不介意。它没有叫,也没有想挣脱锁链,直到下午她开车离开。她姐姐开车,她和外甥女坐在后排,她回头看,看到它使劲往前冲。

后来的事情是可以预料的,就连她也能料到。他们驱车离开时,她几乎就已经知道了,狗会咬小孩。当然,小孩不应该惹狗,可是她惹了,狗咬了她,然后就是她姐姐歇斯底里的一声尖叫。她姐夫打电话来,说她必须立刻回去把狗带走——说他会来接她,让她把狗带走——还责怪她一开始把狗送过去。姐姐从来没有真正喜欢过她,狗引发的小事故或许正是姐姐一直等待的由头,借此和她断交。

萨姆回到城里以后,情况并未好转。它对每个人都怀有敌意,连遛狗也很困难,因为它变得非常好斗。有时一天过去无事发生,她告诉自己没事了——一段糟糕的时期结束了,可是第二天早上,狗又冲着擦身而过的某个路人龇牙。有一些迹象显示狗对她也开始有敌意,这种时候,她就把自己的卧室让给它。她把床垫拖到起居室,让狗睡自己的房间。她把门留了道缝,这样狗就不会觉得是在受罚。但她心里明白，狗也明白，它最好是留在屋里。尽管有那些问题，它仍是只无比聪明的狗。

她一年多后才有杰克的消息——断断续续的，但有时一个星期却有两张明信片。他过得不错，在一支乐队里演奏，也写歌。她不再有他消息的时候——也是形势变得明确，必须对狗做点什么的时候，后来确实也做了——那年她二十一岁。她有一个喜欢的朋友，有一天两人约会了，她提议去新泽西，走东大道。那个男人初来纽约。等他们到了地方，他说城市风景比从 RCA 大楼[1] 顶层看到的更壮观。"都是我们的了。"她说着挥舞手臂示意，他微笑，为她的话兴奋不已。她的手划完圈落下来，他握住她的手亲吻。之后他继续凝视水边的灯火，一再惊叹。那个夏天，她在收音机里听到杰克的又一首新歌，和他的很多歌一样，影射着莎伦清楚记得的纽约时光。歌词中有一个对句写到街上有人要卖装在盒子里的猫，其实盒子里有条叫萨姆的狗。这在那首歌的语境中是个有趣的小插曲——又一个"天不从人愿"的例子。她能想象在加州的杰克——微笑着，不知道萨姆后续的事，又总能欣赏歌词里的小幽默。

1977 年 7 月 4 日

---

[1] RCA 大楼是纽约洛克菲勒中心建筑群的中央组成部分，1988 年前称为 RCA（美国无线电公司）大楼，1988 至 2015 年间名为 GE（通用电气）大楼，现为康卡斯特大厦。这座大楼是纽约第 23 高的摩天大楼，地上共 70 层，高 259 米。

一辆老式雷鸟[1]

尼克和凯伦从弗吉尼亚州开车回到纽约,用了不到六个小时。他们把时间掌握得很好,在下雨之前一路赶回来,现在人已经坐在餐厅里了,雨才落下来。他们同斯蒂芬妮和萨米这对朋友在乡下度过了一个愉快的夏日周末,但尼克担心凯伦只是出于同情才答应和他同去。她最近在和另一个男人交往,尼克提议共度周末的时候,她有些犹豫。后来她说愿意,他觉得她是看在老交情的分上才让步的。

他们开的是她的车——一辆白色雷鸟敞篷车。他每开一次,就多一分羡慕。她有很多东西是他羡慕的:一件黑色塔夫绸里子的松鼠毛大衣,一对皂石雕刻的书立——用来夹床头柜上放的几本诗集,她收集的路易斯·阿姆斯特朗[2]的黑胶唱片。他喜欢去她的公寓看这些东西,为它们兴奋,就像一个探索同学家游戏房的孩子,着迷不已。

---

1 雷鸟(Thunderbird)是美国福特汽车公司自1955年起制造的一款豪华汽车。
2 路易斯·阿姆斯特朗(Louis Armstrong,1901—1971),美国音乐家、小号手、歌手,被誉为"爵士乐之父"。

几年前他认识了凯伦，当时他刚来纽约不久。她的兄弟和他住在同一栋公寓楼里，三个人是在楼旁边的排球场上碰到的。几个月后，她兄弟搬到了城市另一端，不过那会儿尼克已经知道了凯伦的电话号码。在凯伦的提议下，他们开始每周日去中央公园跑步，这是尼克整个星期最渴望的事情。每次他们离开公园时，他欢欣鼓舞，却又总是为自己在街上气喘吁吁、大汗淋漓而难为情。可是她毫无自觉，既不在乎衬衫贴在身体上，也不在乎头发湿乱，有碍观瞻。也许是因为她知道自己在众人眼里永远不会失去魅力，男人们总会注意她。一次在四十二街，下着小雨，尼克停下来读一则电影广告的字幕，当他回头去看凯伦的时候，她正和一个男人说笑，声明自己不能要他送的伞。尼克走到凯伦身边，男人才不再坚持，那是一个穿着精致的男人，他只是想把他的大黑伞送给凯伦，并没有企图让她上车。尼克很难接受这类事，但是凯伦并不轻佻，他能看出男人们注意她并且蠢蠢欲动并非凯伦的过错。

周日慢跑或打篮球渐渐成了常规。有一回，她因为不会勾手投篮而沮丧不已——整个早上都没能成功。他让她坐在自己肩头，向篮板发动猛攻，可是速度太快，凯伦在那个位置也差点没命中。打完篮球以后，他们就回凯伦家，她做晚饭。尼克累得几乎瘫倒，而她精力充沛，边研究烹饪书边取笑他。她目不转睛地看着书，直到自己记住足够多的菜谱内容，好开始准备。尼克的两本烹饪书已卷了边，还有酱汁残渍，而凯伦的书整洁干净。她看菜谱，但从不完全照做。他很欣赏这点——她的创造力，还有精力。他花了很长一段时间才能接受凯伦认为他很特别的事实，后来凯伦开始和别的男人约会，他又花了很长一段时间才意识到，凯伦并不是要把他排除在自己的生活之外。她第一次和别的男人度周末时——那是他们认识一年之后——在去宾夕法尼亚州的路上，她到他家稍作停留，把自己的雷鸟车钥匙给了他。她急匆匆地走了——那个男人在楼下的车里等着——尼克目送她远去，他还能感觉到钥匙上的余温。

尼克只是最近才见到她正在约会的男人：一个干瘦的心理学教授，头戴一顶黑白粗花呢帽，留着浓密的小胡子，看上去像个嘴角上翘的哀伤小丑。尼克到她的公寓去，不太确定那个人是否会在——实际上那是周五晚上，周末的开始，他去的时候预感到最终会见到那个人——他喝到了那个男人为他调制的伏特加柯林斯酒。他记得那个男人絮絮叨叨的，抱怨保罗·麦卡特尼在《艾比路》那张专辑里有首歌盗用了托马斯·德克尔[1]的词，还说自己吃海贝得了荨麻疹。

此刻在饭馆里，尼克看着桌子对面的凯伦，说："你交往的那个男人无聊得很。他是干什么的——学者吗？"

他去摸烟，随即想起自己不抽烟了。他是一年前戒掉的，当时他在纽黑文看望一个前女友。情况很糟糕，他俩吵了一架，然后他离开她去了一个酒吧。走出酒吧的时候，一个高个圆脸的黑人少年逼上前来，叫他交出钱包，他默默地把手伸进大衣，抽出钱包递给男孩。这时从酒吧里走出来的几个人目睹了这一幕，却装作没看见，迅速走开了。男孩手里有把小折刀。"还有你的烟。"他说。尼克把手伸进夹克

---

[1] 托马斯·德克尔（Thomas Dekker, 1572—1632），英国伊丽莎白时代的剧作家。保罗·麦卡特尼的专辑《艾比路》中的歌曲《金色梦乡》改编了德克尔的一首同名诗歌。

内袋，掏出香烟递给他。男孩把烟放进口袋。然后他微笑着仰起头，举起钱包，好像一个催眠师摇晃着一块怀表。尼克呆呆地盯着自己的钱包。接着，还没等他意识到是怎么回事，男孩一连串的动作让他视线模糊。男孩抓住他的胳膊，像柔道选手那样使劲一拽，把他摔在人行道上。尼克落在停在人行道边上的一辆车上，恐惧得腿都软了。他落下来，男孩看着他落下来，然后点点头，走上人行道，走过酒吧。等男孩消失在视线之外，尼克才爬起来，走进酒吧去诉说他的遭遇。他让酒保给他一杯啤酒，又打电话给警察。他拒绝了酒保给他的香烟，从此再也没有吸过烟。

他思绪漫无边际，凯伦还是没有回答他那个问题。他知道这一天他已经激怒过她一次了，这会儿不该又提起那个男人。大约一个小时前他们开车回城里时，他提到她的朋友柯比，言语唐突。她把车停在柯比的车库里，为了回报，每次柯比出城的时候，她就搬到他的褐砂石[1]大楼里去，照顾六只被剪掉脚爪的巧克力色斑点暹罗猫。而柯比的心理治疗师，一位叫凯洛格的医生，就住在同一栋楼里，可是他明确表示自己住在那儿不是为了照顾猫。

尼克在座位上可以看到挂在前窗外的餐厅招牌：掷海星者[2]咖啡馆，淡紫色的霓虹标志。他想到凯伦对这个教授越来越认真了（和他交往的时间比以前几位都要长），心中不快，以后他只有到掷海星者

---

1 褐砂石房屋是一种用褐砂石作外墙的楼房，在纽约一般为富有阶层所居住。

2 掷海星者（Star Thrower），这家咖啡馆的名字取自 1969 年《意外的宇宙》(*The Unexpected Universe*) 杂志上发表的一篇同名故事，作者是美国人类学家、自然科学作家洛伦·艾斯利（Loren Eiseley）。

这种地方假装偶遇才能见到她了。他也开始设想这是最后一次驾驶雷鸟。两周前有一次他在第六大道剐蹭到前面的车，车子左前灯上方留下一道凹痕，之后她差点儿就不再让他开车。而她很久以前就不让他拿松鼠皮大衣当毯子了。以前秋天的时候，他喜欢赤身躺在凯伦公寓房间外的小阳台上，把《纽约时报》的周日版垫在身下，把大衣展开盖在身上。现在他开始倒数日子，得到的数字是：他和凯伦已经相识七年了。

"你在想什么呢？"他对凯伦说。

"我在想我很高兴自己不是三十八岁，没有男人催我生孩子的压力。"她说的是斯蒂芬妮和萨米。

她的手放在桌上，他伸过手去握住。这时侍者端着盘子过来了。

"你在想什么呢？"她问，缩回自己的手。

"至少斯蒂芬妮很确定她不要生。"他说。他拿起叉子又放下。"你真的爱那个人？"

"如果我真爱他，我猜这会儿我应该在自己家，而他在那儿已经等了一个多小时了，如果他决定等的话。"

饭后她点了浓咖啡，他也点了同样的。他几乎在等她说出这趟旅程就是他们关系的终点。他觉得她会开口的。部分问题在于她有钱而他没钱。她二十一岁以后就很有钱了，因为拿到了祖父留给她的五万美元托管基金。他记得她五年前买雷鸟的那一天，是她生日后的第二天。那晚他们嘻嘻哈哈地开车穿过林肯隧道，又开上新泽西州的乡间小路，收音机天线上的一条橙色皱纹纸在风中飘荡，直到被风刮跑。

"我还能见你吗？"尼克说。

"应该可以，"凯伦说，"不过咱们的关系和从前不同了。"

"我认识你七年了。你是我最老的朋友。"

她对此没有反应,但好久以后,大概午夜时分,她给他家打电话:"你在掷海星者那儿说的话是存心让我难过吗?"她说,"你说我是你最老的朋友。"

"不是这意思,"他说,"你是我认识最久的朋友。"

"你肯定在我之前就认识了什么人。"

"你是唯一一个我七年来定期见面的朋友。"

她叹口气。

"教授回家了?"他说。

"没,他在这儿呢。"

"你当着他面说这些?"

"我没觉得这是什么秘密。"

"你还不如登报声明,"尼克说,"旁边再印上一张我的小照片。"

"你干吗讽刺我?"

"这让人多尴尬。你当着那个男人的面说这些,太尴尬了。"

他在黑暗中坐着,坐在电话旁的椅子上。从餐厅回来后他就一直想给她打电话。开了一整天车,他累坏了,肩膀也疼。他又感觉到那个黑人男孩的手在抓他的胳膊,觉得自己的身体被举起来,觉得自己被摔出去。那一晚他损失了六十五美元。她买雷鸟的那一天,他开车穿过隧道,到了新泽西州。尼克先开,再换她开,然后又是他开。中途尼克开进一家商场的停车场,让她等着,他买了一卷橙色的皱纹纸回来。多年以后,他曾经找过那一晚他们开车的路线,可总也找不到。

尼克再次接到她的电话是在弗吉尼亚之行后的大约三个星期。因为他没有勇气打给她，也根本没指望她会打来，所以他拿起电话听到她声音的时候很意外。佩特拉在他家——办公室里他一直想约会的一个女人，她刚刚取消了一个恼人的婚约。他把电话夹在耳朵和肩头之间，赞赏地注视着佩特拉的侧影。

"有什么事？"他对凯伦说，尽量让自己的语气在佩特拉听来很冷淡。

"赶紧收拾，"凯伦说，"斯蒂芬妮打电话来说她要生了。"

"你说什么？我以为她在弗吉尼亚跟你说过，她觉得萨米想要小孩非常可笑。"

"是意外。我们走了以后她发现月经没来。"

佩特拉在沙发上动了动，开始翻看《新闻周刊》。

"我一会儿打给你好吗？"他说。

"把你那儿不管什么女人赶走，你现在就得跟我讲，"凯伦说，"我马上要出门了。"

他看了一眼佩特拉，她正在抿酒。"不行。"他说。

"那你方便的时候打给我，但必须是今晚。"

他放下电话，去拿佩特拉的酒杯，却发现威士忌喝完了。他提议一起去西十街的一个酒吧。

几乎是刚到酒吧，他就找借口暂时离桌。凯伦听起来很不高兴，在一切确保无恙之前，他没法和佩特拉共度良辰。他一听到凯伦的声音，就明白自己更想和她在一起。他告诉凯伦等喝完一杯酒他就会过去，她说要么立刻过去要么干脆别去，因为她就要去教授那儿了。她听起来那么粗鲁，以至他怀疑她在吃醋。

他回到酒吧，坐在佩特拉旁边的凳子上，拿起加水的威士忌喝了一大口。酒冰得他牙疼。佩特拉穿着蓝色宽松长裤、白色衬衫。他的手在她肩膀以下的后背摸来摸去。她没戴胸罩。

"我得走了。"他说。

"你要走？你还回来吗？"

他正要开口，她伸出手。"算了，"她说，"你别回来了。"她啜一口玛格丽特[1]。"不管你刚才打给哪个女人，祝你俩愉快。"

佩特拉狠狠瞪他一眼，他明白她是真的要他走。尼克盯着她的脸——下唇有一小粒盐，然后她转过身去。

他只犹豫了一下，就走出酒吧。他在外面走了大概十步，突然有人袭击他，从背后下手。他惊恐又慌乱，还以为自己被车撞了。他不知道身在何处，虽然只是闷闷的一击，他也以为是被一辆车撞到了。他躺在人行道上，仰头看到他们——两个比他年轻的男子，正像兀鹫一样撕扯、推搡着他，翻弄他的夹克和口袋。最古怪的是他在西十街，街上本该有其他人，可是现在没有。他的衣服破了，右手有血，湿乎乎的。他们捅伤了他的胳膊，鲜血染红了衬衫。他看到自己的血流成小小的一摊。他盯着那摊血，不敢把手挪开去。后来那些家伙走了，他半坐着，靠在一栋房子的墙边，是他们把他拖到那里去的。他好不容易支起身子，想对一个路过的人诉说他的遭遇，但是那个人在他眼前忽隐忽现。那个人戴一顶宽边牛仔帽，他拽起尼克，可是用力过猛。他的腿无力支撑身体——他的腿一定出状况了——所以那人松开手的时候，他跪了下去。他使劲眨眼，想保持清醒。再次站起来之

---

[1] 一种用龙舌兰配制的鸡尾酒，以龙舌兰、柠檬汁和白橙皮酒等成分兑成，其杯口上通常沾有一层细盐（这是因为口中有一点盐味时，龙舌兰的酒味会更好）。

前,他晕过去了。

那一夜晚些时候,他回到家里,一条胳膊打了石膏。他心中混乱,又觉得羞耻——为自己那样对待佩特拉而羞耻,也为自己被打劫而羞耻。他想给凯伦打电话,但是实在难为情。他坐在电话边的椅子上,暗自希望她打过来。午夜时分,电话响了,他马上拿起来,以为肯定是自己的心灵感应见效了。电话是斯蒂芬妮打来的,她人在拉瓜迪亚机场。她一直在联系凯伦,但联系不到。她问能不能来他家。

"我可不要生这个孩子,"斯蒂芬妮说,声音发颤,"我都三十八了,这该死的意外。"

"冷静点。"他说,"可以去做人工流产。"

"我不知道该不该结束一条生命。"她说着哭了起来。

"斯蒂芬妮?"他说,"你没事吧?你能叫出租车吗?"

哭得更凶,没有回答。

"要是我再打一辆车从这儿过去接你,不太现实。你能顺利找到我这儿,对吗,斯蒂夫[1]?"

载他去拉瓜迪亚机场的出租车司机叫阿瑟·施尔斯。出租车仪表台上粘着一只粉红色的小婴儿鞋。阿瑟·施尔斯一根接一根地抽着皮卡尤恩牌香烟。"今天我车上有个要去本德尔[2]的女人,弄得我到现在还糊涂着,"他说,"我在麦迪逊广场和七十五街交叉路口拉到她,开到本德尔,刚停在门口,她就说:'哦,见鬼去吧本德尔。'我又把车开回麦迪逊广场和七十五街交叉口。"

---

[1] 斯蒂夫(Steph)是斯蒂芬妮(Stephanie)的昵称。

[2] 亨利·本德尔(Henri Bendel),一家总部位于纽约市的女士百货商店。

过桥的时候，尼克告诉阿瑟·施尔斯，要接的这个女人情绪会非常沮丧。

"沮丧？我才不管呢。只要你俩不会拿枪指着我的头，我什么都受得了。你是我今晚最后一桩生意了。把你带回你来的地方，我自己也要回家了。"

他们快到机场出口的时候，阿瑟·施尔斯哼了一声，说："我家在一个意大利杂货店旁边。店主盖伊今天早上六点钟就把我吵醒了，他跟供货商大叫：'这些还能叫西红柿？'他说，'我都能拿到网球场上去打。'盖伊每次都揪住西红柿不放，嫌太生了。"

斯蒂芬妮站在走道上，在她所说的地方。她看起来很憔悴，尼克不确定自己是否能够应付。他伸手去衬衣口袋里掏烟，又一次忘记他早已戒烟。他也忘了自己不能用右手抓东西，因为胳膊打了石膏。

"你知道那天我车里坐了谁？"阿瑟·施尔斯把车轻松地停在终点，说，"简直没法相信，是阿尔·帕西诺[1]。"

一个多星期以来，尼克和斯蒂芬妮一直在联系凯伦。斯蒂芬妮开始怀疑凯伦死了。虽然尼克责怪她打凯伦的电话打得太勤，但他自己也开始忧虑。有一次他午餐时间去了她家，听听门里有没有声音。他什么也没听见，但还是把嘴凑近房门，说要是在家就请开门吧，因为斯蒂芬妮有麻烦了。他离开大楼的时候不得不嘲笑自己，刚才的样子要是被人看到会怎样，一个穿着体面的男士，用手围住嘴巴，一只手还打了石膏，靠在一扇门上对着门说话。

---

[1] 阿尔·帕西诺（Al Pacino），美国著名男影星，曾获奥斯卡金像奖最佳男主角奖。

这一周他下了班就直接回家，陪伴斯蒂芬妮。他又问佩特拉是否愿意跟他共进晚餐。她说不。他离开办公室的时候，目不斜视地经过她的桌子，她站起来跟他到了大堂，说："我下班以后跟人约了喝酒，不过七点左右，我可以跟你去喝一杯。"

他回家看斯蒂芬妮是否安好。她说她早上有点犯恶心，但看到信箱里的明信片后就好多了，她把明信片拿出来递给他。卡片是寄给他的，发信人是凯伦，她在百慕大。她说她在帆船上度过那个下午。没有任何解释。他读了好几遍，心里一片释然。他问斯蒂芬妮是否愿意跟他和佩特拉出去喝一杯。她说不用，他也料到她不会去。

七点钟，他独自坐在"蓝色酒吧"的一张桌子旁边，衣服内袋里揣着那张明信片。他面前的小圆桌上有份折起来的报纸，他把受伤的右腕搁在上面。他抿了一口啤酒。七点半时他打开报纸，查看剧场节目的信息。八点差一刻，他起身离开。他步行到第五大道，准备走到市中心。街边一个商店橱窗里挂着百慕大旅游的宣传海报。一个身穿松石蓝泳衣的女人从蓝色的海浪里跃起，嘴角咧开一个大大的不自然的笑容。她对身边那个正把皮球抛向空中的小男孩似乎浑然不觉。尼克站在那儿看着海报，开始玩一个他上大学时玩的想象力游戏。他在脑海中描绘一幅关于百慕大的漫画，一幅分帧漫画。画面的一半是百慕大的粉色沙滩，一个美丽的女郎在她情人的臂弯，说明文字是："来百慕大享受无上美妙。"另一半画面是一个疲惫的高个子男人，他在看旅行社橱窗里一幅女郎和她情人的海报。他没有台词，但在头顶上方的文字气球里，他思考着回家后劝说搬到他家的一个朋友去堕胎，不知道时机是否合适。

他回到家里，斯蒂芬妮不在。她之前说过如果觉得舒服一点了，就出去吃饭。他坐下来，脱掉鞋袜，弯下身去，头几乎碰到了膝盖，好像一个软塌塌的玩偶。然后他拿着鞋袜走进卧室，脱掉衣服，换上牛仔裤。电话响起来，他接起的同时，听到斯蒂芬妮拿钥匙准备开门。

"我很抱歉，"佩特拉说，"我这辈子还没有爽约过。"

"没关系，"他说，"我没生气。"

"实在对不起。"她说。

"我在那儿喝了杯啤酒，读了份报纸。我不怪你，毕竟那天晚上是我对不起你。"

"我之所以没去，"她说，"是因为我喜欢你。因为我知道我说不出想说的话。我都走到四十八街了，又转头回去了。"

"你想跟我说什么？"

"说我喜欢你。说我喜欢你但这是个错误，因为我总是让自己陷入这种境地，和那种不珍惜我的男人交往。那天晚上我很没面子。"

"我明白。我向你道歉。那现在咱们还是去酒吧见面吧，这一次我不会走掉了。好吗？"

"不，"她说话的声音变了，"我打电话不是为了这个。我打电话是为了道歉，但是我知道自己做得没错。我要挂电话了。"

他放好电话，继续盯着地板看。他知道斯蒂芬妮甚至不会假装她没听到电话。他上前一步，扯下墙上的电话。但这个戏剧化的手势不那么成功，电话只是从座机上弹出来，他站在那里，用没受伤的那只手抓着电话。

"要是我说愿意跟你上床，你会反感吗？"斯蒂芬妮说。

"不会，"他说，"我觉得挺好。"

两天后的下午，他提前下班去了柯比家。是凯洛格大夫开的门，他向后指着房子说："你要找的那个人在看书。"他穿着肥大的白色裤子和日式浴衣。

尼克几乎得挤进那扇半开的门，因为心理治疗师忙着用一只脚挡住他的猫。柯比的确在厨房里看书——他在看一本百慕大旅游手册，听凯伦说话。

凯伦看到他的时候显得有点不安。她晒黑了，肤色那么深，那双一向美丽的眼睛蓝得让人心惊。她那副浅紫色镶边的太阳镜被推到额头上方。在这栋雅致的空调房里，她和柯比看起来快乐又惬意。

"你什么时候回来的？"尼克问。

"几天前，"她说，"上回我晚上给你打完电话就去了教授家，第二天早上，我们出发去了百慕大。"

尼克来柯比这儿是想借雷鸟，拿到车钥匙——他想开车出去一个人待会儿——现在他觉得不管怎样，都要跟凯伦开口借车。他在桌子旁边坐下来。

"斯蒂芬妮在这里呢，"他说，"咱们应该出去喝杯咖啡，一起聊聊。"

她的钥匙扣在桌上。要是拿到钥匙，他就开到林肯隧道去。几年前，他们会手牵手走到汽车旁，相爱着的两个人。那天会是她的生日。车子的里程数还只有五英里。

柯比的一只猫跳上桌子，轻嗅放黄油的小碟。

"你想走到掷海星者去喝杯咖啡吗？"尼克问。

她缓缓站起来。

"不用管我。"柯比说。

"你要一起来吗，柯比？"她问。

"哦不，我不去。"

她拍拍柯比的肩头，然后他们出了门。

"出什么事了？"她指着他的手问。

"受伤了。"

"怎么伤的？"

"不用紧张，"他说，"到那儿我再告诉你。"

他们到那儿的时候还不到四点，掷海星者还关着门。

"哎，快告诉我斯蒂芬妮怎么回事，"凯伦有点不耐烦，"我还没卸行李呢，不想就这么坐着聊天。"

"她在我家，她怀孕了，她对萨米只字不提。"

她难过地摇头。"你的手怎么伤的？"她问。

"我被打劫了，就在咱们上一次的'愉快'通话以后，就是你叫我要么赶紧到要么别去的那次。我没去成，我在急救室。"

"天啊！"她说，"你为什么不给我打电话？"

"我不好意思打。"

"为什么？你为什么不打？"

"反正你也不会在那儿。"他握住她的手臂。"咱们去找个地方。"他说。

有两个年轻男孩走到掷海星者门口。一个说："这是大卫吃到美式大餐的地方吗？"

"我跟你说过不是。"另一个说，他在看门右边贴着的菜单。

"我也觉得不是这儿。是你说在这条街上的。"

尼克和凯伦走开的时候，他俩还在争辩。

"你觉得斯蒂芬妮为什么来纽约?"凯伦说。

"因为我们是她的朋友。"尼克说。

"可是她有很多朋友。"

"也许她认为我们更可靠。"

"你干吗用这种口吻说话?我又不用向你报告我的每一个行动。我们在百慕大玩得非常好,他差点诱惑我去了伦敦。"

"这样吧,"尼克说,"我们去找个你能给她打电话的地方,好吗?"

他望着凯伦,心里震惊不已。她竟然不明白斯蒂芬妮是来找她的,而不是他。他很久以前就已经意识到,凯伦并不在乎自己在他心中的重要地位,可是他从未意识到凯伦也不了解自己对斯蒂芬妮有多重要。她无法理解别人。他早在发现她有了别的男人时,就应该彻底退出她的生活。她不配拥有美貌、豪华汽车和所有那些财富。走在街上,他转过身面对她,准备告诉她这些想法。

"你知道我在那儿怎么回事吗?"她说,"我被晒伤了,玩得糟透了。他没带我,一个人去的伦敦。"

他又牵住她的手臂,两人并肩而立,望着倒计时折扣店的橱窗里挂着的套头衫。

"所以他俩去了弗吉尼亚州并没解决问题,"她说,"你记得萨米和斯蒂芬妮走的时候,咱们俩还告诉彼此生孩子的想法有多蠢——永远也不可行。是我们把厄运带给他们的吗?"

他们又沿着街往回走,一言不发。

"要是我必须变得健谈才能跟你说话,那我就惨了。"她最后来了一句,"你是唯一一个我可以对着喋喋不休的人。"她停下脚步,靠在他身上。"我在百慕大糟透了,"她说,"除了沙虱,谁也不应该去海滩。"

"你用不着跟我讲这些俏皮话。"他说。

"我明白,"她说,"可我就这么做了。"

斯蒂芬妮做人工流产手术的那天下午,尼克晚些时候用家附近的公用电话打给萨米。凯伦和斯蒂芬妮在房间里,可是他必须出门待会儿。斯蒂芬妮看起来还算振作,但这也许是为了让他安心。他出去以后,也许她会跟凯伦多说一些。她只告诉他感觉腹部好像被冰锥扎了一下。

"萨米吗?"尼克对着话筒说,"你好吗?我刚想到我该给你打个电话,让你知道斯蒂芬妮一切顺利。"

"她自己给我打电话了,打过几次,"萨米说,"对方付费,用你的电话打的。不过谢谢你关心,尼克。"他听起来有点生硬。

"哦,"尼克吃了一惊,说,"我就是觉得你该知道她在哪儿。"

"你知道吗?我会提名你为我离婚案中的共同被告。"

"你为什么要这么做?"尼克说。

"我不会的。我只是想让你知道我做得到。"

"萨米——我不明白。你知道这些麻烦又不是我招来的。"

"可怜的尼克。我老婆怀孕了,二话不说离家出走,然后从纽约打回电话,告诉我你的手怎么受了伤,你怎么在别的女人那儿触了霉头,所以她跟你上了床。两星期后你打电话给我,表现得特别关心我,想让我知道斯蒂芬妮在哪儿。"

尼克等着萨米先挂断电话。

"你明白你的问题吗?"萨米说,"你被纽约吞噬了。"

"你这说的什么蠢话?"尼克说,"你要报复还是怎么的?"

"我要是想报复,就会跟你说你有一口烂牙。我还会说斯蒂芬妮说你做爱差劲极了。不过我不想说那些,我想跟你说点更重要的。我跟斯蒂芬妮这么说的时候,她就出走了,我要是跟你也这么说,你没准会挂我电话。可我要说:你能幸福。比如你可以离开纽约,离开凯伦。斯蒂芬妮本可以把孩子生下来,好好过。"

"萨米,这真不像是你,你竟然在提建议。"

他等着萨米的回答。

"你觉得我应该离开纽约?"尼克说。

"离开两者,凯伦以及纽约。你知道你脸上总是一副痛苦的表情吗?你知道你来玩的那个周末喝了多少威士忌吗?"

尼克呆呆地盯着电话亭肮脏的塑料窗。

"你刚才说我会挂你电话,"尼克说,"我还在想你会先挂我电话。我跟人打电话时,都是别人先挂断。谈话总是以此结束。"

"那你还没有想明白你结交的那类人有问题吗?"

"我只认识这些人。"

"那就是忍受人家对你粗鲁的理由吗?"

"应该不是。"

"还有,"萨米接着说下去,"你有没有发现我之所以跟你说这些,是因为你打来的时候我喝醉了吗?我跟你说这些,因为我知道你被你的烂生活搞得麻木不堪,估计到现在也没发现我脑子不清醒。"

接线员的声音插进来,提醒加硬币。尼克把两角五分硬币丁零当啷投进去。他意识到自己不会挂断萨米的电话了,而萨米也不会挂断他的电话。他得找点别的话题。

"你放自己一马好不好,"萨米说,"把他们赶走,也包括斯蒂芬妮。她最终会清醒过来,回到农场去的。"

"我要告诉她你会来吗?我不知道是不是……"

"我跟她说要是她打电话,我就来,不管她几时打来。我只是说我不会主动过来接她。我再跟你说件事。我打赌——我打赌她刚到的时候是从机场给你打电话,让你去接她,是不是?"

"萨米,"尼克四处张望,恨不得赶紧结束谈话,"我想谢谢你说出真实的想法。我要挂了。"

"忘了我说的那些吧,"萨米说,"我脑子乱着呢。那再见。"

"再见。"尼克说。

他挂了电话,走回家去。他才意识到自己没跟萨米说斯蒂芬妮已经做了人流。在街上,他和一个小男孩打了个招呼——那是他认识的邻家小孩。

他走上楼梯,走到自己的楼层。楼下什么人正在听贝多芬。他在走廊里徘徊,不想回到斯蒂芬妮和凯伦那儿。他深吸了一口气,打开门。两人看起来都还好。她们一人举起一只手,无声地打了招呼。

疲惫的一天过去了。斯蒂芬妮在诊所预约的人流手术是早上八点。凯伦前一晚也是在他家睡的。她睡沙发,斯蒂芬妮睡他的床,他睡地板。没有一个人休息好。早上他们一起去人流诊所。尼克本打算下午去上班,但他们回到家的时候,他觉得不应该离开斯蒂芬妮。她进了卧室,他在沙发上躺下来,睡着了。入睡前,凯伦在沙发上陪他坐了一会儿,他跟她讲了第二次被打劫的遭遇。醒来的时候四点了,他打电话到办公室,告了病假。后来他们一起看电视新闻。之后他主动提出去买点吃的,可是大家都不饿。他就是在那会儿给萨米打的电话。

现在斯蒂芬妮进卧室了。她说她有点累,打算上床做拼字游戏。电话响了,是佩特拉。她和尼克聊了一会儿她想要搬进去的新公寓。"我为那天晚上我的冷酷道歉,"她说,"我现在给你打电话是想问能不能过来喝一杯,要是你那儿方便。"

"我现在不方便,"他说,"不好意思,家里有些人。"

"明白了,"她说,"没事,我再也不会打搅你了。"

"你不明白。"他说。他知道自己没把事情解释清楚,但是他想到家里再多一个佩特拉的情景,实在无法应付。他还是说得太生硬了。

佩特拉冷冷地说了再见。他坐回到椅子上,整个人陷了进去,精疲力竭。

"一个女孩?"凯伦问。

他点点头。

"不是你希望接到的?"

他摇摇头说不是。他站起身,拉开百叶窗,往街上望去。他之前打过招呼的那个小男孩正在玩呼啦圈。呼啦圈在暮色中显得蓝莹莹的。小孩扭动臀部,让呼啦圈完美地旋转着。凯伦走到窗边,和他站在一起。他转向她,想说他们应该出门,开上雷鸟。晚风渐有凉意,他们可以开出城去,闻一闻野地里忍冬花的香气,感受风吹在身上。

可是雷鸟卖掉了。他们在人流诊所的等候室里坐着的时候,她告诉他这个消息。车子需要换个活塞,她在百慕大遇到一个汽车百事通,那人建议她把车卖了。正巧,有个人——一个纽约建筑师——想要买下它。凯伦刚说起这件事,他就知道她中了圈套。如果她能小心一点,他们现在本可以坐在车里,钥匙插在点火器上,收音机里放着乐曲。他在窗前站了很久。她被骗了,尼克没法跟她说他有多恼火。

她一点概念也没有——她好像从来也不明白——那个年份的雷鸟,车况又好,日后可是价值不菲。她是这么告诉他的:"别太难过了,我相信我的决定没错。我从百慕大一回来就把车卖了。现在我要买辆新的。"那一刻他在诊所的椅子上坐立不安。他有种想站起来打她的冲动。他想起纽黑文那个酒吧外的一幕,突然明白了事情就是如此简单:他有钱,那个黑人男孩想要他的钱。

街上那个男孩拿起呼啦圈,消失在街角。

"告诉我你说卖车是开玩笑的。"尼克说。

"你能不能别再小题大做了?"凯伦说。

"那个疯子骗了你。车子没有毛病,他却说服你卖掉了它。"

"别说了,"她说,"凭什么你的判断总是对的,我的总是错的?"

"我没想跟你吵,"他说,"对不起我刚才说了那些。"

"没事。"她说着把头靠在他身上。他右臂环过她的肩头,从石膏模里伸出的手指触到她胸部上方一点的位置。

"我只想问一件事,"他说,"然后再也不提了。你确定交易已经改不了了吗?"

凯伦把他的手从肩上推开,走开了。但这是他家,她不能在他家摔门而去。她坐在沙发上拿起一份报纸。他注视着她。很快她又放下报纸,望着屋里,望进黑暗的卧室,斯蒂芬妮已经关掉了卧室的灯。尼克悲哀地看了她很久,直到她满眼是泪地抬头看他。

"你觉得要是我们给他比售价更多的钱,还能买回来吗?"她说,"可能你认为这主意不明智,但至少这样我们能把车买回来。"

1978 年 2 月 27 日

灰姑娘华尔兹

米洛和布拉德利都是习惯的奴隶。我和米洛认识这么久,他总是系着那条被蛾子蛀过的蓝围巾,打的结低垂在胸前——围巾算是白系了。布拉德利喝咖啡上瘾,会随身带一个保温杯。米洛爱抱怨天冷,布拉德利总是有点紧张。他们每周六从城里过来——这倒不是习惯,而是信守承诺——来接路易丝。路易丝比大多数九岁的孩子都要难以捉摸;有时她在前门的台阶上等着,有时他们到了她还没起床。还有一次她藏在衣柜里,不愿意跟他们走。

今天路易丝收拾了整整一购物袋的东西,都是她想带在身边的。她拿了我的搅拌器和蓝色陶碗,准备给米洛和布拉德利做礼拜天的早餐;拿了贝克特[1]的《欢乐时光》,这书她揣了几个星期了,边翻书边

---

[1] 萨缪尔·贝克特(Samuel Beckett,1906—1989),20世纪爱尔兰作家,创作领域包括戏剧、小说和诗歌,尤以戏剧成就最高,是荒诞派戏剧的重要代表人物。1969年,他获得诺贝尔文学奖。

笑——不过我不确定她是不是在读；还拿了种在海螺壳里的一株锦紫苏。除此之外，她在袋子一侧塞进一件华丽的维多利亚样式的睡衣，那是她祖母送的圣诞礼物；在另一侧塞了一个万花筒。米洛在他家给路易丝准备了一两套裙子、一件睡衣、一把牙刷和替换用的球鞋和靴子，他厌倦了送她回家前帮她收拾东西，就买了一些可以留在他那儿的。他有点烦她依然带着行李袋来，这样回家前又要四处收拾，直到她找到所有的东西。她似乎知道怎么支使他，周末结束后她哭着打来电话，说忘了这个或是那个，这就意味着他必须把车开出车库，一直开到这里把东西给她送来。有一次他拒绝开一小时的车过来，因为她只是忘了拿托尔金[1]的《双塔奇兵》。之后的那个周末，她就躲在了衣柜里。

"把花留下，我会帮你浇水的。"我说。

"我可以带着。"她说。

"我不是说你不能带。我只是觉得放在这儿比较方便，因为海螺壳要是翻了，会把花弄坏的。"

"那好吧，"她说，"不过今天别浇，礼拜天下午再浇。"

我伸手去拿购物袋。

"我自己放回窗台吧。"她说。她把花拿出来，小心翼翼地捧着，好像它是史都本[2]玻璃做的。花是布拉德利上个月买给她的，他们从城里回来的路上，经过一户在搞旧货甩卖的人家。她和布拉德利都很

---

[1] 托尔金（J. R. R. Tolkien，1892—1973），英国作家、诗人、语言学家及大学教授，以创作经典的古典奇幻作品《霍比特人》《魔戒》与《精灵宝钻》而闻名于世。

[2] 史都本（Steuben），创立于1903年的艺术玻璃制造商。

挑剔,他喜欢她这点。布拉德利只喝法式烘焙咖啡;路易丝会为了挑一株叶子全粉、全紫还是有条纹的锦紫苏而无休无止地踌躇。

"米洛周末有计划了吗?"我问。

"他今晚要请几个人来,我会帮他做晚饭吃的煎饼。要是他们多买几瓶那种商标上有黄花的葡萄酒,布拉德利就会帮我把商标浸湿后揭下来。"

"他真不错,"我说,"他从不介意花大把时间做事。"

"不过他不喜欢做饭。米洛和我来做。布拉德利收拾桌子,把花插在碗里。他觉得做饭很让人泄气。"

"嗯,"我说,"做饭要掌握好时间,要协调一切。布拉德利喜欢从容地做事,而不是匆匆忙忙。"

我不知道她了解多少实情。上周她告诉我她跟朋友萨拉的谈话。萨拉试图说服路易丝周末待在这里,而路易丝说她一向都去她爸爸那儿。于是萨拉想让她带上自己,路易丝说不行。"你要是想的话可以带她去,"我说,"问问米洛行不行。我想他不会介意你偶尔带个朋友。"

她耸耸肩。"布拉德利不喜欢有很多人。"她说。

"布拉德利喜欢你,如果萨拉是你的朋友,我想他不会在意的。"

她看着我,脸上有种我无法读懂的表情;也许她觉得我有点笨,或者她只是好奇,想看我是否会继续说话。我不知道该怎么继续。她像个成年人一样耸耸肩,转换了话题。

十点钟米洛把车开进车道,按响喇叭,听起来像羊羔在咩咩叫。他知道喇叭的声音好笑,故意逗我们开心。刚离婚的那段时间,他和布拉德利来这儿,下了车就沉默地站着,等路易丝出来。路易丝知道她得留心他们到了没有,因为米洛不会走到门口。那会儿我们都很痛苦,但我算是熬过去了。不过如果布拉德利认为不该进来的话,我还是觉得米洛不会再进屋的。米洛搬走以后,当他第三次来接路易丝时,我出来请他们进屋,可是米洛一言不发。他站在原地,胳膊垂在身体两侧,像一个木头士兵;他看我的眼神也毫无生气,好像眼睛是画上去的。我跟布拉德利讲道理。"路易丝现在在萨拉家,要是她进门时看到我们大家在一起,会觉得舒服些。"我对他说,布拉德利转向米洛,说:"哎,是这样没错。我们要不进去喝一小杯咖啡?"我看到车后座上他的红色保温杯,是路易丝曾经跟我提过的。布拉德利是真心觉得他们应该进来坐坐。他为我做的比我要求的还多。

如果说最初我并不喜欢布拉德利,那是说轻了。实际上我害怕他,甚至见了面以后也怕,尽管他身材瘦长,比我还要紧张,讲话声音也轻。第二次见到他的时候,我劝自己:他只是一个模式化的人物,不过看起来确实无害。到了第三次,我有足够的勇气提议他们进屋。我们仨围坐在桌边,很尴尬——这张桌子还是米洛和我结婚的这些年用来吃饭的。他离家前跟我咆哮说这个房子滑稽可笑,说我扮演一个快乐的郊区主妇滑稽可笑,说我把问题拖延下去实属过分,说也许我可以亲吻他,说:"甜心,你今天过得好吗?"说他也应该把鲜花和报纸带回家。"也许我可以!"我尖叫着回应,"也许就么做才好,哪怕我们假装那样,也比你喝醉了回家,毫不关心我跟路易丝这一天过得怎样要好。"他抓住厨房桌子的边缘,就像一个人在逃跑的马车上抓住马缰绳那样。"我关心路易丝。"最终他这么说。那是最恐怖的一刻。在此之前,在他那么说之前,我一直以为他在经历什么可怕的事——一定有什么地方出了大错——但他终究还是以他自己的方式爱着我的。"你不爱我了?"我马上轻声地问。这让我们两人都心惊不已。这是一个单纯而悲哀的问题,这问题让他走过来,用胳膊搂住我,给了我最后一个拥抱。"我很抱歉,"他说,"我跟你结婚,又出了这种事,我对不起你。可是你知道我爱的是谁。我告诉过你我爱的是谁。""可你是开玩笑的,"我说,"你不是说真的。你在开玩笑。"

那天布拉德利第一次坐在桌旁的时候,我尽量保持礼貌,不多看他。我心里想着米洛准是疯了,我以为布拉德利不过是一个拙劣的模仿者——克雷格·拉塞尔[1]在扮演玛丽莲·梦露。布拉德利不用勺子给米洛的咖啡加糖,他甚至不坐在他旁边。事实上,他把椅子拉开,离我们略有些距离。尽管他不大自在,却比米洛更能找到跟我聊天的话题。他给我讲他上班的那家广告公司;他是那儿的设计师。他问我能不能到门廊上去看那条小溪——米洛告诉过他我们房子后面有条溪流,细得像根铅笔,但还是能为我们提供水田芹。他出去了,在门廊那里待了至少有五分钟,给我们一个说话的机会。一直到他回来我们也没说一个字。布拉德利刚刚回到桌旁,路易丝就从萨拉家回来了,她给他还有我们一个拥抱。我能看出她真的喜欢他,我吃惊于自己也喜欢他。布拉德利赢了,我输了,可是他温和低调,好像那些事都不要紧。那个星期的晚些时候我给他打电话,让他帮我留意他的广告公司有没有兼职工作(如果时间安排得开,我会做一些艺术设计)。之后的那个星期,他打电话告诉我有另一个公司在找圈外的艺术家。我们给对方的电话总是简短而目的明确,但近来谈论的不只是工作了。

---

[1] 克雷格·拉塞尔(Craig Russell, 1948—1990),加拿大艺人,以男扮女装模仿名人的表演而著名。

布拉德利去墨西哥为摄影工作踩点,走之前跟我打电话,说米洛告诉过他,多年前我们俩在墨西哥旅行,我曾经见过一种铜制的阿兹特克日历石[1],后来一直懊悔没有买回来。他想知道如果他看到像米洛说的那种日历石,要不要帮我买下来。

今天,米洛从车里下来,他的蓝围巾在胸前扑打着。路易丝望着窗外,问的问题跟我想问的一样:"布拉德利呢?"

米洛进来跟我握手,给路易丝一个单手的拥抱。

"布拉德利觉得他生病了,感冒。"米洛说,"不过路易丝,晚餐照常,我们来做晚饭。我们回城的路上得在格里斯特德超市停一下,除非你妈妈碰巧有一罐鳀鱼和两块不加盐的黄油。"

"我们去格里斯特德吧,"路易丝说,"我喜欢去那儿。"

"我去厨房看看。"我说。黄油是加盐的那种,不过米洛说也行,他拿了三块而不是两块。我灵机一动,把我姨妈送的一个圣诞礼物上的玻璃纸拆下来——那是一个装着坚果和锡纸包的三角形奶酪的柳条篮。当然,还装着一罐鳀鱼。

"我们可以改去博物馆,"米洛对路易丝说,"好极了。"

可是他拿着路易丝的袋子出门的时候,又改了主意。"我们可以去'欢呼美国'[2],要是看到什么漂亮东西就买下来。"他说。

他们兴冲冲地走了。路易丝的个子几乎到他腰间了,我再次注意到他们有同样的步伐。两人都是大步向前,目的明确。上星期,布拉德利告诉我米洛在"欢呼美国"买了一个马形的风向标,1800年前

---

1 也作太阳石,是墨西哥城国立人类学博物馆收藏的墨西加后古典时期的一个雕塑。

2 "欢呼美国"(America Hurrah)是一家古董旧货店。

后制造的。他把它立在卧室，布拉德利在上面晾袜子，他看到后很生气。布拉德利还没有完全了解米洛是一个怎样的完美主义者，而且没什么幽默感。我们刚结婚的时候，我拿一个陶制小砂锅来装首饰，他不停地唠叨，直到我把它们取出来，把砂锅放回橱柜。我记得他说砂锅放在我的梳妆柜上十分可笑，因为它明显是个砂锅，别人会以为我们把厨具四处乱放。米洛无法容忍这种事，因为不合规矩。

星期天晚上，米洛送路易丝回来的时候，两人兴致不高。米洛说，晚饭还不错，格里芬、艾米和马克惊讶于路易丝是个多么出色的小主人，但是布拉德利吃不下。

"他还在感冒吗？"我问。我问关于布拉德利的问题时还有点不好意思。

米洛耸耸肩。"周末路易丝一直叫他吃大把的维生素C。"

路易丝说："不过布拉德利说吃太多维生素对肾有害。"

"糟糕的气候，"米洛说，他坐在客厅的沙发上，没摘围巾也没脱大衣，"寒冷加上空气污染……"

路易丝跟我对视一眼，又看着米洛。已经几个星期了，他一直在说如果能找到工作，他就搬到旧金山去。（米洛是一个建筑师。）这番话让我听得厌倦，让路易丝紧张。我叫米洛不要跟她说这些，除非他真打算搬家，但是他似乎忍不住不说。

"好吧，"米洛说，看着我们俩，"我不再说旧金山的事了。"

"加州也有污染。"我说。我也无法克制自己。

米洛从沙发上使劲站起来，准备开车回纽约。他去年还住在这儿的时候，从沙发上站起来也是这个架势。那时他起了床，穿戴整齐，甚至不进厨房吃早饭——只是坐着，有时穿着外套，就像现在这样坐着，然后在最后一分钟鼓足了劲站起来。他走到外面的车道上，经常连一句再见也不说，上了车，或飞快、或慢慢地开走。我更喜欢他离开的时候车轮在砾石路面上打转的情景。

他在门廊上停下脚步，转过身面对我。"我没把你所有的黄油都拿走吧？"他说。

"没有，"我说，"还有一块。"我指指厨房里。

"我本该猜到它在那儿放着。"他说着冲我微笑。

之后那个周末，米洛来的时候，布拉德利还是没跟他一起。前一天晚上，我哄路易丝上床睡觉的时候，她说她有预感，他还是不会来。

"我几天前也有那种感觉。"我说，"通常布拉德利在一周当中会打个电话的。"

"他一定还在生病。"路易丝说。她忧虑地看看我："你觉得是吗？"

"一个感冒不会要了他的命，"我说，"要是他感冒了，总会好的。"

她神色一变，觉得我在用居高临下的语气跟她说话。她在床上躺下。去年米洛还跟我们在一起的时候，我会帮她掖好被子，告诉她一切都很好，说我们没在吵架。米洛坐在屋里听唱片，面前放着一本书或一张报纸。他对路易丝不大在意，对我则彻底忽略。我不像往常一样跟路易丝一起念祈祷词，而是告诉她一切都好。然后我下楼去，希望米洛也能跟我说同一句话。最后他在某天晚上说了一句："你也许可以换种方式了解我。"

"嗨，这周末你又当流浪老太？"米洛此刻说着，蹲下来吻路易丝的额头。

"只是随身携带东西并不意味着就是流浪老太。"她一本正经地说。

"好吧，"米洛说，"你开始做事时浑然不觉，还没明白过来就已经被牵着鼻子走了。"

他看起来很生气，表现得好像交流对他来说很困难，哪怕那些话充满讽刺和双关语。

"咱们出发好吗？"他对路易丝说。

在她拿的购物袋里有一个洋娃娃，她已经一年多没玩过了。我把自己烤的一条香蕉面包塞进袋子的时候，无意中看到了。当看到娃娃贝齐在袋子深处时，我就决定不放面包进去了。

"好。"路易丝问米洛，"布拉德利呢？"

"病了。"他说。

"病得没法让我去做客了？"

"老天啊，不。他看见你会比见我还开心。"

"我把我的锦紫苏分出一些让它们生根，到时送给他。"她说，"也许我可以现在就给他，像这样插在水里。等生了根他就可以种了。"

等她离开房间了，我走到米洛身边。"对她好点。"我轻声说。

"我对她很好，"他说，"为什么每次我一转身，所有人都表现得好像我要长出狼牙？"

"你进门的时候确实挺尖酸的。"

"我是在损自己,"他叹口气。"我真不明白自己来的时候怎么那样。"他说。

"怎么回事,米洛?"

但这时他让我明白他已厌倦了这场谈话。他走到桌子那儿去,拿起一份《新闻周刊》随手翻着。路易丝拿着水杯里的锦紫苏回来了。

"你知道可以怎么弄吗?"我说,"把纸巾浸湿,裹住切口部分,然后用锡纸包上,等你到了那儿再放进水里。这样你就不用在去纽约的一路上都端着一杯水。"

她耸耸肩。"这样也没事。"她说。

"你怎么不听你妈妈的建议呢?"米洛说,"水会从杯子里溅出来的。"

"你不开快车就不会。"

"这跟我开快车没关系。要是我们轧过地面上的一处突起,你会把自己弄湿的。"

"那我就可以穿你家里放的我的裙子了。"

"是我不讲道理吗?"米洛对我说。

"是我开始的。"我说,"就让她用水杯装吧。"

"你能照你妈妈说的做吗?就当帮一个忙。"他对路易丝说。

路易丝看看锦紫苏,又看看我。

"把杯子拿到座位上方,不要搁腿上。这样就不会把身上弄湿了。"我说。

"你第一个建议最好。"米洛说。

路易丝恼怒地瞪他一眼,把杯子放在地上,套上她的斗篷,然后又拿起水杯,没好气地冲我道了声再见,就走出了大门。

279

"为什么是我的错?"米洛说,"我做了什么错事吗?我——"

"做点让自己开心的事吧。"我说着拍拍他的背。

他似乎对我很恼火,就像他让路易丝恼火一样。他点点头,然后出了门。

"这个周末过得可好?"我问路易丝。

"米洛心情不好,布拉德利周六甚至都不在家,"路易丝说,"他今天回来的,带我们去了格林威治村吃早饭。"

"你们吃的什么?"

"我吃了小薄饼卷香肠、水果沙拉,还有一个朗姆小面包。"

"那布拉德利周六去哪儿了?"

她耸耸肩。"我没问他。"

她几乎总是让我惊讶,她比我想的要更成熟。她会像我一样怀疑布拉德利有了情人吗?

"周六你俩走的时候,米洛情绪很糟。"我说。

"我告诉他如果下周末不想让我来的话,跟我直说就好。"她看上去有点心烦,我突然意识到有时她讲话的语气跟米洛完全一样。

"你不该跟他那样讲话,路易丝。"我说,"你知道他想你去。他只是担心布拉德利。"

"那又怎样?"她说,"我数学可能要挂了。"

"不,不会的,宝贝。你上次作业得了 C+。"

"那也不会让我的平均成绩达到 C。"

"你会拿到 C 的。得 C 也没有关系。"

她不相信我。

"别那么完美主义,跟米洛似的。"我告诉她,"哪怕你得个D,也不会不及格的。"

路易丝在梳头发——细细的,齐肩长的红棕色头发。她已经这么漂亮了,除了数学,她在其他方面都很聪明,我好奇她以后会怎么样。我像她这么大的时候,相貌平常,做事认真,我想当一名树医生。我跟父亲去公园时,把一个听诊器——真的听诊器——贴在树干上,听它们的沉默。现在的孩子似乎更成熟些。

"你觉得布拉德利怎么回事?"路易丝说。她语气有些担忧。

"也许他们俩现在在一起不太开心。"

她没明白我的意思。"布拉德利很难过,米洛因为他难过而不开心。"

我把路易丝搁在萨拉家吃晚饭。萨拉的妈妈,玛蒂娜·库珀,长得像谢利·温特斯[1]。不管哪一次见面,她手里都拿着一杯加冰的加利亚诺[2]。她身上有股浓烈的糖果香味。她丈夫离开了她,她声称无所谓。她把家具移走,清空客厅,在墙边装上练芭蕾用的把杆。她穿一件紫色舞衣,和着雪儿和迈克·戴维斯的音乐跳舞。我更想让萨拉来我家玩,但她妈妈十分坚决:一切都应该"五五开",这是她用的词。萨拉一周前来我家玩,很爱吃我做的巧克力派,我让她带了两块回家。今天晚上我从萨拉家走的时候,她妈妈给我一碗 Jell-O 牌果冻水果沙拉。

电话响的时候,我刚进门,是布拉德利。

---

1 谢利·温特斯(Shelley Winters,1920—2006),美国女演员,曾获奥斯卡金像奖。

2 加利亚诺(Galliano),一种草药制的意大利利口酒(甜酒)。

"布拉德利，"我马上说，"不管有什么问题，至少你没有邻居刚给你的一碗马拉斯奇诺樱桃[1]，搁在绿色的Jell-O果冻里，上面还喷了一朵奶油花。"

"天啊，"他说，"那你不想让我来烦你，是吧？"

"怎么回事？"我问。

他冲着电话叹气。"你猜怎么着？"他说。

"怎么了？"

"我失业了。"

我根本没料到是这样的消息。我满以为他会说他要离开米洛，我甚至还想那是米洛活该。我内心依然有点想让他为所做的事受惩罚。米洛跟我分手的时候，我极不理智，会去玛蒂娜·库珀那里跟她一起喝加利亚诺。我甚至认真想过要和她组织一个芭蕾舞团。我下午会去她家，她举着一个铃鼓，而我绷紧腿踢向它。

"太糟糕了，"我对布拉德利说，"是怎么回事？"

"他们说跟个人无关——他们要裁掉三个人。另外两个将在下半年被公司砍掉。我是第一个走的，跟个人无关。从一年挣两万块到一文不名，也跟个人无关。"

"可是你做得不错。你能再找到什么活儿吗？"

"我能请你帮个忙吗？"他说，"我从电话亭打来的，没在城里。我能去你那儿说会儿话吗？"

"当然。"我说。

---

[1] 马拉斯奇诺樱桃：调制鸡尾酒时常用的一种罐头樱桃，也常用于点缀冻酸奶、蛋糕、奶昔和冰淇淋圣代，味甜而腻。

他独自一人来跟我说话似乎合情合理——直到我真的看见他走过来。我完全不能相信,丈夫离开我一年之后,我跟他的情人坐在一起——一个男人,一个我还挺喜爱的人——并企图劝他振作,因为他失业了。("宝贝,"我父亲那时会说,"用听诊器听爸爸的心脏吧,或者你可以把它转过去听自己的心脏。你听一棵树是什么也听不到的。"我的坚持是一厢情愿,还是笃信魔法?我在门口拥抱了布拉德利,到底是因为我暗自开心他像我曾经那样潦倒不堪,还是我真的想帮他?)

他进了厨房,谢过我煮的咖啡,把大衣搭在他常坐的那把椅子上。

"我该怎么办?"他问。

"你不该这么消沉,布拉德利。"我说,"你知道自己很优秀,你不会找不到新工作的。"

"那只是问题的一半。"他说,"米洛认为我是故意如此。他说我瞒着他突然辞职,对我很恼火。他跟我吵架,然后看我不愿意吃晚饭又很生气。我胃病犯了,什么都不能吃。"

"果汁可能比咖啡好些。"

"我要是不喝咖啡,会垮掉的。"他说。

我用马克杯给他倒了一杯咖啡,也给自己倒了一杯。

"这大概让你很尴尬,"他说,"我跑到这儿来说米洛的那些事。"

"他说你瞒着他突然辞职是什么意思?"

"他说……他实际上责怪我故意混日子,所以才会被他们解雇。我被解雇的时候,太害怕告诉他真相,就假装生病,结果真的生病了。他对我从没这么恼火过。他一直就是如此吗?他是无缘无故起了个什么念头,就用来挑剔别人吗?"

我努力回忆。"我们不大争吵。"我说,"他不想住这儿的时候,我觉得不对劲,就会抱怨,他让我显得很可笑。他期待完美,但那意味着你要以他的方式做事。"

"我是这样的。我从来没想在家里闲着,像他说的那样。我甚至把活儿带回家干。他整个星期都不让我好过,周六我就去一个朋友家待了一天。他说我把问题丢下一走了之。他有一点偏执。我听收音机的时候,卡洛尔·金在唱《为时已晚》,他走进书房,一脸不悦,好像我故意在放这首歌。我不敢相信会是这样。"

"哎,"我说着摇头,"我不妒忌你。你得直接跟他反抗。我没那么做,我假装问题会自己消失。"

"而现在这个问题正坐在你对面喝着咖啡,你还对他很好。"

"我知道。我刚刚还在想,我们就像我朋友玛蒂娜·库珀会看的肥皂剧里的角色。"

他扮个鬼脸,把马克杯从面前推开。

"不管怎样,我现在挺喜欢你的。"我说,"你对路易丝又格外好。"

"我夺走了她爸爸。"他说。

"布拉德利——我希望你别生气,不过说这些让我很紧张。"

"我不生气。但是你怎么做得到跟我一起喝咖啡呢?"

"你不请自来就是为了问这个吗?"

"请别……"他说着合拢双手,又用手指穿过头发。"别让我觉得自己不合逻辑。他就那么对我,你知道的。事情不是直线发展的,他理解不了。如果我喜欢装饰一下房间,放点花在旁边,我就不能同时是个喜欢工作的人,所以我是成心地毁掉了我的工作。"布拉德利啜了一小口咖啡。

"但愿我能为他做点什么。"他说,语气变了。

这不在我的预料之中。本来我们听上去像两个理智的成年人,然而他突然又变了,语气轻柔。我意识到一切照旧。他们俩在一边,我在另一边,虽然布拉德利人在我的厨房。

"跟我一起去接路易丝吧,布拉德利,"我说,"你看到玛蒂娜·库珀,就会对自己的处境乐观一点。"

他抬头从咖啡杯上方看我。"你忘了我在玛蒂娜·库珀眼里会是什么人。"他说。

米洛要去加利福尼亚了,一个旧金山的新建筑公司给了他一份工作。我不是第一个得知这消息的。他姐姐迪安娜比我知道得早,我们打电话的时候她提到的。"中年危机,"迪安娜轻蔑地说,"我倒是不用跟你说这个。"迪安娜如果了解事实真相的话准会猝死。每次布鲁明戴尔百货公司橱窗里的新展示都会惹得她满心反感。("那些模特儿的眼睛像埃及艳后,还有身上的破烂。我跟你发誓,她们身上是拖把、扫帚和破纱裙,脚上还穿着妓女鞋——那种妓女才穿的细高跟鞋。")

我放下迪安娜的电话,告诉路易丝我要开车去加油站买烟。我去那儿用他们的付费电话打到纽约去。

"哦,我也是才知道。"米洛说,"我昨天确定的消息,昨晚迪安娜打来电话,我就告诉她了。不是说我今晚就走。"

他听起来兴奋十足,除了因为我打电话而郁闷。他那种快乐一如过去圣诞节的早晨。我记得有一次他穿着内衣就跑进起居室,拆开亲戚送来的礼物。他在找一个他确定我们会得到的八片式吐司炉。以前我们收到过两片的、四片的,还有六片的,可是后来就没有了。"快现身,我的八片美人!"米洛低声哼着,找出来一个电子时钟、搅拌器,还有一个昂贵的电锅。

"你什么时候走?"我问他。

"我下星期要先过去找个住处。"

"你这个周末要自己告诉路易丝吗?"

"当然。"他说。

"那以后跟路易丝见面,你有什么打算?"

"你干吗搞得好像我不喜欢路易丝似的?"他说,"我会不时回东部的,我也会安排她假期坐飞机来旧金山。"

"那会伤了她的心。"

"不会的。你干吗要让我心情不好?"

"她有那么多事要调整、适应。你不必非得现在去旧金山,米洛。"

"你真关心的话,我告诉你,我在这儿的工作正处于危险期。这对我是个真正的机会,去一家新兴公司。他们真的想要我。可是管他的呢,我们这个快乐的小群体所需要的:就是你每个月用你的绘画作品带来几百美元,我生活潦倒,布拉德利被解雇后又深受打击,以致无法再找工作。"

"我打赌他在找其他工作。"我说。

"是啊,他今天读了招聘广告,然后做了一个蟹肉馅饼。"

"也许那就是你想要的——事物和他人回应你的那种方式。我们有了小孩以后,你不许我工作。你鼓励他找工作了吗?还是你只是因为他被解雇而生他的气？"

他顿了顿。然后，他几乎不耐烦到失去了理性。

"我简直没法相信，我正在努力寻找一个解决所有问题的理性办法，我的前妻却打电话来给我进行毫不留情的心理分析。"他一口气说了这些。

"好吧，米洛。不过你不觉得要是这么快就走，你应该给她打个电话，而不是等到周六再说吗？"

米洛深深地叹了一口气。"我还是有理智的，不至于在电话里谈这么重要的事。"

米洛星期五打来电话，问路易丝如果我们俩一起去，星期六在那儿过夜，星期天大家要不要一起去吃早午饭。路易丝很兴奋。我还从来没有跟她一起去过纽约。

路易丝和我收拾了一个行李箱，星期六早上把它放进车里。给布拉德利剪的一枝常青藤已经生根了，她把它放在一个绿色的小塑料罐里带给他。这真让人难过，我指望米洛能注意到并花心思处理好。我觉得安慰，因为他跟路易丝说这事的时候我会在场；又觉得痛苦，因为我得在旁边听着。

在纽约，我把汽车交给车库管理员，他不记得我。米洛和我刚结婚时住在这间公寓，路易丝两岁的时候我们搬了家。搬家的时候，米洛留下这间公寓，把它分租给别人——一个情况不妙的迹象，我要是那种能注意到这种警示的人就好了。他的说法是，以后我们如果有足够的钱，就可以同时拥有康涅狄格州的房子和纽约的公寓。后来米洛从我们的房子搬走，便直接住回了这间公寓。这是我这么多年第一次回来。

路易丝在我前面大步走进门,把外套往门口的黄铜衣架随便一搭——她在这里简直有点太随意了。她是米洛家的女主人,就像我是我们那个房子的女主人一样。

他把墙刷白了。起居室里有长及地面的白色窗帘,那地方过去挂的是我那可笑的花朵图案的窗帘。墙上光秃秃的,地板用砂纸打磨过了,一个像电脑那么大的立体声音响靠在一面墙上,有四个音箱。

"参观一下吧。"米洛说,"路易丝,给你妈妈带路。"

我努力回想以前是否告诉过路易丝,我过去住在这间公寓里。某个时候我一定告诉过她,但我想不起来了。

"你好啊。"布拉德利说着从卧室走出来。

"你好,布拉德利,"我说,"有喝的吗?"

布拉德利看起来不太开心。"有香槟。"他说着有些不安地看着米洛。

"我没说人人都非得喝香槟,"他说,"常喝的酒都有。"

"对。"布拉德利说,"你想喝什么?"

"请来点波本吧。"

"波本。"布拉德利转身去了厨房。他哪里有点不一样;他的头发——更卷了——而且他穿得像在过夏天,白色的直筒裤和黑色的皮质人字拖。

"我要巴黎水[1]加草莓汁。"路易丝说,跟在布拉德利身后。我从来没有听她说过要喝这种东西。在家里她喝了太多可乐,我总要想办

---

[1] 或称"沛绿雅"(Perrier),一个水源来自法国南部加尔省的天然瓶装矿泉水品牌。

法让她喝点果汁。

布拉德利拿着两杯喝的回来,递给我一杯。"你要喝点什么?"他对米洛说。

"我一会儿开香槟。"米洛说,"宝贝,你这星期过得怎么样?"

"还行。"路易丝说。她拿着一杯冒着泡的浅粉色饮料,小口啜着,好像在喝鸡尾酒。

布拉德利气色很不好。他有黑眼圈,整个人都不自在。布拉德利坐的沙发旁边有个电话机开始闪烁红光,米洛从椅子上站起来,过去接电话。

"你真的想现在跟人打电话吗?"布拉德利淡淡地问米洛。

米洛看着他。"不,那倒不是。"他说着又坐下了。过了一会儿,红光消失了。

"我要去给你的碗中花园喷水。"路易丝对布拉德利说,她滑下沙发,去了卧室。"嘿,这儿长出来一个伞菌!"路易丝在里面叫,"是你放进去的吗,布拉德利?"

"我猜是从混合土里长出来的,"布拉德利回答,"不知道它怎么到了那儿。"

"有工作的消息吗?"我问布拉德利。

"我其实没怎么找。"他说,"你知道的。"

米洛朝他皱眉头。"是你的选择,布拉德利,"他说,"我没有叫你跟我去加州。你可以留在这儿。"

"不,"布拉德利说,"你几乎没让我觉得自己受欢迎。"

"我们都来点香槟好吗——我们四个——你一会儿再喝你的波本?"米洛欢快地说。

我们没理他，但他还是站起来，去了厨房。"你把那些郁金香造型的杯子藏哪儿了，布拉德利？"过了一会儿他喊道。

"应该在碗橱的最左边。"布拉德利说。

"你跟他一起去吗？"我对布拉德利说，"去旧金山？"

他耸耸肩，没有看我。"我不太确定他是否需要我。"他平静地说。

厨房里，瓶塞弹出去了。我看着布拉德利，他却不抬眼。他的新发型有点显老。我记得米洛走的时候，我在同一个星期里去美发店把刘海剪了。后一个星期我去看心理治疗师，她告诉我，企图躲避自我是没有用的。之后又一个星期，我跟玛蒂娜·库珀一起练习舞蹈，再后面的那个星期心理治疗师告诉我，如果我对跳舞没兴趣，就不要去跳。

"我不想搞得像个葬礼。"米洛说。他拿着杯子进来。"路易丝，过来喝香槟！我们有些事需要干杯庆祝。"

路易丝狐疑地走进起居室。平常连从我或者她父亲的杯子里喝一小口红酒都不被允许，她已习惯如此，所以甚至不再问她能不能喝酒。"为什么我也有份？"她问。

"我们要为我干杯。"米洛说。

四个玻璃杯中的三个在沙发前的桌子上摆作一堆。米洛把自己的杯子举了起来。路易丝看着我，看我会说点什么。米洛把杯子举得更高了。布拉德利伸手去拿杯子。路易丝拿起一杯，我倾身去拿最后一杯。

"这一杯祝贺我，"米洛说，"因为我就要动身去旧金山了。"

这不算很好的祝酒词，信息也不够清楚。布拉德利和我从杯中啜一口酒。路易丝把杯子重重放下，哭了出来。她碰倒了杯子，香槟洒在一本独角兽图案的织锦画的画册封面上。她冲进卧室，把门摔上了。

米洛发作了。"大家得让我知道我的问题到底出在哪儿，"他说，"谁都不愿意表达自己。我们说个清楚吧。"

"他在怪我。"布拉德利喃喃地说，还是低着头，"这儿有份新工作找上了我，我没有立刻拒绝。"

我转身面对米洛。"去跟路易丝说点什么，米洛。"我说，"你觉得她要是没有心碎，会哭成那样吗？"

他怒视着我，然后脚步重重地走进卧室，我能听到他跟路易丝讲话时宽慰的语气。"这不是说你就再也不会见到我了，"他说，"你可以飞过来，我也会回这儿来。不会有什么太大的不同。"

"你说谎！"路易丝尖叫，"你说我们要去吃早午饭的。"

"是的，是的，我们是要去。可在星期天前我没法好好地带大家去吃一顿，是不是？"

"你没说你要去旧金山。旧金山又是怎么回事？"

"我刚刚说过了。我给咱们买了一瓶香槟。等我一安顿好你就可以来，你会喜欢那儿的。"

路易丝抽泣着。她已经跟他说了真话，她明白继续说下去也是徒劳。

第二天早上，路易丝跟我的表现一样——仿佛一切如常。她貌似平静，但小脸苍白。她看起来好小。我们走进餐馆，在米洛预订的桌子旁坐下。布拉德利为我拉过一把椅子，米洛为路易丝拉过另一把，他拉住路易丝的双手，把她的胳膊举过头顶，就好像要带她转一个圈。

她真的很美,发间系着一根缎带。天很冷,她本该戴一顶帽子,但她想系那根缎带。米洛品味很好:她穿的裙子是他买的,暗紫色的格子花呢,很衬她的头发。

"跟我来。别难过了。"米洛突然对路易丝说,他拉起她的手。"跟我过来,就一分钟。穿过街到公园里待一下,我们找个空地方跳舞,你妈妈和布拉德利可以安静地喝一杯。"

她从桌旁站起来,一脸忍受痛苦的神色,钻进他为她举着的大衣,两个人出去了。女服务生走到桌边,布拉德利点了三杯血腥玛丽鸡尾酒和一杯可乐,给每人点了一份火腿鸡蛋松饼。他叫女服务生过一会儿再上菜。我昨晚几乎没怎么睡,一杯酒也不会让我的头脑清醒多少。我得考虑一会儿回家的路上跟路易丝说什么。

"他过于冒险了,"我说,"他做事强求于人。我不愿路易丝讨厌他。"

"我也不想。"

"你为什么要去,布拉德利?你也看到他怎么办事的了。你知不知道等你到了那儿,他会硬叫你干点什么。接受这份工作吧,留下来。"

布拉德利摆弄着餐巾的边角。我审视着他。我不知道他有些什么朋友,他有多大年纪,他在哪里长大的,他是否信上帝,或是他平常喝什么酒。我吃惊于自己知道得这么少,我伸过手去触碰他。他抬眼看我。

"别走。"我轻轻地说。

女服务生飞快地把杯子放下就离开了,她以为自己打搅了一个亲密的时刻，显得不好意思。布拉德利轻拍我搭在他胳膊上的手，然后道出一个一直以来横亘于我俩之间的事实。

"我爱他。"布拉德利轻声说。

我们静静地坐着，直到米洛和路易丝走进餐馆，拉着的手荡来荡去。她装作还是个孩子，几乎是个小宝宝，我有那么一刻在想，米洛、布拉德利和我是否也在玩过家家——装作是成年人。

"爸爸要给我买头等舱的机票。"路易丝说，"等我去加州的时候，我们要在费尔曼酒店坐一个玻璃电梯直到顶层。"

"是费尔蒙。"米洛说着向她微笑。

路易丝出生前，米洛常会把耳朵贴在我的腹部，说如果是个女孩，他要把她放在玻璃拖鞋里，而不是毛线拖鞋。现在他再度成为那个王子了。我看到他们不久以后会在一个玻璃电梯里，越升越高，而下面的人越来越小，直到他们全部消失。

1979 年 1 月 29 日

着火的房子

弗雷迪·福克斯和我待在厨房，他刚洗净擦干一个我不要了的鳄梨核，这会儿正靠在墙上，卷着一根大麻烟。再过五分钟，我就没法指望他了。不过他今天挺晚才开始抽，再说他已经把壁炉的柴火搬进屋，去路边超市买了火柴，还摆好了饭桌。"你是说就算不看盘子背面，你也能知道这是利摩日[1]瓷器？"他在餐厅里冲我喊。他假装要把一个盘子扔进厨房，像掷飞盘那样。我家的狗，萨姆，信以为真，一跃而出，把毯子蹬到身后，向前滑去。随即它意识到自己错了。那情景就像哔哔鸟第一百万次诱使大笨狼冲过悬崖。萨姆失望地垂着下巴。

"我看到满月了。"弗雷迪说，"什么都比不上大自然。月亮和星辰，海潮和阳光——可我们根本不会停下脚步惊叹。我们都太自恋了。"他深深地吸了一口大麻。"光顾着站在这儿搅和锅里的酱，却不去窗前看月亮。"

---

[1] 利摩日（Limoges）是著名的古典工艺瓷器品牌。

"我想你说这些不针对个人吧?"

"我爱看你把奶油倒进平底锅的样子。我喜欢站在你身后看奶油冒泡。"

"千万别,谢谢你。"我说,"你今天的大麻抽得够晚。"

"我的活儿都干完了。你信不过我帮厨,我就把柴火拿进来了,还跑了一趟腿,今早我带萨姆先生一路跑到普特南公园,累坏了。你确定你不要?"

"不要,谢了,"我说,"反正不是现在。"

"我就爱看你站在烟雾蒸腾的锅前,你额前的头发变成湿湿的小卷。"

我丈夫弗兰克·韦恩是弗雷迪同母异父的兄弟。弗兰克是一个会计。弗雷迪跟我比跟弗兰克更亲近。但弗兰克跟弗雷迪说的话比跟我说的要多,弗雷迪又绝对忠诚,所以弗雷迪总是比我知道得多。我挺高兴他不会搅拌奶油;他会开口说话,思维会四处游荡,等你再看奶油的时候,它要么结块,要么煮沸。

弗雷迪对弗兰克的批评只是隐而不发。"在周末款待他的朋友们,这是多么慷慨的举动啊。"他说。

"男性朋友。"我说。

"我不是说你是那种没有底线的女士。我肯定不是这个意思。"弗雷迪说,"要是现在你做着饭,再吸一口这要命的东西,我还会大吃一惊呢。"

"那好。"我说着从他手里接过大麻,拿到后发现已经没了一半。我吸了两口以后还给他,还有一厘米长。

"要是你把烟灰抖进酱锅里,我会更吃惊的。"

"他们吃完饭，你要是告诉他们我干了这个，那我就尴尬了。你自己倒是可以这么干。如果你讲的故事是你自己的，我就不会尴尬。"

"你真了解我。"弗雷迪说，"月圆之夜的疯狂，不过我真的要在酱里撒上这么一点点。我忍不住。"

他撒了。

弗兰克和塔克在客厅里。几分钟前弗兰克刚把塔克从火车站接回来。塔克喜欢来我们这儿，对他来说，费尔菲尔德县就像阿拉斯加那么神秘。他从纽约带过来一坛芥末酱、一大瓶香槟、餐巾纸（一架飞机飞过一座大楼的图案）、二十根白鹭羽毛（"再也买不到了——完全非法。"塔克低声告诉我）。还有一个玩具青蛙，上好发条就会跳，就在他镶有莱茵石帽带的黑色牛仔帽下面。塔克在苏豪区有一家画廊，弗兰克为他记账。此刻他正躺在客厅里，与弗兰克聊天，弗雷迪和我都在听。

"……所以我听说的一切都表明，他过着一种纯粹是双重人格的生活。他二十岁，我看得出来他可能不想张扬同志的身份，因为还住在父母家里。他来画廊的时候，头发向后梳得油光水滑——用的只是水，我离得够近，能闻到——他母亲一直握着他的手。模样如此清纯。我听到的那些故事啊。反正吧，我打电话过去，他父亲开始找'葡萄园'的电话号码，在那儿能联系上他。他父亲很不耐烦，因为我不认识詹姆斯，要是我就这么给詹姆斯打电话，我可能马上就能找到他。他边找电话号码边自言自语，我说：'哦，他是去看朋友了还是——'他父亲打断我说：'他去了一个同性恋烧烤派对，周一就走了。'就这样。"

弗雷迪帮我把饭菜端上饭桌。我们都在桌边坐下，我提到塔克谈论的那个年轻艺术家。"弗兰克说他的画真的很棒。"我对塔克说。

"他让埃斯蒂斯[1]看起来倒像抽象表现主义了。"塔克说，"我要那个男孩。我真的想要那个男孩。"

"你会得到他的，"弗兰克说，"你追的人都能到手。"

塔克切下一小片肉，很小的一片，这样就可以边嚼边说话。"我是这样吗？"他问。

弗雷迪在桌旁抽着烟，目光迷离地望着升到窗中的月亮。"吃完晚饭，"他说，看到我在看他，就把手背贴在额头上，"我们一定要一起去灯塔。"

"你要是画画该多好，"塔克说，"我也会要你。"

"你没法拥有我。"弗雷迪突然生气了，他考虑了一下，"这话有点假吧，是吧？谁想要我都能拥有我。这是周六晚上我会待的唯一一个地方，这儿没人烦我。"

"穿条松点的裤子。"弗兰克对弗雷迪说。

"这儿比那些混着香烟和皮革味儿的酒吧好太多了。我为什么这么做？"弗雷迪说，"说真的——你觉得我哪天会停下来吗？"

"咱们别这么严肃。"塔克说。

"我一直把这张桌子想成一条大船，碗和杯子在船上摇晃。"弗雷迪说。

他拿起盘中的骨头，走到厨房去，酱汁滴在地板上。他走起路来就像走在风浪中颠簸的船甲板上。"萨姆先生！"他叫道，狗从客厅的

---

[1] 埃斯蒂斯（Richard Estes，1932— ），美国艺术家，以其照相写实主义绘画而闻名。

地板上一跃而起，之前它正在那儿睡觉；它的脚指甲划在光滑的木地板上，发出轮胎在砾石路面上打转一般的声音。"你不用求我。"弗雷迪说，"耶稣啊，萨姆——我正要拿给你。"

"我希望有根骨头。"塔克说，向弗兰克转着眼珠子。他又切下一小片肉。"我希望你弟弟真的明白我为什么不能留他。他手头事做得不错，但他可能什么话都跟顾客说。你得相信我，要不是我不止一次尴尬透顶，我绝对不会让他走人。"

"他本该把大学读完。"弗兰克说，把酱汁抹在面包上，"他还得多晃荡一阵子，然后才会厌倦，真正安顿下来。"

"你以为我死在这儿了吗？"弗雷迪说，"你以为我听不见吗？"

"我没说什么当着你的面不能说的话。"弗兰克说。

"那我来告诉你我不会当面跟你说的，"弗雷迪说，"你有个好老婆、孩子，还有狗，而你是个势利鬼，你把一切都看得理所当然。"

弗兰克放下叉子，气疯了。他看着我。

"有一次他也是抽高了来上班，"塔克说，"你明白吗？[1]"

"你喜欢我是因为你可怜我。"弗雷迪说。

他坐在门外的水泥长凳上，到了春天，这里会是个花园。现在是四月初——还不算春天。外面雾很大。我们吃饭的时候下雨了，现在雨势渐缓。我靠在他对面的一棵树上，暗自高兴现在天黑了，又雾蒙蒙的，我低头也看不到靴子被泥巴毁得多厉害。

"他女朋友是谁？"弗雷迪说。

---

[1] 原文为法语。

"如果我告诉你她的名字,你会跟他说是我说的。"

"说慢一点。是什么?"

"我不会告诉你的,因为你会告诉他我知道这件事。"

"他知道你知道。"

"我不这么想。"

"你怎么发现的?"

"他说起她的。几个月来我一直听到她的名字,后来我们去加纳家聚会,她也在那儿,之后我提到关于她的什么事时,他说:'哪个纳塔莉?'这再明显不过,整个暴露了。"

他叹气。"我刚刚做了一件非常乐观的事。"他说,"我跟萨姆先生到了这儿,它掘出一块石头,我把鳄梨核埋在那个洞里,在上面盖上土。别说这些——我知道:在户外成活不了,还会再下场雪,即使活了,来年的霜冻也会让它死掉。"

"他很尴尬。"我说,"他在家的时候躲着我,但是也躲着马克就不好了。他才六岁,给他朋友尼尔打电话,暗示想去他家。只有我和他在家的时候,他就不这样。"

弗雷迪捡起一根棍子,在泥地上戳来戳去。"我打赌塔克对那个画家本人感兴趣,而不是因为他的作品很火吧。瞧他那副表情——一成不变。也许尼克松真的爱他母亲,但带着一脸那种表情,谁会相信他?长着一张没有表情的脸真是倒霉。"

"艾米!"塔克叫道,"电话。"

弗雷迪用那根泥棍子跟我挥手说再见。"我不是个无赖。"弗雷迪说,"耶稣基督啊。"

萨姆跟我一起回屋,跑到一半,又转身回到弗雷迪身边。

是尼尔的妈妈玛丽莲来电。

"哎,"玛丽莲说,"他害怕在这儿过夜。"

"哦,不,"我说,"他说他不会。"

她压低声音。"我们可以试试看,不过我想他要开始哭了。"

"我过来接他。"

"我可以送他。你家正开晚宴呢,不是吗?"

我压低了声音。"什么晚宴啊。塔克到了,J.D.一直没出现。"

"好吧,"她说,"我很肯定你做的菜很好吃。"

"外面雾太大了,玛丽莲,还是我来接马克吧。"

"他可以留下来。我来做殉道士吧。"她说。我还没来得及反对,她就挂了电话。

弗雷迪走进屋子,留下一路泥脚印。萨姆躺在厨房里,等着人给它清洁爪子。"过来。"弗雷迪说。他用手捶着大腿,不知道萨姆在干什么。萨姆站起来跑向他。他们一起去了楼下的小卫生间。萨姆喜欢看人小便,有时还唱歌来配合小便入水的声音。到处都是脚印和爪印。塔克在客厅里尖声大笑。"……他说,他跟别人说:'那么,亲爱的,你玩过转瓶子吗?'"弗兰克和塔克的笑声淹没了弗雷迪在卫生间小便的声音。我打开厨房水槽的水龙头,水声淹没了所有的噪音。我开始洗碗。我关上水龙头的时候,塔克又讲起一个故事:"……以为那是奥纳西斯[1]在铁砧酒吧,什么也没法让他改变这个想法。他们跟他说奥纳西斯已经死了,他觉得他们是想让他觉得自己疯了。除了随他去没别的办法,可是上帝啊——他想挑衅这个可怜的老基佬,为

---

[1] 奥纳西斯(Aristotle Onasis, 1906—1975),希腊船王,曾是世界首富。

斯塔夫罗斯·尼亚尔霍斯[1]打一架。你知道的——奥纳西斯的对手。他以为那是奥纳西斯。在铁砧酒吧。"玻璃杯碎了的声音。弗兰克或是塔克放了一张约翰·柯川在西雅图现场演奏的唱片，把音量调低了。卫生间的门开了，萨姆奔进厨房，从碗里大口喝水。弗雷迪从衬衣口袋里拿出小银盒和卷烟纸。他把一片纸放在厨房的饭桌上，正准备往上面撒烟草，但及时意识到纸浸了水。他用拇指把纸捻成团，弹到地板上，在桌上干的地方又放下一张卷烟纸，撒下一撮大麻。"你抽这个。"他跟我说，"我来洗碗。"

"咱们都抽。我来洗吧，你擦盘子。"

"我忘了告诉他们我把烟灰撒到酱汁里了。"他说。

"我不会阻止你的。"

"至少他付给弗兰克的钱是其他画廊会计挣到的十倍。"弗雷迪说。

塔克正边说边用手捶打沙发扶手，还跺着脚。"……所以他想试探他，看看这个染了头发的老家伙是否知道玛丽亚·卡拉斯[2]。耶稣啊！可是他太晕了，使劲在想歌剧演员叫什么名字，他本该说歌剧女主角，却说成了家庭女教师[3]。这时候，拉里·贝特维尔走到他旁边，想叫他安静点，他却放声高歌——唱起玛丽亚·卡拉斯的著名选段。拉里跟他说，再不把嘴合上，他的牙就没了，然后……"

"他不是同性恋，在同性恋酒吧里待的时间倒挺多。"弗雷迪说。

---

1 斯塔夫罗斯·尼亚尔霍斯（Stavros Niarchos，1909—1996），希腊船业大亨。

2 玛丽亚·卡拉斯（Maria Callas，1923—1977），美国籍希腊女高音歌唱家。

3 这里"家庭女教师"的原文为"duenna"，跟"女主角"（diva）一词发音略为接近。

我尖叫着从水槽边跳开，手碰到了正在水龙头下冲洗的玻璃杯，绿色的玻璃片碎得到处都是。

"怎么了？"弗雷迪说，"耶稣基督啊，怎么回事？"

太晚了，我才意识到自己刚刚看到了什么：J.D.戴着一个山羊面具，那突出的粉红色塑料嘴唇贴在厨房水槽边的窗户上。

"对不起。"J.D.说着从门口进来，差点撞在弗兰克身上，弗兰克正要跑到厨房来，塔克紧跟着他。

"哦……"塔克说，假装失望的样子，"我以为弗雷迪亲了她。"

"对不起，"J.D.说，"我以为你知道是我。"

雨一定又下起来了，因为J.D.身上湿透了。他把面具翻了个个儿，山羊头从他脑后望出去。"我迷路了。"J.D.说。他在纽约州北部有一栋农舍。"我错过了转弯，多走了好几英里。我是不是错过了整个晚饭？"

"你怎么弄错的？"弗兰克问。

"我没有左拐上五十八号公路。我也不知道为什么没意识到出错，还走了好几英里。那么大的雨，我一小时开不到二十五英里。你的车道全是泥浆，你得帮我把车推出去了。"

"你要是想吃点什么，还有一些烤肉和沙拉。"我说。

"拿到客厅来。"弗兰克对J.D.说。弗雷迪把一个盘子端出来给他，J.D.伸手去接，弗雷迪又抽回来，J.D.再伸手，弗雷迪大麻抽多了，这次动作不够快——J.D.抓住了盘子。

"我以为你会知道那是我。"J.D.说，"十分抱歉。"他把沙拉拨到盘子里。"明天早上开始，你就六个月不用看见我了。"

"你的飞机从哪儿出发？"弗雷迪问。

"肯尼迪机场。"

"到这儿来！"塔克叫着，"我给你讲个关于佩里·德怀尔上周在铁砧酒吧的故事，他以为他看到了亚里士多德·奥纳西斯。"

"谁是佩里·德怀尔？"J.D.说。

"这不是故事的重点，亲爱的。你到了卡西斯[1]，我要你在那儿找一个美国画家，行吗？他没有电话。反正吧——我在追踪他，我知道他现在在哪儿。希望你能跟他强调这一点，我很有兴趣在六月给他做画展，只他一个人。他不回我的信。"

"你的手破了。"J.D.对我说。

"别管它。"我说，"过去吧。"

"抱歉。"他说，"是因为我吗？"

"对，是因为你。"

"别一直用水冲手指。按紧它，才好止血。"

他把盘子放在桌上。弗雷迪靠着橱柜，呆呆地看着血在水槽里打转。他自己把那根烟全抽了。我现在能感觉到弗雷迪说到的我额前的小卷发，头发贴在皮肤上，感觉很重。我讨厌看到自己的血，我在出汗。我任由J.D.处理；他关掉水龙头，用手握住我的食指，紧紧压着。水流过我们的手腕。

电话响了，弗雷迪跳起来接，好像他身后拉响了一个警报。他叫我去接电话，但是J.D.上前拦住我，摇头说不行，然后拿出毛巾裹在我手上，才放我走。

---

[1] 卡西斯（Cassis），法国南部地中海沿岸的一个小镇，旅游胜地，以海边的悬崖峭壁和海湾景致著称。

"唉,"玛丽莲说,"我先前是一片好心,不过我的力气耗尽了。"

"我马上过来。"我说,"他这会儿不闹吧?"

"不闹,不过他暗示得很明白了,他觉得自己没法在这儿待一晚上。"

"好。"我说,"很抱歉出了这些事。"

"才六岁的孩子。"玛丽莲说,"等他长大了,你有的抱歉呢。"

我挂了电话。

"让我看下你的手。"J.D. 说。

"我不想看。请给我拿一个创可贴就好。"

他转身上楼。我解开毛巾看伤口。伤口挺深的,但里面没有玻璃碎片。我感觉怪怪的,所有东西的轮廓都开始变黄。我坐在电话旁的椅子上,萨姆过来躺在我身边,我盯着它不停拍打的黄黑相间的尾巴。我伸出好的那只手拍它,每拍两下深呼吸一次。

"罗斯科?"塔克在客厅里挖苦地说,"能出现在贺卡上的都不是伟大的作品。怀斯就是那样。《克里斯蒂娜的世界》放在餐巾纸上会难看吗?你知道不会的。"

电话又响的时候我跳了起来。"喂?"我说。我把电话夹在肩膀和耳朵之间,将手指上的毛巾裹得更紧些。

"告诉他们是神经病打的电话。随便编点什么。"约翰尼说,"我想你。你星期六晚上过得好吗?"

"好。"我说。我屏住呼吸。

"这儿也一切都好。是真的。烤羊排。妮科尔那个明天要去基韦斯特的朋友喝多了,他以为那里在下雨,所以很郁闷。我就说我去书房给国家气象服务打个电话。喂,气象服务吗?你好?"

J.D. 拿着两个邦迪创可贴从楼上下来，他站在我旁边，撕开一个。我想对约翰尼说："我受伤了。我在流血。不是开玩笑。"

在 J.D. 跟前讲电话没关系，但我不知道还有谁会听到。

"他们大概是今天下午四点左右送来的。"我说。

"这是教堂，这是尖塔。打开大门，看到所有人。[1]"约翰尼说，"你好好照顾自己。我要挂电话了，去看看基韦斯特是不是在下雨。"

"下午晚些时候。"我说，"一切都好。"

"一切都糟。"约翰尼说，"好好照顾自己。"

他挂了电话。我放下电话，意识到自己的眼神无法聚焦了，看到有伤口的手指让我头晕。J.D. 解开毛巾，给我的手指贴上邦迪，我不再盯着看。

"这儿怎么回事？"弗兰克说，他走进饭厅。

"手指划破了，"我说，"没事儿。"

"是吗？"他说。他看起来晕乎乎的——有点醉了。"谁老打来电话？"

"是玛丽莲。马克改主意了，不想在那儿过夜。她本想送他回来，但她没力气了。你得去接他，或者我去。"

"第二个电话谁打的？"他问。

"石油公司。他们想知道我们今天收到快递没有。"

他点点头。"我去接他吧，如果你愿意。"他又压低声音，"塔克可能会发一场酒疯作为加演曲目。"他说着冲客厅点点头，"我带上他一起去。"

---

[1] 摘自一首家喻户晓的美国儿歌《这是教堂》(*Here's the Church*)。

"你要我去接他吗?"J.D. 说。

"我不介意呼吸点新鲜空气,"弗兰克说,"不过谢谢。你干吗不去客厅吃饭呢?"

"你原谅我吗?"J.D. 说。

"当然,"我说,"不是你的错。你从哪儿弄的那面具?"

"我在曼彻斯特的一个'好愿'二手店捐献箱里发现的。还有一个漂亮的旧鸟笼——纯黄铜的。"

电话又响了。我接起来。"要是我能跟你一起去基韦斯特该有多好啊!"约翰尼说。他发出一个像在吻我的声音,然后挂了电话。

"打错了。"我说。

弗兰克在裤子口袋里摸索车钥匙。

J.D. 知道约翰尼的事。在教师休息室,我注册选课以后,J.D. 和我在那里喝咖啡,他介绍我们认识。离开将近两年了,J.D. 还会收到系里的邮件——他说他反正要去拿邮件,可以开车带我去学校,给我指一下报名处在哪儿。J.D. 本来教英语,现在他什么也不做。J.D. 很高兴我又回到学校学习艺术,既然马克已经去上学了。我还差六个学分就能拿到艺术史硕士学位了。他希望我多为自己着想,不要时时刻刻想着马克。他说得好像我可以用一根绳把马克送出去,让他飞得比我高似的。J.D. 的妻子和小孩在一场车祸中丧生。他的儿子正是马克的年纪。"我毫无准备。"那一天我们开车过去的时候 J.D. 说。他每次说起这事都要说这句话。"你怎么可能对这种事有准备呢?"我问他。"现在我准备好了。"他说。然后他意识到自己显得无情,又开起自己的玩笑。"来,"他说,"冲我肚子来一拳,使出你最大的劲打我。"我们都知道他什么心理准备也没有。那天他找不到停车位，手紧紧地握着方向盘，指关节都发白了。

约翰尼进来的时候我们正在喝咖啡。J.D. 在看他的垃圾邮件——出版社想让他预订文学选集，这样他就能得到免费的词典。

"你能摆脱这些实在幸运。"约翰尼用这句话招呼他，"你花了两个星期讲《哈姆雷特》，学生却把哈姆雷特的好朋友写成霍丘[1]，那能怎么办？"

他把一本蓝色的书扔到 J.D. 的腿上。J.D. 又扔回去。

"约翰尼，"他说，"这是艾米。"

"你好，艾米。"约翰尼说。

"你还记得在这儿读过研究生的弗兰克·韦恩吗？艾米是他妻子。"

"你好，艾米。"约翰尼说。

J.D. 告诉我，约翰尼走进房间的那一刻他就知道了——那一刻他就知道他应该介绍我已为人妻的身份。他从约翰尼看我的眼神中就能猜到一切。

很久以来 J.D. 都得意于他早已知道下一步会发生什么——约翰尼和我会走到一起。是我影响了他的沾沾自喜——上个月我在电话里神经质地哭泣，不知道该怎么办，下一步该怎么做。

"这段时间什么也不要做，这大概就是我的建议。"J.D. 说，"不过也许你不应该听我的。我自己能做的就是逃走，藏起来。我不是一

---

1 原文为 Horchow，纽约一家家居店的名字，哈姆雷特的好朋友是 Horatio（霍拉肖），两个名字发音相近。

个博学的教授。你知道我相信什么，我相信所有俗套的烂童话：心会破碎，房子会起火。"

今晚J.D.来，是因为他的农场里没有车库，他去法国的这段时间，会把车停在我们家的双车库。我望向窗外，看到他的老萨博在月光下闪闪发亮。J.D.带了他最喜欢的书《幻象》[1]在飞机上读。他说他的行李箱里只有一条替换的牛仔裤、香烟和内衣。他打算在法国的一个商店买一件皮夹克，两年前他差点在那儿买下一件。

我们的卧室里有二十个左右的小玻璃棱镜，用鱼线挂在一根裸露的横梁上，我们盯着棱镜，就像猫盯着头上方挂的猫薄荷。刚才是凌晨两点。六点三十分，棱镜将布满令人目眩的色彩。四点或五点，马克会到卧室里来，上床跟我们一起睡。萨姆会醒过来，舒展四肢，打抖，项圈上的牌子会叮当作响，它会打哈欠，抖动身体，下楼，从碗里喝一口水。楼下，J.D.在睡袋里睡觉，塔克在沙发上睡觉。马克到我们的卧室来睡已有一年多了。他爬上一个脚凳，再上床。我第一次看到这个脚凳时吓坏了，是弗兰克的母亲送的礼物，上面绣着"今天是你余生的第一天"。我把它搁在壁橱里好些年，后来想到马克可以用这个爬上床，这样他就不用蹦上床，有时还擦破了腿上的皮。现在马克进到卧室的时候不会惊动我们了，只是他又养成了吮拇指的习惯，让我有些担心。有时他躺在床上，冷冰冰的脚贴着我的腿。年纪这么小，有时他还打呼噜。

楼下有人在放唱片。是地下丝绒乐队——主唱卢·里德似在梦

---

[1] 《幻象》(*A Vision*)，爱尔兰诗人叶芝的一部神秘主义作品。

中,又似在呻吟,唱着《星期天早上》。我几乎听不到唱片的沙沙声。我能跟上旋律只是因为这张唱片我听了足有一百次。

我躺在床上,等弗兰克从浴室里出来。我受伤的手指抽痛着。房子里还有动静,虽然我已经上床了;水在流,唱片在放。萨姆还在楼下,所以一定还有事情。

这个房子里的每个人我都认识多年了,随着时间的流逝,我对他们的了解越来越少。J.D.过去在大学里是弗兰克的顾问老师。弗兰克是他最出色的学生,他们在课后也开始碰头。一起玩手球,J.D.和家人来吃晚饭。我们去他那儿。那个夏天——就是弗兰克决定读商学院而不是英语系研究生的那个夏天——出了那场车祸,J.D.的妻子和孩子以最惨烈的方式离开了他。J.D.辞职去了拉斯维加斯、科罗拉多、新奥尔良、洛杉矶,去了两次巴黎;他在客厅的墙上贴满了明信片。很多个周末他带着睡袋出现在我家。有时他带着个女孩,最近没有。多年前,塔克是弗兰克在纽约参加的治疗小组的一员,后来他雇用弗兰克做他画廊的会计。当时塔克在那个治疗小组是因为他对外国人着迷。现在他对同性恋者着迷。他举办时尚派对,邀请很多外国人和同性恋者。派对开始前他打坐、练瑜伽,派对中他服用速可眠,练习静力锻炼法。我第一次见他的时候,是夏天,他住在佛蒙特他姐姐的房子里,他姐姐去欧洲了。有天晚上他给在纽约的我们打电话,惊恐万分,说到处都是胡蜂。它们在"孵化",他说——到处都是昏昏欲睡的大胡蜂。我们说马上过来,我们开了一整晚的车去布拉特尔伯勒镇。是真的:盘子下面、花里面、窗帘的褶皱里都是胡蜂。塔克烦恼极了,在房子后面待着。寒冷的佛蒙特的早晨,他裹着毯子,里面只穿了睡衣,像个印第安人。他坐在一把草坪椅上,躲在一丛灌木后面，等着我们来。

弗雷迪——"狐狸雷迪"，弗兰克疼爱他的时候这么叫他。我们刚认识的时候，我教他滑冰，他教我跳华尔兹；夏天在大西洋城，他跟我一起坐过山车，高高地在波浪上方翻腾。是我——而不是弗兰克——半夜起床，去一家通宵的熟食店跟他碰头，我的手臂绕在他肩上，就像坐过山车时他的手臂绕在我肩上一样。我跟他轻声交谈，直到他平息最新的一波焦虑。现在他在考验我，而我畏缩了：他搭上的这个男人，这个搭上他的男人，当你的手插在某人牛仔裤的后袋里，回你家的路还没走完一半，你却忘了他的名字——这是怎样的感受。狐狸雷迪——他赞赏我新买的红色丝质衬衫，用指尖轻抚正面，而我双眼圆睁，因为能感觉到他的手指在我胸前，但我是用衣架把衬衫支在身前给他欣赏的。所有这些时刻，一切的意义，就是我自欺欺人地以为：因为知道这些细微的小事，这些私人的时刻，所以我了解这些人。

弗雷迪总是会比我抽得更飘，因为他跟我一起抽大麻时很放松，这也总是提醒我，他比我迷失得更厉害。塔克知道他可以来我们家，成为关注的焦点；他可以讲他知道的所有故事，而我们永远不会讲我们知道的那件事——他像一条吓坏的狗躲在灌木丛中。J.D. 旅行回来时带了满满一盒子明信片，我全都看了，好像在看他拍的照片。我明白，他也明白，他喜欢明信片是因为它们的单调乏味——不真实，他的所作所为也不真实。

去年夏天，我读完《变形记》[1]，对 J.D. 说："为什么格里高尔·萨姆沙一觉醒来变成了蟑螂？"他的回答是（他一直跟学生有此戏言）：

---

[1] 奥地利作家弗朗茨·卡夫卡创作的中篇小说，主人公是格里高尔·萨姆沙。

"因为人们对他有这种期待。"

他们使非逻辑变得有逻辑。我什么也不做,因为我在等待,我随时准备聆听(J.D.);我总是抽得恍惚,因为我知道置身事外更好(弗雷迪);我喜欢艺术,因为我自己就是一件艺术品(塔克)。

弗兰克则更难理解。差不多一星期前,我以为我们真的琴瑟和鸣了,可以凭心灵感应交流,而当我躺在床上正要这么说的时候,我意识到真的有振动:是他在打呼噜。

现在他进了卧室,我再次试着说些什么。或发问。或做点什么。

"庆幸你不在基韦斯特吧。"他说着爬上床。

我单肘支撑着自己,盯着他。

"飓风要袭击那里。"他说。

"什么?"我说,"你从哪儿听到的?"

"狐狸雷迪和我收拾盘子的时候。我们开着收音机。"他把枕头对折,垫在脖子后面。"轰的一声什么都没了。"他说,"砰。哗。呼。"他看着我,说:"你看上去很吃惊。"他合上眼睛。又过了一两分钟,他嘟哝着说:"你听了飓风的消息不开心?那我想点好的事。"

他安静了很久,我以为他睡着了。然后他说:"水上行驶的汽车。漫山遍野的鲜花,无与伦比。一颗流星划过天际,速度减慢让你足以看清。你可以重新来过的生活。"他一直在我耳边低语,他嘴巴移开的时候,我颤抖着。他身子低下去,准备睡了。"我跟你说件真正惊人的事。"他说,"塔克告诉我,他上周去了公园大道的一家旅行社,问人家去哪里可以淘到金子,她告诉了他。"

"她跟他说去哪里?"

"我记得说是秘鲁的某地。秘鲁哪条河的岸边。"

"你决定了马克生日之后你要干什么吗?"我说。

他没回答我。最后我碰了碰他身体的一侧。

"凌晨两点了。找个别的时间说吧。"

"是你挑的房子,弗兰克。楼下那些是你的朋友。过去我一直是你想要我成为的那样。"

"他们也是你的朋友。"他说,"别那么偏执。"

"我想知道你打算留下还是离开。"

他深吸一口气,呼出来,还是一动不动地躺着。

"你所做的一切都值得夸奖。"他说,"你回到学校是对的。你给自己找到玛丽莲这样正常的朋友也是想纠正自己。但是你这一辈子犯了一个错误——你让自己身边围绕着男人。让我告诉你。所有男人——不管是像塔克,疯狂;还是像狐狸雷迪,五月女王[1]一样欢乐;我要告诉你和男人有关的一点,哪怕他们只有六岁,男人都觉得自己是蜘蛛侠,是巴克·罗杰斯[2],是超人。你知道什么是我们心里都明白而你有所不知的吗?就是我们都要到星星上面去。"

他握住我的手。"我正从太空中俯瞰这一切。"他低声说,"我已经不在这儿了。"

1979 年 6 月 11 日

---

1 英国及英联邦一些地区有庆祝五月节的传统,五月女王是春天的化身,通常由一位身着白裙的少女扮演,她头戴花冠,宣布节日庆祝活动的开始。

2 巴克·罗杰斯(Buck Rogers)是美国科幻漫画、小说和电影中的英雄人物。

等　待

"真美。"女人说,"你是怎么弄到的?"她把手指伸进老鼠洞里扭动着。这是一个真的老鼠洞:十八世纪的某个时候,一只老鼠把洞一直打到碗橱里,穿过里面的两层架子,通到底板。

"我们在弗吉尼亚的一家古董店买的。"我说。

"弗吉尼亚的哪里?"

"拉克斯维尔。在夏洛茨维尔外面。"

"那是一片美丽的乡间。"她说,"我知道拉克斯维尔在哪儿。我有个叔叔过去住在凯斯威克。"

"凯斯威克很好,"我说,"那儿的农场。"

"哦,"她说,"你是说税收冲销?那些前院有羊吃草的大宅子?"

她摩挲木头,轻拂表面,以防哪里有根木刺。虽然已经过了这么长时间,但也不一定所有地方都磨光了。她垂下眼睛。"八百你卖吗?"她说。

"我想卖一千。"我说,"我一千三买的,十年前。"

"真美啊。"她说,"其实我应该跟你说它有些毛病,可是我从来没见过这样的东西。太美了。我丈夫甚至不愿我开价超过六百,但是我明白它能值八百。"她的食指搭在门闩上。"晚上我能跟丈夫一起来看看吗?"

"可以。"

"你要搬走了?"她说。

"最终会的。"我说。

"那家伙运起来可费点劲。"她摇摇头,"回南边去?"

"说不好。"我说。

"可能你以为我说跟丈夫再过来是说着玩的。"她突然说。她又垂下眼睛。"有其他人想要吗?"

"刚才有个人打电话来,一个想周六定下来的人。"我笑了,"我其实应该说有很多人想要。"

"我要了。"女人说,"一千块。可能你会卖出更高的价钱,而我转手也许能卖个更高价。我就这么跟我丈夫说。"

她拿起角柜边放在地上的绣花单肩包。她坐在八边形窗边的橡木桌前,摸索着支票本。

"我在想,要是把支票本忘在家里了怎么办?不过我没忘。"她拿出装在红色塑料套里的支票本。"我那在凯斯威克的叔叔曾是一个所谓的乡绅。"她说,"他一直活到八十六岁,这辈子过得不错。他不管做什么都讲究分寸,但关键在于他做的所有事。"她审视着自己的签名。"某个电影女演员刚买下科巴姆商店对面的农场。"她说,"一个姑娘。我从没在电影里见过她。你知道我说的是谁吗?"

"嗯,阿特·加芬克尔[1]以前在那儿有一处地方。"我说。

---

[1] 阿特·加芬克尔(Art Garfunkel,1941—),美国歌手、演员,曾获格莱美奖及金球奖提名。

"可能她买的就是他那个地方。"女人把支票推到桌子中央,将插满天蓝绣球的花瓶稍稍倾斜,把支票的一角压在下面。"好了,"她说,"谢谢你。我们周末会开我兄弟的卡车过来。周六怎么样?"

"可以的。"我说。

"你真要大搬家呢。"她说着四处看看其他家具。"我三十年没挪地方了,也不想动了。"

狗穿过房间。

"你的狗教养真好。"她说。

"他叫雨果。雨果这十三年来搬了好几个地方。弗吉尼亚,D.C.,波士顿。还有这儿。"

"可怜的雨果。"她说。

雨果现在到客厅里了,它咚的一声坐下,呼出一口气。

"谢谢你。"她说着伸出手。我伸手过去,但是我们俩的手并没有碰到,她的手握住了我的手腕。"周六下午。或者周六晚上。要说定一个时间吗?"

"什么时间都行。"

"我能不能在你的草坪上倒车?"

"当然。你看到那些轮胎印了吗?我总是这么倒车。"

"哦,"她说,"那些把车倒进行车道的人。我不知道,我总是向他们按喇叭。"

我走到纱门那儿挥手。她开一辆黄色的奔驰,是辆旧车,重新上了漆,车牌上写着"RAVE-I"。车熄火了。她重新发动后对我挥挥手,我又跟她挥手。

她离开以后,我出了后门,沿着车道走。一朵雏菊从水泥一尺见宽的裂缝中长出来。有人在车道上丢了一个啤酒罐,我把它捡起来,惊讶地发现好轻。我在街对面的信箱里取信,看信,面前的路上车来车往。有辆车朝我鸣笛警告,尽管我并没有移动,只是在翻检信件。有一封康涅狄格州电力公司的账单,几封垃圾邮件,亨利从洛杉矶寄来的一张明信片,还有我丈夫寄来的信,他终于到了加利福尼亚。加利福尼亚,伯克利,四天前寄出的。很多年前,我去看伯克利的一个朋友,我们去了一个小公园,有个人牵着两条狗和一头山羊在溜达。是一头非洲矮羊。那个女人说,它被训练过,会在野外撒尿,要是发生另一种情况,她就会捡起那些羊粪蛋。

我进了屋子,看着厨房里数字钟上移动的红针。钟后面是一个旧咖啡罐,罐子上画了一对拥抱着的男女,男子的手臂部分锈得几乎看不出了,女子的头发也磨掉了,但是还有一个色彩完好的咖啡豆圆环,在他们之间升起一道弧线。也许我应该把这个咖啡罐也登在广告上,但是我早上打开它,拿出咖啡瓶的时候,喜欢听金属盖摩擦时发出的声音。要是不卖咖啡罐,我也许应该把那个锡质面包盒卖了。

约翰和我喜欢搜罗古董。他喜欢那种几乎修不好的东西——那种你得再买一本二十块钱的书来弄明白怎么修补的东西。我们玩古董那会儿,价钱比现在便宜多了。那时,我们买古董还有耐心在拍卖处凉棚下的折叠椅上坐一整天。我们计划好,前一天先去仔细看货。第二天我们早早到那儿等着。弗吉尼亚那一带,多数卖家都很好。有一个叫坏理查德[1]的,总是十指交叉,拍卖的时候把关节捏得咯咯响。他

---

[1] 原词为 Wicked Richard,这个人本名为 Wisted Richard,"Wisted"和"Wicked"(邪恶的)发音相近。

的真名叫威斯特。他主持档次高一点的拍卖会时，会有一份小册子，上面列着他的名字：威斯特。不过在大多数普通的拍卖会上，他总是跟人介绍自己叫坏理查德。

我切下一小块奶酪，从盒子里拿出一些饼干。我把吃的放在盘子里，拿进餐厅。要跟大碗橱告别了，我有点难过。它突然显得更古老，也更大了——要放弃的是一个这么大的东西。

电话铃响了。一个女人想知道我广告上提到的冰箱有多大。我跟她说了。

"是白色的吗？"她问。

广告上写了是白色的。

"是。"我对她说。

"这是你的冰箱吗？"她说。

"其中一台。"我说，"我要搬家了。"

"哦。"她说，"你不该告诉别人。现在有人专读这些广告，琢磨谁要搬家，人或许不在附近，他们就去抢劫。你们小区去年夏天有很多抢匪。"

冰箱对她来说太小了。我们挂了电话。

电话铃又响了，我让它继续响。我坐下来，看着角柜。我放一片奶酪在饼干上，吃掉。我又起身去了客厅，给雨果喂一片奶酪。它闻了闻，从我手上轻轻叼走奶酪。今天早些时候，是早上，我去普特南公园遛狗。和往常一样，我简直没法赶上它。十三岁对一条狗来说还不算太老。它吓唬鸭子，吓得它们逃进水塘。它冲着一个男人牵的短腿小猎犬吼叫，还使劲拽绳子，拽得自己快窒息了。它的力气还像几个夏天前那么大。空气让它的毛变得蓬松。现在它很快活，慢慢舔着自己的嘴，准备午睡。

约翰本想带着雨果一起横穿大陆，但最后我们做了决定：尽管雨果很喜欢恐吓沿途遇到的那些狗，但这个七月会很热，它还是待在家里比较好。我们很理性地讨论这事。没有狂热——不像以前在某些拍卖会上，我们昏了头，给自己不想要的东西出价，只是因为有很多人都为之疯狂。这是一个关于雨果的理性讨论，即使是在最后一分钟：雨果已经把头伸出车窗外，吠叫着说再见。"对它来说太热了。"我说。我穿着睡衣站在外面。"已经差不多七月了。要是露营地不收它，或者你把车停在阳光下，事情会很麻烦。"于是雨果站到了我旁边，约翰把车倒出车道的时候，它尖声吠叫着说再见。约翰忘记带的：大电池灯和开瓶器。他记住的：帐篷、装满冰的冰桶（他走时决定不了该储备啤酒还是可乐）、相机、行李箱、小提琴，还有班卓琴。他还忘了驾照。我从来不明白他为什么不把驾照放在钱包里，但总有些原因让他拿了出来，然后就不见了。昨天我发现驾照斜靠着药柜里的一个瓶子。

博比打来电话。他假装是一个有英国口音的男人，想知道我是否要卖掉一个鳄梨色的冰箱。我说没有，他问我认不认识给冰箱上漆的人。

"当然不认识。"我告诉他。

"那是我五年来听你说过的最有决断力的话。"博比用他平常的声音说，"你怎么样，萨莉？"

"耶稣啊。"我说，"如果是你整个上午都在这儿接电话，就不会觉得这有多好玩。你在哪儿？"

"纽约。你以为我在哪儿？这是午餐时间。我去威尼斯牛排驿站填饱肚子。来点面包黄油[1]，灌下几瓶威士忌。"

"威尼斯牛排驿站，"我说，"嗯。"

"别嫉妒我。"他说着又开始模仿穆罕默德·阿里[2]，"踩了我的脚，我就把你踢上月球。和我热烈握手，我会像疯子一样摇晃你。"博比清了清嗓子。"我今天给公司整了二十个大的。"他说，"二十个一千块。"

"祝贺你。午饭吃好点。过来吃晚饭吧，要是你愿意开车。"

"我车子没油了，我也受不了火车。"他又在咳嗽。"我戒烟了。"他说，"怎么还咳嗽？"他移开话筒，大声咳嗽。

"你在办公室里抽大麻？"我说。

"这回没有。"他喘着气，"我他妈的要死在什么上。"他停顿了一下，问："你昨天干什么了？"

"我在城里。你知道我做了什么会笑我的。"

"你去看焰火了。"

"是啊。我会毫不犹豫地告诉你这一点。"

"那你干什么了？"他说。

"我在广场酒店跟安迪和汤姆碰头，然后喝香槟。他们没喝，我喝了。后来我们去看焰火。"

"萨莉去了广场酒店？"他笑起来，"他们在城里干什么？"

"汤姆有点公事。安迪是来看焰火的。"

"下雨了是吗？"

---

1 原文为法语。
2 穆罕默德·阿里（Muhammad Ali, 1942—2016），美国男子拳击手。

"只下了一点,还好。焰火很漂亮。"

"焰火,"博比说,"我没做过焰火。"

"你要误了午饭了,博比。"我说。

"上帝啊。"他说,"是的。那再见。"

我从大写字桌下面抽出一张唱片,唱片放在连接桌腿的红木宽板上。很巧,我抽出的那张是迈尔斯·戴维斯的《广场爵士乐》。七月四日,国庆日的"棕榈庭"[1]里,一个小提琴手在演奏《吉卜赛歌,吉卜赛舞》和《俄克拉何马!》。我努力回忆还有什么,但想不起来。

"你说呢,雨果?"我对狗说,"再来一片奶酪,还是想接着午睡?"

它知道"奶酪"这个词,对这个词就像对它的名字一样熟悉。我喜欢看它听到某些词时,眼睛发亮、耳朵竖起的样子。博比告诉我,跟别人说话可以胡说一气,百分之九十的人都可以听明白,只要你不时给出一些提示。我跟雨果讲话也是这样:"奶酪。""追。""出去。"

没有反应。雨果躺在它的老地方,右侧身体着地,挨着音响。它的鼻子离窗下的一篮植物还不到两厘米。植物的枝叶在地上铺开。它的样子非常安静。

"奶酪?"我低声说,"雨果?"我把声音提到最高。

没有反应。我上前一步,却又停住了。我放下唱片,盯着它看。没什么变化。我走出门到后院去。太阳从头顶直射下来,照在车库的深蓝色大门上,让颜色褪成最浅的蓝。车库边的那棵桃树有一根树枝枯死了。桃树上的风铃叮咚作响。一只鸟在树下的鸢尾花旁跳来跳

---

[1] 棕榈庭(The Palm Court)是纽约第五大道上一家久负盛名的豪华餐厅,位于广场酒店内。

去。空中成群的蚊蚋在我眼前聚成一团。我瘫坐在草地上，摘了一片叶子，用指甲慢慢把它撕开。我数着自己呼气吸气的次数。我睁开眼睛的时候，强烈的日光照在蓝色的门上。

过了一会儿——也许十分钟，也许二十分钟——一辆卡车开上车道。一向给这里递送包裹的那个男人跳下联邦快递的卡车。他人很好，二十五岁左右，长发在耳后系成一束，眼神善良。

卡车开进车道的时候雨果没有叫。

"你好。"他说，"天气真好啊。这个给你。"

他拿出写字夹板和笔。

"四十二。"他说，指着我需要签名的那个极小的数字栏。他胳膊下面夹着一个信封。

"又一本书。"他说着把邮包递给我。

我伸手去接。上面有一个写着我名字和地址的蓝色标签。

他双手在身后交叉一下，又抬起胳膊，弯腰。"你看到了吗？"他做完瑜伽伸展运动，直起身说道。他指着信封，"这是什么玩笑？"他说。

退回的地址写着：约翰·F. 肯尼迪[1]。

"噢。"我说，"一个做出版的朋友。"我抬头看他，意识到这话并未解释他的疑问。"上周我们在电话里说了这事。他是——人们一直都在谈论枪击发生的时候自己在哪里，我认识这个朋友快十年了，我们还从来没提过这个。"

---

[1] 约翰·F. 肯尼迪（John F. Kennedy, 1917—1963），第 35 任美国总统，被视为美国自由主义的代表，是美国历史上第四位遇刺身亡的美国总统。

联邦邮递员用手绢擦去额头上的汗。他把手绢塞进口袋。

"他不是开玩笑。"我说,"他敬佩肯尼迪。"

联邦邮递员蹲下去,手滑过草地。他往车库的方向看去。他又看我。"你没事吧?"他说。

"嗯——"我说。

他还在注视我。

"嗯。"我说,努力调整呼吸,"我们来看看是什么东西。"

我揭开信封,小心不被曲别针划到。一本很大的平装书,叫《如果大山死去》。是彩色摄影集,普韦布洛河峡谷上方的天空湛蓝无比。我拿给邮递员看。

"我停车那会儿你没事吧?"他说,"你坐着的样子有点怪。"

此刻我依然有点怪。我注意到自己双臂交叉抱在胸前,身体前倾。我松开胳膊,向后靠在双肘上。"没事。"我说,"谢谢你。"

又有一辆车开进车道,绕过卡车,停在草坪上。是雷的车。雷下车,微笑着,又把手伸进开着的窗户,暂停播放中的磁带。雷是我最好的朋友,也是我丈夫最好的朋友。

"你来这儿干吗?"我对雷说。

"你好。"邮递员对雷说。"我得走了。好吧。"他看着我。"回头见。"他说。

"再见。"我说,"谢谢。"

"我来这儿干吗?"雷说着敲敲手表,"午饭时间,我出来吃个工作午餐。大生意,重要谈判。我想开车去雷丁超市买几个三明治。你吃过了吗?"

"你一路开到这儿来吃午饭?"

"重要的工作午餐。客户很难搞。要花些时间争取客户。要哄他们,很花时间。"雷耸耸肩。

"他们不在乎吗?"

雷吐吐舌头,发出怪声,然后坐在我身边,胳膊环住我的肩膀,轻轻地来回晃着我。"看太阳。"他说,"终于出来了。我还以为雨再也不会停了。"他搂一搂我的肩膀,移开胳膊。"我心情也不好。"他说,"我不喜欢我一直说'没人在乎'的那种腔调。"雷叹着气,伸手去拿烟。"没人在乎。"他说,"两个小时的午餐。四个,五个。"

我们静静地坐着。他拿起那本书,一页一页翻着。"漂亮。"他说,"你吃了吗?"

我看看身后的纱门。雨果不在那儿。汽车开进车道和卡车离开的时候,它都没有动静。

"吃了。"我说,"不过家里还有些奶酪。平常吃的那些。或者你可以去商店。"

"我可能会去。"他说,"需要什么东西吗?"

"雷。"我说着举起手,"别去商店了。"

"怎么了?"他说。他蹲下来握住我的手,深深地望着我。

"你要不——家里还有奶酪。"我说。

他有些困惑。然后他看到那一沓信,就在我们手下方的草地上。"噢,"他说,"约翰的信。"他拿起来看有没有拆开。"这样啊,"他说,"那我又不懂了。只是因为他给你写信?他已经到了伯克利?算了,他刚过了一个糟糕的冬天。我们都过了一个糟糕的冬天。会好起来的。他还没打电话?你不知道他有没有跟那个乐队搞到一起?"

我摇摇头表示没有。

"我昨天给你打过电话。"他说,"你不在家。"

"我去纽约了。"

"然后呢?"

"我出去跟几个朋友喝一杯。我们去看了焰火。"

"我也去了。"雷说,"你们在哪儿?"

"六十六街。"

"我在九十八街。我想着没准能在看焰火的地方碰到你呢,我知道这么想很疯狂。"

一只红雀飞入桃树。

"我是上星期碰到博比的。"他说,"当然,一点钟在威尼斯牛排驿站碰到并不算偶然。"

"博比好吗?"

"你也没他的消息?"

"他今天打电话了,但没说他怎么样。我想是我没问。"

"他挺好的,气色不错。几乎看不出他眉毛上方被缝过针的那道疤。我想再过几星期,疤痕没了,你就完全注意不到了。"

"我可不确定。你知道,这事哪里都有可能发生。如今人们到处被抢。"

我听到电话在响,并没有起身。雷又按按我的肩膀。"好。"他说,"我去把吃的拿出来。"

"要是有什么东西放在不该在的地方,帮我收拾一下好吗?"

"什么?"他说。

"我是说——要是有什么东西不对劲,弄好它。"

他微笑。"你别说,那次你把一间屋刷成你以为是好看的柔和色彩，出来却成了亮粉。还有椅子——你不会又给它们重新装了罩子吧?"雷回到我坐的地方。"哦，上帝。"他说，"我那天晚上还在想，你是怎么把你在麦迪逊大道买的那个恐怖的印花棉布套在椅子上的，我跟约翰回去的时候，你都不敢让他进门。上帝啊——那种难看的条纹布。记得约翰站在椅子后面，把下巴支在椅背上，尖叫着：'我是清白的！'记得他那样吗?"雷的眼睛湿润了，像那天一样，约翰那么做的时候他笑得太厉害，眼泪都出来了。"那是差不多一年前的这个月。"他说。

我点头肯定。

"好啦。"雷说，"一切都会好的。我这么说不只是因为我情愿相信有好事。博比也这么想。我们都同意的。我不是一直这么说的吗？我常来看你，好像你疯了还是怎么的。你不愿听我说教。"雷打开纱门。"谁都可以去旅行。"他说。

我瞪着他。

"我去拿午饭。"他说。他用脚抵着门，移开脚进了屋。门在他身后砰的一声关上了。

"嗨。"他在里面叫，"要喝冰茶什么的吗?"

电话又响起来。

"要我接吗?"他说。

"不要，让它响。"

"让它响?"他叫道。

红雀从桃树上飞出来，飞到一棵高大冷杉的弯枝上。冷杉长在草坪边上——那么多树紧紧地挨在一起，挡住了从另一面看房子的视线。一点火红的鸟影，倏忽消失不见。

325

"嗨,美女!"雷叫道,"你的野狗呢?"

除电话铃声之外,我能听见他在厨房里捣鼓。卡住的抽屉拉开的声音。

"你真的不想让我接电话?"他叫道。

我看着身后的房子。雷端着一个盘子,用一只手打开门,雨果在他身边——不是像它以往出门那样冲出来,而是放轻脚步,抖抖身体让自己清醒。它过来在我身边躺下,眨眨眼睛,因为不适应阳光。

雷也坐下,拿着一盘饼干、奶酪,还有一罐啤酒。他看着我的眼泪顺着脸颊往下流,往我身边靠了靠。他喝了一大口酒,把啤酒放在草地上。他把盘子推到啤酒边上。

"哎。"雷说,"一切都好,没事吧?没有对错。人们该做什么就做什么。我是中立的旁观者,是你们俩的朋友。雷一直给你这么简单的建议。保证我们是慎重的。"他轻轻地把头发从我的湿脸颊上拂开。"没事的。"他柔声说,转过身把手搭在我的额头上,"告诉我你做了什么就好。"

1979年6月20日

格林尼治时间

"我在想青蛙的事。"汤姆在电话里跟他的秘书说,"告诉他们,等我想出青蛙问题的正经方案,我就过去。"

"我不懂你在说什么。"她说。

"没关系。我是出想法的人,你是送信的。看你多幸运。"

"你才幸运呢。"他秘书说,"我今天下午得去拔两颗智齿。"

"太糟糕了。"他说,"抱歉。"

"抱歉到陪我去一趟?"

"我得想青蛙的方案。"他说,"告诉梅特卡夫我要请一天假来考虑方案,如果他问起的话。"

"这儿的医疗保险不包括牙科。"她说。

汤姆在麦迪逊大道上的一家广告公司上班。这一周他在努力思考青蛙形香皂的营销手段——香皂是从法国进口的。他还有别的心事。他挂了电话,转身面对在他后面等着用电话的人。

"你听到了吗?"汤姆说。

"听到什么?"那个人说。

"基督啊。"汤姆说,"青蛙香皂。"

他走开了,出去找个地方坐下,街对面是他最喜欢的那家披萨店。他读了报纸上的星座预测(不好不坏),看着咖啡馆窗外,等那家饭馆开门。十一点四十五分,他穿过大街,在那里点了一份西西里披萨,要了所有配料。他跟柜台后的人说话时,脸上的表情一定很可笑,因为那个人笑着说:"你确定吗?所有配料?你自己看着都很惊讶。"

"我早上开始工作,到现在也没干完,"汤姆说,"我吞下这块披萨以后要去问我前妻,儿子能不能回来跟我住。"

那个人避开他的目光,从柜台下面抽出一个餐盘。汤姆意识到他让人家紧张了,于是坐下来。披萨好了,他去柜台前取餐,又要了一大杯牛奶。他发现柜台后的男人又在看他——不巧那一刻他喝得太快,牛奶正顺着下巴往下流。他用纸巾擦下巴,即使做这个动作的时候他也满腹心事,想着这一天剩下的时间。他要去阿曼达家,她住在格林尼治村。像往常一样,他觉得又宽慰(她跟别的男人结婚了,但还是给了他一把后门的钥匙),又焦虑(谢尔比,她丈夫,对他挺礼貌,但明显不想常看见他)。

离开饭馆后,他本打算从车库里把车开出来,然后马上开到她家,对她说他想要本——说他之前在混乱的情形下失去了本,现在想要回他。可是他却在纽约街头晃悠,以便让自己平静下来,好发出更加理性的请求。大约一个小时后,他意识到自己像一名游客那样对这座城市产生了兴趣——高大的建筑物;那些服装模特骨盆前伸,几乎挨到了商店的橱窗;书店里堆成金字塔状的书籍。他经过一家宠物店,橱窗里满是碎报纸和锯末。他往里看,正好有一个十几岁的女孩把手伸过橱窗里的隔板,一手托着一条棕色小狗,将它放在锯末里。有那么一秒钟,他们的目光相遇,她微笑着把一条狗朝着他的方向扔过来。有那么一秒钟,小狗的视线也和他的相遇。狗不再看他,钻进一堆报纸,女孩转身回去工作了。几秒钟前他和那个女孩对视的时候,他想起这一周早些时候的一幕:他正走过喜来登中心,有个非常迷人的妓女走近他。她跟汤姆说话的时候,汤姆有些犹豫,不过这只是因为她的眼睛很亮——双眼分得很开,眉毛被浓密的金色刘海遮住了。他说不,她眨一下眼,眼里的亮光消失了。他简直无法想象这种事怎么可能是真的,即使是一条鱼死了,眼睛也不会那么快就蒙上一层雾。可是就在他说"不"的那一秒,那个妓女的眼睛变得黯淡无光。

现在他绕道去看电影《雨中曲》。看到黛比·雷诺兹、吉恩·凯利和唐纳德·奥康纳跳上沙发起舞,弄翻了沙发的那一幕,他就离开了。他走进一间酒吧,脸上还挂着微笑。酒吧里的人开始多了起来,他看看表,觉得很惊讶,人们已经下班了。喝醉的他盼望下雨,下雨会比较好玩。他走回公寓,冲了个澡,然后去停车场。停车场旁边有个电影院,还没等他回过神来,他已经坐在里面看起了《天外魔花》[1]。长着人头的大狗吓到了他,倒不是因为形象恐怖,而是因为这让他想起之前见过的那条棕色小狗。像是一个预兆,一个噩梦般的画面——当一条狗没人要的时候会变成什么。

早上六点,康涅狄格州,格林尼治。阿曼达的母亲死后,房子归

---

[1] 《天外魔花》(*Invasion of the Body Snatchers*),美国经典科幻恐怖电影。

了她。汤姆前岳母的骨灰放在餐厅壁炉架上的一个锡盒里，盒子用蜡封着。她去世有一年了，那一年阿曼达搬出了他们在纽约的公寓，接着飞快离婚，又再婚，搬进了格林尼治的房子。现在她拥有另外一种人生，汤姆觉得他涉足其间应该谨慎些。他把她给的钥匙插进门锁，轻轻把门打开，轻得仿佛是在拆卸一个炸弹。她的猫洛基出现了，看着他。有时洛基跟他一起在房子里悄悄走动。不过现在，它轻轻跳上窗台，像一片羽毛落在沙子上那样不为人注意。

汤姆四处打量着。她把客厅的墙刷成白色，把楼下的洗手间刷成深红色。饭厅的大梁裸露在外，汤姆碰到过木匠一次——一个紧张的小个子意大利人，他一定很奇怪为什么人们想把房子结构暴露出来。前厅里，阿曼达挂了一组鸟儿翅膀的照片。

汤姆开车去阿曼达家的路上撞了车。车还能开，不过他在后备箱里找到一根卸胎棒，用它撬开挡泥板左前部紧贴轮胎的金属以后，轮子才能转。他开出大路的那一秒（他一定打了会儿瞌睡），脑中闪过一个念头：阿曼达会以此为由，认为把本交给他不可靠。他用卸胎棒干活的时候，有个男人停下车，从车里出来给他一些醉醺醺的建议。"绝不要买摩托车。"他说，"开太快就会失控。你也跟着一起失控——彻底没救。"汤姆点点头。"你知道道格的儿子吗？"男人问。汤姆没吭声。男人难过地摇摇头，回去打开后备箱。汤姆注视着他从里面拿出一些照明灯，点亮，放在路面上。男人手里还剩下几个，他走过来，表情困惑，不明白自己怎么会有这么多。然后他点亮多余的那些，一个接一个，在车前摆成一个半圆，就在汤姆修车的那个位置。汤姆觉得自己像一个神龛中的圣徒。

修好轮胎，他驱车前往阿曼达家。车轮打滑，撞到邻居的信箱，他骂了自己一句。他终于开进院里，却碰到了后院的地灯。他在厨房给自己做了咖啡，然后出来查看地灯的损坏情况。

在城里，出发前他最后停留的地方是一个通宵熟食店，他在那儿吃了鸡蛋和贝果面包，现在还觉得牙齿嚼得发疼。嘴里的热咖啡味道不错。他挪动椅子的位置，姑且还算是坐在桌旁，早晨的阳光微弱，几乎照不到那个地方，但能照到他的一边肩膀，他觉得很舒服。牙齿不太疼了，他才发现嘴里毫无感觉。阳光照到的部位，他能感觉到羊毛衫的温暖，是羊毛衫本应给人提供的那种温暖——哪怕没有阳光的照耀。那件羊毛衫是他儿子送的圣诞礼物，当然是阿曼达挑的包装；盒子包着闪亮的白纸，本用蜡笔签下"BEN"的名字，字母写得很大。涂鸦的笔迹像是鸟儿的翅膀。

阿曼达、谢尔比和本在楼上。在过道那边，他能看到隔壁屋的壁炉架上放着的电子时钟，它的另一边是那盒骨灰。七点钟，闹钟会响，谢尔比会下楼来，他的白头发映着明亮的晨光，好像海边人们卖的那种廉价的鲍鱼灯饰。他会跌跌撞撞，低头看裤子拉链是否拉上；他会用阿曼达母亲的骨瓷杯子喝咖啡，杯子被他握在手里。他的手那么大，得仔细看才能看到他捧着一个杯子，才能知道他并不是像你从小溪里喝水那样，从双手中吞下咖啡。

有一次，谢尔比八点离开，要开车去纽约，阿曼达在餐桌旁抬起头。他们仨刚在那里吃完早餐，汤姆觉得那是一段友好而正常的时光。她却对谢尔比说："请别把我一个人留下来跟他待着。"她站起来跟他走进厨房，谢尔比显得迷惑而尴尬。"宝贝，是谁给他的钥匙？"谢尔比低声说。汤姆看着过道那一头。谢尔比的手低低地搭在她的臀部——既是带着性暗示的玩笑姿势，又隐含着占有的意味。"你可别

331

告诉我有什么事让你害怕。"

本睡啊睡，常常睡到十点或十一点。楼上的卧室里，阳光满满地照在他身上。

汤姆又看了一眼壁炉架上的骨灰盒。假如有来生，万一哪里出了错，他转世变成一只骆驼，而本变成一朵云，他们俩无法在一起，该怎么办？他想要本。他现在就想要他。

闹钟响了，声音大得好像一百个疯子在敲打铁皮罐。谢尔比的脚下了地。太阳在屋子中间投下一片长方形的光影。谢尔比将会走过那片光影，仿佛走过教堂过道上一块铺开的地毯。六个月前，是七个月，汤姆参加了阿曼达和谢尔比的婚礼。

谢尔比浑身赤裸，看到汤姆吃了一惊。他脚下跟跄，抓过搭在肩上的棕色睡袍，穿在身上，一边问汤姆有何贵干，一边说早安。"家里这些该死的钟要么慢两分钟，要么快五分钟。"谢尔比说。他在厨房冰冷的瓷砖地上跳来跳去，煮上开水，把睡袍裹得更紧。"我以为夏天这地板会暖和一点。"谢尔比说着叹一口气。他把身体的重量从一边挪到另一边，搓着他的大手，像个在热身的拳击手。

阿曼达下来了。她穿一条裤边卷到脚踝的牛仔裤，一双黑色高跟凉鞋，一件黑色丝绸衬衫。她也像谢尔比一样脚下不稳。她不是很高兴看到汤姆。她看了看，没开口。

"我想跟你谈谈。"汤姆说。他听起来很无力。一只掉落陷阱的动物，试图保持镇定的眼神。

"我要去纽约。"她说，"克劳迪娅要做一个囊肿切除手术。糟糕透了。我九点钟要跟她在那儿碰头。我现在不想谈。我们晚上再说吧。晚上再来，或者今天留在这儿。"她的手伸进赤褐色的头发里。

她坐在椅子上，接过谢尔比递来的咖啡。

"还要吗？"谢尔比对汤姆说，"你再来点吗？"

阿曼达隔着咖啡杯里升起的热气看着汤姆。"我想我们大家都把这情况处理得挺好。"她说，"我不后悔给了你钥匙。谢尔比和我商量过了，我们俩都觉得你应该能进这房子。只是我想当然地认为你会在——我觉得是——更紧急的情况下使用钥匙。"

"昨晚我睡得不好。"谢尔比说，"我希望今天早上不至于闹出什么事来。"

阿曼达叹了口气。谢尔比也让她心绪不宁，就像汤姆一样。"我能说句话吗，别打断我。"她对谢尔比说，"因为，是的，你告诉过我不要买标致车，现在这死家伙不动了——汤姆，你要是今天在这儿，能送伊内兹去趟商场就好了。"

"昨天我们看到七只鹿穿过树林。"谢尔比说。

"哦，别说了，谢尔比。"阿曼达说。

"我是在帮忙处理你的问题，阿曼达。"谢尔比说，"你不觉得说话该和气一点吗？"

伊内兹在发间插了一朵小的天蓝绣球花，走路时一副自我感觉良好的样子。汤姆第一次看到伊内兹的时候，她在她姐姐家的花园里干活——她正赤着脚站在花园里，长长的棉布裙拂扫着地面。她手里拿着一个篮子，里面的鸢尾和雏菊堆得高高的。她十九岁，刚到美国。那一年她跟她姐姐和姐夫梅特卡夫住，梅特卡夫——他的朋友梅特卡夫，广告公司里最疯狂的家伙。梅特卡夫开始学习摄影，只是为了给伊内兹照相。最后他老婆嫉妒了，叫伊内兹离开。她找不到工作，阿

333

曼达对她又爱又怜,就说服汤姆让她来跟他们住,那时她已经生下了本。伊内兹来了,带着几盒子她自己的照片、一个行李箱,还有一只宠物沙鼠,来的第一晚沙鼠就死了。第二天伊内兹哭了整整一天,阿曼达用胳膊搂着她。伊内兹从一开始就像是家里的一员。

汤姆和伊内兹在池塘边一起散步,有一条黑狗在喘气,它眼睛朝上盯住一个飞盘。狗主人举起飞盘,狗盯着它,就像被来自天堂的一束光定住。飞盘飞出去,划出弧线,落下来的时候被狗叼住。

"我要问问阿曼达,本能不能跟我住。"汤姆对伊内兹说。

"她绝不会答应。"伊内兹说。

"你觉得要是我把本拐走,阿曼达会怎么想?"汤姆说。

"本正在适应这里。"她说,"这主意不怎么样。"

"你以为我在骗你吗?我会把你和他一起拐走。"

"她不是个坏人。"伊内兹说,"你总是想惹她不高兴。她也有她的烦心事。"

"你什么时候开始为你虚伪的雇主辩护了?"

他儿子捡起一根棍子。远处的那条狗盯着他。狗的主人在喊:"萨姆!"狗飞快回头。它跳着穿过草地,抬起头,盯着飞盘。

"我应该去上大学。"伊内兹说。

"大学?"汤姆说。那条狗不停地跑。"你会学什么呢?"

伊内兹突然在本的身后猛地把他抱起来,紧紧抱住。他挣扎起来,似乎想被放下,但当伊内兹弯下腰去,他又紧紧抱住她。他们走到汤姆停车的地方,伊内兹把本放下。

"记得在商场停一下。"伊内兹说,"我得买点东西做晚饭。"

"她会装一肚子寿司和巴黎水的。我敢说他们不需要吃晚饭。"

"你要吃。"她说,"我还是买一点。"

他开车到商场。车子停好以后,本跟伊内兹一起去了商店,没有跟他去隔壁的酒水店。汤姆买了一瓶干邑白兰地,把零钱装进口袋。当他把广告传单塞进袋子时,店员挑起眉毛,又放下,来回几次,好像格劳乔·马克思[1]。传单上画着一个香槟酒杯,里面盛满蓝绿色的酒。

"伊内兹和我有个秘密。"本在回家的路上说。他从后座站起来,抱住伊内兹的脖子。

本累了,他累的时候就会烦人。阿曼达认为不该迁就本:她给他读 R.D. 莱恩[2],而不是童话;她让他吃法国菜,只允许他把酱汁放在旁边。阿曼达拒绝送他上幼儿园。而汤姆相信如果她送他去,如果他和同龄的孩子在一起,本也许能改掉一些烦人的习惯。

"比如说,"伊内兹说,"我可能要结婚了。"

"跟谁?"他震惊不已,握着方向盘的手变得冰凉。

"一个住在镇上的男人。你不认识。"

"你在谈恋爱?"他说。

他加大油门开上车道,车道很滑,沾满草坪喷水器冲下来的泥。他用力开车,等待车子停稳的那一刻。车子滑动了一下,然后又直行了。他们抵达了最高处。他把车停在草坪上,在后门附近,给谢尔比和阿曼达开车入库留出地方。

1　格劳乔·马克思(Groucho Marx,1890—1977),美国喜剧演员、电影明星。

2　R.D. 莱恩(Ronald David Laing,1927—1989),苏格兰精神病学家,撰写了大量有关精神疾病的著作。

"如果我考虑跟某个人结婚，先跟他谈恋爱不是合情合理吗？"伊内兹说。

五年前本出生后，伊内兹就跟他们一起住了，现在她有些手势和表情都像阿曼达——阿曼达那种耐心的似笑非笑的表情让他明白，他如此不通世故既吸引她，又让她困惑。阿曼达跟他离婚那阵子，她回纽约，他去肯尼迪机场接机，她从舷梯上下来，怀里满是菠萝。他看着她，也带着这种耐心的似笑非笑的表情。

八点钟，他们没回来，伊内兹有点着急。九点钟，他们还是没回来。"她昨天是提到一个什么话剧。"伊内兹低声对汤姆说。本在另一间屋子玩智力玩具。是他上床的时间了——已经过了点——他的专注劲儿好像爱因斯坦。伊内兹又进了他的屋，汤姆听到她在跟本讲道理。她比阿曼达平静，她会达到目的。汤姆读起超市的报纸，这种报纸一星期出一次，都是些鹿冲过马路、做蜡染的女艺术家要在图书馆现场演示之类的消息。他听到本跑上楼梯，伊内兹在后面追。

水龙头打开了。他听到本的笑声盖过水声。他很高兴看到本适应得这么好。他自己五岁的时候，绝不可能让女的跟他一起进浴室。现在他快四十岁了，他多希望是自己在浴缸里，而不是本——要是伊内兹能用肥皂给他擦背，她的手指滑过他的皮肤。

有很长一段时间了，他一直惦记着水边，想着去什么地方旅行可以看到海，可以在沙滩上散步。在纽约，每过一年，他就越来越烦躁不安。晚上他常常在自己的公寓里醒来，听着空调呼呼的噪音，楼上住的女人穿着缎面拖鞋窸窸窣窣地打发失眠的时间。（她给他看过那双拖鞋，解释说汤姆睡不着不可能是因为她在走动。）他失眠的晚上，就把眼睛睁开一条缝,像儿时那样把家具想象成别的东西。他斜着眼把高高的红木衣柜看成棕榈树干;他飞快地眨眼,夜灯一闪一灭,像是浮子在水中起伏。他试图把床想象成一条船,他在船上挂起帆,就像多年前他和阿曼达在缅因州行船,珀金斯湾的水域变得宽广,汇入波涛滚滚的墨蓝色海洋。

楼上的水龙头关掉了。四下安静。安静了许久。伊内兹的笑声。猫跳上楼梯,上楼时有块地板嘎吱作响。阿曼达不会让他带走本的。他现在很确定了。几分钟后,他听到伊内兹在笑,她高举爽身粉的罐子,让粉末撒落在本身上,像下雪。

汤姆决定至少好好度过这一夜,他脱了鞋上楼,不必打扰房子的宁静。谢尔比和阿曼达卧室的门开着。本和伊内兹蜷在床上,她就着昏暗的灯光开始给他读故事。伊内兹挨着他,躺在床上铺着的蓝色大被子上,背对着门,一只胳膊缓缓划过空中:"士兵们在村口站住……[1]"

本看到他,装作没有看见。本爱伊内兹胜过所有人。汤姆走开了,让她不至于因看到他而停下朗读。

他进了谢尔比用作书房的那间屋子。他打开灯。有一个调暗光线的开关,灯光非常暗淡。他没去调节灯光。

他仔细地看一张鸟喙的照片,旁边有一张鸟儿翅膀的照片。他凑近照片,把脸颊贴近玻璃。他有些担心。知道他在等着见她,她却不回来,阿曼达不会这样的。他感到玻璃的凉意扩散到全身。阿曼达不可能是死了,这么想没道理。谢尔比开车像个老人,车蠕动得很慢。

---

[1] 原文为西班牙语。

他走进浴室，给脸上泼了点水，用他以为是阿曼达的毛巾擦干。他回到书房，仰躺在沙发床上，等着车子回来，旁边是打开的窗户。他在一张陌生的床上一动不动地躺着，在一个他和阿曼达离婚前每年来两三次的房子里躺着——这座房子在阿曼达生日时总是点缀着鲜花，在圣诞节时能闻到新砍的松树味，桌上细长的意大利天使面摆成鸟窝的形状，里面小小的圣诞彩球闪着光，好像色彩奇异的鸟蛋。阿曼达的母亲去世了。他和阿曼达离婚了。阿曼达跟谢尔比结婚了。这些事很不真实，而真实的是过去的时光，是多年前的阿曼达——他脑海中无法忘却的阿曼达的形象，他始终记着的情景。那是在他并未料到会有任何问题出现的一天发生的：他那时正感觉生活合拍，心情轻松，这种感觉日后再也不会有了。那一刻的情形让他如此心痛，相比之下，后来阿曼达离开他去找谢尔比所带来的痛苦也没有这么深切。阿曼达——她穿着漂亮的内裤，站在他们纽约公寓的卧室里，在窗户旁边——双手交叉，掩住自己的胸部，对本说："没有了，奶没有了。"本穿着T恤，兜着尿布，躺在床上仰面看她。床头柜上放着要给本喝的一杯牛奶——他会像哈姆雷特从毒酒杯中喝酒那样坚定地喝下牛奶。本的小手在杯子上，她的乳房又在眼前显现，阿曼达的手盖住本的手，杯子倾斜，本吞下第一口牛奶。那个晚上，汤姆把头从自己的枕头移到她的枕头上，身子往下滑，直到脸贴上她的乳房。他早就知道自己睡不着，他很吃惊，阿曼达能以如此随便的方式完成一件这么大的事。"宝贝——"他开口，而她说："我不是你的宝贝。"她从他和本身边移开。谁能料到她需要的是另一个男人呢——她会在一张巨大的蓝色海洋般的缎面被子上，在一张海洋般宽阔的大床上跟那个男人共枕。他第一次来格林尼治的时候，看到了那张床。在她的注视下,他把手握成杯状,搭在眉毛上,远远地往房间那头张望,好像能看到中国。

离婚以后,他第一次去格林尼治拜访的时候,本和谢尔比不在家。伊内兹倒是在家,阿曼达坚持带他参观房子,她也跟着一起。汤姆知道伊内兹不想跟他们一起看房子,她这么做是因为阿曼达叫了她,还因为她觉得这样他就不会那么尴尬。汤姆会永远为此爱伊内兹,那跟他爱阿曼达的方式不同,但也是一种真实的爱。

这会儿伊内兹进了书房,在眼睛适应黑暗的时候,她犹豫了一刻。"你醒着吗?"她轻声说,"你没事吧?"她慢慢走到床边坐下。他的眼睛闭着,他确定自己能一直睡下去。伊内兹的手放在他的手上,汤姆微笑着,意识开始游离,进入梦乡。一只鸟展开翅膀,像展开一把折扇那样优雅;士兵[1]在山顶停留。他会永远记住和伊内兹有关的这一幕:在阿曼达跟他说起谢尔比并提出离婚的那个周末之后,伊内兹星期一来上班,在厨房里她低声对他说:"我还是你的朋友。"伊内兹凑近他低声说话,就像一个羞怯的情人轻轻凑过来说"我爱你"。她说了,她是他的朋友。汤姆告诉她,他永远不会怀疑这一点。那一刻他们就那么站着,静静地,一动不动,好像四周的墙都是群山,而他们的话语会撞在山上。

1979 年 10 月 29 日

---

[1] 原文为西班牙语。

重 力

我心爱的这件夹克来自里昂比恩[1]专卖店。它从缅因州到了亚特兰大，被我的一个前男友在那儿的一家二手店发现了，他买下来给我作生日礼物。他穿着有一点紧，可是他见到我的时候正穿着它。他说要是我没夸他穿这件夹克好看，他就自己留下了。我在口袋里发现了一颗亚硝酸戊酯[2]，还有一块好时之吻巧克力。巧克力是故意放进去的。

在我穿它的八年里，扣子掉得只剩下一个——我永远不会扣的那个，因为没人会扣领子下面那个纽扣。四个扣子都掉了，可是我只记得倒数第二个是怎么消失的：我看到它在晃荡，却还是觉得掉不了。后来，蹲在中央咖啡馆的地上，我醉眼蒙眬地盯着我坐过的吧凳下的地板，喃喃自语："我一直没挪动这个吧凳，它肯定就在这个地方。"

尼克，现在正与我同行的这个男人，一点穿进这件夹克的可能性

---

[1] 里昂比恩（L.L.Bean）是美国著名的户外用品品牌。

[2] 亚硝酸戊酯可用于治疗心绞痛。

都没有。他巴不得我也穿不进去。他讨厌这件夹克。当我告诉他我想买条冬天的围巾时,他提议说鼠尾辫[1]可能跟夹克比较搭。他总是在商店橱窗前停下,提出给我买一件毛衣或是大衣。没一件是我看中的。

"我要疯了。"尼克对我说,"你就因为丢了扣子不开心。"我们继续走。他从一侧戳我。"扣子也可以作弹子。"他说。

"你玩过弹子吗?"

"玩弹子?"他说,"那不是只能看的吗?"

"不是。我记得有一种游戏是用弹子来玩的。"

"我小时候有一个雪茄盒,里面装满了弹子。很棒吧?我有弹子、邮票、硬币,还有《花花公子》的剪报。"

"同时拥有这一切吗?"

"什么意思?"

"邮票不是在《花花公子》剪报之前出现的?"

"是同时。我用放大镜看图片,不看邮票。"

我夹克的左侧与右侧交叠,我紧紧交叉双臂,把夹克合拢。尼克注意到了,说了句"没那么冷",便把一只胳膊搭在我肩头。

他说得没错。是不冷。上周五下午,医生告诉我周三,也就是后天,需要去医院做一个检查,看看是不是输卵管阻塞导致左边身体的疼痛,我胆战心惊。我从来没相信过《钟形罩》[2]里的内容,除了埃丝

---

[1] 指大部分头发为短发,只将脑后一小撮留长成辫子的发型,因形似老鼠尾巴而得名。
[2] 《钟形罩》(*The Bell Jar*)是美国诗人西尔维娅·普拉斯(Sylvia Plath)的一部小说,主人公埃丝特·格林伍德(Esther Greenwood)是一个精神抑郁的女大学生。

特·格林伍德的多疑症观点：在无意识的时候感觉到痛，之后就会忘了曾经觉得痛。

他把胳膊抽回去了。我用一只手抓紧夹克，另一只手握住他的手腕，这样他就得把手从口袋里拿出来。

"把那只手给我。"我说。我们一路这样走着。

其他的扣子好像还没发现松动就掉了。去年冬天掉的。那个时候我刚刚爱上尼克，其他的事情都不重要了。那会儿我还想等到夏天缝上新扣子。现在是十月，天冷了。我们走上第五大道，离我要做检查的医院只有几个街区。他意识到这一点时，就拐进一条小街。

"你不会死的。"他说。

"我知道。"我说，"只要没死，为任何情况担心都很傻，是不是？"

"别拿我撒气。"他说着带我拐进九十六街。

今晚没有星星，所以尼克说到了星星。他问我有没有想象过，当第一个宇航员把高倍望远镜移向土星，看到的不仅是星球本身，还有光环——青烟般的光环，那时他心里在想什么。尼克停下脚步点烟。

种在公园大道中间的菊花在黑暗中一片模糊。我想到海姆[1]的花：贴近他的一幅画，你能看到蜷在枝条上的蜗牛，叶子边缘爬着的小虫。有时确实是这样——你把花园里摘的花拿回屋，会看到花梗上爬着一只蜗牛，看着、摸着都像一团脓。

上周五，尼克说："你不会死的。"他下了床，把花瓶从我前面挪

---

[1] 海姆（de Heem，1606—1684），荷兰静物画家，以果物、花草和鱼虫为主要题材。

开。那天我去看了医生，后来我们去贾斯汀那里过周末。（十年前尼克跟芭芭拉开始同居，贾斯汀是他们在西十六街上的邻居。）一切都很美妙，贾斯汀在乡间的房子一向如此。卧室里有个花瓶插满了小天蓝绣球和雏菊，我过去闻花，看到了蜗牛，说它看起来像团脓。我并不是觉得它恶心——只是不喜欢它在花上，我还好奇地摸了一下。

"不要让贾斯汀知道你在哭什么。贾斯汀不该知道。"尼克低声说。

蜗牛被人摸的时候并没有收缩，但也没有继续爬动。

基本情况：她的名字叫芭芭拉。她的地位像博尔德大坝一样稳固。她个子小，长得很美。因为她先认识尼克，所以她一直能左右他，虽然他们从未结婚。她就像博尔德大坝一样稳固。

去年我们在贾斯汀家过圣诞。贾斯汀想把我们仨当作一家人——尼克、贾斯汀和我。他真正的家人是一位姨妈，住在新西兰。他小时候，姨妈给他做过厚厚的曲奇饼，从来没烤熟过。贾斯汀的想法比我要浪漫，他认为尼克应该忘掉芭芭拉，然后跟我一起搬进隔壁那幢待售的房子。贾斯汀穿着保暖拖鞋、白色睡袍和及膝的条纹长袜，在厨房里煮睡前茶，他跟我说："请举出一个比着了凉的基佬更惨的例子。"

芭芭拉打来电话，我们尽量不去注意。贾斯汀和我吃圣诞晚餐后的冷橙子。贾斯汀倒了香槟。尼克在电话上跟芭芭拉聊天。贾斯汀吹灭蜡烛，我们俩坐在黑暗中，尼克站在电话机旁，回头看着突然变黑的角落，疑惑地皱起眉头。

晚些时候，尼克站在厨房里说："贾斯汀，告诉她真话。告诉她你到了圣诞就抑郁,所以你要喝醉。告诉她这并不是因为一个你从没喜欢过的女人打来的一个短短的电话。"

贾斯汀又在煮茶,让自己清醒点。他的手在炉灶上方,往下贴近一寸,又贴近半寸……

"跟他比胆量。"他轻声对我说,"你可别烧伤了自己。"

一位女士走过我们身边,她戴着一顶插满羽毛的蓝帽子,上面的羽毛像疯狂的印第安人射在帽边上的箭。她笑得很甜。"蛇从地狱里爬出来了。"她说。

在莱辛顿大道的一家酒吧,尼克说:"告诉我你为什么这么爱我。"未作停顿,他又说:"别打比方。"

当他迷失的时候——当他迷路的时候——他一部分是迷失在她那里。仿佛他在森林里愈行愈深,停下来闻一朵令人迷醉的花,或是发现一个池塘,像那喀索斯[1]一样为之着迷——这却会让我身处险境。从他告诉我的有关芭芭拉的事中,我知道她深邃而冰凉。

躺在医生那铺着冰冷白纸的体检台上,我尽量不去注意他做的事,而是仔细盯着天花板上的一个螺钉,它固定住扁平的白色顶灯四角中的一角。

我还是孩子的时候,有一次在树林里迷路了。我手里有一朵蒲公英,我徒劳地把它当作手电筒,黄色的花心是我想象中的光柱。本应

---

[1] 那喀索斯(Narcissus),希腊神话中的一个美男子,他爱上自己在水中的倒影,最后化身为水仙花。

该来救我的父母,在一个后院派对上喝醉了,我一再走错路,离我原本可能看到的房子越来越远。我心中害怕,越走越慢。

尼克就此大做文章。他认为我迷失在自己的人生中。"好吧。"他用手肘轻推我,让我走快点。我说:"一切都是象征。"

"你凡事都作比喻,怎么能这样挖苦我呢?"

"我没有。"我说,"你讲起话来让我想伸出手给人打。你像老师一样爱苛责。"

走到头了。他甚至还做了我想让他做的:走三十个街区去她的公寓,而不是坐出租车去,如果她很着急地从窗口往下看,他则正好和我一起走到门口,然后她就能看到一切——包括接吻。

他惊讶于在同一段时间内,芭芭拉身上发生的事会换个版本发生在我身上。她剪了头发的那一天,我把头发修齐了。我去看牙医,他说我的牙龈有点萎缩,我则希望芭芭拉能长出尖牙来反超我。实际情况却是我身体的一侧开始疼,而她的疼痛也更剧烈了。现在她做完脊柱融合手术回到家里,正慢慢好起来,而他又跟她待在一起了。

1979年的秋天。人行道上,我们看到一对情侣在亲吻,三个人在遛狗,一对夫妇在吵嘴,一个出租车司机把车停在药店前,脱下牛仔夹克,换上黑色皮衣。他戴上一顶皮帽,把夹克扔到后座,驱车离开,在公园大道掉头,往城里开去。一个男人看着我,仿佛他刚发现我站在接吻亭[1]的柜台后面。一个女人抛给尼克一个极为挑逗的媚眼,还没等她走远,尼克就忍不住笑出声来。

---

1 通常是在嘉年华会或其他场合设置的摊位,摊主亲吻游人并收取费用,为慈善组织筹款。

"我受不了了。"尼克说。

他不是在说纽约的疯狂。

他吻了我,然后用钥匙打开外侧的门,有那么一分钟,我们被夹在上锁的门之间。我称之为监狱。一个棺材。两个宇航员被带子绑着,在去往月球的路上。我曾站在那儿,不止一次地感到一个人未被重力定在原地时的飘忽,而我的失重是因为悲伤和恐惧。

芭芭拉在楼上等着,尼克不知该说些什么。我也不知道。最终为了打破沉默,他把我拉到身边。他告诉我早先我要握他的手时,说的是"那只手"。

他的右手伸过来,手指触到我乳房之间的骨头。我低头看了一下,就像外科医生看着半透明的、紧贴皮肤的橡胶手套,那时他会产生片刻的怀疑,或者甚至是片刻的自信:他的手,又不是他的手,将要做出重要的或根本无关紧要的事。

"任何人都会说'你的手',"尼克说,"而你那样说的时候,听起来好像我的手脱离了身体。"他轻抚我的夹克。"你已经有了你的安全毯,让我也把各个部分归拢起来吧,至少从外表上。"

脱离了躯体,那只手就像马格里特[1]的画中的一个象征:岩石上的一座城堡在大海上漂浮;一只不在树上的青苹果。

独自一人,我无论身在何处都知道会这样。

1980年6月2日

---

1 马格里特(Rene Magritte, 1898—1967),比利时超现实主义画家。

奔跑的梦

巴恩斯拿着橄榄球在跑。阳光照在他的白裤子上，裤子像缎子一样闪亮。狗跑在他身边，就在他的脚踝边，把秋天的落叶蹚得四处都是。他们从操场的另一头回到奥德丽和我坐着的地方，狗跑在了前面，三次想绊倒他，但巴恩斯还是把橄榄球给它了。巴恩斯突然停住脚步，把橄榄球递出去，像女主人递出一个小咖啡杯那样小心，然后松手。狗的名字叫布鲁诺，它一口咬住橄榄球——那是一个海绵橡胶做的球，一个玩具——然后咬着球跑掉了。巴恩斯还在喘气，他坐在奥德丽的躺椅边上，抬起她的脚，隔着袜子给她按摩脚趾。

"我忘了告诉你，早上你劈柴的时候，你的会计打过电话。"她说，"他打电话来是要告诉你，那个给他邻居搞了游泳池的包工头叫什么。我不知道你还认识会计呢。"

"我认识他的邻居。"巴恩斯说，"不过他们现在不做邻居了。我认识的那家人是马特·卡特赖特和泽拉·卡特赖特。泽拉过去总是打电话问我要利眠宁。他们搬到肯塔基去了，会计还跟他们保持联系。"

"你人生中有那么多我不知道的事。"奥德丽说。她拽下袜子，脚在巴恩斯的手里转了一下。她的脚指甲染成红色，大脚趾的指甲呈完美的椭圆形。脚后跟像婴儿的那样柔软圆润，这在我看来简直是个奇迹，因为我知道以前在纽约，她每天都穿高跟鞋上班。另一点让我惊奇的是，夏天过去了，还有人涂脚指甲油。

正如我们所料，布鲁诺要把球埋起来。有一次我看到布鲁诺在刨洞，要埋一个内胎。所以埋个橄榄球只是一两分钟的事。初夏时节的一天，巴恩斯夜里很晚才回家——他是外科医生——把他的黑包拿给狗。要不是奥德丽没有我们其他人醉得那么厉害，出手救下，那个包也会被狗埋掉。

"我们干吗非得修一个游泳池？"奥德丽说，"施工噪音多可怕。要是有小孩溺水呢？我会每天早上醒来，走到窗边，准备看到一具小尸体……"

"你知道你嫁给我的时候，我有多物质吧。你知道我在乡下买了一幢房子，之后就会建一个泳池，对不对？"巴恩斯亲吻她的膝盖。"林恩，奥德丽不会游泳。"他对我说，"奥德丽不喜欢学新东西。"

我们早就知道她不会游泳。她是马丁的妹妹，我认识她七年了。马丁和我住在一起——或者应该说直到几个月前我们还住在一起，我搬出来了。巴恩斯几乎从小就认识她，他们结婚到现在有六个月了。他们是在这幢房子的客厅里成婚的，当时房子还在建，唱片里猫王普雷斯利在唱《只要我有你》。霍利举着一束眼镜蛇瓶子草。后来我唱了《很快会有一天》——奥德丽最喜欢的朱迪·柯林斯的歌。当时狗也在，还有一个做客的阿富汗人。那个石匠忘了当天他不用来干活，仪式正要开始的时候他到了，于是决定留下。后来发现他会跳狐步舞，我们都很高兴他留下来没走。我们喝香槟，跳舞，马丁和我做了橘子黄油薄饼卷。

"或许我们可以把那本大卫·霍克尼[1]的书封撕下来，"奥德丽说，"就是一个人脸朝下漂在池子里，看上去像被玻璃压在下面的那张图？我们可以用它代替风铃，挂在那边那棵树上。我不想要游泳池。"

巴恩斯放下她的脚。她抬起另一只，放在他的手里。

"我们可以给你买个充气筏子，你在上面漂，我来给你按脚。"他说。

"你从不在家，你总是在工作。"奥德丽说。

"人们来修池子的时候，你可以举着那张大卫·霍克尼的画来恶心他们。"

"要是他们不解其意呢，巴恩斯？我能想象那只会让人困惑。"

"那你就输了。"他说，"如果你给他们看了画，他们还是不管不顾继续修池子，那要么它不是一个真正的十字架，要么他们不是真正的吸血鬼[2]。"他拍拍她的脚踝，"但跟他们解释就不合适了。"他说，"必须像玩字谜游戏一样认真。"

马丁跟我说了巴恩斯告诉他的一些事。最开始，马丁不想让他妹妹嫁给巴恩斯，但他又是他最好的朋友，马丁不想背叛巴恩斯对他的信任，所以他问我的想法。跟我讲这些比跟奥德丽讲要少些麻烦，而且很早以前我保守秘密的能力就让他印象深刻：他去意大利的那个夏天，他母亲做了乳房切除手术，我没有告诉他。两年后她去世了他才

---

[1] 大卫·霍克尼（David Hockney，1937— ），英国画家、摄影师。
[2] 传说中，十字架可以抵御和识别吸血鬼。

知道，还是无意中了解到的。我说："她不想让你知道。"他说："你怎么能守住这个秘密？"这类事情让他对我又爱又恨。他爱我是因为我是那种人们会主动找上门的人。那是一种他希望拥有的特点，因为他是个老师。有一次，夜里很晚的时候我俩走过切尔西区，一个衣着考究的老太太从大门后凑近我，递来一罐菜豆和一个开罐器，说："请尝尝。"在地铁上，一个男人递给我一封信，说："你什么也不用说，只请你读一读这段话。我只希望撕了信之前别人能看到它。"这类事很多都跟爱有关，而表达方式未免有些奇特。那罐菜豆跟爱无关。

马丁和我在树林里散步。毒漆藤的叶子到了秋天红得艳丽，所以很好辨认。我们走到林子深处，看到一栋树屋，梯子是用钉子钉在树干上的四块木板。树下有一些空啤酒瓶，但我忽略了一个最显眼的东西——是马克指给我看的：树屋的高处嵌着一个白色气球，卡在一处细枝分叉的地方。他扔了几块石头，终于有一块砸中气球，但是气球没破，也没有飞走。"也许我可以诱使它下来。"他说。他捡起一个空的米克劳啤酒瓶，拿到嘴边，用手指轻击玻璃，然后在瓶嘴上方缓缓地吹出一股气流，就像在吹号角。一种诡异而空洞的声音，我很高兴他后来不再吹了，扔掉了瓶子。他总能让我吃惊，反过来也一样。我们住在一起多年了。一个月前，他深夜来到我跟人合租的公寓，前两个星期，他上班时不接我的电话，回到家就把电话拔掉。他就这么过来，按响蜂鸣器，我从窗户里往外看的时候，他站在那里微笑。他走上四级楼梯，进门的时候还在微笑，说："我要做一件你肯定会喜欢的事。"要是他想摸我，我准备打他一拳。而他轻轻握住我的手腕，让我知道在我身上他只会摸这一处地方。然后他坐下来，把我也拉进椅子,开始用口哨吹《她可爱吗》中那段口琴间奏。他完美地吹出那段悠长而复杂的间奏,然后坐在那儿,一语不发,温热的嘴唇吻上我的头顶。

马丁拨开一根低垂的树枝,让我走过去。"你知道巴恩斯今天早上跟我说了什么吗?"他说,"他每周一早上去看那个固定的心理医生,可是几周前他开始每周二去看一个年轻的女心理医生,而且绝不跟其中一个说起另一个。接着他又说他在考虑两个医生都不看了,打算买一个相机。"

"我没明白。"

"他就是那样——说起一件事,然后又说点毫无关系的。我不知道他是想让我问还是只听他说。"

"问问他。"

"换你你也不会问。"

"也许我会问。"我说。

我们走在落叶上,穿过翠绿的蕨类植物。现在离树屋很远了,他又扔了块石头,但没有打中树枝,连气球的边都没擦到。

"你知道是怎么回事吗?"马丁说,"他一向不会暧昧不清,不会随便讲话。他在医学院毕业的时候,成绩全班第一。整个夏天,那家伙只要拿起棒球棒,每一次都能来个全垒打。他讲话时有那种迷人的自谦的味道——比如他说起游泳池的时候。所以,他看似跟我推心置腹,但我要是真的开口问他,去看两个心理医生,又同时放弃他们,还有买相机这三件事之间到底有什么关系,倒显得我不通世故了。"

"也许他告诉你是因为你不问问题。"

马丁把一颗橡子抛向空中。他把橡子装进口袋,捏捏我的手。

"我昨晚想跟你做爱。"他说,"但是我知道她整晚都会在客厅里走动。"

奥德丽的确如此。每隔几个小时,她起床,蹑手蹑脚地走过折叠床,走进浴室,在里面一直无声地坐着,时间长得我又睡过去了,都不知道她出来,直到我听到她又走进去。奥德丽和巴恩斯在一起的这一年已经流产两次。奥德丽,发誓永远不会离开纽约,永远不要小孩的她,和诗人、画家厮混,然后嫁给了她约会的第一个体面的男人——也是她哥哥最好的朋友——接着怀孕,为失去第一个孩子伤心,为失去第二个孩子伤心。

"奥德丽会没事的。"我说着和他十指相扣。

"我们俩才是我担心的。"他说,"我想着他们的问题,就不用考虑我们的了。"我们走着,他用胳膊搂住我。皮肤汗津津的——穿了太多衣服。我们踩踏着那些我一个人走时会避开的蕨类植物。他把头靠在我肩上,说:"我需要的是你来跟我说话。你们都遥不可及。我不知道你在想什么,我想你一定在恨我。"

"几个月前我跟你说过我的想法。你说你需要时间来思考。那我除了搬走,让你有时间思考,还能做点什么?"

他站在我面前,摸着我当夹克穿的他的羊毛衬衫的扣子,把我的头发拂到肩后。

"你就那么走了。"他说,"你都不告诉我你过得怎样。"

他把脸转向我,我以为他要吻我,但他只是闭上眼睛,把额头贴上我的额头。"你知道我所有的秘密。"他低声说,"我们分开的时候,我觉得它们都在你体内死去了。"

吃晚饭时，我们都喝得太多。我隔着桌子研究马丁的脸，好奇他想到的是什么秘密。他害怕开车过桥？害怕煤气炉？还是他分不出波尔多葡萄酒和勃艮第？

巴恩斯刚才在纸巾上画了一幅图，解释三重心脏搭桥手术是怎么做的。奥德丽不小心碰翻了巴恩斯的酒杯，心脏图浸了水开始变得模糊。马丁说："那是一个阴茎，大夫。"然后他在我的纸巾上涂了几笔，在上面滴了几滴水，然后说："这也是一个阴茎。"他假装在做一个罗夏墨迹测验[1]。

巴恩斯从餐桌中间的纸堆里又抽出一张纸巾，画了一个阴茎。"这是什么？"他问马丁。

"一个蘑菇。"马丁说。

"你挺狡猾的。"巴恩斯说，"我看你度过这次危机以后应该去学医。"

马丁团起一张纸巾，扔在从巴恩斯的纸巾沿着桌子流过来的那摊水里。"你这辈子有过精神危机吗？"他擦着水渍问他。

"没被你看出来。上医学院的时候有几个星期，我以为我要成班级第二名了。"

"你一直当超级优等生不觉得尴尬吗？"马丁说着惊讶地摇头。

"我没有多想。大家对我都有这种期望。高中的时候，每次我没有得到 A，都会被我老爸用皮带抽。"

"真的吗？"奥德丽说，"你爸爸会打你？"

---

[1] 罗夏墨迹测验是著名的投射法人格测验，由瑞士精神科医生、精神分析学家赫尔曼·罗夏（Hermann Rorschach）编制。

"是真的。"巴恩斯说,"我有很多事你不知道。"他给自己又倒了些酒。"我无法忍受疼痛。"他说,"那是我去学医的部分原因。因为反正我随时都在想这些,做起手术来我每天都很感激那是别人在受苦。我做住院医师的时候去看术后病人,出了病房就吐。有时护士会吐,但很少会看到医生呕吐。"

"你那时需要别人安慰吗?"奥德丽说,"你现在不要任何人的安慰。"

"我不知道是否真的如此。"巴恩斯说。他喝了一口酒,举起酒杯时那么镇定,如果他不是一边喝酒一边往高脚杯里看,我还以为他没有醉。他把杯子放回桌上。"我跟男人谈话容易一些。"他说,"男人总归有个限度,女人安慰起人来太投入了。我总是想着哪天我开始放松了,可能会永远失去力气。天天待在这儿,在游泳池里浮着。读书,喝酒,停滞不前。"

"巴恩斯。"奥德丽说,"这太可怕了。"她用一只手把刘海往后拨。

"基督啊。"巴恩斯说着凑过去,把她的手从脸上拿下来,"我听起来像 D.H. 劳伦斯的小说里的某个角色。我不知道我在说些什么。"他站起来,"我去拿烤箱里的另一个披萨。"

在去厨房的路上,他的腿碰到了咖啡桌。玻璃桌上的空心石球咯咯作响。桌上放着一个柳条筐,里面有蓝色的石头、磨光的紫水晶、小溪里捡来的墨黑的鹅卵石、恍若锁进烟雾的云纹大理石。房子里满是让人想触摸的东西——丝质的花让你非得伸手去摸摸看是不是真的,雪花玻璃球让你忍不住晃它一晃,奥德丽的塔罗牌。奥德丽现在带着一种迷惑的神情看马丁,和她每次摆开塔罗牌仔细研究时的神情一样。马丁握住她的手。巴恩斯回来的时候,他还握着她的手,直到巴恩斯把披萨放到桌子中央才松开。

"对不起。"巴恩斯说,"这时候说我的问题不合适吧?"

"怎么不合适?"马丁说,"大家整个周末都在做那个幽默聪明的自己。可以说点严肃的话题了。"

"嗯,我不想再犯傻了。"巴恩斯说着把披萨切成几块,"你怎么不说说跟林恩生活了那么多年,她突然出名了,你是什么感觉?"巴恩斯把一块披萨放在我盘里。他分给马丁一块。奥德丽用手挡在盘子上方。有那么一刻,酒醉的我没意识到她在说自己不想吃了——她的手指轻轻晃动,就像拿起一张塔罗牌时那样。

"上周有天晚上我通宵工作。"巴恩斯对我说,"玛蒂·克莱恩跟我一起。后来我们的车正经过公园大道,电台里放了你的歌。我们俩都惊奇不已,不是因为我们刚做了五个小时的手术,而是因为我们坐在一辆出租车的后座上,太阳升起来,而电台里唱歌的人是你。我习惯的依然是你和奥德丽一刻钟前在厨房唱歌的那种感觉——那种你唱她和的样子。而在出租车里我意识到,唱歌对于你不再是私人行为了。"他又喝了一口红酒。"我把意思说明白了吗?"他说。

"很明白。"马丁说,"试着跟她解释一下吧。"

"不是私人的。"我说,"其他事是私人的。但那也只不过是我在唱一首歌。"

巴恩斯把椅子从桌旁拉开。"我来说说什么是我永远也想不清楚的。"他说,"那就是我竟能把手从别人的身体里抽出来,洗手,进出租车,回家,然后等不及地要跟奥德丽上床,要触摸她,因为那是如此神秘。可是我做了这些,还是什么也没有发现。"

"下一步是要说你不知道我为什么流产两次吗?"奥德丽说。

"不是,我根本没这么想。"巴恩斯说。

"我来告诉你我的想法。"马丁说,"我以为巴恩斯想让我告诉大家,我为什么被林恩的名气吓坏了。我这会儿退出……似乎时机不太合适。"

"我什么时候说过我只想要出名?"我说。

"我撑不住了。"奥德丽说,"假装关心别人讲的事对我来说太难了,我现在只能想到流产。"

她第一个开始哭泣,不过我们几个也随时有可能会哭。

布鲁诺,这条狗会转移自己的忠心。因为晚饭后马丁给它扔了橄榄球,它就到起居室里我们的床上来睡了。它睡得很沉,但不安稳:爪子在动,呼吸粗重,有一次呼气时还发出一声尖细的叫声。马丁说它在做奔跑的梦。我闭上眼,试图想象布鲁诺的梦境,想到的却是它也许不会梦到的一切:蓝色的天空,土地变冷时坚硬的田野。或者,就算它注意到那些事物,它们也不会显得令人悲伤。

"如果我爱上别人,事情会好办一点吗?"马丁说。

"你有吗?"我说。

"没。不过我想过那算是一条出路。那样在你眼里,我就成了一个你判断失误的人。"

"每个人都转变得这么突然。"我说,"你意识到了吗?突然之间巴恩斯跟我们敞开心扉,你想一个人待着,而奥德丽想忘掉她在纽约的生活,住在一个安静的地方,生养孩子。"

"那你呢?"他说。

"我不再哭泣,也不再惊慌,因为我爱上别人了,这样说你能接受吗?"

"我打赌那是真的。"他说。我感觉到他在抚摸狗。他这么做是为了让自己镇定下来,又不会弄醒狗——他用脚温柔地按着它身体的一侧。"是真的吗?"他说。

"不是。只是我想让它成真,来伤你的心。"

他去够床脚叠着的被单,把它盖在毯子上。

"这不像你。"他说。

他不再摸狗了,转身对着我。"我感觉自己被锁住了。"他说,"我觉得我们每周末都必须出门。我觉得总是必须有一个'我们'。我心情很差,但又为此内疚,因为巴恩斯的父亲揍过他,我妹妹失去了两个婴儿,而你把一切都押上了,我觉得自己没法跟上你的步伐。你比我精力更充沛。"

"马丁——巴恩斯烂醉如泥,奥德丽在哭,趁还没到午夜,我得说我已经筋疲力尽了,我得睡觉。"

"这不是我的意思。"他说,"你没明白我的意思。"

我们沉默了,我能听见房子在风中颤动。巴恩斯还没有装上防风窗。冷空气从窗缝里漏进来。我让马丁用胳膊搂着我取暖,我身子往下滑,让被单和毯子裹住肩膀。

"我是说我没有资格。"马丁说,"他在医院经历了那些事,他有资格星期六晚上醉一场。奥德丽也有一百个理由哭泣。而你脑子里总是充满音乐,即使你不写歌也不演奏,那还是会让你疲惫。"他低声说着,声音甚至更轻了,"你怎么想?他说他爸爸打他的那一段?"

"我没你们俩听到的多。你知道我,你知道我一直在找理由,来证明我五岁的时候父亲就去世这事没什么大不了。我想也许他活下来事情会更糟。也许我还会为了什么事恨他。"

马丁把头贴得更近。"让我走吧。"他说,"我会像那个树上的气球一样不可动摇。"

布鲁诺在睡梦中呜咽,马丁用脚一上一下地在它身上轻按,一半为了安抚自己的情绪,一半为了安抚狗。

我那时不明白我父亲要死了。我知道有什么地方不对劲,但我不明白死意味着什么。我一直只知道做简单的事:读一个陌生人递给我的信,然后点点头;在别人无法拥有我的力量时帮助他们。我记得我父亲弯下腰来,其实是疼得蹲下去,我现在才明白。他像冬天一样苍白,而寒冬到来前他就去世了。我记得自己跟他站在一个我当时觉得巨大的房间,阳光强烈得好像迸发的闪光灯。假如有人拍一张照片,那会是一个小女孩和她爸爸准备去散步的情景。我伸手给他,他把手套的五指紧紧贴在我的每一个手指上,非常耐心,假装世上所有的时间都是属于他的。他说:"这样,我们就好过冬了。"

1981 年 2 月 16 日

漂 浮

安妮把一封信交给爸爸。他们一起站在平台上，平台横跨草地，草地的斜坡一直延伸到湖边。他读信，而她望着湖水那边。她还是小女孩的时候，会站在一个被推到平台前部的铁桌上，给爸爸大声读信。要是爸爸坐下了，她也坐下。后来，她在他的肩头读信。现在她十六岁了，她把信给他，自己望着树或湖水或平台尽头起伏的船。也许她从来都没有想到，他读信的时候，她不一定非得在旁边。

亲爱的杰罗姆：

上个星期，安妮三岁那年你挂在树上的鸟屋的底板掉下来了。也许是被什么东西咬的，底板松了，我也不知道。我把木板放在一个插满三色堇的大陶罐下面，算是留作旧时光的纪念吧。（我不再用自来水笔了，改用毡尖笔。我真的不是个浪漫的人。）我把咱们的女儿送过去待一个月。为了遮住那次她从秋千上摔下来在额头上留下的小疤，她还留着刘海。秋千一直都在，直到去年夏天——我可能去年写信告诉过你了——马西·史密斯和她的"朋友"汉密尔顿来玩,看到秋千喜欢得不得了,我就给了他们,剩下绳子在原地晃悠。我是说我把那个绿色的旧秋千座给了他们,那上面的贴花玫瑰简直比咱们种的杂乱的玫瑰树还丑。叫她把刘海往后梳,让大家都看看她漂亮的美人尖[1]。她现在喝汽酒了。她走后的头两个星期,我跟扎克会待在奥甘奎特,他岁数比你小些,不过没人能够重现你那种舒缓的微笑。你们一起好好过个夏天。我会在出乎意料的时候想起你们。(当然,是出乎我的意料。)

爱你们的
安妮塔

他把信递给我,然后给安妮在一个高脚杯里倒了苏打水和夏布利葡萄酒,给自己的杯里只倒了酒。我读信的时候他有点犹豫,我知道他是担心信的内容会让我心烦,也不确定我是想喝苏打水还是红酒。"苏打。"我说。杰罗姆和安妮塔已经离婚十年了。

安妮来家里的头几天,事情有点不顺。我的朋友们认为那差不多是每个人的夏日故事。蕾切尔的夏天都是跟前夫一起过的,还有他二婚后生的女儿、女儿的男朋友,再加上那男孩的好友。今年夏天金毛猎犬不在了,它是去年夏天淹死的,没人知道到底是怎么回事。琼让她的验光师——以前她跟他好过一阵子——周末住在她汉普顿的房子,而她自己留在城里,因为她爱上了一个厨师。黑兹尔是个例外。

---

[1] 指发际中间向下呈"V"字形突出的部分。

她教暑期班，结课以后再跟丈夫和儿子去布洛克岛待两周，住在他们一直租的那座房子里。她丈夫参加了匿名酗酒者互助协会，一年后找到了新工作。我仔细审视她的生活，不明白她是怎么做到的。在我这三个最好的朋友里，她最容易脸红，最不会打扮，最不了解时事。她喜欢 AM 电台的摇滚乐胜过 FM 的古典乐。我们的共同点是：没有一个人是在教堂结的婚，领结婚证前我们都担心血检结果。但我们也有很多不同之处。提到她们的名字，我最先想到的是蕾切尔听迪伦的专辑《自画像》时哭了，因为对她而言那意味着一切都已结束；琼在一个超市的停车场跟一个男人扭打，他要强暴她，她现在还会做关于芝麻菜的噩梦，那天她本来要去超市买芝麻菜；黑兹尔会背叶芝的《马戏团动物的大逃亡》，让人听了流泪。

我坐在平台上，试着跟安妮解释，女人应该团结起来，但是当你寻求一种共同的联系时，你其实是在找一些共同点，而这在女人身上却偏偏做不到。安妮放下《我的母亲/我的自我》[1]，扭头望向湖水。

杰罗姆和我跟往常一样过着我们的日子，只是好奇安妮究竟何时会去游泳。她会跟他一起骑车，看来她没有敌意。杰罗姆晚上洗澡的时候，她总是坐在床尾，跟我说些废话，一边捋她的发梢，她现在还这么做。她在这个年龄没谈恋爱倒不重要，反正她以前谈过一次。她给自己倒酒，白葡萄酒和苏打水六四开。安妮——那曾坐在秋千里被人推着的婴儿。鸟屋的底板掉了。安妮塔真会暗箭伤人。

---

[1] 《我的母亲/我的自我》一书的全名是《我的母亲/我的自我：女儿对身份的探索》(*My Mother/My Self: The Daughter's Search for Identity*)，作者南希·弗莱德（Nancy Friday）在书中探讨母女关系对于女儿成人过程中建立自我的影响。

这周快结束的时候,杰罗姆闷闷不乐,他躺在"捕鲸船"里让船随水漂浮。

"你有没有想过安妮塔在想你?"我问。

"你是说心灵感应?"他说。他的皮肤被晒成了好看的古铜色,肘部有一块痂,不知怎么弄伤的。他的湿头发卷曲成一绺绺的。我们到这房子避暑以来,他还没理过发。

"不是。你会不会好奇她有时可能会想你?"

"我不想她。"他说。

"安妮每年带过来的信你都会读。"

"我好奇。"

"就好奇那么一会儿?"

是的,他点头。"你注意到我总是那个会拆开垃圾邮件的人,对吧?"他说。

据杰罗姆说,他和安妮塔是渐渐疏离了对方的。有时他也责备自己,说这是因为他娶她的时候自己还是个孩子。他在二十岁生日的那一周跟她成婚。他说自己的童年创伤还未平复;安妮塔的角色像母亲,在她面前他始终觉得要证明自己——总之就是一番是个心理医生都会替你总结的说辞。现在他边说边用手在水里划出波纹。"就像人生中有一段时间你相信糨糊。"他说,"想想今天你要是去买糨糊得有多窘吧。现在都是橡胶胶水了,最起码也是牛头牌万能胶。我年轻那会儿真是不大明白。"

我跟我第一任丈夫关系破裂的时候,我对此确信无疑。我们知道事情出了问题。去看心理咨询师的时候,两个人要么一声不吭,要么喝多了酒,无所顾忌地吵个不停,假装我无法生育这件事无关紧要。

早春的一个周末，丹和我去萨拉托加看朋友。到处光影斑驳，完全是《美丽家居》[1]的风格。清晨的光线透过蕾丝窗帘照进来，在墙上投下圆点光影。石砌的露台上，那张红木野餐桌在阳光下如此明亮，仿佛打了蜡。我们在喝冰茶，清晨，四个人早早地坐在外面的院子里，惊艳于如此美好的一天。花园里的植物长势如此旺盛，芍药花个头那么大。后来有一家人来了，带着他们的小女孩——初到萨拉托加，他们还没有什么朋友。小女孩叫艾莉森，她喜欢上了丹——毫不迟疑地向他走去，像一只被厉声责备的小狗会马上选择屋里的一个人，在他身边趴下，或是像一只蜜蜂会瞄准一群人中的某一个。她天真地走过去，一个孩子会有的那种天真，仿佛被什么吸引着——他的鬈发？阳光在他杯子边缘反射出的光影？他把胳膊搁在野餐桌上，露出手上戴的婚戒？后来我们其他人聊着天，他们则玩起了一种尖叫游戏，孩子从地上突然爬上他的大腿。有人低声说着什么，有人在笑，而那孩子被揽住腰，举过他的头顶，和地面平行。游戏持续下去，伴随着"还要"和"高点"的叫声，直到孩子发出尖叫，他抱怨胳膊麻了。有一秒我在和别人谈话时转头看去，看到她被举到他脸的上方，冲着下面微笑，丹皱着眉头，又忍不住发笑——他嘴角的那一丝笑容——孩子的嘴角欢喜地咧开，金色的长发甩在前面。他一直高高地举着她，而她希望游戏永不结束，就在那一刻，我明白丹和我没戏了。

我们带了一大束芍药花回到城里，花插在一个玻璃瓶里，瓶里放了点水。我把瓶子夹在两脚之间。我穿了条裙子，车子开过颠簸的路段时，花儿晃动着，腿上的感觉令人吃惊——不是痒，而是疼痛。他

---

[1] 《美丽家居》(*House Beautiful*)，著名时尚家居设计杂志。

停车加油的时候，我进了洗手间，哭了。我洗完脸，用那种香气比任何香水的味道都浓的棕色纸巾擦干。我梳好头，确定自己样子正常了，就回到车里坐下，把两只脚各放在瓶子的一侧。他把车开出加油站，然后慢慢停下。阳光依然灿烂。已是傍晚。我们坐在车里，太阳炙烤着，其他车从我们车边绕开。他说："你简直没治了，太感情用事。这么完美的一天，你到底在哭什么？"我又流了眼泪，但什么也没说，他最终又接着开车了：并线，上高速，一路疾驰开回纽约，一路无话。都结束了。那天我唯一记得的一件事，是我们在三十四街看到同一个男人，他上星期在那儿卖玫瑰花，保证花儿芳香，且持久不败。他还在那儿，同一个地方，玫瑰花在他身后的摊子上。

我们在游泳，慢慢游回"捕鲸船"的甲板边缘：六只手，指关节颜色发白，抓着船舷边缘。我滑过去，一只手按在另一只上，然后移动身子，从杰罗姆身后接触到他。我用双臂环住他的前胸，吻他的脖子。他转过身来微笑，吻我。然后我蹬水游开，游到安妮抓住船舷的地方，她用手抵住脸，盯着她爸爸看。我游到跟前，把她的湿刘海拨到一边，吻她的额头。她有些恼火，把头转开，马上又转过来。"我打扰你俩在这儿亲热了吗？"她说。

"你们两人我都亲过了。"我说着又回到他们中间，抓住船舷，感到自己晃动的双腿毫无重量。

她还是瞪着我。"女的亲女的多傻啊。"她说，"仿佛全世界都是从斯威特布莱尔学院[1]毕业的愚蠢主妇。"

---

[1] 斯威特布莱尔学院（Sweet Briar College）是美国弗吉尼亚州一所私立女子学院。

杰罗姆默默地注视了她很久。

"我猜你妈妈不大表露情感。"他说。

"那你有吗?"她说,"你们生下我的时候,你爱安妮塔吗?"

"那时我当然爱她。"他说,"你不知道吗?"

"我知不知道不重要。"她说,像一个孩子那样愤怒又任性。"你怎么不喂我鸟食呢?"她说,"你怎么不喂信鸽?"

他沉默着,直到他明白了她的意思。"那些信只是单方面的。"他说。

"是你过于自尊所以不回信,还是吐露任何事情都太冒险?"

"宝贝,"他说着压低声音,"我没什么可说的。"

"说你爱过她但现在不爱了?"她说,"那不值得说一说吗?"

他蜷起身体,膝盖触到下巴。他用胳膊抱住膝头,肘部的痂颜色惨白。

"好吧,那些都是胡扯。"她说。她看着我,"我看你也是胡扯。你才不关心女人之间的联系。你只想缠着他。你亲我的时候一副施舍的样子。"

眼泪出来了。讽刺的眼泪,这里已经有这么多水。今天她愤怒而孤单,我漂在他俩之间,完全明白每个人的感受,我也像丹举过头顶的那个小女孩艾莉森一样,明白有一种欲望有时比爱情还要强烈——一种哪怕只有一会儿,也要脱离地球的欲望。

1981 年 9 月 21 日

私房话

芭芭拉坐在躺椅上。游泳池的某处有点问题——游泳池处处都有问题——所以现在还没有注水。刷了绿漆的池底散落着秋麒麟和天竺葵的花瓣。邻居家的猫坐在一棵小小的合欢树下舔爪子，小合欢树栽在泳池一角的花槽里。

"拍张照。"芭芭拉说，她把手搭在丈夫斯文的手腕上。他是她第四任丈夫，他们结婚两年了。芭芭拉跟他说话的方式和跟她第三任丈夫的完全一样。"斯文，给那只舔爪子的小猫拍一张。"

"我没带相机。"他说。

"你平常总是随身带的。"她说。她点了一根印尼香烟——一种烟叶里加了丁香的香烟——把划完的火柴扔到一个满是樱桃核的小绿碟子里。她转向我，说："上周五他要是带了相机，就能拍下那辆撞到那叫什么——就是高速路中间那个水泥东西的汽车了。他们在清洗血迹。"

斯文站起来。他趿着白色人字拖，踢踢踏踏地走过石板路去厨房，进去以后关上了门。

"你的工作怎么样，奥利弗？"芭芭拉问。奥利弗是芭芭拉的儿子,不过她难得见到他。

"有空调了。"奥利弗说,"今年夏天他们终于把空调调到合适的温度了。"

"你的工作怎么样?"芭芭拉对我说。

我看看她,又看看奥利弗。

"你在说什么工作,妈妈?"他说。

"哦——刷柳条白的漆,或别的颜色。把墙刷成黄色。要是你已经做过羊水穿刺,就把它们刷成蓝色或粉色。"

"我们准备贴墙纸。"奥利弗说,"为什么三十岁的女人要做羊水穿刺?"

"我讨厌柳条。"我说,"柳条是拿来做复活节篮子的。"

芭芭拉伸个懒腰。"注意到是怎么回事了吧?"她说,"我只是问一个简单的问题,他都要替你回答,仿佛你怀了孕就无能为力了,这样你就有时间琢磨一个犀利的回答。"

"我看你才是犀利女皇。"奥利弗对她说。

"就像冰淇淋皇帝[1]?"她放下手中的荷兰侦探小说。"我从来没搞懂过华莱士·史蒂文斯,"她说,"你们有谁懂吗?"

斯文带着相机回来了,正在对焦。猫已经走开了,反正他也没拍猫,而是在拍合影:芭芭拉穿着她那件小小的白色比基尼,奥利弗穿着剪掉裤腿的牛仔短裤,裤腿边参差不齐的白线垂在他古铜色的腿上,我穿着短裤和肥大的绣花上衣,鼓出的肚子紧紧抵着衣服。

---

[1]《冰淇淋皇帝》(*The Emperor of Ice-Cream*)是美国现代主义诗人华莱士·史蒂文斯(Wallace Stevens,1879—1955)的一首诗歌。

"笑一笑。"斯文说,"难道非得我说声笑一笑吗?"

这是芭芭拉六十岁生日的周末,奥利弗同母异父的哥哥克雷格也为此回家了。他提前给了她礼物:一件印有"60"字样的粉色T恤。奥利弗和我买了歌帝梵巧克力和一把上面粘有一朵丝绸百合的发梳。斯文会给她送一张生日卡,一些从遥远得不可思议的地方运来的兰花,还有一张支票。她看到支票后会表示吃惊,然后不会给任何人看上面的数目,但她会把生日卡传递一圈。晚饭的时候,兰花会插在一个花瓶里,斯文会说些他从前在一些遥远的国度打猎的逸事。

克雷格出人意料地带了两个女人来。她们高个子,金发,不说话,看着像双胞胎,却又不是。她们的衣服上都是大麻味儿。克雷格介绍她俩的时候,一个戴着索尼随身听,另一个戴了一枚玳瑁发饰,是乌龟形状的。

天黑下来了,我们都在喝汽酒。我喝了太多汽酒,觉得每个人都在看别人的光脚丫。不是双胞胎的双胞胎长着像婴儿一样往里弯曲的脚趾,所以我只能看到四个脚趾上的深红色指甲油。克雷格有着方形的脚指甲,脚后跟长了茧,是打网球打的。奥利弗的古铜色的长脚摩擦着我的腿。他干干的脚底让人觉得很舒服,他的脚上上下下地擦着我小腿肚上的汗,黏黏的汗水已经干了。芭芭拉的长指甲涂成黄铜色。斯文的大脚趾是椭圆的,没什么特定形状,像是吹气球时它们刚开始膨胀的样子。我的脚趾没涂指甲油,因为我几乎弯不下腰。我看着奥利弗的脚和我的脚,试图想象一只综合两人特点的婴儿的小脚。斯文给我倒酒,我方才意识到酒已经没了,我一直在嚼冰块。

在卧室里，奥利弗把手扣在我硬硬的肚子上，我背对他侧躺着。他在我头发下面吻我，沿着我的脊柱慢慢吻下去，嘴唇最终停在我的髋骨上。

"我的冰水杯子刚在床头柜上留下一圈杯子印。"他说。他喝了一小口水。我听到他在叹气，接着把杯子放回床头柜。

"我想结婚。"我对着枕头含混地说，"我不想像芭芭拉那样，到头来满心苦涩。"

他哼了一声。"她苦涩是因为她不停地结婚。前一任丈夫死的时候，把几乎所有东西都留给了克雷格。她现在又厌倦了斯文，因为他的照片没人买了。"

"奥利弗。"我说，吃惊地听到自己的声音如此无助，"你刚才说话的口气跟你妈一样。起码跟我认真一点吧。"

奥利弗把脸颊贴上我的臀部。"记得你第一次按摩我的背，我舒服得笑起来吗？"奥利弗说，"可你不知道我在干什么，还生气了。还有那次你喝醉了，和着艾迪·费舍[1]唱《希望你在这里》，唱得那么棒，我笑得都咳嗽了。"他翻过身。"我们结了婚的。"他说。他把脸颊移到我后背中间。"我来告诉你上星期跨城巴士上发生了什么事。"他说下去，"一个信使上了车，二十岁左右，拿着一沓信封。他对坐在旁边的女人怀里的婴儿说起民用波段无线电台[2]那套话。那女的和她小孩在麦迪逊下车了。从那一站到第三大道，他跟全车人说话。他说：

---

[1] 艾迪·费舍（Eddie Fisher，1928—2010），美国20世纪50年代的超级巨星歌手。

[2] 民用波段无线电台（Citizen's Band Radio）的黄金时代开始于美国的20世纪70年代，机动车司机用该电台通信，交流路况和其他信息，渐渐形成一套行话。

'每个人都听说过天上的馅饼。他们说天上的斯莫基。他们把警察叫作斯莫基熊[1]。但是你们知道我怎么说吗？我说天上的熊。就像《钻石天空中的露西》——LSD[2]。LSD 就是迷幻药。'他穿着跑鞋和牛仔裤，一件领尖钉了纽扣的白衬衫，领带围在脖子上。"

"你跟我讲这个故事干吗？"我说。

"谁都有可能做出不动脑子的事来。那个信使刚一下车，就把领带系好，开始散发手里的东西。"他又侧过头去，叹着气，"我没法在这个疯狂的房子里讨论婚姻。我们去海滩上散步吧。"

"太晚了，"我说，"一定已经后半夜了。我累了，坐了一整天，喝酒，无所事事。"

"我跟你说实话吧。"他轻轻地说，"我受不了听芭芭拉和斯文做爱。"

我听着，怀疑他可能在糊弄我。"那是老鼠穿墙的声音。"我说。

星期天下午，芭芭拉和我在海滩上散步，野餐后我们都有点醉意。我好奇如果我告诉她，她儿子没有跟我结婚，她会怎么想。她给人一种没有经历过的事她都想象过了的印象。而她说的大部分事情也终会成真。她说过泳池会裂开；她警告克雷格那两个女孩靠不住，果然，今天早上她们不见了，拿走了她放柠檬和青柠的那个大银碗、带

---

[1] 斯莫基熊（Smokey Bear），美国林业局设计的一个虚拟形象，用于预防野火的教育和宣传。

[2] 歌曲《钻石天空中的露西》(Lucy in the Sky with Diamonds)的灵感来源于约翰·列侬儿子的一幅画，但此曲发行后不久，有人猜测标题中三个名词的首字母 LSD（LSD 是一种致幻剂）属刻意为之。列侬否认这种猜测。

着盘绕的蛇形把手的银盘,还有四把长柄银汤勺——她们简直就像是要为自己计划一场诡异的茶会。克雷格说他是在纽约的欧典餐厅碰到她们的,这就是他的解释。他是我唯一认识的早上起床刷牙后会吃一颗蓝色安定片的人。我们让他跟斯文一起待着,在泳池边玩一个叫做"公共援助"的桌游。我十一点钟下楼时,奥利弗还在睡。"我会跟你结婚。"我爬下床时,他软绵绵地说,"我做了个梦,梦到我们没有结婚,后来一直不开心。"

我差点要没头没脑地跟芭芭拉说出这些,告诉她,奥利弗的梦让我吃惊。那些梦像是一种情感状态;本身不含任何象征,甚至也没有时间的指向。他醒过来,他的梦已经做了总结。我想跟她坦白:"我们几年前对你撒谎了。我们说我们结婚了,其实没有。我们吵了一架,轮胎漏气,又下雨了,就找了一个旅馆住下。后来一直没有结婚。"

"我第一任丈夫,卡德比,他收集蝴蝶。"她说,"我永远也没法理解。他会站在我们卧室的一扇小窗旁边——战前,我们在坎布里奇有一个地下一层的公寓——他会把相框中的蝴蝶标本对着光看,仿佛光线打在它们身上能告诉他某些信息,而那是蝴蝶飞过时它们的翅膀无法传达的。"她往远处的海上望去。"倒不是说坎布里奇四处飞着蝴蝶。"她说,"这一点我才意识到。"

我笑了。

"跟你刚才说的根本无关对吧?"她说。

"我不知道。"我说,"最近我发现我讲话只是为了分散自己的注意力。除了身体,没什么感觉是真实的,我的身子又这么重。"

她对我微笑。她有红棕色的长发,夹杂着银丝,鬓发四处飞扬,像水涌进泳池时的泡沫。

她刚刚告诉我,两个儿子都是意外。"现在我太老了,生平头一回我想再生一个。我嫉妒男人们到了晚年还可以有孩子。你知道那张毕加索和他儿子克劳德的照片吧?罗伯特·卡帕拍的。斯文的暗室里有,是一张明信片,钉起来的。他们在海滩上,孩子被举到前景,比他爸爸还大,他揉着一只眼睛。被毕加索举着,就那么微笑着,揉着眼睛。"

"我们喝的是什么酒?"我说着用大脚趾在沙子上画出一个心形。

"农庄世家白葡萄酒。"她说,"没什么特别。"她捡起一枚贝壳——是一个小小的贻贝,外面是黑色,里面是乳白色。贝壳被她小心地放进她那件小比基尼的一个罩杯。她的房子里有很多蕨类植物,种在地板上的花篮里,植物周围的泥土上搁着一些小小的珍宝:玻璃片、碎首饰、贝壳、金线。其中最美的是一棵文竹,枝叶披垂,盖住插在土里的一大圈裸露的闪光灯泡;每个夏天我都轻轻地掀起枝条看看下面,就像以前我去祖母的避暑别墅,总要打开她的衣橱,看看那些标志她孙辈身高的淡淡的铅笔划痕还在不在。

"你爱他吗?"她说。

五年来,这还是我们第一次真正的谈话。

是的,我点头。

"我有过四任丈夫。我肯定你知道——这是我会永远为此出名或遭人耻笑的地方。第一任还很年轻就死了。霍奇金淋巴瘤。我相信这种病现在有百分之七十的治愈率。第二任丈夫为一个心脏病女医生离开了我。哈罗德你是知道的。现在你也知道斯文。"她又把一枚贝壳放在比基尼里,放在乳头上。"其实我只有四分之二的机会。斯文想有一个他能在海滩上抱在眼前的小婴儿,可是我太老了。我有一个三十岁的人的身体,可我太老了。"

我踢着沙子,望向大海。我觉得自己太饱满、太肿胀了,可是我又极想走动,想走快一点。

"你觉得奥利弗和克雷格哪天会喜欢上对方吗?"我说。

她耸耸肩。"哦……我不想说他们。今天是我的生日,我想说点女人的私房话。也许我再也不会这么跟你说话了。"

"为什么?"我说。

"我一直都有……对事情有预感。圣诞节我说游泳池会裂开的时候,斯文笑话我。我两次怀孕的时候都知道会生男孩。我特别不想要第二个孩子,但现在我很高兴我要了他。他比克雷格聪明。我死的时候,克雷格可能带个会偷被子的女人回来。"她弯下腰捡起一枚闪亮的石子,扔进水里。"我不爱我的第一任丈夫。"她说。

"为什么不爱?"

"他的心奄奄一息。在生病和去世之前他的心就奄奄一息了。"她用手按着光肚皮。"你们这个年龄的人不这么说话,对吧?我们吵个没完,后来我离开了他,那时候年轻女人是不会离开年轻男人的。我在纽约租了一间公寓,多少个星期以来我一直挺好——我母亲派她认识的所有好心女士来陪我。不必应付家事真是轻松。那时候年轻男人也不会哭的,可他会把头伏在我胸前,为一些我不明白的事情哭。看我现在这个样子,这个身体。这种讽刺让我觉得尴尬——干涸的游泳池,无用的身体。这明显得都不用说。我听起来像T.S.艾略特[1]吧,

---

[1] T.S. 艾略特(T. S. Eliot, 1888—1965),英国诗人、评论家、剧作家,1948 年荣获诺贝尔文学奖。

373

他那种银行小职员式的自怜,是不是?"她注视着大海。"我以为一切按部就班,我还有了个新情人呢。有天早上我要挂一幅画,画上是一片小树林,一只小鹿从林中穿过。我定好合适的位置,然后把画按在墙上,后退一些,但我没法确定到底合不合适,因为我不能后退太多。我没有丈夫来帮我把画按在墙上。画框掉在地上,玻璃碎了,我哭了。"她把头发拢到后面,用手腕上戴的皮筋把头发束住。透过她的比基尼,我能看到贝壳的轮廓。她的双手垂在两边。"我们走了这么远。"她说,"你不累吗?"

我们几乎走到戴维斯家了,也就是说我们已经走了约三英里,我身子重,有点头晕目眩。我在想:我累了,但那没关系。结了婚也没关系。知道怎么说话才是重要的。我沉沉地坐在沙子上,就像一个刚皈依的基督徒接受了上帝的启示。芭芭拉看起来有点担心。后来,带着几分醉意,我看到她的脸色变了。她认定我只是在做出回应,需要休息一会儿。一只海鸥俯冲而下,抓到了它想要的猎物。我们并肩坐着,面朝大海,她平坦的棕色腹部像一面对着大海的镜子。

入夜了,我们还在外面,在游泳池旁边。斯文的脸上闪烁不定,好像万圣节的南瓜灯。一根香茅油蜡烛在他椅子旁边的白色金属桌上燃烧。

"他决定不报警。"斯文说,"我也同意。那两个年轻女士很明显不缺你的烂银器,她们身上还背满了所谓的海盗宝藏,而我们都知道,海盗船是要沉没的。"

"你要等下去吗?"芭芭拉对克雷格说,"那你怎么把我们的银器追回来?"

克雷格正在上下抛着一只网球。它消失在黑暗中,又啪的一声打在他的手上。"你知道吗?"他说,"某天晚上我又会在欧典碰到她们的。就是这样——没有什么一成不变的结局。"

"嗯,这是我的生日,我希望我们不用讨论什么结局。"芭芭拉穿着她的粉色T恤,衣服洗了以后似乎缩水了,能看到衣服下面她小小的乳房轮廓。她穿着白色的紧身运动中裤,踢掉了她的黑色漆皮凉鞋。

"生日快乐。"斯文说着握住她的手。

我伸过手去握住奥利弗的手。第一次见他家人的时候我哭了。我睡在折叠沙发上,喝香槟,看电视上放的《贵妇失踪记》,夜里他偷偷摸摸到楼下来抱我,我正在哭。那时我留着短发。我记得他的手拢住我的头发,揉搓着。现在头发长了,稀疏了,他轻轻地把它拂到旁边。我不记得上一次哭是什么时候了。我最初见到芭芭拉时,她让我很吃惊,因为她说话如此尖刻。现在我明白了,是乏味的生活让他们开始出口伤人。

我回头看夜里的海滩——沙子被月光洗得洁白,泛着泡沫的海浪静静冲刷着海岸,四周有一种来自风中的空洞的声音,就像拿海螺紧贴耳朵时听到的回声。我脑中的咆哮声都因身体的疼痛而起。一整天,婴儿一直踢个不停,现在我知道了,早先感觉到的那种沉重、那种不安,一定是因为阵痛。几乎早了一个月——这是伴随着危险的阵痛。我把双手从腹部移开,好像它能够自己平息似的。斯文打开一瓶苏打水,水涌入桌上放的玻璃高壶,桌子就在他和芭芭拉的椅子中间。他开始拧一瓶白葡萄酒的木塞。婴儿在我体内转了个身,让我的肚子鼓动了一下。我竭力专心盯住眼前的一件东西。我盯着斯文的手指，开始计数，好像我的宝贝已经生下来，现在我要寻找完美似的。我的宝贝有无数可能被爱、被关怀，长大后会变得像这些人里的一个。又一阵宫缩，我伸手去抓奥利弗的手，但又及时停住，轻轻抚摸，不去挤捏。

我真的是在一个人迹罕至的海边别墅，跟一个没娶我的男人在一起，跟一群我不爱的人在一起，我在分娩。

斯文把柠檬汁挤进壶里。烟雾似的液滴落进苏打水和酒里。我微笑着，第一个举起我的杯子。痛苦是相对的。

1981 年 12 月 7 日

如同玻璃

照片上，只有那个男人在看镜头。婴儿坐在椅子里，在户外的草坪，正往另一个方向看，没有看他的父亲。他的父亲拽着一只柯利牧羊犬——毫无疑问，他是想让狗转过来看镜头。狗看着别处，画面中它的鼻子紧贴着白色的照片边缘。我那时总不明白，照片的边缘为什么像是被锯齿状的剪刀剪过。

那条柯利犬死了。那个棕色卷发大背头、肩膀宽阔、有点溜肩的男人，我上次听到他的消息时，还活着。婴儿长大了，后来成了我的丈夫，现在跟我已不是夫妻。我试图在照片里追随他的视线。很显然，那天他对他父亲或那条狗关注得够多了。那是一张一个婴儿望着远方的照片。

我对婚后发生的很多事都记得很清楚，但是近来我一直在回想两件相似的事，尽管它们没什么共同点。我们住在一幢褐砂石大楼的顶层。决定分居以后，我搬了出去，保罗换了门锁。后来我回去拿我的东西，却没法拿到。我离开那里，一直想着这事，直到自己不再生气。那时已是冬天，寒气从窗户外渗进来。我有女儿，还有其他的事情要牵挂。然而在寒冷中,穿着一件大多数人认为厚得可以外穿的毛衣在屋里走,或是蜷在沙发上盖着一件旧的阿富汗羊皮袄,我又开始对丈夫心生爱意。

一天下午——是二月十三日,情人节的前一天——我喝了几杯酒,穿上我那件有个大风帽的绿色长大衣,看上去像个修士。我走到窗边,看到人行道上的雪已经融化,这样我穿上厚毛袜和那双舒适的胶底凉鞋也能凑合了。于是我出门,在谢里登广场稍作停留,买了一本《哈姆雷特》,翻书找到自己想要的部分。然后我去了我们的老房子,按响拉里家的门铃。他住在地下室——所谓的花园公寓。他打开家门,又打开高高的黑铁大门。我丈夫以前总说拉里的样子和动作像洛蕾塔·扬[1]。他一向精力充沛,头发蓬松,眼角有不少皱纹,看起来好像不属于任何一种性别。拉里看到我很吃惊。我愿意的时候也可以风情十足。我让自己的举止稍显笨拙,语带歉意,微笑,告诉他我有一个很荒唐的请求:我能在他的花园里站一下,对我丈夫大声念一首诗吗?我注意到拉里在看我的手,我的手在大衣口袋里蠕动。从《哈姆雷特》中撕下的那页纸在一个口袋里,书在另一个口袋里。拉里笑了。他问,我丈夫怎么可能听到呢。现在是二月份,房子装了防风外窗。但他让我进去了,我走过长而狭窄的过道,穿过他用作书房的里屋,走到通往后花园的门口。我推开门,他那条灰色的贵宾犬跑过来冲着我的脚踝狂叫。狗毛间插着片片枫叶,看起来像个仙人掌。

我捡起一块小石头——拉里给走道镶了一圈小石子,一个挨着

---

[1] 洛蕾塔·扬(Loretta Young,1913—2000),美国著名影星,曾因主演《农家女》(*The Farmer's Daughter*)获得奥斯卡最佳女主角奖。

一个,好像一条锁链。我把石子抛向四楼我丈夫的卧室窗户,打中了——咣!——第一下就中了。我隐约看到拉里脸上迷惑的表情。我真正关心的是我丈夫的脸,他出现在窗边,满脸怒气,迷惑不解。我看着撕下来的那页书,抑扬顿挫地朗诵起奥菲丽亚[1]的歌谣:"明朝是圣瓦伦丁节日 / 大家要早起身 / 看我啊到你的窗口 / 做你的意中人……[2]"

"你疯了吗?"保罗对我大叫道。那真是一声大喊,可是他的声音在风中减弱了。话音飘下来。

"是我干的。"拉里说。他出来了,打着冷战,畏缩着往四楼看。"是我让她进来的。"

风吹过来,我能闻到茉莉花香。我喷了太多香水。即使真的让我进屋,他也会退缩的;他决不会再让我做他的圣瓦伦丁情人。当他下楼来把我带出花园,几秒钟后他注意到的,当然是我呼出的威士忌酒气。

"完全不对劲。"我说。他正抓住我的手走过拉里身旁,他抱着那只狂叫的贵宾犬站在过道上。"我只喝了两杯威士忌。"我说,"刮风的时候我才意识到自己闻起来像个花园。"

"当然不对劲。"他说着使劲捏我的手,都快捏断了。然后他甩掉我的手,走上楼梯,进屋后用力把门关上。我看着一道头发丝那么细的裂纹在大门的四块玻璃镶板上蔓延开去。

另一件事发生在我们以往的美好岁月,当时我们去看我姐姐卡

---

[1] 哈姆雷特的恋人,后因哈姆雷特的行为而精神错乱,最终溺水而死。

[2] 引自《莎士比亚悲剧四种》,卞之琳译,人民文学出版社1988年版,稍有改动。

琳，她住在第二十三街。那是我们第一次遇到丹，那个跟她订婚的男人，我们还带了一瓶香槟。我们先喝她的葡萄酒，吃她的奶酪，讲故事，听故事，还抽了一支大麻。午夜后的某个时间，我丈夫从冰箱里拿出我们的酒——西班牙香槟，酒瓶是黑色的。他把瓶口对着别处，我们都眯起眼睛，无声地看着。就在木塞弹出来的那一刻，就在我们正欢呼着"好哇！"或是"干得漂亮！"之类的话时，我们听到玻璃哗哗地落下来；保罗突然蹲下去，这时我们才看到他上方的天窗上有一个洞，洞外是黑色的天空。

刚才我给女儿伊丽莎讲了这些故事，她六岁。她以前喜欢那种结尾有寓意的故事，就像童话，但是现在她觉得那是小孩听的。她依然想知道故事有什么含义，但是现在她想让我来告诉她。这两个故事的含义——这个嘛，我也不知道是什么意思——我总是这么说。他弄碎了玻璃是过失，而木塞打破玻璃是奇迹。意思就是：玻璃破了就是玻璃破了。

"那是笑话的结尾。"她说，"真傻。"她皱起眉头。

我累得无法思考，就避而不谈，接着讲了故事的下半段来分散她的注意力：丹叔叔和卡琳阿姨告诉楼房管理员，那个洞一定是被上面掉下来的东西砸的。他知道他们在说谎——空中什么也没有——但他能说什么呢？他问他们是不是以为，可能有一颗流星缩成汽车顶灯那么大，从纽约污浊的空气中掉下来。他厌恶这些房客，厌恶整座城市。

每周一次有几个小时，我给一个名叫诺曼的男人读书，他失明了。我给他读书的这一年,我们差不多成了朋友。他打招呼时总是说"你有什么新鲜事?"这一类的话。他坐在桌子后面,我坐在桌子旁边的一把椅子上,老师跟学生应该这样就座,而我慢慢养成了让他提问的习惯。

他站起来关窗。他的小办公室总是很热。他的动作有些夸张,像一只鸟:飞快挪移的头,无聊时抓着桌边的样子。他的手抓着桌边,松开,又抓住,好像横木上更迭双脚的鹦鹉。诺曼从来没有见过鸟。他有一个八岁大的女儿,喜欢为他描述各种东西,不过他告诉我,她会恶作剧,有时故意说谎。他办公室所在的那条街的拐角有间卖整蛊玩具的店,他从那儿买东西给她。他带回家的东西有:让饮料冒泡的小药片,能藏在手心里的蜂鸣器,可以冻在冰块里的黑色塑料苍蝇,粘着大鼻子和浓密胡须的橡皮眼镜框。"爸爸,现在我戴着大鼻子。"她说,"爸爸,我把一只黑苍蝇冻在冰块里了,你要是喝酒喝到了就吐出来,好吗?"我女儿跟我去他们家吃过两次晚饭。我女儿觉得他女儿有点古怪。上次我们做客的时候,两个女孩在玩,诺曼在洗碗,他妻子给我看她刚贴好墙纸的过道。我们站在那里,印着闪光的银色树木图案的墙纸衬得我们好渺小。她丈夫永远不能看到那些树。

我有什么新鲜事?我离婚已成定局。

我丈夫记得拍那张照片时的情景。我说那不可能——他还是个婴儿。他说,不,拍照的时候他已经是个孩子了。他看着很小是因为他缩在椅子里。他记得非常清楚。有鲁弗斯那条狗,还有他父亲。他微微抬头,因为那是他母亲所在的位置,她举着相机。我惊讶于自己竟把这么简单的答案变成一个谜题。那是一张一个婴儿望着母亲的照片。他第一百万次问我为什么要把自己搞得那么痛苦，为什么在半夜打电话。

伊丽莎睡了，我坐在她的床边。半黑的屋里，我摆弄着一个红光闪烁的玻璃镇纸，把它抛向空中，试探命运。动作稍有闪失，她就会醒来。犯一个错，玻璃就会碎掉。我喜欢它的光滑、它一下一下掉在我手里的沉重感。

今天我到诺曼家的时候，他正坐在窗台上，双臂交叉抱在胸前。那天早上他去城北开了一个会，有个男的走过来对他说："感恩你有手杖吧，没东西可抓的人都被别的东西抓住了。"诺曼告诉我这个，我俩都沉默着。他想让我讲讲对这件事的想法吗，就像伊丽莎想让我总结故事的寓意那样？诺曼和我都是成年人，我便用另一个问题回应了我那沉默的问题：你如何处置悲伤的碎片？

1982年2月22日

欲　望

布赖斯坐在他爸爸家里的餐桌旁，正在剪一张时代广场的图片。那是一本涂色书里的画，但布赖斯对涂色没兴趣，他只想把图片剪下来，这样他就能看到它脱离了书的样子。这张图片画的是人们穿过喜来登—阿斯特酒店和F.W.伍尔沃斯大楼之间的大街，也有其他的建筑物，但人们似乎是在这两栋建筑之间走动。图片是圆形的，仿效画在瓶盖上的样子。布赖斯剪盖子图案的边缘部分最费劲，因为剪刀尖是钝头的。在他自己的家，佛蒙特他妈妈家，他有真正的剪刀，妈妈也允许他品尝各种吃喝，包括酒，他同母异父的妹妹马迪也比宾夕法尼亚他爸爸这儿的比尔·蒙特福特好玩多了，比尔住在隔壁，总是没空玩。但是他想念爸爸，是他自己打电话要求到这儿过春假的。

他的爸爸B.B.正站在门口抱怨，因为布赖斯这么沉默、闷闷不乐。"我给你妈妈写了好几封礼貌的信，才让她撒开手，给你一个星期。"B.B.说，"可你到了这儿就瘫作一堆。要是靠你搞定大事，比如在满垒且两人出局时击球，那麻烦就大了。"

"妈妈有个新邻居,他儿子在红皮队。"布赖斯说。

剪刀尖滑了一下。既然已经剪坏了,布赖斯就沿着对角线,把时代广场图片上的人对半剪开。他看看窗外,一只松鼠在偷鸟食筒里的谷粒。反正那些灰鸟个头太小,看起来什么也不用吃。

"我们今晚要去拍卖会吗,还是干什么?"布赖斯说。

"可能吧。就看罗娜头疼能不能好了。"

B.B.把洗碗剂的蓝白色晶体撒在洗碗机里,关上门。他按下两个按钮,仔细听着。

"现在你要记住,"他说,"拍卖会上要是看到想要的东西,别太激动。你一举手,那就是出价。你只有特别特别想要一个东西的时候,问了我以后才能举手,可不能随便举手。要把自己想成趴在战壕里的一个士兵,战斗正在进行。"

"我才不关心什么破拍卖。"布赖斯说。

"万一你想要一条土耳其祈祷跪毯呢,而且是你生平见过的最美丽、最柔和的颜色?"B.B.在布赖斯对面的椅子上坐下来。椅子后背呈倒三角形,座位是一个正三角。三角形上铺了浅绿色塑料。B.B.在椅子上来回挪动。布赖斯看得出来他想要一个回答。

"要不我们来玩假装游戏吧。"B.B.说,"假装有一只狮子正朝你走过来,树上有一只猎豹,而你身前只有低矮的干草。你是爬树还是逃跑?"

"都不。"布赖斯说。

"认真点。你只能跑走或是做点什么。有已知的危险和未知的危险,你会怎么做?"

"在那种情况下，人们没法决定该怎么做。"布赖斯说。

"不能吗？"

"猎豹是什么？"布赖斯说，"你确定它们能上树吗？"

B.B.皱起眉头。他手里有一杯酒。他把冰块沉到杯底，两个人一起看冰块浮上来。布赖斯凑过来，把手伸进酒杯，还按了一下冰块。

"别舔那根手指。"B.B.说。

布赖斯在身上的红色羽绒马甲上擦出一条湿湿的水印。

"这是我儿子吗？刚说了'别舔手指'，就拿手指在衣服上擦。现在看他能不能记起小学学的《知识百科》上关于猎豹的事。"

"什么《知识百科》？"

他爸爸站起来，吻一下他的头顶。楼上的收音机还在响，然后是水流进浴池的声音。

"她一定在准备去拍卖会。"B.B.说，"她为什么非得在我打开洗碗机的那一刻洗澡？洗碗机转得很不对劲。"B.B.叹道。"手放在桌上别动。"他说，"这是很好的拍卖会练习。"

布赖斯把时代广场图片的两个半圆叠在一起。他双手交叉搁在上面，看松鼠在鸟食筒边吓走一只小鸟。天空是灰烬的颜色，有小片白亮的部分，那是太阳之前的所在。

"我跟死了一样。"罗娜说。

"你跟死了不一样。"B.B.说，"你又重了五磅。住院的时候你轻了二十磅，一开始你就偏瘦。他们拿什么你都不吃。你把一个静脉注射针头从胳膊上拔出来。我告诉你，你当时都疯了，我也不愿意跟那个长得像通托[1]的大夫讲话,他给你做了手术,认为你需要一个心理医生。水淹大坝了,进浴盆吧。"

罗娜还抓着洗脸池,她大笑起来。她穿着绿白条纹的小内裤,长长的白色睡衣挂在脖子上,就像运动员在更衣室里把毛巾搭在身上那样。

"有什么好笑的?"他说。

"你说:'水淹——',你知道你说的什么。我给浴盆放水,然后——"

"是啊。"B.B.说着盖上马桶盖,坐下来。他拿起一本蝙蝠侠的漫画,翻起书来。书被蒸汽弄湿了,他讨厌那种湿答答的手感。

收音机放在马桶水箱上,这会儿安德鲁斯姐妹组合正在唱《抱紧我》。她们的声音像太妃糖一样甜腻。他想把她们拉开,在完美的和声里听到她们各自的嗓音。

他看着她进了浴盆。在她突出的股骨左侧,有一道蠕虫般的暗红色伤疤,是她手术切除阑尾的位置。一个医生认为是宫外孕,另一个十分确定是子宫开裂。第三个医生——她的主刀医师——坚持认为是她的阑尾,手术很及时,阑尾尖已经穿孔。

罗娜滑下浴盆。"要是你连自己的身体不出状况都不能指望,你还能指望什么?"她说。

"大家都会生病。"他说,"并不是你的身体有意要害你。精神只是一个地方,在你的头脑里。你看林登·约翰逊[2]不是也做了阑尾切

---

[1] 通托(Tonto),虚构人物,美国西部片角色独行侠(The Lone Ranger)的印第安同伴。

[2] 林登·约翰逊(Lyndon Johnson,1908—1973),第36任美国总统。

除吗？记得他掀起衬衫给人们看伤疤，大家有多难过吗？"

"他们难过是因为他拎着狗的耳朵。"她说。

她有一个浴盆玩具是他买的。一条带着愉快微笑的鱼。用钥匙给它上好发条，它就会在浴缸里游来游去，嘴里喷着水。

他能听到布赖斯在楼下轻声讲话。不用说，他又在给马迪打电话。那孩子在佛蒙特的时候，天天对着电话，告诉 B.B. 他有多想他；等他到了宾夕法尼亚，他又惦记他在佛蒙特的家。电话费该是天文数字了。布赖斯总给马迪打电话，罗娜的母亲也从纽约一直打来电话，罗娜从不愿接电话，因为如果说到一些她没准备好的话题，她们最后总会吵起来，所以她让 B.B. 说她在睡觉，或者在洗澡，或者蛋奶酥正做到最后一道工序。然后她整理好了头绪，再给她母亲打回去。

"你今晚想去拍卖会吗？"他对罗娜说。

"拍卖会？为了什么？"

"我也不知道。电视没什么可看的，那孩子从没参加过拍卖会。"

"那孩子也从没吸过大麻。"她说着往胳膊上擦香皂。

"你也不再吸了呀。提这个干吗？"

"你看看他那玫瑰色的脸颊，他那忧伤的小丑神情的眼睛，就知道他从来没吸过。"

"对。"他说着把漫画书扔到地上，"对，我的孩子不吸大麻。我在说去拍卖会的事。那你也想告诉我大象不会飞吗？"

她笑了，在浴盆里躺得更低一些，水到了她的下巴。她的头发挽到头顶，脖子上堆满泡沫，样子像是爱德华时代的淑女。鱼疯狂地游窜，划开肥皂泡。她动了动肩膀，给鱼让道，又动了动膝盖，转过头来。

"以前他来玩的时候,家里到处是书,那些书里就有飞象。"她说,"我真高兴他现在八岁了。那些可笑的书。"

"你那时总是抽高了。"他说,"看什么都觉得可笑。"尽管他当时没有跟她一起抽大麻,有时候他看到的事也很奇怪。有一天晚上,他的朋友谢尔比和查尔斯戏剧化地朗读了布赖斯的一本叫作《伯特伦和怕痒的犀牛》的书。那一年圣诞,罗娜的母亲送了她一个丝瓜瓤。那时丝瓜瓤还没有满商店都是。他模模糊糊记得六个人挤在浴室里,看到漂浮的丝瓜瓤在水中胀大,欢呼雀跃。

"你看拍卖会怎么样?"他说,"你能把手放下不动吗?那是我跟他说的重点——手放在大腿上。"

"过来。"她说,"我让你看看我能用我的手做什么。"

拍卖会在一个谷仓举行,用两只老式火炉取暖——一个在前,一个在后。走道上还放了几个电暖器。B.B.、罗娜和布赖斯从谷仓后门进去,一个穿着红黑相间的伐木工夹克的人在他们身后把门关上,他抽烟呼出的烟气扑面而来。一个女人、一个男人和两个少年在为一个大卡纸箱争吵。显然其中一个男孩把纸箱放得离电暖器太近了。另一个男孩在为他说话,男人的脸红扑扑的,好像要打女人似的。在他们争吵的时候,有人把箱子踢开了。B.B.往里看,箱子里有六到八条小狗,黑色的居多,它们扭动着身体。

"爸爸,小狗也是拍卖品吗?"布赖斯说。

"我受不了这烟味。"罗娜说,"我在车里等你们吧。"

"别傻了,你会冻死的。"B.B.说。他伸过手,摸到她的发梢。她戴了一顶红色的安哥拉羊毛帽,罩在额头上,看起来漂亮极了,但也让她看起来只有十岁。一个孩子的帽子,没有化妆。她的发梢还是湿的。摸着她的头发,他后悔在她说了关于手的那句话后就走出了浴室。

他们在靠后的位置找到了三个挨着的座位。

"爸爸,我看不见。"布赖斯说。

"该死的安德鲁斯姐妹。"B.B.说,"我没法把她们古怪的声音从脑子里赶走。"

布赖斯站起来。B.B.头一次注意到他儿子坐的金属折叠椅上用马克笔写着的话:帕姆爱大卫,永永远远。他取下自己的围巾,盖在那些字上。他回头看,确信布赖斯会在热狗和饮料摊上。但他不在那儿,他还在仔细察看那些小狗。一个孩子跟他说了什么,他儿子回答了。B.B.马上站起来,走过去跟他们站在一起。布赖斯在掏口袋。

"你在干什么?"B.B.说。

"抱一下小狗。"布赖斯说。他说着抱起那只动物。小狗转头,把嘴伸进布赖斯的胳肢窝,闭着眼睛。布赖斯用空出来的那只手递给男孩一些钱。

"你在干什么呢?"B.B.说。

"十美分摸一次。"男孩说。然后,他换了一种语气,说:"再过一个星期左右,它们就开始吃东西了。"

"我从来没听过这种事。"B.B.说。他脑海里浮现出丝瓜瓤,膨胀变大;他们醉醺醺的,觉得难以置信。小时候他有一次看到一个邻居把一窝小猫淹死在浴盆里。那件事发生的时候,他肯定比布赖斯还小。还有葬礼。B.B.、邻居的儿子,还有一个国际交流学生一起参加溺死的小猫的葬礼。那家男人的妻子从房子里走出来,一只手抱着母猫，从口袋里掏出插在牙签上的小国旗，递给每一个男孩，然后回屋去了。她丈夫挖了一个洞，往洞里铲土。他先是把小猫放在一个鞋盒棺材里，再把棺材小心地放进他在一丛六道木旁边挖的洞，最后把土填回去。B.B. 现在记不起那个人的儿子的名字，也不记得那个东方交流学生的名字了。小国旗是从前银行旁边的冰淇淋吧常会插在圣代里的那种。

"二十五美分，你可以抱到拍卖会结束。"男孩对布赖斯说。

"你得把狗还回去。"B.B. 对儿子说。

布赖斯似乎要哭了。如果他坚持想要一条小狗，B.B. 也不知道该怎么办。这本该由罗宾——他的前妻来应付的，但她很可能会把狗送到动物收容所去。

"放下。"他低声说，语气尽量平静。现在房子里很吵，他怀疑那个十来岁的少年是否会听到他说话。他认为要是没有第三方在场，他很有可能说服布赖斯离开小狗。

令他吃惊的是，布赖斯把狗递过去了，那个少年把它放回箱子里。一个三四岁的小女孩走到纸箱边上，往下看。

"我敢说你没有十美分吧，小可爱？"男孩对小女孩说。

B.B. 把手伸进口袋，掏出一美元纸币，折好，放在蹲着的男孩前方的水泥地上。他握住布赖斯的手，一起走回座位，没有回头。

"只是一堆破烂。"罗娜说，"要是不好玩，我们可以走吗？"

他们在拍卖会上买了一个台灯——有个很好看的灯座，只要再找到一个灯罩，放在床头柜上就正合适。现在的是一个卡纸灯罩，上面印的花束图案有了裂纹，开始褪色了。

"你是怎么了？"罗娜说。他们回到卧室里。

"其实，"B.B.说着抓住窗台，"我觉得非常失控。"

"这是什么意思？"

她把菜谱《朱莉娅·蔡尔德的厨房》放在床头柜上，拿起梳子，抓起一团她的头发。她梳着纠缠在一起的发梢，梳得很慢。

"你看他在这儿开心吗？"他说。

"当然。他自己要求来的，不是吗？你看他的脸就知道他喜欢拍卖会。"

"也许他只是照别人说的做而已。"

"你怎么了？"她说，"到这儿来。"

他坐在床上。他脱得只剩短裤，身上满是鸡皮疙瘩。一只鸟在外面聒噪，尖叫的声音听起来仿佛鸟儿正在被宰杀。鸟突然停下不叫了。鸡皮疙瘩慢慢消失。每次他打开暖气，都知道自己在凌晨五点之后会一直后悔下去，屋子里变得太热，他又累得不想起床去把暖气调低。罗娜说那就是他们头疼的原因。他越过罗娜去拿偏头痛药。他把药瓶放回烹饪书上，干咽下两片药。

"他在干什么？"他对罗娜说，"我听不到他的动静。"

"你要是像其他父亲那样，叫他上床，你就知道他会在床上。然后你又得担心他是否在被子底下打着手电看书或——"

"别说那个。"他说。

"我没要说那个。"

"那你要说什么？"

"我要说，他可能又吃了几颗我母亲送我的歌帝梵巧克力。我吃了两颗。他吃了一整排。"

"他在那一排里留下了一颗薄荷味的和一颗奶油味的,被我吃了。"B.B. 说。

他起身下床,套上保暖衬衣。他往窗外看去,看到树枝摇晃。《老农年鉴》[1]预测这周末下雪。他希望那时不要下,否则开车送布赖斯回佛蒙特就麻烦了。到罗宾家途中有两英里的路,扫雪机是不经过的。

他下了楼。布赖斯坐在一张椭圆形的桌子旁边,那里是饭厅转角处。靠窗的座位是围绕桌子打造的。他俩租下这栋房子的时候,这是唯一一件两人都不反感的家具,就留下来了。布赖斯坐在一把橡木椅子里,额头枕着胳膊。他前面是那本涂色书、一盒蜡笔、一个玻璃花瓶,里面插着各种颜色的毡尖笔,歪歪斜斜的,像一束花。还有一沓白纸、一把剪刀。B.B. 以为布赖斯睡着了,直到他走到距他几英尺的地方时,布赖斯抬起头来。

"你在干什么?"B.B. 说。

"我把盘子从洗碗机里拿出来了,它运转正常。"布赖斯说,"我把盘子放台子上了。"

"你真不错。看来我对洗碗机的纠结已经让家里每个人都印象深刻了。"

"它以前出过什么问题?"布赖斯说。

布赖斯眼睛下面有黑圈。B.B. 有一次读到过那是肾病的征兆。如果你容易瘀伤,则是白血病。或者,当然,你也可以只是走错一步,就摔坏了腿。那次洗碗机管子堵住了,早上 B.B. 打开门的时候,脏

---

[1] 《老农年鉴》(*The Old Farmer's Almanac*),一本包含天气预报、种植图表、天文数据、食谱和文章的年鉴。

水一涌而出——比油腻腻的盘子脏得多的水。

"糟透了。"B.B.笼统地说,"那是幅画吗?"

半是画,半是字——B.B.见布赖斯用手紧紧按住那张纸的中间——意识到这点。

"你不用给我看。"

"为什么?"布赖斯说。

"我不读别人的信。"

"你在伯灵顿的时候看了。"布赖斯说。

"布赖斯——那是你妈妈抛下我们一走了之的时候。那是一封写给她妹妹的信。她跟她商量让她来陪我们,但她妹妹跟罗宾一样是个昏头的人。你妈妈走了两天了,警察在找她。我发现那封信的时候还能怎么办?"

罗宾在给她妹妹的信上说,她不爱B.B.了。还有,她也不爱布赖斯,因为他长得像他爸爸。她是这么写的:"让一模一样的人彼此相对吧。"她跟一个有机食品饭馆的厨师跑了。给她姐姐的那封短信——她也分明给她打过电话了——就写在饭馆宣传单的背面,宣传单上列出厨师走后一周的菜单。泪水顺着他的脸颊往下流,他站在空空的卧室里——是什么让他进屋去的?——读起甜点的名称:"豆腐蜜桃糊!格兰诺拉燕麦覆盆子馅饼!澳洲坚果棒!"

"反正是假的。"他儿子说着把那张纸揉成一团。B.B.看到上面出现了一朵大向日葵,下面有一棵冷杉。

"喔。"他说,一时冲动地伸手。他展开那张纸,尽可能把它抹平。波纹状的树几乎笔直向上,有褶皱的鸟儿飞过天空。B.B.读起信来:

等我到B.B.的年龄，我就可以永远跟你在一起。

我们可以住在一个像佛蒙特的家的房子里，只是不在佛蒙特，不下雪。

我们可以结婚，养一条狗。

"这是写给谁的？"B.B.问，对着信纸皱起眉头。

"马迪。"布赖斯说。

B.B.这才意识到自己脚下的木地板多么冰冷。空气也是冰冷的。去年冬天他糊严了窗户缝，今年还没有。现在他把一根手指抵在饭厅窗户的一块玻璃上。玻璃简直是冰块，他的手指迅速变僵了。

"马迪是你的妹妹。"B.B.说，"你永远也不能跟马迪结婚。"

他的儿子瞪着他看。

"你明白吗？"B.B.说。

布赖斯把椅子往后推。"马迪不会再把头发剪短了。"他说。他在哭。"她会是玛德琳[1]，而我就是要跟她一起生活，还要养一百条狗。"

B.B.伸手去擦他儿子的眼泪，至少是摸一摸，但布赖斯跳了起来。她错了：罗宾大错特错了。布赖斯不是他的翻版——而是罗宾的——是说"让我一个人待着"时的罗宾的翻版。

他上楼了。其实是他到了楼梯前，开始往上爬，想着卧室里躺在床上的罗娜。没等爬到一半，肾上腺素开始在他全身涌动。眼前的一

---

[1] 玛德琳是儿童系列读物《古灵精怪玛德琳》(*Madeline*)里的人物，这些书后来被改编成影视剧。

切都失焦了,然后开始搏动。他及时抓住扶手,让自己站稳。几秒钟后,第一波糟糕的感觉过去了,他继续爬楼梯,假装让自己相信——像他这一生一直假装相信的——这种冲动跟欲望是一回事。

1982年6月14日

移动的水

我哥哥的妻子，考奇，坐在我卧室里的藤椅上用镊子拔眉毛，我的放大镜离她的鼻尖有一英寸远。我最初见到考奇的时候，她还是亨特学院的一名学生；穿着印第安式长裙，高跟鞋，留长发。现在她穿跑鞋和宽松的裤子，留着蘑菇头，名字由夏洛特变成考奇[1]这个昵称。拔眉毛和怀孕是她自我提升的两项新计划，外加上驾驶课。她从莫里斯敦到纽约来过周末，阿奇——她的新丈夫，我的哥哥——出差去了。她现在坐在电话机旁，等着产科医生给她回电话。阿奇昨晚在电话里坚持让考奇去问医生，她是否应该继续上有氧舞蹈课。谈话的结尾是她一长串的抗议，抗议他在她怀孕后，把她搞得神经过敏。她把电话给我，叫我跟他讲道理，但我没有掺和。他和我说起紫藤的长势。后花园里的紫藤新叶萌发，爬上四层楼到了我的屋顶，枝叶如瀑布般垂下，经过一处低矮的砖石栏杆，藤条一直爬过天窗。早上，我发现枯皱的叶子和紫色小花洒落在我的被子上。

---

[1] 原文为 Corky，有活泼之意。

我躺在床上，给我的祖母用印刷体写信。祖母无法辨认我的笔迹，但是如果我打字，她就会觉得不被尊重。她把我打印的信称为"商务信函"。我在信纸下面垫了一张有横格的纸，这样就会记得把字写得够大。信越写越长，那些字看起来好像被挤入了一个漏斗。我重新读最后一句："紫藤一开花，上千只小蚂蚁就爬上来，从纱窗里爬进来。"用这样的大字体写出来，这句话不仅让人忧心，还有些惊悚。

电话响了，考奇一把抓起来。

"我觉得说这个很傻，但是我丈夫……哦，那个护士……但是我一点血也没流！……因为你觉得我年龄大了吗？"

我涂掉最后一句话，又写下："不是很奇妙吗？一棵巨大的紫藤萝就在这里，在纽约城里茁壮生长。"

我走进客厅。从高大的窗户望出去，可以看到隔壁街上的建筑群。在楼下，后面是高墙隔开的花园。隔壁一家，两个男演员各站在他们花园的一头，大声朗诵着同一本书。

"殿下，它万一把殿下引到了海里，或者把殿下引到了可怕的悬崖峰顶……[1]"

"再来！"花园远处那一头的演员喊道。

"它万一把殿下您……"

"嗯，好的。'它还在招手。走吧，我就跟你去。'"

我正看着他们，企图以此抵挡考奇愈演愈烈的歇斯底里，这时我看到一个大约十岁的孩子，他费劲地爬上来，好让自己越过篱笆看到

---

[1] 引文出自《哈姆雷特》第一幕第四场。

隔壁的花园。他扔了一个东西——石头或是瓶盖——尖叫道："哪儿来回哪儿去吧，死基佬！"然后落了地，向他家后门跑去。接着，我听到一辆冰淇淋车开上大街，放着旋转木马的音乐。一切都如同祖母最近给我写的信（用一支自来水笔，完美无瑕的帕尔默书法[1]）："亲爱的桑迪，纽约城里的每个人都总是激动不已。"

"好吧，我按你的方法来。"我回到卧室坐在床上的时候，考奇说。她听起来像某个二十世纪四十年代电影里勇敢的女演员，她颤抖的下唇更加深了这种印象。

凌晨两点，除了我的老友怀亚特，考奇和我是饭馆里最后两个客人。他刚刚在锅里炒了一些蔬菜，端上桌来，外加一瓶胡椒味伏特加。一辆卡车咔嚓咔嚓开过。考奇和我分食了最后一片柠檬蛋白派。怀亚特的钥匙链放在桌上：四把饭馆的钥匙，这样他走前可以设置警报器。

"这地方真够要命的。"他说着夹起一片糖荚豌豆。"我以为没有什么比教五年级语法更糟糕的，可是记得自动唱机放的每一首歌恐怕比教语法还糟。"他从衬衣口袋里拿出一根大麻烟。"你们知道昨晚发生了什么吗？我父亲的会计跟一个家伙来这儿了。他们穿的T恤上有粉色、蓝色和绿色的旋涡——倒是适合给一篮复活节彩蛋染色。那个会计看到我的时候差点没死过去。然后，星期二晚上，我以前在哈肯萨克的老情人多里·韦斯科进来了，我看着她坐在吧台旁边。她全

---

[1] 帕尔默书法（Palmer method）是奥斯汀·帕尔默（Austin Palmer, 1860—1927）于19世纪末20世纪初设计并推广的一种英文书法，很快就成为美国最流行的书法体系。

身系满了带子。她穿一件那种前面系很多带子的衬衫,还有那种鞋带缠在脚踝上的鞋子。跟她一起的那个男人真够傻的。多里·韦斯科和我同时认出对方,我拥抱她的时候,那个男的说:'这是安排好的吗?'"他大笑起来。"怀亚特和猫。"他说着拿脚按一按刚蹿到桌子下面的一只橘猫,"它在这儿的时间比我还久。比所有人都久。猫不会设置警报,怀亚特会。"

这是贾森以前最喜欢的一家饭馆。我以前跟贾森一起生活,现在分手了。怀亚特在这里做了服务员以后,贾森就不来了。"宝贝,这感觉太怪了。"贾森有一晚对我说,"我觉得不舒服,以前我对撇号的正确用法一有疑问,就打电话问那个家伙,而他现在成了为我们服务的人。"

我们出了门,怀亚特把车钥匙递给考奇。我打开后门,嘟囔着这主意有多不靠谱,因为她至今为止只上过三次驾驶课。她刚从路边把车开走,一辆警车就跟了上来,跟我们并排停在路口等待红灯变绿。我和一个警察视线相碰,又移开目光。我们的车以奇怪的角度停在两条车道之间,后面和周围都没有车。然后,一个警察跟考奇打了个照面。"你知道吗?"他冲我们叫道,"如果你们是一辆有六个人的红色丰田,那我们就找到要找的车了。"驾驶座上的警察也凑过来叫道:"现在他会告诉你们,你们如果眨眼睛,就是北极星,我们就能跟着你们不迷路了。"

灯变了,警车扬长而去,没响警报,一小时六十英里左右的速度。

"我们后面还是没车。"怀亚特说着拍拍考奇的腿,"开车的第一条原则:有很多危险的人跟你同时在开车,你开的时候一定要保护好自己。"

"你觉得你当时会跟贾森结婚吗？"考奇说。

我上大学时没有住过宿舍，但考奇住过。对她来说，熄灯依然是开始聊天的信号。

"我们差点就结了。"我说，"我跟你说过的，他在加里森买房的那个夏天。我们跟所有要分手的人一样蠢。我们一直在找让两个人都感兴趣的事做，好装作对彼此还感兴趣。"

"你跟怀亚特是怎么回事？"

"我一直以为他爱的是别人。很多年前我们深谈过一次，他说我错了。但是，他一直没提过多里·韦斯科，直到今天晚上。"

"阿奇在我们的婚礼举行的前一星期，告诉我他以前订过两次婚。"她点燃一根香烟，"把他的信用卡冲下马桶的是哪个？"

"萨莉。"

"桑德拉是那个吞戒指的？"

"镶钻的黄水晶。我们的祖母留下的。阿奇带她去急诊室的时候，她填完表，说她吞了一根骨头。"

"她有多傻呀，跟急诊室的人还不说实话。"考奇说。

我翻过身，在半黑的屋里看考奇的脸。她在卧室地板上把蒲团沙发打开，变成一个床垫，今晚她就睡那儿。

"你知道后来的故事吧？"我说，"第二天，他买了一本训练小狗的书。他把书带回家，给她看如果小狗吞下石子，除非噎住，否则不必担心的那部分内容。一个玩笑而已，但是后来他们去做情感关系咨询的时候，她一直提到那本狗的书。"

现在回想起来，我能意识到贾森喜欢操纵我。他想要什么东西的时候，总以自己是南方男孩为由。他把自己想买的那栋房子说成是我们"过种植园生活"的机会。他还在我们去看加里森那栋房子之前，就计划好那个下午我们要在那里打槌球；他说，我们会打槌球，喝冰镇薄荷酒。贾森真想要什么东西的时候，会把它变成某种幻想——越夸张、越离谱就越好。他说这样比较容易应付后面产生的任何问题。我们在纽约同住了一年多，他很焦虑，想在乡下买一处房子。于是他买下加里森哈得孙河上游的黄色大房子，请了假，在那个秋天用一个月时间把它漆成白色。我擦亮玻璃，帮他打磨地板，到房子开始像样的时候，我比他还要喜欢那房子。早晨，我喝咖啡，看厨房外面挂的鸟食筒上，麻雀和松鼠在抢夺谷粒。傍晚，我开始等待，等待天空的颜色变得暗淡，太阳落山。贾森变得喜欢晚睡，看杂志和夜间新闻。他回到纽约的律师事务所上班，我留下来。怀亚特来做客。贾森打电话说他有几个周末不能回来，因为手头太多文书。之后的一个周末，考奇和我哥哥开车来了，就在他们离开之前，她在车道上握住我的胳膊，把我带到他们的车后面。"我要说，要是你想留住贾森，你就该回到城里去。"她说。但是那个时候，我愿意相信贾森说的他买下房子时的想法：纽约城是一场战斗，能逃回一个你不必时刻防备着的地方有多么重要，能记得这是一个绿色的世界有多么重要。十一月的晚些时候，我终于离开那座房子，坐火车回到纽约。我走进我们的公寓，觉得自己是一个陌生人。他还在办公室。我到处走动，有些惊讶，我的东西还在那儿——我的一双凉鞋在卧室的椅子下面，我一向在那里踢掉鞋子。我在卧室里走了走，验证了我在加里森不愿意承认的事：我们之间真的完了。看到我的东西在那儿没让我觉得是在家里，反倒让我意识到那儿一直是贾森的公寓。他把他父母圣诞节送的奥杜邦[1]的绘画挂起来了。那些画我从来没喜欢过，像是某个乡村酒吧墙上的挂画，而它们现在就在这里，堂而皇之地挂着。它们挂在北墙上，以前他总坚持空着那面墙，说挂画会破坏砖石的美。贾森下班回来的时候，我们倒了酒，上到屋顶去聊。显然我们不会在一起了，但是他表现得好像这结果在预料之中。我走到他站着的栏杆边，惊讶地看到他眼里有泪。

"你为什么难过？"我说，"不是你的错。我们俩都有这种感觉。"

"你什么时候能不这么随随便便对待一切？"他说，"好像你无所谓似的。你是我认识的最好的人，可你却做了一个很糟糕的选择，很久以前，你选了我。我很内疚，我跟你生活在一起，让你以为我爱你。"

"你是爱过我。"我说。

"宝贝，我在跟你说真话。"他悲哀地说，"别忘了我有南方人的礼貌。你过去总拿这个开玩笑。我想要爱你。我表现得好像我爱你。"

我离开他，走到饭馆，坐在吧台边上，等着怀亚特下班。贾森说，星期六的晚上他从不愿出门，只想待在家里听着凯斯·杰瑞[2]的《一颗星的哀悼》做爱；这样说的时候，他不爱我？我给他读菲尔班克[3]的《脚下的花朵》时他笑得用手捂住脸，拿手掌抹掉眼泪时，他不

---

[1] 约翰·詹姆斯·奥杜邦（John James Audubon，1785—1851），美国博物学家、画家，他绘制的《美国鸟类》被称作"美国国宝"。

[2] 凯斯·杰瑞（Keith Jarrett，1945— ），美国爵士乐钢琴家、作曲家。

[3] 罗纳德·菲尔班克（Ronald Firbank，1886—1926），英国小说家，以其讽刺小说而著名。

爱我？感恩节我们一起洗碗，他一直用胳膊环住我的腰，把我沾满皂液的手从水里拿开，带我跳着华尔兹一路跳出厨房时，他不爱我？

那晚之后，我又见过贾森一次——我搬走以后，在二月的一个星期天下午去了他那儿。我还想跟他做朋友。我爬到四楼，心里第一百万次地确信，那个古老的楼梯将会坍塌。我坐在一把帆布扶手椅里，让他为我从美乐家咖啡壶里倒了一杯咖啡。那是我的壶，我忘了把它装箱。贾森也没有主动提出归还。他跟我提到加里森的那栋房子，他已经登出吉屋出售的广告了，一个电视制片人和他的妻子开了个价。他们正在谈价钱。我们说话的时候，我无意中看到那本桃红色书脊的菲尔班克放在房间那头书架的最高一层。也许他正暗自心怀不满。可能我也有不小心带回家的他的东西。他拿了所有的凯斯·杰瑞的唱片。我的羽绒背心。菲尔班克。我搬走前，他帮我把我俩的书和唱片分开，把我的放进纸箱。我好几个星期都没拆箱，所以过了一阵子才意识到有多少东西不见了。如果他是故意为之，那他做的另一件事真把我搞糊涂了：在一箱书的底部，他放进了他那件灰色的灯芯绒衬衫，以前在寒冷的冬日早晨，我常把它披在我的睡衣外面。

这个周末，考奇在卧室里跟我说，自从贾森和我分手，我就把自己跟所有人隔绝开来——她说她想要帮我，我却连自己的愤怒或是悲伤都不愿提及。我告诉她我想了很多——人们没有坠入爱河的时候，有很多时间思考；这就是为什么生活不会有太多惊喜，或者说那些惊喜不如在恋爱时感觉那么强烈。比如说前一天我一直等她来我家时发生的事：一只蜜蜂飞进卧室，撞到天窗上，嗡嗡地叫。我立刻摈弃了其他两种选择：一整天躲在被子里面；或是把《时代周刊》卷成筒打死它。我决定什么也不做。它飞得低了，从天窗下来，最后做了一件我本该料到的事——它从纱窗的一条一英寸宽的缝里直直地飞出去，那条缝几乎被覆盖了楼面的浓密藤条填满了。然后它消失在枝叶间。我等着看它一反常态再飞回来，但它没有。后来我起身把纱窗外的枝叶扯掉，在纱窗和窗框之间的缝隙贴上遮蔽胶带。

　　人人都想恋爱，这合情合理。于是，有那么一段时光，生活不再充斥着思考一切、谈论一切的乏味。能够注意到小小的细节和微妙的时刻，并将它们指出来，让人热切声称它们的外表之下隐藏着更多含义，这很美妙。贾森擅长此道——擅长说服我，说不知怎的，只因我们在一起，我们的所见就具有超出其本身的价值。去年秋天我们还在一起的时候，有天下午我们开车去了冷泉村。我们开到离铁轨较远的一边，开过凉亭，开到铺砌路面的边缘，在那里汽车可以停在哈得孙河边。他怎么可以在后来企图让我相信他没爱过我。那时我们是一对年轻的情侣，走下车去，给河里的黑鸭子扔陈面包。我们坐在长椅上，望着河对面的高崖，一边想象着要抵达那里、攀到峰顶的旅程——这是我猜的——一边将彼此抱得更紧。我们抱得更紧也可能是因为我们在这个地方很安全：没有船，我们不可能游泳，反正没有理由费这么大劲去游泳。那是在十月，风那么大，差点把我们从长椅上刮跑；贾森跟我低语："看，这么大的风——让河水看起来好像是被刮到下游去的，而不是流过去。"早在他这么说之前，我眼里已有泪。

1982 年 11 月 8 日

康尼岛[1]

德鲁坐在餐桌旁,这是他的朋友切斯特在阿灵顿的家。这是一个大晴天,阳光透过厨房里小鸡图案的窗帘,让小鸡拥有了一种在现实中无法获得的优势——背后有光,闪闪发亮。美极了。

德鲁在切斯特家已经待了几个小时。时近傍晚,光线耀眼。在他们之间的桌上,那瓶杰克丹尼威士忌已经空了一半。切斯特给自己杯里又倒了半英寸高的酒,用拇指擦干瓶颈,再舔舔拇指。他把瓶盖拧回去,就像人们倒了一杯葡萄酒后要把木塞放回去。切斯特喜欢葡萄酒,是他妻子霍莉改变了他的品味;但他非常清楚,招待德鲁有比红酒更好的东西。霍莉现在在医院,晚上会住一夜;她的不孕检查结果是否定的,现在医生要给霍莉动个小手术,做进一步检查。就算今天德鲁不来,他可能也会喝醉。

德鲁同时摇晃着盐瓶和胡椒瓶。佐料瓶是企鹅的形状。瞧他这

---

[1] 康尼岛(Coney Island),地处纽约市布鲁克林区,其面向大西洋的海滩是美国知名的休闲娱乐区域。

两个朋友，切斯[1]和霍莉可真有幽默感！一个瓶身是企鹅本来的样子，另一个是穿着西装背心、戴着高顶黑色礼帽的企鹅。大概是故意做得这么滑稽的。

切斯特的收音机要换新电池了。他右手拿着收音机，用摇晃鸡尾酒调制器的动作摇着它。之前他想调一些曼哈顿酒，但是德鲁说他更喜欢纯的波本威士忌。

今天，德鲁从韦恩斯伯勒开车穿过山岭，到阿灵顿来参加侄子的洗礼仪式。之后的派对在他母亲家里举行。派对开始前他修剪了灌木丛，修好了地下室的门，让它不再卡住。后来，大家都走了，母亲进了浴室，他就给从前的女友夏洛特打了个电话。这是意料之外的事，他自己都没料到。一个月前，夏洛特嫁给一个男人，他在阿灵顿郊外的某个大商城里经营一家潮流五金店。德鲁的母亲从报纸上剪下他们的结婚告示，寄到他上班的地方，信封上写着"私人"。现在他跟夏洛特若有私情，秘书就会知道。老板收到一封标注"私人"的信件，秘书还能怎么想？

再过不到一小时，德鲁就要去跟夏洛特碰头喝酒。夏洛特·库尔，现在是夏洛特·雷比尔。就德鲁所知，是夏洛特·库尔·雷比尔。切斯特答应一起去，这样即使被人看到，至少也只会被认为是几个朋友喝酒叙旧。每个人都知道别人的事。德鲁的表哥霍华德在纽约的时候，跟一个已婚女人有过很长一段时间的私情，持续了四年。他们总是约在中央车站碰面。几年来，人们在他们身边来去匆匆。孩子从他们身边被拽走。宗教狂热分子在散发宣传单。他们很有可能见到

---

[1] 切斯特的简称。

某个他或她认识的人,不过他们从没见过,而且据他们所知,也从来没有人见到他们。他们在"世界之窗"[1]喝酒。谁会在那儿找到他们?霍华德讲起这些事能让人大笑——他俩在芒特基斯科镇的大门旁拥抱,吻到两个人的嘴唇发烫;然后去城里,坐在落地窗旁边俯瞰埃利斯岛和自由女神像。德鲁还是小孩的时候,跟家人来纽约玩,他们爬上了雕像。这么多年他依然相信父亲说的——他爬进了女神的拇指。霍华德的情人跟她丈夫离婚了,却嫁给了别人。霍华德很痛苦,把气撒在大家身上。有一次他对德鲁和切斯特说,他们一事无成,从来没有花一点工夫审视自己人生的任何一件事。霍华德又知道什么,德鲁心想。霍华德过去常常看向高窗外,结果还是进了另一座摩天大楼,进了一个心理医生的办公室,百叶窗紧闭着。

德鲁说:"夏洛特的胳膊肘很尖,像个硬柠檬。我以前跟她做爱的时候就抓着她的胳膊肘。坐在这儿回想起这些,这叫什么事啊。"

"德鲁,她见你只是喝一杯而已。"切斯特难过地说,"她不会离开她丈夫的。"

切斯特轻轻拍着桌上的收音机,像从烟盒里弹出一支烟那样。德鲁和切斯特不抽烟,他们大学毕业以后就不抽了。德鲁大学二年级的时候认识了夏洛特,爱上了她。"她是个孩子。"以前在男生联谊会之家深夜卧谈的时候,霍华德曾这样对他说。霍华德的语气总带点父性的慈爱,虽然他只比他们高两届。"我们给霍华德打电话吧。"德鲁说,"问问他怎么看霍莉的事。"霍华德现在是西雅图的外科手术医生。有时他们打电话到医院找他,或是深更半夜给他的应答机留言。有几次

---

[1] "世界之窗"(Windows on the World),原纽约世贸中心双子大楼北塔106层的一家餐厅。

他们喝醉了,假装他人口音,混乱又惊慌地说上一通,让霍华德以为有人得了心脏病或阑尾穿孔。

"我见了霍莉的那个医生。"切斯特说。他指着天花板,说:"要是那个万能的上帝和万能上帝的妇科医生认为她没有理由生不出小孩,我就慢慢等着。"

"我只是觉得我们可以打电话问问他。"德鲁说。他脱掉鞋子。

"打这个电话没什么意义。"切斯特说完,又给自己倒了酒。他把额前的头发往后一抹,感觉挺好。他又抹了一下,然后又是一下。

"给医院打电话看看她怎么样了。"德鲁说。

"我是她丈夫,你以为我没去吗?我看到她了。他们把她推出来,她说她要是永远要不了小孩也无所谓——但她受不了身上冷得像冰。就是那个,你知道吧……麻醉剂。我用手把她的脚捂了一个小时。她睡着了,护士让我回家。早上,高高在上的万能医生出现了,我猜我们有消息了。你怎么这么多建议?"

"我没有建议。我只是说给她打个电话。"德鲁说。

德鲁把酒瓶在额头上靠了一下,然后把它放回桌上。"我饿了,"他说,"我见夏洛特前应该把事情都做完,是不是?吃了饭再去,这样就有时间说话。喝了酒,清醒一点。都提前搞定。"

"你为什么决定今天给夏洛特打电话?"切斯特说。

"我侄子——"

"我问为什么给夏洛特打电话?为什么给她打?"

这一回,德鲁拨弄着收音机,一个频道有声音了,很模糊。他俩惊奇地听着。这才十月,那个男人已经说起圣诞节前所剩的购物天数了。德鲁转动旋钮,频道没了,他找不回来了。他把收音机推到桌子另一头，一只企鹅倒了，它卧在那里，尖尖的脸挨着收音机。

"我要再喝一杯，然后放她鸽子[1]。"德鲁说。

"哦，我可以帮你。"切斯特说，把企鹅扶起来。

"天啊，你真是太搞笑了。"德鲁说，"是夏洛特——不是企鹅。夏洛特，夏洛特——不会离开她丈夫的夏洛特。这样她的名字在我们的谈话中出现得够多了吧？"

"我不想跟你一起去了。"切斯特说，"我觉得没什么意义。"他又用手抹过额头。他用一只手盖住眼睛，然后什么也没说。

德鲁用手盖住杯口，一个拒绝续杯的手势，但是没有人给他倒酒。他看着自己的手。

切斯特在衬衣口袋里摸索着。要是洗衣店收据不在口袋里或者钱包里，那它哪儿去了？总得在什么地方，在哪个口袋里。他用食指勾住瓶颈，轻轻摇晃。企鹅倒下的地方有一小撮盐。切斯特把盐拢成一条线，假装手里拿着一根吸管，用幻想中的吸管触到那一英寸长的盐，堵住一个鼻孔，在吸管划过盐线的时候用另一个鼻孔吸气。他的笑容舒展了一些。

"你该庆幸你没有问题。"德鲁说。

"我是庆幸。"切斯特说，"我跟你说，我也庆幸自己甚至不记得小时候割扁桃体时打过麻药。霍莉身上那么冷，睡得那么沉。但睡得不香——更像是被人打了。"

"她不会有事的。"德鲁说。

---

1 "放她鸽子"，原文是 stand her up，切斯特按字面意思理解，以为德鲁说的是把倒了的企鹅调料瓶扶起来，而德鲁的意思是对夏洛特爽约。

"你怎么知道?"切斯特说。他吃惊于自己的声音听起来如此刺耳。他微微一笑。"偷偷溜过去看她,就像你偷偷约见夏洛特?"他说。

"你在开玩笑吧。"德鲁说,"这说得多难听啊。"

"我是在开玩笑。"

"不管我现在说什么,都赢不了你了,不是吗?如果我表现出一副我疯了才会对霍莉有兴趣的样子,你就会觉得受到冒犯,对不对?"

"我不想说这些。"切斯特说,"你去看夏洛特吧,我就在这儿喝酒。你要我去干吗?"

"我告诉她你会来。"德鲁说。他抿了一小口酒。"我在想我们去康尼岛那一次。"他说。

"你跟我说过。"切斯特说,"你是说很多年前那次,是吧?"

"我跟你说过打步枪吗?"

"康尼岛。"切斯特叹了一口气,"在'内森家'吃热狗,坐那个叫龙卷风还是什么的东西,打几枪给你的妞儿赢了个奖品。"

"我跟你说过?"

"继续,跟我讲讲。"切斯特说。

切斯特倒了两杯酒。给德鲁倒了以后,德鲁又用手盖住杯口。

"顺便告诉你,你还有五分钟讲故事,不然你就真的要放她鸽子了。"切斯特说。

"也许她会放我鸽子。"

"她不会放你鸽子的。"

"好吧。"德鲁说,"夏洛特和我去了康尼岛。坐了那个让你四处摇晃的东西,还有那个一边有玻璃、升到柱子高处可以看风景的叫什么——"

"我从来没去过康尼岛。"切斯特说。

"我向她展现我的风度。"德鲁说,"最好的部分在后头。那个射击场的家伙把上面有颗星的卡纸板钉在绳子上,送到场界另一头,我就开始射击。射了三四次,上面总是剩下一点蓝色的纸。星星一角的那个尖。靶子中心就是这颗蓝色的星。我枪法很好,想把星星打掉,赢得比赛,结果最后那个家伙跟我说:'老兄,你要是想把那颗星打掉,就该往它边上打,星星就会掉下来。'"德鲁透过他拇指和食指环成的圈看了一眼切斯特,又把手放在桌上。"你应该从边上打,就像拿一把刀插进蛋糕烤盘边上,把蛋糕取出来。"德鲁呷了一小口酒。他说:"我父亲什么也没教过我。"

切斯特站起来,喝光了剩下的波本,把杯子放进水槽。他在厨房里四处打量,似乎对这里很陌生。曾经,它确实如此。霍莉在他上班的时候把厨房涂成粉蓝色。现在是珍珠白。他们把她推出恢复室时,她的脸就是厨房墙面的颜色。他不知怎么就把手放在她脚上,那时她还没法开口告诉他她冷。冬天的有些时候,他们在床上,他伸过手去握住她的脚,塞在他的腿下面。德鲁比他认识霍莉还早,那是十五年前了。他跟她谈过一次恋爱,却没有吻过她。现在他一个月来吃一次晚饭,来时走时都吻她的额头。"我在说服她。"有时德鲁离开前会这么说,或说些类似的话,"十五年了,我还在给她各种机会。"霍莉总是脸红。她喜欢德鲁。她认为他酒喝得太多,不过谁也不完美。霍莉的思维模式也开始影响切斯特了。一分钟前,他不是还在谈论全能的上帝吗?霍莉对全能的上帝坚信不疑。

德鲁在厨房水槽边跟切斯特站在一起,把水往自己脸上洒。他肤色偏褐,气色很好。头发有点蓬乱,两鬓有些白发。他用厨巾擦了脸，用水漱口，吐掉。他倒了一杯水，喝了几口。那五分钟在十分钟前就到点了。他们走出客厅，拿了桌上的钥匙，钥匙挂在一条捷豹汽车的钥匙链上。切斯特的车是一辆1968年的庞蒂亚克。

"谁开印第安摩托？"切斯特说。

德鲁伸手拿过钥匙。在电梯里，他看到有楼层数字的按钮周围有圈光环，又把钥匙扔回给切斯特。切斯特差点没接住，因为他心思在别处。他得记得洗杯子，他跟霍莉保证过会修好漏水的龙头。他要再去酒吧喝一杯，跟夏洛特打个招呼，之后再干家里的活儿。电梯慢得令人心烦。如果他们能有个孩子，如果是个女孩，霍莉想要用花朵的名字来取名：罗丝、莉莉，或是玛吉[1]——那是她想出来的吗？玛丽戈尔德的简称？

德鲁在想他能跟夏洛特说点什么。他们在一起两年，共有一整个世界。共享一个世界的人们该怎么说应酬话？可是说真心话又总是显得突兀。他有那么多事想知道，问题会像炮弹一样发射出去。她真心爱他，却跟别人结婚？她厌倦了向他证明她是爱他的？她在什么杂志里读到像他这样童年不幸的人，会一辈子不幸？德鲁记得他爸爸：除了带他走遍博物馆，看各种雕塑，在光线暗淡的小酒馆里用锡盘吃东西，他爸爸还应该来点实用的，比如教他射击。他只需在孩子身旁伸长手臂，把他的手指移到合适的位置，然后举起步枪，为他演示如何瞄准；如果那样还不够明确，就告诉他怎样保持枪身平稳。

德鲁钻进车里，关门时膝盖磕在门上。一秒钟后，切斯特打开主

---

[1] 三个人名的原文分别是Rose、Lily和Margy，原意为玫瑰、百合和金盏花，其中Margy是Marigold的简称。

驾的门，坐进座位。但他没有发动汽车。

"你明白，一切只是为了友谊，对吧？"切斯特说着紧紧抓住德鲁的肩膀。

德鲁转过去看他，切斯特显得悲伤。德鲁想知道他是不是在担心霍莉。或者他只是醉了？但是还得再等一下。德鲁刚刚意识到他一整天的惊慌其实是兴奋。跟夏洛特喝一杯——过了这么久，他又要见到她了。他想对切斯特说的话如此难以出口，他不敢直视他的眼睛。

"切斯。"德鲁说，他看着挡风玻璃，手在嘴上抹了一下，然后支起下巴。"切斯——你真心爱过吗？"

1983年1月24日

电 视

这星期比利早早地给我打了电话，说他发现周五是阿特里的生日。阿特里起初是比利的律师，后来比利把他推荐给我。有一次洗车，我的车掉进坑里，我给比利打了一个电话，后来阿特里就成了我的律师。阿特里在办公室里给我免费的五分钟时间，让我明白去小额索赔法庭是最佳选择。比利提到我们应该在阿特里生日这天请他吃午餐。我说："吃午饭时我们给阿特里来点什么呢？"他说会有想法的。我一心想找个失业的芭蕾舞女演员拿着聚酯薄膜气球冲进餐厅，比利却说不用，我们会有主意的。他挑了一家餐厅，周五我们仨在那儿碰面，坐下的时候我俩还在盘算。因为大家都有点拘谨，我们想到的第一件事自然是喝点酒。接着阿特里讲了他表弟的故事，他表弟中奖得到一条金鱼，把它放在喝白兰地的大肚酒杯里。他太喜欢这条鱼，就出门买了一个鱼缸，可是后来又觉得它在鱼缸里不太开心。阿特里告诉表弟，是白兰地酒杯把金鱼放大了，所以它在酒杯里显得更开心，但表弟不信。那天晚上表弟喝了几杯酒，决定把白兰地酒杯沉进鱼缸。他挖了几颗卵石，堆在酒杯底座上，稳住酒杯。鱼儿终于在沉没的酒杯上方一圈一圈地游起来,心满意足的样子,阿特里说,就跟泡在热水浴盆里、把手放在喷水口的人一样满足。

侍者过来介绍特色菜,比利和我开始微笑,目光移向别处,因为我们知道今天是阿特里的生日,很快就必须行动了。如果我们早点知道金鱼的故事,就可以买一条金鱼作为搞笑礼物。侍者可能以为我们在笑他,为此怀恨在心。他只能站在那里介绍"多种做法小肉排"[1],或是别的特色菜,而他真正想要的是成为《周末夜狂热》里面的约翰·特拉沃尔塔[2]。他也有适合跳舞的骨盆。

比利吃着虾说:"上次我去看我父母,他们正在开除夕晚会,有个女人喝醉了,把我父亲的鞋袜脱掉,给他涂了脚指甲。"听到这儿我笑出声来,侍者正撤掉我的盘子,他看着我,好像我也可以被撤换似的。"还没完,笑点不在这儿!"比利说。阿特里以警察指挥交通的姿势伸出手,比利握拳与他击掌。他接着说:"笑点是,一周后我父亲吃着早饭、读着报纸,我母亲说:'我去找点洗甲水,帮你弄弄指甲?'我父亲说:'不要。'她真怕干这事儿!"

"我有个特别幸福的童年。"我说,"夏天时,我家总是租一栋海边别墅,我父母把我们(我姐姐和我)的婴儿鞋各拿一只晒成深色的。他们经常在客厅里跳舞。我父亲说只有在一种情况下他会去买电

---

[1] 原文为法语。

[2] 约翰·特拉沃尔塔(John Travolta,1954—),美国男演员、歌手、舞蹈演员,20世纪70年代他主演的两部电影《周末夜狂热》(*Saturday Night Fever*)和《油脂》(*Grease*)席卷全球,掀起世界性的迪斯科舞热。

视,那就是把它当成一个大收音机。他们终于买了一台。他看着电视,我母亲一进屋,他就站起来把她搂进怀中,然后开始哼歌跳舞。他们跳舞的时候,电视上的凯特·史密斯[1]在说话,或是盖尔·斯托姆[2]在发她那个'我的小玛吉'的怪声。"

阿特里眯起眼睛,紧靠着餐桌。"好啦,好啦——两个有钱人每天都做点什么?"他轻声说。就在这时比利吻了我,搞得我们好像整日都在缠绵,然而实情与此相差甚远。我暗想这可能是比利故作姿态,因为他已经想好庆祝生日的点子了。侍者在开一瓶香槟,我猜是比利要的。关于比利的前妻,我知道得很少,一是她极爱喝香槟,二是她参加过酗酒者亲友互助会。她父亲是个大酒鬼,有一次把她母亲扔出了窗外。她回到父亲身边,直到把他告上法庭后才离开。

"我跟你们说点事。"阿特里说,"我把我们的一个暑期实习生给吓坏了。我在办公室里把他拉到一旁,跟他讲:'你知道律师是什么吗?木头上的藤壶[3]。整个司法体系像一根又大又重的木头,顺流而下,你什么也做不了。记住,那些法官一次次举起的那个小木槌,只是一根带把的木头。'"

瓶塞飞到了餐厅那一头。我们都在看。它落在面点车附近。侍者说:"它从我手里飞过去了。"他看着他的手,十分诧异,仿佛本来只是随便数数有几根指头,却发现有七根。我们都有些内疚,因为他吓

---

[1] 凯特·史密斯(Kate Smith, 1907—1986),美国歌手,以一曲《天佑美国》出名。
[2] 盖尔·斯托姆(Gale Storm, 1922—2009),美国演员、歌手。20世纪50年代曾出演一部流行的电视剧《我的小玛吉》(My Little Margie)。
[3] 一种成年后无法靠自己移动,只能固着在坚硬物体表面、通过滤食来生存的生物。

了一大跳。他盯着手看了那么久，我们移开视线。比利又吻了我，我想这可能是一个打破沉默的表示。

侍者先把香槟倒进阿特里的杯子；他倒得很快，手抖得厉害，泡沫迅速上浮。阿特里举手示意他不必倒了。比利又捶了一下阿特里的手。

"你这家伙！"比利说，"你以为我们不知道今天是你的生日吗？你以为我们不知道？"

阿特里的脸有点红。"你们怎么知道的？"他说。

比利举起酒杯，我们越过胡椒手磨瓶，举杯相碰。

阿特里的脸很红。

"你这家伙。"比利说。我也在微笑。侍者望过来，看到我们都喝光了杯中酒，又是一脸惊奇。他马上过来倒香槟，但比利比他动作还快。几分钟后，侍者回来了，把三杯漾着一汪白兰地的高脚酒杯放在桌上。我们的表情一定很迷惑，侍者也是。"房间那头的那位先生请的。"侍者说。我们环顾四周。比利和我谁也不认得，但有一个男人咧开嘴笑得很激动。他拿起盘中的龙虾，指一指阿特里。阿特里笑了，说："谢谢你。"

"世界上最棒的一个细胞学家。"阿特里说，"一个客户。"

我移开视线，那个男人还拿着龙虾动来动去，它好像在空中游动。

"那位先生叫我把白兰地端上来。"侍者说着走开了。

"你觉得要是告诉他，我们会给他一大笔小费，是不是有点粗俗？"比利说。

"我们要给吗？"我说。

417

"哦,我来给,我来给。"阿特里说。

似乎总是在我们桌子附近的侍者,听到了"小费"这个词,又有点吃惊。比利发现了,冲他微笑。"我们哪儿也不去。"他说。

可是我们吃得那么快,真是让人奇怪。没一会儿,因为我们谁也没点咖啡,侍者就拿来了账单。账单放在那种夹子里——一个皮夹子,正面有凸出的餐厅名印花首字母。这让我想起琼姨妈收藏的金属托架,我把这说了出来。琼姨妈认识一个浇铸金属托架的人,可以应她的特殊要求制作。她做过一个有姓名首字母的,和一个有劳斯莱斯标志的——那种经典的 R 字体。大家听得笑起来。我是唯一一个没动白兰地的。比利把信用卡插在账单夹的一条小缝里,这时阿特里说:"谢谢你。"我也说了。比利把手盖在我的手上,又吻了我一下。他吻了我那么多次,我都有点不好意思了。为了掩饰,他吻我以后我跟他碰了一下额头,这样阿特里可能会以为这是我俩的一个习惯。他也可能会在心里念叨:"你俩在搞什么?"

阿特里想让他的司机捎我们一程,但到了街上,比利握住我的手,说我们想走一走。"这种好天气不会持续太久。"他说。阿特里和我同时注意到轿车后座上有两个年轻女郎。

"她们是谁?"阿特里问司机。

司机一直把门开着,我们能看到那两个女孩尽可能地贴紧后座,好像那些紧贴在墙上、希望不会受到伤害的人。

"我能怎么办?"司机说,"她俩喝高了,蹭了进来。我正要赶她们下去。"

"高了?"阿特里说。

"就是醉了。"司机说。

"那你怎么不接着赶她们？"阿特里说。

"好了，姑娘们。"司机说，"现在下车。你们听到他的话了。"

一个下了车，另一个身上穿得更少的，动作慢一些，还跟司机眉来眼去。

"去吧。"司机说，把胳膊肘送出去，但她没有理会，自己爬出去了。她俩走开后都回头看了看。

"我干吗要忍受这个？"阿特里对司机说。他的脸又红了。我不想让阿特里难过，不想让人破坏了他生日午餐的好心情，于是就在他脸颊上轻轻一啄，笑了笑。肯定是这样，如果女人来统治这个国家，她们决不会把儿子送上战场。阿特里犹豫了一下，回吻了我，也笑了笑。比利又吻了我，有那么一秒我糊涂了，以为他可能打算把我跟阿特里一起送走。后来他跟阿特里握手告别，我俩都说了声："生日快乐。"阿特里弯腰上了轿车后座。司机关上门，我们看不到里面的阿特里了，因为窗玻璃有颜色。司机坐上前座时，后门开了，阿特里探出身子。

"我可以告诉你们一件事。我非常惊讶有人记得我生日。"他说，"我刚才正好想到你说你父母随着电视音乐跳舞？我想，有时候一直以同样的方式生活了太久，以至于忘记了一个特殊的小插曲就会改变一切。"他冲比利咧嘴笑笑。"她年纪太小，不记得那些电台节目。"他说，"《赖利的生活》[1]，还有其他的。"他看着我。"当他们想让你知道剧里的时间正在流逝，就会放几小节音乐，然后开始说别的

---

[1] 《赖利的生活》(*The Life of Riley*) 是1940年代在美国流行的一档电台情景喜剧。

事。"阿特里的一只脚从车门里荡出来,穿着黑袜子和锃亮的黑色牛津鞋。司机把自己的车门拉上,阿特里也关上他的门,轿车开走了。可是还没等我们转身离开,车停了,又倒回我们身边。阿特里摇下车窗。他伸出头。"哦,阿特里先生。"他用尖细的假声说,"你究竟要去哪儿?"他用口哨吹了一小段音乐,然后换成浑厚粗哑的声音,说:"噢,阿特里,吃完了生日惊喜午餐要回去上班?"他摇上窗户。司机把车开走了。

比利认为这是好天气?现在是纽约的三月,一连三天都没出太阳了。风刮得这么猛,我围巾的一角都飞到了脸上。比利搂住我的腰,我们看着轿车开过一个黄灯,转弯避让一辆急停并倒车入库的车。

"比利,"我说,"午饭时你为什么不停地亲我?"

"我们认识挺久了。"他说,"今天我才意识到自己爱上了你。"

这话让我如此吃惊,我从他身边走开,同时脑海中闪回安全稳定的童年。"总得做个交易。"有一次母亲对我说,"先放弃再获得。我想要个电视?噢,那我每次进房间的时候,就只能由着他跳舞。我打赌你会认为女人总是跳得更好,而男人总是逃避跳舞?可是你爸爸恨不得一星期七个晚上都出去跳舞。"我和比利走在街上,我突然想到我俩从来没去跳过舞,真奇怪。

母亲是在客厅里跟我说那番话的,当时电视上的里基已经招架不住露西[1],而父亲还在上班。我顿时对她心生同情。我喜欢跟母亲待在一起,想一些从没想过的严肃问题。但是当我独自一人时,琢磨问题的答案却对我没什么吸引力——也许这只是我年纪大了以后的状况。

---

[1] 里基和露西是美国电视情景喜剧《我爱露西》(*I Love Lucy*)中的角色。

在母亲和我聊天的那间屋里,地毯的图案是卷心菜一样大的粉色玫瑰。多年以后我会做噩梦,梦到一个巨大的花棚塌下来,消失了,而我突然发现地上都是玫瑰,二维的玫瑰。

1983 年 3 月 28 日

高 处

凯特只能回想起她和菲利普住在这所房子里的时候，她是如何耍小把戏的。她在脱落的墙纸后面涂上少许胶水，再把墙纸按回原位；她在后门边上那些浅绿色的大瓮里塞满破布——那些瓮深到足以装下二十磅泥土——再往上面倒一英尺花土。夏天的雨水把三色堇的种子打入瓮的深处，但种子最终还是发芽了，枝叶从边缘处披垂下来。

这所房子属于菲利普的舅婆比阿特丽斯，过去她每个月亲自来收房租支票，不过凯特关于租房的所有担心都毫无必要，因为那个女人很少仔细查看东西；实际上，她冬天到访时，常把没熄火的汽车停在车道上，连进屋喝一杯咖啡都不愿意。夏天她会停留片刻，剪些玫瑰和芍药带回城里。她是一个高个子的老太太，穿着有花朵图案的裙子，走回她那辆古董凯迪拉克时，她看起来就像经过万花筒折射的一朵会动的巨型花。

回想往事，凯特意识到当时这所房子看上去一定非常体面。她和菲利普刚搬进来的时候彼此相爱，他们爱上了这个地方，后来他们不再相爱，房子似乎也相应地衰朽下去。深陷的前门台阶让她觉得悲哀；某晚二楼掉下来一扇百叶窗，吓得他俩抱在一起。

决定分手后，他俩一致同意应该继续住到夏末租期结束，不然太傻了。菲利普的小女儿那时正好来做客，她过得很开心。房子有三层楼高——有足够多的房间来回避对方。九月他将被公司派去德国，凯特计划搬到纽约，这样她可以慢慢找住处。她把报纸叠起来，准备塞进大瓮里，为下一个夏天做准备，她震惊于自己把报纸叠得那么紧——好像把所有力气传入手中，就可以止住眼泪。

今天，十年以后，凯特又回到这所房子。菲利普的女儿莫妮卡如今十八岁了，她和一个朋友租住在这里。今天是莫妮卡的订婚晚会。凯特坐在草坪椅上。草割得很齐整。那些丑陋的大瓮不见了，一盆倒挂金钟挂在后门边的灯柱上。草坪上有一块绿茸茸的地方延伸开来，是最近犁过准备辟作花园的。厨房边上越界的大枫树已成庞然大物，她想知道现在光线是否还透进那个房间。

她知道枫树上的那个大钉还在。他们刚搬来时大钉已经在那里了，位置合适得出奇。她走到树跟前，把手放在钉子上。它生锈了，但高度没变，人还是可以踩上一只脚，直起腰就能碰到头顶最近的树枝。

晚会之前，莫妮卡给她看菲利普寄给她的短信，表示不屑。他说他不打算参加一个错误的庆典；她太年轻，还不该结婚，他不愿跟这个活动有任何关联。凯特觉得他的缺席跟女儿关系不大，倒是跟他和她自己有关。要么他还爱着她，要么还在恨她。她用手握住树上的大钉。

"爬上去吧，我好看看你的裙底。"她丈夫说。

他吃惊地看到她真这么做了。

她不顾自己直起腰时在树皮上划伤了手,站在第一根较高的枝干上,把自己的裙子整好,笑着任裙子飘扬。她又小心地爬上更高的枝干,斜着身子往下看。她侧身靠在一根更高处的枝干上,面对他提起自己的裙子。

"好吧。"他说着也笑了,"小心点。"

她意识到自己从来没有俯视过他——从窗户里,或是任何她能想到的场合。她离地面已经有十二或十五英尺高了。她又上了一根更高的枝干。她又往下看,看到他像一块磁铁般飞快地移到树旁。他显得更小了。

"以前鸟儿就从那儿挂着的一个鸟食铃铛里啄食。"她说,指着一根她丈夫几乎能碰到的树枝。"以前这棵树早上全是鸟儿,声音特别大,你在煎火腿的噼啪声中也能听到。"

"下来吧。"他说。

她看到他举起来的手那么小,觉得有一丝恐惧。她身子有点飘,撑着没动。

"亲爱的。"他说。

一个穿白色夹克的年轻人拿着两杯酒向她丈夫走来。"哇,看上面!"他叫道。她冲下面微笑。一秒钟后,一个小女孩向这个男人跑过来。她两岁左右,走过草地的斜坡和树根拱出地面的地方,脚下磕磕绊绊。那个男人赶快把酒递给她丈夫,见孩子要绊倒了,一把抱过她。凯特紧张地等着孩子哭叫,但什么也没有发生,她松了口气。

"以前有个树屋。"凯特说,"我们开晚会的时候把纸灯笼挂在那儿。"

"我知道。"她丈夫说。他还伸着手,一只手拿着一杯酒。那个跟他站在一起的男人皱起眉头。他拿回自己的酒,跟小女孩说着话,慢慢地走开了。她丈夫把酒杯放在草地上。

"看树上!"小女孩尖叫起来。她扭过头往后看。

"没错。"男人说,"树上有个人。"

她丈夫脚边的杯子倒了。

"我们没做过那些事。"凯特说,"是我编的。"

他说:"要我上来接你吗?"他把手放在大钉上。或者她以为他那么做了;她不能太往前倾身子,所以看不到。

"你对我真好。"她说。

他后退一步,伸出胳膊。

她年轻的时候从没这么大胆,现在她想坚守阵地。她觉得自己很可笑,意识到这个想法有多奇怪——"坚守阵地"和在树上保持平衡完全自相矛盾。本来是可以有一栋树屋的。除了她和菲利普,还有谁会住在这么一个地方而不开草坪晚会呢?她没觉得莫妮卡结婚是个错误;她未婚夫很可爱,傻乎乎的,精力旺盛。她自己的丈夫也很可爱。他只在私下表露情感,总是为她的胡闹吃惊不已,让她以为其实他暗中鼓励她胡来,因为他佩服那些可以如此行事的人。他一向低调。"爬上去吧,我好看看你的裙底",这种话不像他说的。

"我要飞了。"她说。

他的双手在身体两侧垂下。"林中漫步。"他说。

草坪后部,草地延伸与树林相连的位置,那个男人和他女儿正蹲着看草里的什么东西。凯特能听到房子里传来的钢琴声。

"去兜一圈。"她丈夫说,"我们暂时抛弃晚会几分钟。"

她摇头表示不去。然后她觉得肋骨像止血带一样绷紧了,趁着还没有觉得更痛，她决定下去。她为自己下去时毫无勇气的小心翼翼而难为情。她感觉到嘴唇上方有汗，也刚刚注意到手的一侧有一丝血迹——手指划伤的地方已经不流血了。她把手指放在唇边，咸味带出眼里的泪水。她双脚踩上地面，面朝丈夫夸张地举起胳膊，伸展到像葡萄架那么宽，保持一秒钟，随后抱住他的身体。

1983 年 8 月 8 日

一 天

亨利二十岁，他意识到自己不喜欢哥哥杰拉尔德也将近十五年了。他父亲卡尔不在乎亨利跟杰拉尔德处得不好，他母亲却认为兄弟俩的感情会日渐亲厚，现在她问他们出了什么问题问得更频繁了。每当亨利坦承自己讨厌杰拉尔德的时候，母亲总说："人生短暂，没理由不爱你哥哥。"这一次亨利来看望父母，他告诉母亲自己不是真的讨厌杰拉尔德——而是漠不关心。她说："这不是漠不关心的时候。"杰拉尔德正在应付离婚。他跟一个叫科拉的女人结了婚。关于她，亨利能记住的最美好的一件事，大概是有一次他帮科拉换轮胎后得到热烈而真诚的赞扬。而最尴尬的事是在游乐场玩漂流时，他与科拉同坐一条木船，木船转弯倾斜的时候，他倒在科拉身上，有两次他条件反射地伸出手保持平衡，本想抓住她的胳膊，却错抓了胸。

亨利和杰拉尔德刚到威尔顿的父母家，他们是分头到的。杰拉尔德已经躺在一张躺椅上，脱了衬衣，喝着金汤力晒日光浴。亨利在院子里干了些活，然后跟往常一样，他又干起小孩子的事：喝可乐、玩拼图。

卡尔过生日。亨利送给父亲一条游泳裤,图案是木槿、蜂鸟和像棕色香蕉的什么东西的拼绘。母亲给父亲又买了几个砝码,用在杠铃上的。这一天早些时候,商店送来两个盒子,送货男孩在厨房地板上放下盒子,甩着双手察看手掌。"上帝啊,帮帮我。"他说。

"亨利,亲爱的。"这时候,母亲韦尔娜开口了。她从房里出来,站在野餐桌前。他正在桌上玩拼图,拼完以后是一个披萨的图案。她把装着冰茶的马克杯放在桌上。家里没有玻璃杯——只有马克杯,他从没问过为什么。她说"亨利,亲爱的",就是在宣称自己的存在,万一他想找人聊天的话。但他不想。他把两片拼图对在一起:一条鳀鱼跟一片青椒相接。

"谢谢你修剪树篱。"她说。

"别客气。"他说。

"我想杰拉尔德表面上不在乎,其实对离婚的事很难过。你爸的一个朋友今天早上叫杰拉尔德去打高尔夫,他不愿去。"

亨利点点头。还是从韦尔娜身边逃开,去同情他哥哥吧。他站起来,穿过草坪,走到杰拉尔德旁边,他正闭着眼躺在躺椅上。杰拉尔德才二十七岁,可是看着要老一些。他的卡其布裤子的腰线一带微微隆起。亨利明白杰拉尔德知道他站在那儿。杰拉尔德没有睁眼。一只蚂蚁在杰拉尔德的金汤力杯口爬动。亨利把它拂进杯中。

"想去高尔夫球场打几杆吗?"亨利说。

"你知道我想干什么吗?"杰拉尔德说,"我想跟一个十八岁、不会问无数个问题的美人上床。"

"你希望是个女孩?"亨利说。

"哈,哈。"杰拉尔德说。

"什么问题?"亨利说。

"我跟她上床前,她问我以前做过的、想过的一切,还有我之后要怎么表现,我起身的那一刻会怎么想。"

亨利坐在草地上,扯下一片草叶,嚼着叶梢。然后他扔掉草叶,走下草坪的斜坡,到母亲站着的地方,她正在往玫瑰叶子上喷杀虫剂。

"他挺难过的。"亨利说,"不过他在思考一些问题。他说他打算礼拜天去教堂。"

"教堂?"母亲说。

太阳透过母亲戴的绿色遮阳帽照下来。她的脸是金黄色的。

亨利走回门廊,避开阳光。透过前面的纱门,他看到刚割过的草,平整的水蜡树篱标志着前院草坪的边界。人行道前方的马路上一片空旷。他试图想象萨莉生了锈的米色福特停在那里。

家里没有一个人认可萨莉——他爱的女人。萨莉以前是他平面设计课的老师。她三十三岁,离过婚,有一个八岁的女儿叫劳雷尔,一点也不可爱。她戴厚厚的眼镜,总是站在她母亲身后,或是跟她并排。那孩子的皮肤在阳光下像沙子一样苍白。她身上总有疹子和蚊子包,抓得都结痂了。亨利和萨莉几个月前开始恋爱,最近他开始跟萨莉同居,住在她在苏豪区分租的一个阁楼里。这一周她和劳雷尔去普罗维登斯看她姐姐了,不过她们会回来参加卡尔的生日聚会,第二天早上他们仨再一起开车回纽约。

亨利望着外面门廊的另一边。杰拉尔德站了起来,拿起花园里的水管往玫瑰上喷水,另一只手拿着装有金汤力的马克杯。

"不要!"韦尔娜惊呼。她从花园里过来,绕过房子的侧面,一只手提着装有新摘蔬菜的篮子。

"你没看到白粉吗?是灭蚜虫的。杰拉尔德,别喷——"

杰拉尔德把水管对准韦尔娜。

"杰拉尔德!"她尖叫着。

"你为什么叫亨利亲爱的,却只叫我杰拉尔德?"他说,"偏心会害了孩子。"

"你疯了!"韦尔娜说着往门廊跑去,篮子里的黄瓜和生菜都掉出来了。

杰拉尔德大笑起来。韦尔娜跑到门口,搁下菜篮,跺着脚进了厨房。亨利想着进去问她是不是还要他爱这个哥哥。杰拉尔德把水管对准一个又一个躺椅。然后他又瞄准玫瑰花,不再笑了,脸上有种士兵持枪瞄准时的僵硬。亨利看着他撂下水管,走到门廊外面的龙头那儿去关水。

"你失控了,亲爱的。"亨利说。

萨莉的女儿劳雷尔很害羞,不愿跟其他人站在一起举杯庆祝生日。她半个身子钻到野餐桌下面,抚摸邻居家的一只猫。

"致我!"卡尔激动地说,举起一个斟满香槟的保温壶盖。

杰拉尔德送他一个保温壶做生日礼物。卡尔也穿上了泳裤,齐膝高的黑袜,和黑色的科尔多瓦皮革鞋。"致一个四十九岁末的生日男孩,还有——"他转向萨莉,"新朋友。"他把杯子举得更高。"致我买的帆船。"他说。

"什么帆船?"韦尔娜说。

"一艘白色的帆船。"他说。

"你要买一艘帆船?"韦尔娜说。

"一艘白色的。"他说。

"电话!"杰拉尔德说。他穿过草坪跑向屋子。

"为什么不买一艘?"卡尔说,"要知道这一年生意很好。没人问我生意怎么样。很好,谢谢。"他举起杯子。他一口香槟都还没喝。萨莉小口抿着香槟。亨利的马克杯空了。他走到桌边,从冷柜里拿出酒瓶倒酒的时候,胳膊肘把放着拼图的盒盖撞翻在地。香槟从他的马克杯里涌出泡沫。他移开杯子,舔起自己的手腕。

"对不起。"萨莉对亨利轻声说,"我去趟洗手间。"她把空杯子递给他,低着头,走过草坡往房子去。

这时卡尔坐在躺椅上说:"其实我想要一个高尔夫沙坑杆作生日礼物。"

韦尔娜坐在野餐桌旁的长椅上。"也许等杰拉尔德接完电话,我们就可以吃蛋糕了。"她说。

"我去拿蛋糕。"亨利说着往房子走去。他打开前廊的门时,劳雷尔跑到他身边,引起了他的注意。她还抱着那只猫。猫从她怀里跳出来,钻到一丛灌木下面。他希望劳雷尔跟别人待着;他觉得萨莉去洗手间是因为他家人让她不自在,他也想去跟她聊聊。

"妈妈呢?"劳雷尔说。

"在洗手间。"他说着指指那里。

"不管怎样,不管怎样,你让我回去就行。"杰拉尔德在电话上说,"咨询——该死,哪怕电击都行。不管怎样,不管怎样。"

亨利站在走廊上,看着他哥哥。杰拉尔德看着他,微笑。"打错

431

了。"他说，然后挂了电话。

"妈妈，猫喜欢这里。"劳雷尔说着跳到洗手间门口，"它没回家。"

生日蛋糕在厨房桌上，放在一个有脚的蛋糕托架上，下面垫着餐巾纸——一个高高的巧克力蛋糕，一圈圈的白色糖霜写着"生日快乐"。旁边有一盒蜡烛、一沓火柴，万事俱备。亨利弹出一些蜡烛，把小烛芯捻直，用拇指和食指搓紧。

"妈妈，那只猫的尾巴特别短。"劳雷尔说。

电话铃响了，亨利拿起来。

"杰拉尔德？"一个女人说。

"不是，我是亨利。"

"亨利——我是科拉。杰拉尔德在吗？"

"刚才是你打的吗？"他说。

"是。"

"我看他是喝了几杯。也许你可以晚点再打。"

"我早该知道。我现在在急诊室，踝骨骨折，等着包扎。我从一面破石墙上摔下来了。我打电话是问他带没带那张有医疗保险号的卡。"

"你要我去叫他吗？"亨利说。

"不用了。"她说，"我才想起来，就算有少数几次我能跟他沟通的情况，也根本不值得。"她挂了电话。

劳雷尔踮起脚跟走过厨房，回头叫他："妈妈说我可以跟猫玩。"亨利听到门关上的声音。他接着整理烛芯，然后把蜡烛插成两个同心圆。萨莉在洗手间待得太久了。他走到洗手间门口。

"萨莉。"他说。

"干什么？"她说。

"我们吃完蛋糕就走，好吗？"

"一家人就这么收场。"她说。

"不，不是的。"他说。

"里克这周结婚了，跟那个我们上次在第六大道碰到的有孩子的女人。劳雷尔讨厌那个小孩。她七月还得跟他们一起过暑假。"

他把手指尖搭在门上。"现在刚六月。"他说。

萨莉笑了。

"萨莉。"他说。

"我不知道在你父母身边我该怎么做。"她说，"我怎么做都不对劲。"

"你比我能想到的任何人都做得好。"他说。

她吸吸鼻子。她刚才一直在哭。"要是我真的在上厕所呢？你就贴着门站在那儿，多难为情。"

"我们之间什么都没改变。"他说，"只是这么一天而已。我父亲情绪不好。我哥哥疯疯癫癫。我跟你讲过我哥哥。"

"我要尿尿。"她说，"请你从门口走开。"

劳雷尔坐在厨房的椅子上，面对桌子和蛋糕。"我真想拥有那只猫。"她说。

窗外，亨利看到父亲和哥哥在摔跤。韦尔娜还坐在长椅上，小口抿着香槟。那只猫站在一棵树旁，好像在观察发生的事。亨利看到韦尔娜的脸色变得铁青；她把马克杯放在桌上，拍拍手。猫跑开了，像兔子一样在高高的草丛里大步跳跃。他又拿出一些蜡烛,把它们插在蛋糕的里圈。

"我不怕火柴。"劳雷尔说。

生日蛋糕吸引了她的注意。她来回甩着脚,眼睛一眨不眨地盯着。她的发夹松了,卡在耳后,只夹住几丝头发。劳雷尔拿起火柴。"点一根拿给我。"她说。

他划了一根火柴,伸手递给她。那一瞬间两人手指相触。她的手指如此纤细,似乎都握不住比火柴再重一点的东西。他注视着她,专心看她会不会烧到手指——如此专心,等他意识到有问题的时候,整圈蜡烛都已被点燃,火柴也被吹灭。里圈的蜡烛还没有点,现在没办法了。她也明白了。"我该怎么办?"她轻轻地说。

"快。"他说,手扶着她后背,令她身体前倾。"吹灭蜡烛。重新点。"

劳雷尔深吸一口气,吹灭了半数的蜡烛。她又吸了口气来吹。其余的也灭了,一小团蓝烟从蛋糕上升起。烛火没有再次燃烧,他看到这一次不是那种几秒钟后会自动重燃的趣味蜡烛,便蹲下去搂住劳雷尔。外面的灯光几乎全暗了。还没有人往房子这边走,但事情不会一直保持原状。

1983 年 8 月 29 日

夏夜的天堂

  威尔站在厨房的过道上，在坎普太太眼里他有点醉醺醺的。这是个炎热的夜晚，但仅此一点并不能为他的衬衫开脱，那衬衫不但皱巴巴的，还垂在短裤外面。钢笔、一盒香烟，还有像是手帕一角的什么东西，从胸前的口袋里冒出来。威尔用指尖弹一弹钢笔。也许他弹钢笔不是因为神经紧张，只是因为钢笔在那里，就像坎普太太的母亲过去常用手指捋她放在围裙口袋里的玫瑰经念珠。威尔问坎普太太能不能切一片她为早餐准备的柠檬重油蛋糕。她想要是一个人喝多了，最好对他迁就一点，于是切了蛋糕。每个人都有些小小的弱点，这是肯定的，但威尔和他姐姐长大以后都成了好人。他们还在蹒跚学步的时候，她就认识他们了，那时她刚到夏洛茨维尔为怀尔德一家帮工。威尔是坎普太太的最爱，过去和现在都是，尽管凯特可能更爱她。威尔今年十九岁，凯特二十岁。在墙上，水槽上方，有一个画框镶着凯特五年级时写的一首诗，还有插图：

  喜欢是块小甜饼

爱是块蛋糕

喜欢是个小水洼
爱是一个湖

多年后,威尔告诉坎普太太,那首诗根本不是凯特自己写的,是她在学校读到的。

坎普太太转身对着威尔,他坐在桌边。"什么时候开学?"她说。

"有只苍蝇!"他说着把那片蛋糕撂在盘子上。

"什么?"坎普太太说。她刚才正站在水槽边冲洗玻璃杯,准备放到洗碗机里。她让水一直流,蒸汽上升,飘向天花板,渐渐消散。"是颗葡萄干。"她说,"你让我为了一颗葡萄干这么紧张。"

他从重油蛋糕里又挑出几颗葡萄干,然后咬了一口蛋糕。

"如果你不愿意谈学校,那是一回事,但也用不着大喊大叫,说吃的东西里有苍蝇。"坎普太太说。

一年前,威尔上大二的时候差点辍学。他父亲在长途电话里跟系主任说情,威尔才得以继续。现在是暑假,怀尔德先生给威尔请了一个数学家教。早上和下午,威尔没有家教课或不做数学题的时候,他跟朋友安东尼·斯科莱索一起粉刷房子。"记分牌"[1]和威尔八月底要开车去马萨葡萄园岛[2]粉刷一栋房子。房子没人住,坎普太太虽然有

---

[1] 记分牌(scoreboard)是斯科莱索的外号,因其原文与他的名字(Scoresso)发音部分相同。

[2] 马萨葡萄园岛是美国东海岸马萨诸塞州的著名旅游圣地。

点犹豫要不要这么做,但还是打算接受威尔的邀请,在他们刷房子的那一周和男孩们一起去。"记分牌"喜欢吃她做的饭。她从来没去过葡萄园岛。

现在他们大了,威尔和凯特很多事都会叫上坎普太太。他们总是什么都跟她说。这就是作为她本人和作为父母之间的差别——他们知道可以告诉她任何事。她每次见到他们的一个朋友,都会从威尔或凯特那里听到所谓的"真相"。那个英俊的金发男孩,尼尔,讲他搭顺风车去西海岸的长篇故事。后来威尔告诉她,那家伙太会讲故事了,因为他在抽安非他明[1]。叫娜塔莎的那个拿到奖学金去意大利上学的女孩,十八岁的时候其实已经结了婚又离婚,她父母从不知道。丽塔,还在读一年级时坎普就认识的女孩,现在跟一个和她父亲一样老的男人睡觉,为了钱。凯特和威尔乐得看到坎普太太在听这些故事时脸上掠过的忧虑神情。多年前,有一次她告诉他们她喜欢披头士的那首老歌,《钻石天空中的露西》,威尔欢快地宣称:披头士唱的是一种毒品。

坎普太太在冲洗最后一个盘子的时候,凯特的车开进了车道。凯特开一辆小小的白色丰田,轮胎开过砾石路面时发出一种轻柔的声音,像雨声。威尔起身去酒柜里拿酒,顺便为他姐姐拉开纱门。他往一个玻璃杯里倒了些杜松子酒,走到冰箱跟前,加了点汤力水,但没加冰。这种情况发生的时候,坎普太太的母亲总会提议保持安静,念祈祷词。坎普太太的丈夫(他去切萨皮克湾钓鱼了)当然从不会提议祈祷。她注意到威尔发现她在看他。威尔冲她微笑,然后放下酒

---

[1] 安非他明是一种很容易上瘾的兴奋剂。

杯,把衬衫掖进裤子。他掀起衬衫的时候,她瞥见他晒成棕色的修长后背,想起了他还是婴儿的时候,她如何抱着赤裸的他,给他洗澡,在后院里用水管往他身上冲水。最近他和"记分牌"有时会在午饭时间来家里。他们被晒成棕色的身体上油漆斑驳,穿着小短裤坐在门廊的桌子旁等她端上午饭。他们穿得不比威尔还是婴儿的时候穿得更多。

凯特走进厨房,把她的帆布大包撂在台子上。她去看男朋友了。坎普太太知道男人总是会让凯特着迷,就像很多个夏天以前她养的热带鱼让她着迷那样。坎普太太觉得男人大多动作缓慢,那就是吸引女人的原因。像对她们施了催眠术。男人干活的时候可不是这样。建筑工人干活时坐得笔直,把拖拉机开过土堆,轰轰地开过大得足以埋下一辆自行车的土坑;可是到了家里——她认识的那些女人最常见到她们男人的地方,他们的时间都用来在大椅子上舒展身体,或者站在烧烤炉旁,懒洋洋地给一块肉饼翻面,肉饼滋滋作响。

凯特有黑眼圈。她的棕色长发在后颈处梳成一个圆髻。她跟男朋友弗兰克·克莱恩一起过周末,在他大洋城的公寓,这个夏天的每个周末都是如此。他在准备法律考试。坎普太太问凯特他复习得怎么样,凯特却只是不耐烦地摇摇头。威尔在冰箱里找到一个酸橙,拿起来给她们看,很高兴的样子。他切下一片,把酸橙汁挤在酒里,又把酸橙放回冰箱,切面向下,搁在黄油储存盒的盖子上。坎普太太知道他讨厌用蜡纸包任何东西。

"弗兰克昨晚做了件好奇怪的事。"凯特说着坐下,把脚从凉鞋里拿出来,"也许不奇怪。也许我不该说。"

"总有一天会说的。"威尔说。

"什么事？"坎普太太说。她认为弗兰克太情绪化，有点自恋，她觉得这会是能证明她观点的又一件事。凯特看起来闷闷不乐，或许只是比坎普太太之前注意到的更疲惫了。坎普太太从冰箱里拿出一瓶苏打水，放在桌上，还拿了酸橙和刀。她在桌上放了两个玻璃杯，在凯特对面坐下。"巴黎水？"她说。凯特和威尔希望她把所有东西的名字都叫对，他们自己起的别名除外。她私下称之为泡泡水。

"昨晚我在他的卧室，我在看书，盖着被子。"凯特说，"他的浴室在卧室对面，隔着过道。他去冲澡了，等他从浴室出来的时候，我把他那边的被子翻过来。他就那么站着，站在门口。我们之前为他的那个朋友扎克吵了一架。那天晚上我们仨出去吃饭，扎克不停地为难那个女服务生，都是小事。服务生端来的盘子上有一点冰淇淋，他就对人家出言不逊。弗兰克知道我讨厌这样。他去洗澡前跟我说了一大堆，什么我不必为他朋友的行为负责，说如果扎克的行为有我说的那么糟糕，他只会让自己丢脸。"

"如果弗兰克这一次能通过司法考试，你就什么也不用担心了。"威尔说，"他又会变成好人。"

凯特倒了一杯巴黎水。"我还没讲完故事呢。"她说。

"噢。"威尔说。

"我以为我们之间一切都好。他站在门口不动，我放下书对他微笑。然后他说：'凯特——你能为我做件事吗？'"凯特看了看坎普太太，垂下眼皮。"当时我们准备睡觉了。"她说，"我以为过一会儿就没事了。"凯特抬眼。坎普太太点点头，目光朝下。"反正吧，"凯特说下去，"他表情很严肃。他说，'你能为我做件事吗？'我就说：'当然，什么事？'他说：'我就是不知道什么事。你能想点什么事让我开心吗?'"

威尔在小口喝酒,他笑起来的时候洒了一点。凯特皱着眉头。

"你什么事都那么当真。"威尔说,"他在搞笑。"

"不,他没有。"凯特轻轻地说。

"那你做什么了?"坎普太太说。

"最后他走到床边坐下了。我知道他为什么难受,我以为他会告诉我。他什么也没说,我就抱抱他。后来我给他讲了个故事。我也不知道怎么会讲起爸爸教我开车的事。他很担心,因为我掌握着方向盘,而他自己坐在乘客座里。于是他假称我需要练习开车入库。记得吗?他站在车道上,指挥我不停地开进开出?我开车入库本来就没有任何问题。"她又抿了一口巴黎水。"我不知道为什么跟他说起这事。"她说。

"他在开玩笑。你也说了件好笑的事,就是这样。"威尔说。

凯特站起身,把玻璃杯放到水槽里。很明显,她再次开口的时候,说话对象只有坎普太太。"然后我按摩他的肩膀。"她说,"实际上我只按摩了一分钟,接着再按摩他的头顶。他喜欢让人按摩他的头,但要是我直接从头部开始,他会不好意思。"

凯特到楼上去睡觉了。电视上在放电影《冲突》,坎普太太跟威尔一起看了会儿,然后决定该回家了。已经是八月二十五日,如果她今晚开始写圣诞卡,她就比别人提前四个月准备圣诞节。她总是在圣诞节后的第二天买贺卡,然后搁起来放到下一年。

坎普太太的汽车是一辆一九七七年的沃尔沃旅行车,是怀尔德先生和夫人在五月送给她的生日礼物。她十分喜爱。这是她开过的最新的车。车是闪光的墨绿色——一种天鹅绒才有的颜色，在她的想象中，罗宾汉[1]的外套一定是这种颜色。怀尔德先生告诉她，自己死的时候什么东西也不会留给她，但只要活着就会好好待她。很奇怪的一种说法。他们送她车的同时，怀尔德太太还送给她一打粉色的大萧条时期玻璃[2]高脚酒杯。杯脚没有任何瑕疵，玻璃像海水抛光的石子一样平滑。

坎普太太开着车，想到威尔对凯特说弗兰克在开玩笑，不知他是否是认真的。她很确定威尔跟女孩们睡过觉。（威尔不会在这儿纠正她的想法。他总是把年轻女孩称为女人。）他一定了解弗兰克心里的那种笼统的焦虑或恐惧，也一定知道做爱并不能消解那些情绪。还有一种可能，就是威尔只是想表现得不感兴趣，因为凯特的坦率谈话令他尴尬。"坦率谈话"[3]是个双关语。那些孩子教了她那么多。她依然有点难过，他们总得去拥挤窒息的学校，学校留的作业又太多。她甚至为他们出生太晚，错过了电视最好的时期而难过：没有《文化列车》，没有《我的小玛吉》，没有《我们的布鲁克斯小姐》。《我爱露西》[4]的重播对他们来说毫无意义。他们觉得艾迪·费舍响亮的男高音很滑稽，看到劳伦斯·韦尔克[5]看向摄像机旁，对人们说刚才唱的那

---

[1] 罗宾汉是英国民间传说中劫富济贫的侠盗。

[2] 大萧条时期玻璃制品，指美国20世纪30年代经济大萧条时期，作为促销免费或低价提供给人们的一种玻璃制品，尽管质量较差，但自20世纪60年代以来其收藏价值开始提升。

[3] 坦率（frank）一词音形同弗兰克的名字（Frank）。

[4] 《文化列车》《我的小玛吉》《我们的布鲁克斯小姐》和《我爱露西》皆为美国20世纪50年代初开始热播的电视节目。

[5] 劳伦斯·韦尔克（Lawrence Welk，1903—1992），美国音乐人、电视制作人。

首歌多么好听时，他们难以置信地摇头。威尔和凯特总能发现很多事荒唐可笑。还是孩子的时候，他们咯咯窃笑，如此一致；现在也是，他们一致无情地对不喜欢的人表示不屑。但这也许赋予他们某种优越感，就像她那总是一声不吭的母亲；因为笑声能表示轻蔑，而凡事只要一说出口，就会被遗忘。

客厅里，坎普先生在电视机前睡着了。《冲突》还在演。她不大记得这个电影的情节了，不过要是阿尔·帕西诺真的摆脱困境，她会非常惊讶。她把手包撂在椅子上，望着丈夫。这是将近两个星期以来她第一次见他。他哥哥从政府部门退休后，搬到切萨皮克湾的一栋房子去了，自那以后坎普先生几乎就不着家了。今晚，他椅子旁边的桌上，烟灰缸里满是被掐灭的烟头。他穿着一条蓝色的百慕大短裤、一件更浅的蓝色针织衫、白袜子、网球鞋。他把脚摊在脚凳上。他们年轻时，他告诉过她，世界是他们的，想一想坎普太太的母亲为她设想的世界——修道院——他说得没错。他只用了一个夏天，就教会她怎么开车、抽烟，还有做爱。后来，他教她怎么剥蟹壳和跳伦巴舞。

八点钟，外面的天光是鱼鳞般的灰蓝色。她蹑手蹑脚地进了厨房，走到冰箱旁，打开冷冻室的门。她知道她会发现什么，当然在那里：大西洋青鱼，包着锡纸，整齐地摞在冷冻柜上部一英寸的地方。之前坎普先生挪走了意大利面酱汁，给鱼腾出地方。她关上门，拉开冷藏室的门，那两罐酱汁就在里面。明天晚上，她要做一大锅意面。后天晚上，他们要开始吃他捕的鱼。她又打开冷冻柜往里看，闪亮的长方体像陡峭的银色台阶一样挺立，冰块上白雾升腾，将鱼围绕，又飘散出来，冷气让她眯起眼睛。那也可能是云彩，正飘往天堂。假如她能缩成一丁点，就可以走进冷气，关上门，开始往上爬。

她累了。就那么简单。她如此热爱的这一辈子，一直都是费尽气力过活。她又关上门。为了站稳，她屏住呼吸。

1983 年 11 月 28 日

时　代

临近圣诞，凯米和彼得来坎布里奇看望凯米的父母。他们到的第二天下午，彼得去冲澡，凯米跟着他上了楼。她一直在跟父母找话说，现在想歇一会儿。

"为什么我们不去我父母家过圣诞的时候，我总是觉得内疚？"他说。

"给他们打个电话。"她说。

"那会让我感觉更糟。"他说。

他正在照镜子，摩挲着下巴，虽然他几个小时前刚刮了胡子。凯米知道他每天下午都会摸摸有没有长出胡须，但就算发现了也不会刮。"他们可能都没有注意到我们没去。"他说，"谁有时间注意？已经有我姐姐、她家的互惠生女孩[1]、她的三个小孩、她的猫和狗，还有

---

[1] 互惠生（au pair）的项目始于"二战"后的欧洲，国际互惠生持专门的签证出国，住在接待家庭，在学习语言、完成学业的同时，要为接待家庭承担部分家务。

兔子了。"

"是沙鼠。"凯米说。彼得脱衣服的时候,她一直坐在床脚。每年都是如此,他们主动提出看望彼得在肯塔基的父母,他的母亲则暗示家里房间不够。去年他说他们自带睡袋,他母亲说她觉得让家人躺在地板上很可笑,他们还是等方便的时候再来吧。几天前,凯米和彼得从纽约出发去波士顿前,收到了彼得父母寄来的礼物邮包。他俩一人拿到一只人造毛袜口的圣诞袜,凯米的袜子里是化妆品,彼得塞满整蛊玩具——触电握手器、洗手时会变成黑色的肥皂、挂着一条黄色鱼干的钥匙链。彼得袜子的脚趾处塞了一张一百美元的钞票。在凯米袜子的脚趾部分,她发现了指甲刀。

彼得冲澡的时候,她在自己旧日的房间里晃荡。他们开了一路的车,到达时已经累坏了,她上床睡觉,对周围的环境兴趣寥寥,就像身处某个毫无特色的汽车旅馆的房间一样。现在,她看到母亲把以前这里的很多破烂处理了,不过也添了些东西——凯米的高中毕业班年刊,一个放着她的童子军戒指的利摩日瓷盘——这一来房间看着像个圣坛。多年前,凯米把透明胶盘成弯弯的小卷,把它们粘在男朋友或准男友的照片后面,然后在镜子上把那些快照排成心形图案。现在镜子上只留下两张照片,都是迈克尔·格里泽蒂的,他是她高中最后一年的恋人。母亲在移动这些照片,并整齐地把它们插在左上方和右上方的镜框下面时,一定发现了秘密。凯米把最大的那张抽出来,翻到背面。背面还粘着那张秘密照片:大灰熊[1]向前送胯,拇指指着裆部,胸前的位置写着"永不绝望××××××××××"。现在看来,这

---

[1] 灰熊(Grizzly)是格里泽蒂的外号,因其发音和他的名字(Grizetti)相近。

些都无伤大雅了。他是第一个跟凯米上床的人，如今她记得的大多是他们做爱以后发生的事。他们带着假身份证和大灰熊问他哥哥借的五十块钱，去了纽约。她还记得早上走到宾馆房间的窗边，长绒地毯挠着她的脚底。她拉开厚厚的窗帘，外面的视野如此狭窄，她觉得几乎一伸手就能够到旁边那近在咫尺的高耸建筑。她看不到天空，无法看出是什么样的天气。现在她注意到照片上迈克尔·格里泽蒂的嘴唇上方有一缕雾气。是灰尘，不是胡子。

彼得从浴室出来。这些年来他头发越剪越短，这会儿她摸着他的头，鬈发贴得太紧，摸起来没有弹性。他的头看起来有点像哈密瓜——滑稽的联想，不过挺形象；她和朋友的书信往来总是说些各自丈夫的可笑事。她把他更美好的形象留着，做爱后跟他说话时用得着。她的中学英语老师会赞同的。那个老师喜欢在课上创作押韵小诗：

你说的话可以很了不起；
只是记住：要具体。

彼得的湿毛巾飞过她身边，落在床上。和往常一样，他好像是在扔一条拳击赛后刚用完的毛巾。上个星期，他随公司去巴巴多斯休假，现在皮肤还是棕褐色的。他腿上被泳裤覆盖的地方有一道宽宽的白印。在傍晚暗淡的光线中，他看上去像"玛莉美歌"牌花布[1]。

他套上一条运动裤，抽紧裤带，用凯米送他当圣诞礼物的时髦打

---

[1] "玛莉美歌"（Marimekko）是芬兰的知名时尚品牌，面料色彩明快、图案独特。

火机点了根烟。她提前送了，是一个底部系着一小片生牛皮的金属管。把线一拉，外层的一个金属套会升起来，保护火焰。彼得很喜欢，可是凯米却有点惋惜；从前跟他挤在走廊上，他划火柴点烟，她用身体给他挡风，那情景颇有些动人。凯米上前两步，给他一个拥抱，双手插在他的腋下。湿的。她相信事实就是如此，没有一个男人洗完澡后会把自己彻底擦干。彼得吻遍她的额头，停下来，把下巴靠在她的眉宇之间。她无法回应；昨天晚上她跟他说自己不明白怎么有人能在父母家里做爱。他摇摇头，几乎被逗乐了。他把保暖衬衣塞进裤子，又套上一件毛衣。"就是下雪我也不在乎。"他说。他准备去跑步。

他们走下楼。她父亲，一个退休了的心脏病专家，站在客厅里他的健身斜板上，双臂高举，手拿《华尔街日报》。"你怎么能做到每天抽一包烟，然后再去跑步？"她父亲说。

"跟你说实话，"彼得说，"我跑步不是为了健康。跑步让我头脑清醒，我跑是因为它让我振作。"

"好吧，你认为精神健康和身体健康互不相干？"

"哦，斯坦。"凯米的母亲说着走进客厅，"没人要跟你争论医学问题。"

"我说的不是医学。"他说。

"人们讲话都很随意的。"母亲说。

"这一点我决不跟你争。"父亲说。

凯米发现来看望父母这事一次比一次更让人无法忍受。小时候她总是被教导应该怎么做、怎么想，后来她结婚了，父母完全放手，所以结婚第一年她发现自己的角色变得奇怪，因为她要给父母提供意见。再往后,从某个时候开始,他们又成功扭转局面,现在所有人都回到了起点。他们彼此争吵,发表声明,却没有真正的交流。

她从衣橱里的衣架上扯下防风外套,决定跟彼得去跑步。她还是拉不上拉链,彼得就帮她从前面把衣服拽紧,这只能让她觉得更加无助。彼得看到她的表情,用鼻子蹭蹭她的头发。拉上拉链的时候,彼得说:"你指望他们什么呢?"她心想:他问的都是他知道我不耐烦回答的问题。

雪落下来了。他们走过一处圣诞贺卡式的景致,她很多年都不相信有这种景致了;她几乎期待着街角出现唱圣诞颂歌的人。彼得向左拐,她猜他们正往马萨诸塞大道上的公园走。他们经过一栋很大的白色板房,所有的窗户里都点着真正的蜡烛。"这地方不错。"彼得说,"看那个花环。"挂在前门上的花环很粗,圆鼓鼓的,看上去像有人把一棵黄杨木连根拔起,在中间挖了个洞。彼得团了一个雪球扔过去,差点击中靶心。

"你疯了?"她说着抓住他的手,"要是那家人开门怎么办?"

"听我说。"他说,"要是他们住在纽约,花环早被偷了。而现在,大家可以享受往花环扔雪球的乐趣。"

街角,一个男人站在那里,盯着一条穿方格呢外套的褐色小狗。站在他身边的金发男子说:"我跟你说过吧,它可能瞎了,但还是喜欢下雪天出来。"另一个人拍拍发抖的狗,他们继续散步。

坎布里奇的圣诞。很快就是圣诞前夜,是拆礼物的时候。和往常一样,她和彼得会收到一些实用的东西(袜子),还有一些花哨的东西(过于脆薄、不适合用洗碗机洗的玻璃杯)。他们每人还会收到一件更私人的礼物:凯米的也许是一件金饰,彼得的也许是一条丝绸领带。凯米偶尔打扮得像上世纪四十年代的生意人时，会戴一条那样的领带。彼得觉得领带有点脂粉气——他从没喜欢过。去年，凯米的父母送了凯米一枚天青石戒指；圣诞夜在床上，彼得从她手上撸下戒指仔细察看，然后把它套在自己的小拇指上，扭动手指，做出一个克拉拉·鲍[1]式的嘴形，假装自己是男同性恋。彼得一直企图向她表明自己戴婚戒的样子多可笑。那时他们已经结婚三年了，她还是有点过分敏感，偶尔问他是否愿意重新考虑戴上婚戒。她倒不是相信一枚戒指会是某种保证。他们同居了两年，突然决定结婚，但是婚礼之前他们达成一致：期待毕生忠诚未免天真。假如有谁喜欢上别人，他们将以自己心中最好的方式来处理问题，但不会向对方炫耀新的恋情，也不会谈论。

他们上一次来看父母是去年圣诞节，在那之前的几个月，彼得有天晚上叫醒她，告诉她自己曾经和一个年轻女人有过短暂的私情。他描述了他和那个女人在一起的感觉——说他们坐在餐厅的桌边时，他多么喜欢她把手放在自己手上；还有那个女人为了让他消气，突然把嘴凑在他深蹙的眉头上，吻平他的皱纹。然后彼得伏在凯米的枕头上哭了。凯米还记得他的脸——那是她唯一一次见他哭——脸又红又肿，好像被烫到了。"这样对你来说够小心了吧？"他说，"你要把枕头按在我脸上吗？这样即便是邻居也不会听到。"她不在乎邻居怎么想，因为都不认识。她没有安慰他，也没碰枕头。她也没有做戏一样地出去睡沙发。早晨彼得去上班以后，她喝了几杯咖啡，然后出门振

---

[1] 克拉拉·鲍（Clara Bow，1905—1965），美国20世纪20年代的默片女影星，后过渡转型至有声电影。

作心情。她去格林尼治大道上一家昂贵的花店买花，每一朵都精心挑选，叫店员一枝一枝地往外拿。后来她回到家，先修剪花枝，再插到小瓶子里——每个花瓶只插几枝，光是花，没有绿叶。晚上彼得快回家的时候，她意识到他看见花会明白她心情不好，就把所有的花合成一束，插在餐厅的花瓶里。她看着花，突然意识到事情有多么讽刺。整个夏天，她对彼得的爱越来越深，而那段时间里他正在和别人调情、相好，凯米却为两个人的默契而心情舒畅，她受骗了。她尴尬地回忆起一个秋天的傍晚，在布利克街，彼得停下来点烟的那一刻，她感觉跟他如此亲近。她不知怎戳了一下他的肋骨。多数时候她并不孩子气，她看出他吓了一跳，她笑了，又戳了一下。每次他以为结束了，准备再划一根火柴的时候，她总会出其不意地再挠他一下；她甚至越过他压在腹部的双肘构成的屏障去挠他。"怎么回事？"他说，"美国癌症协会派你来折磨我吗？"人们在看他们——谁说纽约人目中无物？彼得往后退，弯下腰，嘴里衔着没点着的烟，承认自己拿她没办法。她准备上前拥抱他，结束这场游戏；彼得不相信，他转向一侧，伸出一只手阻挡她，右手拇指笨拙地拨弄打火机。凯米记不太清和迈克尔·格里泽蒂做爱的那个晚上，与之相反，她能记得和彼得在那个傍晚的所有细节——那个微笑的胖女人自言自语地走过，餐厅外面霓虹招牌的嗡嗡声，彼得的不锈钢表带在街灯下闪烁，远处一辆车的喇叭发出"哔、哔、哔、哔——"的声音。"时间到！"他叫着后退。随后他站在安全距离之外，在头顶上交叉双手，像个孩子。

现在，彼得拍拍她的臀部，说："我要去跑步了。"他往公园跑去，跑鞋踢起几团雪。她看着他离开。他高个子，宽肩膀，短皮夹克刚到腰间，看起来像个衣服不合身的青少年。她没穿跑鞋，穿着牛仔靴。她为什么要把自己最后一分钟决定跟他一起去，然后穿错了鞋这事怪罪到彼得头上？她是不是期望彼得扔下围巾？

要不是他跑的时候围巾掉了，他却没注意到，凯米大概根本不会想到围巾。她拐进公园去捡围巾。现在落下来的雪花更小了，雪会积起来。也许是想到更寒冷的天气还没有来，她突然身子发冷，几乎麻木。想要晒太阳的欲望几乎成了她肋骨之间滚烫的一点，身体里真的有什么在灼烧。跟她认识的所有人一样，她是每周六早上看着"猪小弟"和"哈克与杰克"[1]长大的——那类卡通片里，好人如愿，而且没有任何后果是永久性的。现在她想要卡通片里那种一路猛吹的小旋风，把人和东西从一个地方神速地运送到另一个地方。她想重新开始相信风的魔力。

他们回到家里。收音机里乐声喧嚣，父亲正对着母亲大叫："一开始是那首该死的《打鼓男孩》丧歌，现在他们让安德鲁斯姐妹唱《布叽呜叽号角男孩》。这他妈的跟圣诞有什么关系？那不是二战的歌吗？圣诞节放这个干什么？估计是哪个唱片师抽多了。大家总是晕乎乎的。今天早上给我加油的那个家伙就抽多了。他们派来送邮件的那个男孩眼睛像转轮，走起路来好像踩着雷区。《白色圣诞节》的歌怎么了？他们以为宾·克罗斯比[2]一辈子都在打高尔夫吗？"

凯米把彼得的围巾挂在厨房门后的挂钩上，这时彼得走到她身后，帮她脱掉大衣，挂在围巾上。

---

[1] 猪小弟（Porky Pig）、哈克与杰克（Heckle and Jeckle）都是美国经典卡通形象。

[2] 宾·克罗斯比（Bing Crosby，1903—1977），美国歌手和演员，他演唱的《白色圣诞节》是家喻户晓的名曲。

"看这个。"凯米的母亲在厨房里骄傲地说。

他们走进厨房,走到她母亲站着的地方,低头看。母亲在他们外出时做好了一年一度的圣诞树干蛋糕[1]:一块完美的、胖胖的锥形树干,巧克力糖霜嵌进树皮的纹路,一端点缀着从裱花管里挤出的绿白相间的小花环。还有一个打开的蔓越莓果酱罐头,一定是她母亲用来做蝴蝶结的。

"辛苦也值得。"母亲说,"你俩好像圣诞节早上看到礼物的孩子。"

凯米笑了。母亲说的话让她想伸手去摸树干蛋糕——她咧开嘴笑了,轻轻地用手指按上蛋糕的一条纹路,稍微抹开一点,给树皮制造至少一处瑕疵。她的手指一碰到蛋糕,就难以停下——尽管她知道,必须让自己可能会掀起的席卷一切的旋风仅停留在脑海中。自然而然地,她抬起手之后会发生的事就成了她的安慰。她缓缓地——在彼得和母亲的注视下——抬起手,依然微笑着,开始吮吸手指上的巧克力。

1983 年 12 月 26 日

---

[1] 圣诞树干蛋糕(Bûche de Noël)是法国、比利时等法语区国家的圣诞节传统甜点,是一块做成树干模样的蛋糕。

在白色的夜

"不要想一头牛。"马特·布林克利说,"不要想一条河,不要想一辆车,不要想雪……"

马特正站在门口冲着客人身后大叫。他妻子盖伊拽着他胳膊,想把他拉进屋去。聚会已经结束。卡萝尔和弗农转过身来挥手告别,大声说谢谢,低声提醒对方小心。台阶上有雪,很滑,冻雪下了几个小时,冰晶混合着轻盈的雪花。他们刚离开布林克利家门廊的庇护,寒意就冻结了他们脸上的微笑。打在卡萝尔皮肤上的雪让她想起——这样的晚上想起这个有些奇怪——海滩上沙子飞扬时那种扎人的疼痛。

"不要想一个苹果!"马特喊叫。弗农转过头,可是他的笑脸面对的是一扇关上的门。

街灯下小小的、明亮的区域中,仿佛有那么一刻,所有飞旋的雪花都有自身的逻辑。如果时间本身可以冻结,那雪花就成了情人节贺卡上的金丝花边。卡萝尔皱起眉头。马特为什么想出一个苹果的形象?现在她在没有苹果的地方看到了一个苹果,悬在半空,把眼前的情景变幻成一幅可笑的超现实主义绘画。

雪要下一整夜。在开车去布林克利家的路上，他们听广播里这样说。"什么也不要想"的那个游戏一开始是个玩笑，但马特一直讲了下去。从弗农的表情判断，他觉得马特的话又长又让人吃惊。临近午夜时，卡萝尔走到房间另一头告诉弗农，他们该走了，于是马特飞快地说完他的笑话或故事——不管是什么——他在弗农耳边低语，讲得很仓促。他们像两个孩子，一个疯狂地低语，另一个低着头，但是弗农低头的姿态让你明白，如果腰弯得够低，你就能看到他脸上有个大大的笑容。弗农和卡萝尔的女儿莎伦，马特和盖伊的女儿贝姬，她俩小的时候就那样并肩而坐，或者说并膝而坐，彼此低语。卡萝尔现在记起了这一幕，她每次想起莎伦和贝姬的事，就不能不想到某种带有性意味的亲密关系。贝姬后来给布林克利夫妇惹了很多麻烦。她十三岁就离家出走，数年后，他们有一次去做家庭问题心理咨询，发现她十五岁时做过一次人流。再后来她从大学辍学了。现在她在波士顿一家银行做事，还在夜校选修了诗歌课。诗歌还是陶艺？挡风玻璃雨刷扫落积雪，卡萝尔眼前再度出现的苹果变幻为一只红色的碗，之后又变成一个苹果，车在十字路口停下，苹果变得更圆了。

她一整天都很疲惫。焦虑总是让她疲惫。她知道这是个小规模派对（布林克利的朋友格雷厄姆有一本书刚被出版社接受，晚上的很多时间当然会用来聊这事）；她害怕派对会成为大家的一个负担。布林克利一家刚从中西部回来，他们去参加了盖伊父亲的葬礼。这似乎不是计划派对的时候。卡萝尔猜想派对没取消是马特的主意，不是盖伊的。她现在转身对着弗农，问他怎么看待布林克利一家。不错，他立刻回答。他还没开口，卡萝尔就知道他会怎么回答。如果人们不在他们的朋友面前争吵，他们就没有问题；如果他们没撞到墙上，他们就没喝醉。弗农想尽量乐观一些，但他对于真正的痛苦从来都无法无动于衷。他的本能反应是用玩笑把严肃的问题拨到一边，但是他也能同样迅速地抹去脸上的微笑，并突然搂住一个人的肩头。他不像马特，他是个热心人，但人们要是出其不意地向他表达情感，他会觉得尴尬。和布林克利家看的同一个心理医生告诉过卡萝尔——弗农拒绝见那个医生，于是她发现自己也不想继续咨询了——弗农对别人的善意感觉不适，是因为他为莎伦的死自责：他救不了她，现在人们对他好，他觉得自己不配。但是怎么也轮不到弗农来受惩罚。卡萝尔记得弗农在医院里，莎伦问他要放在床头柜上的发夹，他假装会错意，把小黄鸭发夹拿起来别进自己耳朵上方的头发。他一直努力逗她笑——用毛绒动物的纽扣鼻碰碰她的鼻尖，又碰碰她的耳垂。莎伦死的时候，弗农一直坐在她的床边（卡萝尔不知为什么靠在门上），四周散落着一地色彩柔和的动物玩具。

他们安全地开过到家前的最后一个路口。汽车拐进他们家的街口时打滑了。卡萝尔感到汽车发飘的那一秒钟，心重重地跳了一下，但他们轻松地摆脱了打滑。弗农一直开得很小心，卡萝尔什么也没说，在那一刻尽量显得若无其事。她问弗农，马特是否提到了贝姬。没有，弗农说，他不想开启一个痛苦的话题。

盖伊和马特结婚二十五年了；卡萝尔和弗农结婚二十二年。有时弗农相当认真地说，马特和盖伊是他们的另一个自我，吸收并上演危机，替他俩省去了这些混乱的经历。卡萝尔一想到他某种程度上相信这个，就觉得恐怖。谁会真的相信有办法在这世上找到庇护——又有什么人能提供庇护？事情都是随机发生的，一件可怕的事很难杜绝之后发生坏事的可能。莎伦死的那个春天，那个后来让弗农住院的异想天开的内科医师给他抽血时，抬头看他，几近漠然地说，如果弗农也得了白血病，那真是令人无法承受的讽刺。血检结果出来了，弗农有单核细胞增多症。还有圣诞树着火的那一次，她向火焰冲去，像敲钹一样拍打双手，弗农及时把她拉开，赶在整棵树变成一把火炬并把她吞噬之前。在他们去缅因州度假期间，他们的狗奥博不得不被施以安乐死，那个恐怖的女兽医，长着冰冷的绿色眼睛，漠不关心地为狗实施了死刑，她把一只修过指甲的手按在颤抖的狗身上，叫他"博博"，好像他们的狗是某个马戏团的小丑。

"你哭了？"弗农说。他们现在在房子里了，在走廊上。他刚刚转身面对她，递出一个粉色的带垫衣架。

"没有。"她说，"外面的风真大。"她把夹克挂在他递过来的衣架上，然后去了楼下的洗手间，把脸埋进一块毛巾里。最终，她看着镜子里的自己。她用毛巾紧紧按住眼睛，有几秒钟她得眨眨眼睛才能聚焦。她想起了他们在莎伦小时候用的那种相机。透过取景框可以看到两个图像，需要自己调整，把一个图像叠加到另一个上面，然后那个轮廓突然变得清晰。她又拿毛巾轻拍双眼，屏住呼吸。如果她不能停止哭泣，弗农就会跟她做爱。当她悲伤不已的时候，弗农感觉到他本能的乐观主义无法发挥作用；这时他变得缄默，他说不出话的时候渴望触摸她。这些年来，弗农曾打翻酒杯，手隔着桌子伸过来握住她的手。有时在洗手间里，她发现他突然从后面抱住她；如果他怀疑她要哭，甚至会跟着她进去——走进去抱住她，连敲门都省了。

她现在打开门，向厅里的楼梯间走去，然后她意识到——其实是在看到之前就先感觉到——起居室的灯亮着。

弗农在沙发上仰卧着，双腿相叠；一只脚杵在地上，上面那只脚在空气中晃荡。他即使筋疲力尽，也总是小心地不让鞋子碰到沙发。他很高，头不枕在胳膊上，人就没法在沙发上平躺。不知什么原因，他没有把外套挂起来，它像一顶帐篷盖在他的头和肩上，随着他的呼吸一起一伏。她一动不动地站了很久，确定他真的睡着了，然后进到房间。沙发太窄，没法跟他挤在一起。她不想叫醒他，也不想独自上床。她到门厅衣柜里拿了弗农的大衣——他今晚没穿的那件雅致的驼毛长大衣，因为他以为晚上会下雪。她脱去鞋子，静静地走到他躺的地方，在沙发旁的地板上躺下，把大衣拉到上面，直到领子碰到嘴唇。然后她蜷起双腿缩进温暖之中。

如此奇怪的事情发生了。很少有日子会像从前一样。现在，在他们自己的有四个卧室的房子里，在这个最大最冷的房间里，他们愿意以这种特殊的双层床方式睡下。不管是谁，看到会怎么想？

她当然知道这个问题的答案。一个不认识他们的人会误以为这是烂醉如泥的睡姿，但任何一个朋友都能准确理解。假以时日，他俩都能学会不再评判自己如何应付不可避免的悲伤的降临，那种出其不意却又如此真实的降临，让人只能立刻接受，就像接受一场降雪。在外面白色的夜的世界，他们的女儿可能正像一个天使那样掠过，在她悬停的那一秒钟，她会把这个画面看作一个必要的、小小的调整。

1984年6月4日

避暑的人

在佛蒙特避暑别墅的第一个周末,乔、汤姆和拜伦出去吃披萨。后来,汤姆决定去一个街边酒吧跳舞。之前拜伦不大情愿地跟他父亲和乔出了门,他对披萨有兴趣,但又怕这一晚在外面的时间过长。"那儿有吃豆人[1]游戏。"汤姆对儿子说,他正把车开进酒吧停车场。很明显,有那么几秒钟拜伦在盘算要不要跟他们进去。"不了,"他说,"我不想在你们跳舞的时候跟一群醉鬼厮混。"

拜伦在车里放了他的睡袋。睡袋和一摞漫画书是他永远的伙伴。他把卷起来的睡袋当枕头。现在他转身把睡袋捶得平展一些,让它更像个枕头,然后舒展四肢,强调他不想跟他们进去。

"也许我们应该回家。"乔说,汤姆正拉开酒吧的门。

"为什么?"

"拜伦——"

---

[1] 吃豆人(Pac-Man)是 20 世纪 80 年代最经典的街机游戏,需控制吃豆人吃掉迷宫里的所有豆子,同时尽可能躲避小鬼怪。

"噢，拜伦被宠坏了。"汤姆说着把手放在她的肩头，用指尖轻轻向前推。

拜伦是汤姆第一次婚姻的孩子。这是他来佛蒙特跟他们过暑假的第二个夏天。他被允许自己做决定，于是他选择跟着他们。上学的时候，他跟母亲住在费城。今年他一下子长得壮实了，就像他收集的那些日本机器人——那些袖珍复杂的机器人，能够完成有用却不大必要的任务，像一把瑞士军刀。汤姆很难接受儿子已经十岁了。他夜里闭上眼睛，脑海中浮现的那个孩子总是一个婴儿，蜷曲的头发像桃子上的绒毛一样顺滑，擦去夏天的疤痕和瘀伤，拜伦又是一个光滑的、海豹似的婴儿。

乐队的乐器都堆在舞台上。这儿、那儿，电吉他从缠绕的线团中冒出来，好像大树从植被交缠的森林地表长出来。舞池里有个漂亮的年轻女人，金发束到脑后，轻甩蓬松的头发，对舞伴微笑。她戴着索尼耳机，这样在乐队休息、自动点唱机放歌的时候，她能听自己的音乐。那个男人站在那里摇摆着，几乎无意跳舞。汤姆认出他们是那对夫妇，在他白天去的拍卖会上，他们用高价拍下了他想要的一把链锯。

自动点唱机上，多莉·帕顿正在说《我将永远爱你》的独白部分。滚石啤酒的绿瓶子散布在酒吧天花板上，像错位的保龄球排成奇特的形状。多莉·帕顿的悲伤情真意切。间奏结束，她又唱了起来，感情更加饱满。"我没跟你开玩笑。"一个穿着橙黄色橄榄球衣的男人说，他捏着坐在他边上的魁梧男人的二头肌。"我跟他说：'我不明白你的问题。金枪鱼像什么？它就是金枪鱼啊。'"魁梧男人的脸笑得变了形。

吧台后面有一个霓虹灯牌，闪光的泡沫在一个米勒啤酒瓶中涌动。汤姆和第一个妻子在一起的时候，在拜伦大概三岁那年，他把彩灯从圣诞树上取下来,松针洒落在他们用床单在底座堆出的雪堆上。他从没见过一棵树枯得这么快。他记得自己折下枝条,然后去拿垃圾袋装树枝。他折下一枝又一枝,塞进袋子,暗自得意自己想出了一种办法把枯树拖下四段楼梯,却不会把松针洒得到处都是。这时拜伦从里屋出来,看到树枝消失在黑袋子里,哭了起来。他妻子绝不会让他忘记他对拜伦说过的错话和做过的错事。他还是不太确定拜伦那天为什么难过,但是他发了火,说树只是一棵树,不是家里的一员,这让事情变得更糟。

酒吧侍者走过,手里抓着啤酒瓶的瓶颈,仿佛那些是他射下来的鸟。汤姆想让他注意到自己,但是他走掉了,被酒吧另一头正在讲的故事吸引住了。"我们跳舞吧。"汤姆说,乔步入他的怀抱。他们走到舞池里,和着迪伦的一首老歌慢舞。口琴像派对纸哨,尖锐的声音划破空气,跌宕开来。

他们出了酒吧,回到车上的时候,拜伦假装熟睡。如果他是真的睡着了,他们开关车门会惊动他。而他把眼睛闭得有点太紧了,仰卧着,裹在蓝色蝶蛹般的填充睡袋里。

第二天早上,汤姆在花园里干活儿,他栽下西红柿秧和金盏菊,在一行行植物之间走动。他在换工作,有两个月的假期。他决心不让今年花园里的活儿落下。这是一块精心规划的苗圃,不像菜地,更像是一块织工精美的地毯。乔坐在门廊上,边读《摩尔·弗兰德斯》[1]边

---

[1] 《摩尔·弗兰德斯》(*Moll Flanders*)是英国作家丹尼尔·笛福的长篇小说,他还著有《鲁滨孙漂流记》一书。

看他。

他很受用，又稍微有点担心乔想每晚做爱。一个月前，她过三十四岁生日，他们喝了一瓶唐培里侬香槟，乔问他是否依然确定不想跟她生孩子。他说不想，并提醒她这是两个人结婚前一致同意的。她脸上的表情让他以为她打算跟他争论——她是一个老师，喜欢争论——可是她摆下了话题，说："有一天你的想法会变的。"自那时起她开始挑逗他。"改主意了吗？"她会轻声低语，在沙发上蜷到他身边，开始解他的衬衣。她甚至想在起居室里和他做爱。他害怕拜伦醒来为了什么事下楼，于是关了电视，跟她一起上楼。"这是干什么？"他有次轻轻地问，希望不至于引发又一场讨论——关于不要小孩的决定，他是否改了主意。

"我对你总有这种感觉。"她说，"你以为我在其他时间会喜欢这个吗，当教学耗去了我所有精力的时候？"

另一晚，乔低声说出令他惊讶的一件事——一件他不愿往深里想的事。她说她意识到拥有可以熬一整夜来聊天的朋友已经是过去的事了，这让她觉得老了。"你还记得大学时代吗？"她说，"那些最拿自己当回事的人，把感觉到的一切都当成事实。"

汤姆乐得看到乔不需要等他回答就睡着了。这些天拜伦不怎么让他迷惑了，而乔更加让他迷惑。他现在仰望天空：湛蓝，云彩边缘渐细，末端像是系着风筝的线。他用房子边上的橡胶软管放水冲手，这时一辆车开上车道，轻轻停住。他关上水管，甩着手走过去询问。

一个四十多岁的男人走下车——打扮利索、身材矮胖。他伸手去车里拿公文包，然后直起身。"我是埃德·里克曼！"他大声说，"你今天过得好吗？"

汤姆点点头。一个推销员,这下他被套住了。他在牛仔裤上擦干手。

"我直说吧,这一带我最爱的只有两条路,这是其中一条。"里克曼说,"你是新住户——嗨,在新英格兰,每个没撞上普利茅斯岩[1]的人都是新住户,对吧?我多年前想买下这一块地,农场主不愿意卖。那时钱还值钱,我出了一个价,那人就是不愿卖。现在这几英亩地都归你了?"

"两英亩。"汤姆说。

"天。"埃德·里克曼说,"你在这儿要是不快活才怪,对吧?"他的目光越过汤姆的肩头。"有花园吗?"里克曼说。

"在后面。"汤姆说。

"要是没有花园才怪。"里克曼说。

里克曼走过汤姆身边,穿过草坪。汤姆希望这位访客收敛一点,可是里克曼不慌不忙,四处细细张望,让汤姆想起拍卖会上很多人仔细查看纸箱的样子——他们不会让你在箱子里翻来翻去,因为好东西一般都堆在顶上,盖着一箱破烂。

"我从来不知道这个地方能买。"里克曼说,"我以为房子和地是一个八英亩的整体,不卖。"

"我猜其中的两英亩可以。"汤姆说。

里克曼的舌头多次在牙齿上舔过。他的一个门牙颜色暗淡——几乎是黑的。

---

[1] 普利茅斯岩(Plymouth Rock)相传为首批英格兰清教徒在1620年乘"五月花号"船到达北美的登陆处。

"从农场主手里买下来的？"他问。

"是房产经纪人，三年前了。报纸上打了广告。"

里克曼露出惊讶的表情。他低头看看自己的帆船鞋。他深深地叹了口气，注视着房子。"我猜我没赶上时候。"他说，"或者是操作方式的问题。这些新英格兰人有点像狗，动作缓慢，决定自己的想法前先四处闻闻。"他把公文包搁在身子前面，拍了好几下，让汤姆想到喝啤酒的人拍打肚子。

"一切都变了。"里克曼说，"不难想象以后这里都会是摩天大楼、公寓楼，或其他什么。"他看看天。"别紧张。"他说，"我不是开发商。我甚至没有名片能留给你，不然你改了主意还可以联系。我的经验是，只有女人才会改主意。以前你可以说这种话，而不必担心有人教训你。"

里克曼伸出手。汤姆跟他握手。

"你这个地方美极了。"里克曼说，"谢谢你抽时间。"

"没事。"汤姆说。

里克曼晃着公文包离开了。他的裤子有点肥，在座位上坐得满是褶皱，像一把打开的手风琴。他走到车旁，回头笑笑，然后把公文包扔到副驾驶座上——不是撂，而是扔。他上了车，使劲关上车门，开走了。

汤姆绕到房子后面，乔还在门廊上看书。她椅子旁边的小柳条凳上放了一摞平装书。他有一点点恼火，想到他在埃德·里克曼那里浪费了那么多时间，而她一直在这儿快活地看书。

"一个神经病停下车想买这个房子。"他说。

"告诉他我们一百万就卖。"她说。

463

"我可不卖。"他说。

乔抬起头。他转身往厨房走。拜伦忘了盖上盖子,一只苍蝇死在花生酱里了。汤姆打开冰箱门,看有什么可吃的。

这一周的后两天,汤姆发现里克曼跟拜伦也说过话。孩子说他当时钓完鱼回来,正在路上走,一辆车开上来,有个男人指着他们家,问他是不是住那儿。

拜伦情绪很差,他什么也没钓到。他把鱼竿支在门廊的大门边上,往屋里走,可是汤姆拦住了他。"后来怎样?"汤姆问。

"他有一颗黑牙。"拜伦说着敲敲自己的门牙,"他说他家在附近,有个跟我同龄的小孩没有玩伴。他问能不能把那个笨孩子带过来,我说不行,因为过了今天我就不在这儿了。"

拜伦的语气如此自信,让汤姆纳闷他要去哪里,过了一会儿他才反应过来。

"我不想见什么怪小孩。"拜伦说,"要是那人来问你,说不——好吗?"

"他后来怎么说?"

"说河的哪一段能钓到鱼。河在哪儿转弯,什么的。没什么要紧。我遇到过很多他那样的人。"

"这是什么意思?"汤姆问。

"有些人就是没话找话。"拜伦说,"你干吗小题大做?"

"拜伦,那家伙有病。"汤姆说,"我不想你再跟他讲话。要是你在附近又看到他,赶紧来找我。"

"好。"拜伦说,"我需要尖叫吗?"

汤姆颤抖了一下。拜伦尖叫的样子让他害怕,有几秒钟他相信自己应该给警官打电话。可是打了电话该说什么——说有人问他的房子是否要卖,之后又问拜伦是否能跟他儿子玩?

汤姆抽出一根香烟,点上。他决定了,要开车出城去看那位拥有地产的农场主,问他知道多少里克曼的事。他不太记得怎么去农场主家,也不记得他的名字。那个夏天,房产经纪人带汤姆看房的时候,给他指点了农场主在山上的家,所以汤姆可以给他打电话问路。不过他要先确定乔已经从超市平安归来。

电话铃响了,拜伦转身去接。

"喂?"拜伦问。拜伦皱起眉头。他躲着汤姆的目光。然后,就在汤姆确信是里克曼打来的时候,拜伦说:"没做什么。"一个长长的停顿。"是,好的。"他说,"我在考虑鸟类学。"

是拜伦的母亲。

房产经纪人记得汤姆。汤姆跟他说了里克曼的事。"嘀、嘀、嘀、嘀,嘀、嘀、嘀、嘀。"经纪人唱着歌——《阴阳魔界》[1]的主题曲。经纪人笑了。他告诉他那个农场主叫奥尔布赖特。他没有他的电话,但黄页[2]里肯定有。果然。

汤姆上了车,开到农场去。他开进车道的时候,一个在花园里干活的年轻女人直起身,举着铲子的样子像举着一个火炬。她看到是一个陌生人,神色惊奇。汤姆介绍了自己,对方也说了自己的名字。原来她是奥尔布赖特先生的外甥女,她姨妈和姨父去新西兰了,她和家

---

[1] 《阴阳魔界》(*The Twilight Zone*),美国20世纪60年代的经典科幻电视剧。

[2] 商业团体的电话名册。

人来照看房子。她对土地出售一无所知；没有，没有别人来问过。汤姆还是描述了一下里克曼。没有，她说，她没见过那样的人。在小草坪的另一头，两只爱尔兰塞特犬正冲着他们狂叫。一个男人——一定是这个女人的丈夫——抓着狗的颈圈。狗愈发狂躁，年轻女人显然想要结束谈话了。汤姆驱车离开，才想起应该把电话留下，已经太迟了。

那天晚上，他又去了一个拍卖会，回到车上，他发现一个后胎瘪了。他打开后备箱拿出备胎，庆幸自己是一个人来的拍卖会，庆幸场地灯光明亮，人们四处走动。一个他儿子那么大的小女孩跟她的父母走过来。她把一个独臂的洋娃娃举在头上，向前蹦跶着。"我没觉得上当。你为什么觉得上当了？我两美元买了整盒东西，里面有两个金属滤网。"女人对男人说。他戴一顶棒球帽，穿黑色的短背心和毛边短裤，凉鞋的鞋底在后跟和脚趾处弯曲，像独木舟。他在女人前面踱着大步，一只手臂下面夹着盒子，拉住他正在跳舞的女儿的胳膊肘。"小心我的娃娃！"她被他拉走的时候尖叫道。"那娃娃五分钱都不值。"男人说。汤姆移开他的目光。他不应该出这么多汗，只是换轮胎的简单操作，甚至还有一阵微风。

第二天早上，他们在加油站把轮胎浸在一盆水里找刺孔。轮胎上没有扎东西，不管是什么扎的，没找到。汤姆看着大水泡一个接一个地升到水面，喉咙一紧，好像自己要淹死了。

他想不出有什么好理由告诉警局的警官，为什么埃德·里克曼单单挑中了他。也许里克曼想在那块地上盖一所房子。警官握紧拳头，按在嘴上，嘴唇抵在拇指和食指间的凹陷处。汤姆没说那个理由的时候,警官还有些关注——甚至有些兴趣。然后他的表情变了。汤姆赶紧说他当然不相信那个理由,因为出了些怪事。警官摇摇头。他的意思是"不,当然不",还是"不,他相信"?

汤姆描述了里克曼的样子,提到他灰暗的牙。警官在一个白色的小便签簿上记下这条信息。他在角落处画交叉排线。警官看起来不像汤姆那么肯定,认为不可能有人对他或家里其他成员心怀怨恨。警官问他们住在纽约哪里、在哪里工作。

汤姆走出来,在阳光下觉得有点头晕。当然,他明白——甚至在警官提起以前就知道——警官在这个阶段什么也做不了。"坦白讲,"警官说,"我们不大可能替你仔细监视,因为你住在道路尽头。那不是一条路,"他说,"不是一条大道。"这听起来像警官跟自己开的一个玩笑。

开车回家的时候,汤姆意识到自己能对任何一个人详细描述那个警官。他研究了警官脸上的每一条皱纹——一条眉毛上方的小疤(水痘?),鹰钩鼻狭长的鼻尖几乎像一枚大头钉。他不打算告诉乔和拜伦他去过警局,以免他们受惊。

拜伦又去钓鱼了。乔想趁拜伦出去的时候做爱。汤姆知道他做不到。

一星期过去了。几乎两星期了。他、乔和拜伦坐在草坪凉椅上,看萤火虫闪闪烁烁。拜伦说他看的是其中特别的一只,它一发光,他就"哔、哔、哔、哔"地出声。他们在吃乔放在碗里的新鲜豌豆。他和乔喝了一杯葡萄酒。邻居的名爵车开过,这个夏天,邻居有时开车路过会轻按喇叭。一只鸟低低地飞过草坪——可能是一只雌红雀。暮色中看到这样一只鸟令人惊奇。它钻进草里,更像是一只海鸥,而不是红雀。它飞起来,轻拍翅膀,嘴里衔着什么东西。乔把杯子放在小桌上,微笑着,轻轻拍手。

拜伦早上发现的那只死鸟是一只拟八哥,不是红雀。它躺在离观景窗十英尺的地方,但是汤姆还没有仔细地检查它的尸体,他无法确定它是不是无意中撞上窗户的。

在拉斯蒂家,夏末,汤姆又碰到了那个警官。他们都拿了白色的纸袋,吸管从里面伸出来,油开始往外渗。里克曼没再出现,汤姆为自己去找过警官感到不好意思。他努力不去盯着警官的鼻尖。

"碰到了一个那样的神经病,我猜回纽约去让你感觉不错。"警官说。

他在想避暑的人,汤姆认定。

"祝你这一年过得愉快。"警官说,"代我告诉你妻子,我真羡慕她离职了。"

"她离职?"汤姆问。

警官看着沥青路面。"我承认,你描述那个家伙的时候,我还以为他是哪个怨恨你或你老婆的人派来的。"他说,"后来在消防站的野餐会上,我跟你的邻居聊起来——那个休伊特太太——我问她,你搬来前,她有没有见过什么奇怪的人。她说没有。我们就聊起来。她说你做广告业,要是哪个疯子碰巧知道了,说不定会对此有什么不满。比如说,你进了别人的地盘,而他要报复。还有你老婆是小学老师,你不知道要是约翰尼考试拿不到 A,某些父母会多郁闷。根本说不准。休伊特说她结婚以前做过几个月小学老师,从来没后悔辞职。说你老婆也为自己的决定高兴。"警官赞同地点着头。

汤姆试图隐藏他的惊讶。不知怎么，他不知道乔曾经跟一个叫凯伦·休伊特的邻居有过只言片语的交流，这个事实让他暗自相信了故事其余的部分。他们几乎不认识那个女人。但乔为什么辞职？他在警官那里的信誉毕竟还算好，从警官盯着他看的样子，他能看出警官意识到自己说了些他不知道的事。

警官走了以后，汤姆坐在发烫的车前盖上，从纸袋里拿出汉堡。他把吸管从可乐的大杯中拿出来，揭掉塑料盖，直接从杯子里喝。喝完可乐后，他还坐在那儿，吸吮冰块。冬天的时候，乔几次提起想要孩子，但是她这几个星期都没再提过。他想她是不是决定不顾他的反对去怀孕。可是她如果决定了，为什么要辞掉工作？她都还不确定是否有这个必要。

一个戴着三角形耳环的短发少女走过，她移开目光，好像知道汤姆会盯着她看。他没有。只是像镜子一样反光的耳环吸引了他。在他对面，停车场那边的一辆敞篷车里，一个男孩和一个女孩在前座吃三明治，后座上的金毛猎犬把头凑到他们中间，左右来回看，像一个和腹语艺人对话的木偶。一个男人牵着他蹒跚学步的孩子的手，微笑着走过。另一辆车开进来，收音机里放着霍尔与奥茨的歌。司机熄了火，关掉音乐下了车。一个女人从另一边出来。他们走过的时候，女人对男人说："我不明白我们为什么非得在九点、十二点和六点准时吃饭。""哎，现在是十二点十五分。"男人说。汤姆把杯子丢进纸袋，袋子里还有汉堡的包装纸和没用过的纸巾。他拿着湿答答的纸袋走到垃圾筒前，往里塞垃圾的时候，几只蜜蜂略微飞高了一点。回到车上，他意识到自己根本不知道该干什么。他得问问乔是怎么回事。

他把车开回去，拜伦正坐在门前的台阶上，垫着报纸清理鱼。四条鳟鱼，其中一条非常大。拜伦这一天过得不错。

汤姆穿过屋子，没有看到乔。他打开衣柜门的时候屏住呼吸；她不大可能连着两天光着身子待在里面吧。她喜欢跟他胡闹。

他回到楼下，透过厨房的窗户看到乔坐在外面。一个女人跟她在一起。他走出去。她们椅子边的草地上有纸盘和啤酒瓶。

"哎，亲爱的。"她说。

"你好。"那个女人说。是凯伦·休伊特。

"你好。"他对她俩说。他从来没有这么近地看过凯伦·休伊特，她比他想得更黑。不过最大的差别是头发。他以前看到的她那总是随风飘拂的长发，今天被她用夹子别到后面了。

"事都忙完了吗？"乔说。

一段平常得不能再平常的对话。一个平常得不能再平常的夏日。

关闭房子的前一晚，汤姆和乔在床上躺着。乔在看《弃儿汤姆·琼斯的历史》[1]的结尾。汤姆享受着窗外吹来的凉风，想到他在纽约的时候会忘记这所房子；大部分时间他是忘了，除了在他住的那条街上仰望天空的时候，空旷的天让他记起星星。他爱的是乡间的天空——比起房子更爱天空。如果不是觉得太夸张，他会起床在窗边站很长时间。傍晚时分，乔问他为什么情绪低沉。他告诉她自己不想走。"那我们就留下。"她说。他可以乘机说起她秋天的工作。他本来希望她会说点什么，但是他犹豫了，而乔只是用胳膊搂住他，脸在他

---

[1] 《弃儿汤姆·琼斯的历史》(*The History of Tom Jones, A Foundling*)，英国18世纪小说家亨利·菲尔丁的代表作。

胸前轻轻地蹭。整个夏天她都在挑逗他——有时充满激情，有时如此微妙，他都没意识到怎么回事，直到她把手伸进他的 T 恤，或吻上他的嘴唇。

现在是八月末。乔在康涅狄格州的妹妹要从哈特福德的护士学校毕业了，乔叫汤姆在那儿稍作停留，他们可以和她妹妹庆祝一下。她妹妹住在一个一居室公寓，不过他们找家汽车旅馆应该不难。之后的第二天，他们就送拜伦回费城，然后返回纽约。

第二天早上，在车里，汤姆觉得拜伦在背后盯着他看，心想他是不是听到了昨晚他俩做爱。中午很热，山上雾霾浓重，峰顶了无踪影。山势渐缓，还没等汤姆注意到，他们已经行驶在平坦的公路上了。临近傍晚，他们找到一家汽车旅馆。他和拜伦在泳池游泳，而乔跟妹妹打了半个小时的电话，虽然她们马上就要见面。

乔的妹妹出现在旅馆的时候，汤姆已经刮了胡子、冲了澡。拜伦在看电视。他想待在房里看电影，不跟他们一起吃晚饭。他说他不饿。汤姆执意要他一起去吃晚饭。"我可以从自动售货机买点什么。"拜伦说。

"你可不能拿薯片当晚饭。"汤姆说，"下床吧——快点。"

拜伦向汤姆投来的眼神，活像电影里的亡命之徒看到警长把枪踢到他够不着的地方。

"你不是整个夏天都粘在电视机前，错过所有的美妙时光吧？"乔的妹妹说。

"我钓鱼了。"拜伦说。

"他有天钓到了四条鳟鱼。"汤姆说着伸开双臂，从一只手的掌心看向另一只。

471

他们在旅馆餐厅共进晚餐,后来去喝咖啡,而拜伦把硬币投进走廊的游戏机,一局又一局地玩《太空入侵者》游戏。

乔和妹妹去饭馆旁边的酒吧喝一杯睡前酒。汤姆让她俩自己去了,估计两人需要一些独处的时间。拜伦跟他进了房间,打开电视。一小时后,乔跟妹妹还在酒吧里。汤姆坐在阳台上。离通常的上床时间还早,拜伦就关了电视。

"晚安。"汤姆冲屋里叫道,希望拜伦会回应他。

"安。"拜伦说。

汤姆沉默地坐了片刻。他烟抽完了,想喝杯啤酒。他走进屋子。拜伦躺在一张床上,睡在他的睡袋里,拉链开着。

"我开车去一下那家7-11。"汤姆说,"要给你带点什么吗?"

"不用,谢谢。"拜伦说。

"想一起去吗?"

"不。"拜伦说。

他拿了车钥匙和房门钥匙出门。他不大确定,拜伦生闷气是因为他要拜伦跟大家一起吃晚饭,还是他不想回到妈妈那儿。也许他只是累了。

汤姆买了两瓶喜力,一盒酷牌香烟。收银员显然抽了大麻,他满眼血丝,把一团纸巾塞进袋子,然后把袋子从柜台上向汤姆推过去。

回到旅馆,他静静地打开门。拜伦没动。汤姆关上拜伦没关的两盏灯中的一盏,轻轻拉开阳台的玻璃门。

外面的小路上有两个人在接吻,小路从泳池通向他们的房间。下面的房间里有人在说话——声音压低了,但听起来像在争吵。泳池的灯光突然熄灭了。汤姆把脚后跟别在栏杆上,用脚尖把椅子勾回来。他能听到公路上的汽车声。他觉得有点悲哀，意识到自己倍感孤单。他喝光一瓶啤酒，点了根烟。拜伦最近不太爱说话。当然，他不能指望一个十岁男孩像婴儿时候那样张开双臂拥抱他。而乔——除了她的激情，整个夏天汤姆对她的记忆，就是她埋头坐着读些十八世纪的小说。他想着他们七八月以来做过的所有事，试图说服自己他们做了很多事，玩得很开心。跳过几次舞，拍卖会，借划艇玩了一天，四场——不，五场电影，跟拜伦一起钓鱼，羽毛球，焰火，七月四日市政厅外的烤肉宴。

也许他前妻一直说的没错：他不善与人交流。可是乔从来没这么说过，拜伦也选择跟他们过暑假。

他又喝开了一瓶啤酒，有了几分醉意。这一趟车开了很久。拜伦可能不想回费城。他自己也不急于开始新工作。他突然想起他的秘书，想起他告诉秘书自己拿到一个很棒的工作邀请时——她的惊讶，她把竖起的拇指藏在另一只手掌心后面的动作，一种假装的保密手势。"你在那儿要怎么发展？"她说。他会想念秘书的。她风趣、漂亮、充满热情——从不无精打采。他会想念跟她一起大笑，想念她的奉承，因为她觉得他非常能干。

他想念乔。不是因为她在外面酒吧里。就算她这个时刻回来，还是缺了点什么。他无法想象谁还能像乔那样让他关心，但是他不确定是否还爱着她。他在黑暗中摸索着。他把手伸进纸袋，揉皱小块的纸巾，用拇指和食指把碎纸搓成小球。他有了一手心的小球后，就把它们扔到栏杆外头。他又坐下，闭上双眼，开始了将会持续数月的对佛蒙特的想念：花园，新生豌豆苗的荧光绿，坑坑洼洼的草地，松树和夜晚的松香——然后里克曼突然出现了，凌乱奇怪的样子，不过只是让人略为吃惊。他只是一个夏日偶然来访的人。"你在这儿要是不快活才怪。"里克曼说。他现在觉得所有的一切都可信——像是在家庭录像里那种奇怪的场景中，哪怕最神经的亲戚也突然显得和蔼可亲。

他想知道乔有没有怀孕。她和妹妹在酒吧里聊了这么久，是在聊这个吗？有那么一秒钟，他想让他们都变成乔在这个夏天读的那些小说里的人物。那样，不确定的因素就会消失。亨利·菲尔丁只要插进来预测未来就行。作家会告诉他未来会是怎样，将会发生什么事，假如他必须再一次爱上什么人的话。

那个一直在跟男人吵架的女人安静了。蟋蟀唧唧地叫，一台电视发出轻轻的哼鸣。楼下，泳池附近，一个旅馆员工正把一张桌子推到池边。他调整那个次日将安上遮阳伞的白色金属杆时，吹了声口哨。

1984 年 9 月 24 日

两面神[1]

　　这只碗是完美的。它可能不是你面对一架子的碗时会选择的那只，也不是在手工艺品集市上势必吸引众多眼球的那种，但它真的气质不俗。就像一条没有理由怀疑自己会很滑稽的狗那样，这只碗注定得到赞赏。事实上，也正有这样一条狗，常常跟这只碗一起被带进带出。

　　安德烈娅是房产经纪人，当她认为某些预期的买家可能是爱狗之人的时候，就会把那只碗摆在待售的房子里，同时把狗也带去。她会在厨房里给蒙多放一碗水，从包里拿出它的塑料青蛙发声玩具，放在地板上。它会像每天在家那样，开心地冲过去，对着心爱的玩具扑来扑去。碗通常放在一张咖啡桌上，不过最近她把它摆在一个松木毛毯箱顶上，或者漆器桌上。有一次它被放在一张樱桃木饭桌上，方是一幅博纳尔[2]的静物画，它放在那儿显得很有分量。

1　即罗马神话中的雅努斯（Janus），头部前后各有一张面孔，司守门户和万物的始末。
2　皮埃尔·博纳尔（Pierre Bonnard，1867—1947），法国画家和版画家，也是后印象派创始人之一。

每个买过房子或者想卖房子的人，都熟悉这些用来说服买家房子有特别之处的小伎俩：傍晚时分壁炉里的火；厨房台面上插在水罐中的黄水仙，一般人家不在那里放花；或者淡淡的春天的气息，由一个台灯灯泡里的一滴精油散发出来。

这只碗最妙的一点，安德烈娅觉得，就是它既含蓄又显眼——一个集矛盾于一身的碗。奶油白的釉色，似乎不论在什么灯光下都会发亮。还有一些彩色——一抹一抹小小的几何图案——有些带着几点银斑。它们像显微镜下的细胞一样神秘，让人很难不去仔细审视，因为它们闪烁不定，刹那变幻，随即又恢复原形。色彩和随意的组合颇具动感。喜欢田园风格家具的人们对这只碗总是赞赏有加，而那些中意彼德迈[1]式家具的人也同样喜欢。但这只碗并不招摇，甚至不太为人注意，没人会怀疑它是刻意放在那里的。他们刚走进房间的时候，也许会注意到天花板的高度，只有从天花板或是从折射到白墙上的阳光那儿转移视线之后，才会看到碗。然后他们会马上走过去评论，想说点什么却总是语塞。也许是因为他们来看房子是有正经理由的，不是为了注意到什么物品。

有一次安德烈娅接到一个女人的电话，她曾带她看过一所房子，她没有出价。她问，那只碗——有可能知道房主在哪儿买到那只美丽的碗吗？安德烈娅装作不明白那个女人在说什么。一只碗，在房子的某个地方？噢，在窗下的一张饭桌上。好，当然，她可以去问问。过了几天，她才回电话，说那只碗是件礼物，那家人不知道是在哪里

---

[1] 彼德迈（Biedermeier）室内设计风格追求简洁、实用、自然，通常采用深色木材，强调对称性和均衡感。

买的。

碗不在房子之间拿来拿去的时候，就放在安德烈娅家的一张咖啡桌上。她没有精心包装它（尽管她携带的时候是要包好的，放在一个盒子里）。她把碗放在桌上，因为她喜欢看。这只碗足够大，似乎也没那么脆薄或是特别易碎，就算有人擦碰到桌子，或是蒙多玩的时候不小心碰到它，也不用担心。她叫丈夫不要把家门钥匙扔在碗里。碗应该空着。

她丈夫第一次注意到碗的时候，往里瞅了瞅，淡淡地笑了。丈夫总是鼓励她买下喜欢的东西。这几年，两人都置办了很多东西，以此弥补他们研究生时的清寒岁月，但是现在宽裕的日子一长，买新东西的快感就减退了。丈夫称赞碗"漂亮"，没有拿起来细看就转身走了。他对碗的兴趣不比安德烈娅对他的新徕卡相机更多。

她确信这只碗给她带来了好运。她放了碗的房子经常有人出价。有时她带人看房，总是叫房主暂时离开，他们甚至不知道房子里放了这只碗。有一次——她不记得是怎么回事——她忘了拿走碗，生怕有什么差池，赶紧冲回去，女房主开门的时候，她松了一口气。她解释道——那只碗——她买了一只碗，为了安全起见，她带买家逛房子时把碗放在柜子上了，然后就……她很想冲过那个皱眉的女人身边，抓起她的碗。主人走到一边，只是在安德烈娅跑向柜子的时候，才略嫌奇怪地瞟了她一眼。在安德烈娅拿起碗前的几秒钟里，她意识到主人刚才一定看到了碗被放在理想的位置，阳光正好打在蓝色的部分。主人的水罐被移到柜子的另一头，碗在最显眼的地方。回家的路上安德烈娅一直纳闷，自己怎么会把碗忘在那里。就像外出的时候丢下一个朋友——人就那么走开。有时，新闻报道说一家人把小孩忘在了哪里，开车去了下一个城市。安德烈娅只在路上开出一英里就记起来了。

后来，她梦到那只碗。两次，半醒的时候梦到的——清晨，在熟睡和起床前最后一个盹之间——她清楚地梦见它。它在眼前如此清晰地聚焦，一时间吓了她一跳——是她每天注视的那同一只碗。

她这一年卖房地产赚得不少。消息传出去，她的客户渐渐多起来，让她疲于应付。她傻傻地想，要是碗有生命，她会感谢它。有时候她想跟丈夫谈谈这只碗。他是股票经纪人，有时会对别人说他很幸运，能娶到一个如此有艺术品味，又精明入世的女人。两人有很多相似之处，真的——他们一致同意。他们都是安静的人——深思，价值判断审慎，但一旦得出结论就固执己见。两人都喜欢细节，但是她会被出人意料的事情吸引，丈夫却会在局面复杂、不够明朗时失去耐心，表示不屑。他们都知道这点，这是他们参加派对或跟朋友过周末回来，车里只有他俩时会聊的事。但是她从未跟丈夫聊过那只碗。他们在晚饭交流白天的见闻时，或是晚上躺在床上听音乐，睡意昏沉地低声细语时，她总想脱口而出，说她认为客厅里的那只碗，那只奶油色的碗，造就了她的成功。但是她没说。她无法开口解释。早上，她有时会看着他，心里内疚，因为自己有一个永远的秘密。

她是跟那只碗有某种深层的联系吗？某种亲密的关系？她纠正了自己的想法：她怎么可以想出这样的事，她是人，而它是一只碗。荒唐。只要想想人们是怎么共同生活、彼此相爱……然而那些就永远那么确定？永远是一种情感关系？这些想法令她迷惑，却萦绕不去。现在她心里装了一些东西，一些真实的东西，她从来不提。

碗是一个谜，就连她也琢磨不透。这让人失望，因为她和碗的关系包含着一种未曾报答的好运；要是对方能相应地提出某个要求，回报起来就容易多了。可是那些事只发生在童话里。碗只不过是碗，这一点她丝毫都不相信。她相信的是：那是她所爱的东西。

以前她有时跟丈夫说起她打算出售或买进的一所房产——吐露一些她的聪明策略，用来说服有意出售的房主。现在她不那么做了，因为她所有的策略都跟碗有关。她变得更刻意，也更有支配欲。只有没人的时候，她才把碗放到房子里去，离开时就带走。她不再仅仅移开一个花瓶或盘子，而是把桌上其他的东西都拿掉。她必须强迫自己小心轻放那些东西，因为她对它们毫不在意。她只想让它们消失在视野外。

她好奇这种情况会有怎样的结局。像是有一个情人，事情如何终结并没有明确的场景。焦虑成为主导的力量。如果情人另有怀抱，或是给她留个条子，搬到另一个城市，那都不重要。恐怖的是消失的可能性，这是她最忧心的。

她会晚上起来看那只碗。她从没想过自己可能打碎它。她心无焦虑地把碗洗净、擦干，经常把它移来移去，从咖啡桌移到红木边桌或别的地方，也不害怕闪失。显然她不会是那个会对碗做出什么事的人。碗只是被她拿着，安全地放在一个平面或另一个平面上；不大可能会有谁打碎它。碗是电的不良导体：它不会被闪电击中。可是碗被毁坏的念头一直持续，她不会往下想——想她的生活没有那只碗会怎样。她只是继续惧怕意外的发生。有什么不可能呢，在这样一个世界，人们会将植物摆在本不属于它们的地方，好让看房的客人误以为阴暗的角落也能照到阳光——在这样一个花样百出的世界？

她第一次见到这个碗是在几年前，她和情人半秘密地去逛一个手工艺品市集。情人劝她买下来。她对他说，不需要。但是她被那只碗吸引住了，他们徘徊不去。后来她去了下一个摊位，情人跟在她后面，当她的手指滑过一尊木雕的时候，他轻拍她的肩头。"你还坚持让我买？"她说。"不，"他说，"我给你买下来了。"在此之前他给她买过别的东西——她早先更中意的东西——能戴在小指上的乌木绿松石儿童戒指；木盒，狭长美丽的鸠尾形，她用来放剪报；柔软的有口袋的灰色套头衫。情人的想法是，如果自己不能在她身边握她的手，她可以握自己的——双手在衣服前面横贯的口袋里相握。但到了后来，跟其他的礼物相比，她对那只碗更加依恋。她想说服自己摆脱这种感觉。她还拥有其他更醒目或更有价值的东西。那只碗不是一件让人惊艳的物品，在他俩那天看到它以前，很多人一定已经路过。

　　她的情人曾说，她总是太迟钝，无法了解自己真正爱的是什么。为什么要继续她现在的生活？为什么要做两面派？他问她。情人先向她走近一步。她没有选择他，不愿改变她的生活和他在一起，情人问她凭什么以为能够两者兼得。后来他又做了一次努力，就离开了，这个决定是为了摧毁她的意志，粉碎她关于信守先前承诺的毫不妥协的决心。

　　时光流逝。晚上一个人在客厅的时候，她常常看着桌上的碗，静止、安全、暗淡无光。它有自成一体的完美：一切两半的世界，深而光滑的空洞。在碗的边缘，哪怕是在昏暗的光线中，目光也会移向一小抹蓝色，视野中行将消逝的一点。

1985 年 5 月 27 日

骨　架

　　通常她是画家。今天她做模特。她穿着宽松的运动裤——她和加勒特都穿中码，不过她穿加勒特的运动裤更合身，因为她的腿没他长——还穿了一件中式上衣，紫红色，上面有蓝色八角形的图案，银线镶边，好似漂浮在浅紫色的花朵中，花朵和跟人击掌致意时伸出的巴掌一样大。盘扣，南希想，这才是它原本的名称——她摩挲着的那个纽结，她从来不系的那个小扣。

　　这是个周六的傍晚，和往常一样，南希·奈尔斯和加勒特在一起。她是在去上晚间绘画班时遇到他的。平常他在一个绘画用品店上班，周末休息。最近天冷了，之前他们周六或周日常常散很长时间的步；有时凯尔·布朗也跟他们一起散步——他是宾夕法尼亚大学的本科生，跟加勒特分租一栋房子，住在离校园二十分钟车程的一个破败街区。是凯尔告诉加勒特他的住处有空房间的。到费城的第一周，加勒特在一个咖啡馆排队结账，收银员问凯尔要一美分，他没有。然后收银员看着凯尔身后的加勒特，问："那你有一美分吗？"离开的时候，凯尔和加勒特攀谈起来，才有了后来加勒特搬去他房子的事。现在那个收银员的问题成了经久不衰的笑话。就在这天早上,加勒特在浴室外面,凯尔裹着浴巾出来,还问:"对了,有一美分吗?"

南希觉得逗凯尔开心很容易,他的笑容很可爱。有一次凯尔跟她说自己是家族里第一个离开犹他州去上大学的,为此他和父母的关系变得紧张,但是他坚持说宾大的英文系很出色,他们无法反驳。女房东已婚的女儿去了宾大,凯尔很肯定这是他能租到房间的主要原因。除此之外,就是在女房东告诉他最近的圣公会教堂位置的时候,他说自己是摩门教徒。女房东说:"至少你有某种信仰。"在女房东跟加勒特面谈、描述街区、告诉他圣公会教堂位置之前,凯尔已经提醒过他。加勒特翻开一个小笔记本,记下地址。

现在,加勒特一边坐着和南希聊天,一边画速写(加勒特对画画十分上心,南希确信他乐得天气变冷,好有借口待在屋里),凯尔在楼下做炸鸡。几分钟前他进屋看了看,留下来跟他们聊了几句。他抱怨自己厌倦了被女房东称为"摩门教徒"。不是居高临下的语气,这他听得出来——女房东说话的感觉就像一个人用拉丁名而不是俗名来指称植物。他给他们看女房东接到他父亲电话时写的留言,最上面有大写的"摩门"二字。

凯尔·布朗靠水培番茄、炸鸡和面包卷过活。加勒特和南希每周六跟他一起吃饭。他们贡献苹果酒——能尝出来烟熏味,是当季最后一次压榨的——有时是街角面包房的水果馅酥饼。在炸鸡噼啪作响的声音之上,南希能听到凯尔在唱歌,是浑厚的男中音:"真相是,我从未离开你……"

"坐着别动。"加勒特说着从素描本上抬头看她,"你不知道你在生活中的角色吗?"

南希用手从下面托住乳房,把头扭向一侧,嘟起嘴唇。

"别这样。"他说着扔掉炭笔头,"不要贬低自己——开玩笑都不要。"

"哦,别把什么事都分析得那么严肃。"她说着跳下窗边的座位,捡起炭笔。她扔给他,他单手接住。加勒特是跟她睡过觉的第二个人。另外一个——现在想起来让她颇为尴尬——曾是刻意为之的实验。

"去跟你的心理医生说,你的行为没有任何含义。"加勒特说。

"你讨厌我去看心理医生。"她说,看着他再次俯身于素描本,"世上有一半人都看心理医生。你担心什么呢——担心有人知道我的事而你不知道?"

他抬起眉毛,每当他专心注视画上的某处时就会这样。"我知道一些他不知道的事。"他说。

"这又不是比赛。"她说。

"所有的一切都是比赛。在某个非常严肃、非常深刻的层次,每一件事——"

"你已经说过这个玩笑了。"她说着叹了口气。

他停止作画,看她的眼神有点不同。"我知道。"他说,"我不应该收回这话。我真的相信这些是存在的。有人使尽招数谋求高位,有人却千方百计逃避责任。"

"我分不清你什么时候在说笑话。现在你在开玩笑,对吗?"

"不,我是认真的。我今天早上收回这话,是因为我看出你被吓到了。"

"哦。现在你又要告诉我你在跟我比赛?"

"为什么你觉得我在开玩笑？"他说，"不管你哪一门课成绩比我好，我都难受得要命。你是那么出色，画画的时候，笔触轻盈得就像羽毛拂在纸上。要是可以，我真想夺走你的技巧。只是我做不到，所以我忍着不说。真的，我对你嫉妒得心跳都过速了。我永远没法跟你共用一个工作室。我没法跟一个既耐心又严谨的人共处一室。跟你相比，我画画时简直就像戴着棒球捕手的手套。"

南希把两条腿抱在胸前，脸贴在膝盖上。她笑了起来。

"真的。"他说。

"好。是真的。"她面无表情地说，"我知道，亲爱的加勒特。你真的是这个意思。"

"是的。"他说。

她站起身。"那我们不必共用一间画室。"她说，"但是你说你想跟我结婚的话不能收回。"她把手插进头发摩挲着，留出一根手指按摩脖子。她在窗边坐得身上都冷了。抱紧双腿时，她才觉得大腿肌肉酸痛。

"也许所有的嫉妒和焦虑只能用不变的激情来燃烧殆尽。"她说，"我是说——我真的、真的这么想。"她笑了。"真的。"她说，"也许你就是想屈服——就像一直挠蚊子包，直到挠疼了，你就哭。"

他们几乎就要触到彼此，但就在她准备迎上去的那一刻，他们听到古老的橡木楼梯在凯尔脚下吱嘎作响。

"这算不上什么惊喜。"凯尔站在门口说，"不过我想确定你们知道我请你们一起吃晚饭。我提供鸡肉、西红柿片和面包——对吧？你们拿甜点和饮料。"

即使是在失望的时候，南希也能对凯尔微笑。他当然知道他冒失地闯了进来，也许他本想转身跑下楼梯。他是三人组里年纪更小的那个多余的人，这并不容易。她抬起头，加勒特迎上她的目光，那一刻他俩都明白凯尔该有多尴尬。他对他们的需要从来不像自己想的那样掩饰得很好。这两个人明明是一对恋人，却放弃了烛光、刻意相触的膝盖，还有把酒杯凑到对方唇边的亲密，只是为了跟他共进晚餐。深秋某一次散步的时候，凯尔告诉南希，说他一直以来最深切的恐惧就是怕别人猜透他的想法。南希很清楚凯尔对他俩抱有幻想。当时南希试图轻描淡写地应付，她告诉他，她画画的时候总能感觉到模特的骨骼和肌肉，她所做的就是刷出一层薄薄的平面，直到一具躯体成形。

凯尔想跟他们保持紧密的联系——他真的想——但是时光流逝，他们搬过几次家以后，他跟他们失去了联系。他对南希·奈尔斯的生活一无所知，并不知道在一九八五年的十月，她和加勒特还有他们两岁的儿子弗雷泽一起出门要糖，弗雷泽在他人生中第一个真正的万圣节化装成小妖精。南希走在他们前面几步，一个靠电池发光的橙黄色塑料南瓜在她身前晃动。她装扮成一具骨架，但也可以说是天使，将拯救之光照耀到矿井的深处。她住的地方——罗得岛普罗维登斯的一带——像一个地下迷宫那样阴森黑暗。

男人们认为南希能给他们带路，真讽刺，因为她一直认为自己方向感很差。她觉得自己与世隔绝，为自己没有继续画家的生涯而愤怒，为不再有爱情而愤怒。她如果知道这些会大吃一惊：弗吉尼亚州的沃伦顿，一个深夜的危险时刻——落叶像 X 光片上的黑影，突然被风卷起，模糊了凯尔·布朗的视线，他的车滑向路边；这时他在幻觉中又看到她。南希·奈尔斯！他在一时的惊惧中想起。她就在那儿，只一瞬间的工夫——她的脸在加油站的灯光下像幽灵一样苍白，又化作一团光亮。倏忽之间，她又成为他心中美的化身。他的车在打转，转出更大的圈，接着后轮抵住路堤，终于停了下来。南希·奈尔斯的骨架正缓缓走过人行道。落叶像脚步一般掠过她，飞快地逐级而下。

1986 年 2 月 3 日

你会找到我的地方

朋友们一直把我骨折的胳膊叫作折断的翅膀。是左臂,现在屈起来靠在我胸前,用一条蓝色的围巾吊着,在脖子后面打了结。它太重了,绝不可能像翅膀。我追公交车的时候发生了意外。为了让公交车停下,我像挥动沙锤一样在空中挥动我的购物袋,就在那时,我在冰上滑了一下,摔倒了。

所以昨天我坐火车从纽约去萨拉托加,没有开车。我有完美的借口不去萨拉托加看我弟弟,但是一旦整装待发,我就决定完成这趟旅行,以免内疚。我不介意见我弟弟,但我介意他老婆的两个小孩——一个十一岁的女孩和一个三岁的男孩。贝姬要么对她弟弟托德视而不见,要么就折磨他。去年冬天她在屋里撵着他的脚跟走来走去,不管他去哪儿,她都紧跟着他重重地跺脚,吓得他边跑边叫。凯特也不干预,直到两个孩子都歇斯底里,而我们再也无法压过他们的声音,大喊大叫地对话。"我想我是喜欢他们活泼一点。"她说,"也许这样他们能发泄一些敌意,长大以后就不必习惯性地玩心理战术来获取所需。"在我看来,他们永远都不会长大,只会像彗星那样燃烧殆尽。

霍华德最终发现了他要的是什么：温馨家庭的反面。曾有六年他跟一个苍白消极的女人住在俄勒冈。关系破裂后不久，他又跟一个叫弗朗辛的更加苍白的医学预科生结了婚。那段婚姻持续了不到一年，然后是洛杉矶的一次相亲，他遇到了凯特，那时她丈夫在丹麦出差。没过多久，凯特和女儿及男婴搬进他家，是他跟一个剧作家在拉古纳海滩合租的公寓。两个男人正在合写一个关于梅德加·埃弗斯[1]的剧本，但是凯特和孩子们搬进来以后，他们转而写起了这样的剧本：一个男人相亲遇到了一个有两个孩子的已婚女人，三个人搬来与他和朋友同住，之后又发生了一些事。后来霍华德的合作者因订婚搬走了，剧本也被放弃了。霍华德在最后关头接受了纽约州北部一个学院的聘书，去教写作。于是在一周内，他们全都被安置在萨拉托加一个凉风飕飕的维多利亚式老房子里。凯特的丈夫在她搬到霍华德那儿之前就开始办理离婚手续，但最终他同意不向法庭起诉来争取贝姬和托德的监护权，作为交换，他需要支付孩子的抚养费，那数目比他律师预计的一半还少。现在他给孩子寄来硕大的毛绒玩具，他们对此简直毫无兴趣。附的便条上写着："把它放进妈妈的动物园。"大概每个月一个毛绒玩具——长颈鹿、真狗大小的德国牧羊犬、一只塞得太满的立姿大熊——每一次都是同样的便条。

大熊站在厨房的一角，人们慢慢习惯了用大头针在它身上钉便条——提醒买牛奶，或是给车加油。宽边太阳镜也加上去了，有时胳膊上还挂着围巾和夹克衫。有时绒毛德国牧羊犬被带过来，爪子搭在

---

[1] 梅德加·埃弗斯（Medgar Evers，1925—1963），美国民权运动领袖，遇刺身亡。

熊的腰间，支起身子哀求。

现在，我跟熊在厨房里。我刚打开恒温器——这是起床后该做的第一件事——正把茶包浸在一杯热水里。不知为什么，让我用茶叶和滤茶球来泡茶是不可能的，除非有人帮忙。我唯一能找到的茶包是皇室之选家的。

我坐在一张餐椅上喝茶。椅子好像粘在我身上了，尽管我穿着保暖秋裤和一件法兰绒长睡袍。椅子是塑料的，风格非常五十年代，图案有时看起来是几何形状，有时几乎是人形。小小的图案，像畸形的手伸向三角形和正方形。我问了一下。霍华德和凯特在一个拍卖会上买到整套厨房用具，三十美元。他们觉得很好玩。房子本身并不好玩，有四个壁炉，宽木板地板，高而多尘的天花板。这是他们用他继承的那份我祖父的遗产买下来的。凯特对装修房子的贡献是把踢脚板改成人造大理石。活儿干得是否有效率取决于她开始时抽了多少大麻，有时踢脚板看起来像是餐椅图案的斑驳版本，而不是大理石。凯特把她称为"养育子女"的任务视为全职工作。他们刚搬到萨拉托加的时候，她曾开过钢琴课。现在她对孩子置之不理，只给踢脚板刷漆。

我又凭什么在这儿指手画脚？我是一个三十八岁的女人，没有工作，有个间或来往的情人，与他的关系岌岌可危。这个女人能轻易想象这段关系的破裂，就像她能一下子在冰上摔倒。也许真的如此，正如我的情人弗兰克所说，有钱于灵魂无益。这说的是别人送给你的钱。他是一个有钱的律师，但那是他赚的钱，他又通过投资房地产赚到更多。他的不动产有一部分是香草园。成盒的香草经常出现在弗兰克的办公室——包着锡纸的香草、塑料袋里的香草、报纸卷成筒装的干香草。他把它们洒在蛋饼、烤肉和蔬菜上。他反对吃盐。他坚称香草更为健康。

我又凭什么声称爱一个男人，我甚至怀疑他用的香草。我为自己没有工作而羞愧。我很没有安全感，某人做爱时的一个眼神就能让我继续跟他交往。我偷偷在厨房里撒盐，然后把盘子端出来，微笑着看香草被撒在番茄上。

有时在床上，他的手指有迷迭香或龙蒿叶的味道。浓烈的味道。发酸的味道。不管莎士比亚怎么说，或《卡尔佩珀香草大全》里怎么写，我就是无法想象香草跟爱情有什么关系。可是很多要做新娘的女人来到香草园，买几枝香草插进手捧花束。她们相信香草会带来好运。这年头，他们要在房子里放整缸的香草，而不是无花果树。"我一下子进入新世界的尖端。"弗兰克说。他不是开玩笑。

今晚的圣诞聚会有这些菜：圣女果切成两半填入奶酪，蘑菇填番茄泥，番茄填碎蘑菇，蘑菇填奶酪。凯特在厨房里大笑。"没人会注意到。"她嘟囔着，"没人会说什么。"

"我们放点坚果不好吗？"霍华德说。

"坚果太传统了。这样好玩。"凯特说着从一个裱花嘴里挤出更多软奶酪。

"去年我们有槲寄生和加香料的热苹果酒。"

"去年我们丧失了幽默感。当时我们那么兴奋是因为什么？我们竟然在圣诞前夜跑出去砍树——"

"是孩子们。"霍华德说。

"对了。"她说，"孩子们在哭。他们要跟其他小孩攀比还是什么。"

"贝姬在哭。托德还小,不至于为了那事哭。"霍华德说。

"我们为什么说起眼泪?"凯特说,"等不是欢乐的时节再说眼泪吧。今晚大家都会来,还会爱上挂在画钉上的花环,称赞这些食物多有节日气氛。"

"我们邀请了一个哲学系的印第安人。"霍华德说,"美洲的印第安人——不是印度的印第安人。"

"我们如果愿意,可以看录像带《皇冠上的明珠》。"凯特说。

"我觉得很不开心。"霍华德说。他退到台子边上,身子往下滑,用两肘支起身子。他的网球鞋湿了。他从来不脱湿鞋子,也从不感冒。

"尝一块蘑菇吧。"凯特说,"不过要是烧熟了会更好吃。"

"我是怎么了?"霍华德说。我来了以后,他这还是第一次看我。我一直在克制自己,不要对凯特的絮絮叨叨显露厌烦。

"也许我们应该买棵树。"我说。

"我没觉得是圣诞节让我情绪不好。"霍华德说。

"那就赶快摆脱掉。"凯特说,"你要是愿意,可以早拆一件礼物。"

"不,不。"霍华德说,"还不是圣诞节。"他把一个盘子递给凯特,凯特把盘子搁到洗碗机里。"我一直担心你痛得厉害,却不说。"他对我说。

"只是不大方便而已。"我说。

"我知道,但是你会在脑子里一直回想那一幕吗?你摔倒的时候,或是在急诊室,或其他什么?"

491

"我昨晚梦到维多利亚舞社的芭蕾舞女演员了。"我说,"维多利亚舞社好像一个舞台布景,而不是真实的地方,又高又瘦的芭蕾舞演员一直在列队进入、旋转,做单足脚尖立地旋转。我嫉妒她们能在头上方并拢手指尖。"

霍华德打开洗碗机上层的门,凯特把冲洗干净的杯子递给他。

"你只是讲了一个小故事。"霍华德说,"你没有回答问题。"

"我没有一直回想那情景。"我说。

"那么你是在压抑情感。"他说。

"妈妈。"贝姬走进厨房,"如果戴尔德丽的爸爸周末不开车过来接她,她今晚能来参加聚会吗?"

"我以为她爸爸住院了。"凯特说。

"是的,之前是。不过他出院了。他打电话说北边要下雪,所以不确定能不能来。"

"戴尔德丽当然可以来。"凯特说。

"还有,你知道吗——"贝姬说。

"进屋的时候要跟人打招呼。"凯特说,"至少要有眼神接触,或者微笑什么的。"

"我又不是舞台上的美国小姐,妈妈。我只是进个厨房。"

"你要承认人们的存在。"凯特说,"我们没说过这些吗?"

"噢,你们好啊。"贝姬说,抓起想象中的裙边行屈膝礼。她穿着紫色的运动裤,转身面对我,从髋骨处提起裤边。"噢,你好,就好像我们从没见过。"她说。

"你姑妈可不想来这套。"霍华德说,"她自己的麻烦已经够多了。"

"言归正传吧。"凯特对贝姬说,"你想跟我说什么?"

"你知道你是怎么回事吗,妈妈?"贝姬说,"你小题大做,搞得我好像要说一件大事。每个人都在听我讲。"

凯特关上洗碗机的门。

"那你想私下跟我说吗?"她说。

"不不不。"贝姬说着坐在我对面的椅子上,叹了口气,"我刚才只是想说——现在这成大事了——我想说戴尔德丽才发现她通了一年信的那个家伙在蹲监狱。他一直在监狱,可是她不知道邮政信箱意味着什么。"

"她打算怎么办?"霍华德说。

"她打算写信问他有关监狱的一切。"贝姬说。

"那好啊。"霍华德说,"听到这个我挺开心。那家伙恐怕正为了要不要告诉她而痛苦挣扎呢。他可能以为戴尔德丽要跟他断绝来往。"

"有很多好人进监狱。"贝姬说。

"这很荒唐。"凯特说,"你没法概括一群罪犯,就像没法概括其他人群一样。"

"那又怎样?"贝姬说,"如果其他什么人要隐瞒事情,他也会隐瞒,不是吗?"

"我们去弄棵树吧。"霍华德说,"我们要买棵树。"

"有人在把圣诞树搬回家的路上被撞了。"贝姬说,"真的。"

"你对这地方的事真是了如指掌。"凯特说,"你们这些孩子简直能当街头传报员,报纸还没出来,我就什么都知道了。"

"昨天的事。"贝姬说。

"基督啊。"霍华德说,"我们说到眼泪,我们又说到死亡。"他又

493

靠在厨房的台子上了。

"我们没有。"凯特说着走到他前面去开冰箱门。她把一盘填料的番茄放进去。"这是你典型的做法,从一堆观点中单单挑出两个,然后——"

"我昨晚醒来时想起了丹尼斯·比杜。"霍华德对我说,"记得丹尼斯·比杜吗,以前他老缠着你?爸爸派我去跟他算账,后来他就撤退了。但我一直害怕他会对付我。有好几年,他接近我的时候,我都装作毫不畏惧。后来,你知道的,有一次我出门跟人约会,车没油了,我走到加油站去买桶油,一辆车跟过来,丹尼斯·比杜从车窗里探出头。他看到是我很惊讶,我看到是他也很惊讶。他问我怎么了,我说车没油了。他说:'我看你是活该。'可是开他车的是个女孩,那女孩对他一阵数落,还停下车,执意让我上车,要捎我去加油站。一路上他没跟我说一个字。当我知道他在越南战死的时候,我想起那天他在车里的样子——他那笔直的身子上的后脑勺,黑色还是某种深色的衣领竖到发际。"霍华德用四根手指往水平方向划了一下,拇指收拢,划过耳边的空气。

"现在你要让大家都不开心了。"凯特说。

"我愿意振作一点。我要在晚上以前振作起来。我要去主街上的狮子俱乐部弄一棵树。谁跟我一起去?"

"我要去戴尔德丽家。"贝姬说。

"我跟你一起去,如果你需要我的建议。"我说。

"一起去好玩。"霍华德说,踮起脚尖跳着,"为了好玩——不是为了建议。"

他从衣柜里拿出我的红色大衣,我后退着穿上,把没受伤的那条胳膊伸进去。他从大衣翻领上取下一枚花纹别针，用别针把大衣的另一边别到我的肩头，别针轻轻穿过我的毛衣。然后他把凯特的斗篷罩在我身上。这是规定程序，因为我总觉得冷。事实上这是凯特规定的。我站在那里，看霍华德穿上他的皮夹克。我觉得自己像一只鸟，夜里它的笼子上盖了一块布。这让我自艾自怜起来，我真的把胳膊想成折断的翅膀了，所有的一切突然都那么悲伤，我发觉眼里满是泪水。我吸了好几次鼻子。霍华德曾经直面丹尼斯·比杜，为了我！我的弟弟！但是他那么做其实是因为父亲叫他去。父亲不管叫他干什么他都干。只有一次他拒绝了，在医院，父亲叫他把他闷死。那是我知道的唯一一次他漠视了父亲的愿望。

"找一棵够高的。"凯特说，"不要找那种像仙人掌的。要一棵针叶修长、扑下来的。"

"扑下来？"霍华德在过道上转身问。

"有种流动性的。"她说着微微屈膝，用胳膊做了一个横扫的动作，"你明白的——有美感的。"

客人还没来，一个女邻居把托德从他的玩伴那里送回来，他该上床了。树上也装饰了几十个圣诞彩球，还有打印纸剪的星星，一端别着回形针做的钩子。毛绒动物园里较小的动物——当然没有那只熊——都在树下，就像马槽里的动物。马槽是一个烤盘，里面有一只绿色的恐龙。

"来的人里我认识的有多少？"我问。

"你认识……你认识……"霍华德咬着自己的嘴唇。他啜了一小口酒，有些迷惑。"嗯，你认识凯尼格。"他说，"凯尼格结婚了。你

495

会喜欢他妻子的。他们分头来,因为他下了班直接过来。你认识迈纳一家。你认识——你肯定会喜欢莱特富特,哲学系的那个新老师。别急着告诉他你在跟人交往。他人不错,应该给他一个机会。"

"我不认为我在跟什么人交往。"我说。

"喝一杯——你会好受点。"霍华德说,"说真的,我今天下午很抑郁。天那么快就黑了,我永远不明白我对什么有反应。我的心情也变得灰暗,就像傍晚的光线。你明白吗?"

"好吧,我喝一杯。"我说。

"要来的一个大胖子在匿名戒酒者协会。"霍华德说着从书架上拿下一只玻璃杯,倒了些酒。"这些昨天都洗过了。"他说。他把酒杯递给我。"胖子名叫德怀特·库莱。是要来的詹森夫妇把我们介绍给他的。他是个单身汉,以前住在大苹果[1]。神秘的人。没人认识。他家里有一个计算机终端,连到纽约某个神秘的办公室。爱讲好笑的笑话。他们整天都在计算机上攻击他。"

"谁是詹森夫妇?"

"你见过的。那个女人跟情人提分手以后,她情人偷偷潜入她家,在墙上画满了她和她丈夫的漫画。我听说他是个极好的画家。你知道这事吧?"

"不知道。"我笑着说,"她长什么样?"

"你跟我们去赛马会的时候见过。高个,红头发。"

"噢,那个女的。你怎么不早说?"

"我跟你说了她情人的事,不是吗?"

---

1 纽约的别称。

496

"我不知道她有个情人。"

"嗯,幸亏她已经跟丈夫说了,他们决定补救两人的关系,所以当他们回家看到满墙的画——我是说,我的印象是那些画的细节相当生动,可不像在山洞之类的地方撞见的一堆象形文字。丈夫是当成自己的笑话来讲的:只好把墙重刷一遍,去涂料店买了颜色最深的蓝漆,因为他想要一次性盖住——而不用抹上三遍。"霍华德又喝了一小口酒。"你没见过她丈夫。"他说,"他是个麻醉师。"

"她情人是做什么的?"

"他开一个乐器店。他搬走了。"

"去了哪儿?"

"蒙彼利埃。"

"你怎么知道这些事的?"

"问别人,别人告诉我的。"霍华德说,"然后在蒙彼利埃,有天他在擦枪,枪走火了,打中了他的脚。不过并无大碍。"

"很难把任何一件类似的事看成善恶报应。"我说,"那詹森夫妇又快乐如初了?"

"我不知道。我们跟他们见面不多。"霍华德说,"我们跟那些社会活动实在没什么干系,你知道的。你也只是假日的时候来访,那是我们年度聚会的时候。"

"噢,你们好呀。"贝姬从前门冲进客厅,带来了冷风和她的女友戴尔德丽。戴尔德丽咯咯笑着,头扭到一边。"我的朋友!我了不起的朋友们!"贝姬小跑着经过,使劲地挥手。她在过道里停下,戴尔德丽跟她撞在一起。戴尔德丽把手捂在嘴上,掩住一声惊叫,接着跑过贝姬身边,进了厨房。

"我能记得自己这么大的时候。"我说。

"我觉得我从来没这么傻过。"霍华德说。

"女孩之间不大一样。男孩从来不以这种认真的方式交谈,不是吗?我是说,我记得有段时期我好像一直都在倾诉什么。"

"跟我倾诉一下。"霍华德去把巴赫的唱片翻了面。

"女孩只跟其他女孩那么说话。"我说,意识到他是认真的。

"吉东·克雷默[1]。"霍华德的手紧贴心脏。"上帝啊——看谁能告诉我这不美。"

"你怎么这么了解古典乐?"我问,"是问别人,别人告诉你的吗?"

"是在纽约,"他说,"在我搬到这儿以前。甚至在搬到洛杉矶之前,我就开始买唱片,四处打听。半个城市都是古典音乐的非正式顾问。你在纽约能发现很多东西。"他又加了点酒。"来吧。"他说,"跟我说点秘密。"

厨房里,女孩们中的一个打开收音机,摇滚乐的声音放得很低,跟巴赫的小提琴声交汇。乐声更低了。戴尔德丽和贝姬在笑。

我喝了一口酒,叹着气,对霍华德点点头。"去年六月我去旧金山看我朋友苏珊。我比我说的早到了一天,她出门还没回来。"我说,"我本打算给她一个惊喜,她却给了我一个意外。那倒没什么。旅途劳累,我乐得有个借口住进酒店,因为要是她在家,我们肯定会整夜聊天。就像贝姬和戴尔德丽,对不对?"

霍华德转转眼珠子,点点头。

---

[1] 吉东·克雷默(Gidon Kremer, 1947—),拉脱维亚小提琴家、指挥家。

"于是我去了一个酒店,入住,洗了个澡,突然我又来了精神,心想管他呢,干吗不去酒店旁边的餐厅——或者我猜是酒店里的餐厅——好好吃一顿,既然人们说这家不错。"

"哪家餐厅?"

"星星餐厅。"

"嗯。"他说,"发生了什么?"

"我来告诉你发生了什么。你要耐心一点,女孩都知道对其他女孩要耐心。"

他又点头称是。

"他们对我很好。大概四分之三的上座率。他们安排我坐在一张桌子旁,我一坐下就抬头张望,有个男人坐在餐厅另一头靠墙的长条软座上,面对着我。他在看我,我在看他,几乎不可能没有眼神交流。很明显,我俩同时来电了。座位另一边有个女人,不是特别迷人。她戴了一枚婚戒。那个男人没戴。他俩沉默地吃着。我必须强迫自己往别处看,但是只要我抬头,他也抬头,或者他已经抬了一会儿。后来他从桌边走开,我是用余光看到的,当时我侧着头,在听右手边的人对话,嘴里嚼着东西。过了一会儿,他结了账,两人走了。女人走在他前面,他看起来不像是跟女人一起的。我是说,他离她挺远的。但是自然,他没有转头。他们离开后我心想,好神奇。真的像是一种动能,嘭的一下!我又喝了咖啡,然后结账。我离开时走下很陡的台阶到街边去,侍者从后面跟上来说:'抱歉打搅了。我不知道怎么做才好,但我不想让你在餐厅里觉得尴尬。那位绅士出门时给你留下了这个。'他递给我一个信封。我吓了一跳,但只是说:'谢谢你。'然后就继续走下台阶。我走到外面,四处张望。他自然不会在

499

那里。于是我打开信封,里面是他的名片。他是一个法律事务所的合伙人。在他的名字下面,他写着:'你是谁?请打电话。'"

霍华德在笑。

"我把名片放进钱包,走了几个街区,我想:好嘛,这到底算什么?旧金山的某个男人?图什么?一夜情?我回到酒店,当我进去的时候,柜台后的男人站起身来说:'抱歉打搅一下,你刚才是去吃晚饭了吗?'我说:'几分钟前。'他说:'有人留了这个给你。'是一个酒店的信封。在去房间的电梯里,我打开信封,是一张同样的名片,上面写着:'请打电话。'"

"我希望你打了。"霍华德说。

"我决定枕着名片睡觉。早上,我的决定是不打。但我留着那张名片。然后八月底我在东村逛街,一对显然是外地来的夫妇走在我前面,一个朋克男孩从他坐着的门廊上站起来,对他们说:'嗨——我想跟你们合个影。'我进了一家商店,出来的时候,那对夫妇和那个男孩都在笑,他们手里拿着另一个朋克男孩拍下的宝丽莱快照。是个玩笑,不是敲诈。男人拿了一张照片,给男孩一块钱,他们走了,朋克男孩又在门廊上坐下。我走回他坐的地方,说:'你能帮我一个忙吗?我能跟你合个影吗?'"

"什么?"霍华德说。小提琴乐声高昂。他起身把声音调低了一点。他回头看我。"然后呢?"他说。

"那小孩想知道为什么,我告诉他是为了气我男朋友。他就说好啊——我说理由的时候他脸上都发光了——他还说给他两块钱拍更多照片就更感激了。我给了他,然后他用胳膊搂着我,冲相机作出各种洋相。他像一条人形蟒蛇缠在我脖子上,还做了一个米克·贾格尔似的噘嘴。照片效果好得难以置信。那天晚上，我在照片底部的空白处写道：'我是一个你还不知道名字的人。你要找到我吗？'我把照片装进信封，给他寄到旧金山去了。我不知道为什么那么做。我是说，这根本不像我会做的事，你觉得呢？"

"可是他要怎么找到你呢？"霍华德说。

"我还留着他的名片。"我冲放在地板上的钱包耸一耸没受伤的肩膀。

"那怎么可能？"

"那怎么可能有一个人走进一家餐厅，被闪电击中了，而另一个人也一样？像部烂片。"

"当然可能发生。"霍华德说，"说真的，你打算怎么办？"

"过一段时间再说。也许给他寄一个他能追踪的东西，如果他愿意。"

"真是个神奇的故事。"霍华德说。

"有时候——嗯，我有一阵没想了，不过夏末我寄出那张照片以后，有时走在路上，或者不管在做什么，突然会有一种感觉，觉得他在想我。"

霍华德神情奇怪地看着我。"他可能是在想你。"他说，"他不知道怎么跟你联系。"

"你以前是编剧。他该怎么做？"

"他不能从照片背景猜出是东村吗？"

"我说不准。"

"他如果做得到，可以在《声音》上打广告。"

"我想背景里只有一辆车。"

501

"那你一定要给他点别的东西。"霍华德说。

"为什么?你想让你姐来个一夜情吗?"

"你说得好像他特别迷人。"霍华德说。

"是,可是万一他是个坏蛋呢?也可以说他过于自以为是,他肯定我会回应。你不觉得吗?"

"我认为你应该跟他联系。你如果愿意,可以做得有趣一点,要是我就不会让他溜走。"

"我从来没拥有过他。看样子他有老婆。"

"你并不知道。"

"是啊。"我说,"我猜我是不知道。"

"去做吧。"霍华德说,"我想你需要这个。"他压低说话声——正像一个女孩会做的那样。他点头表示肯定。"去做吧。"他再次低语。然后他猛地转头,看我在盯着什么。是凯特,她洗完澡后裹着浴巾,拖着长长的电话线。

"是弗兰克。"她轻声说,手捂在话筒上,"他说他最终还是决定参加聚会。"

我呆呆地看着她,惊讶不已。我几乎忘了弗兰克知道我在这儿。以前他只跟我来过一次,很明显他不喜欢霍华德和凯特。他为什么突然决定要来?

她耸耸肩,手还捂在话筒上。"过来。"她轻声说。

我站过去。"如果不会太让他为难,"她说,"也许他能捎上戴尔德丽的爸爸。他就住在城里你家在的那条街拐角。"

"戴尔德丽的爸爸?"我说。

"你来说。"她轻声说,"他要挂了。"

"哎,弗兰克。"我对着电话开口。我的声音又尖又假。

"我想你。"弗兰克说,"我必须离开纽约。我是不请自来。我猜既然这是一年一度的邀请,应该没关系,对吗?"

"哦,当然。"我说,"你能稍等两秒钟吗?"

"没问题。"他说。

我捂住话筒。凯特还站在我身边。

"我在浴室里跟戴尔德丽的妈妈通话了。"凯特低声说,"她说她前夫还不能开车,而戴尔德丽一整天都在哭。要是弗兰克能把他捎过来,他跟戴尔德丽就可以一起坐火车回去,不过——"

"弗兰克?这事有点怪,我也不太明白是什么安排,不过我要让凯特来讲电话。我们需要你帮个忙。"

"只管说。"他说,"只要不涉及琼·王尔德-杨格夫人那改了又改、改了再改的恶意遗嘱。"

我把电话拿给凯特。"弗兰克?"她说,"你就要交一个新朋友了。对他好一点,他刚摘除了胆囊,力气只有海藻那么轻。他住在七十九街。"

我裹着大衣和斗篷,跟霍华德在车里。我们此行的任务颇有点讽刺——去 7-11 买点冰。月光皎洁,我那一边的窗外,田野里的雪堆像踏脚石一样闪亮。霍华德突然打转向灯,拐弯,我回头确认后面没有车撞上来。

"对不起。"他说,"我走神了。况且这条路标识得也不清楚。"

磁带卡座里放的是迈尔斯·戴维斯的歌——最温柔的迈尔斯·戴维斯。

"我们还有点时间绕道。"他说。

"为什么要绕道?"

"就一下。"霍华德说。

"冻死了。"我收紧下巴说话,这样我的喉部可以暖和点。我抬起头。锁骨更冷了。

"你说的动能让我想到做这件事。"霍华德说,"你可以跟我说秘密,我也可以跟你说秘密,对吗?"

"你在说什么?"

"这个。"他说着开进一条标着"不得越界"的路。他转弯的路面有点不平,但随着车颠簸前进,路面平滑一些了。他开车的时候,两只手都紧紧握住方向盘,在座位上挺直上身,好像把头伸得高一点,再加上大灯,能让他看得更清楚。路变得平整,我们右边有一个池塘,没有冻硬,但是冰层挂在池塘边缘,好像水族箱里的浮藻。霍华德拿出磁带,我们在寒冷和沉默中坐着。他熄了火。

"上周这儿有一条狗。"他说。

我看着他。

"乡下有很多狗,对吗?"他说。

"我们在这儿干吗?"我说着抱紧膝盖。

"我爱上了一个人。"他说。

之前我看着池水,他一开口,我又转过头看着他。

"我没觉得她会在这儿。"他语气平静,"我甚至没觉得狗会在这儿。我猜我只是被吸引到这里——就是如此。我想看看如果我来到这里,能不能找回那种感觉。如果你给那个男人打电话,或者给他写信,你会找回那种感觉。是真的。我能从你跟我说话时的样子看出来,那是真的。"

"霍华德,你刚说你爱上了什么人?什么时候的事?"

"几个星期前。学期结束了,她毕业了。一月份走的。一个大学毕业生——就那样?一个二十二岁的年轻人。我的好朋友莱特富特的一个哲学专业学生。"霍华德松开方向盘。他熄了火以后还一直握着方向盘。现在他的手放在大腿上。我俩似乎都在仔细看他的手。至少我看着他的手就不用盯着他的脸,他垂下眼帘。

"挺疯狂的。"他说,"如此激情,如此迅速。也许我是在骗自己,但我想我没有跟她吐露我多么在乎她。她看得出我在乎,但是她……她不知道我的心总是停摆,你明白吗?有天我们开车到这儿来,在车里野餐——那是你能想象到的最恐怖的野餐,冷极了——一条狗晃荡到车边上。一条大狗。就在这儿。"

我从车窗望出去,几乎盼望那条狗还在那儿。

"共有三次冰冷的野餐。这条狗是在最后一次出现的。她喜欢那条狗——看着像条杂种狗,可能有不少金毛猎犬的基因。我以为我们给它打开车门是自找麻烦,因为它不像是一条特别友善的狗。但是她对了,我错了。顺便说一下,她叫罗宾。她刚打开车门,狗就摇起尾巴。我们跟它一起散了会儿步。"他向前努一努下巴。"就在那条路上。"他说,"我们给它扔石子玩。一条喜欢人群的典型美国狗,在树林里迷了路,不是吗?我开始逗它,叫它施波特。我们回车上的时候,罗宾拍拍它的头,关上车门,它退后,样子很悲伤。好像我们的离去真的毁掉了它的一天。我把车开离路边,她摇下车窗,说:'再见了,罗弗。'我发誓狗的脸上大放光彩。我想它真的叫罗弗。"

"你们做什么了?"我说。

"你是说对狗,还是说我和她?"

我摇摇头。我不知道自己的意思。

"我倒车,狗让我们离开了。它只是站在那儿。我从后视镜里看着它,直到路面下降,它从视野里消失。罗宾没有回头。"

"你打算怎么做?"

"买冰。"他说着点了火,"但那并不是你的意思,对吗?"

他倒车,我们颠簸着开向我们自己的轮胎印,这时我又回头,但是没有狗在月光下注视我们。

回到家,霍华德在我前面的方石板小路上走,我比平常在冷风中走得还慢,想给自己一点时间思考他刚才让我想起了什么。我是在注意力被一块冰吸引过去时想到的,我害怕踩上冰。他让我想起那个法庭塑像——我不知道它叫什么——一个眼睛被蒙住的女人手持公正的天平。左手一袋冰,右手一袋冰——但是没有蒙眼布。门突然打开,霍华德和我看到前面是凯尼格,他照例头戴印花手巾,向我们微笑致意。在他身后,聚会已经开始,一片亮光中,那个红发女人抱着托德,他一只手抓着绿色恐龙,另一只手摸着自己瞌睡的、哭泣的脸。托德往前一扑——倒不是冲着他爸爸,而是朝向更开阔的地方。站在门口,我意识到屋内的热气和缭绕的烟雾把从户外涌进房内的寒冷空气变成银白色。没有在放《弥赛亚》[1]——凯特为这个场合选择的完美音乐;有人放了朱迪·嘉兰的唱片,我们进门的时候她正在唱:"那

---

[1] 《弥赛亚》(Messiah)是德国著名音乐家亨德尔创作的大型清唱剧,内容与耶稣降生、受死及复活有关。

就是你会找到我的地方。"[1] 歌词像轻烟在空中萦绕。

"你好，你好，你好，你好。"贝姬叫道，一条穿着齐膝袜的腿在阳台上晃悠，戴尔德丽遮住脸躲在她身后。"为你俩，只因为你们在这儿，我对你们说：一百万个——一万亿个——你好。"

1986 年 3 月 3 日

---

[1] 这句歌词出自美国著名女演员、歌手朱迪·嘉兰（Judy Garland，1922—1969）的歌曲《彩虹之上》，这首歌是她主演的电影《绿野仙踪》的插曲。

玛丽的家

我的妻子玛丽打算办一场晚会，一个有人承办饭菜的晚会。她要邀请新老朋友，还有我们左边的邻居——我们跟他们有来往。承办人快到的时候，莫莉·范德格里夫特打来电话，说她女儿烧到一百零二华氏度[1]，她和丈夫来不了了。我看得出来妻子安慰莫莉的时候有些失望。电话打完没几秒，莫莉丈夫的汽车就开出车道。每次听到车子疾速开出，我的第一个念头总是有人离家出走。妻子的猜测要实际些：他是去买药。

我妻子在我们和好后的这三年中出走了两次。第一次，她盛怒之下一走了之；第二次，她去怀俄明看朋友，把一周的访期延长到了六周，尽管她没有说不回来，可我就是没法说服她订机票，也没法让她说她想我，更不用说爱我了。我是做过一些错事。我给自己买了昂贵的新车，把旧车淘汰给她；我赌博输过钱；我有一百次回家太晚，误了吃饭。但我从来没有离开过妻子。是她在我们打算离婚的时候搬出

---

[1] 约为39摄氏度。

去的。我们和好后，又是她飞车离去，以此结束我们的争吵。

这些事在心中载沉载浮，一点小节就会让我想起她每一次出走，或是威胁出走的情形；还有她想要一件我们买不起的东西时，会用一双我形容为"震惊的兔子"式的眼睛瞪着我。不过大多时候，我们还是努力振作。她一直在找工作，而我下班直接回家，我们协商解决电视遥控器的矛盾：我让她用一小时，她让我用一小时。我们一晚上看电视的时间尽量不超过两小时。

今晚不会有任何电视可看，因为有鸡尾酒会。就在这时，承办人的车已经并排停在了我们的房前，承办人——一个女人——正把东西搬进屋，一个十来岁的男孩在给她帮忙，估计是她儿子。女人有多愉快，男孩就有多郁闷。妻子跟她拥抱了一下，两人都笑了。她跑进跑出，把盘子端进来。

妻子说："不知道我该不该出去帮忙。"随即自问自答道："不——她是我雇来做事的。"然后她暗自微笑。"很遗憾范德格里夫特一家来不了了，"她说，"我们给他们留点吃的。"

我问要不要用音响放点音乐，妻子说不要，说话声会盖过音乐，不然就得把声音放到很大，会吵到邻居。

我站在前屋，看着承办人和那个男孩。他进门时胳膊伸直，拿着一个餐盘，小心翼翼，像一个孩子手持让他有点害怕的小烟花。我看着的时候，梅太太，那个我们不来往的邻居（有天晚上，我们睡觉前忘了关廊前灯，她叫来了警察）和她的两只玩具贵宾犬[1]安娜克莱尔和埃丝特走过。她假装没有注意到一个承办人正把晚会食物端进我们

---

[1] 玩具贵宾犬（toy poodle）是贵宾犬的一种，体形较小。

家。她能一眼把你望到底,让你觉得自己像个幽灵。连她的狗也练就了这种眼神。

妻子问我最想见到谁。她知道我最喜欢史蒂夫·纽霍尔,因为他很会搞笑,不过为了让她感到意外,我说:"哦——能见到瑞安一家挺好。可以听听他们的希腊之旅。"

她听了嗤之以鼻。"等你开始关心旅行的那天再说吧。"她说。

她和我同样对争吵负有责任。她的话音里总有怒气。我尽量使用礼貌的语调和词汇,而她却毫不客气,轻蔑地哼哼鼻子,再来几句尖刻的话。这一次,我决定置之不理——就是不理睬她。

起初我不明白妻子为什么要和那个承办人亲亲抱抱的,后来她们聊天的时候我才想起来,几个月前妻子在亚历山德里亚的一个送礼会上遇到她。她俩摇头叹息,聊起一个女人——我并不认识,一定是妻子以前工作时交的朋友。她俩说从来没听说过哪个医生会让生产持续六十多个小时。当锡纸从魔鬼蛋[1]上揭掉时,我听明白了,那个女人现在没事了,她离开手术台前结扎了输卵管。

男孩没说再见就回到了车里。我站在走道上,望着门外。他钻进车里,用力关上车门。他身后的太阳正在西沉,又是那种过去总令我神迷的橘粉色落日。不过我很快从门口走开,因为我知道承办人要出来了。事实上,如果我不必跟她说客套话,就更好了。我不大擅长跟不认识的人找话讲。

承办人把头探进我所在的房间。她说:"祝晚会愉快。我想你会

---

[1] 魔鬼蛋(deviled eggs),将煮鸡蛋剥皮后对半切开,蛋黄挖出碾碎,加芥末、胡椒等调味,再放回蛋白。

很喜欢那个火辣辣的豆泥蘸酱。"她微笑着,还出乎我意料地耸耸肩。似乎没有理由耸肩。

妻子从厨房出来,托着一盘切好的肉片。我主动提议帮她拿,她却说自己对细节很在意,情愿自己来,这样她就知道她把东西都放哪儿了。我不明白她为什么就不能看看桌子,看东西都放在哪儿了,但是在她干活时我不宜提问,她会发脾气,情绪急转直下。所以我出去了,在门廊上看天色变暗。

承办人开车离开时按了按喇叭,出于某种原因——也许是因为他坐得笔直——那个男孩让我想起去华盛顿的高速公路上,有一段车道是为车里至少有三名乘客的车辆保留的,于是附近的人们都去买充气玩偶,给它们戴帽穿衣,放在座位上。

"玛丽·维罗齐和她丈夫试验分居,不过今晚她还是会跟他同来。"妻子在过道上说。

"你何必跟我说这个?"我说着转过身,背朝夕阳,走回屋里,"这只会让我跟他们在一起的时候感到不自在。"

"哦,你能挺过来的。"她说。她总是用这个词。她递给我一摞纸盘,叫我分成三摞,放在桌子外侧。她又叫我把纸巾从橱柜拿出来,在桌子当中放几叠,放在插雏菊的花瓶之间。

"维罗齐的事情不要让别人知道。"她说着递出一盘蔬菜。蔬菜从碗中央到边缘排开,菜的颜色——橘色、红色和白色——让我想起天空和它几分钟前的样子。

"还有,"她说,"请你不要一看到奥伦的酒杯空了,就忙着给他添上,他在努力戒酒。"

"那你来好了。"我说,"既然你什么都知道,所有的事都你来。"

"我们每回招待客人，你总会紧张。"她说着从我身旁擦了过去。回来的时候，她说："那个承办人活儿干得真漂亮。我要做的只是把大菜盘洗干净放到门廊上，明天她来拿。岂不是很妙？"她吻了我的肩头。"要打扮一下了。"她说，"你准备穿你现在这一身吗？"

我穿着白色的牛仔裤和蓝色的针织衫。我点头说是的，让我惊讶的是她没有异议。走上楼梯的时候，她说："我无法想象这种天气还要开空调，不过你看着办吧。"

我走回门廊，站立片刻。天色更暗了。我能看到一两只萤火虫。邻家的一个小男孩骑着单车经过，满眼闪亮的蓝色，后面有辅助轮，车把手上系着飘带。那只杀鸟的猫走过。大家都知道我曾给水枪注满水，趁没人时对着这只猫喷射。我还用水龙带喷过它。它在我们草地的边缘走着。我对它的心思了如指掌。

我进了屋，看一眼餐桌。楼上，淋浴喷头的水在流。不知道玛丽会不会穿她的吊带裙。她的后背很美，穿那种裙子好看。虽然她之前那样说，但我的确是会旅行的——而且喜欢旅行。五年前我们去了百慕大。我在那儿给她买了条吊带裙。她的尺码从没变过。

餐桌上有足够喂饱一支军队的食物。半个掏空的西瓜，里面放着西瓜球和草莓。我吃了一颗草莓。还有看起来是奶酪球的东西，上面粘着坚果粒；几碗蘸酱，有几碗旁边摆着蔬菜，另外几碗旁边放了一碗饼干。我用牙签戳了一片裹有意大利熏火腿的菠萝，吃完后把牙签丢进口袋，把菠萝片拢得更紧凑些，这样就看不出被吃掉了一片。承办人还没到的时候，妻子就把酒拿出来放在宽边窗台上了。也有配好火柴的蜡烛，随时可以点亮。她对音乐的想法可能是错的——至少第一批人出现的时候，有点音乐挺好——不过何必争论呢？我同意，既然微风习习，就不必开空调了。

没多久，玛丽从楼上下来了。她没穿吊带裙，而是穿了一条我从没喜欢过的蓝色亚麻裙，手里提着一个行李箱。她没有笑，脸色突然显得很憔悴。她的头发是湿的，用卡子别到后面。我眨眨眼，无法相信眼前这一幕。

"根本就没有什么晚会。"她说，"我是想让你看看，准备好了饭菜——即使不是你准备的——然后只能等着，那是什么感觉。等呀，等呀。也许这样你就能明白是怎么回事了。"

几乎是在我想着"你开玩笑！"的同时，我立刻有了答案。她不是在开玩笑。但是没有哪个婚姻问题咨询师会认同她的所作所为。

"你不会这么幼稚吧。"我说。

但是她人已经出了门，沿着走道向外走。飞蛾飞进了屋里。有一只飞过我的嘴边，触到了我的皮肤。"你打算怎么跟福特医生解释？"我问。

她转过身。"你何不请福特医生过来喝杯鸡尾酒？"她说，"还是你觉得真实的生活场景会让他受不了？"

"你要走吗？"我问。但我灰心丧气。我筋疲力尽，几乎喘不过气。我声音很低，不确定她是否听见。"你不理睬我吗？"我叫道。她不回答，我知道她不理我了。她上了车，发动，扬长而去。

有那么一刻，我震惊至极，跌坐在一把门廊椅上，呆呆地望着。街上安静得不同寻常。知了开始高唱。我坐在那里，设法平静下来，骑自行车的男孩慢慢地蹬着踏板上坡。邻居的贵宾犬开始吠叫。我听见她用嘘声要它们安静。后来狗吠声就轻了下来。

玛丽在想什么？我不记得上次晚饭迟归是什么时候。是很多年前的事了。很多年。

卡特里娜·杜瓦尔经过。"米奇?"她说着把手抬过眉毛,看着门廊。

"嗯?"我说。

"你这几个星期天拿到报纸了吗?"

"拿到了!"我大声回答。

"我们去海洋城的时候让他们停送了,现在没法恢复。"她说,"我想我本应该请你帮着收一下报纸,不过你知道杰克的情况。"杰克是她儿子,稍有点弱智。她要么做尽一切来取悦杰克,要么就说她自己是这么做的。言下之意,他是一个小暴君。我对杰克了解很少,只知道他口齿不清,还有就是有一次下暴雪,他帮我铲掉车道上的积雪。

"那没事了。"她说着走开了。

我听到远处的摇滚乐。范德格里夫特家传出很响的笑声。他们家孩子不是病了嘛,是谁这么开心?我眯起眼使劲往房子里看,可是窗户被照得太亮了,看不到里面。又一阵尖叫,紧接着又是笑声。我站起来,走到草坪另一头。我敲敲门。莫莉气喘吁吁地来应门。

"你好。"我说,"我知道这么问有点傻,不过我还是想问问,我妻子今晚有没有邀请你们来喝酒?"

"没有。"她说。她把额前的刘海拂到一边。她女儿踩着滑板从她身后疾驰而过。"小心点!"莫莉喊道。她对我说:"他们明天来给地板重新抛光。她高兴死了,能在屋里玩滑板了。"

"你今晚没跟玛丽打过电话?"我问。

"我都一周没见过她人了。没事吧?"她问。

"那她一定是请了别人。"我说。

小女孩又踩着滑板嗖嗖滑过，把滑板一头翘了起来。

"上帝啊。"莫莉用手掩住了嘴说，"迈克尔去杜勒斯机场接他兄弟了。不会是玛丽问了迈克尔，而他忘了告诉我吧？"

"不，不。"我说，"我敢肯定是我搞错了。"

莫莉一如往常地粲然一笑，不过我看得出来我让她很不安。

回到家里，我把灯调暗了一档，站在前窗旁边，望着天空。今晚没有星星。也许在乡间有，但这儿没有。我看到蜡烛，心想，管他呢。我划亮火柴点起蜡烛。烛台是银质的，装饰华丽，质地厚重，是我姨妈的传家宝，她住在巴尔的摩。蜡烛燃着，我看着窗户，看到烛焰和我自己的映像。微风吹来，蜡烛结了烛泪，滴落下来，于是我又多看了几秒，便吹灭了。蜡烛冒着烟，但我没有舔手指便掐了烛芯。我又看了一眼空旷的街道，然后坐在椅子上，看着餐桌。

我要让她看看，我心想，她回来时我也走了。

然后，我想着要喝上几杯，吃点东西。

但是过了好一会儿，我没有走，也没有喝酒，碰都没碰桌子上的东西。这时我听到一辆车停了下来。闪烁的车灯引起了我的注意。一辆救护车，我心想——不知道是什么情况，也许她不知怎么的弄伤了自己，救护车不知道什么原因过来了，然后……

我跳了起来。

承办人站在门口，皱着眉头，肩膀微耸。她穿着抹胸上衣配牛仔裙和跑鞋。我身后的屋里一片寂静。我看到她朝我背后前屋灯光的方向张望，分明很困惑。

515

"这只是个玩笑。"我说,"我妻子开的玩笑。"

她皱起眉头。

"没有什么晚会。"我说,"我妻子出走了。"

"你在开玩笑。"承办人说。

我看着她背后的车,车灯在闪。那个男孩不在前座上。"你到这儿来干吗?"我问。

"哦。"她说着垂下眼帘,"其实我——我想你们可能需要帮忙,我可以来干一会儿。"

我皱起眉头。

"我知道这听起来有点怪。"她说,"不过我刚入这行,想给人留个好印象。"她还是没有看我。"我以前在社区学院总务主任的办公室做事。"她说,"我讨厌那工作。所以我想,要是我做酒席的承办人,有足够多的活儿……"

"好,进来吧。"我说着站到一边。

已经有一阵子了,小虫不停地往屋里飞。

"哦,不了。"她说,"你们有麻烦,我很难过。我只是想……"

"进来喝一杯,"我说,"真的。进来喝一杯吧。"

她看着她的车说:"稍等。"她沿着走道走回车里,关了车灯,锁上车,又沿着走道走了回来。

"我丈夫说我不该插手,"她说,"他说我太用力讨好别人了,你如果让人看出太急吼吼,就得不到想要的东西。"

"别管他的理论了,"我说,"请进来喝一杯吧。"

"我觉得你妻子有点烦躁。"承办人说,"我以为她是因为搞一个这么大型的聚会而紧张。有人帮忙,她会心存感激。"

她犹豫了一下,然后走进来。

"好。"我说着摊开双手。

她不安地笑了笑。我也笑了。

"红酒?"我说着指指窗台。

"挺好。谢谢你。"她说。

她坐下来,我给她倒了一杯红酒,递给她。

"哦,我其实可以自己来。我是在——"

"坐着别动。"我说,"我作为主人总得招待一下,对吧?"

我给自己倒了一杯波本威士忌,用手从冰筒里拿出几块冰,放在杯子里。

"你想讲讲这事儿吗?"承办人问。

"我不知道该说什么。"我说着用一根手指在杯子里搅着冰块。

"我是从科罗拉多来的。"她说,"我觉得这个地方很怪,过于保守还是怎么的。"她清了清嗓子。"也许不是。"她说,"我的意思是,很明显,你永远都不会知道——"

"知道别人家里到底有什么事。"我替她把话说完。"现成的例子。"我说着举起酒杯。

"她会回来吗?"承办人问。

"我不知道。"我回答,"当然,我们以前也吵过。"我喝了一口波本。"当然,这次不算是吵架,有点像她单方面的胡闹,我猜你会这么说。"

"有点滑稽。"她说,"她告诉你那些人都被邀请了,然后——"

我点头,打断了她。

"我是说,外人觉得滑稽。"她说。

我又啜了一口酒。我看着承办人。她是一个瘦削的年轻女人,看上去不会对食物有什么特别的兴趣。她其实挺漂亮的,那种清淡的美。

我们沉默地坐了一会儿。我能听到邻居家的尖叫声,我肯定她也听到了。从我坐的位置,我可以看到窗外,萤火虫发出点点短促的微光;从她坐的位置,她只能看到我。她看看我,又看看她的酒杯,再看看我。

"对你可能没那么重要。"她说,"不过对我来说,能看到事情未必是它们表面的那个样子,这一点很好。我的意思是,也许这个地方还过得去。我是说,也不见得比其他小城更复杂。也许我有偏见。"她喝了一口酒。"我不是很想离开科罗拉多。"她说,"我原来在那儿做滑雪教练。跟我一起生活的那个人——他不是我丈夫——我和他本想在这儿开一家餐馆,但没成功。他在这一带有很多朋友,还有他儿子,所以我们来了。他儿子跟他妈妈一起过——我朋友的前妻。我几乎谁也不认识。"

我拿过酒瓶,又给她倒了一杯酒。我喝干最后一滴,晃动冰块,给自己添上酒,把酒瓶放在地板上。

"很抱歉我冒冒失失地搅和了进来。我待在这儿一定让你不自在了。"她说。

"不是。"我说,有一半是真心的,"我见到有人来很高兴。"

她转过身,回头看看。"你觉得你妻子会回来吗?"她问。

"不好说。"我说。

她点点头。"这种情形很奇怪是不是?你知道某个人的一些事,他们却对你一无所知。"

"什么意思?你刚才跟我讲了科罗拉多,还有你们打算开餐馆。"

"是啊。"她说,"不过那些不是私事。你知道我的意思。"

"那就把私事说来给我听听。"

她红了脸。"噢,我不是那个意思。"

"有什么不行?"我说,"这个夜晚已经够奇怪的了,不是吗?你跟我说点私事又如何?"

她咬起了指甲根部的硬皮。她可能比我预料的更年轻。她留着一头闪亮的长发。我试着想象她穿着尼龙外套,站在滑雪场的斜坡上。这让夜晚突然显得更热了。我因此意识到,只要再过几个月,我们就都会穿上羽绒服。去年十一月下了场大雪。

"跟我一起生活的那个人是个插画家。"她说,"你可能看到过他的一些东西。他不缺钱,他只是什么都想要。画画、开餐馆。他很贪心,不过他总能设法得到他想要的。"她喝了一口酒。"说这些怪怪的,"她说,"我不知道为什么要跟你说我们的事。"然后她不说了,抱歉地笑笑。

我没有安抚她,而是站了起来,在两个盘子里又放了些吃的,一盘放在我椅子旁边的小桌上,另一盘递给她。我又给她倒了一杯酒。

"他在陶瓷厂旁边有间工作室。"她说,"那栋有黑色百叶窗的大楼。下午他给我打电话,然后我就带一个野餐篮过去,我们吃午餐,做爱。"

我用拇指和食指把一块饼干掰成两半,吃了。

"不过那不是关键。"她说,"关键问题是,午餐总是切片面包之类的东西。真的很怪。我切掉面包的硬皮,抹很多蛋黄酱,做红肠三

519

明治。或者用乐之饼干做芝士夹心三明治，或者是花生酱和棉花糖三明治。我们喝果味饮料、根汁汽水什么的。有一次我做了热狗，切成片夹在饼干里，再在边上抹上一圈奶酪，就着碳酸汽水吃。总之，午饭一定得是很难吃的东西。"

"我明白。"我说，"我猜我明白了。"

"噢。"她说着垂下眼帘，"我是说，我猜这很明显，你当然能明白。"

我等着，看她是不是打算让我也吐露一些事情。可是她却站了起来，把最后一点酒倒在杯中，背对我站着，看向窗外。

我知道那个陶瓷厂，在小镇比较乱的那一带。那条街上还有一个酒吧，有天晚上，我从酒吧出来，一个年轻人袭击了我。我记得他骑车冲过来的动作有多快，轮胎摩擦地面发出尖厉的声音，就好像他开着一辆大汽车。然后他扑过来，半打半压，好像我的钱包会从藏着的地方弹出来，就像小丑的头从整蛊魔术盒里弹出来那样。"在我的后袋里。"我说。他随即把手塞进我的口袋，然后给我腰间一记重击。"蹲下！"他几乎是在耳语，我侧卧着躺在地上，用手遮住脸，这样他回想起来时，就不会因为我看清了他的脸而回来更多麻烦了。我的鼻子在流血。我的钱包里只有大约二十块钱，信用卡放家里了。后来，我终于站了起来，试着走动。陶瓷厂里有一盏灯亮着，但是里面没什么动静，我猜测里面没有人——只是留了一盏灯而已。我把手按在大楼的墙上，想站直一点儿。有那么一下，一阵剧痛穿透了我的身体——如此剧烈，我又倒下了。我呼吸了几次，疼痛过去了。透过大玻璃窗，我看到陶瓷做的牧羊人和动物——是会放在基督诞生的场景布置里的。它们没上釉彩——还没有烧制好——因为全是白色的，大小儿乎一样,猴子和东方三博士[1]看起来非常像。离圣诞节还有一个星期左右,我心想,为什么还没完工?时间太紧张了;要是他们再不抓紧上色,就太迟了。"玛丽,玛丽。"我低声说,明白我出事了。然后我努力走动,上了车,回家去见我的妻子。

1986 年 12 月 15 日

---

[1] 东方三博士(the Three Wise Men)常出现在许多与圣诞节有关的画像中,一般会与耶稣和其父母、牧羊人,以及马厩中的动物一同出现。

霍拉肖的把戏

距圣诞节还有几天的时候，联邦快递的卡车停在夏洛特家门口。夏洛特的前夫爱德华给她寄来一个包裹，给他们十九岁的儿子尼古拉斯寄来一个更大的包裹。她马上拆开她的包裹，跟去年送的礼物一样：一磅裹巧克力的澳洲坚果，包着银色的条纹纸，附的贺卡上写着"爱德华·安德森及家人祝圣诞快乐"。这一次，贺卡是爱德华的妻子写的，不是他的笔迹。夏洛特把包裹里的东西倒在厨房地上，玩起了弹珠游戏，用一颗坚果弹另一颗坚果，看着它们四处滚动。之前尼古拉斯去加油站换油的时候，她喝了几杯波本威士忌，没喝太多。她玩弹珠游戏前先把厨房门关上，否则她的狗霍拉肖就会全速猛冲进来，它每次听到厨房里有动静都这样。霍拉肖是这个家的新成员——假期的访客。它是尼古拉斯的女朋友安德烈娅的狗，安德烈娅飞到佛罗里达去跟父母过圣诞节了。因为尼古拉斯要开车来这儿过圣诞，他便捎上了霍拉肖。

尼古拉斯在圣母大学上大三。他遗传了父亲的鬈发——爱德华讨厌那样的头发，他称之为泡面头——但不讨厌自己的蓝眼睛。夏洛特一直为此难过。尼古拉斯遗传了她的眼睛：普通的褐色眼珠，她喜欢盯着他的眼珠看，尽管她自己也说不清为什么觉得有趣。她提醒自己不要盯着他看太久。那天早上吃饭的时候他刚说过："夏洛特，下了床就被人这么盯着，有点不舒服。"他现在常叫她夏洛特。六年前她搬到了夏洛茨维尔，虽然这个小城的住户喜欢社交，她也认识了不少人（她和其中多数人的交情终于到了这种程度——他们不再开玩笑说，一个叫夏洛特的人住到了夏洛茨维尔[1]。），可她就是不知道谁家有和尼古拉斯年龄相仿的儿子。也够奇怪的，她认识两个她这个年龄的女人，都快要生小孩了。其中一个有点害臊，另一个则兴高采烈。这算是件丑闻（夏洛茨维尔的人把丑闻叫作"丑故事"，以此自嘲；他们实际上并不这么想。）——这位兴高采烈的四十一岁准妈妈，弗吉尼亚大学法学院新近的毕业生，并未成婚。也有传言说她四十三了。

夏洛特在城里一家颇有名望的老牌律师事务所做律师秘书。她十几年前和爱德华分手后，离开纽约搬到了华盛顿，在那儿的美利坚大学注册入学，继续读本科，准备考法学院。当时尼古拉斯在拉斐特中学上学，周末由夏洛特的父母照顾，他们住在克利夫兰公园一带；夏洛特就把自己关在屋里，通宵看书。但是麻烦还没完：尼古拉斯在新学校很难交到朋友；另外，夏洛特和爱德华之间的怨愤似乎因为地理上的距离而升级了。爱德华常常打电话来非难，对她拿到学位完全不看好，夏洛特备受干扰。最后她终于承受不了了，决定放弃做律师的计划，做了律师秘书。爱德华开始来华盛顿看望她，从纽约坐高速列

---

[1] 夏洛茨维尔（Charlottesville）的字面意思是"夏洛特（Charlotte）城"。

车过来。有一天他带着一个黑头发、黑眼睛的年轻女人出现了,她佩戴的珠宝似乎太多了点。在那之后他们很快就结婚了。礼物贺卡上的"及家人"指的是她和她上一次婚姻的女儿。夏洛特从没见过那孩子。

夏洛特看着后窗窗外。霍拉肖在院子里嗅着风的味道。尼古拉斯在南下的路上停车买了桩子和锁链,用来约束霍拉肖。实际上那条狗看起来挺开心,对夏洛特院子里的鸟或者偶尔出现的猫并没有太大兴趣。这会儿尼古拉斯在楼上,正在和安德烈娅打电话。尼古拉斯对那个女孩的积极和专注远远超过一个正把救生圈扔给落水儿童的人。

夏洛特又倒了一杯威士忌,往杯里摆了三块冰块,坐在对着吧台的凳子上,吧台上放着电话、便笺簿、待付的账单和一粒要钉的纽扣。还有两节没电了或是没用过的电池(她记不清了)和一些回形针(尽管她记不起上一次在家里用回形针是什么时候)、几枚木塞、一小瓶眼药水、几片零散的阿司匹林,和一个破手镯。有一件小工具,是她从一个上门推销的人手里买的,叫"柠檬去皮刀"。她突然把小刀拿起来,假装在指挥,因为尼古拉斯在楼上放了亨德尔的曲子。他总是会放音乐来掩盖打电话的声音。

"为了万能的主啊,上帝……"她忘了给塔兹韦尔家回电话,确认参加库南神父的生日晚会。她之前说好问一下尼古拉斯去不去,再回电话的。早饭时她本来要问尼古拉斯,后来可能忘了。现在她突然发现,霍拉肖可能是她的救星。不管什么时候进屋,它总是兴奋不已,在屋里四处跑,如果这能让尼古拉斯放下电话,又有谁会怪她呢?她走到门外,哆嗦着,飞快地给狗解开链子,带它进了屋。它的毛又软又凉。霍拉肖和平常一样乐于见到她。刚一进屋,它就蹿上楼梯。夏洛特站在楼梯底下,听着霍拉肖在尼古拉斯房门外喘气。果然，门砰的一声开了。尼古拉斯站在楼梯顶上，瞪着楼下。他的样子的确像是刚救了落水儿童：头发乱蓬蓬的，一秒钟也匀不出来。"它在屋里干什么？"他问。

"外面冷。"她说，"尼基，今晚塔兹韦尔家为库南神父的生日举办晚餐会。你要跟我一起去吗？"

女高音们齐声高唱。她一定显得很慌乱——他肯定注意到她的双手突然握住楼梯扶手的栏杆——也许正因为这个，他飞快地点点头，然后转过身去。

夏洛特回到厨房，脱掉靴子，用一只穿着长袜的脚轻按狗的身子。作为回应，霍拉肖跳了起来，开始它的固定小节目，那个著名的把戏。它坐下来，伸出右爪，几乎有点沾沾自喜。然后它在右爪上擦擦鼻子，把右爪放回地上，又以同样的姿势抬起左爪，在左爪上擦鼻子。它打了个喷嚏，往左转了两圈，随即过来等待爱抚。小把戏当然没什么意义，不过用来取悦众人一贯奏效。有时夏洛特甚至会在走进一个房间的时候，发现它在自娱自乐地玩这把戏。"好，你真棒。"她对霍拉肖轻声说，挠挠它的耳朵。

她听到尼古拉斯下楼的脚步声，叫道："你去哪儿？"尼古拉斯总是独来独往，这令她很沮丧。他白天大部分时间待在楼上学习，要不就在打电话。他已经穿好大衣，戴上围巾。他没有把大衣和围巾挂在门厅的衣柜里，而是放在自己屋里。他什么都放在那儿，好像随时准备收拾行装，迅速上路。

"去修车厂。"他说，"别郁闷。没什么大不了的。我昨天问了他们有没有时间加固后制动油管，他们说今天下午可以给我安装。"

"这事为什么会让我郁闷？"她说。

"因为你会觉得车不安全。你总是会想到坏事。"

"你在说些什么啊?"她问。她正在写圣诞贺卡,想说服自己"亡羊补牢"这句话是有道理的。

"那次我拇指骨折,你搞得好像我四肢瘫痪一样。"

他说的是去年骑车时受的伤,车在结冰的路面上打滑了。夏洛特就不应该飞到印第安纳去,可是她很挂念他,想到他受伤就难受。上大学前,尼古拉斯从未离开她身边。她没有小题大做、哭哭啼啼——她只是到了那儿,在一家汽车旅馆给他打电话。(现在她不得不承认,在内心深处,她觉得这趟旅行也许能让她有机会认识安德烈娅,那位开始在尼古拉斯信中出现的住校外的女生。)尼古拉斯大惊,她居然千里迢迢赶来。他自然是没事——左手打了石膏而已——他几乎恼怒地说,跟她说什么她都反应过度。

"你没忘了晚餐的事吧,嗯?"她说。

他转过身看着她,"我们已经谈过这件事了,"他说,"七点钟——对吗?"

"对。"她说。她开始在另一个信封上写字,企图转移注意力,结束这个话题。

"修车厂那儿大概要一个小时。"他说。

然后他走了——他父亲离开的时候也总是这样——连再见也不说。

她又写了几封贺卡,然后给花店打电话,看他们是否能在纽约找到卖天堂鸟[1]的地方。她想送花给玛蒂娜——她的老朋友,刚从基韦

---

[1] 学名鹤望兰,一种原产于非洲南部的热带植物,以其花形和色彩闻名。

斯特度假回来，回到了上东区的寒风中。夏洛特很高兴得知有一家店有天堂鸟，那儿已经卖掉一打了。"我想我们会有好运的。"花店的女人说，"如果在纽约都找不到天堂鸟，那我不知道哪儿还能找到。"她的声音很年轻——夏洛特挂了电话后才想起来，她可能是范泽尔的女儿。她因为毒品惹上麻烦，被大学停课，刚在城里的一家花店找到工作。夏洛特十指交扣，轻触嘴唇，向圣母玛利亚默默祈祷：永远别让尼古拉斯碰毒品。让我的尼古拉斯远离灾祸。

塔兹韦尔家的下沉式餐厅以中国红为主色调，远处的墙边是一个巨大的玻璃陶瓷书柜，四边镶黄铜，里面照明，效果仿佛是打了光的雕花玻璃。搁架也是玻璃的，边缘光芒闪烁，有种棱镜的透亮明净。夏洛特一点都不意外地看到马丁·史密斯也在那里，他承包了一家叫做"杰斐逊之梦"的餐饮服务公司，亲自到场指导。夏洛茨维尔的人有始有终——连娱乐都不是完全靠运气——夏洛特喜欢这点。伊迪丝·斯坦顿在和库南神父说话。她是主人的表妹，算是夏洛特搬到夏洛茨维尔后交的第一个朋友（她还记得她们吃的第一顿午餐，伊迪丝盯着海鲜沙拉若有所思：这个新来的、在伯韦尔-麦基工作的好看的单身女人会适应这里吗？）。夏洛特使劲盯着库南的脸——一张圆圆的、坦诚而年轻的脸，只是眼睛周围布满了深深的皱纹。在他脸上，她看到了那种她称之为"茫然的阁下"的表情。他会一边点头、微笑，轻声说着"不可信"，一边听伊迪丝上气不接下气地喋喋不休（她肯定是在讲去年夏天她在圣巴巴拉一个女性健美运动中心上的课），但其实是装作兴趣盎然。伊迪丝不是天主教徒，她不可能了解菲利普·库南其实是那种复杂的、令人吃惊的人。他有一次告诉夏洛特，他靠打工赚钱念完康奈尔大学后（他父亲在纽约州北部有一家修车厂），骑着一辆哈雷-戴维森摩托周游全国，探索内心深处担任神职的愿望。夏洛特想到了他的这份自信，微笑起来。就在上周，库南还告诉她，有时他依然渴望骑摩托车，他的头盔还放在卧室衣橱的最上层。

一个侍者经过，夏洛特终于拿到了一杯酒。她巡视房间，高兴地看到尼古拉斯在跟麦凯的女儿安吉拉聊天，她从乔特·罗斯玛丽高中回家来过圣诞。夏洛特想起一个月前的那天，安吉拉的母亲珍妮特向伯韦尔-麦基的主任咨询她跟丈夫查兹法定分居的事。查兹也是个律师，他正搂着妻子的腰站在那里，跟夏洛特不认识的一对夫妇交谈。也许查兹还不知道妻子咨询过离婚的事。女主人M.L.穿着桃色的长裙经过，夏洛特碰碰她的肩头，低声说："棒极了。谢谢邀请我们。"M.L.给了她一个拥抱，说："我肯定是走开了，连招呼都没跟你打。"她离开的时候，夏洛特闻到她的香水味——M.L.晚上总搽"喜悦"[1]——听到她丝裙的窸窣声。

马丁·范泽尔向夏洛特走来，跟她讲起自己的膝盖有风湿病。他轻拍着胸前口袋里的一个小瓶子。"所有的医生都痴迷于'安舒疼'。"他说，"随便问哪个人，他们都两眼放光。你还以为瓶子里是卢尔德圣水[2]呢。打开瓶盖，拿出棉团，开始崇拜。我不是开玩笑。"他注意到他好像引起了库南神父的注意。"没有不敬之意。"他说。

"是谁被轻慢了？"库南神父问，"药品公司？"他与夏洛特眼神

---

[1] "喜悦"（Joy），让·巴杜公司生产的一款香水，是香水界花香流派的里程碑式典范，每30毫升就需要10,000朵茉莉和28打玫瑰。

[2] 指从法国卢尔德圣母朝圣地中流出的水，许多人声称在饮用它或用它沐浴之后被治愈了。

交汇,只一秒,便眨眨眼,移开了视线。他叉了一只虾吃,用手挥开一个侍者递出的纸巾。

弗朗姬·梅尔金斯突然冲到夏洛特前面,吻她脸颊上方的头发。弗朗姬去年新年出了一场严重的车祸,库南神父去医院探望后,就重回教堂了。关于这事,人们议论纷纷,另外,案子在庭下和解的事实让人们相信弗朗姬拿到了很多钱。弗朗姬和马丁开始分享止痛药的故事了,夏洛特便悄然离去,走到侧门那里,有人已经敲了一阵子门了。奥伦和比利!奥伦很能捣鬼。他送侄子们一套架子鼓作圣诞礼物,还有一次,他在一个根本不是婚礼的晚会上撒米[1]。她一打开门,他就给了她一个熊抱。

"到底是怎么回事?"M.L.说,她在两个男人进屋后向门外张望。"啊,我打赌,弗朗姬让出租车司机在外面等着呢。"她用力挥舞胳膊,对司机吹口哨。她朝夏洛特转过身来。"你能相信吗?"她说。她把视线投到夏洛特身后的弗朗姬身上。"弗朗姬!"她叫道,"你要让你的出租车司机整晚待在车道上吗?有很多吃的。叫他进来吃点东西吧。"

库南神父站着跟男主人丹·塔兹韦尔交谈。他们看着壁炉台,讨论着摆在上面的一小幅带画框的裸女图。她无意中听到库南神父很遗憾地说,最近那个画家离开大学的艺术系,回纽约去了。夏洛特从侍者手里接过另一杯酒,视线又回到库南神父身上。他正在仔细审视那幅画。夏洛特在去洗手间的过道上,听到尼古拉斯在跟安吉拉·麦凯聊手部手术的细节,他把拇指和食指张得很开。安吉拉看着他手指间

---

[1] 西式婚礼中,宾客会向新婚夫妇身上撒米,寓意新婚生活的幸福繁荣。

的空处，就好像盯着显微镜下蠕动的令人着迷的东西。他的手？尼古拉斯做过手部手术？

夏洛特走到卫生间门口时，一个侍者正要出来。她很高兴里面没人，因为她离开家前喝了一杯，在晚会上又喝了一杯。她上厕所前把酒杯放在洗手池后面。如果她把酒留在那儿会怎样？会有人注意到并有什么想法吗？

洗手间很小，小小的竖向窗被打开了。不过，夏洛特还是能闻到烟味。她伸手去把窗户拉上，插上插销，在黑色新衬衣上抹了抹手。"呼嘘。"她开口，模仿丝绸发出的声音。"里面有人。"她听到一个声音说。她喝了一小口酒，把窗户插销松开，又把窗户推了开来。天空黑漆漆的——在她能看到的那一小片天上，看不到星星。外面风很大，像林中狂奔的野兽。她转身开始洗手。水龙头让她想起多年前在罗马看到的一处喷泉，那时她刚结婚不久。她很烦罗马有那么多东西造型夸张，形体却不完整：巨大的大理石头像——狮子和滴水怪兽，波浪般起伏的鬃毛，喷水的神兽——但是通常九级天使和二级天使[1]才有完整的身体。她擦干手。那不可能是真的——不可能所有的喷泉都一个样。她心想，我为什么要想罗马的喷泉呢。

她打开门，看到马丁·范泽尔在昏暗的过道上，他苍白的脸同他黑色的细条纹西装形成诡异的对照。"派对很棒，是不是？"他说。她在门外停下来，站在路当中。她过了一分钟才意识到她正盯着人家，还挡了他的路。"每年都这样。"她听到自己说，然后马丁走过去了。夏洛特转过身，面对喧闹的派对。她走下通往房间的两级台阶时，一

---

[1] 在宗教或神秘体系中，人们根据天使的职责、地位和神圣程度划分天使等级。

个男人走过来,他妻子在二十九号路上开了家托儿所。"夏洛特,你刚才没见到我妻子,我们也找不着你。她在跟库南神父说——哎,神父又不见了——她以为切尔诺贝利是今年的事。是去年。去年春天。"

"好吧,我信你的。"他妻子假笑着说,"阿瑟,你干吗说起这个?"

尼古拉斯走到夏洛特身边的时候,男主人敲响钟声,大家安静下来。

"不是圣诞老人。是一年一度为库南神父送走旧年,迎来新年的钟声。"男主人欢快地说。他又敲了一下钟。"因为今天他又成为我们的生日男孩,如果他要继续变老,我们也将继续留心。"

库南神父举起酒杯,脸涨得通红。"感谢大家——"他开口说,但是男主人又敲响了钟,钟声盖过他的声音。"哦,拜托。你可别让我们抽出参加派对的时间来听你演讲。"男主人说,"菲利普,把你的演讲留到礼拜日,留给你那些着迷的听众吧。菲神父,生日快乐!晚会继续!"人们大笑、欢呼。

夏洛特看到有人的酒杯在两个杯垫之间的桌面上留下一圈白印。珍妮特的丈夫走上来,聊起保险业徇私舞弊的代价,然后夏洛特感到尼古拉斯把手搭在她胳膊肘上。"不早了。"他说,"我们该走了。"夏洛特开始向他介绍珍妮特的丈夫,可是尼古拉斯却带着她离开,走进一间卧室,那儿的两个临时衣帽架上鼓鼓囊囊地挂着大衣和毛皮衣服。床上还堆了一大堆衣服。再后来,她和尼古拉斯突然跟 M.L. 一起站到了院门口,一边费力地套上大衣,系上围巾,一边说再见。门关上以后,夏洛特才意识到她一个字也没跟库南神父说。她扭头向后面的房子张望。

53

"走吧。"尼古拉斯说,"他甚至都没注意。"

"你跟他说话了吗?"夏洛特问。

"没有。"尼古拉斯说,"我跟他没什么可说的。"他朝停在车道尽头的车子走去。夏洛特抬头看着他。

"我只是问问。"她说。

尼古拉斯走得太远了,没有听到。他给她拉开车门,她上了车,他绕到车头。夏洛特意识到尼古拉斯不知怎么的有点郁闷。

"好吧。"他上了车,砰的一声关上车门,说:"错怪你了。总是错怪你。你想要我把发动机开着,咱俩一起回去跟库南神父道声晚安吗?因为那样才周全得体。我可以鞠个躬,你还可以行屈膝礼。"

夏洛特没想到,那一刻除了挫败感,她还感受到一种更强烈的情绪。她想不到会是这样,直到她意识到,让她感到窒息的是悲伤。"不了。"她静静地说,"你说得完全正确。他都没有注意到我们离开。"

电话响了两回,打断了他们喝茶、拆礼物的圣诞夜仪式。尼古拉斯因为知道自己前一天晚上离开派对时冲她发脾气了,所以这一整天都对她很好,甚至带她出去吃午饭,还给她讲故事、逗她开心,说自己有个教授,讲课时用的全都是疑问句。每次电话响起来,夏洛特都希望不是安德烈娅打的,因为那样尼古拉斯就会离她而去,很久都不会回来。第一个电话是玛蒂娜从纽约打来的,她看到花喜出望外;第二个是M.L.打的,祝他们圣诞快乐,说觉得不好意思,派对乱哄哄的,都没和他们正儿八经地讲几句话。

尼古拉斯送给她一条羊绒围巾和一双浅蓝色的皮手套。夏洛特送了他《格兰塔》杂志和《曼哈顿公司》杂志的订阅费、一件厚厚的帽衫，还有一张一百美元的支票，他可以买别的想要的东西。他父亲送他一个从前属于他祖父的镇纸，还有一块手表，即使从火箭发射架上发射出去，这表也照走不误。尼古拉斯去厨房烧水了，她靠在沙发上瞟了一眼礼物卡，上面写着："爱你的，父亲"，是爱德华那种几乎无法辨认的笔迹。尼古拉斯回来了，拆开他的最后一件礼物，是他父亲的继女梅利莎送的：一支廉价的圆珠笔，里面有一张女人的照片，如果把笔倒过来，她的衣服就会消失。

"梅利莎有多大？"夏洛特问。

"十二三岁。"他说。

"她长得像她母亲吗？"

"不大像。"尼古拉斯说，"她其实是她母亲妹妹的孩子，我从来没见过她妹妹。"

"她妹妹的孩子？"夏洛特抿了一小口掺了波本威士忌的茶，在嘴里含了一秒钟才咽下去。

"梅利莎还是婴儿的时候，她妈妈就自杀了。我猜她爸爸不要她了，反正最后他抛弃了她。"

"她妹妹自杀了？"夏洛特说。她感觉到自己瞪大了眼睛。她突然想起前一晚，洗手间里开着的窗户，漆黑的天空，狠狠刮在她脸上的风。

"可怕吧？"尼古拉斯说着把茶包从马克杯里拉出来，搁在茶碟上。"喂，我吓到你了？你怎么会不知道这事？我以为你是那种能预感灾难的人。"

"你什么意思？我不期盼灾难。梅利莎的事我一点都不知道。自然了——"

533

"我知道你不知道她的事,"他打断她,"你瞧——别生我气,但我还是要说,因为我认为你没有意识到自己在做什么。你什么也不问,因为你害怕每一个可能的答案。这让人们不情愿跟你交谈。没人想告诉你什么。"

她又抿了一口茶,茶变温了。茶叶沫浮到了水面上。"人们跟我交谈。"她说。

"我知道他们跟你交谈。"他说,"我不是在批评你。我只是告诉你,如果你散发出这种气场,人们会退却的。"

"谁会退却?"她问。

"夏洛特,我不了解你生活的全部。我只是告诉你,你从来没有问过一个关于爸爸家的问题——多少年了?十一年了。你甚至从来不提我继母的名字。她叫琼。你就是不想了解,就是这样。"

他把一团包装纸从脚边踢开。"我把话说完吧。"他说,"我说的就是你总是在担心。你总是以为会有什么事发生。"

她准备开口,却又喝了一口茶。也许所有的母亲在孩子十来岁时都会有家长做派。大家不是都说在那个阶段,父母几乎怎么做都不对吗?库南神父说了——尽管我们总想尽可能做到最好,但不能指望总是成功。她希望库南神父这会儿就在这里,那整个夜晚就会不一样了。

"别生闷气。"尼古拉斯说,"你从昨晚就开始跟我怄气,因为我不愿意过去跟库南神父套近乎。我几乎不认识他。我去参加晚会是因为你想让我去。我不再遵守教规了,我已经不是天主教徒了。我不相信库南神父所相信的。只是因为二十年前他对人生有一些怀疑,他解决了,你就觉得他是个英雄。我不觉得他是个英雄。我不在乎他的决定。这对他来说是不错,但跟我没什么关系。"

"我从没提过你信仰的丧失。"她说,"从来没有。我们不讨论这事。"

"你什么也不用说。最烦人的是你让我知道我吓着你了,好像我故意对你做了什么一样。"

"你想让我怎么做?"她说,"你以为我多能演戏?我是担心你一点也看不到我的努力。"

"是你看不到我的努力。"他说,"我为了到弗吉尼亚来跟你过节,没去爸爸家,忍受爸爸的屁话,你也没给我记上一功。我在你的要求下参加了一个无聊的晚会,就为了某个屈尊写信给我,说他为我的灵魂祈祷的神父,这样的努力你也看不到。你从来想不到这些。而我却被告知,我出门的时候没有跟他握手。要是我告诉你,我去修车前车子开起来有问题,你只会更使劲地咬你的指甲、拒绝坐车。我希望你不要再无谓地恐慌。我希望你就此停止。"

她把马克杯放在桌上,看着他。她心想,他已经是个大人了。比他父亲还高。尼古拉斯摇摇头,走出房间。她听到他重重地踩着脚上楼去了。几分钟后,音乐响起来。他在放摇滚乐,不是圣诞音乐,她的心似乎也开始以重低音的、冷酷无情的节奏跳动。尼古拉斯赢了。她坐在那儿,吓得要死。

那个声音震彻了她的梦:一次,两次,反反复复,然后惊醒了她。她睁开眼,花了一分钟才意识到她坐在起居室的椅子上,没在床上,而她刚才是在做梦。喧闹的乐声成了她梦境的一部分。她眯起眼睛。起居室的一角灯火通明——一种令人痛苦的明亮,像噪音一样连绵不绝。在明亮的区域之外，她看到圣诞树下一团团影影绰绰的礼物包装纸。她用一只手拂过额头，尝试缓解疼痛。狗在房间另一头抬起头来看。它打了个哈欠，走到她身边的脚凳旁，摇着尾巴。

噪音持续着，是从门外传来的。一个尖厉的声音在她胸口回响。早些时候下雪了，一定还在下。有什么人的车陷在雪里了。

狗轻轻地跟她走到前窗。前院的大橡树那边，有一辆车以奇怪的角度停着，前灯冲着房子，一个前轮和一个后轮在坡上。开车的人错过了该拐弯的路口，车子打滑溜进了她的地盘。一个男人在车身一侧弯着腰。另外一个人在驾驶座上，加大油门，轮子又转动起来。"等我走开！我的老天，等我躲开再说！"车子外面的那个人喊道。车轮又发出尖厉的噪音，盖住了他其余的话。

夏洛特从门廊衣橱里拿了大衣，啪的一声打开外面的灯。她把狗轻轻推回屋里，沿着步道小心地走过去。雪渗进了一只鞋里。

"出什么事了？"她叫道，双手紧紧按住胸口。

"没什么。"男人说得好像这是世界上最正常的事，"我想找点什么东西挡在后面，增加点摩擦力。"

她低头看到从她墙上扒下来的一大块石板垫在一个后轮下面。那个男人再次加大油门。

"他能搞定的。"男人说。

"你需要我帮你叫辆拖车来吗？"她哆哆嗦嗦地问。

附近人家的窗子里都没有灯光。她没法相信自己是独自一人在处理这事儿，半个社区的人都没有醒来。

"好了！好了！"男人说，在司机又一次加大油门的时候蹲下来。轮胎在石板上尖叫，但车子还是没动。她突然闻到什么甜香——是男人呼吸中的酒气。男人跳起来,拍打车窗。"放松,放松,真见鬼。"他说,"你不知道怎么开车吗?"

司机摇下车窗,开始咒骂。另一个男人用手砸车顶。司机又踩下油门,轮胎尖叫着转动起来。

她头一回觉得害怕了。那个男人开始拉司机那边的车门,夏洛特转过身,快步往家里走去。不能再继续下去,她心想,必须停止。她打开门。霍拉肖看着她,好像它刚才一直等在那里,现在只想要一个答案。

在轮胎刺耳的声音中,她听到自己的声音,她在对听筒说话,向警察报告情况,提供了她的地址。然后她往里走,走进黑暗的厨房,从左手边过去,在那儿,别人从前窗或是前门两侧的玻璃窗外都看不到她。她听到两个男人在大声喊叫。尼古拉斯呢?他怎么还在睡?既然发生了这么多事他都没醒,她也就希望狗别叫,让他继续睡。她从橱柜里拿出一个玻璃杯,向她搁着波本威士忌的酒架走去。她又意识到自己可能会被看到,便停下脚步。她拉开冰箱门,找到一瓶打开的红酒。她拔掉木塞,倒了半满,喝了一大口。

有人敲门。会是警察吗——这么快?他们怎么能来得这么快、这么安静?她不大确定,直到敲门声停了很久她才偷偷往门廊外看。透过窄窄的长方形玻璃,她看到一辆警车,亮着旋转的红蓝色警灯。

几乎是同时,她摸到衣服翻领上有什么东西,低头一看,吃了一惊。是圣诞老人:一枚小小的别针,做成圣诞老人头的形状,小红帽、胖乎乎的脸颊,还有蜷曲的白色塑料胡子,底下悬着一根细线,挂了一个铃铛。尼古拉斯一定又去了他们在他回家第一天时看到的那家商店。她在一盘圣诞主题的胸针和饰物中挑出了这个。她告诉尼古拉斯，她以前有一枚完全一样的——圣诞老人的头，带铃铛的——那会儿她还是个小女孩。这一定是他后来又回到那家店买下的。

她蹑手蹑脚地摸黑上楼，身后跟着那条狗。尼古拉斯在卧室里打呼噜。她走过过道去她位于房子前端的房间，她没开灯，坐在床上，从最近的窗户往下看。跟她说过话的那个男人正在掏自己的口袋，把里面所有的东西都放在警车的车顶上。她看到警察的手电光束上上下下地扫着那个男人的身体，看着他听到警察说了什么以后解开大衣扣子，把大衣拉开。另一个男人被带到警车里。她能听到他的只言片语——"我的车，是我的车，我告诉你"——但是她听不清完整的句子，不明白司机为什么强烈抗议。两个男人都上车以后，一个警察转过身朝房子这边走来。她立刻起身下楼，一只手抚过光滑的楼梯扶手，狗轻轻地跟在她身后。

警察还没来得及敲门，她就把门打开了。冷空气涌进过道。她看到车子的排气管里冒着白汽。她自己呼出的也是白汽，警察也是。

"女士，我能进来吗？"他问。她让开道，警察进屋后她关上大门，把冷空气关在外面。狗在楼梯平台上待着。

"它挺乖的，要么它本来就不是看家狗。"警察说。他的脸颊红扑扑的。他比她一开始想象的要年轻。

"你做得对。"他说。他低下头，开始在写字板上填一张表格。"我给你的墙估了一个五十美元左右的赔偿。"他说。

她没说话。

"没有太严重的损坏。"警察说，"你如果需要这张表格的副件，可以早上打电话。"

"谢谢你。"她说。

他碰了碰他的帽子。"不如从雪里挖圣诞老人和他的驯鹿好玩。"他说着回头看看车，车子斜着停在草坪上。"节日快乐，女士。"他说。

他转身离开后，她关上门。随着门咔嗒一声轻响，夏洛特记起了所有的事情。晚上的早些时候，她上楼去跟尼古拉斯说，她很抱歉圣诞夜以吵架告终。她说想让他到楼下来，她隔着关上的房门说，求他，嘴凑近刷成白色的木头门板。门最终打开了，她看到尼古拉斯穿着睡衣站在那里。夏洛特手指按在门框上站定，吃惊地意识到他是真真切切的，他就在那里。尼古拉斯——这个她帮助创造出来的人——望向她的眼睛深处。然而，他不在的时候，在脑海里构想他的样子就跟在非圣诞季想象一件圣诞装饰那样奇怪。

尼古拉斯的头发乱蓬蓬的，他疲倦而恼怒地皱起眉头看着她。"夏洛特，"他说，"你为什么不早几个小时上来？我下楼去把狗放了进来。你大半个晚上都像一盏灭掉的灯。没人应该说你喝酒。没人该看到你。要是你不问问题，我们本该忽略你的存在。没人应该为难你，对吗？你只跟库南神父讲话，而他会为你祈祷。"

现在，在楼下黑暗的门厅里，她记起了他说那些话时自己的感受，浑身战栗。她回到楼下，蜷在椅子上——没错，她是喝多了——但却是她醒过来，觉察到轮胎尖厉的声音和人们的尖叫，而尼古拉斯一直在睡。还有，她想，尼古拉斯不可能像他看上去的那样愤怒，想到这儿，她顿时感到一阵轻松。他一定是在晚会之后把胸针别在她大衣上的——那是他们在车上吵架之后。或者是他下楼来放霍拉肖进屋，看到她在椅子上睡着了或醉倒了，他甚至有可能是在那时把胸针别上去的。尼古拉斯一定是在大衣还挂在衣橱里的时候把胸针别上去的，这样她第二天就能发现。可她在出门去看汽车和噪音是怎么回事的时候，意外地提前看到了。

她看着狗。狗和往常一样，注视着她。

"你是真的很乖，还是本来就不是看家狗？"她轻声说。然后她拉下细绳，圣诞老人的脸亮了。她又拉了几下细绳，在狗的注视下微笑着。她回头看看厨房的钟，现在是圣诞节的早上三点五十分。

"来吧。"她低声说着，又拉了一下细绳，"我完成了我的把戏，现在轮到你了。"

1987年12月28日

第二个问题

我们在主教门医院走廊尽头的输液室里：周五的早晨，病人们在输血或打点滴，这样他们就可以回家过周末了。现在是二月，外面的雪已经变成了污泥般的糙灰色。内德和我靠窗站在一张小桌子旁，桌上摆满了甜点：甜甜圈、蛋糕、馅饼、布朗尼和曲奇。塑料刀叉有的码成一摞一摞的，有的像游戏棒[1]一样散落在纸盘之间。内德观察了一下桌上的东西，然后挑了一个甜甜圈。理查德在椅子上睡着了，张着嘴，用嘴呼吸。每次输液到半个小时左右的时候，他总会睡着。他是少数几个睡着的人之一。一个五十过半岁数的高个红发男人在听护士说他有可能掉头发。"你只要记住，宝贝儿，蒂娜·特纳[2]也戴假发。"她说。

---

1 游戏棒（pick-up-sticks），又称"挑竹签""撒棒"，玩家从一堆随机撒落的游戏棒中逐一挑出一根，过程中不能触碰其他游戏棒。

2 蒂娜·特纳（Tina Turner，1939—2023），美国著名流行歌手和演员，演艺生涯长达五十多年。

外面，更大片的雪花落下来，像揉成团的纸巾朝垃圾桶飞去。我走到窗边就是为了避开这个：护士为一个年轻女人拿着纸巾，让她擤鼻子。那个女人一边呕吐一边流着鼻涕，却拒绝松开用拇指钳住的铝碗。"对着纸巾，宝贝儿。"护士还在自顾自地说着，完全不理会那个摆出姿势、惟妙惟肖地模仿蒂娜·特纳的同事。我也停下来不听了，但是有一句话却挥之不去："会打破一切规则。"

理查德得了艾滋病，已病入膏肓。内德是他的前任恋人和长期的工作搭档，他发现自己的工作不再是读剧本、写信件和打电话，而是在一个特制的蒸锅里按阴阳方位摆放有机蔬菜，蒸菜的水是"波兰泉"矿泉水。几个月前——那会儿理查德还没加入主教门医院的门诊治疗试验方案，因为他必须先停服叠氮胸苷[1]——那段时期，内德常常晚睡。反正他也没法在下午两点前给西海岸打电话——要是他有某个演员的私人电话或某个导演的车载电话号码，也可以早一个小时打。跟理查德和内德合作的所有人都比朝九晚五上班族工作的时间长，而我却一向清闲，这是我们之间的一个老笑话——我没有正式工作，但我真的有活儿干时，拿的钱却多得不合情理。内德总跟我开玩笑，话音里有一丝尖刻，因为他有点吃醋——理查德家里突然出现了第三个人。理查德和我在纽约相识，当时我们都在第八大道上的一家廉价理发店理发，座位相邻。他以为我是他前一晚看的外百老汇[2]戏剧里的女演员。我不是，但我也看了那场剧。我们继续聊下去，发现我们还经常在切尔西的同一家餐厅吃饭。我也觉得

---

1 即AZT，是美国政府认可的第一种治疗艾滋病的药物。

2 外百老汇（off-Broadway）指位于美国纽约市的座位数在100到499座之间的剧场。

他面熟。我们就这样成为多年的邻居——这个概念对纽约人而言比对小镇居民重要得多。我们认识的那天，理查德带我回他家，好让我冲个澡。

那一年，热水几乎上不到我住的顶层公寓，我那位住在西二十七街的房东对此一直不闻不问。认识理查德以后，我习惯了穿上运动衫，慢跑到他的公寓，途经往东的三个街区和往北的一个街区。理查德自己的房东住在另一套二层公寓，什么都愿意替他做，因为理查德介绍他认识了一些影星，还多次邀他参加放映会。他听说我忍受的虐待以后气得直冒泡，情绪飙到极高。理查德发誓说那是咖啡因导致的性亢奋（他给我们仨做了滴滤咖啡）。之后他就四处奔忙着给屋子做维修。此时，在这个过于明亮的输液室，我很难相信就在几个月前，我还坐在理查德的小饭厅里，一堆耳机搁在一叠像塌方山石的《综艺》杂志上，占据了长条酒吧桌的中心，我们小口啜着新磨的牙买加蓝山咖啡，我戴着白手套的双手握住温热宜人的霓虹色马克杯。戴手套是为了尽可能延长乳液的吸收时间。我靠做手模谋生。每天晚上，我涂上达尔·拉科图牌的橄榄油，加一点科颜氏的润肤露，外加两颗维他命 E 胶囊液。理查德给我起了个叫"拉茨"的昵称，即"浣熊"[1]。我的白手套保护我免受划伤、指甲破裂和皮肤皱裂的麻烦。忘掉工商管理硕士吧：大家都知道，在纽约，大钱都是用奇奇怪怪的手段赚到的。

我转过头去，不再看窗外的风雪。我们上方的墙面支架安着一台

---

1 拉茨的英文为 Rac，是 raccoon（浣熊）一词的缩写。

电视，电视里橙黄色脸孔的菲尔·多纳休[1]容光焕发、激情四溢。当一个以收回买方拖欠贷款的汽车为业的男子讲述他的人生哲学时，多纳休的反应从敌对变成怀疑。哈蒂，本楼层最好的护士，在我旁边站了一小会儿，琢磨着我们桌上摆放的点心，好像那是一盘下了一半的象棋。最终，她拿起一把塑料刀，把一块布朗尼切成两半就走开了，都没有抬眼看看外面的雪。

我每周末都坐班车去波士顿，最后我终于确信我永远也不会对豆城[2]产生任何好感。波士顿是个能让任何人都开心的地方，不过公平地讲，我不大有机会看到它的这一面。内德和我在（按月租的）公寓和医院之间的路上走去走回。有一两次我坐出租车去有机食品店；还有一夜，就像每个母亲最恐惧的那种不负责任的保姆，我们去了酒吧，又看了电影，而在我们逍遥的时候，理查德却因药物的作用沉沉睡去，床头柜上亮着哈蒂去百慕大度蜜月时给他带的海星夜灯。酒吧里，内德问我，假如时间停止，我会做什么。这意味着理查德的病情不会好转也不会恶化，而我们一起走过的那些日子——种种危机、拐弯抹角的口舌、绝境下的幽默、困惑、纠结，还有突如其来、无比清楚的医疗知识——将一直持续。冬天，同样地，也会持续；断断续续的雪、大风、没有窗帘就无法忍受的夕晒。我从来都不是一个深思熟虑的人，而内德不深思熟虑就活不下去。实际上，他多年前在斯坦福研究诗歌时，写过一组题为"假如"的诗。理查德制作了一部电影，在加利

---

[1] 菲尔·多纳休（Phil Donahue，1935—　），美国著名媒体人，他策划和主持的《菲尔·多纳休秀》是美国第一档脱口秀节目，在全美电视台播出长达29年。

[2] 豆城（Beantown）是波士顿的别称，源自该城人喜食的烤豆。

544

福尼亚出席放映会,放映结束之后他在台上回答问题,突然被一个学生问倒了,问题用词浮华,很费解。这以后的十五年中,他们是情人、敌人,后来是挚友、工作搭档。他们从斯坦福来到纽约,从纽约去了伦敦,又从伦敦的汉普斯特德·希思公园到了纽约西二十八街,中间穿插了一些短期旅行,去阿鲁巴岛赌博,圣诞节去阿斯彭滑雪。

"你在破坏规则。"我说,"没有什么'假如'。"

"假如我们到外面去,鲜花盛开,有一辆车——一辆敞篷车——我们开车去梅子岛。"他说下去,"水中映月,北斗当空。想想看。想象一下,你的负能量就会被有益的治愈系能量取代。"

"真有梅子岛这个地方吗?还是你编的?"

"很有名的。香蕉海滩就在那里。晚上梅干亭里有乐队演奏。"

"是有一个梅子岛。"我旁边的一个男人开口,"就在纽伯里港北面。夏天那儿有很多毒漆藤,可要小心点。有一次我把毒漆藤吸到肺里去了,有个该死的家伙把大麻跟那东西一起点着。我在医院住了两星期,减免了一千块钱。"

内德和我看着那个男人。

"我请你们喝一杯。"他说,"我刚省了一大笔钱。我住的酒店按照客人入住时的温度收房费,以此招揽生意。客房里有一张大号床、一台诚实冰箱[1],还有那种可以把水流调到像万针齐发般扎在你身上的淋浴喷头,一共只要十六块钱。我住那儿的花销比我家的取暖费还便宜。"

"你从哪儿来?"内德问。

---

[1] 指酒店房间里放有饮料和酒的冰箱,客人结账时凭良心告诉前台自己饮用了多少,故称"诚实冰箱"。

"罗得岛希望谷。"男人说,他在我面前猛地伸出胳膊,跟内德握手。"哈维·米尔格里姆。"他说着冲我点点头,"美国陆军预备役,上尉。"

"哈维,"内德说,"我看你对我这样的人毫无用处。我是同性恋。"

男人看着我。我也吃了一惊,这样跟陌生人说话不像内德。情势将我和内德卷在了一起;命运促成了我们原本不可能有的亲密关系。我俩都无法想象没有理查德的生活。理查德只对很少的几个人打开心门,但他一旦对谁敞开心扉,就一定会做到让自己不可或缺。

"他在开玩笑。"我说。这似乎是最容易接的话。

"危险的玩笑。"哈维·米尔格里姆说。

"他很难过,因为我要离开他了。"我说。

"哦,这样啊,这种事情我可不会仓促决定。"哈维说,"我来百威生啤。你们呢?"

话题一转到酒精,酒吧侍者就走了过来。

"苏联红伏特加,不加冰。"内德说。

"伏特加汤力。"我说。

"把我的换成占边威士忌。"哈维说。他晃动双手,动作像甩色子的人做的那样快。"旁边放几块冰。"

"哈维。"内德说,"我的世界要乱套了。我的前情人,也是我的老板,他的白细胞值太低,活不了了。他在主教门医院的治疗是最后机会。他是星期五下午的吸血鬼。他们把血输进去,这样他就有足够的力气参加这个试验方案,保留他的门诊资格,可是你知道这像什么吗?想象他在参加印第车赛。他位置领先。他戛然停下准备加油,可是车队维修工却只给他一个飞吻。其他车还在开,迅速超过了他。他大叫起来，因为他们应该给他的车加油，可是那些家伙不知是傻了还是怎么的，他们只给他送飞吻。"

哈维看着内德的手指张开，手指间形成深深的 V 字形。接着内德把手指慢慢握起，放在下唇上，亲吻自己的指甲。

酒吧侍者把酒杯放下，第一杯，第二杯，第三杯。他舀了一些冰块到杯子里，把杯子放在哈维的波本威士忌酒杯旁边。哈维皱起眉头，看看这杯又看看那杯，一言不发。然后他把那一小杯威士忌猛地放下，拿起另一个杯子，取出一块冰，慢慢地吮吸着。他再也没看过我们一眼，也不再跟我们讲话。

内德和我溜到酒吧去的那个晚上，理查德开始过度呼吸。很快他的睡衣就湿透了，牙齿打战。那会儿是凌晨四点。他扶着门框，双脚并拢，身体打着晃儿，像一个在玩风帆冲浪的人。内德睡在理查德床脚下的睡袋里，昏昏沉沉地醒来。我睡在起居室的沙发床上，一有风吹草动就醒。在重新入睡前，我到厨房去喝水，一只老鼠在冰箱底下跑动。我吓了一跳，泪水随即夺眶而出，因为要是理查德知道有老鼠——老鼠正污染着这个他试图用离子发生器净化、用矿泉水加湿器湿润空气的环境——他就会叫我们搬家。想到要收拾那些关于整体健康的书籍、关于冥想的小册子、装有数不清的维他命、螯合矿物质和有机谷物的瓶瓶罐罐、壁炉上方悬挂的上帝之眼图画，还有他让内德抄自伯尼·西格尔[1]著作的粘在冰箱上的段落——我们已经搬过两次

---

[1] 伯尼·西格尔（Bernie Siegel，1932—　），美国医学博士，以其畅销书《爱情、医学和奇迹》闻名。

了,两次都没有充分的理由。不能一有什么东西冲进来,我们就收拾所有东西搬走,对吧?而且我们还能往哪里去?他病情严重,不能住宾馆,我知道医院附近再也没有其他公寓了。我们只能说服他相信老鼠只是他想象的。我们会告诉他,他有幻觉;我们会说服他改变想法,就像我们一再跟他耐心解释,他现在经受的恐惧只是一场噩梦,以此来安抚他。他没在坠毁于丛林的飞机上;他是被卷在被子里,不是被水泥重重地往下拖。

我走进卧室,内德正使劲把理查德的手指从门框上扳开。他没成功,看着我,脸上是那种我已经熟悉的表情:恐惧,并且潜藏着极度的疲惫。

理查德的睡袍挂在他瘦骨嶙峋的肩头。他身上湿透了,我一开始还以为他不小心走进了淋浴间。他朝我的方向看,却没有意识到我在场。他无力地斜靠在内德身上,内德慢慢地扶他走回床边。

"真冷。"理查德说,"怎么没有暖气?"

"我们把暖气调到八十华氏度了。"内德疲惫地说,"你只要钻进被子就好了。"

"那边是哈蒂吗?"

"是我。"我说,"内德正要扶你上床。"

"拉茨。"理查德茫然地说。他对内德说:"那是我的床吗?"

"是你的床。"内德说,"你上了床就暖和了,理查德。"

我走到理查德身边,拍拍他的背,绕过去坐在床边,想引他过来。内德是对的:公寓里热得让人发晕。我站起来,把被子往下拉,把床罩抻平。内德握着理查德的手,朝着床前进一步,转身面对他。我俩像演哑剧似的示意我们对床的向往和愉悦。理查德舔着嘴唇,开始往床边走去。

"我去给你拿点水。"我说。

"水,"理查德说,"我以为我们在轮船上。我以为浴室是一个没有窗户的船舱。我不能待在看不到天空的地方。"

内德正使劲捶打理查德的枕头。然后他握起拳头,捶打床的中央。"所有乘客登上他妈的抗SS-A抗体[1]。"他说。

我拐进厨房的时候假笑了一声,可理查德只是急切地低语着他在浴室里体验到的幽闭恐惧。最后他终于回到床上,马上就睡着了。半个小时后,离天亮还早,内德对我重复着理查德的低语,仿佛那是他自己的话。虽然内德和我不是一类人,我们却都能想象理查德的痛苦,是这一点把我们联系在一起。我们把木椅从饭桌旁拉到窗边,坐下来,这样内德就可以抽烟了。他的香烟升起袅袅青烟,飘出窗外。

"去过新奥尔良狂欢节吗?"他说。

"去过新奥尔良。"我说,"但从来没去过狂欢节。"

"他们用长串珠链做交易。"他说,"人们站在法国区楼上的阳台上——女人,有时也有男人,他们冲着下面的人群喊叫,展示那些珠链:你让他们兴奋了,他们就把珠链抛下来。你越会表现,得到的珠链就越多。然后你可以戴着你所有的珠链在街上走,大家都知道你最迷人,你最酷。你来一个脱衣舞的动作,那些南方老男孩儿——其实是男人——还有异装癖,都一起吹口哨,把长长的珠链扔下来。大家都想要特别长的那种,相当于五克拉的钻戒。"他把窗户往上推了几英寸,好把烟掐灭。他用一根手指把烟弹到地上。然后他拉低窗户,

---

[1] 抗SS-A抗体呈阳性时,常见疾病有干燥综合征和红斑狼疮等免疫系统疾病。

没有完全关紧。这并不是内德瞎编的那种故事，我确信他刚才讲的是真事。有时我觉得内德讲故事是在捉弄我，或者是以某种方式让我难堪，让我意识到我是异性恋，而他是同性恋。

"你知道我有一次干了什么吗？"我突然开口，想看看我能不能也让他吓一跳。"记得我跟哈里有私情的那会儿吗？有天晚上我们在他家——他老婆去以色列了——他在做晚饭，我在翻她的珠宝盒。里面有一条珍珠项链。我不知道怎么打开项链扣，后来我才意识到可以小心地从头上套进去。哈里叫我的时候，我脱光了所有的衣服，在黑暗中躺在地毯上，胳膊放在身子一侧。后来他来找我。他开灯看到我，大笑起来，几乎是扑在我身上，结果珍珠项链断了。他直起身子说：'我做了什么？'我说：'哈里，那是你老婆的项链。'他甚至不知道她有那串项链。她一定没戴过。结果他开始骂骂咧咧，爬来爬去地找珍珠。我心想，不，要是他重串项链，至少我要确保它的长度跟之前不同。"

内德和我转头去看理查德，他睡衣前面的结打得很利落，长筒袜套上了，头发梳到后面。

"你俩在聊什么？"他说。

"嗨，理查德。"内德说，没能掩饰他的惊讶。

"我没闻到香烟味吧？有吗？"理查德说。

"是从楼下飘上来的。"我说着关上窗户。

"我们没在说你。"内德说。他的声音既温和又警觉。

"我没这么说。"理查德说。他看着我，"能算我一个吗？"

"我在跟他说哈里。"我说，"那个珍珠的故事。"我们似乎越来越多地倚赖故事了。

"我从来没喜欢过他。"理查德说。他冲内德挥挥手。"窗户开条缝好吗？屋里太热了。"

"你已经知道那个故事了。"我对理查德说，急于让他加入，"你来告诉内德关键的部分。"

理查德看着内德。"她把珍珠吞下去了。"他说，"趁他没在看，她就拼命吃。"

"我不想让她下次从头上套项链时还套得进去。"我说，"我想让她知道发生过一些事。"

理查德摇摇头，不过神情慈爱——他的一个小小的表示，仿佛我是他从未有过的一个天赋异禀却爱捣乱的孩子。

"有一次，我跟桑德去度假，我在波多黎各学到一个把戏。"内德说，"我们在那个家伙的老板住的豪宅里，突然，这个人，这个老板，听到了什么声音，就上楼去了。于是我冲进衣帽间——"

"他在大学是打橄榄球的。"理查德说。

我微笑着，不过我已经听过这个故事了。很久以前内德在一次聚会上讲的，他当时喝醉了。那是他最喜欢的一个故事，因为他在故事里显得有点狂野，又有点狡猾，还因为有人得到了应有的惩罚。他的故事跟我上大学时，男孩子常向我坦白的那些事儿没什么不同——关于约会和性的征服，中间省掉了一些部分，以照顾我脆弱的感情。

"于是我抓起身后挂着的不知道什么衣服——结果抓下来一堆衣服——等那个人进房间的时候，我一把推开门跳了出去。"内德说，"我全身赤裸着跑过去，倒霉的时候到了：我直接撞到他身上，把他撞倒了，好像动画片什么的。我知道他晕过去了，但我怕得脑子都不转了，就继续跑。结果我抓到的是一件白色的有褶衬衫，还有一件——你们管日本人穿的那种外衣叫什么来着？感谢上帝，衣服遮住我一半大腿。"

"这就是他要感谢上帝的事。"理查德对我说。

内德站起来,越发激动了。"整个像是卡通片。院里有一条狗开始追我,可是那家伙被链子拴着。它冲到链子的尽头,只能在空中跳起来,龇着牙,可哪儿也去不了。于是我就站在那儿,在离狗几英寸的地方,穿上衬衫,把外衣系在腰间,然后溜达到大门口,拉开门闩,大概走了四分之一英里之后,我到了某家酒店外面。我走进去,去洗手间收拾一下,那时才发现鼻子骨折了。"

虽然我以前听过这个故事,但这是内德第一次提到鼻子骨折。有几秒钟他好像没了劲头,仿佛厌倦了这故事,不过接着他又来了精神,继续开讲。

"然后是我剩下的好运气:我出来了,前台的家伙是个同性恋。我告诉他我遇到了麻烦,请他给我在我们入住酒店的男友打个电话,因为我连打付费电话的硬币都没有。他就查了酒店的电话,拨了号码,把电话递给我。他们替我接通了桑德,他睡得正香,不过立刻跳起来尖叫道:'又和漂亮男孩在城里过夜啦?酒吧突然关门,内德发现钱包忘在酒店了?你以为就因为你和某个勾搭上的家伙没钱付账,我就会过来接你?'"

内德睁大双眼,先转向我,又转向理查德,对着整间屋子表演。"他发火的时候,我趁机思考了一下。我说:'等等,桑德。你是说他们什么也没拿到?你是说我把钱包忘在酒店了?'"内德窝在椅子里。"你相信吗?我真的把该死的钱包忘在我们的房间了,于是我要做的就是跟桑德撒谎说我被抢劫了——那些狗娘养的逼我脱掉衣服,拿着我的裤子跑了。然后我告诉他,这家酒店的小子给了我一件和服穿。"他打了个响指,"这就是那种衣服的名称:和服。"

"他没问为什么是和服吗?"理查德疲倦地说。他用手摩挲胡茬。他的双脚伸向一侧,搁在沙发上。

"当然问了。我告诉他是因为酒店里有一家日式餐厅,如果你愿意穿着和服席地而坐,他们是允许的。旅馆的服务员觉得他们不会看不到和服的。"

"他相信你了?"理查德问。

"桑德?他是在洛杉矶长大的,后来一直在纽约。他知道不得不相信一切。他开车带我回到酒店,说那些抢了我的人渣一点钱都没拿到实在是太好了。太阳出来了,我们一路开着那辆租来的车,他握住我的手。"内德把拇指扣在一起,"桑德和我又和好如初了。"

沉默之中,房间似乎在我们周围收缩。桑德是1985年死的。

"我开始觉得冷了,"理查德说,"寒意袭来,好像有人在用冰擦我的脊梁骨。"

我站起来坐到他身旁,一手搂着他,一手按摩他的背部。

"又是那个该死的小孩,"理查德说,"如果那是他们的第一个孩子,我敢打赌他们再也不会生第二个了。"

内德和我交换了一下眼色。除了暖气片断断续续放出蒸汽发出的嘶嘶声,唯一的声音就是冰箱的嗡鸣了。

"你的爪子怎么了,拉茨?"理查德问我。

我看了看我的手,拇指正按着他肩膀的肌肉。在我记忆中,这是我第一次睡前忘了抹润肤露和戴手套。我还条件反射地做着我多年前就训练自己不能做的事。我的保险合同上写明我不能用手做这些:不能用刀切东西、不能洗碗、不能铺床、不能给家具上光。但是我一直用拇指按摩理查德的背,来回摩擦。甚至在内德把沉重的毯子盖在理查德颤抖的肩头之后,我还一直按摩他嶙峋的脊梁骨,似乎是要给他注入一些力量来抵抗他那无望的困境。

"因为哭就讨厌婴儿确实很荒唐。"理查德说,"可我真的很讨厌那个婴儿。"

内德把毯子盖在理查德大腿上,又裹住他的双腿。他坐在地上,用一只胳膊搂住理查德裹着毯子的小腿。"理查德,"他轻声说,"没有婴儿,我们如你所愿一个楼层、一个楼层地查过了。是你血压开始下降时,耳朵里的声音听着像婴儿在哭。"

"好吧。"理查德说着颤抖得更厉害了。"没有婴儿。谢谢你们告诉我。你们发誓过永远跟我讲真话。"

内德抬起头。"讲真话?从一个刚讲了波多黎各故事的人嘴里吗?"

"你听到的也可能是水管里的什么声音,理查德,"我说,"有时暖气片也会发出噪音。"

理查德使劲点点头,表示同意。但是他没听清我说的话。内德和我发现,将死之人会出现这样的状况:他们的思维总是飞速掠过刚说的话,可是疼痛来得更快,像跳蛙一样跃向前方。

两天以后,理查德高烧住院,陷入昏迷,再也没有醒过来。当天晚上他哥哥飞到波士顿来陪他。他的教子杰里也来了,到得很及时,正好赶上跟我们一起坐出租车。试验治疗方案没有奏效。当然,我们还是无从知晓——我们永远也不会知道——理查德有没有吃到那种我们后来称之为"真货"的多音节词的药,以及他是不是药物对照组的一员。我们也不知道哈特福德来的牧师有没有吃到"真货",虽然我们中间有传言说他红扑扑的脸是个好迹象。还有那个年轻的兽医怎么样了？每次我们在输液室碰到他，他总有乐观的话说。那个兽医穿一件胸前印着照片的 T 恤，就像克拉克·肯特[1]的衬衫里有个秘密的"S"；照片上他抱着他的边境牧羊犬，是在狗领到蓝丝带[2]的那天拍的。他告诉我，每周五他都穿这件，以求好运；他在肿瘤科打点滴，这有时能让他攒点力气跟朋友去餐厅吃饭。

内德和我被又一个不眠之夜搞得筋疲力尽。因为理查德的哥哥和教子在医院，我们便以此为借口离开医院去喝杯咖啡。可是我觉得有点头晕，就叫内德在大厅等我，自己去了洗手间；用冷水抹把脸也许能振作精神。

洗手间里有两个十来岁的女孩。我从她们的对话中听出这是一对姐妹，刚去探望了母亲。母亲在走廊那头的肿瘤科病房。她们的男友要来接她们，空气里有种兴奋的意味，一个女孩把头发梳成蓬蓬的马尾辫，另一个脱下破了洞的丝袜，扔掉，然后把齐膝的裙子往上卷，变成一条小迷你裙。"走吧，梅尔。"梅尔的姐妹站在镜子前说，尽管梅尔还在从容地摆弄自己的头发。梅尔伸手从化妆包里拿出一个小盒子，打开，拿小刷子在里面长方形的色块上飞快地擦抹。然后，我惊讶地看到，她用小刷子在两个膝头上转圈轻抹，让膝头显得红润。我洗脸和擦脸的时候，一团发胶气雾缓缓飘降。镜子前的女孩用手扇着，把发胶瓶放进包里，又取出一支唇膏，打开，张开双唇。梅尔在膝盖

---

[1] 克拉克·肯特（Clark Kent），美国动漫故事中的超人。他平时以克拉克·肯特的凡人身份在《星球日报》(Daily Planet) 做记者，一有危急状况，就脱去外衣，穿着胸前有字母"S"的超人装飞到出事地点解决危机。

[2] 在一些畜牧和园艺竞赛中，亚军会被授予蓝丝带。

上抹完最后一笔,直起身来的时候,撞到了她姐妹的胳膊,唇膏略微歪出了她的上唇。

"耶稣啊!你个笨蛋!"女孩尖声叫道,"看你给我弄的。"

"车里见。"她的姐妹说,拿过口红扔进她的化妆包。她把化妆包撂在包里,几乎是一蹦一跳着出去的,还一边说:"用肥皂和水擦擦就行了!"

"好一个小贱人。"我说,与其说是讲给留下的那个女孩听的,不如说是讲给自己听的。

"我们的妈妈快死了,她一点都不在意。"女孩说着,泪水夺眶而出。

"我来帮你弄干净。"我说。我的头比进来时还晕,好像是在梦游。

女孩面对我,睫毛膏在她的眼睛下方有一片半月形的污迹,她的鼻子通红,嘴唇一端比另一端更尖细。她的眼神告诉我,我只是她碰巧在洗手间遇到的一个人。就像在纽约的那天,我碰巧在房间里,理查德从洗手间出来,卷着一只袖子,皱着眉说:"你看我胳膊上的红疹是怎么回事?"

"我没事,"女孩说着擦擦眼睛,"这不是你的问题。"

"我想说她其实是在意的。"我说,"人们在医院里会变得很紧张。我进来是要拿冷水泼泼脸,头有点晕。"

"你觉得好点了吗?"她说。

"好点了。"我说。

"要死的人不是我们。"她说。

那是一个游离于躯体之外的声音,来自某个遥远而令人费解的所在,它让我如此心神不定,以至于我需要扶着她站一会儿——我这么做了，我的额头轻轻靠在她的额上，我用手轻轻扣住她的手指，在出门前紧握了一下。

内德到外面去了，他靠在一根路灯柱上。他用烧得红亮的烟头指指右边，无声地询问我想不想去街区那头的咖啡馆。我点点头，我们便缓缓上路了。

"我想我们不会再有很多机会这样散步了，"他说，"医生出来的时候不讲话。他乐观的话都讲完了。他还从我手里夺走一根烟，用脚后跟碾碎，说我不该吸烟。我对医生并不迷恋，不过那个医生身上有些我喜欢的东西。很难想象我会对一个鞋子上有流苏的人有感觉。"

天寒地冻。我们进了咖啡馆，向常坐的吧台边的位子走去，门边电暖器的热风扑面而来。这里不是医院，仅仅这一点就足以让这个地方变得美妙，虽然这里和医院只隔了一个半街区。有些医生和护士会来这儿，当然还有像我们这样的人——病人的朋友和家属。女侍者问我们是否都要咖啡，内德点点头。

"波士顿的冬天。"内德说，"在我长大的地方，我从来不知道还有比冬天更糟糕的事情，可是我觉得这儿更糟糕。"

"你在哪儿长大的？"

"内布拉斯加州，卡尼市。就在八十号公路上，林肯市和怀俄明州界的中间。"

"在内布拉斯加长大是什么感觉？"

"我操男孩。"他说。

这要么是他脑子里蹦出的第一个念头，要么是他想逗我笑。

"你知道男同性恋询问彼此的第一个问题吧，知道吗？"他问。

我摇摇头，准备听笑话。

"既然病都已经得了,那么'你做过检查了吗?'就放在第二位了,因而第一个问题仍然永远是'你什么时候知道的?'"

"好吧。"我说,"第二个问题。"

"不,"他直视着我说,"不可能发生在我身上。"

"正经点。"我说,"这不是个正经的回答。"

他把手盖在我的手上。"你以为我他妈的是怎么离开内布拉斯加州卡尼市的?"他说,"是的,我是拿到了橄榄球奖学金,但是我只能一路搭车去加利福尼亚——除了怀俄明,我哪个州都没去过——用一个洗衣袋装上我所有的东西搭顺风车。要是有个卡车司机把手放在我膝盖上,你以为我不知道那是为搭一段车要付出的小小代价?因为我总是好运随行。我一直都清楚这一点。就像运气塑造了你那双漂亮的手。好运一直跟着我,好运也跟着你。它跟我们不得不抓住的其他东西一样好。"

他把手从我的手上抬起来,是的,就在那儿:完美的手,光滑的皮肤,纤细的手指,指甲经过一次法式美甲抛得弧度优美、富有光泽。有个指节上有块小小的污斑。我舔舔另一只手的中指,看能不能把它擦掉。那块睫毛膏一定是我在洗手间里与那女孩十指相扣、笨拙地相拥时,从她手上沾到我手上的。内德和我坐着说话的这会儿工夫,我一直在看那个女孩。她也在这个咖啡馆,我看着他们进来的,两姐妹和她们的男朋友。她的头发梳得很整齐,眼睛闪亮,妆容也很精致。虽然她的姐妹企图吸引大家的注意力,但两个男孩都抓住她说的每一个字不放。

1991 年 6 月 10 日

扎 拉

近来，我有理由想想托马斯·科贝尔——小托马斯，亲戚们总这么叫他。小托马斯糊弄了家族里的老人们好一阵子，因为他小时候那么懂礼貌——简直到了谄媚的地步——还因为他的父亲老托马斯一直是个真正的大好人。我们是城里的人家，住在费城和华盛顿特区，小托马斯父亲的死加深了大家对于乡村生活的种种偏见。他实际上死于肺炎并发症，肺炎是在医院里传染的，他躺在病床上做骨折牵引治疗，之前他从一辆干草车上摔下来，腿折了，脚踝碎了，骨盆重新拼接，正在恢复中。而传说的版本是，他摔下来后立刻送了命，这总是被作为忠告，用来提醒家族里爱好滑雪、航海甚至徒步旅行的小辈们要小心行事。为了方便讲故事，老托马斯的死常常和他侄子皮特很久以前的死亡联系起来，皮特是在布鲁克林大桥上下车去察看堵车情况时，被闪电击中的：砰！托马斯滑下干草车的时候，突然划过一道闪电，而搬到纽约城的皮特，遭到雷击一命呜呼，闪电照亮的一刹那就像有人用闪光灯拍了一张照片。我猜很多人家都把有些事像这样串在一起讲，有时是为了追求效果，有时则是为了掩盖真相。我三十岁时才把两桩死亡事件的发生顺序搞对。这只是我们家族里的人讲故事的方式，并不是为了欺瞒小托马斯。

小托马斯是个鬼鬼祟祟的孩子。他毫无理由地偷偷摸摸到处转，穿着袜子轻轻踏过房间，有时他母亲和他妹妹莉莉转了个弯就发现他像雕像一样站在那里。他母亲总是说小托马斯没有雷达，没有避开人和东西的本能。他穿着袜子走来走去的习惯让情况变得更糟，因为你要是受惊喊叫，他也会受惊，然后大哭起来，或是惊恐之下打翻桌上的东西。他在家里就是不愿穿鞋——他说这样就跟母亲扯平了，因为她让他穿靴子去上学，哪怕并没有下雨，只是潮湿——什么请求或惩罚都不能让他改变自己的行为。他年龄大一点的时候，有时会故意吓唬妹妹，他就喜欢看她吓一跳。不过他后来声称，多数吓到母亲的事不是成心的。

小托马斯的母亲叫埃塔·休，比我母亲艾丽斯·唐·罗斯大五岁。在她们姐妹俩中间有过一个兄弟，死于风湿热。虽然埃塔·休嫁了一个叫作托马斯·科贝尔的人，但她声称小托马斯的名字不是随他，而是随死去的兄弟托马斯·怀亚特。小托马斯的中间名是纳撒尼尔。老托马斯以前说过："她把这个名字放进去是因为她想算上每一个人，甚至那个送奶工。"显然，送奶工是他们之间一个善意的玩笑：她是真的喜欢那个送奶工，他成了这家人的朋友。他会推开后门进来，取出所有奶瓶，接着把它们放进冰箱上层，再给自己倒杯茶，然后坐下来，跟正好在厨房里的某个人聊天——比如老托马斯、来做客的我母亲、我。他就是送奶工纳特。有一次我不在的时候，小托马斯从扫帚橱里跳出来，吓到了送奶工纳特，纳特抓住他，把他倒了个个儿，抓住脚踝把他头朝下拎了好一会儿。这就是小托马斯讨厌他的原因。

小托马斯穿着长袜四处溜达,不过他话很少,很少有人能逗他开口交谈。他寡言而苦闷——家人最终听之任之,不过他们拒绝承认他真的有问题。据说他苦恼是因为小时候不得不戴眼镜。或者是因为他爸爸太讨人喜欢,让当儿子的很难仿效。后来,问题被归咎于小托马斯的哮喘病,结果家里那条黄褐色的草狗"南瓜小子"被送走了,因为他对狗过敏,小托马斯对此很内疚。这些事我从小到大听了一遍又一遍。这些原因像咒语一样,又像在诠释悲伤的不同阶段——一步一步,从抵触到接受。到他十几岁的时候,已经不是他自己苦恼,而是他开始主动积极地让别人苦恼。邻居家花园里的水龙头深夜被拧开,大片泥石流把花冲得一朵不剩;装满狗屎的棕色口袋在某个邻居的门廊上被点燃,谁要是开门去踩灭火苗,狗屎就会漫到他的脚踝。情况愈发恶劣,后来小托马斯被送到一个特殊教育学校去了。

昨天我去母亲在亚历山德里亚的新家看她。她对华盛顿市区的犯罪心怀恐惧,觉得应该搬家。她的护工和她一起来到亚历山德里亚,她名叫扎拉,是个善良的女人,在美利坚大学的护理学院上学,每周两个晚上和暑期都有课。扎拉拿到护理专业学位后,打算回到家乡伯利兹[1],在当地医院工作。医院还在建造中,工程一度中断,因为建筑师被指控盗用公款,后来又遭飓风袭击。但是扎拉坚信医院会盖好,她最终会从护校毕业,不会永远跟我母亲在一起——不过这一点她没有直说出来。母亲有肺气肿和糖尿病,身边需要人。扎拉做饭、洗

---

[1] 伯利兹(Belize),中美洲东海岸的一个国家,旧称英属洪都拉斯。

衣,还做各种没人指望她做的事,白天总是忙个不停。晚上她用我母亲的录像机一遍又一遍地看詹姆斯·邦德的电影。母亲跟她一起坐在电视房里,重读狄更斯的小说。她说詹姆斯·邦德的电影给故事提供了精彩的背景声音——母亲在读《匹克威克外传》时,卡莉·西蒙在《海底城》里唱着《没人能做得更好》。

不管怎样,事情绝不是扎拉的错,但她依然为内疚所折磨。我要讲述的这件事发生后的好些天,扎拉依然沮丧不已。这件事是我去母亲家的时候听到的。

那个周一,母亲去西布利纪念医院做一整天的体检。下午,有人敲门,扎拉从猫眼往外看,看到是小托马斯。她这些年来见过他几次,当然就让他进屋了。他说他来还我母亲在他安顿下来的时候借他的碗碟。他也打算告别,因为他要从马里兰州兰多弗跟人合住的公寓搬出来,准备南下佛罗里达群岛去开酒吧。后来他把话题引到跟扎拉借钱的事:五十美元,他一到基韦斯特开了银行户头,取到支票后就把钱寄回来。她有三十多块,除了晚上去西布利纪念医院坐公共汽车用的钱,她把所有的钱都给了他。他想要一张纸,给我母亲写封告别短信,扎拉给他找了一个记事本。他坐在厨房餐桌前写了起来。她根本没想到在旁边看着。她把碗碟拆包后放到洗碗机里,又去电视房收拾。他写个不停。他在给我母亲写一封非常恶毒的信,告诉她,通过心理治疗他才渐渐明白,家族一直在延续有害的神话,根本没有人选择"诚实地"讲述他父亲的死,因为他父亲其实是死于肺炎,而不是从马车上摔落下来。他告诉她,看着他父亲在医院里慢慢耗尽生命有多么可怕,他责怪她和埃塔·休说起他父亲的死时,总会扯到侄子皮特的最后时刻。"事实是,闪电比单纯的肺炎更让人震撼。"他写道。

他还认为他们应该多讲讲他父亲的成就。他没有提到妹妹莉莉,他跟她后来很疏远。他把信纸折好,压在盐罐下面,又给自己调了一杯速溶可可,然后就走了,还顺走了喝可可的马克杯。

扎拉非常不安。她以为他可能是喝醉了,虽然没有闻到酒气。他在屋里的时候去了趟洗手间,于是扎拉到洗手间里去看是否一切安好。一切安好,但她依然有种不安的感觉。直到那天晚上,她出门去医院接我母亲回家,才看到楼下走廊的墙上的黑色记号笔涂鸦:火柴棍小人,开瓶器式的发型像火星人的触角,旁边潦草地写着"操你妈的炸了这个烂地方"。她吓坏了,起初她想隐瞒小托马斯的来访——就装作这是个谜——但她知道这样不对,她必须将实情全盘托出。

我听到故事的时候,扎拉和母亲都一致认为他可能喝醉了——或者更糟,吸了毒——而且他是一个懦夫,假装要跟我母亲对峙,真正做的却只是写了封短信。他也没有勇气面对自己的母亲,告诉她他要搬走了,他母亲还住在第二十街。扎拉对那三十美元保持沉默,不过第二天早上她还是说了。他送回来的碗碟中有几个奇怪的镶金边的盘子,不是我母亲给的;她和扎拉都不知道该怎么处理。两个人都不大理智,害怕有人会来索要盘子。不过她们似乎明白,小托马斯走了,如果这辈子还能听到他的消息,也要到很久以后了。总体来说,扎拉还是怕他。她说他会像入室行窃的贼一样到处转悠。这让母亲和我好一顿大笑,因为他一直都是这么鬼鬼祟祟的。我开玩笑说,还好他放过了我母亲卫生间的墙,但也够糟的了,她们还得打电话给管理处道歉,安排人来重新粉刷走廊。

扎拉看《金手指》的时候,母亲把我带到她的卧室,吐露了一个她从未说出的重大秘密。原来,她一直都害怕小托马斯会做出非常恶劣的事，因为他小时候就做过很坏的事。母亲当时非常愤怒，但是从来没有责备过他，因为她为自己发怒而难为情，也因为她觉得小托马斯的魔鬼给他自己的折磨已经够多了。

她问我还记不记得那些人物剪影。我的确有些模糊的记忆，不过她提醒以后我才记起来，从前那些剪影用一根缎带系着，挂在埃塔·休的起居室里。我记得后来它们是挂在母亲卧室里的，在床上方的灯下面，系着同样的缎带。另外还有一幅莉莉婴儿时期的剪影和一幅"南瓜小子"的剪影，分别装了框。缎带上三个装框的人物剪影是老托马斯、埃塔·休，还有一位是做剪影的那个男人，这是埃塔·休告诉我母亲的。对于这个略显滑稽的事实，埃塔·休的解释是，那个刻剪影的人本来要把自画像扔掉的——他可能是像秘书练习打字那样在练手——她从垃圾桶里又抢了回来。小托马斯在剪影画装框前就毁掉了自己的像，埃塔·休总想再做一幅，小托马斯就是不愿意再安静地坐定一回。母亲摇了摇头。她说她猜剪影师的自画像有点像阿尔弗雷德·希区柯克[1]在自己的电影里露脸，不过这不算个好比方，因为埃塔·休挂起来的是画像，不是那个男人本人。

埃塔·休在老托马斯死后，被迫搬出自己的房子，住进了第二十街的公寓，她只好扔掉很多东西。母亲能够理解埃塔·休扔家具，可是在她看来，抛弃那么多私人物品是个错误。系着缎带的剪影画框被扔进垃圾桶时，母亲把它们捡出来，说先替埃塔·休收着，等她感觉好点了再说。埃塔·休给了她一个最奇怪的眼神，母亲觉得那眼神先是震惊，然后是哀伤。这么多年来，母亲一直把这些剪影画挂在卧室

---

[1] 阿尔弗雷德·希区柯克（Alfred Hitchcock，1899—1980），英国电影导演及制片人。

里。埃塔·休从不提起,虽然她后来的确把老托马斯剃须用的马克杯要了回来,还有一个相框,照片是她和丈夫第一个结婚纪念日在一家中餐馆拍的。

但是母亲说的故事的关键在这里:老托马斯死后几个月的一个周末,她在照顾小托马斯和莉莉,小托马斯去浴室了,我们其他人都在后院。他把那些人物剪影画从画框里拿出来,把鼻子剪掉。然后又把剪影插回画框,重新挂好。过了好几天,母亲才注意到——每个人的鼻子都被剪掉了,外加"南瓜小子"的耳朵没了。

她当即匆匆赶到小托马斯的学校,等他放学出来。他平时都走路回家,不过那天在跟我母亲当面对峙前,他哪儿都没去。据母亲所说,她捏住他的鼻尖扭了一下,问他要是自己没了鼻子会怎么想。然后她拽他的耳朵,问他是不是想要余生都听不到声音。她蹲下来,让他直视自己的眼睛,告诉她为什么那么做。母亲说,真是奇怪,都没人注意到她在那儿吵嚷,过来瞧瞧。她把他拽来拽去,摇他的肩膀,小托马斯大口喘着气,但一直没哭。

他跟她说,他那么做是因为画框里的脸是小小的黑幽灵,在那里纠缠人们。他给它们毁容是因为它们是拥有特殊力量的幽灵怪物,能藏匿在人的身体里。如果他除掉这些黑幽灵,剪掉一点,它们就会变成白幽灵,没有特殊力量了。

母亲恐惧不已,人都站不稳了。他给出了一个相当具体、极其令人不安的答案,她不知道该怎么回应,如果他真的相信那些,他肯定是疯了,那会成为家族里发生的第一起真正的精神失常。她百分之九十地肯定他说的是真话,但她也觉得他还是有可能在捉弄她。母亲在那儿待了好一会儿,两腿发软,紧盯着他的脸,寻找更多的信息。

"你以为我会在乎我没有鼻子?"他说,"我才不在乎没有鼻子、嘴或眼睛。我情愿精子从来没进入卵子。没有我这个人我都不会在乎,你也不会。"

母亲记得她对于他有性知识讶异不已——他知道"精子"和"卵子"这样的词。她不记得接下去跟他说了什么,但一定是关于她理解他因为父亲去世、消失了而烦恼,但他千万不能误以为父亲不爱他。

小托马斯挣脱了她。"你这个愚蠢的傻瓜。"他说。她清楚地记得那句话:"你这个愚蠢的傻瓜。"

现在母亲突然提醒我说,小托马斯的父亲死后,有人追求过埃塔·休一阵子,后来却不了了之。她说,现在回想起来,她觉得很可能是送奶工("好吧,你不许笑。")。因为,想一想,除非是不好意思——埃塔·休还有什么理由不愿叫家族成员知道她在跟谁约会?还有,送奶工纳特是个业余画家,说不定也会刻剪影。

"这些都别跟扎拉说。"母亲说。最近这些年,她越来越频繁地说这句话,都是事后补充的——或者可能是她故事的结束语,不一定是补充说明。

我吻了她的脸颊,捏了捏她的手,用闲着的那只手关上床头灯。傍晚时分,天已经黑了。现在是秋天,老托马斯从堆得高高的干草上滑下来的季节——和他的侄子皮特被雷击的情形比起来,简直像是慢镜头。

那是过去的事了。我想象着未来:涂鸦小人已经从楼下的门厅里消失了,被油漆滚刷刷白。然后我想到伯利兹的医院,无论怎样,那个油漆滚刷都能像彗星一样游走,将新医院走廊里终于大费周折安上的石膏板刷白。扎拉会站在那里,浆洗过的白色护士服衬着她黑色的皮肤。转眼之间，母亲也会死去，从她铺着白色被单的床上没入黑暗，令人颇感意外；而扎拉会在一个忙碌的日子停顿片刻，记起我们——一个体面的美国家庭。

1992 年 10 月 19 日

世上的女人

　　晚餐会很美味。戴尔用食品料理机把韭葱和婆罗门参打成泥,准备加在南瓜里——一汤匙的味美思酒也会增添一点风味。当小婴儿般粉扑扑的颜色划过田野上方灰蓝色的天空时,她把一张唱片丢进唱片机,面无表情地听着卢·里德淡淡地唱:"我只是一件给这世上女人的礼物。"

　　这会儿她丈夫纳尔逊应该在从洛根回来的路上了,带着他的继父杰尔姆,还有杰尔姆的女朋友布伦达。经过一番飞机、火车还是开车的争执和盘算,他们最后从纽约坐大巴来赴一年一度(是不是只要连续三年都发生,就可以称为一年一度?)的感恩节前晚餐。他们本可以在感恩节当天来,不过杰尔姆的前妻迪迪(纳尔逊的母亲)那天要来,他俩的感情并没有消逝。反正布伦达不喜欢大型聚会。布伦达比杰尔姆年轻多。过去她总是半个下午都在午睡,杰尔姆说这是因为她害羞。但是近来她的职业变得光鲜刺激,她辞去中学体育课的工作,开始做私人教练。她一下子变得善于沟通、精力充沛、光彩照人——如果这不算是形容恋爱中的女人的陈词滥调。

戴尔开动食品料理机，原料渐渐液化，她放了心。倒不是食品料理机时常运转不利——只要她把刀片正确地安在底部——她只是害怕它不运转。她总是想象这种情景，她得用勺子挖出所有东西，再倒进那个古老的瓦式高速捣碎器，那台捣碎器是他们在缅因州租的这所房子里原有的，有时会出问题。捣碎器现在如此便宜，她奇怪自己怎么不直接买个新的。

纳尔逊永远感激杰尔姆在自己五岁时出现，一直待到他十六岁。杰尔姆向纳尔逊保证，他不必去格罗顿中学[1]上学，还教给他每一种为人所知的体育运动——至少是所有常见的体育运动。不过，纳尔逊自己本来会想学吗，比如射箭？

纳尔逊什么都想学，虽然他并不想从事一切。他乐得辞掉教职，只想做一点点事。不过他喜欢了解各种事情，这样就有了谈资。戴尔给他起了一个恶毒的外号，叫"没有第一手知识的纳尔逊"。这种情形有时会变得乏味：人们记下纳尔逊从中获得深奥知识的书名；人们在聚会结束后打来电话，说他们在孩子的《大英百科全书》里找到了纳尔逊的某些奇特断言，然后发现他基本正确，不是完全正确。他们常常在电话留言机上吹毛求疵，提出反对意见："我是迪克。听我说，关于墨丘利[2]你说得不完全对。因为赫耳墨斯在希腊语里是'调解人'的意思，所以由他带领死者的灵魂去冥府是符合逻辑的。""纳尔逊

---

[1] 格罗顿中学（Groton School），1884年成立于马萨诸塞州，是一所历史悠久的私立寄宿中学。

[2] 墨丘利（Mercury）是罗马神话中众神的信使，司商业、手工艺、智巧、辩才、旅行以及欺诈和盗窃，相当于希腊神话中的赫耳墨斯（Hermes）。

吗？我是波利娜。听我说，拉什迪[1]是给格伦·巴克斯特[2]那本书写了序言。我下次可以把书拿来给你看。他真的一直都在作序。好，为这个美妙的夜晚谢谢你俩。我的姐妹很感谢戴尔给她抄了那份菜谱——不过我告诉她，没人能像戴尔这样把蝴蝶骨羊排做得这么好吃。那就这样吧，好，再见。再次感谢。"

假设飞机正点降落，杰尔姆和布伦达还有二三十分钟就到了，不过要是你对洛根这地方有所了解，就永远不会这样假设。戴尔还是可以飞快地冲个澡，不泡澡就行。她也许还应该换上裙子，客人来了还穿运动衫裤会显得有点健忘，哪怕外面套了一件羊绒毛衣。也许应该在运动衫里戴个胸罩。穿灯芯绒裤子，换掉超级舒服的运动裤。还有鞋……必须穿双什么鞋。

纳尔逊用手机打来电话。"还需要买什么吗？"他问。她能听到收音机里特里·格罗斯[3]柔和、优美又理性的嗓音。在车里说话的只有纳尔逊，还有特里和她的嘉宾。乘客们都很安静，怕万一戴尔忘了什么重要的原料要跟纳尔逊讲。对，粉红色胡椒粒。在北街九十五号找找看。当然了，那并不是真的胡椒粒，叫胡椒粒只是因为看起来像黑胡椒粒。还有一种紫色牛至叶粉，和绿色的完全是两种味道。

"什么也不用。"她说。她换上了黑色的灯芯绒裤和白衬衣。她会

1　拉什迪（Salman Rushdie，1947—　），印度裔英美双籍作家。

2　格伦·巴克斯特（Glen Baxter，1944—　），英国艺术家，以其荒诞主义绘画闻名。

3　特里·格罗斯（Terry Gross，1951—　），美国全国公共广播电台（NPR）的当家主持，她主持的知名访谈节目为《新鲜空气》(*Fresh Air*)，邀请各界嘉宾来做访谈。

时刻注意白衬衣是否干净,这样就有办法跟众人保持一些距离。她也是个害羞的人,尽管她穿了太妹风格的黑靴。

"布伦达想看看那家婚礼蛋糕之屋。我想开车过去绕一下,会打乱你的时间安排吗?"

"我什么饭也没做。"戴尔说。

那边一片沉默。她这样不好,要他手忙脚乱地想其他出路。

"开玩笑的。"她说。

他们刚搬到这里不久,她就去逛了婚礼蛋糕之屋。屋子在肯纳邦克波特,是一栋黄白相间的大房子,哥特式的尖塔像挺立的阴茎。传说这是一个船长为他的新娘所建,在他出海时提醒她记得新婚之夜。

"我们四点左右回来。"

另外一个人在跟特里·格罗斯谈话,声音低沉、诚挚。

"一会儿见。"纳尔逊说。"宝贝?"他说。

"再见。"戴尔说。她从电话旁的酒架上取下两瓶红酒。酒架离暖气管有点太近,所以最下面四层没放酒。在夏天这不是问题,在冬天就有些小小的不便。她记得布伦达喜欢她上次倒的一瓶白苏维翁干白,这次她又买了一瓶给她。杰尔姆,当然,他因为在巴黎待过,会想喝圣爱美浓。纳尔逊近来爱抿一点尊美醇。不过她还是冰镇了几瓶白葡萄酒,因为纳尔逊的品味有时无法预料。最上层的架子上有一瓶"作品一号"[1],是她以前教摄影课时一个心存感激的学生送的。再过两

---

[1] "作品一号"(Opus One),由后文提及的罗伯特·蒙达维和菲利普·罗斯柴尔德男爵合资创立的酒庄,同名的葡萄酒曾一度是加州最昂贵的葡萄酒。前文提及的白苏维翁干白也出自这家酒庄。

天,她打算请诊断出她有低血糖和美尼尔氏综合征的医生喝这瓶酒,讽刺的是,她得了这些病就不能再喝酒了。要是还喝,头晕的风险就会加大,这令人恐惧的头晕已经困扰她多年,也一直被误诊。头晕发作后,她总是浑身出汗、颤抖,虚弱得第二天只能卧床休息。当时她对那位耳鼻喉科医生说:"就像嗑了迷幻药,被一阵浪潮卷走了。"那个女人惊讶地看了她一眼,就像是在摘草莓的时候突然看到一个西瓜。"很生动的描述。"医生说,"我丈夫是个作家。他有时也会用同样的方式让我突然傻眼。"

"他是布赖恩·迈克坎伯利吗?"戴尔问。

"是的。"医生说。她又一次显出惊讶的神色。

是纳尔逊猜出安娜·迈克坎伯利医生可能是布赖恩·迈克坎伯利的妻子。戴尔只读过迈克坎伯利的几页书,但是纳尔逊给她读了很多——她跟医生也是这么说的。

"我会转达你们的赞美的。"医生说,"现在回到真实世界吧。"

用这样的方式来宣布转移话题真奇怪,戴尔心想,虽然有些时候,对她而言,她的症状才是真实世界,将其他想法都排挤在外。有什么比望远镜中的视野更真实呢?景物模糊,充满你的视野,于是没有景深,让人无法忍受。医生跟她说饮食需要哪些调整。处方上的利尿剂。说了那么多,又说得太快,戴尔只好在那天下午晚些时候给护士打去电话,确认其中几个问题。医生无意间听到了电话。"带你先生一起来家里喝一杯,他们聊天,我再给你过一遍,"医生说,"'喝一杯'对你而言意味着苏打水。"

"谢谢。"戴尔说。从没有医生提出过下班后跟她见面。

她打开那瓶白苏维翁,但是没开圣爱美浓。她怎么知道?也许杰尔姆决定直接喝法国勃艮第白葡萄酒。以前不觉得过分挑剔和矫揉造作的事，现在觉得有那么一点了：人们饮酒的偏好。她还是愿意迁就那些素食者的忌口，绝不会给每个人都上小牛肉，除非她确定不会引发激烈的长篇演讲。她的朋友安迪喜欢无泡蒸馏水，她的摄影课学生南斯则喜欢巴黎水。戴尔的脑子里满是人们的这些偏好和怪癖、他们的神秘信仰和食物禁忌，这是他们在餐桌旁展示自己独立性和依赖性的方式。那些小小的考验：会碰巧有海盐吗？有什么办法让胡椒研磨器磨出稍粗一些的颗粒？需要印度酸辣酱。这个东西真的超过了她的极限。桌上有石墙牌厨房烤洋葱大蒜酱。那次她派纳尔逊去买酸辣酱了，因为保罗算是他的朋友，不是她的。

她走到楼下洗手间去，梳头，扎成马尾。她脱下白衬衫，又换回羊绒套头衫，拽了一下，弄弄服贴，她知道不该拽。她看看自己的靴子，希望现在还是夏天，因为赤脚会更舒服，可这不是夏天，脚会冻坏的。她记得朱莉娅·罗伯茨跟莱尔·洛维特结婚的时候是赤着脚的。朱莉娅·罗伯茨和莱尔·洛维特，这一对没有迈克尔·杰克逊和莉萨·玛丽·普雷斯利[1]那么奇怪。

布伦达先进屋，甩着她那头过早变白的浓密长发。她为婚礼蛋糕之屋激动不已。奇妙、美丽，又有点诡异——有点阴森，一个住在婚礼蛋糕里的女人就像那个住在鞋子里的老太婆[2]。然后布伦达开始道

---

[1] 莉萨·玛丽·普雷斯利及前文的朱莉娅·罗伯茨、莱尔·洛维特、迈克尔·杰克逊均为美国演艺界人士。

[2] 来源于一首流行的英语儿歌《有一个住在鞋里的老太婆》。

歉：她坚持要他们走一条史上最长的土路，去买一篮苹果。纳尔逊把篮子放在灶台上——戴尔很快就需要占用上面每一英寸的空间为晚餐做最后的准备。她不能再吃苹果或任何过甜的东西。她厌烦了跟人解释她什么不能吃以及为什么。事实上，她开始说她有糖尿病，因为大家似乎都明白那意味着不能吃糖。苹果也有可能是布伦达和杰尔姆事先买好带回纽约的，于是她说："好。"没说"谢谢"。

房子真正的主人显然热爱烹饪。厨房布局合理，只可惜洗碗机在水槽左边。戴尔已经能熟练地用左手把碗碟放进洗碗机了，她觉得既有糖尿病又是左撇子或许很滑稽。等她离开这房子的时候，她也许会变成一个完全不同的人。

"见到你真好。你收到我的便条了吗？没有太麻烦吧，嗯？"杰尔姆说着捏了捏戴尔，然后松开手。

布伦达还在紧张。"我们没给你添乱吧，没有吧？"她说。

"完全没有。"戴尔说。

"我本不该问的，可是我在飞机里关了半天，然后又坐车。还有时间散个步吗？只是快速地散个小步？"

"当然可以。"戴尔说。她刚把烤肉放进烤箱。时间充裕。

"你介意纳尔逊和我看一下线路问题吗？自然光下我看得更清楚。"杰尔姆说。

"噢，他又开始嚷嚷他如何看不见、听不见了！"布伦达说。她加了一句，好像他们不知道似的："他六十四了。"

"什么线路问题？"戴尔说。她很想赤脚。她想做朱莉娅·罗伯茨，有大大的、令人目眩的微笑。可是她却感觉到眉宇之间的皮肤绷紧了。线路问题？布伦达说话的方式感染了她；有布伦达在场，她开始用斜体字[1]思考。

"我想把楼上过道里的扬声器装好。我能搞定其中的一个,但另一个弄不好。也许是个坏音箱。"纳尔逊说。

纳尔逊花了很多预支的稿费买新音响。他跟戴尔达成协议:来客人就不放音乐。到现在为止,这一天已经放过蓝草音乐[2]、迪伦的第一张电声专辑、日本仪式音乐、一个小时左右的歌剧《波希米亚人》,还有阿斯托尔·皮亚佐拉的曲子。戴尔听了天气预报,还有卢·里德唱片上的一首歌,她把它想象成杰尔姆的主题曲。她喜欢杰尔姆,可是他还真以为他是上帝送给女人的礼物。

"你跟我一起去散步吧,好吗?"布伦达说。如果她不是布伦达,那她脚上的鞋是不适合散步的:棕色尖头靴,三英寸高的鞋跟——是今年的时尚装扮。戴尔的鞋就显得很平常。布伦达把自己紧紧裹在一条黑色的皮短裙里,穿着有花纹的打底裤。她上身穿了一件毛衣,高领拉得长长的,戴尔觉得这一定是杰尔姆的衣服。他二十多年来一直保留着这些法国手织毛衣。

"就沿着路走吗?"戴尔说,指指那条经过车库后面塌掉的温室的土路。她喜欢那条路,晚上这个时候通常能看到鹿。路面下行的坡度让人觉得可以径直走进天空,现在天空是一片哈得孙河派[3]式的光彩。戴尔的朋友珍妮特·勒博是那条路尽头唯一的常年住客。那些讨厌的

---

1 斜体字是英文写作中用来表示强调的字体。
2 美国民间音乐的一种。
3 哈得孙河派(Hudson River School),19世纪中期美国的风景画派,其审美角度受浪漫主义影响。画派得名于作品中经常描绘的哈得孙河谷及周边地区。

避暑游客带着他们的杜宾犬和闪亮的四轮驱动汽车离开以后，珍妮特不仅愿意让戴尔在"私宅莫入／危险／禁止进入／不得靠近"的路上散步，还常常把她的狗蒂龙（它害怕那些避暑的狗）带出来，让它跟戴尔一起锻炼。珍妮特离婚了，从五十岁变成二十五岁，痴迷于通俗小报、晚场电影、星座占卜，还有"好玩的"临时文身图案，比如跃向彩虹的独角兽。她不是个愚蠢的女人，只是很孩子气，有点过于活泼了，她前夫的言语虐待给她造成很大的心理创伤。珍妮特提到前夫名字时会发抖，她极少谈论她的婚姻。蒂龙很聪明，是一只金毛猎犬和黑色拉布拉多犬的杂交犬。它不是在约克河的支流游泳，就是在田野里扭来扭去，想抖掉身上的虱子。狗和厨房，戴尔确信这是他们搬走以后她最会想念的两样东西。他们会住到明年夏天，到那时，那个哲学教授和他妻子就该从慕尼黑回来了；到那时，纳尔逊的书也该写完了。戴尔知道自己不会太喜欢最后那个阶段。纳尔逊也写过别的书，因为任务繁重，每次他都不可避免地变得阴郁古怪，音乐的选择也会变得不拘一格。

　　戴尔伸手从胡热尔柜[1]的底层拿出她私藏的甜甜圈，这是在周六的朴次茅斯农夫市集上买的。她不吃甜甜圈：这是专为蒂龙准备的，它觉得戴尔发明了可想象到的最好的接球游戏。它会奔向甜甜圈，在田间四处嗅，再把甜甜圈抛向空中，让戴尔看见它已经找到了，然后一口吞下去。她也习惯了为它鼓掌。最近，她除了鼓掌，还加上一句"好样的，蒂龙。"

1　胡热尔柜（Hoosier cabinet）是一种独立式橱柜，名字来源于印第安纳州的胡热尔制造公司。

"是香烟吗?"布伦达低声问戴尔,虽然纳尔逊和杰尔姆已经走上楼去。

"是甜甜圈。"戴尔低声回答,"你会明白的。"她把剩下的那些连同塑料袋一起塞进她大衣的深口袋里。

"我在我的内衣抽屉里藏着M&M的花生酱巧克力豆。"布伦达说,"而杰尔姆——你看,他以为我不知道他还在喝潘诺茴香酒。"

"是给一条狗的。"戴尔说。

"潘诺茴香酒吗?"布伦达问。

"不。甜甜圈。"

"什么意思?"

"走吧。"戴尔说,"你会明白的。"

晚餐桌上——戴尔能感觉到布伦达对她的尊重,无论是作为厨师还是一个怪女人(她把三个甜甜圈同时抛到空中,就像七月四日焰火表演的压轴节目)——他们讨论着戴尔放在餐桌中央的秋叶上的黄铜日晷。纳尔逊告诉大家,那个伸出来的部分叫作指时针。

"指时针是一座孤岛[1]。"杰尔姆说。杰尔姆很喜欢文字游戏和方言模仿。这阵子,加勒比海各岛方言是他的最爱。他和布伦达最近去了蒙特哥湾度假。

"这是投影,"纳尔逊说,他指着日晷,不去理会杰尔姆傻乎乎的笑话,"这是表盘,这是小时线,这是刻度盘,也叫刻度表。"

---

[1] 指时针原词为gnomon,音同no man,这里杰尔姆联想到"No man is an island"(即英国玄学派诗人约翰·多恩的名句"没有人是一座孤岛"),玩了个文字游戏。

"你真是天生的老师。"布伦达说。

"我摆脱那习惯了。"纳尔逊说。当学校里理论家的数量超过他称为"心智正常的艺术史家"的时候,他辞职了。他担心前同事们会轻视他关于罗马古币的作品,因而总喜欢强调自己不是钱币学家。戴尔跟他一起离开了学校,只剩下两个忠心的学生,每周开几个小时的车来跟她一起在暗房里工作。

"不管上不上格罗顿,纳尔逊对知识总有那么强烈的兴趣,所以我们对他毫不担心。我终于说服了他妈妈,我那么做是对的。"杰尔姆说。杰尔姆把纳尔逊从格罗顿中学的魔爪中解救出来——他们都这么想。但凡说到这个,杰尔姆绝不会不愿意再次接受感谢。

"我为此感谢你。"纳尔逊说。

"还有,要是你出生的时候我就在,我会阻止她给你起一个船长的名字。"杰尔姆说。

"噢,纳尔逊这名字挺可爱的。"布伦达说。

"当然,要是你出生的时候我在,人们就该怀疑出了什么怪事了。"杰尔姆说。

"我以为你是在纳尔逊五六岁的时候,在巴黎遇见迪迪的。"布伦达说。

"他四岁。我们结婚的时候他五岁。"

那时迪迪去巴黎学习绘画。事实上,她是去跟她的神智学老师谈恋爱的。那段感情的收场不太妙,不过迪迪在"双偶"咖啡馆遇到了杰尔姆。据她说,那可不是蜗牛般的懒散,她是以蛇的速度进攻的。

"我不懂你刚才说'如果我在'是什么意思。"布伦达说。

"我只是在说如果,如果事情不是那样。和本来的情况不一样。

如果。"

"但是我觉得你在暗示迪迪生孩子的时候,你就认识她。他是这意思吗?"布伦达说。

"布伦达,所有这些发生的时候你还是个孩子。你用不着妒忌。"杰尔姆说。

"我知道我应该住嘴,杰尔姆,可是你提到你可能在,这听起来有点奇怪。"布伦达说,"是我又望文生义了吗?"

"是的。"纳尔逊说。

"哦,不,我是说,有时我觉得话中有话,而我是新来的,我不是很明白。"

"我跟你生活六年了,布伦达。"杰尔姆说。他的语气斩钉截铁,仿佛布伦达如果想跟他多生活六秒钟,就最好打住这话题。

布伦达什么也没说。戴尔做手势让大家注意日晷旁边的汤锅。桌上还有一个盛着香葱的银碗和一个中式小碟,碟子里面上了珐琅釉,是戴尔在打折货摊上花二十五美分买的。这地方的人,只要是没有充气皮球大的东西,都不当好东西卖。那个中式小碟是件古董,碟子里的无糖生奶油堆成了一座小金字塔。

"真好喝,汤好喝极了。"杰尔姆说,"你准备什么时候让我资助你开个餐馆?"

他想让戴尔在纽约开家餐馆有很多年了。杰尔姆家财万贯,是他在父母去世后继承的,父母还留给他半个罗得岛州的土地。他是个兼职股票经纪人,能明智地投资。后来戴尔在波士顿纽伯里街的一家画廊展出了她的摄影作品,在那以前,驳回杰尔姆的想法要困难得多。

"最近摄影情况怎样?"他又问,她没有回答。布伦达还在喝汤,没有抬头。

"我现在在拍一些有意思的东西,"戴尔说,"路那头的那个女人……"她指着黑漆漆的窗外。从桥到朴次茅斯之间只有一星微光闪烁,遥遥可见。"有个女人常年住在那儿——用一个火炉烧柴取暖——我拍了些照片……嗯,谈论自己拍的东西听起来总是很傻,就像解释一本书。"她说,希望能引发纳尔逊的同情。

"就说个大意吧。"杰尔姆说。

"好,她给人做占星图,做得真的非常美。她的手美极了,像乔治亚·欧姬芙[1]。我拍了她在羊皮纸上画记号时的手。手很能反映一个人,因为你没法改变你的手。"

她说得越多,越觉得自己傻。

"你让她给你做占星图了吗?"杰尔姆问。他的声音有些生硬,透着一丝不赞许。

"没有。"戴尔说。

"我让她做过一次。"布伦达说,"不知放在什么地方了。显然非常少见,因为我所有的月亮都在一个宫。"

杰尔姆看着她。"迪迪相信占星术。"他说,"她认为我们不合适,因为她是天秤,我是天蝎。这显然给了她去跟一个警察偷情的借口。"

"我不是迪迪。"布伦达断然说。很明显,她决定不让杰尔姆压她一头。戴尔为此替她骄傲。

"你来切烤肉好吗?"戴尔对纳尔逊说,"我去把蔬菜从烤箱里拿

---

[1] 乔治亚·欧姬芙(Georgia O'Keeffe,1887—1986),美国现代派女画家,被称为"美国现代主义之母"。

出来。"

她觉得把布伦达和杰尔姆单独留在餐桌边稍有不妥,但是纳尔逊切肉确实比她切得好。她站起来收拾汤碗。

"那个戴耳套的女人还来上你的课吗?"戴尔拿起布伦达的碗时对她说。她说得很不经意,好像之前的谈话一直都很顺畅。要是布伦达愿意,这会给她一个借口起身离开,跟她去厨房。可是布伦达没有。她说:"是的。我开始有一点喜欢她了,但是她担心体温会通过耳朵散失——实在让人想不通。"

"所有人都在锻炼。"杰尔姆说,"要请布伦达做教练的人多得她都应付不过来。现在体育馆周四晚上开到十点。你俩锻炼吗?"

"楼下卧室里有一辆健身自行车。有时我边看CNN边骑单车。"纳尔逊说。

杰尔姆又微微点头。"你呢?"他问戴尔,"还做五十个仰卧起坐吗?我得说,你看起来好极了。"

"她不能做。"纳尔逊替她回答,"美尼尔氏综合征。那种重复性活动会让她内耳出问题。"

"哦,我忘了。"布伦达说,"你感觉如何,戴尔?"

"还好。"她说,情况有所好转。问题永远不会消失,除非它自行消失。之前情况非常糟,因为低血糖使问题更复杂,现在已经基本控制住了,但她不想谈论这些。

"提醒我你不能吃什么。"杰尔姆说,"倒不是说我们会吓得不敢叫你来吃晚餐。最好在纽约找一家饭店回请你们。"

"你们不用回请。"戴尔说,"我喜欢做饭。"

"我不会被吓到的。"布伦达说。

581

"你不会的。"杰尔姆说,"我接受指正。"

"也许会是个问题,假如你太擅长什么事,别人甚至不敢为你做这件事。"布伦达说,"我有个同事,那女孩按摩的手艺世界第一,没人会给她按摩,因为她是最棒的。有一天,我只是捏了捏她的肩膀,她几乎晕倒了。"

"你也做起按摩来了?"杰尔姆说。

"你说'也'是什么意思?"布伦达说,"这跟你不喜欢我周四工作到很晚有关是不是?我也该提醒你,你的主顾打电话来,不管什么时间,你在电话里讲上一个小时都不算什么。"

"不要吵架!"纳尔逊说。

"我们没吵架。"杰尔姆说。

"好么,你刚才一直在向我挑衅。"布伦达说。

"我是无意的,我道歉。"杰尔姆说。

"哦,宝贝儿。"布伦达说着起身,把餐巾放在桌上。她绕过桌子去拥抱杰尔姆。

"她又喜欢我了。"杰尔姆说。

"我们都喜欢你。"纳尔逊说,"我个人认为你拯救了我的人生。"

"太夸张了。"杰尔姆说,"我只不过不是传统意义上那种冷漠的继父。我能帮忙抚养你,这对我来说真的是额外的奖赏。"

"你要是再多教我一点电力知识就更好了。"纳尔逊说。

"已经用绳针系紧了,在我找到焊锡枪把它焊起来之前不会掉下来。"杰尔姆说,"不过说正经的,戴尔——他们对你这毛病的预后[1]

---

1 指根据病人当前的状况预估治疗后的结果。

怎么说?"

烤蔬菜倾泻到碗中。戴尔把那个百丽耐热玻璃碗小心翼翼地放进水槽,又拉开抽屉,找分菜的勺子。"我没事。"她说。

"有点麻烦。"纳尔逊说,"她早上只吃核桃仁和奶酪棒。你觉得她气色好?可她要是再减掉十五磅还会好吗?"

"奶酪热量很高。"戴尔说。除非大家的焦虑有所缓解,否则不谈论这事是不可能了。她压低了声音。"算了,纳尔逊。"她说,"说这些没意思。"

"奶酪?奶酪怎么了?"杰尔姆说。

"宝贝儿,你这是在盘问她。"布伦达说。

"对了,这是新鲜的苹果酱,这是蔬菜——杰尔姆,我把它们放在你面前了——纳尔逊来分烤肉。"戴尔说着回到座位上。椅子是丹麦现代风格的,椅垫带几何线条图案。显然,教授和他妻子去过丹麦休学术长假。

"哦,你已经有苹果了。我知道你会有。"布伦达说。

"她都不碰苹果酱,那简直是纯糖。"纳尔逊说。

"纳尔逊。"戴尔说,"请别再说了。"她问:"有谁要水吗?"

"要是你不介意,我想来点马贡-吕尼特供干白,纳尔逊告诉我你存了一些。"杰尔姆说。

"当然没问题。"戴尔说着站起来。纳尔逊端着大盘子绕过她身边。

"她给她的医生准备了一种名叫'作品一号'的酒,医生要来吃晚餐——什么时候来着,星期四?"纳尔逊说,"我们本来应该过去喝一杯的,但是你看戴尔,一定要请人吃晚餐以示感谢。"

583

"哪一年的？"杰尔姆说。

"是收到的礼物。"戴尔说，"一个跟进口酒商结了婚的学生送的，我猜这酒不错。"

纳尔逊端着盘子让布伦达自己夹菜。

"贮存的方法对吗？"杰尔姆说，"那酒很棒。我们只能希望没发生什么状况。"

戴尔看着他。表面上他对她的健康挺关心，实际上他对酒的兴趣却要大得多。一开始她以为，杰尔姆表现得如此殷勤关切，其实是在暗示她的脆弱。可怜的戴尔，任何时候都有可能倒地不起。这符合他对女人的定义。

纳尔逊走到杰尔姆身边，握着酒瓶说："一九八五的。"

"你知道吗，这的确是一种非常优雅的酒。让我看看。"杰尔姆说。他把酒瓶搂在胸前，低头看着酒，微笑着。"作为曾经拯救过你丈夫人生的人，我可以问问你对我开这瓶酒来就晚餐有什么意见吗？"他说。

"杰尔姆！"布伦达说，"把它还给纳尔逊。"

纳尔逊看着戴尔，神情半是迷惑，半是乞求。只是一瓶葡萄酒而已。她没有理由认为医生或她丈夫是品酒的行家。还有一瓶圣爱美浓，但是现在再提起就显得小气了。"没问题。"戴尔说。她把椅子往后推，到橱柜那儿拿出他们自己的高脚杯，还有一个大碗，是和她的羽绒被及收藏的烹饪书一起带来的。

戴尔给每个人摆好杯子。杰尔姆微笑着说："我们只能希望。"

布伦达看着戴尔，但是戴尔没有跟她对看。她决心让所有人看到自己并不在意。杰尔姆通常是很有礼貌的。

"告诉我。"他边说边把酒瓶夹在两腿之间,转动开瓶器,"你不会拒绝一小杯酒吧,戴尔?"

"我不能喝酒。"她说。

"那杯子是干吗的?"他问。

"巴黎水。"她说,吐字非常清晰。

杰尔姆专注地看着酒瓶,慢慢拔出木塞,他缓缓地拿起瓶子闻了闻。然后他把白色的亚麻餐巾裹在手指上,手指在瓶顶转动,然后伸进瓶子。那一刻她才意识到,他这么做是出于愤怒。她拿起叉子,戳下一块茄子。

"你不讲话了,戴尔,"他说,"没事吧?"

"没事。"她说,试图显得有些惊讶。

"我只是觉得你话很少。"他追着不放。

布伦达似乎要开口,却什么也没说。戴尔耸了耸肩。"希望蔬菜的调料够味。"她说,"我烤的时候没加盐。有谁要加点盐吗?"

当然了,既然他们的注意力都在戴尔身上,此时她不管说什么都显得虚伪肤浅。

"感谢你为我准备马贡-吕尼干白。"杰尔姆继续说,"大多数时候,白葡萄酒配烤猪肉很好。但是,一瓶八五年的'作品一号'——那简直是完美。"杰尔姆闻着酒瓶。他吸得那么用力,不如说是在吸鼻烟。然后他把酒瓶放在桌上,挨着日晷。"让它呼吸一会儿。"他说。他把椅子斜过来,装作跟戴尔很亲密的样子。

戴尔用手指捏起一块胡萝卜,咬了一口。她什么也没说。

"我听说,上个月你请迪迪和你的一些朋友吃饭了。"他说。

他和迪迪彼此都不讲话,是谁告诉他的?显然是纳尔逊,可是为什么？

"对。"戴尔说。

杰尔姆咬了一口肉、一口蔬菜。他去拿苹果酱，用勺子盛了一些到盘子里。他对食物没做任何评价。

"我知道你给她拍了一张肖像。"他说。

布伦达慢慢地嚼着东西。她明白，戴尔也明白，杰尔姆在酝酿着什么。事实上，戴尔并不太喜欢迪迪——有一部分原因是她们的共同点很少。另外，迪迪刻意放低姿态，显得戴尔见多识广，而她这个环游世界的人只是个可怜的老太太。戴尔想过，且不管暂时的权力失衡，给她拍照也许最终能让她俩的地位相当。

杰尔姆说："我有点好奇，想看看。"

"不行。"戴尔说。

"不行？为什么不行？"杰尔姆说。

"你不喜欢你前妻。"她说，"没有理由看她的照片。"

"听她说的！"杰尔姆说，下巴向纳尔逊那边歪了歪。

"杰尔姆——怎么回事？"纳尔逊平静地说。

"怎么回事？我请求看张照片有什么问题？我好奇迪迪现在是什么样子。我们结婚很多年，你记得的。"

"我不想看。"布伦达说。

"你不必看。你要是不想喝这酒，也不必喝。"杰尔姆旋转酒瓶。商标在他眼前掠过，他抓起酒瓶倒酒。一丝细流注入酒杯。

"我不太明白，不想看你前妻的照片怎么就意味着我不想喝酒。"布伦达说。

"你喜欢白葡萄酒。不是吗？"杰尔姆说。

"通常是。可是你把这酒说得非常好。"

"是很好，但还不是极品。"杰尔姆说着吸了一口气。他还一口都没喝。他让杯中的酒打着转，再把杯子举到唇边，缓缓后倾。"嗯……"他点着头说，"相当不错，但还不算完美。"他说着切下一片烤肉。

纳尔逊的目光一直在戴尔身上，她专注心神，不去看布伦达。布伦达对杰尔姆行为的反应比任何人都糟。"我能跟你在厨房说句话吗？"布伦达对杰尔姆说。

"哦，就在这儿说我好了。继承迪迪的伟大传统，她从不压低声音，也不回避任何当面对峙。"

"我不是迪迪。"布伦达说，"我想知道，你有这种举动是不是因为你对我有一份喜欢的工作感到恼火，因为那意味着我没法回应你每一个心血来潮的怪念头，还是因为你非要跟戴尔挑刺。"

"算了吧，"纳尔逊说，"算了。戴尔做了这么好吃的饭。"

"别告诉我不该跟杰尔姆说什么。"布伦达说。

"我们再去散个步吧，冷静一下。"戴尔对布伦达说，"也许他们想说说话。也许我们可以去呼吸一下新鲜空气。"

"好。"布伦达说，这让戴尔很惊讶。她本以为布伦达会拒绝，但这个提议似乎让她松了口气。她站起来，穿过厨房，走进挂着大衣的门廊。黑暗中，她把戴尔的夹克当成自己的穿上了。戴尔注意到了，但既然她们穿一个号，她什么也没说就穿上了布伦达的。到了外面，布伦达把手伸进口袋摸到甜甜圈的时候，才意识到穿错了。"哦，这件是你的。"她说着开始拉拉链。

"我们穿一个号。你穿着吧。"戴尔说。布伦达看看她，想要确定

587

她的话是真心的。然后她把手从拉链上拿开了。她们一边走，布伦达一边开始为杰尔姆道歉。她说刚才在屋里的时候，她只是在猜测。她也不明白他到底为什么生气，不过她猜他们心里明白，他喜欢他们胜过自己的孩子——和迪迪分手后，他在遇见布伦达之前有过一个女儿，还有母亲是别人老婆的一个儿子。"他在飞机上喝了几杯啤酒。后来他们上楼去修线路时也拿了一瓶酒。也许他只是喝多了。"布伦达说。

"没关系的。"戴尔说。她指指朴次茅斯的灯光。"我喜欢那灯光。"她说，"我喜欢傍晚多彩的天空，但是在晚上，我几乎同样喜欢那一点小小的灯光。"

戴尔想看看手表，但看不清楚。"太晚了，不能再带蒂龙出来了。"她说。虽然看不清表上的时间，但她知道很晚了。远处，有风拂过柳树，沙沙作响。她们走到分割过的田野中小路转弯变窄的地方。作为租客，戴尔和纳尔逊有责任犁地，不让灌木疯长。远处的公路上传来汽车的白噪音。噪音，再加上簌簌的风声，几乎盖过了轮胎声，一辆灭掉头灯的黑色汽车几乎撞在她们身上。布伦达惊恐地跳起来，抓住戴尔的胳膊，她穿着高跟靴飞快地往草地里走，结果失去平衡，摔倒在地，把戴尔也拖倒在地。"哦，该死，我的脚踝。"她说，"哦，不。"两人趴在田里，挣扎着站起来，草上的白霜嘎吱作响，好像冬天的流沙。没有头灯的车？车几乎从侧面撞到了她们，然后加速飞奔而去。它巨大的黑影迅疾移开，后退时碾到石子的声音比前进时的更大。

布伦达脚踝扭了。戴尔扶她起来，掸了掸布伦达后背（她自己的夹克）上的湿露，想要延迟那个时刻的来临，即布伦达说她走不了路的时刻。"那个天杀的神经病。"戴尔说，"你能用点力踩踩看吗？觉得怎么样?"

"很疼,不过我想没有骨折。"布伦达说。

戴尔望着远方,布伦达的手还搭在她的肩上。"该死。"布伦达又说,"我最好脱掉高跟靴和裙子,穿着紧身裤走回去。你知道吗,要不是我心里明白,我简直想说那是杰尔姆在瞄准目标杀人。"

杀人。她感到一阵比夜雾更冷的寒意,她意识到那辆车一定是从珍妮特的房子那里疾驰而来的。她也意识到她们必须继续前进——至少是她,必须继续前进——去看看出了什么事。

"不妙——"戴尔开口。

"我知道。"布伦达说着哭了起来,"但最糟糕的是我怀孕了,我不敢告诉他,他最近太可恶了,好像很讨厌我。我觉得我脚踝骨折了他才高兴呢。"

"不是。"戴尔说,她听着布伦达说话,却好像没听进去,"那边的房子出事了。珍妮特的房子。"

布伦达的手抓住戴尔的肩膀。"哦,上帝啊。"她说。

"你在这儿等着。"戴尔说。

"不!我跟你一起去。"布伦达对她说。

"我有一种很坏的预感。"戴尔说。

"我们还不清楚。"布伦达说,"也许是些年轻人——喝醉了,关上车灯玩什么游戏。"她语气无力,可见她自己都不相信自己的话。

慢慢地,戴尔扶着布伦达前行,一只手拿着她的靴子,另一只手挽在她腰间。两个人走着,直到那所小小的房子进入视野。"不怎么像婚礼蛋糕。"布伦达瞅着那座比小板房好不了多少的房子说。有一盏灯亮着,这是不明确的预兆:也许说明一切都好,也许什么都不说明。

　　半开半掩的前门是最坏的迹象。戴尔很吃惊自己居然能有勇气把门推开。房子里，壁炉的木柴已经燃尽。一个靠垫丢在地板上，旁边有一个倒了的马克杯，杯子里不知装了什么东西，洒了一地。屋内一片可怕而诡异的寂静。戴尔发现自己被寂静包围，这是少有的情形。

　　"珍妮特？"戴尔说，"我是戴尔。珍妮特？"

　　她倒在厨房的地板上。戴尔拧开灯，她们看到了她。珍妮特的呼吸很浅，一丝血迹凝结在嘴角。戴尔冲动地想把珍妮特搂在怀里，但是她知道自己不应该挪动她的头。"珍妮特？一切都会好起来的。"她听到自己呆板的声音。她本想加强语气，可是声音却显得单调。她的耳朵开始堵了——这是眩晕即将来袭的警告。可是为什么？她没有喝酒，也没有吃糖。美尼尔氏综合征发作时，惊恐会被压制。"你必须学会吸取积极思考的力量。"她听到医生对她说，"我知道这听起来很可笑，但的确管用。我并不相信神秘主义，这更像是一种生物反馈。你要对自己说：'这事不会发生在我身上。'"

　　房间在颤抖，墙面的震颤似乎是来自大地的震动。戴尔默默地重复那些话。她看到珍妮特的前胸一起一伏，似乎呼吸并不困难，但刚才来这儿的人企图用一根绳子勒死她。从脸色看，她显然缺氧，长长的手指捏成拳头。血从她胳膊上的一个伤口渗出。绳子另一头挂着一个安卡十字架[1]。地上丢了本《象征符号辞典》，旁边是一张染血的星图。星图旁边，是戴尔给珍妮特的手拍摄的照片，被人从墙上撕下来。照片上，珍妮特的手里拿着那把画符号用的小小的梨木画刷，照

---

[1] 安卡十字架（ankh）是一个上饰圆环的"T"字形记号，在古埃及以此象征生命。

片被撕开，画刷断成两半。突然，戴尔记起她该做什么，便走到墙挂电话旁，拨了911。"和谐小巷尽头有人昏迷。"她说。很难分辨她讲话有多大声或多小声。和谐小巷——那是她刚才说的吗？那是个什么荒诞的地方？是某个荒诞的华特·迪士尼[1]开发项目中某条虚构的街道吗？不是的——他们可没去那儿。他们在缅因州租了一栋房子，那就是他们的所在。她眯起眼看着厨房窗外那颗闪烁的星星，它像一枚明亮的梭镖对准了她的眼睛。但它并不是星星。是朴次茅斯的那盏灯。

接到戴尔电话的女人叫戴尔保持冷静。她坚持让她待在原地。好像当事人是戴尔——不是珍妮特，而是站在珍妮特厨房里的戴尔。有那么一秒，911的女人的声音和医生说话的声音混在了一起：这不会发生在我身上。

警笛的尖声响起。听起来那么遥远，远极了，但是很清晰：这是预示着麻烦的背景音乐。戴尔吓了一跳，她甚至没有挂断电话，而是手拿电话站在那里，还以为挂断了。她两天前见过珍妮特。还是三天前？她们说起南瓜。珍妮特感谢戴尔在农夫市集帮她买南瓜。"我是她的邻居，戴尔。"她自认为是在回答电话那头的女人用微弱的声音问的问题。那个女人为什么不问珍妮特的事？"我们看到一辆汽车。"她听到自己在说，可是她的嘴离话筒太远，911的接线员听不清。

就是在那一刻，蒂龙从双人沙发下面冲了出来，它飞快地扑上来，越过戴尔，扑倒了布伦达。她可能意识到那只是一条狗，过了很

---

[1] 华特·迪士尼（Walt Disney，1901—1966），美国知名动画制作人和企业家，创立了迪士尼公司，和团队共同创造了米老鼠等经典卡通角色。

久才发出恐惧的尖叫。蒂龙跟她们一样害怕；布伦达的尖叫把所有的事情弄得更糟了。

"哦，上帝，对不起。"布伦达说，向哆哆嗦嗦的狗道歉。它的后腿颤抖得如此可怜，戴尔看不出它怎么还能挺直身子。"哦，上帝，来。"布伦达说着，挪近一点点，手颤抖着在夹克口袋里摸出一个甜甜圈。她伸手把甜甜圈递给狗，狗没有上前，只是浑身颤抖地站着，靠在戴尔的腿上。没有人看一眼珍妮特的身体。风吹得草丛沙沙作响，但警笛声更大了。戴尔看到布伦达歪着头转过身去，好像她能看到警笛声似的。布伦达又回过头，把甜甜圈抛给狗，偏了足有一英里。

"没事了。"戴尔说着伸出一条腿，从狗身上跨过去，用靴子尖把甜甜圈往狗这边一点点推过来。那是一个糖霜甜甜圈，在木地板上留下一道白色的痕迹。珍妮特的手边有一道血迹——不，是一摊，不是一道。戴尔没往那个方向看，她非常害怕珍妮特会停止呼吸。

戴尔看着房间另一头的布伦达。布伦达垂头丧气，正要扔出另一个甜甜圈。戴尔看着她一边把甜甜圈慢慢抛出来，一边重复着戴尔的话："没事了。"然后她上前一步，对戴尔说："叫他原谅我吧。叫他重新喜欢我。"

戴尔抚摸蒂龙的头。蒂龙成了她的狗。布伦达和杰尔姆的孩子，她想，将会成为布伦达的孩子。杰尔姆所有的女人都想要孩子，而他深深厌恶每一个孩子。他在法国跟那个已婚女人生的儿子，她丈夫还以为那是自己的；还有第二段婚姻要解体时生下的女儿。纳尔逊是唯一一个他自己想要的孩子。好吧——如果你已经有了你视作完美的孩子，也许这就说得通。纳尔逊对知识充满好奇心，聪明，听话，喜欢继父胜过母亲，是个忠诚的孩子。

纳尔逊和杰尔姆一定在餐桌旁准备结束晚餐。纳尔逊给杰尔姆找了个台阶下，杰尔姆的消极对抗渐渐平息，变得和蔼可亲——好像两个女人一消失，所有问题也自动消失了。没有她们，纳尔逊和杰尔姆可以开始享用沙拉，喝完整瓶"作品一号"。纳尔逊可能会把迪迪的照片拿出来，她的脸皱纹深布，刻进那些她忍受杰尔姆酗酒的日子，还有她做的其他糟糕决定，当然也有在圣特罗佩度假的时光，她在那里享受了太多的阳光。

太多阳光。太多儿子[1]。杰尔姆会喜欢玩这个文字游戏。

杰尔姆已经告诉纳尔逊，他在认真考虑跟布伦达分居。不过现在他讲述的故事和菲利普·德·罗斯柴尔德男爵有关，男爵是个聪明的生意人，更重要的是，他很有远见，他认识到如果跟加州的葡萄种植酿造者罗伯特·蒙达维联手，将会获益良多。蒙达维被请到男爵家，两人享用佳肴，品尝美酒。那是一个社交之夜，不谈生意。直到第二天早晨，男爵——这时蒙达维已经对他真心敬仰，因为他的品味、优雅的风度和举止——把蒙达维召到床边，就像童话里的人物一样，他们讨论有无可能联手，以及利润五五分成。蒙达维提出只做一种酒，类似于一种绝妙的波尔多葡萄酒。他这是在试探吗？男爵同意了。他也会说出同样的话吗？酒将在加州酿造，男爵的酿酒师会去探访。蒙达维备感荣幸，激动不已。他的名字将和菲利普·德·罗斯柴尔德男

---

1 此处为谐音双关，"太多阳光"（Too much sun）和"太多儿子"（Too much son）中，阳光和儿子的英文发音相同。

爵连在一起！男爵也沉浸在胜利的喜悦中，他意识到拥抱自己未来的对手将会使两人都获利。除了仪式性地品尝一瓶百年木桐，然后是一瓶冰凉的伊甘[1]，他们什么也没留下：一桩完美的交易；一顿完美的大餐——杰尔姆指出这甚至还是押韵[2]的。最后他们设计了一个出色的商标，这是完美的收笔。

房子里的谈话事关完美。在一个完美的世界里，所有的酒都将是完美的。婚姻也是。所有的书都是绝妙的（举杯庆祝）。还有人们都热衷聆听的无比美妙的音乐（再次举杯）。在那个不属于戴尔，也不属于布伦达的童话世界里，没有哪个女人会受重伤，倒在自己的厨房地板上。

布伦达穿过房间，站在戴尔身旁。"甜甜圈。"她轻轻地说，低下头，把甜甜圈从那道糖霜轨迹的尽头捡起来，好像从黑暗中摘下一颗流星。

这一次，蒂龙表现出了兴趣。戴尔又捡起另外两个。狗确实有兴趣了。戴尔和布伦达仔细检查，没看到甜甜圈上有灰尘。

"为什么不吃呢？"戴尔说，替布伦达讲出了心里话。她们可以假装是鸡尾酒会上的客人，吃着可口的小食。

然而警笛声划破静夜。

那预示着什么人有了麻烦，纳尔逊明白。又一个麻烦，杰尔姆也这么想。

声音盖过了唱机里巴托克的曲子。警笛声尖厉而持久：一种可以

---

[1] 木桐（Château Mouton）和伊甘（Château d'Yquem）都是世界级葡萄酒庄。

[2] 交易（deal）和大餐（meal）的英文押韵。

说是像女人尖叫般令人厌烦的声音——只要人们还可以打这种比方，不过当然，现在不行了。

声音越来越大，他们不得不关注起来。

一个男人在前，另一个在后，走出房门。那扇门也在风中敞开。

一辆警车，又一辆警车，一辆救护车，一辆消防车——警力开足，全部出动。

去哪？这两个字像是心跳声：去哪，去哪。

沿着远离法国的一个国家的一条土路。

沿着一栋出租屋对面的窄路。

一桌饭菜扔在那儿，两个人中有一个还记得吹灭蜡烛。

2000年11月20日

洛杉矶最后的古怪一日

凯勒反复琢磨感恩节是否要去坎布里奇看他女儿琳。如果他十一月去，就见不到侄子侄女了，他们只在十二月回东部过圣诞。本来他们可以放下工作，在两个假期都回来，但他们从来没有这么安排。女儿搬进自己的公寓以后，全家都聚在她那儿过感恩节，到现在已有六年了；圣诞节大餐则去阿灵顿凯勒的姐姐家吃。女儿的公寓在波特广场附近。她以前跟雷·瑟鲁托一起住，后来觉得自己跟一个汽车机修工在一起实属屈就。一个好人、一个勤快的工人、一个老派绅士——接下来，她选择的都是凯勒发现几乎无法与之相处的男人，女儿和他们一茬接一茬地过着一夫一妻的生活。噢，可是他们拥有白领的职业和白领的渴望：比如现在的男友，最近她跟他飞到英国去，整整三天，就为了看多佛白崖。即使那儿有蓝鸟[1]，也没人提起过。

多年前，凯勒的妻子休·安妮搬回弗吉尼亚州的罗阿诺克，她在

---

[1] 《（蓝鸟将飞过）多佛白崖》[(There'll Be Bluebirds Over) The White Cliffs of Dover] 是第二次世界大战中广为流传的一首经典歌曲。

那里租了一间"婆婆公寓",女房主是她的大学同学,那时她和凯勒还在恋爱。休·安妮开玩笑说,自己已经变成某种理想的婆婆了——打理园艺,在朋友出门时帮他们照顾宠物。她很高兴重新做回园丁。她和凯勒一起生活的近二十年间,他们在波士顿郊区的小房子被树荫遮蔽,除了春天的球根花卉,几乎什么也长不了。因为土地肥力太弱,即便是那些球根植物,也得种在花坛里。最终,松鼠发现了花坛。休·安妮的崩溃一定跟松鼠有关。

那么,打电话给女儿,或是做点更重要的事,打电话给邻居——在"快乐旅游"工作的旅行社代理西格丽德——跟她道个歉。最近,他们在本地一家中餐馆吃了一顿平静的晚餐,却被一场大雷雨打断。雨势猛烈,简直是在宣告查尔顿·赫斯顿[1]的出场,这让凯勒想到他的窗户没关。他也许不该拒绝把饭菜打包,但是他想,比起让她到家里来吃晚餐——他家一片狼藉——或者去她那儿,还得看她儿子那张臭脸,似乎还是狼吞虎咽地吃完饭比较省事。

在那顿倒霉的晚餐之后的几天,他送了她六张彩票,希望某个号码能中奖,好让她给儿子弄一辆自行车,不过显然彩票都没中奖,要不然她会打电话来的。她儿子那辆昂贵的自行车被人用刀指着抢走了,是在一个他跟他妈妈许诺不会去的街区。

两三个星期前,西格丽德和凯勒开车去波士顿看美术馆的一个演出,然后去了一家咖啡馆。他被一个推着婴儿车的妈妈撞了一下,那婴儿车有装甲车那么大,结果他笨手笨脚地把一杯茶泼在了西格丽德

---

[1] 查尔顿·赫斯顿(Charlton Heston,1923—2008),美国电影、电视和戏剧演员。他常饰演英雄角色,曾获奥斯卡最佳男主角奖。

身上。他把纸巾拿到女盥洗室门口,让西格丽德擦擦,他竟然——有人可能会说,相当仗义地——还想到从自己衬衣口袋里的多种维生素小盒里,取出一颗每日必服的维生素 E,咬掉胶囊末端,然后叫她从他的指尖上刮下那点黏稠的东西,涂在烫伤的地方。她坚持说自己没被烫着。后来他们在去拿车的路上争执起来,他说她不必装得一切无恙,他喜欢实话实说的女人。"西格丽德,我把你烫到了,那不可能没事。"他对她说。

"这个嘛,我只是觉得,没有必要为了一个无心之失而责怪你,凯勒。"她回答。每个人都用他的姓氏称呼他。他出生时的名字是约瑟夫·弗朗西斯,但无论是叫他乔、约瑟夫、弗兰克还是弗朗西斯都不合适。

"我太笨了,动作也慢,没能及时帮忙。"他说。

"你挺好的,"她说,"如果我哭,或者失去理性,反而会让你更高兴,是吗?你有一面总是在时刻保持警惕,仿佛对方一定会失去理性。"

"你对我妻子的个性了解那么一点。"他说。

西格丽德在休·安妮离家之前、之中和之后都住在他隔壁。"那每个人都是你妻子吗?"她说,"你是这么想的吗?"

"不,"他说,"我是在道歉。我为我妻子做的也不够多。很明显我的行动不够快,或者不够有效,或者——"

"你总是在寻求原谅!"她说,"我不会原谅或不原谅你,这样如何?我对具体情况缺乏了解,但我想你也不能对事情的结果负全责。"

"对不起。"他说,"有人说我话太少,不给别人机会来了解我,而其他人——比如你和我女儿——又坚持认为我批判自己是为了吸引别人的注意力。"

"我没说过这种话！别把别人的话安在我嘴里。我说了，茶洒在我身上的事，和你与妻子无疑非常复杂的关系，这两者实在没——"

"这对我来说实在是太复杂了。"凯勒小声说。

"别小声说话。要是我们需要讨论问题，至少让我听到你在说什么。"

"我没有小声说话。"凯勒说，"那只是一个老人有气无力的喘息。"

"你又说起年龄！我应该同情你的老龄！你到底有多老，既然你总是提到这个？"

"你还太年轻，数不到那么老，"他笑了，"你是一个年轻迷人的成功女性。人们乐意看到你走进屋子。他们抬头看到我，看到的是一个老人，就移开目光。我走进旅行社，他们没有一个不低头缩进桌子下面的。你记得吧，我们就是那样认识的，因为美国人通常不会拜访自己的邻居。只有你光彩照人地对我笑脸相迎，其他人都假装我不在场。"

"听我说，你确定这是我们停车的地方吗？"

"我什么也不确定。这就是为什么我让你开车。"

"我开车，是因为在我们离开前不久，你的验光师给你滴了散瞳眼药水。"她说。

"但是我现在好了。至少，我通常并不完美的视力回来了。我能开回去。"他指着她的银色丰田阿瓦隆说，"这车对我来说太高贵了，真的，不过开车是我现在最不愿做的事，我已经毁了你的一天。"

"为什么这么讲？"她说，"因为你乐得以为一些小问题就能毁了

599

我的一天吗?你真是没救了,凯勒。还有,别再小声说那正是你妻子会说的话。她只是居住在地球上的另一个人,除此之外,我对你妻子毫不关心。"

她从口袋里掏出钥匙圈,扔给他。

他很高兴自己接住了,因为她把钥匙往空中抛得太高了。但他确实接住了,他也确实记得在开锁的时候先她一步,为她打开车门。他从车后绕过去时,看到保险杠上贴着"善待动物组织"的字样,那是她丈夫用来给车做装饰的,后来,她丈夫为了一个小他很多岁的佛教徒兼纯素食主义动物权利活动家离开了她。

至少他是慢慢地走向疯狂,先是订阅《史密森》[1]杂志,后来才订一些刊登动物照片的通讯。那些照片有戴镣铐的饥饿的马,还有被割除脚爪的眼神惊恐的动物——休·安妮觉得让人送到家门口都难为情的内容。妻子离开前的一年,他周末去一个动物援救社团工作。当妻子说他痴迷于关注动物困境,甚至不惜以婚姻和儿子为代价时,他把一本自己的出版物卷成筒,不停地拿它拍打手心,激烈地抗议,好像在责骂一条坏狗。休·安妮记得,他不知怎么地把话题转移到亚洲仍在非法进口象牙。

"你总想吵上一架。"西格丽德说,她最终再次开口的时候,凯勒正迂回辗转地把车开出波士顿。"这样跟你相处很难。"

"我知道很难。我很抱歉。"

"来我家吧,我们可以一起看《佩里·梅森》的重播。"她说,

---

[1]《史密森》(*Smithsonian*)杂志是美国史密森学会的官方杂志,刊登历史、科学、艺术和自然领域的文章。

"每晚十一点有。"

"我熬不到那么晚。"他说,"我是个老年人。"

凯勒在接女儿的电话(这么多天来,电话第一次响起),耐心地听她描述她的情况,她那颐指气使的人生。说话之前,女儿明确告诉他,如果他要问她是否打算跟艾迪生(叫艾迪生!)·佩奇分手,她就挂电话。另外,他也很清楚,她不想被问到她母亲的事,尽管她们的确有电话联络。她更不想听到对她光鲜生活的批评,比如针对她最近跟挥霍的男友在英国度了三天假的事情。还有,没错,她打了流感疫苗。

"现在是十一月,可以问你打算投票给谁吗?"

"不可以。"她说,"即使你跟我选的是同一个人,你也会想法戏弄我。"

"要是我说,'闭上眼睛,想象一头象或一只驴'[1]呢?"

"要是我闭上眼睛,我看到……我看到一个马屁股,那就是你。"她说,"我能继续了吗?"

他嗤之以鼻。她有急智,是他的女儿。这点遗传了他,而不是他妻子——她从不开玩笑,也理解不了玩笑。很久以前,他妻子找了一个完全没有幽默感的心理医生,他把凯勒召去,督促他跟休·安妮说话要直截了当,不要打比方,也不要含沙射影,或者——使用幽默——这天理难容。"如果我急不可耐地想要讲一个种族歧视的笑话怎么办?"他问。这个想法当然很滑稽,他这辈子从未讲过种族歧视

---

[1] 象和驴分别代表共和党和民主党。

的笑话。可是心理医生当然无法领会他的意思。"你琢磨着有必要跟你妻子讲种族歧视的笑话吗?"说着,他停下来在便笺簿上涂了几笔。"除非做梦的时候想到一个。"凯勒面无表情地说。

"我以为你要继续说下去,琳。"他说,"我说这话是表示我的态度,而不是责备。"他赶快加上一句。

"凯勒。"她说(她从十来岁的时候就开始叫他凯勒),"我需要知道你感恩节来不来。"

"就因为你会买一只重了六七盎司[1]的火鸡?"

"其实我今年想做火腿,因为艾迪生喜欢火腿。凯勒,只是个简单的请求:预先告诉我,你来还是不来。现在离感恩节还有三个星期。"

"为了要接受一个感恩节的社交邀请,我就得遵守艾米·范德比尔特[2]的日程表?"他说。

她深深叹了口气。"我想要你来,不管你相不相信。不过洛杉矶的双胞胎不来了,艾迪生的姐姐请我们去她家,所以我想,要是你不打算来,我今年也许就不做饭了。"

"哦,无论如何别为了我做饭。我会注意我的礼节,从今天算起,五十一个星期后再打电话,然后我们商量明年的计划。"他说,"对我来说,超市里卖的火鸡馅饼就足够好了。"

"然后第二天,你就变成平常那个节省的自己,开始吃剩菜的包

---

[1] 1盎司约为28克。

[2] 艾米·范德比尔特(Amy Vanderbilt, 1908—1974),美国社交礼仪权威,1952年出版了畅销书《艾米·范德比尔特的礼仪大全》。

装盒。"她说。

"马不吃纸板。你想的是老鼠。"他说。

"我接受指正。"她说,重复着他常对她说的话,"让我再问你一件事。艾迪生的姐姐住在新罕布什尔的朴次茅斯,她发了一个私人邀请,请你参加在她家举行的晚宴。你愿意在那儿过感恩节吗?"

"她从来没见过我,怎么可能发私人邀请呢?"他问。

"别啰嗦,"女儿说,"回答就行了。"

他考虑了一下。不是因为他要不要去,而是因为节日本身。历史修正主义者认为,感恩节是纪念对美洲原住民(从前叫印第安人)的征服,还不至于像哥伦布日那么糟糕,但还是有点……

"我把你的沉默理解为你想要远离尘嚣。"她说。

"人们引用这个书名的时候总是搞错,"他说,"哈代的小说是 *Far from the Madding Crowd*[1],意思完全不同,madding 的意思是'疯狂的'。'疯狂的'和'烦人的'两个词意思差得很远。想想看,比如拿你妈妈的个性和我相比。"

"你真是烦人得无可救药。"琳说,"要不是知道你关心我,我才不会拿起电话听你一次又一次地嘲讽。"

"我以为那是因为你同情我。"

他听到挂断的声音,之后一片寂静。他把电话放回电话座,那让他想起另一个摇篮[2]——琳的摇篮——床头板上有母牛跳月亮的贴花

---

[1] 琳把书名说成了 Far from the Maddening Crowd,将原书名中的 madding(疯狂的)一词误作 maddening(烦人的),因此凯勒纠正了琳的错误。

[2] 前文"电话座"的英语是 cradle,也有摇篮之意,所以凯勒由此联想到"另一个摇篮"。

印图，栏杆上有蓝色和粉色的珠子（做摇篮的厂家两面下注，迎合不同性别的婴儿）。他还记得他转动珠子，看着琳入睡。如今，摇篮搁在楼下的过道里，用来堆放供回收的废纸和杂志。这么多年来，贴花印图有些地方剥落了，所以上一次看的时候，只有牛的身子和两条腿成功跳过笑容明媚的月亮。

他买了一个冷冻的火鸡馅饼，还有，为了犒劳自己（琳说他一直吝惜给自己快乐，不对——一个人无法给自己难以发现的东西），他买了一个调频效果极佳的新收音机——不过他耳力不济，能听得出来什么呢？吃感恩节晚餐的时候（离感恩节还有两晚，不过又何必拘泥形式？选择吃"摩尔"炖牛肉还是"少脂烹饪"意式蔬菜千层面，等到感恩节当天再说），他心怀喜悦地听着雷斯皮吉[1]的《罗马的松树》。他和休·安妮的蜜月旅行差点去了罗马，但后来改去巴黎。他妻子刚读完大学第二个学期，选了艺术史专业。他们去了卢浮宫，去了国立网球场现代美术馆。旅行的最后一天，凯勒给她买了一小幅她反复赞叹的画，威尼斯的水彩画，画框十分华丽，大概这就是那幅水粉画价格昂贵的原因——是水粉，不是水彩，她总是这么纠正他。他俩都想要三个孩子，最好先有儿子，接着再来一个儿子或女儿，不过万一第二个还是儿子的话，他们当然一心期盼最后一胎生个女儿。他出神地回忆着：他们在塞纳河边漫步，说些天真的闲话，认真讨论着那些大多无法掌控的事——人生大事。

休·安妮只怀了一次孕，虽然他们（说实话，是她）略微考虑

---

1 雷斯皮吉（Ottorino Respighi，1879—1936），意大利作曲家。

过收养，但琳还是成了他们唯一的孩子。她没有兄弟姐妹，不过还算走运，有些亲戚，因为凯勒的姐姐在琳出生后一年左右生了双胞胎，那时候，两家只相距半个小时的车程，几乎每个周末都碰头。现在，休·安妮和凯勒的姐姐卡罗琳（现在名字简化为卡罗）已经几个月不说话了。卡罗琳跟她的医生丈夫住在阿灵顿（或者说分别住在阿灵顿——他不得探问两人关系的实质）。理查德和丽塔这对双胞胎都是股票经纪人，一直没结婚（聪明！），在好莱坞山共住一栋房子，凯勒跟他们相处比跟他女儿还自在。好些年了，凯勒一直承诺要去看他们，前年夏天，理查德终于要他摊牌，寄给他一张去洛杉矶的机票。理查德和丽塔开着一辆宝马敞篷车去洛杉矶国际机场接凯勒，带他去了一家寿司餐厅，餐厅里的激光影像每隔一段时间打在墙上，明暗交替，好像一堆性欲勃发的象形文字应和着《像埃及人一样走路》[1] 摩擦挑逗。第二天早上，双胞胎带他去了一个旨在嘲讽所有博物馆的博物馆，展品古怪，说明文字充满了戏谑调侃，没个正经。他敢说，那儿的大多数人都以为自己参观的是一个真正的博物馆。那天晚上，双胞胎打开泳池的灯，给他一条泳裤。他哪里能想到带这东西？他从没把对洛杉矶这座无序蔓延的城市的造访想象成海滩之旅。星期天，他们在泳池边午餐，吃新鲜的菠萝和意大利熏火腿，喝意大利汽酒而不是矿泉水，在他看来，这是家里除品质绝佳的红酒外唯一的饮品了。傍晚，有个美丽的金发女郎加入了他们，据说以前是杰克·尼科尔森[2] 的

---

1 美国流行摇滚组合"手镯合唱团"（The Bangles）的一首热门单曲。
2 杰克·尼科尔森（Jack Nicholson，1937— ），美国男演员、电影导演、制片人和编剧，被普遍认为是电影史上最优秀的男演员之一。

女朋友，或许依然还是。后来他跟丽塔和理查德去参加一个放映会，是一个赶尽杀绝的电影，他们都不想看，可是碍于情面不得不去，因为摄影师是双胞胎的老客户。星期一，他们给凯勒叫了一辆车，他就不至于因为在高速公路上找不到出口而迷路了。司机把他送到餐厅和双胞胎共进午餐，餐厅建在一个美丽的带露台的花园边上。吃完饭，司机在米高梅电影制片公司把他放下，参观结束后，又是同一个司机来接——这个司机从好莱坞高中辍学了，在写剧本。

他们给他买的是往返票，到访时间只是几天，这样挺好，因为要是再待下去，他可能就永远不会回家了。不过谁会在乎他回不回家呢？他妻子不会关心他住在哪儿，只要方向与她住的相反就行；他女儿也许会松一口气，他终于搬去了别处。他无缘无故地住在他住的这个地方——至少对他来说无缘无故。他没有朋友，除非把唐·金算上——唐每周一和周四跟他打手球。还有他的会计，拉尔夫·巴佐罗科。他猜巴佐罗科算个朋友。每个春天，他们一起打几局高尔夫，每年四月十六日，他和巴佐罗科的其他客户受邀出席一个自助餐会，巴佐罗科还会打电话祝他生日快乐，贺卡上总是写着"巴佐罗科一家"，圣诞节时还会寄来一个巨大的盒子，装着意大利杏仁脆饼和果仁巧克力……唔，他不确定。也许这就是所谓的友情，他为自己感到些许惭愧。他到医院去探望过巴佐罗科的儿子，他踢足球时摔伤了骨盆，切除了脾脏。他在雨中开车送巴佐罗科哭泣的妻子回家，让她可以冲个澡，换身衣服，然后又在雨中开车把仍在哭泣的她送回医院。好吧，他有朋友。但是他们谁会在意他搬到洛杉矶呢？唐·金很容易就能找到一个新的合伙人（也许是个更年轻的人，更配得上当他的球友）；巴佐罗科可以通过神奇的现代科技继续做他的会计。不管怎样,凯勒还是回到了北海岸。

不过,他要先过完洛杉矶这最后的古怪一日。虽然本来没这么打算(琳认为,他嘴里冒出来的每个字都是预先考虑好的,这不对),但他说最后一天想在家里消磨。为了不让双胞胎觉得过意不去,他甚至提出能否开一瓶梅洛葡萄酒——当然了,他们推荐什么就是什么——以及午饭时把他们的冰箱扫荡一空。毕竟冰箱里有马斯卡彭乳酪,而不是农家鲜干酪,水果盒里塞满了有机李子,而不是皱巴巴的超市葡萄。理查德对这个想法不太热衷,丽塔却说这当然没问题。这是凯勒的假期,她强调。那天晚上他们在一家海滩餐厅订了位,要是他觉得休息好了,想去外面吃,也没问题;要不然他们就取消订位,由理查德来做他那道著名的甜洋葱酱汁腌鸡胸。

凯勒醒来的时候,屋里没人。他煮了咖啡(在家的时候,他喝速溶咖啡)。房门开着,他趁这个工夫,走出去溜达到露台上。他环视山坡,欣赏泳池一侧种在墨西哥陶瓮里的马缨丹。一本杂志被淋湿了——夜里一定下过雨,他没听到,他昨晚听着勃拉姆斯的曲子,戴着耳机睡着了。他朝杂志走过去——这本《时尚》在绿色的瓷砖上瓦解腐烂,像高速公路上的垃圾一样恶心——他吃惊地直往后退,那儿有一只小小的负鼠:一只负鼠宝宝,长鼻子,苍白瘦小的身子,正用爪子拍水,徒劳无功地想从泳池边爬上来。他飞快地环顾左右,找泳池捞网。前一天晚上,捞网还斜靠在玻璃移门边,可是现在不见了。他赶紧走到房子的一头,又跑到另一头,始终警觉地意识到溺水的负鼠急需救援。他进了已经弥漫着咖啡香的厨房,使劲拉开一扇又一扇门,想找一个罐子。他终于发现了一个放清洁用具的桶,赶紧把里面的东西拿出来,然后冲回泳池,把桶沉下去,可是没捞到,还吓着了那可怜的小东西,让它沉到了更深处,这更难办了。他畏缩着后退几步,又意识到这种感受并非害怕,而是对自己的厌恶。内省并不是他最喜欢的模式,但没有关系。他又把桶放了下去,这一次,他接受了自己掉入水中的滑稽命运,把身子探得更远。他设法舀到了负鼠,把它从水里捞出来。它只有一丁点大。桶里的水满满的,因为他把桶浸得很深。他看到负鼠蜷在桶底,心里很绝望,马上明白它已经死了。负鼠淹死了。他放下桶,蹲在桶边的瓷砖地上。下一刻,他突然激动地醒悟过来,几乎笑出了声。它并没有死,它只是在装死[1]。但是如果他不把它从水桶里拿出来,它就真的要死了。他跳起来,把桶放倒,水带着负鼠流出来的时候,他往后站。水流光了,负鼠静静地躺着。他心想,一定是因为他在看着它,但那个可怕的念头又来了:它可能真的死了。

他静静地站着。然后他打算回屋里去,离它远远的。它死了;它没死。时间流逝。终于,他一动不动站着的时候,负鼠抽搐了一下,摇摇摆摆地走了起来——它体内闪现的生机在凯勒心中产生了共鸣——接下来事情便结束了。他继续站着,察觉到他几分钟之前还那么嫌弃自己。他随即出去把桶拿了回来。就在他抓住桶柄的时候,泪水夺眶而出。管他呢!他冲洗水桶时,在水槽边哭了起来。

他用臂弯擦干眼睛,把桶彻底清洗干净,时间长得没有必要,再用毛巾把桶擦干。他把佳美牌去污粉、稳洁牌清洁剂、抹布和刷子放回桶里,然后把桶放回水槽下的原位。现在,他试图回想这一天

---

[1] 英语中"装死"为"play possum",其中的"possum"一词即为"负鼠"之意。

他本来计划做什么，一下子又不知所措了。他脑海中跳出来的是杰克·尼科尔森的女朋友，比基尼金发女郎，披着一件牛仔布衬衫。他心想……什么？他要去找杰克·尼科尔森的女朋友吗？一个连姓什么都不知道的人？

但那的确是他的想法。当然不会去做，不过真的——那就是他在想的事，一直在想的事。

水流光了，瓷砖依然闪闪发亮。当然，负鼠没了踪影。它无疑已经吸取了这重大的教训。一张小小的红木桌子上放着一台防水收音机，他打开收音机，找到古典音乐频道，调好音量。然后他解开腰带，拉开裤子拉链，脱下外裤、内裤和衬衣。他拿着收音机走进泳池深水区的那一头，把收音机放在泳池边上，潜入水中。他在水下游了一会儿，又把头探出水面，这时他有种明确的感觉：什么东西正在盯着他看。他回头看了看房子，又缓缓地环顾泳池周围。把泳池和邻家隔开的围篱至少有十英尺高。泳池后面的梯台上长满灌木丛、果树和粉色、白色的鸢尾——凯勒十分抓狂：他独自一人在一个私家小区里，没有别人。他又潜入水中，清凉丝滑的水令他神清气爽。他游蛙泳到另一端，浮上来换气，用脚蹬池壁，换成仰面漂浮的姿势。他漂到泳池尽头，爬上岸来，用眼角的余光看到了是谁在注视他。有一只鹿高高在上，正从梯台上往下看。他们眼神交汇的那一瞬间，鹿跑掉了，但在那一瞬间，在这出现了无数启示的一天，他清楚地意识到——那只鹿投来的是一种仁爱的目光，仿佛心怀感激。他感觉到了：一只鹿认可了他，在向他表示感谢。他为自己古怪的思维方式大吃一惊。怎么可能？一个成年人——一个没有任何宗教信仰的成年人，一个曾经陪着女儿去看《小鹿斑比》的父亲（现在想来，这仿佛是上辈子的事了），像每个父母一样，在斑比的妈妈被杀害时轻声说："这只是电影。"一个对世界持有这种认识的人，他所能记起的最有意义的成就，就是从游泳池里捞出一只动物——这样的一个人怎么能明白无误地觉得，有一只鹿现身给他送祝福呢？

然而他知道它确实如此。

最终，这祝福并未真的改变他的生活，不过人又何必对祝福有诸多期待呢，就因为它们是祝福？

深刻改变过他人生的事，是几年前理查德力劝他抓住机会，赌上一把，要相信他，因为他即将说出的那个词将会改变他的人生。"塑料？"他当时问道，但是理查德太年轻了，他没有看过那个电影[1]。不，那个词是微软。那天凯勒心情复杂（一个月前，他的父亲自杀了）。那段时间，他是如此厌恶自己的工作，讲话也不再半真半假，他终于对休·安妮承认，他们的婚姻已经走进了死胡同。同时他也承认，他几乎倾其所有帮侄子投资一家名字意味着"微小和脆弱"的公司，这是在纵容自己自暴自弃的倾向，他妻子和女儿一直认为自暴自弃是他生命的核心。但是，结果证明，理查德给他带来了福气，现在这只鹿也是。而那个金发女人没有给他福气，不过，很少有男人运气好到能让这么个女人给他们带来福气，真的很少。

"你真逗！"丽塔笑着说。她开车送他到洛杉矶国际机场。在路上，他脱下白色T恤，举到空中，说："我在此屈服于天使之城的疯

---

[1] 指1967年上映的电影《毕业生》（The Graduate），其中的一句著名台词是"我只想对你说一个词……塑料……塑料大有前景"。

狂。"丽塔一向认为家族里没有人理解她叔叔；大家都心怀戒备，因为他的博学对他们来说是一种威胁，他们还任性地误解他的幽默感。理查德要工作到很晚，但他拜托妹妹拿来一罐白巧克力布朗尼，让凯勒在飞机上吃（她差点忘了置物箱里的这个好东西，又跑回车上拿给凯勒）。还有一封凯勒后来读到的短信，信上，理查德感谢凯勒在丽塔和他小时候树立了榜样，不要盲目随波逐流；感谢他在一个用理查德的话说"每个人都害怕自己的影子"的家族里，发出了讽刺和幽默的声音。"快点回来，"理查德写道，"我们想你。"

回到家，女儿打来电话，用警告来迎接他："我不想听到我的表亲们如何快乐而成功，这在你看来就是'富有'的同义词。别告诉我他们的生活细节，只要说你做了什么。我要听你说说这趟旅行，但又不想让自己在完美的表亲面前显得无足轻重。"

"我可以完全不讲他们的事，"他说，"我可以相当诚实地说，这次旅程中最重要的那个时刻，他们没有陪在我身边，那是我和一只鹿眼神交汇的一瞬间，它用一种难以形容的善意和理解看着我。"

琳嗤之以鼻："我猜是在高速公路上？它正准备给重拍的电影《猎鹿人》做临时演员？"

那一刻，他体会到了女儿和他说话时常有的冲动——挂掉电话的冲动，因为电话那头的人连你说的一个字也不愿尝试去理解。

"你感恩节过得怎样？"西格丽德问。凯勒在旅行社里，坐在她对面，准备为唐·金的继女买一张去德国的机票，好让她去跟不久于人世的朋友见最后一面。那女孩罹患肌萎缩，已经病入膏肓。具体细节太可怕，不忍多想。珍妮弗十七岁，跟她认识了十一年，现在那女孩要死了。唐·金是个月光族,没等发工资,钱就花完了。为了让唐相信,他为珍妮弗买机票并不是觉得唐负担不起,他不得不告诉唐,自己有一笔钱,他称之为"来自八十年代股票市场的意外之财"。他费了很大的劲儿说服他。凯勒一再坚持,发誓说他绝对没有以为唐在暗示自己付不起(他暗示了)。唯一的担心是,珍妮弗怎么应付这样一趟旅程,不过他俩一致认为她是个成熟的女孩。

"很好。"凯勒回答。事实上,那天他吃了罐头炖菜,听了阿尔比诺尼的曲子(可能是某个被迫在感恩节前夜工作的郁闷的 DJ 选的音乐)。他在壁炉里生了火,读了一直没时间读的《经济学人》。他觉得自己和西格丽德之间的距离很远。他问道,尽量显得不太敷衍和客套:"你呢?"

"我其实……"她垂下眼帘,"你知道吗,感恩节时布拉德去我前夫那儿待了一周,他跟我过圣诞节。他现在真是个大孩子了,我不知道他为什么不能强硬一些,可他就是做不到。要是我当时知道我后来知道的事,我绝不会放手让他去,不管法庭给那个神经病什么权利。你知道他感恩节前做了什么吗?我猜你肯定没看报纸。他们招募布拉德去给火鸡放生。他们被抓起来了。他父亲觉得布拉德受到伤害,被拘留,这些都没关系。最糟的是,布拉德吓得要命,可是又不敢不去,然后他假装对我说,他觉得那主意棒极了,说我是个冷漠的——"她搜索着字眼,"说我是低等人类,因为我吃死去的动物。"

凯勒不知道该说什么。近来的事情都没有滑稽到可以调侃。一切都显得古怪又伤感。西格丽德的前夫带他们的儿子去给火鸡放生。你怎么能拿这个借题发挥?

"她可以飞英国航空,从波士顿出发到法兰克福,在伦敦转机。"西格丽德说,好像没指望他回答。"七百五十美元左右。"她敲打键盘。"加上税是七百八十九美元。"她说,"她将于东部标准时间下午六点起飞,早上到。"她的手指在键盘上停下来,望着他。

"我能用一下你的电话吗?我跟她确认一下日程?"凯勒知道西格丽德好奇珍妮弗·金是谁。他称她为"我的朋友,珍妮弗·金"。

"当然。"她说。她按下一个按钮,把电话递给他。他之前把金的号码写在一张小纸片上,放在了衬衫口袋里。他意识到他拨号时西格丽德在盯着他。电话响了三声,然后是留言机。"我是凯勒,"他说,"我们拿到航程信息了,不过我想跟珍妮弗确认一下。下面我让我的旅行社专员来说。她会告诉你时间,你给她打电话确认,好吗?"他把电话递给西格丽德。她接过电话,直奔主题:"金女士,我是'快乐旅游'的西格丽德·克莱恩。"她说,"这趟英国航空公司的航班下午六点整从波士顿洛根国际机场起飞,伦敦转机,早上九点五十五分抵达法兰克福。我的直线电话是——"

他看着墙上画框里巴厘岛的海报。海滨胜境。两个人相拥躺在一张吊床上。前景有粉红色的花。

"好,"她说着挂上电话,"我等她打过来。我想,要是有什么变化,我应该通知你?"

他侧过头。"有什么东西不会变化吗?"他说,"你要真这么做,每一天每一秒你都会忙个不停。"

她面无表情地看着他。"事先确认票价,"她说。"还是不管怎样我都出票?"

"不管怎样都出票。"("不管怎样",这不是一个他常用的词!)"谢谢。"他站起身。

"出去的时候，跟我躲在桌子下面的同事打个招呼。"她说。

他在门廊里停下脚步。"他们把火鸡怎么了？"他说。

"他们用卡车把火鸡送到佛蒙特的一个农场，以为那里不会宰杀火鸡。"她说，"你可以看昨天的报纸。大家都被保释出来了。因为是初犯，我儿子也许能够避免犯罪记录。我雇了律师。"

"我很难过。"他说。

"谢谢。"她说。

凯勒点点头。西格丽德穿着那件被他泼过茶的灰色毛衣，或者她有两件这样的衣服。他想到，除了家人，她是唯一一个他与之交谈的女人。邮局的女人、他出去跑腿时遇到的女人，还有那个联邦快递员——他私下里觉得她可能是个双性人，但是就真正的女性熟人而言，西格丽德是唯一一个。他应该多跟她谈谈她前夫和儿子的问题，尽管他无法想象自己会说什么。他也无法想象这一幕说不上是滑稽还是什么的场景：被放生的火鸡走在一片冻硬的田野里，在——她说是哪里来着？佛蒙特。

西格丽德接了一个来电。凯勒回头看看那张海报，看着西格丽德穿着那件灰色毛衣坐在那里，他头一回注意到她戴了一条有银十字架挂坠的项链。她的头微微前倾，高高的颧骨显得更加突出，那是她脸上最好看的部分；最不好看的是眼睛，眼间距有点短，让她看起来总有几分茫然。他举起手以示道别，以备西格丽德往他这儿看，然后又从她讲的电话中听出来，对方肯定是唐·金的继女；她在报波士顿到法兰克福的行程单，边说边敲着钢笔。他犹豫了，接着走回去坐了下来，尽管西格丽德没有请他回来。他坐在那里，听珍妮弗·金给西格丽德讲述整个悲伤的故事——除此之外，那个女孩还能用这么长的时间说什么呢？西格丽德最终抬眼看他的时候，双眼几乎成了对眼。她把手指搭在键盘上，开始输入信息。"我今晚可能会过来小坐。"他低声说着，站起身来。她点点头，一边冲话筒里讲话，一边飞快地打字。

他有些兴奋，想到格劳乔·马克思在某部电影里唱的一首歌，歌词是："你是否曾有一种感觉，想要离开，可是你又有一种感觉，想要留下？"他脑海里突然浮现出格劳乔用牙齿叼着雪茄的形象（或者这是吉米·杜兰特[1]唱的歌？）。接着，格劳乔的脸消失了，只留下雪茄，就像《爱丽斯漫游奇境》中的某个时刻。后来他在便利店买了一盒香烟，抽了一根；虽然多年前父亲去世的时候，凯勒就戒烟了。他开车回家，路上听着奇怪的太空时代音乐。他开车穿过唐恩都乐店，买了两个原味的甜甜圈，准备在看晚间新闻时就着咖啡吃。他想起以前休·安妮数落过他很多次，说他吃东西不用盘子，似乎撒落的面包渣就是生活即将失控的证据。

他在自家车道上看到垃圾桶被撞翻了，里面的塑料袋破了，桶盖落在院子里。他隔着车窗看到那块西瓜皮，又看到他刮脸刮破下巴时，按在伤口上的沾有血渍的纸巾——现在他的胡子没那么浓密了，他为了早上省时间，都是睡觉前刮胡子。他还看到散落一地的《经济学人》——一个厚道的公民会把杂志捆扎起来，以便回收。他熄了火，下车走进风中，去收拾那乱糟糟的一摊。

他在收拾垃圾的时候，感觉有什么人在看他。他抬头望了望房

---

[1] 吉米·杜兰特（Jimmy Durante，1893—1980），美国演员、歌手。

子。休·安妮走了以后，他不仅取下窗帘，连百叶窗都卸了下来，他喜欢明亮空旷的窗户，要是人们对这种平凡生活感兴趣，尽可以一眼望进去。他捡起一个斑驳的苹果，这时一辆汽车开过——一辆蓝色的面包车，不是这个小区的，不过最近几个星期他常看到。他心想，也许是一个私家侦探在跟踪他，是他妻子雇的什么人，想看看房子里是否住进了另一个女人。他抓起最后一片垃圾，塞进垃圾桶里，打算一会儿再出来重新装袋。他不想再站在风里了。他打算在六点新闻开始前就吃一个甜甜圈。

西格丽德的儿子背靠防风门坐着，双膝紧紧抵在胸前，他在抽烟。凯勒吃了一惊，却故作镇定。他在过道上停下，从自己口袋里的烟盒抽出一根烟。"能借个火吗？"他对那男孩说。

这似乎有效。布拉德看到凯勒没太受惊，反倒有些吃惊，他用一只手颤抖着递出打火机。凯勒高高在上。男孩又矮又瘦（时间起码会解决其中一个问题），凯勒六英尺多一点，宽肩膀，体重比标准超出十五或二十磅，每年冬天都会这样。他对男孩说："这是个礼节性的拜访，还是我错过了一个商务约会？"

男孩愣了一下。他没领会话里的幽默，嘟囔着："礼节性的。"

凯勒掩住笑意。"请让一下。"他说着走上前来。男孩手忙脚乱地站了起来，退到一边，让凯勒开门。凯勒觉得布拉德有一丝犹豫，不过他还是跟在凯勒后面进了屋。

屋里很冷。凯勒出门的时候把暖气调低到了五十五华氏度。男孩用胳膊环住肩头。烟头夹在食指和中指间。他手腕上有一条皮手链，露出一个有尖头的文身图案。

"我何来此等荣幸呢？"凯勒说。

"你有……"男孩若有所思地环顾房间。

"烟灰缸吗？我用杯子代替。"凯勒说着递给他一个早上喝咖啡用的马克杯。他没有牛奶了，只好喝黑咖啡。该死——他又忘了买牛奶。男孩没有用手拿住杯子，直接把烟头在马克杯里摁灭。凯勒把杯子放回桌上，弹掉自己的烟灰。他指了指一把椅子，男孩走过去坐了下来。

"你是在工作还是干什么？"男孩脱口而出。

"我是个富贵闲人。"凯勒说，"实际上，我刚才去拜访了你母亲，要买一张去德国的机票。是给朋友买的，不是给自己。"他加了一句："除了读《华尔街日报》，我今天的日程表上只有那一件事。"因为他从不读本地报纸，所以之前没有听说男孩被抓的事，不过他当时没有对西格丽德说。"还有就是又忘了买牛奶回家。"

凯勒在沙发上坐下。

"你能不能不要告诉我妈妈，我来过这儿？"男孩说。

"好的。"凯勒说。他等待下文。

"你跟我爸爸曾经是朋友吗？"男孩问。

"不是，不过有一次我们在同一天献了血，好几年前的事了，我们坐的椅子挨着。"这是真的。不知为什么，他从来没跟西格丽德讲过。其实也没有太多可讲的。

男孩神情有些迷惑，好像不明白凯勒说的话。

"我爸爸说，你们一起工作。"男孩说。

"我为什么要撒谎？"凯勒说，给问题的答案留出余地：你爸爸为什么要撒谎？

男孩又显得迷惑不已。凯勒说："我以前在大学教书。"

"我感恩节去我爸爸那儿了,他说你们在同一个领域工作[1]。"

凯勒忍不住笑了。"这只是一种习惯表达。"凯勒说,"就像'我的话面面俱到'[2]。"

"面面什么?"男孩说。

"如果他说我们'在同一领域工作',他的意思一定是指我们擅长同一类事。我不大明白他这种想法,但我确定这就是他的意思。"

男孩看着自己的脚。"你为什么给我买彩票?"他说。

凯勒该怎么跟他讲呢?说他么做是跟他母亲间接道歉的一种形式,为了某件并未发生因而不必真的道歉的事?世界已经不同了:这儿坐着的人从来没听说过"在同一领域工作"的表达。但是,布拉德的父亲说这话的上下文到底是什么呢?他猜他可以问问,不过他知道布拉德对"上下文"这个词也一无所知。

"我知道你感恩节过得挺糟糕。"凯勒说。他画蛇添足地加了一句(虽然他自己无法容忍别人画蛇添足):"你母亲告诉我的。"

"是啊。"男孩说。

他们一言不发地坐着。

"你为什么来看我?"凯勒问。

"因为我觉得你算个朋友。"男孩的回答让他惊讶。

凯勒的眼神出卖了他。他感觉到自己的眉毛微微往上挑了起来。

"因为你给了我六张彩票。"男孩说。

---

[1] 原文为"work the same territory",有"关注同一类事物、拥有共同兴趣"的意思。男孩不理解这个成语的意思,以为他爸爸和凯勒一起工作。

[2] 原文为"cover the waterfront",直译过来是"覆盖整个水域"的意思。

很明显，男孩对于更改预期的数字以示强调的做法毫无概念：一枝玫瑰，而不是一打；六个机会，而不是一个。

凯勒起身去拿客厅桌上的那袋甜甜圈。油透过纸袋渗了出来，在木桌上留下一汪发亮的油迹，他攥起拳头擦了擦。他把袋子拿给布拉德，放低一点，好让他看到里面是什么。男孩凑近来闻，他身上有股淡淡的酸味。他的头发很脏，弓着肩坐在那里。凯勒把袋子往前移了一英寸。男孩摇头表示不要。凯勒把袋子上端折好，放在地垫上。他走回刚才坐的地方。

"要是你给我买一辆自行车，我明年夏天就去工作，把钱还你。"布拉德脱口而出，"我需要一辆新的自行车去一些我要去的地方。"

凯勒注视着他，决定不去改进他的句法。文身图案好像是顶端呈球状的一个大钉。他觉得应该是一个小小的骷髅头，因为这一阵好像很流行骷髅图案，除此之外也没别的理由。布拉德下巴上有一颗青春痘。凯勒整个青春期都没长一颗青春痘，甚至连不相信奇迹的人都觉得神奇。他女儿就没有这样的好运。有一次，她因为自己糟糕的皮肤而拒绝上学，他想逗逗她，叫她别那么敏感，却害得她哭。"别这样。"他对她说，"你又不是淋巴结核感染的约翰逊博士[1]。"他妻子，还有他女儿，听了这话都哭了起来。第二天，休·安妮为琳预约了一个皮肤病医生。

"这要跟你妈妈保密吗？"

"是的。"男孩说。不过他不是很坚决，他眯起眼睛，看凯勒会不

---

[1] 指塞缪尔·约翰逊（Samuel Johnson，1709—1784），英国诗人，曾罹患淋巴结结核病，手术治愈后脸上与身上留下了永久的疤痕。

会答应。

他问:"那你怎么跟她说车子是哪儿来的?"

"我就说是我爸爸给的。"

凯勒点点头。"她大概不会问他这种事吧?"他说。

男孩把拇指伸进嘴里,咬上面的皮。"我不知道。"他说。

"你不想告诉她,这是明年夏天帮我整理花园的交换吗?"

"好啊。"男孩说着坐直了,"好啊,没问题,我能干。我会干的。"

凯勒想,莫莉·布卢姆[1]也不可能把"会"这个字说得这么有力。"我们也许可以说,是我碰到你,然后向你提议的。"凯勒说。

"说你是在斯考提碰到我的。"男孩说。那是家冰淇淋店。如果男孩想让他这么说,他就这么说。他看着那袋甜甜圈,期待重新高兴起来的男孩很快就会伸手去拿。他微笑着,等着布拉德去拿纸袋。

"是我把你的垃圾桶踢翻了。"布拉德说。

凯勒的笑容消失了。"什么?"他说。

"我来这儿的时候很生气。我以为你是我爸爸的什么疯子朋友。我知道你在跟我妈妈约会。"

凯勒扬起头。"所以你就踢翻了我的垃圾桶,以此作为问我要钱给你买自行车的准备吗?"

"我爸爸说你跟我妈妈约会,是个卑鄙小人。你跟妈妈去了波士顿。"

---

[1] 莫莉·布卢姆(Molly Bloom)是爱尔兰作家詹姆斯·乔伊斯的长篇意识流小说《尤利西斯》的女主人公。

凯勒被人用很多词骂过。很多、很多。但是"卑鄙小人"却不在其中。这出乎他的意料，他差点就觉得好笑了。"如果我真的在跟西格丽德约会呢？"他说，"这就意味着你应该到这里来，还踢翻我的垃圾桶？"

"我从没想过你会借钱给我。"布拉德嘟哝着，又把拇指伸到嘴边，"我没有……我凭什么认为，就因为你买了十二美元的彩票，你就会把那么一笔钱借给我呢？"

"我搞不懂这种逻辑。"凯勒说，"如果我是敌人，那你到底为什么要来找我？"

"因为我不知道。我有一半时间都不知道我爸爸想说什么。我爸爸是个大疯子，你知道吗？应该有人用一个粗麻布袋把他装起来运走，扔到离这儿很远的地方再放他走，这样他就能跟他那些宝贝火鸡一起生活了。"

"我能理解你的郁闷心情，"凯勒说，"对我来说，恐怕跟世界上所有的问题相比，把火鸡放生还算不上头等大事。"

"为什么？因为你也有个疯子老爸？"

"我不明白。"凯勒说。

"你说你了解我的感受，是因为你也有个疯子爸爸吗？"

凯勒想了一下。回想起来，他父亲在去世前那一年变得很孤僻，显然是因为抑郁，而不是衰老。他说："他是个很好的人。勤奋、虔诚、很慷慨，即使他没有太多钱。他和我母亲的婚姻很幸福。"他惊讶地发现这些话听起来都是对的。多年来，在修订父亲历史的过程中，他本以为所有的一切都是表面的，可是现在，他自己也老了一些，他更倾向于认为，人们的不快乐很少是由别人导致的，也很少能由别人缓解。

"我到这里来踢翻了你的垃圾桶,还拔掉了一丛你刚种的花。"布拉德说。

这男孩真是让人意外连连。

"我会再种回去的。"布拉德说。他好像突然快要哭了。"就是房子边上那丛,"他声音颤抖地说,"周围有新土。"

没错。就是凯勒想到的那丛。最近的一个早晨,雨后,他挖出那丛杜鹃花,栽在了阳光更充足的地方。这是他印象里这么多年以来,他挪动的第一样东西。休·安妮走后,他在花园里几乎什么也没干过——真的,什么园艺活儿也没干过。

"好,我想你是该那么做。"他说。

"要是我不做呢?"男孩尖叫道。他的声音突然完全变了。

凯勒皱起眉头,被这突如其来的变卦吓了一跳。

"要是我喜欢我在这儿干的事呢?"男孩说。

突然,有一支枪对准了凯勒。一支手枪瞄准了他,就在他的起居室里。突然,在他的头脑甚至还未反应出那东西的名字时,他已经一跃而起。就在他擒住男孩,把枪从他手中扳开的时候,枪走火了。"你们都是操他妈的疯子,你也是,跟那个婊子约会!"布拉德尖叫。就这样,因为这么多声尖叫,凯勒知道他没有杀死男孩。

子弹穿过了凯勒的前臂。是一处"干净的伤口",后来急诊室的大夫这么讲,大夫的神情表明,他没有意识到这个描述所包含的讽刺。凯勒以一股惊人的力量,用没受伤的那条胳膊把男孩压在地毯上,而另一条胳膊正在流血,血染在甜甜圈的纸袋上。然后,搏斗结束了,凯勒不知该如何是好。似乎他们会永远保持那个姿势,他把男孩按在下面，一个人或另一个——还是他们两个人？——在尖叫。也不知是怎么办到的，他用受伤的胳膊和好的胳膊一起把布拉德拉起来，他把这个突然变得死沉的、哭泣着的男孩紧紧钳在身子一侧，拖到电话旁，然后拨了911。后来他才知道，他打断了男孩的两根肋骨。那颗子弹只差几分之一英寸就会击中他前臂的骨头，不过伤口要缝半打痛死人的针才会愈合。

凯勒在急诊室里满心惧怕地等着西格丽德的到来。他的世界很早以前就已经上下颠倒，他练就了几手花哨的杂技，以便保持直立，而西格丽德还只是个初学者。他记得就是那天晚上，他本想到她家去的，那天晚上他还有可能在那儿过夜。所有的一切原本可能会非常不同，但是没有。他还有这种想法：就像他妻子曾经嫌他低估女儿脸上的瘢痕的严重性，西格丽德会不会认为事情变得如此极端也是他的错？在别人责备他的很多用词中，有一个词是"气人"。这是女儿最喜欢用的词。她甚至不再费心寻找原创的词来形容他的缺点。他是很气人。即使是女儿也不会接受"卑鄙小人"这个表述。不，他是气人。

在灯光明亮的房间里，他们坚持要他待在轮床上别动。袋子里的液体正一点点滴进他的胳膊。西格丽德——西格丽德来了！——她哭个不停。律师陪她来的，一个年轻人，亮亮的蓝眼睛，和他年龄不相称的、过于纠结的眉头，他看起来慌乱不堪，似乎无法承担重任。他这样陪在她身边，是因为他善良，还是他和西格丽德之间有点别的什么情况？凯勒发现，他跟西格丽德在感情上没有多少进展，而这一点并没有免除西格丽德的痛苦。又一次，他把一个女人置于伤心绝望的境地。

感情创伤是一件奇怪的事，因为你可能意识不到它的存在，就像潜伏在体内的病变细胞（在医院里有这种念头再自然不过了），或是土地深处的球根植物，只有被具有穿透力的暖阳搅动的时候，才会破土而出。

凯勒记得琳摇篮上的太阳——不，是月亮。那个计划放三个婴儿，却只放了一个的摇篮。他跟产后抑郁的休·安妮提议，回去上学，拿下艺术史学位，然后去教书。他想让她拥有同事，还有朋友。因为他自己不是一个很好的朋友。噢，当然，有时算是。为某个需要去看临终朋友的人买张机票，这是多好的姿态。可是多么讽刺啊，在他买机票的同一天，他自己也可能死掉。

西格丽德还穿着那件灰色毛衣，戴着镶有十字架的项链。她儿子让她的世界分崩离析，而凯勒也帮不了她，他甚至不愿尝试帮她把世界拼接完整。国王的所有人马，国王的全部班底……就是罗伯特·佩恩·沃伦[1]也不能把西格丽德重新拼好。

善良的意图，好心的建议，这些凯勒以前都试过；而他妻子尖叫着说，不管自己怎么做，永远不够，永远不够。好吧，也许她向凯勒显示出她拥有的力量就够了——没有被他的冷嘲热讽、他的喜剧旁白，还有他无休无止的含糊其辞所消耗完的力量——她把台灯往地上扔，把他的打字机往墙上砸（墙上的裂痕还在），把电视机扔出窗户。这些想法都是休·安妮后来解释给他听的，因为她显示她那非凡的力

---

[1] 罗伯特·佩恩·沃伦（Robert Penn Warren，1905—1989），美国诗人、评论家，其作品《国王的全班人马》(*All the King's Men*) 获普利策奖。

量时,他并不在家。那些松鼠吃掉了每一颗球根。那个春天不会再有一棵郁金香开花了。他怀疑并非如此——松鼠当然不会挖掉每一颗球根——但是休·安妮没有心情跟他理论。此外,他们有角色分工,他在婚姻中扮演的不是谦和礼让的角色,而是气人的角色。女儿曾经这么说。

她也出现了,他的女儿。她冲到他身边,由一个护士陪着。是这同一个人,曾经被裹在粉红色的毯子里拿给他看,现在几乎和他一样高了,那时候她的脸有皱纹,现在也有皱纹。

"别眯着眼看。"他说,"戴上你的眼镜。你还是一样漂亮。"

他一下子站起来,想让她看到他没事,这举动让护士和医生愤怒地冲到他身旁。他说:"我没有健康保险。我要求出院。枪的子弹出膛了,我也应该出院[1],这才公平。"

护士说了些什么,他听不清。他要用劲站着,这让他头晕眼花。房间另一头,西格丽德成了重影,模糊不清。琳在否定他刚说的话,用一种刺耳的声音向每个人说明他当然有健康保险。医生相当坚决地把他送回轮床,现在有很多双手在他的胸前和腿上绑带子。

"凯勒先生,"护士说,"你进医院前流了不少血,我们需要你躺下。"

"而不是起来?"他说。

医生正要离开,又转身回来。"凯勒。"他说,"这里不是急诊室,在那儿我们会为你做任何事。在这儿,护士不是给你的喜剧配戏的角儿。"

---

[1] 英语中"出膛"和"出院"是同一个词(discharge),此时凯勒仍不忘玩文字游戏。

"显然不是。"他飞快地接话,"我们猜她是一个女人[1]。"

医生的表情没有任何变化。"我上医学院的时候,认识一个像你这样自作聪明的家伙。"他说,"他应付不了学业,就编了一套滑稽台词,打趣自己考试不及格。最后,我成了一名医生,而他还在自言自语。"他走开了。

凯勒马上就准备好了反击,他在脑海里听见自己的词,但嘴唇却无法造型来说出这些话。他身边最亲最近的人一直期盼的事情终于发生了:这一刻,他擅长言辞的恐怖才华终于消停了。真的,他疲倦得说不出话来。

"最亲最近"这个短语让他陷入回忆,想起了那只鹿,消失在好莱坞山中的那只鹿。他自己的守护天使,恰好也是有疥癣[2]的,蹄子紧紧抵住地面,没有轻如薄纱的翅膀将它向上托举。他闭上眼睛。

凯勒睁开眼睛的时候,看到女儿正俯视着他,缓缓点着头,一个试探的微笑像一个括号在她嘴角轻轻颤动。他觉得这个括号可能包含这样的信息:是的,曾经,他能够轻易让她安心,就如同她的信任也让他安心。

他心怀感激,尝试展露他最地道的杰克·尼科尔森式笑容。

2001 年 4 月 15 日

---

1 这里凯勒又在玩文字游戏,前文中"给喜剧配戏的角儿"原词是 straight man,这个词也有"异性恋男人"的意思,因而凯勒打趣说"她是一个女人"。

2 "有疥癣的"(mangy)一词此处为双关语,mangy 在口语中还有卑鄙、低贱的意思,凯勒之前曾被西格丽德的儿子骂作卑鄙小人,所以会有此联想。

查找和替换

这是真事：圣诞节当天，我父亲在一所临终关怀医院去世了，那时候，医院大厅里有一个穿着黑色大靴子、蓄着胡须的小丑正在表演小丑版圣诞老人的节目，以此娱乐一个与父亲生前交好的老人，他得了肌肉萎缩症，时日不多了。当时我不在场，我在巴黎做一个关于旅行艺术正在瓦解的报道——是我侄子贾斯珀帮我找的一份差事，他在一个纽约广告公司工作，那个公司对顾问的迷恋比朱莉娅·蔡尔德[1]对鸡肉的迷恋更甚。这些年来，贾斯珀帮我谋得这些差事，让我在写作《我不会说出名字的美国伟人》时得以维持生计。

我很迷信。比如说，我想过虽然父亲身体不错，但是我一出国他就会去世。他真的去世了。

在七月一个全球变暖的日子，我飞到迈尔斯堡，租了一辆车，往

---

[1] 朱莉娅·蔡尔德（Julia Child，1912—2004），美国厨师、作家和电视名人。她因将法国美食带给美国公众而闻名。

母亲家开去，我们要纪念（这是她的术语）我父亲过世六个月。其实是七个月，我因为在多伦多为 HBO 的一部电影选址，不可能在六月二十五日赶回来。而母亲认为，最能体现敬意的行为，是等到一个月后的同一天再操办纪念仪式。我不会问母亲一大堆问题，但凡做得到，我都按她说的做，以求太平。作为母亲，她不算苛求。她的大多数要求都很简单，而且都和她礼数周全的理念相关，这些要求总是集中在写便条这件事上。我有些朋友非常担心他们的父母，每个周末都去探望；我还有些朋友每天都给家里打电话；有的朋友帮父母修剪草坪，因为找不到人去干。至于我母亲，问题往往是：我能给佛恩斯太太寄一张吊唁卡，对她家的狗不幸离世表示慰问吗？或者，我能做件好事，给纽约我家附近的一个花店打电话，要他们给我母亲的一位朋友送一束花庆祝生日吗（因为，让她自己跟不熟的花店订花可能会是一场灾难）？我不买花，在韩国集市上都不买，不过我四处打听了，后来听说送到那位朋友家门口的花是非凡的成功。

母亲的朋友成千上万，是她让贺卡业维持运转。如果真有土拨鼠日[1]的问候卡，她很可能真的会给别人寄一张。还有就是，好像从来没有哪个人会在她生命中消失（除了我父亲这个引人注目的例外）。十五年前，她曾住在斯威夫特家庭旅馆；现在，她跟当时为他们打扫房间的女仆还有贺卡往来——而我父母只在那儿待了一个周末。

我知道我应当心怀感激，她是一个如此友善的人。我的很多朋友都在哀叹，他们的父母和每个人都能发生争执，要么就是完全不善

---

[1] 土拨鼠日（Groundhog Day）是北美地区的一个传统节日。传说中，土拨鼠担负着预报时令的任务。

交际。

于是我从纽约飞到迈尔斯堡,又坐巴士到租车公司。让我无比欣慰的是,上车点火的那一瞬间,空调就开始吹冷风了。我把身子往后仰,闭上眼睛,开始用法语从三十倒计时,开车前我需要放松神经。然后,我放上吵闹的音乐,调好重低音,出发。我摸了摸方向盘,看有没有自动控速装置,因为只要再吃一张罚单,我的保险就会被取消。或许可以让母亲写一张彬彬有礼的便条,为我说情。

不管怎样,我这个故事的所有预备程序不过如此:旅程到一半的时候几乎注定落下的五分钟急雨、那些美丽的桥、放出大力神般臭屁的死卡车。我开到威尼斯[1],和着米克·贾格尔唱《驮畜》。我开到母亲住的那条街,那儿似乎是全美国唯一一段由上帝直接守护的地方,只有四分之一英里长。我以一名开着装有雷达的汽车的佛罗里达警察的眼光,把自动控速设成每小时二十英里,慢慢滑进她的车道。

天热成这样,母亲还在外面,坐在草坪椅上,椅子周围环绕着一圈红色天竺葵盆栽。看到母亲,我总是很迷惑。不管什么时候,一看到她,我就六神无主。

"安!"她说,"哦,你累坏了吧?坐飞机很难受吧?"

其中的潜台词让我郁闷:这种预设是,到达任何地方都要经过地狱般的折磨。事实上,确实如此。我坐的是全美航空的班机,座位在最后一排最后一个,每一次箱子砰砰撞击行李舱的时候,我的脊梁骨都会痛苦地震颤。我的旅伴是一个肥胖的女人,带着她不停扭动的婴儿和十来岁的儿子。那男孩不愿意好好坐着,他尖叫,乱动,打翻我

---

1 指美国佛罗里达州萨拉索塔县下属的一座城市。

的苹果汁,这时女人就拧他的耳朵。我只是沉默地坐着,我能感觉到我过于安静了,让每个人都很崩溃。

母亲的脸还是很粉嫩。父亲去世前不久,她去找皮肤科专家做了微晶磨皮手术,去除嘴唇上方一个小小的皮肤瘤。她戴着必不可少的宽边帽和船王奥纳西斯式的墨镜。她还是标准着装:前面有一片布的短裤,看起来像穿着短裙;饰有亮片的T恤,今天的图案是一只黑耳朵闪闪发亮的狮子,在我看来,鼻子的颜色对了。至于狮子眼睛,你以为会用亮片,却被涂了颜色。是蓝色。

"爱你。"我说着拥抱她。我学会了不回答她的问题。"你就在太阳底下坐着等我吗?"

同样,她也学会了不回答我的问题。"我们可以喝点柠檬汽水。"她说,"保罗·纽曼做的[1]。还有那个人的番茄大蒜调味汁——后来我自己再也不做了。"

就在她把一叠纸塞进我手里之后,意外几乎马上就来:一封她想让我看的、朋友写给她的感谢信;一封她看不明白的、关于即将到期的杂志订阅的信;一份她拿回来的吸尘器广告,想听听我的意见;两张她十年前买的百老汇歌舞剧票,她和我父亲从未使用(问我做什么呢?);还有——最有趣的是在纸堆底下——有一封来自德雷克·得雷奥戴德斯的信,是她的邻居,信中说让她搬过去和他同住。"还是买吸尘器吧。"我说,想开个玩笑打岔。

"我已经回复了。"她说,"你要是知道我说了什么,也许会很

---

[1] 演员保罗·纽曼(Paul Newman)与作家 A. E. 霍奇纳(A. E. Hotchner)合伙创立了"Newman's Own"食品公司。

惊讶。"

德雷克·得雷奥戴德斯曾在我父亲的追悼会上致辞。在那以前,我只见过他一次,当时,他拿着一个金属探测仪在我父母的草坪上走来走去。噢,不对,母亲提醒说,有一次我跟他在药店里攀谈过,当时我和母亲经过那里,给父亲买点药。他是一个药剂师。

"唯一会让我惊讶的就是,你做出了肯定的回答。"我说。

"'肯定的回答!'瞧你说的。"

"妈,"我说,"告诉我,你不会花一秒钟去考虑这事儿。"

"我考虑了几天。"她说,"我认为这是个好主意,因为我们很合得来。"

"妈,"我说,"你在开玩笑对吗?"

"你多了解他一点就会喜欢他。"她说。

"等等,"我说,"你几乎都不了解这个人——还是我太幼稚了?"

"哦,安,到了我这岁数,你就不一定想把别人了解得那么清楚了。你想要的只是合得来,你可不能让自己再卷进那些已经演完的剧情了——人年轻时候的那些故事。你只是想——你想要你们合得来。"

我坐在父亲的椅子上。扶手上让他抓狂的滑来滑去的垫布已经没了,取而代之的是一块颜色深些的布料,安在以前垫布的位置。爸爸,给我一个信号,我心里想着,看着那亮闪闪的布料,好像它是个水晶球。我紧紧握着杯子,杯身上有水汽。"妈——你不可能是认真的。"我说。

她眨了眨眼睛。

"妈——"

"我要住进他家了,他的房子就在这条街跟棕榈大道的夹角处。

631

你知道的,就是他们最开始建的那种大房子,后来被规划部门盯上,人们才建起这些千篇一律的小房子。"

"你要跟他一起住?"我难以置信地说,"可是你得保留这栋房子。你要保留的,是不是?万一事情没成。"

"你父亲认为他是个好人。"她说,"以前他们周三晚上玩扑克,我猜你知道。要是你父亲还在,德雷克还会教他怎么发电子邮件。"

"用一台,用——你没有电脑。"我傻傻地说。

"哦,安,我有时不明白你。好像你父亲和我就不能开车到'电路城'买一台电脑——他本可以给你发邮件的!他为此感到很兴奋。"

"嗯,我不——"我似乎无法完成任何思考。我又重新开始。"这也许是个大错。"我说,"他跟你只隔了一个街区,真的有必要搬过去和他同住吗?"

"那你那时有必要搬去佛蒙特跟理查德·科林汉姆同住吗?"

我不知道该说什么。我一直在瞪着她。我微微垂下眼帘,看到狮子的蓝眼睛。我把目光投向地板。新地毯。她什么时候买了新地毯?是她做出决定以前还是以后?

"他什么时候问你的?"我说。

"大概一星期前。"她说。

"他发邮件来说的吗?还是只给你写了个便条?"

"要是我们有电脑,他是可以发邮件的!"她说。

"妈,你对此真的是认真的吗?"我说,"到底是什么——"

"到底是什么,哪一个因素,是什么令人绝对信服的原因让你跟理查德·科林汉姆一起生活呢?"

"你为什么总是说他的全名?"我说。

"大多数我认识的老太太,她们的女儿要是知道母亲记得一个男朋友的大名,都会很高兴,更别说是姓了。"她说,"年事已高的老太婆们。是的。我自己也烦透了她们。我明白是什么把孩子们逼疯的,但是我不想因此沾沾自喜。我想告诉你,我们打算在他那儿住一段日子,不过我们在认真考虑搬到图桑去。他跟他儿子非常亲近,他儿子在那儿做建筑师。他们每天都打电话,而且还发邮件。"她说。她从不责备人,我想她只是在强调。

就在不久以前,我还数着法语的三、二、一来放松心情,跟米克·贾格尔一起唱歌,朝着母亲的房子一点一点开去。

"不过这些事不该打搅纪念你父亲的日子。"她几乎是在低语,"但我想让你了解,我是认真的:我觉得你父亲看见我跟德雷克合得来,会开心的。我内心深深地感觉到是这样。"她敲敲狮子的脸。"要是可以,他会祝福我们。"她说。

"他就在附近吗?"我说。

"你听听,开玩笑说你父亲不在我们中间,这样对他不敬!"她说,"安,这是最差的品味。"

我说:"我是问德雷克。"

"噢,"她说,"我明白了。是的,对,他在。不过现在他去看下午场电影了。我们觉得你跟我应该私下里聊这些事。"

"我猜他会跟我们一起吃晚饭?"

"其实他要去萨拉索塔看望几个老朋友,是他知道你要来之前就定好的一个饭局。你知道,一个人仍然和老朋友有来往,这是对他本人品行最好的证明。德雷克跟老朋友来往很多。"

"那好,对他正好。他有他的社交生活,你跟他又合得来。"

633

"你的话有点讽刺——你总是这样。"母亲说,"也许你可以问问自己,为什么跟那么多朋友都疏远了?"

"这倒成了批评我的时机了?顺便说一句,我明白,你暗示不理解我跟理查德的关系——或者不理解我跟他分手的原因,你这样也是在批评我。我跟他分手是因为他和他的一个十八岁学生皈依了科学教派[1],他问我想不想跟他们一起坐面包车去圣莫尼卡。他们出发前,他把猫扔给了动物收容所,所以我猜我不是唯一一个遭到怠慢的。"

"哦!"她说,"这些我都不知道!"

"你不知道,是因为我从没跟你说过。"

"哦,那对你来说很恐怖吧?你事先想到过吗?"

她当然是对的:我把太多朋友抛在了身后。我告诉自己,那是因为我旅行得太多,因为我的生活如此混乱。可是,其实,也许我应该多寄几张卡片;还有,也许我本应注意到理查德总是拈花惹草。镇上的每一个人都知道。

"我想我们可以喝点保罗·纽曼的柠檬汽水,吃甜点的时候,我们可以把那些祈祷用的小灯点亮,静默一会儿,悼念你父亲。"

"好。"我说。

"我们需要去杂货店买点蜡烛。"她说,"那一晚,德雷克和我喝香槟,为我们的将来干杯,把蜡烛都点完了。"她站起来,戴上帽子。"我来开车。"她说。

我拖拖拉拉地跟在她身后,就像卡通片里的小孩子。我能想象自

---

[1] 科学教派(Scientology),也译山达基教,是美国人 L. 罗恩·哈伯德(L. Ron Hubbard,1911—1986)于 1952 年创立的一个邪教组织。

已在踢土。一个她几乎不了解的人,这是我最意料不到的。"那给我说说事情的梗概吧,"我说,"他给你写了个便条,你回了信,然后他就过来喝香槟了?"

"哦,算了吧,不见得是什么伟大的罗曼史。"母亲说,"可是人已经厌倦了那些起起伏伏。到这个阶段,你需要的就是事情变得简单一点。我没有给他回信。我考虑了三天,然后直接去敲他的门了。"

蜡烛是肉桂香味的,让我觉得嗓子发紧。开始吃饭的时候,母亲点起蜡烛,等到吃完饭,她似乎已经忘记谈论我父亲。她提起一本她在读的、有关亚利桑那州的书。她提出要给我看一些照片,但又忘记了。我们在电视上看了一部将死的芭蕾舞女演员的电影。她死前想象自己跟一个明显是同性恋的男演员跳了一曲双人舞。我们吃了M&M巧克力豆,母亲总认为那不是真的糖果。我们早早上了床。我睡在折叠沙发上。她让我穿上她的睡衣,说德雷克早上可能会来敲门。我轻装旅行:带了牙刷,没有睡衣。第二天早上,德雷克没有敲门,但是他在门底下留了一张字条,说他的车出了问题,他会在修车铺。母亲看起来很难过。"也许,你走之前会想给他写一张小小的便条?"她说。

"我能写什么呢?"

"这个嘛,你不是给角色编对话的吗?你想象自己会说点什么?"她把手放在嘴唇上。"没关系。"她说,"如果你真的要写,至少让我对你写了什么有个概念,我会很感激的。"

"妈。"我说,"请代我向他致以最美好的祝福。我不想写短信。"

她说:"如果你想发邮件的话,他的邮箱是 DrDrake@aol.com。"

635

我点点头。只点头是最好的。我觉得我可能也到了她说的那个阶段,有种压倒一切的、想让事情更简单的欲望。

我们拥抱,我亲吻她精心保湿的脸颊。我把车开出车道的时候,她走到前院草坪上朝我挥手。

回机场的路上,来了一场突如其来的阵雨,我被迫停在了路肩上,这时候我心想,有个牧师可供召唤显然是有用的。我觉得,母亲需要的是某个介于律师和心理医生之间的人,牧师最是完美。我脑海中浮现出一个面无表情的罗伯特·德尼罗[1],他穿着牧师的衣服,辛迪·劳珀[2]在一旁唱着那首女孩只想找点乐子的歌。

可是,我的离开并不像我希望的那么快。我回到租车场,发现信用卡被拒了。"可能是因为我用了手持刷卡器。"那个年轻人对我说,这是为了掩饰我的尴尬,或是他的,"你还有别的卡吗,或者你愿意到里面再刷一次吗?"

我不知道卡会有什么问题。是美国运通卡,我总是即时付款,不想因为迟付而失去会员积分。我稍微有些担心。前面只排了一个女人,柜台后的两个人商量完事情后,都转向了我。我选了那个年轻人。

"我在外面刷卡时有点问题。"我说。

---

[1] 罗伯特·德尼罗(Robert De Niro, 1943—),美国电影演员、制片人,曾获奥斯卡最佳男主角奖。

[2] 辛迪·劳珀(Cyndi Lauper, 1953—),美国女歌手、词曲作家、演员与同志权利运动家。《女孩只想玩乐》(*Girls Just Want to Have Fun*)是其代表作之一。

那个人拿过卡刷了一下。"现在没事了。"他说,"我很荣幸地告诉您,只要一天多付七美元,我们就可以为您升级到福特野马。"

"我是来还车的。"我说,"外面的机器读不了我的卡。"

"谢谢你的提醒。"年轻人说。他戴了一个胸牌,姓名上方写着"实习生"。他的名字写得更小,叫吉姆·布朗。他有张和善的脸,糟糕的发型。"那么你还是用美国运通卡付?"

那个年长一点的男人朝他走过来。"怎么了?"他说。

"这位女士的卡被拒了,不过我又刷了一次,没有问题。"他说。

年长的男人看着我。屋里面凉快一些,可我还是觉得好像要融化了。"她是还车,不是租车?"男人问,好像我并不在场。

"是还车,先生。"吉姆·布朗说。

事情开始变得没完没了。我伸手去拿收据。

"野马是怎么回事?"男人说。

"我误以为——"

"我跟他提到我多么喜欢野马。"我说。

吉姆·布朗皱起眉头。

"事实上,我很动心,马上就想租一辆。"

年长的人和吉姆·布朗都怀疑地看看我。

"女士,你是来还马自达的,对吗?"吉姆·布朗边说边查看收据。

"是的,不过现在我想租一辆野马。"

"租一辆野马,再加九块钱。"年长的人说。

"我跟她说的是七块。"吉姆·布朗说。

"让我看看。"那个人在键盘上敲下几个键。"七块。"他说着走

637

开了。

吉姆·布朗和我一起看着他走。吉姆·布朗凑近一点，低声说："你是为了帮我吗？"

"不，完全不是。只是想到开一天野马也许很好玩。也许要一辆敞篷的。"

"特价只限于普通野马。"他说。

"只是钱的问题嘛。"我说。

他敲了一个键，看着显示器。

"一天，明天还？"他说。

"对。"我说，"我能挑颜色吗？"

他有一颗长歪的门牙。这颗牙，还有他的发型，让人分心。他的眼睛很美，头发颜色也很好看，像小鹿的毛色，但牙齿和参差不齐的刘海吸引了我的注意，而不是这些优点。

"有一辆红色的，两辆白色的。"他说，"你不需要赶回去上班吗？"

我说："我要红色的。"

他看着我。

"我是自由职业。"我说。

他微笑了。"也很冲动。"他说。

我点头。"自己做老板的特权。"

"哪一行？"他说，"当然，这不关我的事。"

"吉姆，需要帮忙吗？"年长的人说着从他身后过来。

吉姆的反应是低下头开始敲键盘。他咬着下唇，专心致志，这让他显得更学生气了。打印机开始打印收据。

"我以前因为冲动惹过麻烦。"他说,"后来我被诊断出有注意力缺陷障碍。我祖母说:'看,我告诉过你,他就是忍不住。'她一直那样跟我妈说:'忍不住。'"他使劲点点头。他的刘海在前额上轻轻摆动。要是在屋外,他的刘海就会贴在皮肤上,不过屋里有空调。

他提到注意力缺陷障碍,这让我想起那个肌肉萎缩患者——我从来没见过的那个人。我脑海里那个大脚丫、圆鼻头的小丑形象变得更加清晰了。现在我深呼吸的时候,喉咙里还有肉桂味。我拒绝了承保范围的所有选择,在每一个"X"旁边签上我名字的首字母。他看着我草草涂上的签名。"写什么类型的东西?"他问,"悬疑吗?"

"不。是真实发生的事。"

"人们不会生气吗?"他说。

年长的人正迈向柜台那一头的女人。他俩尽量装出没在刻意观察我们的样子。他俩低语着,头凑在一起。

"人们认不出自己。而且,万一他们认出来了,你只要在电脑上操作,用一个名字替换另一个就行了。所以在最终版本里,每一次'妈妈'这个词出现的时候,都会被'秋海棠婶婶'或其他什么词替换掉。"

他把文件放进文件夹时,不小心把它弄皱了。"A-8。",他说,"出门右转,靠着围栏一直往前走。"

"谢谢。"我说,"谢谢你的好建议。"

"没什么。"他说。他似乎在等待着什么。在出口处,我回头看了看,当然,他也在看我。还有那个年长的人,还有那个跟他说话的女人。我没理他们。"你不会在电脑上改变设置,把'野马敞篷'替换成某辆慢吞吞的杰奥·米特罗[1]吧?"

"不会的,女士。"他微笑着说,"我不知道怎么替换。"

"这很容易学。"我说着给他一个最动人的笑容。我走到停车场去,热气从沥青路面蒸腾上来,我觉得双脚好像是在一个抹了很多油的平底锅上滑动。钥匙在车里。这辆车看起来完全不像老款的野马。红色十分鲜艳,看起来有点不舒服——至少是在一个这么热的日子里。车顶已经放下来了。我转动钥匙,看到车的里程少于五百英里。座位足够舒适。我调整后视镜,系上安全带,把车开到出口,丝毫没有打开收音机的欲望。"靓车!"说着,小亭里的男人检查了文件夹,又递回来。

"刚才一时冲动租下的。"我说。

"这样最好。"他说。我开走的时候,他敬了半个礼。

然后我才意识到这无情的现实,我只能跟母亲讲道理,我只能用尽一切手段,其中包括侮辱她伟大的好友德雷克,好让他不要从经济上抽空她,从情感上摧毁她、利用她、支配她——谁知道他葫芦里卖的是什么药?他对我避而不见是故意的——他不想听我要说的话。他是怎么想的?她那忙碌的女儿会如期轻易消失?还是她也许会非常开明,对他们的计划有兴趣?还是他认为她可能耳软心活,跟她母亲一样?谁知道这种男人会怎么想。

我超速了,警察让我把车停在路边,我没有紧急刹车,这时他拉响了警笛。他朝我的车走过来时,我从后视镜里看到他眉头紧皱。

"我母亲就要死了。"我说。

---

[1] 杰奥·米特罗(Geo Metro),铃木汽车为美国市场设计的经济车型。

"驾驶证和登记表。"他透过那种警察最喜欢的反光太阳镜看着我说。我在镜片上看到一个极小的我,好像镜片上的一点污迹。我确实超速了,因为过分担心,毕竟这是一个糟糕的情况。最简单的回答就是"我母亲要死了"。用"要死了"替换"脑子坏了"。

"野马敞篷。"警察说,"母亲要死了还租这样的车。"

"我过去有一辆野马。"我忍住眼泪说。我说的也是实话。我从佛蒙特搬走的时候,把车留在了一个朋友的谷仓里,过冬的时候,屋顶塌了,车身损坏严重,不过反正车架早已锈烂了。"是我父亲一九六八年买给我的,为了贿赂我读完大学。"

警察努了努嘴唇,直到换上一副完全不同的表情。我看到自己在镜片上的映像在轻轻颤动。警察碰了碰他的墨镜,鼻子里哼了一声。"好。"他说着后退一步,"我打算给你一个警告,放你走,为的是督促你按标示的速度行驶,尊敬自己和别人的生命。"

"谢谢你。"我真心实意地说。

他又碰了碰墨镜,把警告单递给我。我是多么幸运。多么、多么幸运。

一直到他回到车里,疾驰而去以后,我才看那张纸。他没有在任何一个方框上打钩。相反,他写下了他的电话号码。好啊,我想,如果我杀了德雷克,这个号码倒是会很方便。

我也玩了一个自己的小游戏:用吉姆·布朗替换理查德·科林汉姆。

他大概二十五岁,也许比我年轻三十岁。这是会受到谴责的,几乎跟理查德找那个十几岁的女孩一样。

我开回到桥上，取道第一个去威尼斯的出口，开过总是关着门的"果园之屋"，永远在延伸的郊区大商场让人郁闷不已。

我母亲，又坐在草坪椅上，读着报纸，但是现在汽车经过时，她都不必抬眼了。我清楚地记得多年前，在华盛顿，父亲和我开着一辆水绿色的野马敞篷拐上我们家车道时，她的表情。她大吃一惊。那么吃惊。她一定是在想开销。也许还想到了危险。

现在，母亲似乎不那么容易紧张了。显然，她自己也可以相当冲动。我正要按响喇叭，母亲站起来，花了一分钟站定，然后朝那栋房子走去。她为什么弯着腰，走得那么慢？她早先是在假装手脚灵便吗，还是我没有注意到？门开了，一个男人——是德雷克，那就是他——站在门口，伸出一只手，等待着，他没有走下台阶，只是等待着。他直挺挺地站着。不过，即使慢慢地开着车，我也只瞥到他一眼：这个不是我父亲的男人，他伸出他的大手，而母亲抬起她的手，好像一个淑女走上一段雅致的、铺着地毯的楼梯，而不是三级水泥台阶。

我没什么可说的了。一切都已经决定。没有哪个我说出来的词能阻止他们两个。

我在接近街道尽头的时候左转，不想冒险第二次经过。我意识到，如果有什么人在等待我的回音，大概是那两个人——那个男孩和那个警察——如果不是第三个什么人（也许母亲希望我为关于德雷克的恐怖警告而道歉）。我本可以打个电话，让这个夜晚沿着完全不同的方向发展，但是现在，每个人都会明白我为什么做出了相反的决定。

你没法不明白。首先，因为这是事实，其次，因为每个人都知道事情是如何变化的。事情总是在变化，即使是在很短的一段时间里。回到迈尔斯堡，一切业务都成了公事公办——租车公司的职员换班了，于是我打开车门出来的时候，只有一个例行公事的问题：车况是否正常。

2001 年 11 月 5 日

兔子洞是更可信的解释

母亲不记得我邀请她出席我的第一次婚礼。这是我去化验室接她的时候,我们聊天聊到的,她在那儿抽血,检查服药后的情况。她坐在一把橘色的塑料椅上,教旁边的男人如何填笔记板上的表格,我可不确定那个男人需不需要她的建议。很明显,我还没来的时候,母亲告诉他,我没有邀请她出席我的任何一次婚礼。

"我不明白你为什么送我来抽血。"她说。

"医生让我预约的,不是我送你来的。"

"好吧,你迟到了。我坐在这儿,一直等啊、等啊。"

"妈,你比预约的时间早到了一个小时,所以你在这儿待了这么久。护士给我打电话后的十五分钟我就到了。"我的语气专断又谄媚。两种语气彼此消解,真正交流的东西很少。

"你听起来像是佩里·梅森。"她说。

"妈,那边有个人要过去,你挡着她了。"

"噢,很抱歉我挡着别人了。他们可以按喇叭,上另一条道儿。"

医院过道上,一个女人快步绕过母亲,差点撞上迎面而来的一队轮椅：四把轮椅，几乎把过道占满了。

"那个人开一辆跑车，"母亲说。"你总能看出来。不过看她那身材，她怎么能挤得进去？"

我不打算理会她的话。她戴着一对圈圈耳环，额头上有一点擦伤，颧骨上贴着创可贴。她的脸有点像一个障碍赛场。"谁去把车给我们开过来？"她问。

"你看还有谁？你就坐在大厅里，我会把车停到车道上。"

"一辆车会让你不停地预设未来，是不是？"她说，"你得想象一切：怎么开出停车场，开上你的车道，怎么应付往来的车流。还有，你记得吧，有一次你刚开到车道上，有一男一女站在马路正中间吵架，不愿让开路给你停车。"

"我的生活充满乐趣。"我说。

"我觉得你的新工作不适合你。你是一个多么美丽的女裁缝——有真正的传统手艺——你为什么要用计算机干活，离开乡间那所可爱的房子，每周五天开车到这个……这个鬼地方。"

"谢谢你，妈，你比我表达得还要流畅——"

"你做好那些剑鱼演出服了吗？"

"是海星。我很累，昨晚我看电视了。现在你要是能坐在那边那张椅子上，一会儿就能看到我把车停在路边。风很大，我不想让你站在外面。"

"你总是有理由不让我待在外面。你害怕蜜蜂，对吧？自从你那次耙草时，脚趾被蜂蜇了以后，就对胡蜂怕得要死——那种蜂叫胡蜂。你耙草的时候不应该穿凉鞋。下次耙草穿双登山靴吧，要是你找不到一个替你干活儿的丈夫。"

645

"请别再对我说教了,还有——"

"去开车吧!最坏的可能是什么?我还得多站几分钟?我可不是白金汉宫外面那些卫兵,他们必须目视前方,直到失去知觉。"

"好。你可以站在这儿,我会停在路边。"

"你开的什么车?"

"我从来都是开那一辆。"

"要是我没出来,你进来接我。"

"好,那当然,妈。可是你为什么不愿出来?"

"SUV会挡住视线。它们直直地开上来,好像路牙子是它们家的。车窗还贴那种深色的膜,好像里面坐着利兹·泰勒[1],或是哪个黑帮老大。文莱的那个俊小伙儿——我怎么说起这个?我一定是想到了文莱苏丹[2]。反正吧,刚才跟我聊天的那个人说,在纽约,他在一家酒店门口下出租车的那一刻,伊丽莎白·泰勒正从一辆豪华轿车里出来。他说她不停地把小狗从车门里递给每一个人。门房。行李员。她的发型师两条胳膊下各夹着一只。可那不是泰勒的狗——是发型师自己的狗!他腾不出手来帮伊丽莎白·泰勒。结果那可怜的男人——"

"妈,我们得走了。"

"我跟你一起去。"

"你讨厌坐电梯。上次我们尝试过,可你不愿意走——"

"好吧,不过走楼梯不会要我的命,对吗?"

---

[1] 利兹·泰勒(Liz Taylor)是美国著名影星伊丽莎白·泰勒(Elizabeth Taylor,1932—2011)的昵称。

[2] 指文莱的国家元首兼政府首脑。

"我的车没有停在五层楼上。这样吧,你就站在窗边,然后——"

"我知道怎么办。你跟我说了一遍又一遍!"

我举起双手,又放下来。"一会儿见。"我说。

"是那辆绿色的车吗?是那辆我总以为是绿色的黑车吗?"

"是的,妈。我只有一辆车。"

"噢,你用不着那么说。我希望你永远不用了解犯点小糊涂是什么感觉。我知道你的车是黑色的。只是在阳光很强的时候,看起来有点发绿。"

"我五点回来。"说完,我走进了旋转门。我前面有一个人,双臂打着石膏,用前额顶着玻璃。才几秒钟,我们就出来了。结果他转过身盯着我,满脸通红。

"我不知道我有没有推门,是不是转得太快了。"我说。

"我想该有个解释。"他闷闷不乐地说着,走开了。

那个在过道里经过我们的胖女人在人行道上,边打电话边等红灯。灯变绿的时候,她侧着脑袋往前走,好像紧贴她耳朵的手机在为她领路。她穿一件不合身的运动衫,一条烂大街的长裙,鞋子倒不花哨,肩上垂着一个小小的坤包。"我在你后面。"母亲清楚地说,我走到另一侧路牙的时候,她在半路赶上了我。

"妈,那儿有电梯。"

"你为你母亲做得够多了!你不顾一切[1],只能用吃午饭的时间过来。来接我是不是意味着你吃不上饭了?你看我现在情况很好,你可以叫辆出租送我回家了。"

---

[1] 此处的原文为"desperate",是母亲第一次用到这个词,后文又多次出现。

"不，不会没饭吃，没问题。不过昨晚你叫我开车送你去发型师那儿，你不是要去那儿吗？"

"噢，我想不是今天。"

"是今天。预约的时间是十五分钟以后。去找埃洛伊丝。"

"我可不想跟一个曾在广场引起骚动的人同名[1]。你呢？"

"不想。妈，你在检票口等着好吗？我会开——"

"你主意可真多！你干吗不让我跟你一起去拿车？"

"坐电梯？你要进电梯？好吧，我没意见。"

"不是那种玻璃的吧？"

"有一面玻璃墙。"

"那么我会像那些女人一样。那些撞到玻璃天花板的女人。"

"我们到了。"

"这儿有股怪味。我就坐在椅子上等你吧。"

"妈，椅子在街对面。你现在在这儿。我可以把你介绍给检票亭的那个人，他负责收钱。要不你就深吸一口气，跟我去坐电梯。好吗？"

电梯里有个穿西装的男人，替我们把着门。"谢谢你。"我说，"妈？"

"我喜欢你那个去小教堂的提议。"她说，"到那儿接我吧。"

那个人还在用肩膀抵住电梯门，眼睛看着地上。

"不是小教堂，是检票亭。就在那儿？你就待在那儿？"

---

[1] 这里母亲指的是以埃洛伊丝（Eloise）为主人公的童书系列，书中的小女孩埃洛伊丝住在纽约广场酒店（Plaza Hotel）的顶层房间里。

"是的。在那儿,跟那个男人一起。"

"你看见那个人——"我走出电梯,门在我身后关上了。

"我确实看见他了。他说他儿子在拉斯维加斯结的婚。然后我说:'我从没去过我女儿的任何一次婚礼。'他又说:'她有过几次婚礼?'我当然如实相告。他就说:'那你觉得怎么样?'我说,其中一次婚礼上有一条狗。"

"那就是你去过的那一次,我的第一次婚礼。你不记得你在埃比尼泽的脖子上系了一个领结吗?那是你的主意。"我牵着她的胳膊,领她往电梯那儿走。

"是的,我从一个美丽的花展上拿的,本来要在教堂里布展,可是你和那个男人不愿进教堂。没有平地可站。你要是个穿高跟鞋的女人,那无论如何都是没有地方站的,况且当时要下雨了。"

"那是个大晴天。"

"我不记得了。是外婆给你做的裙子吗?"

"不是,她提出要给我做,但我穿了一条我们在伦敦买的裙子。"

"真是绝望[1]。她一定很伤心。"

"她的关节炎那么严重,几乎连笔都握不住,更别说是针了。"

"你一定伤了她的心。"

"好吧,妈,我们这样是上不了车的。你有什么计划?"

"马歇尔计划[2]。"

---

1 母亲第二次用到 desperate 一词。

2 第二次世界大战后美国宣布的援助欧洲复兴的计划,由美国国务卿马歇尔(G. C. Marshall)在1947年哈佛大学的演讲中提出。

"什么?"

"马歇尔计划。我们那一代人不会嘲笑这个。"

"妈,我们最好再试试在检票亭旁边等的计划。你根本用不着跟那个人说话。你觉得怎么样?"

"如果我跟你上电梯,你反对吗?"

"不,但是这一次你说了要上来,就得上来。我们不能让别人整天给我们把着门。别人有他们要去的地方。"

"瞧你说的!这道理再明白不过了,我不知道你为什么要说这些。"

她在查看她的小包。就在她的头顶下方,我能透过她的头发看到她的头皮。"妈。"我说。

"好,好,来了。"她说,"我以为我带了写有那个发型师名字的名片。"

"是埃洛伊丝。"

"谢谢你,亲爱的。你怎么不早说?"

我打电话给我弟弟蒂姆。"她的情况更糟了。"我说,"要是你想在她多少还能应付的时候来看她,我建议你现在就订机票。"

"你不明白我的处境。"他说,"为了得到终身教职而战,为了这一篇论文要坐多少次飞机。"

"蒂姆,作为你的姐姐,我说的不是你的问题,我在——"

"她的身体走下坡路已经有一段时间了。上帝保佑你照顾她!她是个了不起的女人。我把所有功劳都给你,你是一个有耐心的人。"

"蒂姆,她在一天天地衰弱。如果你还关心——如果你关心她,现在就来看她。"

"我们说实话好了：我没那么深的感情，我也不是她最喜欢的孩子。这就是勒内的问题：我有过很深的感情吗？我是说，功劳！功劳归于你！你能理解得了妈妈和爸爸怎么能合得来吗？他是一个隐士，她却是个交际花。她从不理解认真钻研书本的人，对吧？她是这样的吧？也许我是最后一个知道的。"

"蒂姆，我建议你圣诞节前来访。"

"这听起来有点过于不吉利了吧。我可以这么说吗？在我结束了我无法向你转述的一天，刚刚回到家时，你打电话来告诉我——你已经说过很多次了——她要死了，或者彻底疯了，然后你又说——"

"你保重，蒂姆。"我说着挂了电话。

我开车到母亲的公寓去消磨时间，她这会儿在做头发。我进了起居室，发现花要浇水了。有两盆花是新到的，是她住院做脚部手术时，朋友送来的，一盆长寿花，一盆小菊花。我冲洗了她可能早上用来喝咖啡的马克杯，在龙头下接满水。我给花浇水，用马克杯又接了两次水。我的弟弟在俄亥俄州一所大学反复思考着华兹华斯，而我在弗吉尼亚州我们长大的这个小镇照看我们的母亲，已经这样好些年了。如他所言，功劳。

"好。"医生说，"我们知道已经是时候了。对她来说，一个能满足她需要的环境要好得多。我只是在说生活协助[1]。如果有用的话，我愿意见她一面，跟她解释，说情况已经发展到了这一步，她需要一套

1　生活协助（assisted living），指为无法独自生活的老人提供住房和有限照顾的制度。

更全面的支持体系。"

"她会说不要。"

"不管怎样。"他说,"你和我都很清楚,如果家里着火了,她自己是不能设法逃出去的。她吃饭吗?我们现在没法肯定她吃,是不是?她需要维持卡路里的摄入量。我们想要让她利用这些专门为她安排的资源,以最好地满足她的需要。"

"她会说不要。"我又说。

"我能建议你让蒂姆加入,作为支持体系的一部分吗?"

"忘了他吧。他已经两次没通过终身教职评审了。"

"即便如此,如果你弟弟知道她不吃饭——"

"你知道她不吃饭吗?"

"我们就说她不吃饭,"他说,"这是在走下坡路了。"

"你假设我弟弟能加入支持体系,这是不切实际的。你想让我承认我母亲很消瘦?好吧,她很瘦。"

"请你认同我的说法吧,不必——"

"为什么?因为你是医生?因为她在停车场的收费亭里捣乱,让你很不高兴?"

"你告诉我她拉了火警。"他说,"她已经失控了!你应该面对现实。"

"我确定不了。"我声音发颤地说。

"但我能。我从小就认识你们。我记得你母亲做的巧克力曲奇,我父亲总是去你们家,看她有没有做那些要命的曲奇。我知道父母无法自理的时候有多艰难。我父亲那时住在我家,唐娜如此无微不至地照顾他,一直到他……一直到他去世。我对她感激不尽。"

"蒂姆想叫我把她送进俄亥俄州一家便宜的养老院。"

"想都不要想。"

"是啊,她还没有到需要去俄亥俄州的地步。相反,我们应该把她送进这儿的监狱。"

"监狱。你要是假装我们像漫画里的人物一样说话,那我们就没法严肃地讨论问题。"

我把膝盖蜷起来,抵住额头,并拢双腿,膝头紧紧地挨住眼睛。

"我从米尔罗斯医生那里了解到,你处境艰难。"心理治疗师说。她的办公室没有窗户,椅子风格不是很协调,反倒使人感觉愉快。"你为什么不来找我?"

"是这样,我母亲一年前中风了。有一些后遗症……不是说她以前没有犯过糊涂,但是中风以后,她以为我弟弟只有十岁。有时她说到我弟弟的事,我都听不懂,除非我能想起来她真的认为他才十岁。她还以为我六十岁了。我是说她认为我只比她小十四岁!还有,对她来说,这是我父亲另有家室的证据。她认为我们这个家是后来建立的,我父亲之前另有家室,而我是他第一段婚姻的孩子。我六十岁了,而她中风发作,倒在高尔夫球场上的时候只有七十四岁。"

心理治疗师点着头。

"反正我弟弟是四十四岁——就要四十五了——最近她说的都是这些。"

"说你弟弟的年龄?"

"不,说她的发现。就是他们——你明白吗,另一个妻子和孩子——是存在的。她认为她是过于震惊才倒在高尔夫球场第四洞

653

旁的。"

"你父母婚姻幸福吗?"

"我给她看了我婴儿期的相册,我说:'如果我是另外一个家庭的小孩,那这是什么?'她说:'是你父亲的另一个诡计。'她用的就是这个词。问题是,我不是六十岁。我到下星期才五十一。"

"有人完全依赖我们,这很不容易,是不是?"

"嗯,是啊。但她让自己那么痛苦,都是因为她认为我父亲以前还成过家。"

"你认为你怎么才能给你母亲最好的照顾?"

"她可怜我!她真的可怜我!她说她见过他们每一个人:一个儿子、一个女儿、还有一个女人——一个长得很像她的妻子,这似乎让她很难过。哦,我猜这让她很难过。当然,那不是真事,可我已经放弃了跟她说清楚的努力,因为在某种程度上,我觉得这在象征意义上是很重要的。她需要思考她自己的想法,但我实在是厌倦了她的想法。你明白我的意思吗?"

"跟我说说你的事,"治疗师说,"你一个人过?"

"我?对,我离婚了。我没跟我男朋友维克结婚,却嫁给了一个老朋友,这是个大错误。维克和我都谈婚论嫁了,可是我要照顾母亲,麻烦不断,我永远没法给他足够的关心。我们分手以后,维克把所有时间都给了他秘书的狗,班德拉斯。假如说他为此伤心,那他也是在狗公园里伤心。"

"你在'宇宙计算机'公司上班是吗?这上面是这样写的。"

"是的。公司很关心员工的家庭。他们完全理解我要抽出时间照料母亲。我以前在一个室内设计店工作,现在还做些缝纫活计。我刚给朋友的三年级小学生班做了海星演出服。"

"杰克·米尔罗斯认为,申请生活协助对你母亲会更有好处。"

"我知道,可是他不了解——他真的不了解——跟我母亲商量事情是什么情形。"

"如果真的跟你母亲商量事情,最坏的可能是什么?"

"最坏的?我母亲能把任何话题转移到那另一个家庭上,无论我说什么,都会被扯进这一团我无法认同的乱麻里,就是我父亲以前的人生。还有,你知道,她在谈话中从不提我弟弟,因为她认为他是个十岁的孩子。"

"你很有挫败感。"

"除此以外,我还能有什么感觉?"

"你可以对自己说:'我母亲中风了,她会犯糊涂,我无法改变这一切。'"

"你不明白。我绝对有必要承认另外这个家庭的存在,要是我不承认,我就完全失去了可信性。"

治疗师在椅子上挪了挪。"我能提个建议吗?"她说,"这是你母亲的问题,不是你的。你知道你母亲因为中风而大脑受损,不明事理,而你明白一些你母亲弄不明白的道理。假如是一个孩子不知道怎样应对世界,你会引导她,你现在也面临同样的情况——不管你母亲怎么想——你必须做对她最有益的事。"

"你需要休个假,"杰克·米尔罗斯说,"如果我不是这周末值班,我会提议你跟唐娜和我一起去华盛顿,看科科伦艺术馆的那个展览,那些画中人物都活过来了。"

"我很抱歉我一直在为此麻烦你。我知道我必须做一个决定。只是我回到橡树医院的时候,看到那个女人把一个巧克力泡芙抹在了自己脸上——"

"很好玩。把这事想得好玩一点。孩子会把一切弄得乱糟糟的,老人也是。还有一个老太婆把鼻子伸进了糕点里。"

"是啊。"我说着喝干杯中的金汤力。我们在他的后院。唐娜正在屋里做她拿手的炖小牛肘。"你知道吗,我想问你个事。有时她用'不顾一切'[1]这个词。她会在意想不到的时候用这个词。"

"是中风的关系。"他说。

"可她是想描述自己的感觉吗?"

"说这个词的时候是像打了个嗝还是什么?"他拔出一棵野草。

"不是,她就是该用别的词,却用了这个词。"

他看着他揪起来的蒲公英长长的主根。"这就是南方,"他说,"这些东西的生长季长得要命。"他把它扔进一辆小推车,里面堆着从园子里耙出的软塌塌的东西。"我不顾一切地想清除蒲公英。"他说。

"不,她不会这么用。她会说:'噢,你不顾一切地想请我吃晚饭。'"

"肯定会是这样。你在电话里没仔细听我说。"

"马上就好!"唐娜从厨房窗户里喊道。杰克举起一只手表示感谢。他说:"唐娜正在做思想斗争,不知该不该告诉你,她看到维克和班德拉斯在狗公园附近打架。唐娜说,维克用棒球帽打班德拉斯的

---

[1] 这个词原文为"desperate",除了"不顾一切",还有"绝望的、极需要的、严重的、孤注一掷的"等意思。文中"我"的母亲因脑部损伤而不分语境地使用这个词。

嘴,而班德拉斯摆出防御姿势,龇着牙。维克买的东西撒了一地。"

"真让人吃惊。我以为班德拉斯不会犯错。"

"嗯,事情总会变的。"

隔壁的院子里,邻居家的怪儿子面对街灯,用慢得让人难以忍受的速度开始做他没完没了的晚间拜日式[1]。

我弟弟的女友科拉半夜打来电话。我还醒着,在看《伊比的堕落》录像带。苏珊·萨兰登饰演将要死去的母亲,演技惊人。有三个朋友在我生日时送我这个电影的录像带。唯一一次有同样情况发生是在很多年前,有四个朋友送了我琼·狄迪恩的小说《顺其自然》。

"蒂姆认为他跟我应该分担责任,让妈妈到我们这儿来过一个假期,我们十一月份可以,那时学校放阅读假。"科拉说,"我会搬到蒂姆的公寓住,如果妈妈觉得舒服的话。"

"你们能这么做真好。"我说,"不过你知道她认为蒂姆只有十岁吧?我不确定她会愿意飞到俄亥俄州,让一个十岁的孩子照顾她。"

"什么?"

"蒂姆没跟你说吗?最近他给妈妈写了一封信,她保存着,拿给我看蒂姆的书法有多好。"

"噢,等她到了这儿,就会看到蒂姆是成年人了。"

"也许她会觉得那是个冒牌的蒂姆,或是别的什么人。她会跟你不停地说我们的父亲的第一个家庭。"

---

[1] 拜日式,瑜伽的基本动作,源自古印度人对太阳的朝拜。

"我还有点劳拉西泮[1],上次根管再造的时候配的。"科拉说。

"好,你看——我不是想劝阻你。我只是不大确定她能单独旅行。蒂姆考虑过开车来接她吗?"

"哎呀!我外甥十一岁,他自己来往于西海岸好几次了。"

"我想这可不是往她背包里装点快餐,给她一本字谜书在飞机上看就行了的事。"我说。

"哦,我不是要把你母亲当小孩对待。恰好相反,我认为,她要是知道我们怀疑她是否能独立行事,她也许就真的应付不了,但如果我们……"

"人们再也不把话说完了。"我说。

"哦,天啊,我可以说完。"科拉说,"我的意思是,如果我们假定她能照顾自己,她就能照顾自己。"

"一个婴儿会因为我们假定他能照顾自己,就真的能照顾自己吗?"

"哦,我的天!"科拉说,"看现在都几点了?我以为是九点!已经过了午夜吗?"

"十二点十五。"

"我的表停了!我看到厨房的钟是十二点十分。"

我见过科拉两次:一次她几乎重达两百磅,另一次她在用阿特金斯饮食法减肥,一百四十磅。她去机场接我的时候,车里有本《新娘》杂志。可在过去这一年里,她的梦想还没有实现。

"实在很抱歉。"科拉说。

---

[1] 阿蒂凡(Ativan)是药品劳拉西泮的商品名称,该药主要用于治疗焦虑症。

"听我说。"我说,"我没睡着。不必道歉。可是我觉得我们没解决任何问题。"

"我叫蒂姆明天给你打电话,真的很对不起!"

"科拉,我说人们再也不把话说完的时候,不是针对你。我自己也没把话说完。"

"好,你保重!"她说,然后挂了电话。

"她在哪儿?"

"就在我的办公室里。她刚才在李公园的一把长椅上坐着。有人看到她在和一个喝醉了的女人说话——一个流浪者——就在警察到达前。那个女人把她从一个餐厅回收部搞来的玻璃瓶往雕像上砸。你母亲说她在记分,女人赢了,雕像输了。那个女人脸上都是血,所以后来有人叫了警察。"

"她脸上都是血?"

"她扔完瓶子去捡玻璃的时候,把手割伤了。是另一个女人在流血。"

"哦,上帝,我母亲没事吧?"

"没事,但是我们需要行动了。我给橡树医院打过电话,今天他们做不了什么,不过明天可以把她安排在一个半私人病房住三个晚上。原本是不允许这么做的,不过你不用操心。相信我,只要她进去了,他们就能找到地方。"

"我马上过去。"

"等等,"他说,"我们需要一个计划。我不想让她待在你那儿,我想让她今晚就住进来,给她做个核磁共振。明天早上,如果没什么问题,你就可以送她去橡树医院。"

"有必要让她吓得要死吗?她为什么非得住院?"

"她已经很糊涂了。就算你今天晚上不睡觉也于事无补。"

"我觉得我们应该——"

"你觉得你应该保护你母亲,可那其实不可能,不是吗?她是在李公园被人发现的。幸亏她的购物单(现在就在我眼前)上别着我和她发型师的名片,待购物件包括复活节彩蛋和砒霜。"

"砒霜?她是要毒死自己吗?"

那边沉默了一刻。"就说她是吧,"他说,"为了说服你。好,现在来接她吧,我们开始行动。"

几乎是"妈妈"在李公园里记录瓶子的同时,蒂姆和科拉在一位太平绅士[1]的主持下,办了结婚手续。他们在医院病房里跟唐娜·米尔罗斯会合,唐娜抱歉地低声说,她丈夫在"扮演医生",处于回避访客时间。

科拉的婚礼花束插在母亲的水罐里。蒂姆把指节掰得咔咔响,反复地清着嗓子。"他们看我一直坐在公园里就不高兴了。你能想象吗?"母亲突然对着聚集一堂的人说,"你们觉得还要过很多这种绝望的[2]秋日吗?"

第二天早上,只有蒂姆和我在场,我们准备让母亲坐他租来的汽

---

[1] 太平绅士(Justice of the Peace),相当于公共治安官,其职责包括解决民事纠纷、维持治安等。

[2] 此处母亲又用了 desperate 一词。

660

车，送她去橡树医院。母亲坐在前面，她的小包放在腿上。她时不时说些不着边际的话，最后我终于搞明白了，她把个性化车牌[1]读出声了。

在后座上，我像一个游客观察着这个小镇。车太多了。车里的人脸让我吃惊：没有一个二十岁以上的人表情平和，更不要说快乐。下巴突出的男人和使劲眯眼的女人疾驰而过。我发现自己很纳闷，为什么没有更多的人戴墨镜？那样不知是否会好些。我的思绪纷飞：在伦敦丢了的那副古驰墨镜；有一次万圣节我装扮成骷髅。小时候，我在万圣节扮过菲力克斯猫，扮过蟋蟀吉米尼（我还留着那根拐杖，常常误以为是伞，从衣橱里抽出来），还扮过一个西红柿。

"你知道吗，"母亲对弟弟说，"在遇到我们以前，你父亲有过一个完整的家庭。他从来没有提过他们。那不是很无情吗？要是我们认识他们，也许会喜欢他们，要是他们认识我们，也许也会喜欢我们。我说这些的时候，你姐姐很不开心，但是你们现在看到的一切都表明，如果两家人见面会更好。在第一个家庭里，你有一个十岁的弟弟。你年纪这么大了，不会再嫉妒一个孩子，对吗？所以你们没理由相处不好。"

"妈。"他呼吸急促地说。

"你姐姐每次见我时都跟我说她五十一岁了。她总是想着年龄问题。跟一个老人走得近就会这样。我老了，不过我忘了这么去想自己。你姐姐现在就在后座上想着生死之事，你记着我的话。"

---

[1] 个性化车牌（vanity license plate），一种定制车牌，车主额外付费，即可在车牌上自行选择数字或字母。

弟弟紧紧握住方向盘,指关节都发白了。

"我们要去发型师那儿吗?"她突然说。她轻轻拍拍后脖颈。她的手指往上移,直到碰到小小的发卷。蒂姆意识到我不打算回答,他开口了:"你的头发很好看,妈,不用担心。"

"那好,我有约会的时候总是准时到。"她说。

我在想,真奇怪,我从来没有扮过埃及艳后或者芭蕾舞女演员。我居然想去扮成西红柿,这是犯了什么病?

"妈,万圣节的时候,我曾经扮过女孩的样子吗?"

在后视镜中,弟弟的目光投向我。那一刻,我记起了维克的眼睛,他在后视镜里看我的反应,那些日子,我让母亲坐前面,这样他俩说话更方便。

"嗯,"母亲说,"我记得有一年你想扮成护士,可是乔安妮·威洛比打算扮护士。当时我在超市,威洛比太太在那儿摆弄那件我们前一个晚上考虑买的衣服。我应该更有决断才对。我想那就是你成人以后变得冲动的原因。"

"你觉得我冲动?我以为自己是那种做事从不出人意料的人。"

"我可不这么认为,"母亲说,"看看你,几乎都不了解那个男人就嫁给了他。第一个丈夫。然后你又跟那个高中就认识的人结了婚。我觉得很奇怪,你是不是继承了你父亲的一点反复无常的秉性。"

"咱们别吵了。"弟弟说。

"如果我告诉别人的母亲,我的两个孩子结婚都没有邀请我参加婚礼,人家会怎么想?我想有些人会认为,那说明我有问题。也许是我有缺陷,让你父亲觉得我们是退而求其次的选择。蒂姆,男人跟男人之间会说一些事。你父亲跟你讲过另一个家庭吗?"

蒂姆捏紧了方向盘，没有回答。母亲拍拍他的胳膊，说："有一年蒂姆想扮成埃德加·伯根[1]。你记得吗？可是你父亲指出，这样的话，我们就得买一个昂贵的查利·麦卡锡玩偶，他不打算买。我们哪里知道，他还有一大家子人要供养。"

橡树医院的每个人都被正式地称为"夫人"，你可以看出护士真正喜欢的人是谁，因为他们会用不那么正式的头衔称其为"女士"。

班克斯女士是母亲的室友。她一头纯白的银发让她看起来像一只奇异的鸟。她九十九岁了。

"今天是万圣节，我知道，"母亲说，"我们要开一个晚会吗？"

护士笑了。"不管是不是特殊的日子，我们总会有一个很棒的日间加餐。"她说，"我们希望家人也能加入。"

"到晚饭时间了吗？"班克斯女士说。

"不，女士，现在刚早上十点，"护士大声说，"不过我们要来接你去享用日间加餐了，就像往常一样。"

"哦，上帝，"蒂姆说，"我们现在怎么办？"

护士皱起眉头。"您说什么？"她说。

"我以为米尔罗斯大夫会在这儿。"他边说边环顾房间，好像杰克·米尔罗斯会藏在什么地方。这不可能，除非他把自己夹在房间一角的桌子后面，那张桌子放置的角度有点怪。护士顺着他的视线看去，说："班克斯女士的侄子按风水布置了她那一半的房间。"

---

[1] 埃德加·伯根（Edgar Bergen，1903—1978），美国知名艺人、腹语表演家。他手中的玩偶名叫查利·麦卡锡。

离门最近的地方——我们这一半的房间里——有一件白色的柳条家具。三只粉色的小熊在天花板通风口挂着的一件活动装饰物上摇来晃去。布告牌上有一张婴儿的彩色照片，婴儿咧开只有一颗牙的嘴笑着。母亲坐进一把黄色的椅子，她看起来很小。她打量着每个人，一言不发。

"请问现在签文件方便吗？"护士问。这是她第二次问起——两次都是问我弟弟，不是我。

"哦，上帝。"他说，"怎么会是这样？"他不大舒服。

"我们出去吧，让女士们互相认识一下。"护士说着拉他的胳膊，带他出了门。"我们不想表示反对。"我听见她说。

我坐在母亲的床上，母亲呆呆地望着我，好像在这个环境中，她不认识我了。最终，她说："那是谁的希腊渔夫帽？"

她指着我放在床上的索尼随身听，还有一个装过夜衣物的袋子和几本杂志。

"那是一个放音乐的机器，妈。"

"不，不是。"她说，"是希腊渔夫帽。"

我把随身听拿起来递给她。我按下"播放"键，从悬着的耳机里可以听到音乐。我俩都盯着随身听，好像它是世界上最奇妙的东西。我把音量调低，把耳机戴在她头上。她闭上眼睛。最终，她说："这是万圣节晚会的开始吗？"

"说万圣节是我误导了你，"我说，"今天只是十一月初的一天。"

"接下来就是感恩节了。"她说着睁开眼睛。

"我想是的。"我说。我注意到班克斯女士的头往前伸着。

"那边那个东西是火鸡吗？"母亲指着她说。

"那是你的室友。"

"我开玩笑的。"她说。

我松开拳头的时候,才意识到我刚才一直握紧了拳头。我试着微笑,却无法扬起嘴角。

母亲摆弄着脖子上的耳机,好像那是个听诊器。"要是那一次我让你遂了心意,今天我也许就有自己的私人护士了。可能我还是不够聪明。"

"这只是暂时的。"我撒谎。

"嗯,我不愿在进坟墓前,想着你因为我无法控制的事而责怪我。你父亲完全有可能是个重婚者。我母亲告诉过我不要嫁给他。"

"外婆叫你不要嫁给爸爸?"

"你外婆是个狡猾的老狐狸。她闻出他的味儿了。"

"可是他从没做过你指责他的事。他战后归来就娶了你,你生下了我们。也许是我们长大得太快还是怎么的,让你糊涂了。我不想提自己的年龄让你生气,可是很久以前,我们作为一家人的这么多年,也许就像一个漫长的万圣节:我们扮成小孩子,然后我们穿不上演出服了,我们长大了。"

她看看我。"这说得有点意思。"她说。

"至于另一个家庭——也许就像那个梦到自己是蝴蝶的人,或者梦到自己是个人的蝴蝶,两者混为一体。也许你中风以后糊涂了,或者你做过一个那样的梦,感觉是真的,梦境有时挥之不去。也许你不明白我们怎么都老了,所以你把我们重新想象成年轻人。可不知怎么的,蒂姆在时光中停滞不前。你说过另一个妻子长得像你。嗯,也许她就是你。"

"我不知道。"母亲慢慢地说,"我想你父亲总被同一类女人吸引。"

"可是谁也没有见过这些人。没有结婚证。他跟你结婚都快五十年了。你不认为我的说法是一种更可信的解释吗?"

"你确实让我想到了那个侦探,孤注一掷的[1]梅森。你有了个点子,然后眼睛瞪得好大,就像他那样。我觉得你都要站到证人席上去了。"

杰克·米尔罗斯脖子上围着一块毛巾,出现在过道上。"你们一百万年都猜不到我为什么迟到,"他说,"一辆卡车掉了一个轮子,把我的车撞下公路,撞到池塘里了。我只能从窗户里爬出来,蹚水走回公路上。"

一个护士出现在他身后,拿来更多毛巾和一些干衣服。

"也许只是外面下了雨,可是他觉得自己掉进了一个池塘。"母亲说着对我眨眨眼。

"你明白了!"我说。

"每个人都有自己编的小故事,"母亲说,"如果不让说故事的人编点什么,孩子们就没书看了,给大人看的书也会少得可怜。"

"妈!完全正确。"

"请原谅,我去一下洗手间,换身衣服。"

"哄哄他,"母亲用手捂着嘴,小声对我说,"等杰克出来的时候,他会以为自己是个医生,而你我都知道,杰克只是希望去上医学院。"

---

[1] 母亲又用到了 desperate 一词。

你以为你很清楚眼前的问题，到头来却发现另有一个完全出乎意料的问题。

蒂姆消失了，近一个小时以后才出现，这在护士中引起不小的骚乱。于是杰克·米尔罗斯得出一个重要结论：蒂姆不够成熟，不负责任。这个问题很可能比任何人想象的都严重得多。母亲俏皮地暗示，蒂姆决定掉进一个兔子洞，进行一场冒险。她洋洋得意地笑着说："兔子洞是一种更可信的解释。"

母亲躺在床上，网球鞋整齐地摆在地板上。她说："他一向逃避困难。看看你和杰克，你们脸上震惊的表情！梅森先生会找到他的。"她说完最后一句，闭上眼睛。

"你明白了吧？"杰克·米尔罗斯低声说着，把我带出房间，"她适应得多好。这完全不是个糟糕的地方，对吧？"他自问自答道："对，不是。"

"卡车是怎么回事？"我问。

"司机道歉了。他站在路肩上打电话。三辆警车几乎三秒钟之后就到了。我指指我的马里兰州车牌，就脱身离开了。"

"蒂姆告诉你他刚结婚了吗？"

"我听说了。探访时间，他妻子把唐娜拉到一边，告诉她这个好消息，说我们千万不要看低他，因为他已经做好准备，心甘情愿，也有能力——她就是这么跟唐娜说的——为他母亲的安康负起责任。今天早上你离开后，她还去了医院，引起一阵小小的骚动，因为他们把她的婚礼捧花扔掉了。"

第二天早上的电话很令人意外。蒂姆似乎是在念稿子，像个电话

667

推销员:"我们的关系大概紧张到无药可救了。我在护士那里看到一张有我个人信息的表格,显然是你跟你的医生朋友串通一气,在其他什么地方就已经填好的。我这才意识到,你又一次居高临下,令我蒙羞。我很受伤,看到你把我俩的名字都写在'紧急联系人'的位置,可后来却又用一张便利贴加上:'先给我打电话。他很难联系上。'你怎么知道?你怎么知道我的教学日程,毕竟你从来都没有丝毫兴趣去了解?你怎么知道我早上几点离家,晚上几点回来?你总想抢先一步。我还私下里认为,是你同意他们把我妻子的捧花扔掉的,那是借给妈妈的。你去吧,去批准一切吧。给她施行安乐死,如果那就是你想要的,你看看我会不会在乎。你有发现你都不愿意花一秒钟来做做样子,祝贺我跟我妻子吗?如果你对我没有尊重,你起码应该对我妻子有一丁点尊重吧。"

当然,他不知道我这么回应是在开玩笑:"不,谢谢。我对我的AT&T[1]服务很满意。"

他摔了电话,我在考虑回到床上,蜷成胎儿的姿势,可是同时又意识到我再也不能耽误一天的工作了。我走进浴室,穿着搭在门背后的维克的旧浴袍。我冲澡,刷牙。我给橡树医院打电话,问母亲是否一觉睡到天亮。是的,她现在在玩宾果游戏。我飞快地穿好衣服,梳头,拿上包和钥匙,打开前门。栏杆上斜靠着一个联邦快递的信封,上面写着科拉的名字和退信地址。我退后一步,回屋打开信封。里面是一个封着口的信封,上面写着我的名字。我呆呆地看着信封。

电话响了。是玛丽亚·罗伯茨,弗吉尼亚州2003年度的三年级

---

[1] 美国最大的固网电话及移动电话电信服务供应商。

优秀教师。她打电话说,她很不好意思,可是有人向她指出,孩子们打扮成海星和海马在挂网前跳舞,代表的是濒危物种,或是常被"收集"或"觊觎"的物种。她说她会把材料钱给我,但是不需要我做海星演出服了。我从卧室看出去,看到椅子上堆着的、有尖角的服装,只有最上面那件还要缝个拉链。它们突然显得悲哀——泄了气,十分可笑。我无言以对,惊讶地发现自己郁闷地说不出话来。"别担心,"最终我说,"整个节目都被取消了吗?""要重新设计。"她说,"我们想要一些富有力量的海洋动物。""梭子鱼。"我说。"我会跟他们提。"她说。

我们挂了电话,我继续盯着封了口的信封。然后我拿起电话拨号。让我吃惊的是,电话响第二声时,维克就接了。

"哎,我一直在想你,"他说,"真的。我正要给你电话,问问你怎么样。你母亲好吗?"

"还好,"我说,"有件事让我有点心烦。我能很快地问你一个问题吗?"

"问吧。"

"唐娜·米尔罗斯说,她看到你跟班德拉斯在打架。"

"是的。"他警惕地说。

"这不关我的事,可这是怎么搞的?"

"它跳上车,爪子刮掉了漆。"

"你说过它是世界上最训练有素的狗。"

"我知道。它总是等我打开车门,可是那天,你说说看是怎么回事,它跳起来,使劲抓车子。如果它是被什么吓到了,我还能原谅它。可是那儿没人。然后我刚打了它一下,一个人就从雷克萨斯里出来，除了唐娜·米尔罗斯，还能有谁？接着，我的购物袋突然脱手，裂开了……所有的东西都朝她滚过去，她脚上那只昂贵的鞋尖一转，挡住了一个橘子。"

"我没法相信你和班德拉斯会出这种事儿。把我所有的预想都打破了。"

"事情就是这样。"他说。

"谢谢提供信息。"

"哎，等等。我真的准备给你打电话的。我本来要说，也许我们可以碰个头，带你母亲去那家意大利餐馆吃晚饭。"

"很好，"我说，"不过还是算了。"

有一刻的沉默。

"再见，维克。"我说。

"等一下，"他飞快地说，"你打电话真的是问狗吗？"

"嗯。要知道，你总是说到它。它曾是我们生活中的重要内容。"

"我和秘书之间过去没有、现在也没有任何关系，如果你想的是这个，"他说，"她在跟一个在巴尔的摩工作的家伙约会。我做了一个梦，梦见她会嫁给他，把狗留下，因为那个人养猫。"

"为你考虑，我希望那真的会发生。我得上班去了。"

"要不喝杯咖啡？"他说。

"好，"我说，"回聊。"

"现在就喝咖啡不行吗？"

"你不用工作吗？"

"我以为我们还会是朋友。这不是你的想法吗？你把我甩了，因为我比你小十岁，因为你这么年龄歧视。但我们还是可以做好朋友，甚至你跟什么人结了婚，我们也是朋友。可你从不打电话，好不容易打个电话时，问的却是一条你还没见就不喜欢的狗，因为你是个爱嫉妒的女人。你可以喜欢或者不喜欢别人的小孩，同样，我就是喜欢那条狗。"

"你爱那条狗。"

"好吧，我对'爱'这个词用得比较谨慎。要是你现在没空，我今晚能过来喝杯咖啡吗？"

"除非你先答应帮我一个忙。"

"我答应。"

"你不想知道是什么事吗？"

"不。"

"需要一项你很少使用的技术。"

"性？"

"不，不是性。是剪纸。"

"你要我剪什么你自己没法剪的东西？"

"我弟媳的一封信。"

"你没有弟媳。等等，你弟弟结婚了？让人吃惊。我以为他对女人没什么兴趣。"

"你以为蒂姆是同性恋？"

"我没那么说。我一直以为那家伙厌恶人类。我只是说我吃惊。你为何不自己把信撕开？"

"维克，别那么迟钝。我想让你把它剪出一个花样。我想让你把一个我完全确定是糟糕的东西给变形。你知道——就是你祖母教过你的那种手艺。"

"哦，"他说，"你是说，剪成篱笆和葡萄架？"

"我不知道。不一定非得是那样。"

"我很久没练习了，"他说，"你有什么具体的想法吗？"

"我还没读信，"我说，"但我想我知道内容。剪一个穿心的骷髅怎么样？"

"恐怕我祖母的兴趣是风景画。"

"我保证你能剪。"

"帆船破浪而行？"

"还是我的主意好点。"

"可那不是我的专长。"

"你跟我说实话，"我说，"我能应付。你买那些吃的是要给那个女人做晚饭吗？"

"不是，"他说，"还有，记住，是你甩了我，事情以你嫁了个笨蛋收场，所以，我有权做我想做的事。现在你又打电话，要我剪一个尸体，心脏穿了根棍子，因为你不喜欢你的新弟媳。问问你自己：你这个人真的很正常吗？"

班德拉斯差点把我撞翻，接着它马上开始吸鼻子，把阿富汗毛毯从沙发上扯下来。它撕扯着毛毯的一角，好像那是一团腐肉。它喷着鼻息站起来，朝卧室冲去。

"这就是那封信？"维克说着一把抓起放在桌子中央的信，把信撕开。"亲爱的姐姐。"他读了起来，我向他冲过去，他把信举过头顶。他胡子拉碴，看起来真不像他。我发现我认不出他穿的那件衬衫时，心里一阵刺痛。他又念起来了："亲爱的姐姐，"他把身子转到一边，信纸紧紧地夹在他手里，"我知道蒂姆会跟你谈话，但是我个人想给你写封短信。我想各家都有差异，但每个人的观点很重要。我非常想——"他又转了个身，这次班德拉斯冲进战局，后腿直立着，好像它也想要那封信。

"让狗吃掉！要是你一定要大声读出来，那还是让狗吃了吧！"我说。

"——邀请你来吃感恩节晚餐，还想把我们的飞行常客累计里程数给你一些，如果有用的话（不过节日期间可能停用）。"

维克看着我。"你不为自己对这个女人的反应感到难为情吗？你不难为情吗？"

狗扑进阿富汗毛毯，又开始翻滚，爪子钩住了织物。维克和我面对面站着。我喘着气，惊讶得说不出话来。

"请原谅蒂姆在我到橡树医院门口的时候消失了。我到那儿想看看能帮上什么忙。他说看到我的脸时，他意识到自己获得了新的力量。"维克叹了口气，说："这正是我害怕的——跟你弟弟一样疯狂的新时代一族。'我确信你能明白，我很高兴了解到，在这种考验人的时候，我能帮到蒂姆。我们必须把过去抛在身后，庆祝我们自己的感恩节（我们的婚礼），我也确信，如果我们走到一起，一切问题都能解决。爱你的弟媳，科拉。'"

眼泪在我眼中打转。阿富汗毛毯需要好好修补了。维克把他最好的朋友带到我家来，毁掉了毛毯，而他要做的只是把那张纸举过头顶，就好像刚刚赢了一座奖杯。

"我今天下午练习过了，"最终他垂下手臂说，"我可以剪一列火车开过山洞，或是上面栖着一只蝴蝶的玫瑰花冠。"

"好极了，"我坐在地板上，不让眼泪流下来，"蝴蝶可能梦到自己是一个人，或者人可能梦到他是……"我改了本来要说的词："或者人梦到自己很绝望。"

维克没听见我的话，他忙着让班德拉斯放下它撕扯的一套海星演出服。

"你凭什么认为可以成功？"我对维克说，"我俩一直都不适合对方。我五十多岁了。这会是我的第三次婚姻。"

他小心翼翼地把信折起来，对折一次，对折两次。他用他的粗手指笨拙地翻弄着，从小塑料套里抽出剪刀。他眉头深蹙，集中精神，开始剪纸。最终，我从那干脆利落的剪纸动作，看出他决定剪火车的主题。他又剪了几刀，一团蒸汽跃然而现，他说："那让我们慢慢来吧。你可以邀请我跟你一起过感恩节。"

2004 年 4 月 12 日

压顶石

卡希尔——在缅因州的这个小镇，认识他的人叫他卡希尔大夫——做了一个决定，他那个四面装了纱窗的门廊应当重新装修。把现在的门廊设计成可以防寒的，不是更好吗？在一端加一扇门，通往一个新的小门廊，和原来这个成直角。这样，到了冬天，他就可以拿着新煮的咖啡和维生素饮料（在那些他费心做了这些饮料的早上），走出厨房，在带有暖气的密闭门廊里欣赏迟开的花。夏天，他可以搭起一张临时书桌——或者只是一张牌桌——而不必担心雨水淋湿他的文书。那么多文书工作！过去，妻子芭芭拉包揽了大部分活儿，但是她已经去世八年多了。现在，除了他的会计来帮忙处理一部分，还有他偶尔咨询房客马特某个问题，其余的都是他自己来，而且没有一丁点儿内容和医药有关。

马特住在卡希尔翻修过的谷仓里。他三十二岁，已经遭遇了一次离婚（二十四岁时）和第二个妻子的亡故，她在加拿大划爱斯基摩小艇时，被一根低垂的树枝撞到，溺水身亡了。过去这一年，卡希尔几次发现马特带了女人回家，但他注意到那个女人——或那几个女人——几乎总是当天晚上离开。有一次，他经不住劝，去跟马特和一个叫莱奥拉的女人玩了一局槌球。不过马特有客人的时候，他通常会回避；他觉得有女人在场时，马特会变得烦躁而沉默，好像他还在经历青春期的折磨。可是马特——马特才是他最关心的人。卡希尔虽有此心，但还是明智地少请他这位房客兼朋友吃几次晚餐，因为这个男人需要自由。假如芭芭拉还在世，马特的妻子也没死，马特无疑会住在别的地方，卡希尔也会去关心一些更有趣的事。只是卡希尔退休以后，他的世界收缩了。

现在，卡希尔正在跟一个马特戏称为"你明白我的意思吧"的男人说话，一个头发永远是风飘式的高个子木匠，他最近在卡希尔的建议下，切除了鼻子侧面的一个皮肤瘤，卡希尔确信那是癌变。木匠的大名是罗迪·佩特鲁斯基。罗迪正试图压平他因为静电而竖起来的头发，卡希尔听他谈论经加压处理的木材："你自己也知道，大夫，这些东西会过滤到环境中。一不留神，肺就成了瑞士奶酪，你明白我的意思吧？这种转基因玉米，欧洲人不想跟它有一点关系。可我们呢？我们总是乐观主义者。你也许读到过新闻，说被喂食这种玉米的老鼠都肾脏衰竭了吧？我是在一个医生办公室里的杂志上读到的——没有不敬的意思。我的建议是，用最好的密封胶来封合这些经加压处理的木材，即便如此，你也不想光着脚在上面走，你明白我的意思吧？"

"铺地板的问题，你觉得怎么好就怎么定，罗迪。"卡希尔说。

"不能让我来定！永远让顾客来定！"

"嗯，我当然同意你跟我说的这些，我们就按你说的着手开始吧。"

"这样最好，大夫。这就是你想要的方向。"

远处，一只主红雀在树枝上叽叽喳喳地叫。卡希尔喜欢主红雀，要是手里有望远镜，他就会拿起来观鸟，可惜他们在后门廊里——这个后门廊要被改装成厨房外的暖气室。卡希尔心想，马特一定在家，因为他隐约听到米克·贾格尔的歌声。那只鸟一定也听到了音乐，因为它突然飞走了，只在门廊里落了一秒钟，查看那里的动静。

几天前，一个被卡希尔和马特戏称为"你没有选择"的男人来访。他从市政厅来通知卡希尔，他的地产上有一面墙需要修缮，这面墙环绕着一个可追溯到十八世纪的四块墓碑的墓地。作为业主，卡希尔必须负责修缮，他没有选择。冬天气温常降至冰点以下，那人解释着，春天雨水又格外多。这些情况都加速了腐朽。卡希尔被告知，墙体四周六英尺以外才允许有"植被"（他没有选择），而且重修时不能使用砂浆。"我刚才看了一下，大夫，差不多只是换几块压顶石的事儿。"那个人说着，一只手上上下下地移动，指示峰顶和谷底。"还有——提醒你一下——一切都得用手来做。"他递给卡希尔一张便利贴，上面用铅笔写着"紧急维修墓地墙7/16"，然后边点头边后退，好像在跟英国女王告别。要不是卡希尔原本就了解这些事，他会以为被人捉弄了。男人爬进卡车，开走了，音乐放得很吵。柴可夫斯基的音乐像盐酸腐蚀着空气。

这场遭遇之后，卡希尔径直去找马特，他敲门进屋，发现他正盯着一幅画着水果盘的新油画。马特的静物画常常会选择非同寻常的题材，因而显得别具一格——塑料犀牛，单只串珠耳环，旁边躺着一个黛安娜王妃的小塑像。卡希尔没在马特桌上看到啤酒瓶，放下心来。白天喝酒是新情况，也不是好兆头。绘画课——当然无害，无疑也很有趣,不过,马特以为孤独地作画是重新投入这个世界的方式吗?在他看来,马特从妻子的保险公司拿到的这笔钱太多了。一个百万富翁住在卡希尔的谷仓里,根据不同场合为他出任修理工、喜剧演员和铲雪工,有时是私人司机。但是他喜欢马特、依赖马特。用个俗套的说法,马特是他从未有过的儿子。不过他的女儿乔伊丝也够像一个儿子的了:她无视他的严重警告,多年来一直服用类固醇,举重。母亲去世那年,她来到东部,帮他把房子周围的枯树砍掉,然后锯成木块,堆成柴堆。她的脚有 11 码[1],塞在男式的工作靴里。她的胳膊上有一个国旗文身,国旗下面伏着一条长满刺的蜥蜴,伸出长长的舌头捕食昆虫。马特好像也给乔伊丝起了一个外号,但是他的修养让他对此保持沉默。

卡希尔审视着马特那幅奇怪的画,称它"有进步"。他简略地抱怨"你没有选择"的来访,由此引发了他们对自以为是的新英格兰人的负面概括——卡希尔就知道会这样。

在回屋的路上,卡希尔去查看墓地。他没有注意到那儿的墙需要修缮,也没有想到会有人告诉他,修墙是他的义务。墓地里有两个孩子的墓,一个三岁,一个十一个月,墓碑上的刻字大多填满了青苔。他们的母亲是二十三岁死的,父亲七十一岁——长寿善终。没有标志另一段婚姻的碑石。附近开满粉色和白色的小天蓝绣球,有时——很难得,但是有时——卡希尔会剪下几株,把花插进妻子的一个水晶花瓶,以纪念她持家有方。

那天下午,拿破仑来看他了,拿破仑是邻居家的巴吉度猎犬。它

---

[1] 美式女鞋的 11 码约为通用码的 44 码。

得到一块咸饼干作为奖励——虽然卡希尔知道这样不好。卡希尔翻看一本《科学新闻》杂志，一个多小时后，他终于带着巴吉度猎犬去路上散步了。在危险的十字路口，他把狗抱起来，然后走过四座房子，在布瑞兹家看到她的车不在，后门没有拴上。他带着狗进了后院，然后把门关紧。

"你没有选择"到访后一个星期左右，行政执法处来了一封信，通知"业主卡希尔"违反了一些条款。他非常生气，几乎看不清信上写的是什么。"你没有选择"告诉他，他还有三十天来修缮墓墙。不过，泡完一杯茶，平静下来以后，他换上了工作服，大步走进墓地。他带着工具箱，尽管不知道为什么要带，因为那些活儿似乎最适合用手干。他看到工具箱里有一副劳动手套，就戴上手套，开始更换掉下来的石块。有些石块不见了，可是去哪儿了呢？一定是被马特放到干草堆里，垒在什么地方了。可是他那天早上已经打搅过马特了，所以决定去别处找他需要的那几块石头。他摘下手套扔回工具箱，这时一只胡蜂不知从哪里飞来，像一架隐形战斗机。胡蜂蜇了他一下。他痛得把手伸向一边，抽搐着，挤压自己的手腕。他回到屋里，把小苏打和水在茶杯里混合成糊状，涂在手上，然后吞下一粒抗组胺药，以防万一。

苯海拉明药效发挥后，他上楼躺了下来。几个小时后他醒了，觉得很吃惊。他进了浴室，脱掉衣服，打开淋浴，然后踩进浴盆，抓住喷头柄。妻子对刚发生的倒霉事会怎么评论？说他不知怎么招来了胡蜂？芭芭拉有很多美好的品质，但唯独不会在他受伤时大发慈悲。他猜，妻子发现他也是个凡人以后，可能被吓到了。她说过很多次，不过是半开玩笑地说,她嫁了一个她以为能好好照顾她的男人。

他拿他最喜欢的那条毛巾擦干身子,把毛巾搭在淋浴间门上,然后下楼去,又泡了一杯茶。他的手腕不被碰到的话,已经不疼了。拿破仑安静地站在门廊门口。这条狗穿越九十一号公路时会被轧死的。布瑞兹难道不管吗?他打开门,巴吉度猎犬扑进来,牙齿咬着什么东西。是一只死了的花栗鼠。拿破仑把脖子被咬得血迹斑斑的花栗鼠搁在卡希尔脚边,抬头期待地看着他。

"大夫也许五点左右能来处理。"卡希尔说,低头望着那东西,"可是你知道,大夫是很忙的。"

狗一个字也不明白。卡希尔心软了。"好孩子。"他对狗说。狗用力摇着尾巴,用鼻子拱花栗鼠,然后又抬起头,期待更多的赞许。这会让妻子尖叫的。卡希尔拍拍狗的头,不让它碰这只死动物,然后他捏着花栗鼠的尾巴,把它捡起来丢进垃圾桶。这意味着他需要马上把垃圾拿出去,不过问题不大。他把手洗干净。这么多年来,他洗手都很仔细,用刷子在并未变长的指甲下面擦洗——哦,好一双宝贵的手。现在,有几根手指上的指甲变长了一点,这让他有种骄傲的感觉。他从没跟人说过这么可笑的事,但是真的是这样:他喜欢留指甲。"我们是两个很气派的绅士,是不是?"他对狗说。疑问句总会让狗疯狂摇尾巴。"不过现在可能是回家的时候了——你说呢?"他看着冰箱上贴的电话号码表,心里突然涌上一阵怒气:他要给布瑞兹打电话,这一次她可以走过来接狗,他干够了护送服务。他拨了她的号码。电话上方挂着一幅他一直很喜爱的蚀刻画,在办公室私人区域的书桌上方,他也挂了这幅伦勃朗的《亚伯拉罕的祭献》,天使的双手如此精致、如此轻盈。"布瑞兹?"他听到她的声音后,说,"拿破仑在我这儿,我想它该回家了,能麻烦你过来接一下吗?"

"对不起啊。它又跑走了?"布瑞兹说,"自从我开始在奥罗诺上课,就没办法让它留在院子里。可是另一方面,它就是喜欢你。我很难把它关在栅栏后面。"

"我注意到了。它会被车撞到的,布瑞兹,那样的话,你永远也不会原谅自己。你得把那个门闩修一修了。"

他看着狗,狗在闻垃圾桶。垃圾桶太高了,它没法把鼻子伸进去。

"绝对的。"她说,"我打算问问五金店的埃德怎么修门闩。明天就问。"

"他们今晚开到九点。"他说。

"莫蒂!不要再微妙地暗示了!"她叫道,"我今晚累坏了,如果你一定要知道原因,那就是我父亲找不到他的杯子和假牙了,他感冒得厉害,所以情绪糟透了。护士今晚没来。"

"这一行有很多兼职的。"他说,"所以这个理由不是很可靠。"

"嗯,莫蒂,也许是的,可是我还有别的什么选择吗?如果亲爱的芭芭拉还在,我起码还能得到一个拥抱。"

布瑞兹是妻子生前最好的朋友。她从芭芭拉那里接受过无限的同情——特别是关于她父亲搬到她家这件事。布瑞兹是芭芭拉愿意留在缅因州过冬的原因之一,而那却成了她生命中的最后一个冬天。

挂了电话以后,布瑞兹很久都没出现,他怀疑她根本不会来了。他在起居室里读一本叫作《建筑如何学习》的书,脚伸直了放在脚凳上,狗就蜷在他身边。最终,她来了。

"莫蒂,希望我提到芭芭拉不会让你难过。"她没打招呼,却冒出这句话。狗站了起来，抖抖身子，缓步向她走去。她弯下腰摸摸它的身侧。"你又跑掉了。"她说，"拿破仑是又跑掉了吗？"

"下一次就流放到厄尔巴岛了。"卡希尔说。

"我去过五金店了。埃德今晚不在，不过我留了条子，说我来过，有要紧的事。我们会解决这个问题的，对吗？"她对狗说着儿语。然后她转向卡希尔："莫蒂，有时我说到什么事儿，你不是……我也不知道……好像你不赞成我说的。我不是说我去趟五金店就该得一枚金质奖章，但我的确照你说的去了。"

"我是害怕狗会被车撞到，布瑞兹。"他说，带着医生作出负面诊断时那种沉着的同情。他听到自己的声音太低，语气放柔和了一些。"今天就是事太多了。"他站着说。布瑞兹（卡希尔给她起这个外号[1]是因为她喜欢说话）显然希望他能请她坐下来喝杯茶。但是这一天够糟了——颐指气使的来信、胡蜂——他意识到他早饭后到现在什么都没吃。他轻拍布瑞兹的肩膀，好像她是一个被他温和地领出门的病人。在前门门廊，她转身对他说："我知道你非常想念她，莫蒂，我也是，我每一天都在想。"然后她离开了，走下台阶，沿着弯弯曲曲的小路没入黑夜，拿破仑（叫这个名字是因为它不爱啃骨头，却喜欢把骨架扯开，这是他知道的布瑞兹的父亲唯一一个有创意的想法）被皮带牵着，小步跟上，没有回头看一眼。

卡希尔走进厨房，从冰柜里拿出一个肉馅饼放进烤盘，再把烤箱的温度调到四百五十华氏度。虽然烤箱还没有升到合适的温度，他还是把晚饭搁了进去。前门又传来一阵敲门声：肯定是布瑞兹，她有什

---

[1] 布瑞兹，英文为"Breezy"，有"谈笑风生"的意思。

682

么事又回来了。

卡希尔走到门口把门打开。一个年轻女孩站在那里。

"卡希尔大夫吗?"她说,"请原谅我这么晚还来敲门。我是奥德丽·科姆斯托克。我住在朴次茅斯。"

"哦。"他说。

"我能进来吗?我是马特的朋友。"

"进来吧。"他说,示意她进起居室。她走进来看了看四周,没有坐下,卡希尔也没有示意她坐某张椅子。病人就是这样的:你要是不正式邀请他们就座,有些人就会一直站着。"有什么可以效劳?"他说。

"让他娶我。"她说。

"你说什么?"

"他觉得他无法离开这儿。你。"她补充说,"离开你。"

"我对此毫不知情。"他说。

"我们谈恋爱有一年多了。我们是在朴次茅斯的一个绘画班认识的。圣诞节时,他就差求婚这一步了。"

"哦?"他说。圣诞节那天,马特做了烤鹅,还用菜窖里的欧洲防风烧了一道菜。他们吃菜时就着石墙厨房牌调料——一种蒜汁胶冻。要让他相信马特恋爱了那么长时间,却从来没有提到那个人的名字吗?当然,任何事都有可能。一个来体检的病人会说自己没有任何问题,可是当他脱下衬衫,卡希尔就会看到他身上起了带状疱疹,或是他把自己割伤了,伤口没有愈合。

"我不明白你为什么来这儿。"他说。她是一个长相很不讨喜的女子,他估计她也就二十岁出头。她的鹰钩鼻过于局促地夹在一双小眼睛中间,因而表情总是显得不太平静。

她说:"我想告诉你,你不会失去一个儿子,你会多一个女儿。"

"我的孩子已经长大成人,离开家了。"他说,"儿子或者女儿我都不需要。"

她茫然地盯着他看了一会儿。"他觉得自己离不开这里。"她又说。

"我向你保证他能做到。"卡希尔说。

"绘画是我们的共同兴趣。"她又说,仿佛卡希尔要求她作进一步解释。

他看着她。

"马特和我。"最后她开口了。

"这完全是你和马特的事。"他说,"你不需要来说服我。"

"他敬重你。你在他心目中像一个父亲。只是他觉得无法离开你。"

"这话你说了很多遍,"卡希尔说,"我已经解释过,他可以走。"

"他爱我。"她说,"他说了会照顾我。"

"这个么,"他说,"也许你能处理好。如果两个人注定要在一起,这些事是会发生的。"

"你想赶我走,"她声音颤抖着说,"你认为我不够好。"

"请你帮个忙,不要试图猜测我的想法,"他说,"你敲门的时候,我正要吃晚饭,已经很迟了,现在要是你不介意,我要吃饭了。"

她跺着脚。这个女人真荒唐,他得装一个猫眼,不能让这种人进门。

"我能看看吗?"她伤心地问。

卡希尔瞪着她。"看什么?"他说。

"就这一回,我能看看你是真的要吃晚饭,还是想赶我走吗?"

他差点露出惊讶的神色,但克制住了自己。他逼视她,想知道她是否为自己的幼稚感到羞耻。当然,这种人很少会为自己感到羞耻的。"完全可以。厨房的门就在那边。"

她当然不会真的进去,可是不——她当然会。就像被建议节食的肥胖症患者会直接走到最近的自动售货机去买糖果棒,她真的进去了,去参观他的肉馅饼。她会看到肉馅饼,看到那一大堆该扔掉的、基本没有读过的报纸,还有水槽里搁了几天的脏碗碟。他还没有把垃圾拿出来,所以那只死花栗鼠可能都开始发臭了。

"你就吃这些?"她说着回到起居室。她的语气温和了一些,说:"我可以给你做饭。我给马特做饭的时候多做一些。"

"我猜马特不知道你来吧?"他说。

她耸耸肩。"我找不到他,"她说,"我以为他可能在你这儿。"

卡希尔示意她前门的位置。"等你找到他了,可以跟他讨论一下这些冲动的慷慨想法,"他说,"祝你晚安。"

她准备开口说些什么。卡希尔几乎能察觉到她打消念头的那一刻。她转身离开了。卡希尔跟在她身后走出门,站在门廊上。谷仓里没有灯光。群星明亮地闪耀着。一阵微风轻轻吹过,能隐约听到风铃声。布瑞兹的房子是他能看到的唯一一处亮着灯的地方。马特的车不在车道上。奥德丽难过地挥手,演得有点过头了。那可怜的孩子纵身遁入黑暗。卡希尔没有向她挥手。

该死的女人!没有什么比被扯进别人的肥皂剧更让他反感的了。他在电话旁的便签簿上飞快地写了一张便条,走到谷仓那里,把便条贴到马特的大门上。"见过了你的朋友奥德丽,"上面写着,"你回家后过来一下。"

685

第二天早上,有人敲门,他打开前门,看到的不是马特,是戴尔德丽·兰贝尔。她在市政厅做秘书,听说了那件她暗自同情并称之为"状况"的事。"戴尔德丽,就是几块石头,我已经放回原位了,"他说,"镇上小题大做。"

"哦,是历史协会,你知道吧。志愿者到处查看,他们真的很在意。拿我自己来说,我一直觉得,死者的灵魂如果察觉到自己没有得到应有的尊重,是不会安息的。"

"灵魂察觉到尊重?"他说。他有点尴尬地意识到,自己虽然穿着便裤,但上身还是睡衣。

"真的,是这样。"她说。

"那让我来汇报一下,戴尔德丽,到现在为止,我只是换掉了给予那些灵魂应有尊重所需的六七块石头中的几块。我还要问问你:你碰巧认识或是真的在意这块墓地里埋的人吗?我是说——了解他们的人生——作为人,而不是作为灵魂?"

她没有听出他的语气。"不是莫尔顿家族吗?"她说,"都是体面人,最早的一批开拓者。"

"前进!"她驱车离开时叫道。

是的,他想,这种女人总是觉得自己在不断进步。

"你没有选择"接着现身,为他称之为市政厅的"疏忽"而道歉。"那封愚蠢的信真让人难为情,"他转着眼珠子说,"大夫,我刚一发现,马上就过来赔礼了。"

"你,还有全镇的人,知道了都会松一口气,我虽然是一把老骨头,可还是把墙修好了,现在皆大欢喜了。"

686

"棒极了！大夫！"他拉一拉帽子边。

"你在镇上没看到马特的车吧？"卡希尔说，"我有几天没见到他了。"

"你在开玩笑吗？""你没有选择"说。

"开玩笑？"

"你不知道？"

"知道什么？"卡希尔说。

"在沃伦市区，"他很警觉地说，好像卡希尔在骗他似的，"报纸上全登了。"

"你没有选择"从卡希尔的表情中得到了答案。"大夫——他们抓到他骚扰未成年少女还是什么。我不愿提起伤心事。我知道他就像你的儿子一样。你被警察包围了，你没有选择——那些人叫你去哪儿你就得去哪儿，对吧？这不意味着你有罪。"

卡希尔伸出手，扶着门框站定。他的脑子飞速运转，可是既没前进，也没后退。它像一辆四轮离地的车，车里的人在猛踩油门。

"抱歉给了你一个晴天霹雳。据我所知，报纸上每天都有报道。"

"这不可能。"卡希尔说，情绪平复到可以开口说话了，不过他几乎听不见自己的声音。

"你说什么？"

"他为什么不给我打电话？警察为什么没来谷仓？为什么——"

"可不是，""你没有选择"说，"很可疑，对吧？你说得有道理，他们没来搜查确实很奇怪。"

卡希尔走回屋里，几乎被入口处的地毯绊倒。他走向厨房和那堆他想马上翻看又根本不想看的报纸。"真实的生活"，妻子会这么说。他跌坐在餐椅上,把报纸都扫到地上,把头埋在手里。电话铃响了,他站起来,木然地走过去。是马特?打电话来说什么?"我是乔伊丝。"女儿说。

"乔伊丝,我亲爱的,这会儿我说不了话。"他说,但是另一个声音插进来。"我是塔拉。"一个更年轻、调门更高的声音在伴唱,他这才明白他是在对自动答录机说话。他听到钟声,还有婚礼进行曲第一小节招牌式的乐声。女儿的声音说:"我们在我们今生最快乐的一天送出这段录音,以此宣布,2005年7月20日1点钟,母神提毗保佑,我们举行仪式结为伴侣,我们现在正式成为乔伊丝——"又一个尖细的声音插进来——"和塔拉。""直到永远!"两人齐声喊道。接下来,他听出了女儿熟悉的刺耳嗓音。"别因为没被邀请而烦恼,"她说,"我们的典礼上只有母神提毗、塔拉住在隔壁的兄弟——他跳了一个美极了的苏非派舞蹈——还有我们的小丫头'蓬松阳光',它的颈圈上有铃铛和白色的蝴蝶花。"塔拉插进来说:"你收到这段录音的时候,我们已经坐飞机去夏威夷了。""献给你安宁与爱,愿你能体会到我们今天的幸福。"他女儿说。钟声欢快地敲响;他越过钟声听到她们咯咯地笑,话音交织在一起:"印沙安拉[1]。再、再、再、再见,亲人们!"

他又把头埋进手里,用手指尖按压眼皮,直到觉得疼痛。

他摸黑去了谷仓,用手电筒在身前照着路。下过雨了,小小的青

---

[1] 印沙安拉(Insha'Allah),穆斯林把自己的心愿托付给安拉(对造物主的称呼)时的诵言,意为"如安拉允许的话"或"如蒙天佑"。

蛙像挑圆片[1]一样蹦过泥路。他前面的杜鹃花是马特有一次在某个幼儿园的堆肥上万分欣喜地发现的,移植过来后,两棵杜鹃开着亮粉紫色的花,在门边长得硕大。卡希尔的便利贴上的墨迹化成了一小团黑色。他敲敲门,尽管这地方显然已经被遗弃了。他在报纸上读到的那些已经够让他恶心的了。

一件超大码的T恤盖在一把梯式靠背橡木椅上。马特几个月前帮他把椅子腿粘好了,不知怎么它还在谷仓里。餐桌上有几枚闪亮的一美分铜币,还有一个小美人鱼钥匙圈。卡希尔满心厌恶,他唯恐警察会突然冲进谷仓,发现他在这里窥探。他现在才悲哀地明白,那些马特引以为荣的从垃圾堆里搞来的玩具是做什么用的。当然是用来引诱孩子的,他明白得太晚了。浴室架子上,那些在旧货摊上买的芭比娃娃被扒掉了衣服,围绕着剃须膏的罐子、漱口杯和剃须刀,剃须刀是卡希尔送给马特的生日礼物——他现在才看出来,洋娃娃就是诱饵,本来就是。他怎么就这么迟钝?

他坐在他的旧椅子上,环顾房间。房间回荡着寂静。这里从前是他妻子的舞蹈室,她练习的地方——她只是出于兴趣,年纪大了,没法正儿八经地跳芭蕾。这里曾是她的私密空间,她在这里观看努列耶夫的舞蹈录像,无疑想象过被他强有力的双手高高托举;她在这里穿着紧身裤和卡希尔的一件老旧白衬衣,她早就过了如此着装以显风情的年纪。可是现在,他不得不接受这个事实,谷仓已经被亵渎了,让一个他错看了的人住了这么些年,妻子会无比鄙视马特。空气中有一丝淡淡的汗味——至少厨房有这味道。他站起来,打开冰

---

1 在挑圆片游戏中,玩家用较大的塑料片压较小塑料圆片的边沿,使之弹入一个容器。

箱——并不期望看到杰弗里·达默[1]的盛宴，但还是查看了一下。冰箱门架上平放着一瓶廉价的香槟，几块发霉的、还没有拆封的奶酪。抽屉里发黄了的芹菜倒在一摊土褐色的泥浆中。他没往开了盖的罐头里看。他拿出一听可乐，扳开听盖，喝下去，希望能缓解胃部的不适。警察还没有来，这也不能让人完全放心。他们没有叫马特说出他的住址吗？他看到冰箱侧面用一个冰箱贴固定的旧日历：孩提时代的秀兰·邓波儿[2]在闻一朵雏菊。真是拙劣啊，人们那些强烈却毫无创意的欲望，从来都是在预料之中，可怜可悲。"你就这么高人一等？"妻子从前常怪他。好吧，是的，他的确如此。至少和某些人相比。他又喝了一口，把可乐罐放在一边。好吧，没有棒棒糖。没有电脑里幼女的裸照，因为马特没有电脑。一个回归原始的猥亵儿童犯。

也可能是这地方本身被诅咒了，卡希尔想。翻修的时候，有一次，那个木匠——一个叫作埃尔茜的健壮的红发女人——跟他调情，她汗湿的背心的一边肩带滑落肩头，卡希尔用眼神征求她的意愿，而她给予肯定的答复。他朝她走去，轻轻拉下另一边的肩带，只打算亲吻一下她桃子般完美的乳房，可就在那一刻，像拙劣电影里的巧合，戴尔德丽走进谷仓，手里端着妻子准备的一托盘三明治和饮料。回想起来颇有些滑稽——或者说，就算不够滑稽，吓到了戴尔德丽这个自命虔诚的女人也让他很开心。她绝没有一点可能去告诉芭芭拉她看到

---

[1] 杰弗里·达默（Jeffrey Dahmer，1960—1994），美国历史上臭名昭著的连环杀手和性犯罪者。

[2] 秀兰·邓波儿（Shirley Temple，1928—2014），全世界第一位获得奥斯卡奖的美国童星。

的事。现在他还能听到托盘上玻璃杯嘎嘎碰撞的声音。

他用马特的座机给警察拨了电话——一台有旋转式拨盘的电话,也是马特在"救世军"二手店的收获。那就是卡希尔以为马特过去一直在做的事:四处游逛,收集小玩意,以此排解丧妻之痛。警察在第八次响铃时接了电话——第八次!他们对他的话似乎兴趣不大,直到他提高声音。"你们在沃伦抓到的那个猥亵儿童犯。"他说,"也许你们可以到他的房子来搜查一下。我是他的房主。"他已经从友情的概念中退出了。"我不明白你们之前为什么没来。"他补充说。可乐冒到了嗓子眼,这股酸流令人不适地消退了。他看到台面上一本打开的素描本里,有一幅关于树的铅笔素描。一幅相当漂亮的小画。嗯,他心想,没有人会时时刻刻干老本行。另一个人接过电话,记下他的姓名和地址。大概十五分钟后,警察出现了,本地警察先到。他了解到三件事:马特给出的地址在锡拉丘兹,不过他声称自己一直睡在车里;锡拉丘兹的确有一个地址——是他第二任妻子的,她根本没有死。第三件事是他在警察走后才知道的:马特跟拘留所里的一个人发生争执,被一把自制小刀捅了。

几个星期后,卡希尔收到"你没有选择"寄来的一封短信,他现在打算发发善心,叫他比尔。"我的老板催得很紧,虽然现在日子很艰难,我向你表示最诚挚的哀悼,大夫,但是墓地周围的墙还是没有达到修缮标准。我愿意找一些石头,这个周末过来帮忙。"比尔能主动提出帮忙挺好,不过这封信更坚定了卡希尔自己修墙的决心。

他这就准备动手,吃一块烤奶酪三明治当午饭,然后就开始。正午时分,蛋白质和碳水化合物的搭配不错。饮食问题是他妻子早逝的

691

因素之一。她有糖尿病，有时一整天什么都不吃，还说他唠叨。没错，她"觉得不舒服"，但那是恶性循环：不舒服就不吃东西；不吃东西就觉得不舒服。

他走到房子侧面，路面是用旧砖石片混合泥土铺成的。这片阴凉地种不了什么，却是收获石头的好地方。他把石头堆在一个一加仑容积的废塑料花盆里。他挖了一会儿，觉得够多了，就把花盆紧贴肋骨，另一只手抓着工具箱的把手，走了过去。嗨哟、嗨哟。他在想，马特会不会指望他联系他。听听他自己的说法，提供帮助——如果不是以医生的身份，那么以一个朋友的身份？但不管马特如何期盼，卡希尔就是做不到主动联系他——至少在这个节骨眼上不行。

谷仓没有被绳子围起来，他猜那里毕竟不是犯罪现场。近来有那么多人开着没有标志的车过来；再过一阵子，什么人都可以在里面四处翻检了。他该怎么做？每次看到车来，就跑出去索要证件？

卡希尔转过身，看到拿破仑跃过草坪，傻乎乎的耳朵像迎风的船帆在扑扇。当他走近时，狗就靠到一旁去，四处晃悠着表达善意。"来看老人家了？"他说。作为回答，拿破仑咬住一只虫子。"第一百亿次过大马路，考验命运？"他揉揉狗耳朵下面。"咱们就让命运跟在你后面，等她孤单了，就……"卡希尔说着继续抓挠。他一面垒石块，一面留神看着狗，狗在林子边上闻来闻去。

修墙花费的时间比他预计的要长，他还得去拿把铁锹，把门廊旁边一块很大的石头挖出来。不过他最终还是修好了，他后退一步，欣赏自己的手工。"好了，比尔，我的朋友，"他大声地招呼着空气，"你的活儿完了，我的活儿也完了。"他清除地上的一些落叶残枝，在墙周围小心地走着。他们是怎么死的，这四个人？那些年代，牙齿感染就会死人。英年早逝是意料之中。那个时候,"年轻"有另外的含义。

女儿高中毕业的时候,他已经有段日子既不爱她,也不爱妻子了。现在,他的指尖抓挠着拿破仑的耳根,这比他在妻子和女儿脸上印下的所有客套的亲吻所传达的情感都更真挚。妻子知道他动作机械,没有感情。"念诗念得好像在给东西排顺序。"在她最后的日子里,她会嘲笑他,那时他坐在床边,给她念叶芝或D.H.劳伦斯的诗,几乎不押韵的诗句。很明显,女儿嘲弄人的本事来自何处,女儿也亦步亦趋地被传染了尖刻。她曾抱怨自己的名字取自一个男人(詹姆斯·乔伊斯[1]),还是一个他自己的女儿后来疯了的男人。但是女儿希望他们给她起一个怎样超级女性化的名字呢?还有哪种玫瑰可以跟她磨损的劳动靴和黑框眼镜更般配呢?他没有施恶咒的魔杖,仅仅是年岁,让妻子变成了一个失败的芭蕾舞演员,而基因信号导致了她的糖尿病。他给女儿取名叫乔伊丝,这不会决定她的将来,是她自己的行为成就了如今的她。即使他不再爱她们了,他还是在好好照顾她们的生活。可以用意志力停止你的爱(就像他知道马特的真面目后所做的),也可以慢慢地停止,比如说,把溜冰鞋的刀片往里收,就可以优雅地停下来,有时自己或别人都注意不到。他想到拜伦的几行诗:

> 我不求同情,也无此需要;
> 我收获的荆棘长在我亲手种植的
> 树上:它们刺伤了我,我鲜血直流:

---

1 詹姆斯·乔伊斯(James Joyce,1882—1941),爱尔兰作家和诗人,代表作包括《都柏林人》《尤利西斯》等。

我早该知道这样的种子会结出什么果实。

就是如此！荆棘和流血有点俗套，但是看看诗人真正的激情。了解自我——这个过程才会引发一种愉悦的痛苦，令人置身全然不同的境地。有太多时间消失于了解别人的企图中。

近年来他有时夜里不睡，给马特读诗，手里握着一个平底玻璃杯，盛着冰凉的巴黎水（要是还年轻，他会喝一杯白兰地）。一个能欣赏诗歌的人同时也能从性的角度欣赏孩子，这意味着什么？好吧，他猜他了解人性的"复杂"，他们只抓住外表，在《格雷式解剖学》的插图前本能地转过头去，而图上提供的是他们内在自我的真实信息。人们为什么对于身体内部机制真正的条理性、肌肉的律动，还有——好吧——血管系统的诗意不感兴趣？他知道这些是一个古怪老人的想法，他是一个数年来被边缘化、被忽略的人，一个遭到自己女儿刻薄评价的人。天真的孩子能道出真相？的确，可是不如诗人说得那么好。

他在回家的路上拿了当天的邮件，在信堆里发现一封美国退休人员协会的通讯、一包购物优惠券、一封本地慈善组织的来信，还有——他差点拿不住传单——一张复印的模糊照片。

"走失人口"，上面写着，年龄十六岁。最后一次被人看到是在新罕布什尔的朴次茅斯。他记起奥德丽站在他的门口。但这个女孩只有十六岁，这会是同一个人吗？他把那页纸拿远一点，眯起眼看。奥德丽的眼睛注视着他，好像他手里拿着一张全息图片。他晃晃悠悠地走回起居室，又为要不要报警而反复掂量。奥德丽是马特的朋友、她的来访……警察对所有这些事都会有兴趣。他有责任报警——他真的应该如此——可是这一刻他在想,实际上,近来都没人为他做过什么,只会为在墓地四周重修一面毫无意义的墙而骚扰他。他还意识到一点,他不想落井下石,做那个给马特的棺材多敲一个钉子的人,就这么说吧:马特和那个苦恼少女的情谊对他的案子不会有任何帮助,不管两个人之间有没有事。卡希尔决定去冲个澡,再打个盹。

妻子去世这么多年了,他还在用她的多芬香皂。包装已经发黄的香皂这儿一堆,那儿一堆,连食品柜的密封罐里都有。人死了以后,你就会发现他们的秘密囤货。那些小小的、不为人知的东西让他们一点点变得丰满,仿佛他们的生活从未有过足够的维度。而这些发现也可能把彼此的距离拉得更远,干缩的香烟和私藏的半品脱酒提醒你,你对每个人都所知甚少。

他打开电扇,蜷在床上,醒来的时候是傍晚了,他出了一身冷汗。他发出的声音吵醒了自己,他从梦中挣扎着起来,起得太猛,胳膊碰在灯上。是一个梦,是已经做完的梦,可是真实得令人心惊。他走到浴室,往脸上泼了点水,冷水却让他本已真切可感的恐惧更加强烈。他几乎是跑下楼梯,冲过草地,进了墓地。他梦到奥德丽被埋在那儿。几个小时前他还看到地面一切如常,可是他去睡觉了,他在梦中闻到新挖的泥土味儿,指尖下有泥土的颗粒感,他双眼圆睁地瞪着倒塌的墓碑。

他的恐怖想象——他唯一有过的幻觉——居然应验了,尽管细节有误。没有挖掘的迹象,但是泥土上有抓痕,最小的一块碑石倒向地面。但不对——地面没有被挖开。在墓地的中央——他无法克制嘲弄的微笑:最中心——是一坨狗屎,巨大的一坨。一个狗屎堆。拿破仑!卡希尔早先亲手垒好的一些石块又倒了下来,他尴尬地发现自己的活计是如此毛糙。

他回到家里,发现罗迪站在纱门里的走廊上,一只手拿着帽子,另一只手拿着写字夹板。"罗迪。"卡希尔说。

"哎,先生。"罗迪说,把帽子戴在头上。上面写着"谢里尔·克罗[1]"。

卡希尔脱口而出:"邻居的狗刚在我后院拉了一大坨屎,真讨厌。"

"狗就得干狗的事儿呗。"罗迪说。

"可不是。"他说。

罗迪清清嗓子:"大夫,我跟两个我很敬仰的人谈过了,他们对你的门廊装修有两种意见。一个考虑保温移门,在我看来,这个方案花的钱多,但我更倾向采用它。"

"那就用这个方案,罗迪。"卡希尔说。

"第二种意见,大夫,说得更细一点,这是汉克的意见,他在埃尔布瑞都。他认为……"

他任由罗迪唠叨下去。如果还年轻,他会多研究一下数字,多问一些问题,但若是罗迪认为第一种方案最好,他也愿意采纳。

"你朋友的事实在可怕,"罗迪突然开口,中间没有过渡,"我老婆说:'你可别提那一出,那不关你的事,你觉得大夫会怎么想?别告诉我那流氓没有骗他,因为大夫要不是觉得他是个体面人,不会收他当房客的。'"

---

[1] 谢里尔·克罗(Sheryl Crow, 1962—),美国著名歌手、创作人,音乐风格从摇滚、民谣、乡村到流行音乐,均有不凡表现,曾获9次格莱美奖。

罗迪看到卡希尔被这段突然迸发的言语弄糊涂了，便停了下来。罗迪又清了清嗓子——一个情绪紧张时的习惯动作。他说："那种人没人会喜欢。我总是听人说，在犯人堆里，就算是杀了自己的母亲，都比猥亵儿童让人同情。我的汉娜·李和小罗迪，你知道的。要是哪个变态敢动他们一根头发，我一秒钟就把他们放倒。谁能料到那么一个家伙看起来还挺正常？"

　　沉默。最后，卡希尔说话了。"罗迪，"他说，"你认为我这把年纪了，真的应该开始这项工程吗？你认为我能熬过这个冬天来享用成果吗？"

　　罗迪快速地舔着嘴唇。"噢，大夫，你比我清楚答案。你身体不好吗？"

　　"不是。"卡希尔说。

　　"那，要是你认为你的钱最好用在别处，我就不来建了，不过，在封闭门廊外的一端加一个真正的门廊？我要有了钱，巴不得这样修呢。"

　　罗迪这么说很有策略——把话题从死亡转移到金钱。罗迪攥起拳头，砸死了桌上匆匆爬过的一只黑蚂蚁。"我老婆说了些话，她说：'罗迪，你去那儿好好地安慰一下大夫。为大家做了那么多事，要说他是一时糊涂，可你告诉我谁没犯过糊涂。'她说：'这么一想，我猜时间证明了我是个傻瓜，嫁给你这么个人，去见一个失去妻子和朋友的人之前，还要我交待这么多！'"

　　"她说嫁给你的自己是个傻瓜？"卡希尔说。

　　"你见过格洛丽亚·休。敢情她嫁给我是想着我会给她修个泰姬陵什么的。她怎么想到那儿的？我可什么也没说过。"

"你爱她吗?"卡希尔说。

罗迪抬头,非常吃惊。"这个么,我不知道。"他慢慢地说。

"我不再爱我妻子了,"卡希尔说,"一开始,我以为我只是受不了她那些小毛病——打呼噜,不吃糖尿病的药,每次电话响她都不理,有一半时候是她姐姐打来的。"

罗迪看着旁边,踢着靴子,想把鞋底沾的草踢下来。"这样行吗?"他问。他深吸一口气。"噢,这些工程计划,大夫——你愿意给我一些定金吗?我周一早上就能去买点材料。"

"不。"卡希尔说。他等着罗迪脸上显出吃惊的样子,他确实吃了一惊。"但我会给你的,"他说,"因为封闭门廊的决定似乎是在跟死亡打赌它不会赢。今天我觉得这会是一个好主意。"

"你这么想?"罗迪不安地说。

卡希尔把手扣在一起。"罗迪,"他说,"男人有多少时候能彼此坦白?我想我们刚才谈到的一些事……我们彼此都很坦率。"

罗迪默默地点点头。

"还有一件事,"卡希尔说,"我从来不信神秘主义,可是人老了,想法会变。你慢慢会发现的。有些东西——甚至是人——就这么消失了,其他东西又来填补空缺。"卡希尔停了一下。"人生就像拥有一个花园,罗迪,因为难免会有那么一天,鹿吃光了所有的东西,或者你没有施肥护根,土壤变得贫瘠。很快便会野草蔓生。我猜我想说的是,现在照料花园对我来说像是年轻人的游戏。当你不再有兴致,或是精力,或是……乐观的精神去收拾的时候,野草就趁虚而入。"他直视罗迪的眼睛。他简直不知道自己说了什么。他说:"你不再热爱某样东西的那一刻,你开始三心二意的那一刻,坏事和坏人就乘虚而入。"

"这是我听到的最到位的说法,"罗迪说,"我要回去告诉格洛丽亚·休,跟她说说我们讨论的事。不过我可没法像你说得那么好。"

"用你自己的话说就行,"卡希尔说,"你要回家跟她说这些,我认为你是爱她的。"

他去了海滩,这是初夏时节他只去过一两次的地方。他支起一张折叠椅,望着水面。

他一直没有就传单的事给警察打电话,也没有跟布瑞兹提狗在墓地干的事。他试图达观一些:不管是什么,奥德丽和马特的关系是他们自己选择的——两个失败者,不管怎样,他们彼此都不合适;而狗就是狗。人们把自己的情感投射到狗身上,结果当狗干狗事而不是人事时,他们就大吃一惊。

什么是不会改变的?变化是自然过程的一部分。

不过,要理解马特的所为依然很难。问题不在于奥德丽说的马特就像他儿子一样;而是有时候马特似乎是一种……什么呢?引导的力量?多么讽刺——想到马特可能会把他引向何处。但是父母自然不会把秘密告诉孩子,孩子同样也会对父母保留秘密。

"不是我干的!不是我干的!"小乔伊丝哭着,手被染红了,她用口红在浴室镜子上写满了"J"字,还有瓷砖上,甚至是马桶盖上。

"你从来都没有投入过,"妻子在尚能谈论他的缺点时说过,"如果你不投入,你就不承担责任。你一直都是这样做父亲的。就好像你在幕后指挥,好像你的家庭对你而言只是太多的压力。一个疏离的大夫。"

699

家庭生活的悲哀。爱被一点点磨蚀，直到只剩下一点边沿，最终就连这点边沿也溃散了。文过饰非地说：跟很多人比，他这个父亲也没差到哪儿去，不过是个平庸的丈夫。有句老话说，你没法选择自己的家庭，但可以选择跟谁结婚成家……人们很少谈论时间的流逝，而你总是选择比家人还亲近的朋友；渐渐地，你更喜欢狗而不是人。他猜想，下一个继任的"家庭成员"可能是条养在缸里的金鱼。

一个穿紧身橡胶潜水服的小男孩在他前面，手里拿着没挂鱼饵的钓鱼竿，甩线的手法都是错的，是他学习扔垒球的手法。他的父母坐在毯子上，专注于彼此。

天空呈现仲夏时节缅因州常有的那种无法形容的银色调，卡希尔擦擦脸，惊讶地发现身上还有太阳的热量。一个真正的缅因州人会戴顶棒球帽。他的身子从椅子上滑下去，过了一会儿，海鸥的尖叫惊醒了他。炭灰色的天空中横亘着一道细细的淡粉色天际线，风有了一丝凉意。那对夫妇带着小孩走了，留下一个把手坏了的小桶和一堆贝壳。他站起来，折起椅子，用另一只手提上鞋子。

他驱车回家，欣赏着这个美丽的小镇，居民把自己的房屋修葺得如此完美。回到家，他把椅子堆进车库，那条在里面安居多年的束带蛇溜到一堆捆好的报纸后面。妻子的塑料花盆从房梁上垂下来，几根残存的植物枯茎化为齑粉。他走上走道，看到有什么东西突然窜过房子侧面的一丛灌木。他吃了一惊，脚下踩着砖石的边缘，身子晃了晃，保持住平衡。是拿破仑，它喘着气，扑扇着耳朵。

"你给我听着，"他抓住狗的项圈对它说，"你亵渎了一个墓地，你——"他停下来，自动修订了措词，怕狗听不懂。"你在墓地里拉屎，撞倒了新墙！"他喊道，"你跟我来。"

他拽着狗走过草坪，尽管那畜生在刨地，爪子像在写乐谱一样划拉着，企图抵挡向前的拉力。卡希尔把狂吠的狗一路拽到墙边。墙塌得更厉害了，不过谢天谢地，墓地里没再看到粪便。"坏狗！坏狗！"他边说边拉扯着项圈。狗不顾疼痛，转头看着他，卡希尔看到的是恐惧。恐惧和不解。悲哀的叫声愈发尖厉了，卡希尔意识到，他正把狗的鼻子压在一堆不是它拉的粪便上。那是一种个头大得多的动物留下的。当然是这样。看看狗的个头，再看看那堆粪便。

他立刻松开抓住项圈的手，但在完全松开前停住了，因为狗一定会马上跑掉——所有正常的动物都会。

"对不起。"他说着弯下腰，把嘴唇贴近狗的头，是草地和狗的味道，夹着一丝……是薰衣草的味道吗？"对不起。"他说得无比坚定，好像怕被人偷听到似的。然后，他凑得更近些，冒险放开了项圈，低声道："我错怪了你。"

2005 年 9 月 12 日

安心诱鸟[1]

弗朗西斯将会驾着他的雷克萨斯从缅因州开回去。他妻子伯娜丁那天一早就走了,带着他们的猫——天真汉回康涅狄格州的家去了。他们的儿子谢尔登本来答应待在家里,等搬家卡车到的时候搭把手,可是后来他女友打来电话,说那天下午她的飞机将在肯尼迪机场降落。于是谢尔登就走了,不过他什么时候不是在外面的?反正搬运工人不用帮忙也完全可以胜任装卸家具的活儿。伯娜丁是怎么想的——谢尔登对室内装饰能有什么高见?他知道哪件家具该放什么地方?

弗朗西斯的姨妈去世了,她仅有两个在世的亲戚:他是一个,还有刘易斯舅舅。舅舅住在加利福尼亚州一个陪助型养老院,所以,为姨妈清空避暑小屋的任务就落到了弗朗西斯头上。刘易斯舅舅只要了碗橱和门厅里的长凳,别的都没要,也许可以再要一块手织东方地

---

[1] 安心诱鸟,英文作 confidence decoy,猎人常把木雕的假鸟放在湿地生境中引诱野鸟,放置这种"安心诱鸟"意在给野鸟传达安全信息,让它们对环境更加信任。比如北美的野鸭猎人选择的安心诱鸟种类包括野雁、天鹅、黑水鸡、苍鹭,或是小说后文中提到的白鹭,只要是捕猎的湿地上野鸭常与之混群活动的鸟种都可以。

毯，如果颜色尚好又不太大的话。弗朗西斯把那块大不里士[1]小地毯卷了起来，用绳子扎好，放进碗橱的底层。

几天前，谢尔登把他父亲拉到一边征求意见，他是应该现在就跟女友订婚，还是把法学院的第一年，甚至头两年读完再说？谢尔登和露西已经讨论过这桩婚事，露西似乎并不着急，但是谢尔登不愿意让她手上没戴订婚戒指就跑到日本去教英语。弗朗西斯认为露西是个好姑娘，漂亮，既不腼腆也不自傲。只是他虽然接触过她很多次，还是对她无从把握。露西去年出了两次交通事故，两次都是她自己开车，但这也不一定意味着什么——如果是三次，会更说明问题。关于露西，弗朗西斯最深的印象是，她有一次在家里过夜，第二天早上很晚才下来吃早饭，她穿着T恤和牛仔裤，内裤在牛仔裤的一条裤腿上晃荡。伯娜丁低声提醒她，露西满脸通红，抓起内裤，把它从前面塞进了牛仔裤。她对此没有一点幽默感。嗯，弗朗西斯也没法想象在斯特里特曼家（那得是四十多年前了吧？）跟伯娜[2]睡过一夜后，他们早上下楼的样子，因为那个年代不会有这种事，他们会叫人把他抓起来的。但是时代不同了，他不反对露西跟谢尔登睡在他们家。他们都把茶杯和茶碟放在水槽里，而且也不弄出什么声响。伯娜指出，谢尔登卧室里的电视从来不开。

伯娜丁说她喜欢露西，但弗朗西斯认为她的喜欢可能有限。作为一个想要女儿的女人，伯娜对其他人家的女儿总是怀有疑虑，不过她对露西的疑虑采取了这种形式：先说起一些小小的怪癖，然后飞快地

---

[1] 大不里士（Tabriz），伊朗西北部城市，是波斯地毯的主要产地。

[2] 伯娜丁的昵称。

补充:"当然,这也不是什么问题。"其中一个不是什么问题的问题,就是露西不会做饭——她的笨手笨脚甚至表现在洗生菜上,她不知道蔬菜脱水器是什么。她在搅拌机和吐司机前退缩,好像她不去碰,它们也会运转起来一样。她喝茶喝很多,所以会烧开水。但是为什么伯娜试着跟她解释厨房里其他东西的功能时,她要抗拒呢?

后来伯娜开始在一些奇怪的地方发现香蕉皮:被扔在花园里一丛花后面,或是被塞进一个花瓶里。"还好衣柜里没有。"伯娜尖酸地说。她发现垃圾桶里有两三块香蕉皮被塞在了用完的卫生纸筒里,还发现烘干机收纳棉绒的小废物袋里埋着一个。

"你怎么想?"她问弗朗西斯,"是某种饮食失调?还是对什么事有意见?"

"看来她意识到我们是猴子。"他说着噘起嘴,勾起指头挠挠自己的肋骨。

"弗朗西斯,这不好笑,这很烦人。我从来没见过藏匿香蕉皮的人。"

"你怎么知道不是谢尔登干的?"

"你见过他带什么食物回这个家吗?他甚至从没吃着一根糖果棒进门。我从没见他喝外卖的咖啡。他太懒了,他完全指望我把吃的买回家。"

弗朗西斯放下报纸,从眼镜上方看着她。"这也许是一种交配仪式。"他说,可是她已经离开房间。

现在弗朗西斯站在姨妈家的门厅里,琢磨着是否有必要在房地产经纪人回来前把吸顶灯卸下来,再换一个不太昂贵也不那么特别的。这需要猜透看房人的心思:他们是一看到这个华贵的顶灯,就会全盘接受呢？还是会一带而过，然后男人关心地下室，女人关注厨房？他刚考虑给伯娜打电话问问她的想法，就看见"伯韦尔小子搬运公司"的卡车开上车道，车轮卷起的沙砾飞进芍药花坛。一朵蜀葵像梭镖一样飞出去，低垂的树枝枝桠也被撞断了。

两个穿着便裤和深棕色T恤的男人跳出来。"菲尔德先生吗？你好，菲尔德先生？"两人中更魁梧的那个说。"搬运日，菲尔德先生。"另一个男人说着从副驾驶座上取出一个写字夹板，他的T恤口袋里有几根羽毛。"我是吉姆·蒙哥马利。这是我的搭档唐·欧罗克。"

"我是唐，"他的搭档回应道，"我们会把活儿干好，保证你没理由惦记我们。"

两个男人走上前来跟弗朗西斯握手。吉姆从口袋里的羽毛中抽出一支钢笔。"在这条线上签上你的大名，我们就开工。"

弗朗西斯签了表格，把搬运工带进屋。"我姨妈的避暑小屋。"他边解释边带他们在房子里很快地转了一圈。他猜这一带的人都知道他姨妈去世了，不过，当然了，他没有理由猜想姨妈曾见过这两个人。

"姨妈的家具不太多，"吉姆说，"是个老太太？"

"九十岁。"弗朗西斯说。

唐吹了一声低沉的口哨。"活到了九十，然后进来两个骗子，搬走了所有东西。"

吉姆蹲下来查看一张边桌，又看看弗朗西斯。"你给我们最后要搬的东西做了标记吗？"

"两件都在门厅里。碗橱和长凳。"之前搬运工告诉伯娜，他们会把这两件家具转给另一家搬运公司，再由他们运到加州。

"那我们就开始了，"吉姆说着转身面对唐，"那句说我们是骗子的话，我先不追究。"

"我们在那家 7-11 便利店后面拿了些六瓶装的水，"唐冲弗朗西斯笑笑说，"去拍卖会买东西，磨一磨，打一打，故意做旧。"

弗朗西斯点点头，想让他们明白，不管他们做了什么，他都不打算发表意见（他无所谓），是妻子联系的搬运工。她是那么说的吧？——房地产经纪人推荐来的。

吉姆和唐开始互相发号施令，把家具搬到房子中间，快速地走动着。弗朗西斯转过身，假装有事要上楼。他回头看到地板上有个小东西，又走回去瞧是什么，这时两个男人正把谢里登沙发[1]搬出门。那是吉姆的羽毛。他把羽毛放在椅垫上，吉姆一定会注意到的地方，然后回到楼梯上。他往上走了三步、四步……接着停下脚步。透过窗户，他看到一根断枝在卡车的前挡风玻璃上晃荡。台阶上，一个灰团被门外吹进来的微风掀起，掠过他的脚边。姨妈活到了九十岁，他六十六岁。他的儿子二十四岁，他飞快地算了一下，二十四正好是姨妈和他之间相差的年数。这一计算毫无意义。

弗朗西斯做律师很多年了，他认为儿子完全不是这块料。但谢尔登适合做什么？他的功课一直是稳打稳扎的 B+，但法律考试成绩很好，他还有两封非常出色的推荐信，外加一封伯娜帮他联系他们的众议员写的信。谢尔登打网球和高尔夫球，如果这也算数的话。律师一向被人诋毁和嘲笑；热情大概并不是必要的品质。但他还是想象了最坏的可能：谢尔登会跟露西订婚，只是为了不让别的男人得手；还有，露西确实有饮食失调的问题，就算她没有，偷偷摸摸也是个问题；谢尔登会开始法学院的学业，然后辍学——弗朗西斯完全相信事

---

[1] 一种设计简洁、扶手宽大的沙发。

情会这么发展——然后他跟露西会重新考虑,虽然那时要么他们已经结婚,要么她已经怀孕,那就为时已晚。她怀孕了,这就是为什么她在吃香蕉,此时弗朗西斯站在姨妈家的楼梯台阶上,恍然大悟。两个搬运工来来去去,完全没有注意到他。她要回来了——露西从东京提前回来,因为她怀孕了。他和伯娜丁要做祖父母了。谢尔登会被诸多责任搞得不知所措。他的生活将只有外卖咖啡。他即使想看书也不会有时间。他将会跟一个他不爱也不爱他的女人在一起。

"那根羽毛。"弗朗西斯说,他站在起居室里。(他怎么去了那儿?)吉姆和唐大汗淋漓。写字夹板在桌上。两根羽毛都在吉姆的口袋里。钢笔搁在写字夹板上。

"怎么了?"吉姆说着拍拍口袋。

"是从哪儿来的?"

"从哪儿来?从鸟身上来。我捡起来是因为我不认识,而这一带的鸟类我都知道。飓风之后鸟少了很多,今年春天又来了一些以前不来这里的鸟。明显是些大鸟。我家里有书,我要查查看。"

"你打猎吗?"弗朗西斯问。他屈从于自己的紧张情绪,开始闲聊了。

"当然,"吉姆慢慢地说,"打猎、钓鱼。不过我打鹿只用弓箭。你不是那种因为别人要吃肉,你就不高兴的人吧?"

"不、不。我只是好奇。因为你对鸟有兴趣,我就问你是不是也打猎。"

"知道他还做什么吗?"唐插进来,"他雕刻的手艺可有名了。"

"哦?"弗朗西斯只来得及这么反应。

"诱鸟。"吉姆平静地说,几乎有点害羞。

"人们都买来收藏呢。"唐说,"真正的艺术才能。他跟他祖父学的手艺。他祖父的东西收藏在康涅狄格州哈特福德的那个博物馆里,你肯定去过。"

"沃兹沃思艺术博物馆。"弗朗西斯说,"离我住的地方不算太近。"

"噢,你要是去,就找罗伊·杰伊·布鲁菲尔德做的诱鸟。东西美极了,我这位朋友就是这门艺术的继承人。"

"我想看看你的作品。"弗朗西斯说。

"你想看?"吉姆说,"我住在一个跟这房子的起居室差不多大的作坊里。三年前老婆把我赶出来了。你有兴趣看看我做的诱鸟?"他又说了一遍,似乎难以相信。

弗朗西斯点点头。

"我跟你说,"吉姆说,"那你上楼去,像你刚才那样,一个小时后我们就出发。你要是认真的,我们可以在回康涅狄格的路上拐一下去我家。"

"哦,我是认真的。很认真。"弗朗西斯补充道。事情就是这样:他刚才还在上楼,接着时间突然发生扭曲,已经过去很久了。这会儿如果飞机已经准时降落,露西应该在通知谢尔登了。生活就是这么发生改变的:有人会告诉你这事那事。

搬运工重新开始给对方发号施令,家具被抬起来,移到其他地方,然后他们再选择一件物品,把它搬下楼梯,放到车道上,那辆大卡车就停在那里。弗朗西斯又在考虑给妻子打电话,不过他意识到她一定还在开车回家的路上,不会接电话的。她也许会停车去买食物。大多数时候都是她买食物,他俩胃口都不大。儿子长得更高也更壮,吃得比他们多,不过他是骨架子大,倒不是肥胖。他六英尺高,相貌堂堂，一头浓密的鬈发，戴一副时下年轻人都理直气壮戴着的方框眼镜。他在大学里写的长篇小说变成中篇，后来他完全放弃了，只是对有些章节还迷恋不已，就用来申请各种艺术硕士专业学位，却没有一个学校接收他。写得好还是差？弗朗西斯也不知道；谢尔登不愿给任何人看他写的东西。他大学毕业后，整整一年过去了，他一直住在他们的阁楼上（弗朗西斯觉得他有点矫情），开始写第二部小说，但又放弃了。随后他搬出去，跟一个大学同学做了一年多的事，帮同学父亲的公司办理订货，还去伦敦出了趟差。再往后——到底是怎么回事呢？——他的租约过期了，他又搬回家里，不再住阁楼，住回老卧室，把墙面漆成炭灰色。周末露西常跟他待在那儿。

他们打算怎么办？生下孩子，住在家里？

弗朗西斯爬上二楼，妻子已经把姨妈的衣服装进纸箱，准备捐给慈善组织。姨妈的卧室贴着法式古典印花墙纸。到最后时刻，姨妈因为服用了大剂量的止痛片，以为她正躺在一张卧榻上，一群法国贵族围在她身边，女人戴着插羽毛的帽子，举着阳伞，男人骑在马背上，都在等她示意他们打开香槟庆祝。贵族们，在缅因州乡间一所房子二楼的一间九乘十二英尺的卧室里。谁知道她为什么会把他们都想象成淡蓝色的？也许他们很冷。

姨妈被诊断出胰腺癌后，两个月不到就去世了。她打电话告诉他们癌症的噩耗，他和伯娜开车去她家探望，他们哭个不停，想不出任何乐观的话。姨妈把珠宝硬塞给妻子，虽然伯娜是那种"少废话"的女人，平常除了婚戒和一块天美时手表，她什么都不戴。姨妈跟他们讲了自己称为"家庭援助"的明智计划。她莫名其妙地叫他更换门厅里的灯泡，可是他没有立刻去做，却又聊了很多——伯娜坚强归坚强，但一直非常难过。那天晚上他离开时，忘了姨妈吩咐的这件小事。他一直都没记起来，直到她去世的那天。

每个房间里都有一丝淡淡的氨水味，他可能因此才一直眯着眼睛。伯娜把百叶窗都打开了；房地产经纪人告诉她，这样，房子就会显得更宽敞。那么姨妈的灵魂到哪儿去了，他想，是在一片混乱的淡彩中徘徊片刻，然后漫过窗户——那美丽的磨边老玻璃——栖落在现在已被撞烂的树上吗？如果是这样，她算是安全着陆，在搬运车开进来以前就早早离开了。

弗朗西斯从来不知道给搬运工多少小费合适。如果在一家体面的餐厅吃饭，不管服务有多冷淡，人们平均要付至少 20% 的小费，那么如今小费的数目可能比他预想的大多了。他在想，看到诱鸟后是不是意味着必须买下一只，如果是这样，那要花多少钱；还有，他是不是应该在去吉姆的作坊前付小费，否则买诱鸟的钱就会跟小费搞混。还有，如果他提前给了一笔慷慨的小费（不管慷慨意味着什么），诱鸟的价钱会更合理一些吗？

他把雷克萨斯倒了出去，跟在卡车后面上了车道。吉姆比弗朗西斯预料的开得更快，但他一直跟着。他拍拍口袋确认手机放在身上。他们开了一段时间，然后拐上一条起伏不平的道路，有人在路面上放了红黑相间的锥形路标，指示那里有深坑。这里的房子比主路上的小。他有那么多事要做，可是现在却跟两个男人开进林子去看诱鸟，这到底是在干什么？这像是会发生不测的情形，不过他凭本能觉得不会有事。即使如此，他还是能想象自己在法庭上，带着一丝怀疑的语气问被告："你跟这两个陌生人去了他们的一处房子？"

道路分岔了,卡车减速,吉姆摇下车窗,用拇指指向右边。弗朗西斯犹豫了。卡车继续往左,开进一片田野。他想他的理解没错,就开上右边的岔路,停在一座孤零零的小板房前,房前没有树,只是旁院里有一丛半死不活的灌木。那房子真的非常小。他又听见自己在法庭上的声音:"你毫不犹豫就下了车?"

他下了车。唐和吉姆朝他走过来。他从他们的脸上可以看出,没什么好害怕的。唐拿着一罐赛尔脱兹矿泉水。吉姆站在他的小屋旁边,显得块头更大了,他手里有一串钥匙,不过他没有用其中任何一把来开这没上锁的门。

"以前我住在迈洛的一所维多利亚式房子。"吉姆说,"我老婆有天回家,说她要确保我和她的距离不得少于十英尺,而且没有任何理由!我这一辈子也没动过女人一个指头。可你要是个女的,就能大摇大摆走进警察局,拿一道指令,就能让一个男人远离你的住所,就好像那不是他的住所。"

"婊子。"唐的声音小得几乎听不到。

"你有孩子吗?"弗朗西斯问。

"孩子?"吉姆说,样子有点困惑。"对,我们有个小孩,出了一堆问题,没法在家解决。就是那些破事。"他说。

唐移开目光,用脚尖踩着一棵结了种子的蒲公英。

"很抱歉。"弗朗西斯说。

唐说:"我有个老婆,没小孩,一条斗牛犬。我半辈子的家当都塞在她兄弟的一个储藏间里,因为气球式按揭[1]到期,我们只好缩减

---

[1] 一种按揭贷款,前期还款金额较小,后期较大。

家当。缩减到了我老婆兄弟家的车库里!你知道我的意思吧?"

他的确知道。"是的。"他说。

吉姆把大钥匙圈扔在工作台上,工作台几乎占据了大半个房间。屋角有一张单人床,一只猫躺在上面,长得有点像天真汉。猫抬起头,又蜷到一边继续打盹。床对面的屋角是一台棕色的冰箱,墙上安了一个水槽。马桶在水槽旁边。他没看到淋浴头。

"坐吧。"唐说着拉出一把帆布扶手折椅。弗朗西斯数到七张这样的椅子,大多数跟第一张相似,但没算上那张凹陷得特别厉害的。

"你要来杯啤酒吗?"吉姆说。

"好的。"弗朗西斯说。他对自己说,我不能给妻子打电话,否则该怎么解释我在这儿?他伸手去拿那罐银子弹啤酒,冰凉冰凉的。他都不记得上一次喝啤酒是什么时候了,他一般都喝加冰的苏格兰威士忌。他举起罐子,他们仨都举起来,默默地为不知什么而干杯。

看样子,吉姆最近没有在工作台上做什么东西。那上面有成堆的报纸、碗碟,看上去像是马鞍的一部分的物件,还有些羽毛。弗朗西斯希望能看到一些木片。工作台似乎太低了,不适合雕刻——你得站着雕刻,不是吗?他宽慰地看到几件工具,但是他盯着看的那件似乎生锈了。"好吧,我来把它们拿出来。"吉姆说着跪了下去。

他从桌子底下抬上来一个盒子,打开盖子,展开里面的一条白色毛巾。盒子本身做工精致,盖子背面的木头上蚀刻着"绿头鸭"的字样。吉姆取出一只鸭子,放在桌上。

"真他妈的不可思议。"唐说着摇摇头。

吉姆后退一步,清清嗓子,语气相当正式地说:"有些人不这么做,但我给绿头鸭用黑色的眼睛。十毫米。"他补充说。弗朗西斯拿着他那罐啤酒，站在那里低头看。他不知道该不该伸手触摸。鸭子相当逼真，美丽极了。他试探性地往前移动，此时唐说："我帮你拿着啤酒。"他说着从弗朗西斯手中抽走了啤酒罐。

弗朗西斯把诱鸟拿在手上，放远一些，这样他不用戴老花镜就可以看清楚了。吉姆又拉出一个盒子，说："还要做一只，然后我就把它们寄走。一个在得克萨斯州奥斯汀的家伙，收件人地址写的是一个美术馆，所以就算他不清楚自己在干什么，问题也不大。""那家伙除了绿头鸭什么也不要，那好，可是你要是真的去放诱鸟，行啊，就要绿头鸭，绿头鸭，绿头鸭——要一大堆。但你要是放进去这么一只——"他把另一个盒子放在桌面上，展开一条沙滩毛巾，"这是你的白鹭。你尽可以在那儿放一堆绿头鸭，但你要是真的去打猎，你需要一只像白鹭这样的，一只安心诱鸟。"

弗朗西斯从来没听说过这个词，但是他能明白。不管怎么看，这只白鹭都是一件真正的艺术品。

"是啊，就像那些又美又自然的东西。"唐说，"一只白鹭正好站在旁边，对吧？也可以是其他的。乌鸦。得混杂一点儿，不然鸭子就该起疑心了。'嗨，看那儿，那么一大群，还有一只白鹭在游荡。咱们过去吧，看能不能加入它们的派对。'"唐把他的啤酒和弗朗西斯的放在桌上。"砰！"他大声说。

"就是这意思。"吉姆说。

"你给得克萨斯的那个人做了多少只？"弗朗西斯说。他为雕工的细节而惊叹。他注视着那黑色的眼睛，因为反光，鸟好像在回看。

"刚超过一打。他要真是个猎手，那或许他一直运气不好，不过看他的样子和说话方式，我有点怀疑并非如此。等他拿到这只安心诱

713

鸟，运气就来了。可能稍微过头了一点，雕了一只白鹭，不过管他呢。你知道吗，要是你在田野里看到一群鸟，大多数都在吃东西，可是总有至少一只充当哨兵的角色。雕刻的时候要想着这些，想着整群鸟的样子。"

"嗯，细节简直不可思议。你说这是跟你祖父学的？"

"我嘛，自己也学了一些东西。去看一些美术展，有些启发。"

"名字的部分由我来做。"唐说，"我有一套工具。我在夜校选了一门特殊字体的课，秋天开始。"

"书法，"吉姆说，"我们是个团队。"

"我想知道如果有人不打猎，只想要一只绿头鸭放在案头，当一件精美的手工艺品，你会不会不高兴？"弗朗西斯问。

吉姆耸耸肩，"对我来说都一样。"他说。

"我能问问价钱吗？"

"二百二十五。"吉姆说，"眼睛的成本最近蹿得很高。"

"每一分钱都值，"弗朗西斯说，"它们——我相信它们很有用，但只是用来观赏和沉思……"他的声音变低了。"你有时间给我做一个吗？"

"我就是做这个的，"吉姆说，"当然可以。"

"好，我能先付你一些定金吗？这一笔，当然还有小费，看你开车那架势，你肯定能比我早开到我康涅狄格的家！"没等回应，他就把手伸进裤子后面的口袋里。他的手指滑下去，钱包不在那儿。他马上拍一拍夹克的口袋，里面只有手机。然后他把椅子往后拉，感觉到自己吃惊得脸都红了。他差点想跑出去看看钱包是否掉在了地上，但又使劲提醒自己，这么慌张马虎于事无补。他走回汽车，感觉到两个人在后面默默地商量着，也在找。钱包里全是现金，因为他知道自己需要付小费。不带驾照怎么开车呢？他还得通知银行、美国运通，太多地方要挂失。

"不走运。"吉姆说，他拿着一罐啤酒向弗朗西斯走过来。"回那房子看看值得吗？应该可以，是不是？"

"可这不是你的问题。"他说。

"这种感觉可糟糕了，"吉姆说，"我前年夏天在波士顿看红袜队比赛，钱包被偷了，搞得我麻烦不断。你觉得是忘在你姨妈那儿了吗？"

"不可能。我是说，有可能放在那儿，但我肯定会注意到的。那儿都搬空了。"

"我们把卡车留在这儿，开你的车去，"吉姆说，"也许会出现的。"

"没有用，"弗朗西斯说，"我能想象出我站的位置，我知道它不在那儿。"

"你不一定知道。"唐坚称，"走吧，我们回去。我们开的快车准会让你印象深刻。"

天快黑了。弗朗西斯感觉糟透了，好像失去了一个朋友。他以前只丢过一次钱包——其实是忘在一个宾馆房间里了，钱包还到他手上的时候已经空了。他试图安慰自己，六十六年里丢两次钱包不算太坏，可是这两次都发生在最近这一年。他闭上眼睛，想象他当时在二楼房间里站着的情景。这是他身为律师的自我训练，在脑海里重现情境。具体的情境，而不是抽象的，比如一个想法。

"你在祈祷还是什么？"吉姆说着伸手来拿弗朗西斯的钥匙。弗朗西斯耸耸肩，把钥匙递给他。至少他的钥匙还没丢。

715

吉姆开车的架势好像后面有人在追,他走了一条开卡车时避开的小路。他们开上房子的车道,下了车。吉姆趁着最后一点微弱的天光,在草坪上走来走去地找。弗朗西斯和唐到屋里去找。弗朗西斯在楼下找起来,他觉得彻底没戏了。接着他听到有人在楼梯上快步走。"金子找到了!"唐几乎立刻大叫,"搜索结束。"

难以置信。事情就这么收场,如此轻松?如此完美?他不敢相信自己的耳朵,站在那里,头转向唐的声音发出的方向,疑惑不已。他只稍稍放松了收紧的胃部。

"这是什么?是钱包吗?"唐说着踩下楼梯的最后一级台阶,走进门厅。

就在那一瞬间,从不多疑的弗朗西斯意识到,钱包消失是因为被唐拿走了,藏在了什么地方,本打算之后再回来取。可是他为什么又坚持让大家都回到这儿来?他为什么这么快就把钱包找出来,快得令人起疑?唐为什么要这么做?

"天啊!"吉姆说。唐和弗朗西斯从屋里出来的时候,他在唐的背上飞快地拍了一下。"他找到了!就这么找到了!看!"

这一刻弗朗西斯本应该给唐一个拥抱。但他知道是唐拿走钱包。好吧,也许钱包是从他口袋里掉出来的,但是唐看到了地板上的钱包后,要么放进了自己的口袋,要么搁在什么地方,回头来取。弗朗西斯对事情的直觉很准,他知道这个站在他面前得意洋洋的家伙拿了他的钱包,又还了回来。因为他想让他的朋友看得起,弗朗西斯心想。他想让他这个更有才的朋友对他刮目相看。唐就像那些自己纵火的消防员,好在扑火的时候充当英雄。

"你究竟是在哪儿发现的?"他们回到车上的时候,弗朗西斯转身看着唐问。

"在门厅的书架上,"唐回答,"就在那儿放着。"

弗朗西斯在脑海里回顾了一下,不记得自己曾经靠近那个书架。

车又拐进黑暗的小路,吉姆似乎来了精神。后座的唐变得沉默了。这沉默简直让人发疯,但弗朗西斯觉得自己不是司机,打开收音机有点不礼貌。他肯定不会选择唐和吉姆爱听的那种音乐。他坐立不安,从前胸的口袋里拿出钱包,凑近了看:装满现金的钱包像手风琴一样展开。"我想我应该现在就把那两百二十五块钱给你,不只是定金。这样行吗?"他说。

"嗬,我可不会拒绝这样的提议。"吉姆说。

"还有,除此之外,我还想谢谢你动作这么快,把东西都好好地搬出来了——我是说你俩。"他连忙补充。"我比你俩年纪大多了,"他说,"所以能让我问个难为情的问题吗?"

"什么问题?"吉姆说。

"我从来不知道搬家的时候,该给多少小费。我这辈子都不知道。有什么——"

"跟你给妓女的小费一样。"唐说。

"你说什么?"弗朗西斯说。

"他在开玩笑。"吉姆不快地说。

"不,我没有。你不给妓女小费吗?她们说一个价钱,你得付钱,但是如果你真的对她们的表现很满意,你难道不会给她们一大笔小费,之后再次光顾吗?"

"以我这把年龄,我不敢说我还会不会有搬家的活儿找你们,除非是把我送进养老院。"弗朗西斯说。

"你从来没找过妓女,是不是?"唐说。

"闭嘴。"吉姆说。

"我不是炫耀,"唐说,"我在科威特的时候从没找过。我在拉斯维加斯找过一次,在'战斗区'[1]找过一次,那个女的几乎是把我拽下车的,她真恐怖,不过拉斯维加斯那个是红头发。"

"我去过拉斯维加斯,"弗朗西斯说,"不过你说得对——我没找过谁为我服务。我跟休·赫夫纳[2]在一起,他必须飞到那儿去接那个月的玩伴女郎的姐妹,是'十一月小姐'还是什么,帮她把她的双胞胎姐妹送去康复治疗,她们只有十七岁,撒谎说十八岁了。"

"什么?"吉姆说,"你在骗我们吧。"

"没有。"弗朗西斯说,语气里带着一丝说真话的人才有的不屑,"没有,当时休·赫夫纳找我咨询一桩法律事务,我还不便透露是什么事。我们在飞机上谈事,因为我们估计很快会有一次庭审。我发现他其实是个绅士。这是他穿着睡衣到处走以前很久的事了。"

他们沉默地开了一会儿。然后吉姆问:"那个姑娘后来还好吗?"

"她完成了康复治疗,但死于一次滑雪事故。"弗朗西斯说。他觉得那仿佛还是昨天的事:电话中赫夫纳嘶哑的声音直冲他耳朵。

"我看你可不像那种会跟休·赫夫纳进进出出的人。"唐说。

"我曾是个律师。律师跟各种各样的人打交道。"这句话悬在空中

---

[1] "战斗区"(Combat Zone)是波士顿合法的红灯区。

[2] 休·赫夫纳(Hugh Hefner,1926—2017),美国实业家、杂志出版商,成人杂志《花花公子》的创始人和主编。

没有下文。他还是不知道小费该怎么算。他决定推迟,等家具搬下车后再说,也许本来就应该这么做的。

等他们开着卡车上路的时候,已经过了十点。他们开了一会儿,然后弗朗西斯把车灯闪了好几次;最终,吉姆做出反应,把车停在路边。夜深了,弗朗西斯疲惫不堪,他问吉姆,他们是否能找一家汽车旅店住下来。两次绕路花了他们几个小时,弗朗西斯此时已很难保持清醒了。他也担心吉姆,执意要替他们出房费。吉姆想了一下说:"好吧。"

半小时后,他们在汉普敦旅店要了两个房间,弗朗西斯把一沓折好的钱给吉姆。"诱鸟的钱。"他郑重地说,这时夜班员工把房卡交给他们。唐在卡车里睡着了,他知道他们到了哪儿以后,从车上跌跌撞撞地下来,脚步踉跄。他站在门外人行道的另一边,眨巴着眼睛,头发乱糟糟的。他看起来年轻又无助,有那么一刻弗朗西斯对他同情起来——他冲动行事,又为做了的事后悔,因为他毕竟本性不坏。他俩的日子都挺艰难,参加过海湾战争,孩子又有精神问题。

吉姆说,如果弗朗西斯确定要跟着卡车走,他会一早叫醒他。他为什么要跟着他们?弗朗西斯却坚称他要跟着。然后吉姆和唐跳进卡车,开到一个很远但是灯光明亮的区域,员工说那儿是停放大型车辆的地方。他们没有互道晚安,各自进了房间。

"伯娜?"他坐在床边上打电话。

"上帝!我以为你永远不会打电话回来了!"她说,"你在哪儿?"

"一家汉普敦旅店,"他说,"情况很糟吗?"

"糟透了,"她说,"露西的母亲打来电话,像个疯女人似的,她忘了东海岸有三个小时时差,可怜的露西一筹莫展,还要安慰她。还有,弗朗西斯,我真没法相信,可是谢尔登根本帮不上忙。他出去散步了。散步!我要是露西,就再也不跟他说话了。"

禁止吸烟的房间里有股香烟味。这类事还会让他惊讶吗?没有监督,人们就不守规矩。他用拇指和食指掐了掐鼻尖,松开手,鼻子还在痒。他又揉揉鼻子。"她母亲为什么那么焦虑?"他说。

"紧急迫降啊!你以为她焦虑什么?死了三个人。"

弗朗西斯张大了嘴。"紧急迫降?坠机了?"

"你没听广播吗?没听吗?"

"没有。"他说。

"你没听?那你问情况是不是很糟是什么意思?"

"我是以为他俩之间有点问题。"他说。

"我以为你听广播了。他们差点不让幸存的乘客离开机场。调查人员还来咱们家了,弗朗西斯,天刚破晓。说是飞机上有人告诉邻座会发生事故。弗朗西斯,去打开电视。"

弗朗西斯没动。他听着她的话,惊呆了。

"还有,弗朗西斯,"她说,"我一点都不明白,咱们怎么养了一个这样的儿子,不去帮着安慰可怜的露西——反倒大摇大摆地出去散步了。"

"也许他活在自己的世界中,就像他的父亲。"

"这不是怪我批评你的时候,弗朗西斯。不管你们是不是活在你们的小世界里,在更大的这个世界上,可怜的露西跟那个死了的人只隔了两个座位。"

"真可怕,"他低声说,"他还在散步?你看我跟露西说话能有点用吗?"

"我已经给了她一片安必恩,可怜的孩子。她母亲歇斯底里地念叨美国政府,想给我们上堂公民课,还扯上了伊拉克战争。这女人真恐怖。"

"露西在楼上睡着了?"他说。他突然觉得自己筋疲力尽。

"是啊,当然了。你以为呢——我会让她睡在沙发上吗?"妻子的声音变调了。

"我们明天一早就到。"他说。

"谁是'我们'?"

"搬运工人。我的钱包出了点差错,路上耽搁了。我想最好让大家在汽车旅店住一夜。明天一早我们就出发。"

"你说'差错'是什么意思?"

"其中一个人拿了我那该死的钱包,又后悔了,后来还回来了。不过一个字也别跟他俩提,你明白吗?我想保持友好,搬完东西就行了。"

她吸吸鼻子。"我猜现在太晚了,我可能没明白你的意思,"她说,"你拿回了钱包,你和搬运工将会上路。好的。可是告诉我,弗朗西斯——咱们的儿子回来的时候,我该怎么说他?"

"我看,说他是个麻木不仁的混蛋。"

"我想我不该跟他发火,"她静静地说,"露西的母亲惹露西心烦的时候,谢尔登非常生气,好像那是露西的错。"

"去睡觉吧。"他说。

"我们养了这么个幼稚的白痴。"她说。

他点点头,可是她当然看不到他点头。"睡吧。"他又说了一遍。

"他脑子里缺了根弦。"她说。

"明天一早见。"他说。

"你拿到钱包了？都没问题了吗？"

"没问题了。"

她说："看在上帝的分上，打开电视吧。"

在欧式自助早餐区，他看到吉姆独自坐在一张圆桌旁。吉姆在一张纸巾上放了两个丹麦酥皮果子饼——弗朗西斯肯定那是给唐的。桌上有一杯咖啡，盖着杯盖。"我今天早上才听到新闻，"吉姆说，"好像不该有那么多飞机事故。"

"他们知道原因了吗？"弗朗西斯问。

吉姆看着他。他比他们入住的时候还要疲惫。他眼睛下面有黑圈，像浣熊。"他们说的都是他们想让我们听的。"他说。

"你的朋友唐，"弗朗西斯说着将一把塑料椅往后拉，"他显然很崇拜你。"

"他希望我俩把我儿子接出来，我们照顾他，你知道吗？去申请社会福利，然后我们照顾他。"吉姆摇摇头，"他是好样的。"他说。

"这事一点可能也没有吗？"弗朗西斯说。

"不可能，"吉姆说，"你不用想都知道。"

"那他是想错了。他显然很崇拜你。"弗朗西斯又说。

"是啊，不过可不是'断背山'。"吉姆说完咬了一大口百吉饼。

弗朗西斯再次尝试："我想他可能会做些——可能会做些什么事——来引起你的注意。"

"来吓唬我还差不多。我儿子是个杀伤性武器，"他说，"没有一个医生认为有谁能在哪里照顾得了他，除了精神病院。"他站起来。

"十分钟后，大门口见。"他说。

弗朗西斯站起来去拿咖啡。"我希望我问唐的想法是否可行的时候，没有冒犯你。"他说。

"没有，只是唐不是我的孩子，可有时候我觉得他是。"吉姆摇着头往门口走去。然后他转过身。"如果是他给你施压，让你提出买下诱鸟，而你本来不想要的话，没关系，我不会不高兴。"

"他没有。我是很想要一只。你的手艺很精湛。你真的是个艺术家。"弗朗西斯说。

吉姆慢慢点着头。"我祖父手艺更好，那是二十年前了，不过我一直在坚持，时不时学点新东西。"

"价钱非常合理。"弗朗西斯说。

"我发现钱多点或少点，日子都差不多。"

"你没觉得因为某些原因，必须给我报个低价吧？"弗朗西斯问。

吉姆看了看他。

"是这样，我家里气氛会有点紧张。我儿子的女朋友就在那架飞机上，已经够糟糕了，而且她还怀孕了，我儿子却不想跟她结婚。"

吉姆的脸上闪过一丝关切。"你今天真是不停地给人意外。"他说。他似乎在考虑是该继续往前走，还是待在原地不动。"叫他别结婚，"他说，"要是他愿意考虑你的意见。"

"我想让你们有点心理准备，因为气氛可能会有点紧张。"弗朗西斯说。

"我们把家具搬进去，然后就撤。"吉姆说，"我们只是搬运工。"

"我妻子有时看起来冷淡，其实是在掩盖焦虑。"

吉姆点点头。"没打算跟你妻子做朋友。"他说。

"五分钟?"弗朗西斯说。

"差不多。"说完,吉姆转身走过早餐区色彩纷乱的地毯,那就像破万花筒里的碎片,狂乱的颜色上撒满碎屑。

"你的朋友唐,"弗朗西斯说着从吉姆身后走上前去,"他有时像个坏孩子吗?会做不该做的事?"

"可不是,"吉姆说,"可是又能拿他怎么办?"

"我也不知道拿我儿子怎么办,"弗朗西斯说,"就像你说的——他是我儿子。他不大可能听我的话。"

吉姆点点头。"叫他不要跟他不愿意结婚的人结婚,值得一试,"他说,"人生没有多少惊喜。"

"我也正是这么想的。"弗朗西斯说。

"朋友、家人,他们每一次都能伤到你。"吉姆说。

这句话让弗朗西斯肯定了吉姆知道唐和钱包的事,或者,他至少知道唐做得出来,把丢了的钱包藏起来,回头来取。否则,他们一直在谈什么呢?朋友和家人?

弗朗西斯深吸一口气,走进压抑的灰色墙面的卧室,露西脸朝窗户躺在里面。她已经告诉他妻子,之前她和谢尔登一直在写信交流,他们决定分手,但是最后一刻她在东京给他发了邮件,让他来机场接她。然后她做了一件很差劲的事:当她终于获准离开机场时,她坚称自己就是死了他也不会关心。露西告诉弗朗西斯,当时谢尔登平静却又冷漠地指出——露西两样都想要:想跟他分手,又想让他爱她;露西没有让步,他就大步走出房子。所以事情并不像伯娜汇报的那么简单。

不过，他知道还有更多隐情。她看起来不像怀孕了，但也许是因为肚子还不太明显，或是她已经做了什么手脚。

"露西，"他说着在床上坐下，"我做律师的时候，因为相信直觉，所以总是成功。我理清思绪时总会闭上眼睛，任思绪四处漂游，直到我自认明白了一些事。露西？"

"你和你妻子对我都很好。我不知道你儿子为什么要跟你保持距离，但是我在这儿的时候，不知为什么，我也会学他的样。我猜我是过于警惕，因为我父母总让我崩溃，尤其是我母亲。"

"我们别偏离正题，"他说，"因为我的想法四处游走，我会在不应该偏离正题的时候发生偏离。我在别人还没注意到的时候辞去了律师的职务——见好就收最好。但是我近来会胡思乱想，直觉告诉我你怀孕了。"

她翻过身来，瞪大眼睛看着他。可能是背景——灰色的墙——让她看起来格外苍白。"你怎么可能知道？"她低声说。

"你想知道吗？是因为香蕉，"他说，"不过是伯娜先注意到香蕉皮的。"

"哦，上帝。"露西说。她又翻过身面对窗户。

"但是她没有把事情联系在一起，"他说，"我一开始也没有。可能要是你遗漏了棉花糖霜的空罐和披萨盒子，就更容易猜。"

"只是香蕉而已。"她说。

他点点头。

"你知道，所以你讨厌我。"她说。

"讨厌你？伯娜和我喜欢你。是我们的儿子，他的行为——即使在你心乱如麻、倒时差、恐惧得要死的时候……他还这样。他应该更体贴一点。"

"他在哪儿?"

"我不是千里眼,"他说,"有时我闭上眼睛,会明白一些东西,但大多数时候不能。"

"你打算怎么办?"她问。

"我?我可以问问你打算怎么办吗?"他看着她长而纤细的腿、平坦的小腹,"或者你已经做了什么?"

她一下子跳了起来。她说:"我不敢跟他说。我不知道我想他,是因为我想让自己相信我还爱着他,还是我真的想他。我母亲会杀了我。从我十三岁起,她就叫我吃避孕药了。"

"你提前回来是因为你要处理这事。"他说。

她点点头。

"他会回来的,你俩必须好好谈谈。"

"你妻子知道吗?"她说。

"不。"

"你没跟你妻子说?"

"我认为我没错,但我不大确定,"他说,"事实上,如果我错了,我也该清醒一下了,这会让我怀疑我最近猜测的一件事是不是也错了。"

"什么是不是错了?"她说。

"哦,有人偷了我的钱包,后来又假装找到钱包,想充英雄。"

"你认识那个偷钱包的男人?"她问,"你跟他说了你知道吗?"

"你凭什么猜测那是个男的?"他说。

"什么?"

这不是逗她的时候,她状态不好——她没有意识到他想让她反思自己的臆断。他说:"没有,因为我无法证明。但是我跟他最好的朋友(他想被这个朋友瞧得起)多少说了说,暗示我明白发生了什么。"

他把手放在膝盖上,准备起身。她把身体的重量移到髋部,目光追随着他。"你看我应该怎么办?"他站起来的时候,她问,"我时间有限。"

他考虑了一下。"我想谢尔登一出现,你就要跟他好好谈谈。"

"没有迹象表明他不会出现吗?"

他笑了。他太容易就赢得了她的仰慕,但通常他只知道一点点。常识告诉他,他的儿子——这个被宠坏了的懒惰儿子——会回到父母家,哪怕只是因为他实在无处可去。即使现在,他都能感觉到谢尔登正在观察,就像鸭子环绕着诱鸟,等待某种直觉告诉它们一切正常,可以安全靠近,它们被放哨的领头鸟骗了。(领头鸟会是伯娜,她拿着刺绣坐在椅子上,扬起头,对自己人生的变故将信将疑。)绿头鸭群看起来很融洽,它们浮在水面上吃东西,很像律师们摆出姿势,显示他们毫不费力就能应付自如。然后,那道目光会游移到那只漂亮得出奇的白鹭身上,经过漫长的飞行,她刚刚漂过来,碰巧落在他的床上。弗朗西斯为自己的构思而微笑:他想知道,谁才是这个家里真正的作家。儿子会先暂时保持距离,心里盘算着:一切正常?到了喂食时间?最寻常的生活正在进行?而那只白鹭的异常介入会证实一切如常。但是,如果把比喻延伸下去——儿子就错了,他将会落入陷阱,虽然不足以致命:没有什么比家庭生活更糟,也没有什么是他不能逃离的。弗朗西斯想到他,他自己,也许很早以前就离开了,就在他第一次意识到自己娶了一个好女人,却不是一个他能为之付出生命的女人，而且他们唯一的儿子满身缺点的时候。那他后悔自己留下来吗？他不后悔。他从来都不相信完美的存在。他也不相信他留下来就应该得到回报：吉姆的绿头鸭只能代表他花钱买了东西的收据。

绿头鸭一直没有寄到，不管有没有包白毛巾，也不管有没有装进光亮的棺材，他都没有继续追踪。不过，两天后，他儿子回家了。

2006 年 11 月 27 日